现代市场营销学教程

（第2版）

唐德才　等　编著

清华大学出版社

北京

内 容 简 介

本书在传统营销理论架构的基础上融入了营销研究和实践的新成果,从内容到结构都反映出现代市场营销理论和实践的最新动态,使学生在掌握市场营销基本原理和方法的同时也能把握市场营销学发展的趋势,从而培养学生解决和分析市场营销实际问题的能力。本书理论结合实践,文字生动活泼,开篇案例和巩固性案例富有启发性,易于教学。

本书适用于营销相关专业本科生、研究生、MBA 学生及其他对此感兴趣的读者。

本书封面贴有清华大学出版社防伪标签,无标签者不得销售。
版权所有,侵权必究。侵权举报电话:010-62782989　13701121933

图书在版编目(CIP)数据

现代市场营销学教程(第 2 版)唐德才 等 编著. —北京:清华大学出版社,2009.7

ISBN 978-7-302-20110-6

Ⅰ.现…　Ⅱ.唐…　Ⅲ.市场营销学—高等学校—教材　Ⅳ.F713.50

中国版本图书馆 CIP 数据核字(2009)第 071026 号

责任编辑:陈　莉　高晓晴
封面设计:盛世华光
版式设计:孔祥丰
责任校对:胡雁翎
责任印制:王秀菊

出版发行:	清华大学出版社	地　　址:	北京清华大学学研大厦 A 座
	http://www.tup.com.cn	邮　　编:	100084
社　总　机:	010-62770175	邮　　购:	010-62786544
投稿与读者服务:	010-62776969,c-service@tup.tsinghua.edu.cn		
质　量　反　馈:	010-62772015,zhiliang@tup.tsinghua.edu.cn		
印　刷　者:	北京鑫海金澳胶印有限公司		
装　订　者:	北京市密云县京文制本装订厂		
经　　销:	全国新华书店		
开　　本:	185×260　印　张:26　字　数:633 千字		
版　　次:	2009 年 7 月第 1 版	印　　次:	2009 年 7 月第 1 次印刷
印　　数:	1～4000		
定　　价:	36.00 元		

产品编号:032375-01

本书如存在文字不清、漏印、缺页、倒页、脱页等印装质量问题,请与清华大学出版社出版部联系调换。联系电话:(010)62770177 转 3103

前　言

本书第 1 版经过 4 年时间的实际应用，社会反响强烈。与时俱进，我们决定对原书稿进行适当修订，以便跟上时代发展的需要。本次修订的内容主要是对原书稿中的一些案例进行调整，同时也对部分正文内容进行适当修正和补充。我们在再版书稿中继续坚持原有的风格。

本书是由南京信息工程大学、东南大学、南京理工大学和南京财经大学、上海大学五所高校老师合作编写的一本市场营销学教材。这些作者都是各自所在高校多年从事市场营销教学与科研的骨干力量。

本书的最大特点是将理论与实践相统一，融现代市场营销的典型案例(其中有开章明意的引入性案例，有开拓论证的应用性案例，每章结束还有总结全文引发思考的巩固性案例)分析于先进理论阐述之中，如对网络营销及知识型企业营销、循环经济与绿色营销等问题的探讨与分析令人耳目一新。

现代需求理论与现代营销理论的关联分析得到了科学论证，如消费者行为分析与市场细分及促销组合、广告全功能定位得到了统一分析。

以全球市场运行状态为理论分析背景，比较充分地探讨了现代营销创新的新思路，如以人为本、强化科技创新，强调产品不断更新观念等，从而把握了当代国际市场营销的创新主旋律。

在强调市场营销政治环境因素的同时，科学地分析了当代自然环境、人口环境与文化环境的关系，从而升华了市场营销科学在人类社会科学中的重要地位与科学价值，从而体现了作者们具有开放性的系统思维与创新观念。

强调市场营销发展历史与现代创新理论的关系，如市场营销的定义与经济效用，新产品开发、经营与创新，以及 SWOT 系统分析、现代高新技术产品及产业的发展，既具有现代科学产品的营销意识，又体现了现代营销创新的新思路。

此外，本书在研究方法上还体现了市场营销调研与信息系统整合的尽可能统一，强调了规范分析与实证分析的完整结合，突出了市场营销学科所具有的实践性与应用性特点。

本书写作提纲、统稿和审稿由南京信息工程大学国际教育学院副院长唐德才负责。本书作者分别是南京信息工程大学唐德才教授(第 1、3、5、10 章)，南京理工大学钱敏教授(第

8 章)，南京财经大学司金銮教授(第 11 章第 4 节)，南京信息工程大学袁建辉副教授(第 11 章第 1、2、3 节)，南京理工大学翟红华讲师(第 6、9 章)，东南大学秦双全讲师(第 4、7 章)，上海大学陈学勤讲师(第 12 章)，南京信息工程大学陈理飞讲师(第 2 章)。

唐德才

2009 年 5 月

目 录

第 1 章

现代市场营销导论

开篇案例

史玉柱的营销法则

巨人集团的崛起与失败，作为一个中国当代商业史上的经典案例，已经被解析了无数遍。后来，史玉柱在江苏省江阴市能够东山再起，能够在一个保健品市场寻找到自己的新天地，使"脑白金"变成全国人民家喻户晓的名牌产品，研究专家们同样也对此进行了无数遍的解析。每一次解析，都会讨论到一个问题：为什么史玉柱能够从崛起到失败，后来东山再起从而获得新的成功？在《史玉柱最有价值的商场博弈》一书中，作者吕叔春指出，史玉柱的营销法则是他重新获得成功的重要法宝。其营销法则如下。

第一法则：要做一个产品必须要做第一品牌，否则很难长久，很难做得好，不做第一就不能真正获得成功。如果不是第一，拿不到第一怎么办？找理由成为第一。在全国市场上不能拿第一，那就在江苏拿第一；在江苏省也拿不到，那么就选一个市，比如在扬州争夺市场；在一个市不行就在一个县，一定要找一个地方在营销上立足，在薄弱的地方建立根据地。

重点法则：在营销手段的使用上必须有一个重点，必须加大人力、物力、财力，做重点地区，使用重点手段，做深做透。一个企业资金实力再雄厚，也只能在几个重点行业、重点地区、重点产品上下工夫，如果没有重点而平均用力，必然会失败。"脑白金"营销上的重点手段是软文章，即组织公司的策划班子文案组的文案高手通过选材、创意、写稿、讨论的程序写出新闻性的文章。这些软文章的刊登也重点选择当地两三种报纸(应侧重于党报)作为主要刊登对象。可以说，这些经过千锤百炼写出来的新闻性软文章为"脑白金"的成功启动作出了巨大贡献。"'脑白金'的营销理论，非常简单，那就是'集中优势兵力'。"

无效法则：大多数企业的大多数广告费被浪费，真正成功的产品不到10%。因此，广告投入要研究投入效应。

二八法则：也就是20%的人占有社会80%的财富。在营销上是20%的消费者占了80%的销售额，20%的终端占了80%的销售额。因此，对待消费者也要分主次，要重点培养，好的终端一定要包装好。

降价法则：厂家降价是自杀行为，产品不能降价。价值要有一定的稳定性。

品牌延伸法则：一定要一个产品一个品牌，品牌不能乱延伸。保洁公司在这方面做得很好。

史玉柱之所以成功，不外乎寻找到了一套科学的"操作流程"：所谓市场营销，就是为一定的社会需求服务；所谓定位，就是选择所服务的"社会需求对象"；所谓市场调研，就是明确目标市场的种种特性；所谓市场策划，就是根据目标市场的种种特性设计适宜的"服务方法"(包括产品策划和市场操作模式策划)；所谓管理策划，就是根据已确定的市场操作模式设计适宜的"组织管理方法"。因此，市场定位决定操作模式，操作模式决定管理模式。

史玉柱首先寻找"投机"机会，接着是市场定位，然后进行市场调研，跟着市场策划，进而管理策划，最后才是组织实施。

从上述史玉柱的营销法则中，我们可以看出，营销的成功与否往往决定了一个企业的生存和发展，因此，我们系统地学习市场营销知识无疑对我们的企业管理与决策起着非常重要的作用，营销是企业的生存之本。

(资料来源：吕叔春.史玉柱最有价值的商场博弈.北京：中国城市出版社，2008)

第一节　市场营销基本概念及其研究对象

市场营销是一门集经济学、行为科学、心理学、现代管理学、社会科学之大成的综合性应用学科。营销者把一些有价值的商品提供给顾客从而获得了另外一些有价值的东西(利润)。这种交换正体现了市场营销最基本的功能和特征。公司、个人、政府和非营利性组织都生产产品并与顾客进行交换。这就给我们提供了一个有关产品和顾客的更广泛的观念，并且它能使我们明白个人与组织之间的相互关系，即市场交换的关系。

一、市场营销定义

1. 什么是市场和产品

有效的市场营销起源于商行懂得必须掌握谁是他们的顾客时。早期的市场，指的是买卖双方聚集交易的场所。现代市场营销学中的市场是由全部的具有普通需求和欲望并且愿意和能够以交换来满足这些需要与欲望的所有现实和潜在顾客所组成。也就是说，市场是由具有购买欲望和购买能力的人组成的；人是市场的主体，人口的多少直接影响市场的潜在容量。你最感兴趣的市场应是目标市场。目标市场是由那些最有可能购买你的产品的顾客所组成。要把目标市场和其他所有市场分开，这样营销人员就必须在众多细分市场中进行择优考虑并进行目标定位。可以用一些方法或标准来观察市场。省、市、区域、国家、地区都代表了地理上的市场。因此，根据以上的定义，我们可以得到：市场=人口+购买力+购买欲望。

产品市场代表了对特殊商品、服务和计策的要求。猫食市场是由所有需要喂养猫并有足够的购买力来购买这种产品的顾客所组成。笑料市场包含了喜剧演员和其他需要这个材料并支付得起剧作者报酬的演员。这些演员向消费者提供笑料娱乐以满足消费者在这方面的需求和欲望。室内装潢设计市场是由一群顾客和商人组成，他们需要专业设计师的帮助并且也能够支付这一服务的酬金。

市场营销把产品分为三类：(1)有形产品或物质性的东西，货物是顾客可以通过触摸、观看、品尝和听觉来评估的有形产品；(2)服务或提供给消费者的某些有用的活动行为；(3)思想或能够给消费者提供知识或能在思想上获益的观念，所以服务实质是产品概念的一部分。

自行车和书都是货物，看家、做发型和税收准备工作等则是服务。出版商和广播员在利用空间和时间做广告时，他们就是在提供服务。这里所说的思想，包括音乐作曲作词、视觉形象、小说人物和情节、计算机软件、业务计划和其他创造性的作品。

衣服、蜡笔、铅笔和其他货物是有形产品。这意味着你可以用触摸、察看、测量或其他方式去感受它们。另外一方面，服务和思想是无形的产品——它们没有一种物质性的尺度(可衡量)。向人们展示一件毛衣迷人的外观或展示驾驶汽车轻便高速的技术是很容易的。但你不能尝试驾驶一部电影。无形产品的营销者必须预测那些没有物质形态的产品的获利状况。因此，有形和无形产品通常需要不同的营销方式。当然，早期市场营销学最重要的核心概念——产品，正在不断被赋予新的内涵，服务、体验、事件、人物、地点、财产权、组织、信息、观念、创意、know-how 等无形产品已经成为产品的题中之意，而且逐渐成为较有形产品更具价值、更有意义、更为重要的产品，深刻地反映了社会变迁、产业升级等知识经济生活的重要主题。因此，产品是能够提供给市场以满足需要和欲望的任何东西。

2. 什么叫市场营销

市场营销或市场营销学译自英文"marketing"一词，其中文译法有多种并不统一。香港中文大学闵建蜀教授曾对这些译名的优缺点进行比较(见表 1-1)。

表 1-1 市场营销学的译名优缺点比较

译　　名	优　　点	缺　　点
市场学	简短	静态，仅研究市场制度或情况之运用
市场管理	强调管理原理在市场部门之运用	仍为一静态概念，无"销"之意
市场行销学	有"销"字的动态概念	企业并无"行销"部门，而多有"市场"部门，企业界不易接受
市场推销	有"销"字的动态概念	有所强调市场推广活动之意
营销学	既有"管理"，也有动态概念之"销"字	较"行销"为佳，但多数企业仍无"营销"部门，接受此概念过程可能较慢
市务管理	强调与市场活动有关业务管理，企业界较易接受	静态概念，无"销"之意

通过多年来的市场调查及科学研讨，作为学科名称，市场营销或市场营销学已被广泛认同，因为这两种译法能够比较准确地反映"marketing"这门学科的市场导向，反映了企业以实现潜在交换为目的而去分析市场，并占领市场的基本特征。

市场营销是个人或组织通过创造和交换产品与价值以获得自身需要的一种社会活动和管理过程。市场营销学因为"营"具有管理之意，包括计划、组织、指挥、协调和控制等；因为"销"而有通过促销活动把商品和服务销售给消费者之意。因此，市场营销实质上是在市场中进行商品交换的活动过程。市场营销的核心内容是研究如何通过营销者的整体营销活动以满足顾客的需要，从而实现营销者的经营目标。

市场营销学在中国的传播较早。1933年复旦大学出版社就出版了由丁馨伯教授编译的《市场学》教材。但是，当时中国连年战争，市场营销学在当时要在中国得到发展是很难的；再加上新中国成立后由于片面强调计划经济，抑制了市场的作用，我国高等院校的经济管理类院、系都停开了市场营销学课程。改革开放以后，市场营销学在我国发展很快，各种研究市场营销的论文和教材汗牛充栋。如今，市场营销学在我国已经形成较为完整的体系。

市场营销学作为一门研究企业在市场条件下如何提供有效供给，并能在企业、中间商、消费者之间建立有效沟通的学科，它涉及我们经济生活的各个方面，关系到我们每一个人。在日常生活中我们认为理所当然的行为，如乘车、购衣、读报或看电视，所有这些都依靠市场营销活动。例如，公交公司鼓励人们坐车，告知人们时刻表和车票价格，且尽可能使更多的人知晓，他们会为诸如坐轮椅的人提供特殊的服务。每一种这样的行为都是一种市场营销决策，并且这些决策都是以读者将在本段时间内所学到的有关原则为基础。

很难想象现代生活没有营销将会怎样。在超级市场购物、上学校付学费或去看电影时，你是站在市场营销中顾客立场上。当你说服你的室友借车给你或去求职时你就站在了营销者的角度上，因为你是在推销自己及你的信用。求职者把个人简历当作营销工具来获得与可能的雇主会面的机会，并利用会面去展现他们是怎样理想的"产品"。又如，模特和演员用照片去推销他们自己，艺术家和作家则通过展现他们的作品来进行推销。

市场营销已经成为我们人类所从事的许多活动的一部分，我们所面临的活动场所和范围也许在不断变化，但是市场营销基本的核心原则却是普遍适用的。市场营销不仅是一种商业行为，即使在商业领域，"公司"也不是唯一的营销者，"产品"也不是营销的唯一目标。牙医向他的病人们寄复查通知单时，他们就在推销自己的服务。棒球队在给球迷发送帽子、照片和其他一些奖品时就在向球迷推销他们自己。另外，非营利性组织即使是医学研究组织或搞政治活动的团体也要通过募集资金和义务劳动努力去影响人们的行为来进行营销活动。

3. 如何理解市场营销的定义

(1) **市场营销和销售的区别**。许多人把市场营销同市场销售(sales)混为一谈，不少企业往往只是要求市场营销部门通过各种手段想方设法将企业的产品销售出去，没有认识到市场营销活动对企业全部经营活动的主导作用。事实上，市场营销的外延要比销售的外延广泛得多。市场营销既重视销售，又强调企业在对市场充分分析的基础上，以市场需求为导向，设计规划产品的全部活动，进而保证企业的产品和服务能够被消费者接受，实现产品与服务的成功销售，从而占领市场。

关于二者的区别，市场营销实质要发现或引导消费者、工业品顾客的需求和欲望，并将其转化为对企业产品或服务的需求，再通过有效的促销策略、分销渠道、合理定价和售后服务，使更多的顾客使用或继续使用企业的产品和服务项目。市场营销并不等同于我们常见的促销、广告和人员推销。市场营销由市场调研、市场需求预测、选择目标市场、产品开发、定价、分销、促销及售后服务等一系列活动构成。促销、广告和人员推销只是市场营销活动的一部分。市场营销的目的并不是简单地把产品卖出去，使企业获利。现代市场营销是通过市场研究发现市场机会，并从中选择适合企业的目标市场，有针对性地为目标市场开发产品、制定价格、设计分销渠道、进行促销，最终通过满足目标顾客的需求实现企业目标周而复始的过程。

营销(marketing)和销售(selling)或推销(sales)是有很大区别的。营销活动既发生在生产之后，也发生在生产之前。营销不仅包括将其最终产品推销给用户，而且包括市场研究、产品设计、定价等售前活动和收集顾客使用产品后的意见以作为市场研究和产品开发时的参考等售后活动。

菲利普·科特勒指出：如果把营销比作是海里的一座冰山，那么销售(或推销)只不过是这座冰山露出水面的那一小部分，如图 1-1。彼得·德鲁克曾说："某些推销工作总是需要的。然而，营销的目的就是使推销成为多余并且在深刻认识、了解顾客后，使产品或服务完全适合他的需要而形成产品自我推销。理想的营销会产生一个已经准备来购买的顾客，剩下的事就是如何便于顾客得到这些产品和服务。"营销者的任务在于通过定价、促销、开发新产品或改善产品功能来影响顾客的需求和欲望。例如，销售冬衣和其他服装，营销人员必须把他们的产品定位为保暖、做工精良、定价合理且能直接送到顾客家中的商品。这种方法能帮助顾客把他们最基本的需要转变为对这些产品的特殊需要。

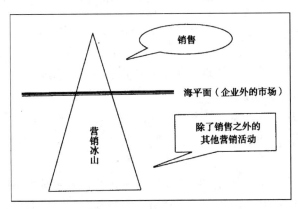

图 1-1　营销与销售的关系示意图

尽管很多市场营销人员来自销售人员，但还是不应将他们混在一起，并不是所有的销售人员都能成为市场营销人员，这两种职业有着根本的不同。从专业性而言，市场营销经理的任务是确定市场机会，准备市场营销策略并计划组织新产品进入和销售活动。在这一过程中曾出现两种问题：如果市场营销人员没有征求销售人员对于市场机会和整个计划的看法和见解，在实施过程中就可能会导致事与愿违；如果在实施后市场营销人员没有收集销售人员对于此次行动计划实施的反馈信息，他就很难对整个计划进行有效控制。

下面对市场营销人员和销售人员进行比较。

市场营销人员

- 依靠于市场营销研究进行市场细分并确定目标市场；
- 把时间用于计划工作上；
- 从长远考虑；
- 目的在于获得市场份额并赚取利润。

销售人员

- 依赖街头经验，了解不同个性的买主；
- 把时间用于面对面的促销上；
- 从短期考虑；
- 目的在于促进销售。

市场营销人员常常认为销售人员有随和、易与人交往、工作努力的优点，缺点是短期行为多、缺乏整体分析的能力。而销售人员则认为市场营销人员的优点是受过良好教育，大多是数据导向型(依据数据作出结论)，缺点是缺乏销售经验，缺乏市场销售直觉和不承担风险。很多公司忽略了这两类群体的差别而提升一个干得很棒的销售经理为高级市场营销经理，但是很多销售经理对于每天面对市场营销研究计划等工作感到枯燥，宁愿去见客户，这种公司显然不明白二者差别以致犯如此愚昧的错误，对这两类群体，最主要的是让他们能互相理解和尊重，如果两者相互欣赏对方才能的话，就会取得意想不到的绩效。

(2) 互相交换的过程。任何市场营销定义，它的核心是交换(exchange)，即以一定的利益让渡从对方获得相当价值的产品或满足，对给予有价值东西报以另一些有价值的东西。当你买了一双耐克鞋，你就进行了这种最基本的市场交换：用有价值的东西(货币)去获得另一种有价值的东西(鞋所能提供的效用)。鞋对于你来说是有用的，所以你愿意付钱去拥有它们。产品能够满足顾客的需求和欲望，因此，它是顾客愿意用有价值的东西来交换的物品。如何通过克服市场交换障碍，顺利实现市场交换，实现企业的社会效益和经济效益，是市场营销研究的核心内容。

从图 1-2 市场营销交换过程可知：营销者和顾客交换各种有价值的东西，包括货物、劳务、思想、人力或场所以求获得金钱、时间、选票或需要的行为。

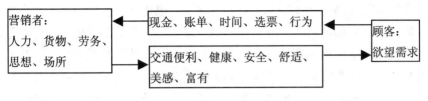

图 1-2　市场营销交换过程

交换不仅是一种现象，而且是一种过程，只有在交换双方克服了各种交换障碍，达成交换协议，才形成"交易"(transaction)。交易是达成意向的交换，交易的最终实现需要参加交换的双方对意向和承诺的完全履行。因此，仅仅从一次交换活动来说，营销的直接目的就是实现同交换对象之间的交易。

无论怎样，交换的性质及其某些必要的条件必须在交换之前存在。成功的交换至少必须具备以下5个条件：
● 至少涉及买卖两方；
● 双方必须对对方的东西感兴趣；
● 双方必须拥有相互沟通的能力与把自己的东西递交给对方的联系方式；
● 双方对对方所提供的任何东西必须拥有接受交换和拒绝交换的自由；
● 双方都认为对方的东西对自己是有价值的。

以上条件都是必须具备的，有时甚至是其中一个条件的缺少都会导致最好的策略和计划的失败。例如，如果万科集团不能把它的产品(房子)提供给需要他们产品的顾客，或顾客认为与万科集团做生意是一件很糟糕的事情，或假如万科的产品无法满足顾客的需要，那结果将会是怎样呢？答案很简单，市场营销交换行为无法实现。因此，需要的产生使交换成为有价值的活动，产品的产生使交换成为可能，价值的认同使交换最终得以实现。

(3) 满足需求和欲望的各种行为的整合。市场营销交换在日常生活中时刻存在，因为顾客正在竭尽所能去满足他们自己的需求和欲望，而各公司则生产产品和提供劳务去满足他们的需求和欲望。实际上，"需要(need)"、"欲望"(want)、"需求"(demand)的真正含义是有很大区别的。需要是指没有得到某些满足的感受状态，是人们在生理上、精神上或在社会活动中所产生的一种无明确指向性的感受状态。例如，饥饿了想找"食物"，但并未指向是面包、米饭还是馒头，而当这一指向一旦明确，"需要"就变成了欲望。也就是说，欲望是指想得到需要的具体满足物的愿望。对于一个企业来说，只有具有购买能力的欲望才是有意义的。这种有购买能力的欲望就产生了需求。因此，需求是指对于有能力购买并且愿意购买的某个具体产品的欲望。一个有购买能力的顾客满足需要的需求手段可以有多样，这就要弄清楚顾客需要的本质内容是什么。例如，当一个消费者在市场上寻找馒头时，一般人会认为这个人"需要"的似乎是馒头。其实，从市场营销的角度看，这个人需要的是一顿饭食以解决饥饿问题。两种认识的区别在于，如果只认为消费者需要馒头，营销者只能在提供更多的馒头方面动脑筋，这样就不能在市场上占有绝对竞争优势。如果认为消费者的需要是馒头，那么，企业也许就能创造出一种比馒头更能解决饥饿的食品。

需求代表了维持人们生活的基本需要，譬如食物、水或住所。欲望可以是对立体声系统或去千岛湖旅游等具体方面的需要。弄清楚你的产品满足需要还是欲望，这点很重要，因为这两种类型的产品所能使用的销售方式是大相径庭的。一些产品是满足人类基本需求的，但人们购买另一些产品是因为它们能满足非必须的需要。对两种类型产品的市场营销战略也是大不相同的，你不能用那些推销瓷器、银器或水晶玻璃制品的方式来推销蔬菜。你不必使大多数人都相信他们需要吃饭，因为这种基本的动机早已存在，但你必须使人们相信他们有必要去参观你的小岛乐园。一些人可能会认为这令人乏味，或价格太昂贵，或天气太炎热，因为他们确实不需要你的产品，但你应该努力说服他们去购买你的产品。

欲望是普通需求中的特殊需要。例如，你需要穿鞋，你或许会也可能不会去购买耐克或双星鞋来满足自己，那么，制鞋公司市场营销计划的重点就在于把你的普通需求转变为对某种品牌的特殊需要。不管选择何种方式去满足顾客的需求和欲望，请记住，营销者必须经常通过顾客的需求来考虑产品的风格和类型。

4. 有价值的产品或服务才可能被人们接受和购买，从而使顾客感到满意

营销的真正意义在于要弄清楚对顾客来说什么是有价值的。人们是否购买产品并不仅仅取决于产品的效用(utility)，同时也取决于人们获得效用的代价。市场交换能否获得成功，往往取决于消费者对效用与代价的比较。当消费者感到以较小的代价获得较大的效用时，他就会感觉满意，从而可能成为营销者的忠实顾客。因此，营销者不仅要为顾客提供产品，还要使顾客感到在交换中价值的实现程度比较高，感到物有所值，这样才能使顾客产生较高的满意度。

二、市场营销的经济效用

一种产品能够满足顾客的需求和欲望的程度可以根据它的经济效用来评定。效用是指某种产品能够满足使用者需求或欲望所固有的能力。它是顾客对能满足他需要和欲望的某种标的的有效性的主观综合评价。欲望与需求都是一定的标的的营销。所谓市场营销的"标的"(或"产品")是那些具有交换价值并能满足交换双方需要与欲望的所有东西。市场营销人员可以开发出四种效用：外观形式效用、时间效用、地点效用和所有权效用。

外观形式效用即是把原材料制成产品或把各种部件组装成产品所产生的价值。营销者通过把生产资料和原材料制成有用的产品来创造外观形式效用。例如，冷饮公司把奶油、糖、果汁和其他混合物放在一起制成冰淇淋。时装设计师通过把他的设计构思和丝织材料结合起来，就形成了一系列的时装。其他制造商则把各种各样的材料制成了唱片、电话听筒、摩托车或其他商品等，他们也创造了外观形式效用。

时间效用即是营销者通过在顾客需要时生产出有用的产品所提供的效用。便利商店创造时间效用是通过每天日夜营业来实现的。一些邮购零售商则是通过提供24小时的电话订购服务。先进技术的使用突破银行业务的时间限制，自动取款机(ATM)允许顾客在(银行)营业时间之外享受银行的服务。

同样，营销者通过在顾客所要求的地点生产出产品来创造地点效用。送报人把报纸准确地投递到顾客门口，从而创造了地点效用；午餐车司机则是把车停靠到施工地点附近，为建筑工人们服务；当你正在海滩上打排球或正在研究你的生产报告时，你的市场营销学教授随你去海边，在你休息的间隙向你讲授市场营销战略、战术和知识，那么，他(或她)则创造了一种特殊的地点效用。

最后，所有权效用即是拥有某种产品并对其使用权进行控制时所具有的价值。所有权或所有物的效用允许购买者在他们认为合适时使用该产品或任凭他们处置该产品。一件白色T恤衫的购买者有自由去把它染成紫色，剪掉袖子，或者就按照制造商原来生产的样子来穿。当汽车购买者用高品质的音响系统代替了工厂组装的广播时，他们就享受到所有权效用的乐趣。当杂志购买者把图片撕下挂到墙上的时候，他们也是对所有权效用进行了小小的利用。

市场营销人员并不总是明确的根据效用来思考问题，但成功的营销者总会考虑到其产品所能带来的利益。长期以来，许多企业过分强调产品的特征而忽略了顾客的利益，这是一个典型的市场营销近视病。例如，我们并不因为自动取款机(ATM)有15个按键和美观的屏幕而去使用它，而是因为它能给我们提供便利，也就是它能在任何时候满足我们在账户上存、取。由于在一定程度上，人们开发新产品和进行产品营销时已经对产品进行了定位，所以对高科技工业产品特征的重视常常是一个特殊的问题。

三、市场营销近视病

市场营销近视病(marketing myopia)是美国著名的市场营销学家、哈佛大学管理学院教授李维特(Theodore Levitt)在1960年提出的一个理论。它是指不适当地把主要精力放在产品或技术上，而不是放在市场需要(消费者需要)上，其结果导致企业丧失市场，失去竞争力。这是因为产品只不过是满足市场消费需求的一种媒介，一旦有更能满足消费需求的新产品出现，现有的产品就会被淘汰。同时消费者的需求是多种多样的并且不断变化，并不是所有的消费者都偏好于一种产品或价高质优的产品。李维特说：市场的饱和并不会导致企业的萎缩。造成企业萎缩的真正原因是营销者目光短浅，不能根据消费者的需求变化而改变营销策略。那种不按照顾客的利益所进行的产品定位即患了市场营销近视病。营销近视病的具体表现是：认为只要生产出最好的产品，就不怕顾客不上门；只重视技术开发，而忽视消费者需求的变化；只注重内部管理，不注重外部市场环境和竞争等。那种"酒香不怕巷子深"的陈旧的产品观念正是患了市场营销近视病，认为只要生产出好酒，就不怕顾客不上门。当今时代，"酒好也要多吆喝"，只有这样才能让更多、更远的顾客了解营销者所拥有的"好酒"好在何处，如何买到其所需要的"好酒"。除了"吆喝"，还要经常研究消费者消费偏好的变化趋势，经常通过经济效用和极富意义的利益来满足顾客的需求和欲望。这听起来很简单，但是许多企业似乎在这方面有很多困难。他们不是根据顾客的利益，不是从购买者的观点来考察他们自己所做的一切，而是把自己仅仅看成是严格的产品生产者。虽然公用事业公司供应的是天然气和电等产品，但他们所营销的是通过煤气炉、电灯和电器等来提供给顾客舒适与便利的效用。当一家宠物店出售小猫、小狗或金丝雀时,它事实上在营销玩伴而不是动物。

当营销人员把他们的商业活动看作供应产品而不是满足顾客需要时,那么,他们就患了市场营销近视病。患近视病的公司面对市场营销环境中的变化很容易受到打击。可以想象一下在电视出现前后,两家广播公司的营销观念,即可分辨出谁犯了市场营销近视病(见表 1-2)。

表 1-2 市场营销近视病

不同的市场营销者	在电视出现之前对业务的看法	电视出现后对电视的介绍	当电视成为占主导性传播媒体时
广播电台(甲)	"我们提供了广播节目。"	"电视不适合我们,只有广播才适合。"	"哇!我们的收听率怎么啦?"
广播电台(乙)	"我们给人们带来娱乐以满足他们的需求。"	"现在人们都想通过电视欣赏节目,我们将开播电视节目。"	"我们的收视率很高,谢谢!"

美国铁路公司在 20 世纪最初几十年里,就因为犯了营销近视病,铁路才被其他交通运输工具所代替。铁路部门认为他们应进行铁路商务而不是交通运输业务。汽车和其他交通运输工具在同一时代出现,满足了各类旅行者的需要,反应效果良好。如果铁路部门把他们的业务定义为交通运输而不是铁路运输的话,他们将更灵活,从而处在较有利的位置上同汽车制造商、卡车公司、航空公司等其他交通运输市场的营销者进行竞争。

日本有一家公司在遭受了80 年代中期的财政亏损后,把它的传统化妆品系列扩大到了包括健康食品、化妆品、健康俱乐部、药品等。该公司总裁解释道:"本公司的最终目标是把美丽和健康带给顾客,这是很重要的。因为我们正在步入老龄化社会,这不仅涉及化妆品,还涉及运动、节食和制药等方面的问题。"这样明智的市场营销也正是日本产品在全世界获得如此成功的原因之一。

目前在我国,也有很多企业不同程度地奉行生产导向的观念,他们把提高产品功能与质量作为头等大事来抓,提出了"企业竞争就是质量竞争"、"质量是企业的生命线"等口号,这在很大程度上推动了国产产品的升级换代,缩小了与国外同类产品的差距,一些企业也取得了较好的经济效益。但是如果过分强调产品的质量与功能而忽略了企业营销的真正目标,忽视了消费者的利益,忽视了消费者心目中的产品质量与功能标准,那么,势必陷入"市场营销近视病"的误区。我们认为,营销者应该研究消费者心目中的产品质量与功能标准,而不是闭门造车,自己想象一个质量与功能标准。到底什么叫做高质量?我们应该对此进行深入地研究。消费者心目中的高质量是产品的适用性与持久耐用性。

四、非营利性组织市场营销

虽然商业企业和非营利性组织通常有不同的营销目标,但非营利性公司仍像营利性公司一样进行产品营销。公共组织诸如国家税务局、地方税务局、警察局、学术团体(或协会)、各种基金会等都是非营利性的市场营销组织。这些组织有不同的目标,但它们又都有相同的部分，即都在营销它们的人力、主意、场所或组织。

政党则是在营销其人员和思想。它创造的是带有不同政见的候选人，并通过各种不同的广告技巧和宣传手段来推销他们。其目标市场是由正式的选民组成，**市场营销的目标是向选民推销它们的候选人及其所代表的党派，其价格是一张选票。**

商会、参观地、大会办事处及相类似的机构则是在营销它们的地方或场所、城市、国家及区域等。上海浦东对外开放、开发是打上海牌以至中华牌，把上海浦东推向全国和世界。

非营利性组织致力于改变公众在健康、教育、政治、安全和人权等方面的观点，这也是在营销他们的思想。全国妇女联合会在营销有关妇女待遇方面的思想。预防艾滋病组织则是在营销有关对病人的治疗和艾滋病常识方面的思想。环保局营销的则是有关保护自然环境的思想。这些组织开发和营销它们的思想、时间、立法和追求它们的金钱价值以及希望改变公众或个人的行为。普通的非营利性组织市场营销的目标是营销其组织本身。

第二节　营销活动的运作体系

一、营销活动运作体系的影响因素

正常营销活动的运作体系，应包括下图所示内容(见图1-3)。

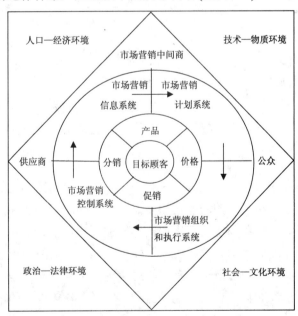

图1-3　营销导向运作体系的影响因素

(图片来源：仇向洋，朱志坚.营销管理. 北京：北京师苑大学出版社，2008)

企业为了有效地开展市场营销工作，从总体思路上讲，首先需要对企业不可控的宏观环境(政治法律、人口经济、技术/自然、社会/文化等)和微观环境(供应商、竞争者、营销中介单位和公众)因素作出比较透彻的分析和预测，从中了解环境变化给企业带来的机会和威胁，同时需要对竞争状况进行分析，以明确本企业的优势和劣势。在此基础上展开市场细分，并针对目标市场顾客的需求，通过企业可控的产品、价格、分销、促销诸要素的营销组合策略，设法满足目标市场顾客的需求，在满足顾客需求的同时实现本企业的利润。

二、营销导向运作体系的构建

企业在开展市场营销工作时需要建立营销信息系统、营销计划系统、营销组织和执行系统以及营销控制系统。

1. 营销信息系统

企业应该把营销信息系统看成是企业的中枢神经。因为该系统可以使企业与外界保持紧密的联系，并综合各种内外信息，监督协调企业各部门的计划和执行情况，对企业的战略决策起着引导作用。一个良好的营销信息系统由四个子系统组成：

- **内部报告子系统**——提供有关销售、成本、投资、现金流量、应收和应付账款的最新数据；
- **营销情报子系统**——主要负责收集供应商、竞争者、消费者、替代产品等方面的情报，也收集经济、政策、人口、技术等宏观方面的信息，以供企业决策者参考；
- **营销调研子系统**——主要是调查收集与企业有关的某些特定营销问题的信息并提出调研结论；
- **营销分析子系统**——通过运用先进的统计程序和模型，以便从所收集的信息中发掘出更精确的调研结果。

为了准确、及时、适用、经济地获取营销信息，更好地为营销决策服务，企业应采用先进的信息技术计算机网络技术，建立起营销信息管理系统和决策支持系统。

2. 营销计划系统

计划是从现在通向未来的"桥梁"。只有当一个企业搞清楚了它的使命和目标时，它才知道今后要往何处去。接下来的问题是如何通过最好的路线到达那里，这就需要有一个达到其目标的全盘计划。随着环境的变化和竞争的加剧，每个企业需要用计划的方法来对待市场。不仅要建立年度的营销计划，而且要建立长期发展的战略计划。有时对未来机会占有率的思考比对提高企业当前市场占有率的思考更为重要。尤其是企业的高层领导更要有战略眼光，不仅要考虑今年明年的市场，还要看到 5 年 10 年以后的市场变化和企业营利的机会。企业只有明确了自己的使命和目标，才能制订出切实可行的业务(或产品)投资计划和新的业务计划。企业只有使自身的目标和资源(或能力)与企业的外部环境保持一致，才能获得长期的回报。

需要强调的是，企业在编制各种计划时，应该把营销内容放在优先考虑的位置。因为计划工作常常从"我们希望有多大的销售量来获得利润？"这个问题开始。这个问题只有通过营销分析和制订一个营销计划才能解决。当营销计划被认可后，非营销经理们才可开始制订他们的生产、财务和人事计划等，以支持营销计划的顺利展开。因此，营销计划是其他行动计划工作的起点。

3. 营销组织和执行系统

企业在开展营销工作时，大多经历了几个阶段。初始只是一个简单的销售部门，由一名主管销售工作的副总经理领导，该副总经理既负责管理销售队伍，也直接从事某些推销活动。后来销售部门又承担了一些促销和市场调研之类的附属职能。随着这些附属职能显得越来越重要，许多企业设立了单独的营销部门，专门负责各种营销活动和销售队伍的管理。营销职能工作主要有市场研究、营销规划、广告促销、产品计划、市场开发、存货控制、储存运输、营销审计等；销售队伍管理则包括人员推销、分配制度、售后服务、推销人员培训等。

现代营销部门有多种组织方法，但都必须适应营销活动的四个基本方面：职能、地理区域、产品和顾客市场。

按营销职能设置的营销机构，通常是由各种营销职能专家组成，如广告、市场研究、销售、实物分配、售后服务等。他们分别对营销副总经理负责，由营销副总经理协调他们的工作。

按地理区域设置的营销机构，通常适用于销售范围比较广的企业，如在全国和全球范围内销售产品的企业。

按产品或品牌设置的营销机构，通常适用于生产多种产品或有多种品牌的企业，这样便于产品或品牌经理制订产品开发计划并付诸实施，监测其结果并采取改进措施。

若按市场设置营销机构，多数企业是把一条生产线的各种产品向多个细分市场销售。因此，当客户可以按不同的购买行为或产品偏好分为不同的用户类别时，设立市场经理制度是颇为理想的。市场经理主要负责主管制订并实施市场的长期计划和年度计划，分析主管市场的动向，分析企业应向该市场提供什么样的新产品。

对于主管营销工作的副总经理来说，不仅需要学会如何制订一个有效的营销计划，而且要能够成功地执行这些计划。营销执行过程就是把计划变为行动任务的过程，要说明谁做什么事、什么时候做、怎样做，同时要设立一套有效的激励制度和政策，充分调动营销人员的积极性。另外，还需要与其他职能部门相互配合、协调。

4. 营销控制系统

由于营销计划的实施过程中会发生许多意想不到的情况，因此，营销部门必须连续不断地监督和控制营销活动。营销控制系统的建立对于保证企业高效率和高效益运转是十分必要的。计划和控制像一把剪刀的两个片，是保证企业沿着正确方向前进所缺一不可的。营销控制大体上有如下四种类型。

- **年度计划控制**。年度计划主要由企业的高层和中层管理人员控制。控制的目的是监督当前的营销活动和结果,以确保年度销售目标和利润目标的实现。主要分析工具是销售分析、市场占有率分析、营销费用分析、销售额分析、财务分析和顾客态度追踪。如果察觉到有不足之处,公司方面可采取的措施有削减产量、调整价格、对销售人员增加压力以削减附加开支、减员、减少投资、出售资产,甚至出售公司等。

- **营利率控制**。主要由营销审计人员负责。控制的目的是检查公司哪些地方赚钱,哪些地方亏损。具体方法是对产品、地区、顾客群、销售渠道、订单大小等营利情况进行判断,这方面的情报将有助于高层管理决定哪些产品或营销活动应该扩大,还是收缩或者取消。

- **效率控制**。主要负责人是直线和职能管理部门、营销审计人员。控制的目的是评价和提高经费使用效率以及营销开支的效果,进而提高诸如广告、人员推销、销售促进和分销等工作的绩效。

- **战略控制**。主要负责人是高层管理当局营销审计人员。控制目的是检查公司是否在市场、产品和渠道等方面寻求最佳机会,确保公司目标、战略以及制度能够最佳地适应企业当前的和预测的营销环境。控制方法为营销效益等级评核和营销审计。

第三节 市场营销导向观念的演变

一、市场营销的产生

市场营销学萌芽于20世纪初,形成于20世纪中叶,成熟于20世纪80年代,目前仍在不断发展中。市场营销理论作为一门学科,于19世纪末20世纪初在美国产生。1905年,克罗西(W. E. Kreusi)在宾夕法尼亚大学开设《产品市场营销》课程,1910年,拉尔夫·巴特勒(Ralph. S. Butler)在威斯康星大学出版了《市场营销方法》一书,后更名为《市场营销》,首先在课文中使用"市场营销"(marketing)一词。1918年,弗里德·E.克拉克编写了《市场营销原理》讲义,1919年到西北大学任教,这份讲义也被密执安和明尼苏达大学用作教材,并于1922年出版;L.S.邓肯于1920年出版了《市场营销问题与方法》。1912年,赫杰特齐(J. E. Hegertg)编著了《市场营销学》。至此,市场营销作一门独立的学科已经建立。

这时的市场营销学内容,多侧重于流通领域的广告推销,真正现代市场营销的原理和概念尚未形成,营销理论具有不成熟性。比如拉尔夫·S.巴特勒认为"市场营销应该定义为生产的一个组成部分","市场营销开始于制造过程结束之时"。然而,把商业活动从生产活动中分离出来作专门的研究,这无疑是一个创举。

到了20世纪20年代,已有若干市场营销学教科书问世,初步建立了本学科的理论体系,市场营销受到各方面的普遍注意。由著名大学的教授编写教科书,对市场营销学领域内的每一个专题，都由学生进行调查，形成了许多新的市场营销原理。这时，市场研究的发展，有一个重要特点是增加了有效的实际资料。这些资料经收集整理后，由美国商业部和农业部出版，因而能帮助商业人员及农民解决许多市场问题，并向学习市场营销学的学生有力地证明其研究的价值。此后，美国户口调查局连续地、系统地进行商业调查及市场调查，使市场研究建立在大量调查的基础上，有充分的数据资料。自 1930 年使用新的统计工具后，在许多市场刊物上刊载了大量市场调查资料。

作为市场营销学的发源地，美国在 1915 年正式成立全美广告协会(NATM)，1926 年改组为全美市场营销学和广告学教师协会，1931 年成立了专门讲授和研究市场营销学的美国市场营销学会(AMS)，1937 年前述两组织合并成立美国市场营销协会(AMA)，并在全国设立几十个分会。这些组织的成立使市场营销学从学校到企业，从课堂到社会。理论与实践相结合，营销原理用于指导实践，营销实践经验的总结又丰富了营销理论，既显示了市场营销学的实践性、应用性特点，又加速了市场营销学的发展。

二、市场营销学的发展

第二次世界大战后，传统的市场营销学中侧重于商品推销的销售观念，愈来愈不能适应新形势的要求。美国经济学家奥尔德逊(Alderson)和科克斯(R. Cox)曾批评说："市场营销学著作向读者提供的只是很少的重要原则或原理……现有的理论不能满足研究者的需要。因为这些理论既未说明也未分析流通领域内的各种现象。"新的形势向市场营销学提出了新的课题，促使市场营销学发生了深刻的变化。现代企业必须善于分析、判断消费者的需求和愿望，并据此提供适宜的产品和劳务，保证生产者与消费者之间"潜在的交换"得以顺利实现。否则，产品销售不出去，资金积压，投资没有收益，企业生产管理再好，产值增长再快，也是没有意义的。所谓潜在的交换，就是生产者的产品或劳务要符合潜在消费者的需求和欲望。在市场营销学原理的新著作中，为市场赋予了一个新的概念，即市场是生产者与消费者进行潜在交换的场所，凡是为了保证实现这一潜在交换所进行的一切活动都属于营销活动，也都是市场营销学研究的对象。这一新原则日益为人们所接受，并被公认是市场营销学中的一次"革命"。这一"革命"要求企业把市场在生产过程中的位置倒过来，过去市场是生产过程的终点，而现在市场应该成为生产过程的起点，必须充分重视消费对生产的影响，使消费者实际上参与生产、投资、研究等计划的制订。这种新的理论不仅导致了销售职能扩大和强化，而且促使企业的组织结构也出现了新的变化。因此，有人认为这是企业经营中的"哥白尼太阳中心说"。这时，市场营销学的任务是要为企业的全部活动提供指导思想。20 世纪 60 年代，一系列市场营销学著作都是作为解决企业的销售问题而进行筹谋划策的产物，如市场营销管理、销售计划、营销战略、营销决策等。

传统的营销理论认为，营销的任务是刺激消费者对产品的需求，而且要影响需求的水平、时机和构成，营销管理实质即需求管理。营销活动既实施于流通领域，又不限于流通领域，真正的营销是以市场为起点，上延到生产领域，下伸到消费领域。营销原理不仅广泛应用于企事业单位和行政机构，而且逐渐应用于中观与宏观两个层次。

美国菲利普·科特勒的《市场营销管理：分析、计划、执行和控制》一书，对营销原理作了精辟的阐述和发展，该书在欧美和日本的大学中，成为最普遍的教科书，自 1967 年以来，已被译成了十多国文字，多次再版，第 11 版现已问世。

菲利普·科特勒认为，自 20 世纪 50 年代以来，市场营销学的新概念层出不穷，差不多每十多年都要出现一批新的概念(见表 1-3)。

表 1-3　市场营销学新概念一览表

年　　代	新　概　念	提　出　者
20 世纪 50 年代	市场营销组合	尼尔·鲍顿
	产品生命周期	齐尔·迪安
	品牌形象	西德尼·莱维
	市场细分	温德尔·史密斯
	市场营销观念	约翰·麦克金特立克
	营销审计	艾贝·肖克曼
20 世纪 60 年代	"4P" 组合	杰罗姆·麦克锡
	营销近视	西奥多·莱维特
	生活方式	威廉·莱泽
	买方行为理论	约翰·霍华德
		杰克逊·西斯
		西德尼·莱维
	大营销概念	菲利普·科特勒
20 世纪 70 年代	社会营销	杰拉尔德·泽尔曼
		菲利普·科特勒
	低位营销	西德尼·莱维
		菲利普·科特勒
	定位营销	阿尔·赖斯
	战略营销	波士顿咨询公司
	服务营销	林恩·休斯塔克
20 世纪 80 年代	营销战略	雷维·辛格
	内部营销	菲利普·科特勒
	全球营销	克里斯琴·格罗路斯
	关系营销	西德经·莱维·巴巴拉·本德·杰克逊

菲利普·科特勒在 20 世纪 60 年代提出的大市场营销(megamarketing)观念，将营销组合由 4P 扩展为 6Ps、10Ps、11Ps，从战术营销转向战略营销，也被称之为市场营销学的第二次革命。

三、市场营销导向观念的演变

各个企业进行市场营销活动的指导思想存在着很大差别。市场营销指导思想更多地被称为营销导向观念。20 世纪早期,市场营销学作为一门独立的学科出现了,但它并没有立即对大多数的公司产生影响。许多商人经历了市场营销导向观念的不同阶段。他们首先是受生产观念或产品观念支配,然后是销售观念或推销观念,最后才是市场营销观念,如表1-4 所示。

表 1-4 市场营销观念演变历程

开 始 时 期	工 业 革 命	1930 年	1950 年
市场营销观念	生产观念	销售观念	市场营销观念

1. 生产观念

这是指导销售者行为的最古老的观念之一。生产观念认为,消费者喜欢那些随处可以买到并且价格低廉的产品,企业应该专心于提高生产效率和分销效率,扩大生产,降低成本以扩展市场。生产观念开始于 18 世纪的工业革命,一直持续到 20 世纪 20 年代。在这一阶段,企业关注的是制造过程。他们寻找各种方法以便更快、更高效地生产更多的产品。生产阶段时期,许多工业企业处于卖方市场,即对产品的需求大于产品供给。具体表现为:"我们能生产什么,就卖什么。"在这一时期,制造商只关注生产。事实上,消费者对他们的产品需求很大,以致他们急迫需要改善生产方式去满足现实的需求。因此,在从工业革命到 1930 年左右这段时期,公司把注意力集中在提高制造技术上。显然,生产观念是一种重生产、轻营销的商业哲学。20 世纪初,汽车大王亨利·福特所奉行的便是这种哲学。美国的福特汽车发明后不久,于 1903 年创办了福特汽车公司,从 1914 年开始一直生产 T型黑色小汽车——一种 4 个汽缸、20 马力的低价汽车。这种汽车到 1921 年,在美国汽车市场上的占有率已上升到 56%。当时福特的经营哲学便是如何使 T 型汽车生产效率趋于完善,从而降低成本,使更多的人买得起汽车。他曾经说,福特公司可供应任何颜色的汽车,只是他要的是黑色汽车。这是一味追求产品价廉而忽视消费者对产品多样性的生产观念的典型表现。

又如,创建于 1869 年的皮尔斯堡公司是一个生产面粉的专业公司。当时,该公司总经理查尔斯·A·皮尔斯堡心里反复思考的只有两样东西:小麦和水力。因此,皮尔斯堡面粉公司在这一时期的口号就是:"本公司旨在制造面粉。"生产虽不是市场营销的全部,但却是皮尔斯堡全心投注的焦点。这种生产导向观念是这一时期的典型观念。

2. 产品观念

这种观念认为,企业只要生产出质量最优、性能最好、特点最多的产品,就能赢得竞争优势。此观念产生于 20 世纪 50 年代。当市场上同类产品增多,出现竞争时,企业往往首先致力于产品改进。这种观念的问题在于，它仍然是生产者导向。所谓的质量最优、性能最好、特点最多是生产者的看法，并不一定代表顾客的愿望。例如，美国爱尔琴钟表公司自1869年创立到20世纪50年代，一直被公认为是美国最好的钟表制造商之一。该公司在市场营销管理中强调生产优质产品，并通过由著名珠宝商店、大百货公司等构成的市场营销网络分销产品。1958年之前，公司销售额始终呈上升趋势，但此后其销售额和市场占有率开始下降。造成这种状况的主要原因是市场形势发生了变化：这一时期的许多消费者对名贵手表已经不感兴趣，而趋向于购买那些经济、方便、新颖的手表；而且，许多制造商迎合消费者需要，已经开始生产低档产品，并通过廉价商店、超级市场等大众分销渠道积极推销，从而夺走了爱尔琴钟表公司的大部分市场。爱尔琴钟表公司竟没有注意到市场形势的变化，依然迷恋于生产精美的传统样式手表，仍旧借助传统渠道销售，认为自己的产品质量好，顾客必然会找上门。结果，企业经营遭受重大挫折。产品观念可能导致企业过于迷恋自己的产品，而忽视了市场需求的变化，从而导致"市场营销近视病"。

3. 销售观念

销售观念又称推销观念。这一观念是跟随生产时期的大混乱出现的，从20世纪30年代一直持续到50年代。在销售时期，制造商们认为商务成功依靠的是比竞争对手更有效的推销。他们关心的问题不是"顾客需要什么？"而是"如何使顾客购买我们的产品？"

在销售时期，企业强调的是产品的推销，就如在生产时期努力提高制造技术一样。商行建立了直销队伍并且与商人和其他能把其产品打入市场的商行建立起联系。在这一时期，广告开始发挥了重要作用。

皮尔斯堡公司在20世纪30年代步入了它的销售时期。在后来的岁月里，皮尔斯堡公司渐渐懂得了向食品商和消费者推销其生产的产品，并意识到可以利用有关顾客喜好的信息制作能刺激需求的广告。具体表现为："我们卖什么，就让人们买什么。"因此，该公司成立了一个专门的研究机构去收集市场信息。同时公司也认识到了加强与食品商联系的重要性。皮尔斯堡公司建立了这种联系以确保它的产品在企业与顾客之间能够顺畅流通。这时，皮尔斯堡公司的口号是："本公司旨在销售面粉。"

4. 市场营销观念

20世纪50年代，市场营销时期开始形成，企业开始在其流通过程中运用市场营销，建立了市场营销机构，开始把注意力投向顾客的需求和欲望，并开始贯彻市场营销的观念。这种观念认为，实现企业各项目标的关键，在于正确确定目标市场的需要和欲望，并且比竞争者更有效地传送目标市场所期望的物品或服务，进而比竞争者更有效地满足目标市场的需要和欲望。这种市场营销导向的观念直到现在仍在继续发展和广泛应用于指导企业的生产经营活动。本世纪早期的高效率生产技术的开发已经为大多数产品的丰富供给奠定了基础。在很多情况下的买方市场是指供大于求。与此相反，如果要在买方市场获得成功，那么企业所要做的事情就远比以前多。

企业的经营观念已经从仅仅把产品推销给顾客转变为寻找顾客的需求，并且设法满足这种需求。**生产观念、产品观念和销售观念说到底还是一种"以产定销"的观念。**西奥多·莱维特(Theodore Levit)曾对推销观念和市场营销观念做过深刻的比较,指出推销观念注重卖方需要,市场营销观念则注重买方需要。推销观念以卖方需要为出发点,考虑如何把产品变成现金;而市场营销观念则考虑如何通过制造、传送产品以及与最终消费产品有关的所有事物,来满足顾客的需要(见图1-4)。从本质上说,市场营销观念是一种以顾客需要和欲望为导向的哲学,是消费者主权论在企业市场营销管理中的体现。

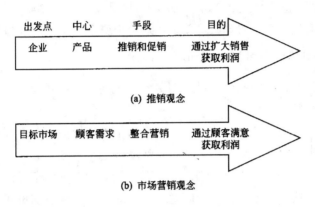

图 1-4　市场营销观念与推销观念的区别

在市场营销时期,企业的出发点不像在前两阶段那样以制造者的目标为中心,而是以顾客的需求和欲望为出发点。具体表现为:"顾客需要什么,我们就生产销售什么。"这一时期许多公司建立了新的市场营销部门,并且开始努力把顾客所需的货物和劳务提供给他们。这是一种把市场营销和公司其他部分整合起来,并满足顾客的需求和欲望,使得公司长期营利达到最大化的市场营销思想。

在 20 世纪 50 年代,皮尔斯堡公司的市场营销导向观念得到了发展。在 20 世纪五、六十年代,该公司开始重视顾客的意见,注重用创新的、改进的产品去满足顾客的需求和欲望,而不是去担心应该生产多少、销售多少的问题。皮尔斯堡公司把它的广告部门发展成为一个市场营销小组,负责满足顾客现实的以及未来的需求,并提出"哪里有消费者的需求,哪里就有我们的机会。"

市场营销观念是企业各部门有效的组合与顾客满意及企业长期营利的整合。满足顾客的需要和欲望是市场营销观念的核心。这就要求营销者必须了解顾客希望得到什么,然后去满足这些愿望并且比竞争对手做得更好。有一些需求和欲望是很明显的,例如,司机需要安全而又舒适的小汽车。当然,他们当中的许多人更喜欢新型的、舒适的、低噪音的小汽车。还有一些顾客的愿望是隐藏着而不能立即发现的。顾客所有的需求和欲望构成了企业市场营销努力的基础,重视满足顾客需求和欲望就是以顾客为中心。

5. 生态营销观念(Ecological Marketing Concept)

20 世纪 70 年代以后,市场营销观念在经济发达国家的企业被广泛采用。但有些企业片面强调满足消费者的需求,而忽视企业本身的资源和能力,结果生产的往往不是自己所擅长的产品，而且也并不比竞争者更能满足消费者需要。有的市场学家由此认为，企业应当把面向消费者和面向生产者结合起来，实行"生态学销售的观念"。

所谓生态学销售观念，指的是企业如同有机体一样，要同它的生存环境相协调。由于科学技术的发展，专业化和分工更细，企业与外界环境的相互依存、相互制约关系日益密切。企业要以有限的资源去满足消费者无限的需求，必须利用自己的专长，发挥优势，去生产既是消费者需要又是自己所擅长的产品。

企业的经营目标，也就是企业与环境最为协调的状态。由于消费者需要经常发生变化，企业的优势也发生变化，企业管理人员就要在这两个变数中不断发现和判断新的机会。

6. 社会营销观念(Societal Marketing Concept)

社会营销观念认为，企业提供产品和服务，不仅要满足消费者的需求和欲望，而且要符合消费者的长远利益。

20世纪70年代，为了抵制工商企业在市场营销中以次充好、虚假宣传、欺骗顾客、损害消费者利益的现象，西方许多国家消费者运动兴起。有的学者认为，消费者运动的兴起，证明企业并没有真正奉行市场营销观念，而大部分学者则对市场营销观念产生怀疑，并提出了一些问题，认为市场营销观念回避了消费者欲望和需求的短期满足以及长远的社会福利之间的矛盾，企业奉行市场营销观念往往会导致环境污染、资源短缺、物资浪费和损害消费者长远利益等现象。在美国，人们对有关行业和产品进行了如下的评论：

麦当劳公司根据消费者的需求和愿望决定汉堡包的生产和服务方式，它在迎合美国人希望有一种快速、价廉、味美食物的欲望上是成功的。但由于热量过高，吃多了会使人发胖，且它选用纸包装，然后置于铝纸之内以保温，这会造成纸张的浪费和短缺。

汽车行业满足了美国人对交通方便的需求，但同时却产生燃料的高消耗、严重的环境污染、更多的交通伤亡事故以及更高的汽车购买费用和修理费用等。

软性饮料满足了美国人对方便的需求，但大量包装瓶罐的使用实际上是社会财富的浪费。清洁剂工业满足了人们洗涤衣服的需要，但它同时却严重地污染了江河，大量杀伤鱼类，危及生态平衡。

为了克服上述现象，西方学者提出了社会营销观念，即企业决策者在确定经营目标时，既要考虑市场需求，同时要注意消费者的长远利益和社会福利。

另外，营销观念还必须包括在满足顾客需求的同时连年保持企业可观的利润水平即企业长期营利的需要。市场调研、产品设计、产品促销和顾客研究都花费一定的资金。营销者必须做好各种工作去满足顾客的需求，同时也使企业每年获得可观的利润。企业长期营利是一个关键点。假如你的兴趣仅仅是获得一个快速的增长，你最好不要长期地投资于实验室研究。但你如果想从现在起到今后5~10年甚至20年中保持良好的财政状况的话，那么这些投资也许是不错的。然而，长期投资并不是所有公司能轻易做到的。如今在中国一个普遍值得注意的问题就是大多数企业只注重于短期营利。许多压力来自于公司的投资者、借贷人、股票持有者或其他方面。这些人通常只想迅速地得到投资回报，他们没有耐心去开发新产品、开拓新市场或创造新的满足顾客需求的方法。这些短期营利思想在某种程度上至少应对那些竞争对手兼并接管本企业的结果负责。这种短期行为现象似乎在我国商界一直起着主导作用。所幸的是，许多公司已经认识到把满足顾客需要放在首位的必要性，认识到满足顾客需求与获得可观利润之间的关系。那些非营利营销组织也考虑获利情况。对于慈善机构或其他非商业组织来说，利润也许被解释为群体最终目标或者其成员的最终利益。例如绿色和平组织的目标就是保护环境。该组织通过执行其保护环境的使命向现实和潜在的环保贡献者和环保"利润"受益者推销他们的政治行动。在召集支持者和协会成员的长期过程中，他们获得很多赞助费。赞助费也是达到环保目标的必备条件之一。

市场营销观念另外一个组成部分是营销部门与其他部门有效的整合。例如，发展战略研究部门、生产部门和财务部门等各职能部门之间的有效合作在很大程度上增加了公司成功的机会；相反，这些部门间的不良关系则会削弱公司的力量。开发新产品项目的研究表明，如果营销部门和发展战略研究部门存在严重不协调的情况下，那么研究开发项目中有68%是失败的。在商业交易方面只有11%能够获得成功。

为了在市场营销和其他部门之间创造良好的关系，一些公司已经制订了一些方案，让财务和技术人员与顾客打交道。就如推销人员那样，通过穿着他们同事的鞋行走一段路，非营销部门的人员会获得一些对营销的了解，并且在思想上产生对销售和营销者的同情，更好地了解同事的工作。生产和财务部门共同迎接市场的挑战，其结果是营造一种更好的交流与发展关系从而促进了企业的发展。

四、现代市场营销理论的创新

一般认为，市场营销战略是一个关于选择目标市场和通过产品、价格、分销和促销以及市场机会选择等从而成功地进入目标市场的总体规划。它是一个关于某种产品营销的全方位的规划，其中包括目标市场选择和目标市场分析、市场创造和市场维护的一系列市场营销组合。制订市场营销战略的第一步是透彻地调查市场并选择目标顾客群。第二步是创造市场营销组合，这也是获得成功的关键。

1. 制定市场营销战略的步骤

(1) **目标市场**。目标市场是指那些最可能想买或需要购买某种产品的顾客群。在选择目标市场时，市场营销人员应该把他的工作重心从整个大市场范围缩小到一个更小、更有利于管理的潜在顾客群市场范围。然后作进一步市场调查以确定目标市场的营利程度和使本企业获得成功的程度。

(2) **市场营销组合**。当企业确定了目标市场后，第二步就是设计一个市场营销组合，它包括四个因素：产品、价格、分销和促销。企业可以轻易地控制市场营销组合中的每一个因素，但是它很难控制其所处的环境。例如，某汽车制造公司可以决定制造哪一种汽车，但是它不能决定污染控制法规的内容和其他竞争对手的行为。由于这些外部因素的影响，市场营销人员必须结合整个商业环境来考虑营销组合(见图1-5)。

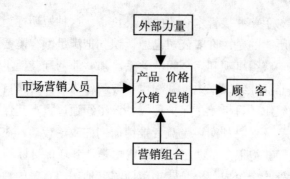

图 1-5　市场营销组合

产品。产品对于交换过程而言是必不可少的。没有产品，就没有市场上的买卖。正如以前所说的，一件产品可以是某件商品、某项服务或某种想法。产品实际上是用来满足消费者需要的"价值综合体"。例如，当你购买一双篮球明星迈克尔·乔丹签名的耐克鞋时，你得到的不仅是皮革、橡胶和鞋带，还得到了乔丹形象的一部分。

企业提供给消费者的价值不仅仅是基本产品，它还包括咨询、运输、介绍、安装和其他有形的和无形的组成部分。由于众多行业的竞争日益激烈，也由于许多产品看起来越来越相似，这些附加的特色和利益也就成为消费者选择购买产品的重要标准。

市场营销组合是产品、价格、分销和促销的一种组合；企业外部力量在市场营销组合和营销管理中发挥了越来越重要的作用。

虽然市场营销人员通常不去设计和制造产品，但是他们应该熟悉怎样满足顾客需要的过程。市场营销部门常常是将来自顾客的信息反馈给设计人员的一个集散点。某软件开发公司接受了一项开发业务，这项业务要求产品必须兼容日语并符合日本的印刷标准。为此，公司和日本的销售商共同开发了不仅适合日文水平横向书写格式，而且适合从上到下的纵向书写格式的软件。这种产品还要能处理使用的日文汉字。为了使印刷质量满足日本的标准，该公司使用了高分辨率的印像机。由此，这种特制的产品满足了日本正在发展的桌面排版印刷市场的需要。

产品开发是市场营销中细微而具有挑战性的工作，因为你必须熟悉诸如销售、服务、调研和开发、包装设计、财务分析和制造等各个方面的问题。

价格。市场营销组合的第二个要素就是价格，即一家公司对它的产品要价。作为市场营销组合的一个重要组成部分，价格通常高于产品或服务的成本。

定价是一件非常复杂而困难的工作。开始时，竞争对手和顾客的期望给可能的定价范围限定了一个最高的限度，限制了定价的刺激性。顾客如果不相信你的产品值这个价钱，他就不会购买你的产品。如果你的产品价格比其他竞争对手的价格略高，你就必须提供一种确实与众不同的效用。产品制造商必须考虑购买原材料以及将制成品送达顾客手中所耗费的成本。提供服务者必须考虑完成服务的时间以及可能需要的材料和设备。当然，产品也能制订一个亏本价。这种策略的目的也许是为了建立起产品的市场接受力。另一方面，低价格也可能是突发事件所造成的结果。

政府规章和道德标准同样影响着价格的制订。例如，政府法律不允许推销员人为地降低价格以达到挤掉竞争对手的目的。政府同样给企业限定最高价格线。

价格和产品形象是紧密联系在一起的。如果同样的葡萄汁装在两支不同的瓶子中，一瓶贴着一般的标签，另一瓶贴着王朝的标签，那么后者的价格会高一些。顾客会出高价购买知名的、品位高的产品，其部分原因是广告和其他促销手段树立的形象所造成的结果。

高价格可以帮助产品树立高档次的名牌和形象。一些昂贵产品的推销人员甚至以他们产品的高价格做广告。

低价格也是营销策略的关键之一。公司强有力地推销他们的低价产品是用价格优势同竞争者竞争的典型方法，同时在最低限度内维持生产不致亏本。阿姆斯特拉德(AMSTRAD)是英国的一家电脑生产商和电子用品公司。该公司就是以低价格进行促销的。该公司把它的营销哲学概括为"品质越高，售价越低"。

分销。市场营销组合的第三个组成要素是指将产品从制造商传递给顾客的途径，即分销渠道的选择。分销渠道是由那些帮助把货物交给顾客的人和组织构成，它包括批发商和零售商。分销行为还包括产品运输和储藏的管理、办理定货和记录最终产品的财产目录。如下所示。

- 制造商→批发商→零售商→顾客。
- 制造商→顾客。

促销。促销是市场营销组合中的最后一个要素，它包括营销人员用来与目标市场上的消费者和潜在消费者进行沟通的各种方法和技巧。促销组合(见表1-5)包括广告、人员推销、公共关系和营业推广。

表1-5　促　销　组　合

促销组合	广　告	广播、电视招贴栏、体育场广告牌
	营业推广	优惠券、抽奖、免费试用、经常性广告传单
	公共关系	记者招待会、新闻发布会、赞助体育比赛
	人员推销	公司推销、逐门逐户推销、电话营销、研讨会

2. 战略营销4Ps

(1) **战略营销第一个 P——Probing**。美国市场营销学家菲律普·科特勒教授将传统的市场营销组合理论——产品(Product)、价格(Price)、地点(Place)、促销(Promotion)称为市场营销战术 4Ps；我们可以这样理解市场营销战术 4Ps：如果公司生产出适当的产品，定出适当的价格，利用适当的分销渠道，辅之以适当的促销活动，那么，该公司就可以获得成功。这里有一个问题：你如何确定适当的产品、价格、渠道(地点)和促销?所以，1986 年菲利普·科特勒教授又提出了探查(Probing)、分割(Partitioning)、择优(Prioritizing)、定位(Positioning)的市场营销战略 4Ps 理论以解决这一问题。

Probing(探查或研究)是一个医学用语，本意是指医生对病人进行深入、细致和彻底的检查。在营销学上，Probing 实际上就是市场营销调研(Marketing Research)，其含义是在市场营销观念的指导下，以满足消费者需求为中心，用科学的方法，系统地收集、记录、整理与分析有关市场营销的情报资料，提出解决问题的建议，确保营销活动顺利进行。市场营销调研是一个老话题，但被提到战略的高度来研究还是第一次，确实是菲利普·科特勒教授的一大创举。

市场营销调研是市场营销的出发点，它开始于企业还没有生产任何产品之前。"生产什么产品？""顾客在购买一种产品时，他们的实际需要是什么？想得到什么利益？""竞争对手是谁以及在竞争中如何立于不败之地？"所有这类问题都需要市场营销调研来解决。"真正的市场营销人员所采取的第一个步骤，总是要进行市场营销调研，"菲利普·科特勒教授如是说。

市场营销调研可帮助企业确定产品的潜在需求量，了解市场的大小和性质；可对新旧产品不断提出改变营销策略的建议，以适应变动的市场态势；可对日益复杂的分销方法和策略提出意见和建议。总之，通过市场营销调研，为企业进行市场细分、确定目标市场提供了基础和保证，为企业制订产品策略、价格策略、分销策略和促销策略提供了科学的依据。

市场营销调研可通过三种方式来进行：一是由当地专门从事市场营销调研的公司进行；二是聘请专家、教授及大学生对某一情况设计问卷进行调研；三是企业自己组建市场营销调研部负责实施市场营销调研。一般来说，前两种方式多为中小企业采用，后一种方式多为大型企业所采用。有关资料显示，目前世界上已有73%以上的大型企业设立了自己的调研机构。

市场营销调研的最好方法是定量与定性相结合。一方面，在市场营销调研中尽量运用定量分析方法以使调研结果数量化、科学化、准确化；另一方面，对于定量分析的问题，也运用定性分析方法进行分析和判断，确保得出更准确、更能反应市场状况的结果。

没有调查就没有发言权！不打无准备之仗！营销者必须重视市场营销调研。

(2) 战略营销第二个 P——Partitioning。Partitioning(分割或细分)的本意是把某一整体分割成若干部分。在市场营销学上，Partitioning 实际上就是市场细分(Market Segmentation)，其含义就是根据消费者需求的差异性，运用系统的方法，把整体市场划分为若干个消费者群的过程。每一个消费者群就是一个细分市场，亦称为子市场或亚市场。

每一个细分市场都是具有类似需求倾向的消费者构成的群体，因此，分属不同细分市场的消费者对同一产品的需求有着明显的差异，而属于同一细分市场的消费者的需求具有相似性。可见，市场细分运用的是求大同存小异的方法。

市场细分不是对产品进行分类，而是对同种产品需求差异的分类。所以，市场细分的客观基础是消费者的消费心理、购买行为、价值观念、偏爱程度等引起的对同一产品消费需求的差异性。

市场细分是一个包含许多变量的多元化过程，它受地理、人口、消费心理和行为等变量的影响。以上述变量为标志，就会产生地理细分、人口细分、心理细分、行为细分四种市场细分的基本形式。

美国营销学家麦卡锡提出了逻辑性很强的"细分程序七步法"：(1)在确定营销目标的前提下，依据消费需求为产品选择市场范围；(2)通过"头脑风暴法"[1]列出所有潜在消费者的全部需求；(3)分析不同潜在消费者的不同需求，进行初步的市场细分；(4)移去潜在消费者的共同需求，筛选出最能发挥企业优势的细分市场；(5)根据潜在细分市场的特征，为潜在细分市场命名；(6)进一步认识潜在消费者的特点；(7)测定不同细分市场的规模，完成整个细分市场工作。

细分市场是必要的，但并非万能灵药，也不是分得越细越好，更不是"有百利而无一弊"。真正的市场细分不是以细分为目标的"为细分而细分"，而是为了更好地满足消费者的需求，挖掘市场机会为目的。如果实行"超细分策略"，必然导致产品种类增加，批量减少，成本上升，库存大增，价格上涨，营销业绩大幅度下降。在实践中"反细分策略"是有一定道理的，它不是反对市场细分化，而是将许多过于狭小的子市场组合起来，以便能以较低的价格去满足这一市场的消费需求。由此可见，市场细分必须遵守实用性、营利性的原则。

市场细分是衡量市场营销观念是否真正得到贯彻的标志。

(3) **战略营销第三个 P——Prioritizing**。竞争是一门艺术。其中，竞争目标的设定、竞争手段的选择、竞争时机的把握、竞争结果的分析，都需要头脑的创造性思维。

一般情况下，竞争的目标要定得详细而具体，越具体越容易达到，社会学上的实验已经证明了这一点。日本的一位学者曾做过这样一次实验：把 100 名高中学生分为两组，每组 50 人，让两组学生面对墙壁，手拿粉笔尽力往上跳，在最高处画一条线。然后，实验人员把第一组学生所画下的粉笔道朝上移动了两厘米，并鼓励他们说："相信大家还有潜力，再跳一次试试，看看谁能达到新的高度。"同时，对第二组学生也进行鼓励，让他们跳得更高些，但不提出具体的要求。结果，第一组学生达到新目标的有 26 人，而第二组学生达到新目标的只有 12 人。由此可见具体目标的激励作用。在市场营销运作过程中，营销者也必须首先确定经营的目标，选择好的目标市场。

Prioritizing(择优)实际上就是目标市场(Market Targeting)的选择，即在市场细分的基础上，企业要进入的那部分市场，或要优先最大限度地满足的那部分消费者。

选择目标市场的必要性是由消费者需求的多样性和企业资源的有限性决定的。消费者需求的多样性，使企业不能满足所有消费者的需求。企业资源的有限性使企业不能经营所有的产品满足消费者的所有需求。任何企业只能根据自己的资源优势和消费者的需求，经营特定的产品，满足消费者的部分需要。

企业选择目标市场的基础和前提是市场细分。选择一定的细分市场作为目标市场，蕴含着这样一种战略思想：不奢求去满足整体市场上所有消费者的需求，而是追求在较小的

---

1 头脑风暴法(Brainstorming)是为了克服阻碍产生创造性方案的遵从压力的一种相对简单的方法。它利用一种思想产生过程，鼓励提出任何种类的方案设计思想，同时禁止对各种方案的任何批评。

细分市场上拥有较大的市场占有率。这种价值取向，不仅对大中型企业开发市场具有一定的意义，对小型企业的生存和发展尤为重要。资金有限、技术薄弱、在整体市场或较大的细分市场上缺乏竞争能力的小型企业，如果能在市场细分的基础上，发现大企业未曾顾及或很小的未满足的市场需求，并及时提供相应的产品满足消费者的需求，照样能获取丰厚的利润。一些小企业以见缝插针之长，收拾遗补缺之利，在激烈的市场竞争中兴旺发达，甚至在某一方面独占鳌头，其奥秘就在于此。

选择目标市场应力求避免"多数谬误"。如果一个企业总要以最大的和最易进入的细分市场作为它全力以赴的目标市场，而竞争者也遵循同一逻辑行事，这时就会出现"多数谬误"：大家共同争夺同一消费者群。其弊不言而喻：众败俱伤。既影响企业的效益，浪费社会的资源，又不能满足消费者多种多样的需求。简明的道理在于：大家都挤到一条船上，迟早是要翻船的。

可供企业选择的目标市场策略是：无差异性策略、差异性策略和集中性策略。无差异性策略以整体市场为目标市场，差异性策略以若干细分市场为目标市场，集中性策略只以一个或几个更小的细分市场为目标市场。这三种策略各有利弊，企业应根据自身的资源、产品的性质、竞争对手的情况进行审慎的选择。

营销者应牢记"集中优势兵力，打歼灭战"的训条，"把好钢用在刀刃上"！

(4) 战略营销第四个 P——Positioning。Positioning(定位)的直接解释是确定位置。在营销学上，Positioning 实际上就是市场定位(Market Positioning)，其含义是根据竞争者在市场上所处的位置，针对消费者对产品的重视程度，强有力地塑造出本企业产品与众不同的、给人印象鲜明的个性或形象，从而使产品在市场上确定适当的位置。

市场定位并不是你对一件产品本身做些什么，而是你在潜在消费者的心目中做些什么。也就是说，你得给产品在潜在消费者的心目中确定一个适当的位置，如品质超群、新颖别致、高档品牌、方便实用等。市场定位实际上是心理效应，它产生的结果是潜在消费者怎样认识一种产品。

市场定位可分为对现有产品的再定位和对潜在产品的预定位。对现有产品的再定位可能导致产品名称、价格和包装的改变，但是这些外表变化的目的是为了保证产品在潜在消费者的心目中留下值得购买的形象。对潜在产品的预定位，要求营销者必须从零开始，开发所有的 4Ps，使产品特色确实符合所选择的目标市场。

企业在进行市场定位时，一方面要了解竞争对手的产品具有何种特色，另一方面要研究消费者对该产品的各种属性的重视程度，然后根据这两方面进行分析，再选定本企业产品的特色和独特形象。可供选择的市场定位策略有三种：一是专钻市场空隙的拾遗补缺定位策略；二是针锋相对的迎头挑战定位策略；三是高人一筹的突出特色定位策略。

因此，企业只有在搞好战略营销规划的基础上，战略营销组合的制订才能顺利进行。

3. 大市场营销理论(Megamarketing Concept)

传统市场营销组合理论，把企业可控制的四个市场基本因素：产品、价格、渠道和促销有机地结合起来，使之成为一个有机整体，以适应千变万化的外界环境，并全面影响消费者。这一经典理论奠定了现代市场营销学的基础。

市场营销的本质是在千变万化的市场环境中，以市场交换为中心，以满足消费需求为目的，实现企业目标的一系列整体活动。它立足全方位的思考，以系统的方法和策略达成销售，把销售纳入一个更完善、更大的行动体系来加以俯瞰。这就决定了市场营销理论必须不断发展。

进入 20 世纪 80 年代以来，国际市场竞争更加激烈，一些国家为了保护本国企业的利益，实行贸易保护主义。大市场营销观念，就是指导企业在封闭型市场上开展营销活动的一种新的营销思想。根据《哈佛商业评论》1986 年第二期刊登的菲利普·科特勒的《大市场营销》一文的介绍，所谓大市场营销观念，就是企业为了成功地进入特定市场，并在那里从事业务经营，要在策略上协调地使用经济的、心理的、政治的和公共关系等手段，以博得外国或地方各有关方面的合作和支持。

企业要打入这样的特定市场，必须运用大市场营销策略，在交易条件上，除做出较多的让步以外，还要求营销人员具有特殊的技巧，懂得如何运用整体营销策略(亦称 4P 策略)，制订出市场营销综合策略来吸引顾客，并力求降低成本，提高经济效益。更重要的是，要学会通过施加影响或运用权力、疏通关系等手段(亦称 2P 策略)，打开关锁，推倒壁垒森严的"高墙"，使自身的产品在特定市场上通行无阻。

由于传统的营销理论是 20 世纪 50 年代在西方的"买方市场"条件下产生的，当时的立足点是：企业只要善于发现和了解顾客需求，更好地满足顾客需要，就可能实现企业的经营目标。然而，随着营销实践的不断发展，人们感到，仅仅着眼于企业内部可控制的市场营销基本因素 4P，已不能达到预期目的，还需与外部环境，如政治、经济、文化等不可控制因素有机结合起来，才能获得最优效果。因为与 20 世纪 50 年代相比，当今的营销环境已经发生了非常大的变化，成功的市场营销正日益成为一种政治上的活动。当一家公司欲进入一个新市场时，必须先精通向当地有关集团提供利益的技术，这比满足消费者的需求更加重要。

如今，市场保护壁垒随处可见，要打开这种市场，除市场营销组合的 4P 以外，营销人员还必须加上另外两个 P，权力或政治(Power or Politics)和公共关系(Public Relations)。这就是被美国西北大学教授菲利普·科特勒称为"大市场营销"的两个 P。这就是说，企业为了成功地进入特定市场，并在那里从事经营活动，在策略上协调地运用经济的、心理的、政治的和公共关系等手段，以博得东道国或地方的各方面的合作与支持，从而达到预期的目的。

搞大市场营销者为了进入某一市场并开展经营活动，必须学会运用政治权力和公共关系这两种手段，经常得到具有影响力的企业高级职员、立法部门和政府官员的支持，如一家制药公司欲把一种新产品打进一个市场并巩固其市场地位。

对于前述的 10P 我们可以归纳如下：为了更好地满足消费者的需要，并取得最佳的营销效益，营销人员必须精通产品、渠道(地点)、价格和促销四种营销战术。为了做到这一点，营销人员必须事先做好探查、分割、择优和定位四种营销战略，同时还要求营销人员必须具备灵活运用公共关系和政治权力这两种大市场营销技巧。

4．组织内部市场营销和外部市场营销理论——市场营销 11Ps 理论

前面我们已经说明了 10 个 P，再加上"人"——People，就是 11Ps。这个 People 在营销学中的意思是理解人，了解人。这就是要做好"以人为本的市场营销"。这一点对所有的营销人员都是很重要的，特别是对服务行业的营销人员更加重要。如果你经营一家宾馆、一家航空公司或一家银行，你必须擅长管理人——你的下属，因为是他们与顾客直接打交道。你必须训练他们学会礼貌待客。对经营宾馆来说，优良的服务更是至关重要。你帮助下属做好工作的问题叫做"内部营销"(Internal Marketing)；满足顾客需要的问题称为"外部营销"(External Marketing)。有时一个公司的最大的问题就是内部营销的问题：怎样使全体员工全心全意地为顾客服务，也就是怎样调动全体职工的积极性，真正把顾客的利益放在第一位，使顾客真正体会到"上帝"的感受。"优秀的管理者能变草为金，低劣的管理者却刚好相反。"[1] "优秀管理者的技能是一种喜鹊商品，报酬方案只是该组织对这种稀缺商品价值的一种度量。"[2] 因此，我们要对人的行为进行研究，我们可以把人按照对行为的过程和结果、长期和短期的重视程度来分类，如下列三个表格(表1-6～表1-8)所示。

表1-6　人的行为(一)

类　　型	短　　期	长　　期
结果	行动型	创新型
过程	规范型	人际型

这四类人上班后考虑的问题分别表现为：行动型→我今天做什么？创新型→为什么要这样做？规范型→如何按章办事？人际型→这件事应该由谁来做？

表1-7　人的行为(二)

类　　型	短　　期	长　　期
结果	做什么	为何做
过程	如何做	谁来做

这四种类型的人员都有自己的长处。例如，行动型的人最适合干推销产品之类的具体事务；创新型的人最适合干研究与开发之类的创新性事务；规范型的人最适合搞财务之类的工作；而人际型的人则最适合做公共关系和人事之类的工作。

表1-8　人的行为(三)

类　　型	短　　期	长　　期
结果	救火员	纵火犯
过程	大官僚	墙头草

以上的四类人员如果应用得当，可以使他们在工作中发挥最佳水平，可是，如果他们

1　[美]斯蒂芬·P·罗宾斯.管理学.北京：中国人民大学出版社.1997

2　[美]斯蒂芬·P·罗宾斯.管理学.北京：中国人民大学出版社.1997

的上级管理人员不能对他们的行为加以引导和适当控制，他们可能走向另一个极端，如上面表格所示：行动型→救火员，创新型→"纵火犯"(麻烦制造者)，规范型→大官僚，人际型→墙头草。

5. 宏观市场营销同微观市场营销

市场营销发展到 20 世纪 70 年代，出现了社会市场营销理念。当时在美国，一些标榜自己奉行市场营销理念的企业以次充好、搞虚假广告、牟取暴利，侵害了消费者的利益；这些企业受到了批评，人们批评他们只注重消费者眼前需要而不考虑长远需要，如麦当劳汉堡包脂肪过多，对消费者的健康不利；雀巢奶粉使得母乳喂养婴儿减少，不利于婴儿健康发育等。当时还出现了批评这些企业只注重企业目标而不顾社会福利和环境保护，造成环境污染，生态破坏。现在看来，实质是没有考虑企业、社会的可持续发展。这些批评从不同的角度对市场营销理念进行了补充，如"人道观念(the human concept)"、"明智消费观念(the intelligent consumption concept)"、"生态强制(营销)观念(ecological imperative concept)"、"宏观营销观念(macromarketing concept)"等。以下简要说明一下宏观市场营销和微观市场营销有关内容。

宏观市场营销同微观市场营销是同时存在于社会市场营销中的对立统一体，都是随着市场经济的发展而发展起来的。微观市场营销理论是对企业营销活动实践的总结和概括，它于 20 世纪初期首创于美国，20 世纪 50 年代后，由传统的市场营销理论发展成为现代市场营销理论，并迅速扩展至实行市场经济体制的国家和地区，成为指导及推动企业营销发展的强有力武器。然而，直到 20 世纪 70 年代，美国市场营销学专家才提出宏观市场营销理论，而且，西方学术界还较少涉足对宏观营销如何促进社会总供给和总需求平衡的探究。我国社会主义市场经济体制是以公有制为基础的，宏观调控是其完善运行的基本要求。我国宏观营销实践中存在的诸多障碍阻碍了宏观营销职能因素的充分发挥，这就要求我们重视宏观市场营销理论的研究和应用。

宏观市场营销是指以社会的角度来考察的市场营销活动，它是在企业市场营销活动的基础上产生的。宏观市场营销(macromarketing)，是指一个社会经济活动的过程。通过宏观市场营销活动，引导商品或劳务从生产者手中流转到消费者手中，可以有效地调节商品的社会供、需矛盾，使之趋向平衡，实现社会的发展目标，提高社会及广大消费者的福利。

宏观市场营销不仅是从总体的或社会的角度来研究如何引导产品从生产者流向消费者，实现社会总供给和总需求的平衡，它还从总体或社会的角度，研究企业市场营销策略的社会作用。即研究当企业营销策略符合法律及商业道德标准的要求时，企业营销策略的实施，如何给社会及广大消费者带来积极的作用，为社会及广大消费者造福；反之，当企业市场营销策略违背法律及商业道德标准时，企业的营销活动是如何给社会及广大消费者带来消极作用以及如何损害社会及广大消费者的利益。

微观市场营销(micromarketing)，是指企业(或公司)为了实现其满足顾客需要及实现营利目标而引导产品或劳务从生产者流向消费者的有计划的整体的经营销售活动。微观市场营销活动是企业营销决策和营销管理过程，即需求管理的过程。市场营销者在帮助企业(或公司)实现经营目标的过程中，有影响需求水平、需求时间和需求构成的任务。微观市场营销管理过程主要包括：通过市场营销调研与预测，了解和掌握现实顾客与潜在顾客的需求，发现市场营销机会，研究和选择目标市场，制订市场营销策略和计划，组织、执行和控制市场营销的工作。我们在这里所讲的正是企业营销——微观市场营销的重点。

 巩固性案例

兰尼世界公司的营销管理哲学

兰尼世界公司(lanier worldwide)是哈里斯公司(Haris corp.)的一个子公司，在美国的每一个地区和世界上八十多个国家营销办公用品。仅在美国，兰尼就有 100 万以上的大中小型客户。该公司提供包括复印系统、传真系统、信息管理系统、录音系统和演示系统的产品。该公司 1995 年—1996 年财政年度的销售增长 9%，净收入增长 27%。国内外的销售都很强劲。

兰尼公司规定的任务是"成为全世界办公解决方案的最佳提供者，致力于使所有顾客都获得满意"。兰尼公司的五百多名员工，包括总裁和 CEO 在内，每个人都知道自己在实现企业任务中的职责。

这个不分工作头衔和职责，将兰尼公司所有的员工统一起来的哲学叫作顾客观念。简单地说，顾客观念(custom vision)就是通过顾客的眼光观察兰尼公司的业务，并对顾客所期望的或超出的期望做出反应。这个说法得到兰尼公司及其合作伙伴的支持，而且涵盖了所有的产品。最重要的是，顾客观念使兰尼公司与它的竞争对手被区别开来。

根据行业分析家的观点，兰尼公司用具备市场上最全面的性能和服务的保障对广泛的办公解决方案进行支持。如果顾客对兰尼公司的信息系统不满意，只要要求替换一个功能类似的系统就够了。

根据产品的不同，兰尼承诺可以保证 98%～100%的客户工作时间，对耽搁时间进行补偿，免费提供代替品，常年免费提供技术支持，在 10 年内保证供应产品的零件和耗材。

思考题

1、说明兰尼公司的营销管理哲学。从案例中引用信息支持你的答案。

2、为什么兰尼公司的任务说明书采用办公解决方案而不是办公用品？

3、说明兰尼公司如何实施它的营销管理哲学。查尔斯·W.小兰姆，约瑟夫·F.小海尔，卡尔·麦克丹尼尔.营销学精要.辽宁：东北财经大学出版社，2000

第 2 章

企业市场营销环境分析

第一节　市场营销环境总体分析

一、市场营销环境的涵义

企业的市场营销环境是指与企业市场营销活动有潜在关系的所有外部力量与机构的总和，包括微观环境和宏观环境。微观环境是指那些对市场营销活动有着直接影响的诸多因素，如企业、供应商、营销中介、顾客、信息、竞争者和公众等；宏观环境则是由一些大范围的社会约束力量构成，包括政治法律、经济、人口、自然、科学技术和文化等环境。可以说，微观环境受宏观环境的制约，而宏观环境也受微观环境的影响。企业的市场营销活动就是在这两种环境的相互作用下展开的(图 2-1)。

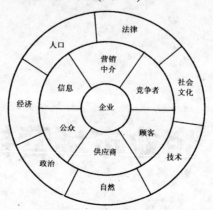

图 2-1　企业市场营销环境

市场营销环境，无论是微观的还是宏观的，它总是独立于企业之外的变量，因而是企业不可控制的，企业只能趋利避害、主动适应。墨守成规地生搬硬套过去的经验只能被市场淘汰。

从前，有一个人在荆州做官时，山上的老虎常出来吃人和家畜。百姓要求县官除去饿虎。这个县官就下了一道驱逐老虎的命令，叫人刻在很高的岩石上，凑巧那只老虎离开了荆州，他就得意地认为他的命令生效了。不久，他被调到另一个地方做官。这个地方的老百姓非常难治理。他认为刻在荆州岩石上的命令既然能够制服凶恶的老虎，那就能制服能识文断字的百姓，便托人去荆州照样弄了一块石刻。结果，这个人不但没有治理好这个地方，反而因为治理不当而丢了官位。[1]

环境变了，消费者的消费心理变了，企业原有的成功经验也就失效了，因此企业必须根据环境的变化，调整自己的营销策略以适应市场，满足消费者新的需求。环境变动有可能产生新的机遇或消除原有的机会，这些变动可能是令人兴奋和鼓舞的，也可能是令人受挫、困惑和烦躁不安的。因此，监测、把握环境诸因素的变化，善于从中发现并抓住有利于企业发展的机会，避开或减轻不利于企业发展的威胁，是企业营销管理的首要问题。从一般意义上讲，虽然企业不能从根本上去控制环境的变化，但企业可以主动积极地去预测、发现和分析环境变化的趋势及特点，进而及时甚至超前采取相应措施去适应这种变化。而且从另一个角度来看，企业的营销活动除了适应环境之外，也影响着环境的形成和变化，特别是在改善微观环境方面，企业大有作为。也就是说，企业营销与市场环境的关系主要表现在两个方面：第一，企业的利益依赖于自己对环境的适应程度。适应程度越高，企业从环境中获得利益的可能性也越大；第二，企业营销活动影响着市场营销环境。因为企业的利益依赖于环境，所以企业对自己的营销环境负责任，就必须重视企业营销活动对环境可能产生的影响。

1　杨保军. 影响世界的 100 个营销寓言. 广州：广东经济出版社，2003

二、市场营销宏观环境

1. 人口环境

人口环境与市场营销的关系十分密切，因为人是市场的主体。市场是由具有购买欲望和购买能力的人组成的，人口的多少直接影响市场的潜在容量。

企业的人口环境包括人口的规模和增长率、地理分布、年龄结构、家庭结构、性别结构、教育程度、民族和种族等。从世界人口环境的发展趋势看，主要有如下几点变化。

(1) 人口总量在增加。现在，全球总人口已超过 60 亿，并以每年净增 9000 多万的速度递增，预计到 2050 年将达到 100 亿。我国的人口也已由 1949 年的 5.4 亿人增加到 1998 年的 12.5 亿人，预计在 2040 年—2050 年将达到 15~16 亿。人口总量增长也就意味着人类的需求增加，如果人们有足够的购买力，也就意味着潜在市场规模在不断扩大，这给企业提供了更加广阔的市场。但如果人口增长超过了经济的增长，那将会严重地影响市场结构，甚至造成经济的恶化。

(2) 人口老龄化现象已经出现。随着人口出生率的降低以及寿命的延长，世界各国普遍出现了老龄化的发展趋势。按照联合国标准，一个国家或地区 65 岁以上人口占总人口比率 7%以上或 60 岁以上人口占总人口比率 10%以上即为进入老龄化社会。1993 年，欧洲、美国和加拿大，60 岁以上的老年人已达到 1.85 亿人，占全部人口的 1/6，预计到 2025 年将达到 3.1 亿人；而日本 1993 年 65 岁以上的人口数已为 1624 万人，占总人口的 13.1%，预计到 2007 年 20%的日本人将超过 65 岁。在我国，据 1997 年的抽样调查数据表明，65 岁以上人口占总人口的比重为 7.03%。随着老年人口的绝对数和相对数的增加，银色市场日渐形成并扩大，如医疗保健用品、医疗护理、老年公寓、老年食品、服装、旅游、娱乐、助听器、假牙、拐杖等的需求将迅速增加；商店要装配更亮的灯光、印刷更大号的字体；卫生间和浴室等场所要防滑；养老院护理人员的需求将增加，等等。

(3) 三率(晚婚、离婚、再婚率)上升。随着社会的发展进步，时间成本变得越来越高，社会出现了晚婚晚育的发展态势。这无疑会影响结婚用品市场和人寿保险的销售。此外，随着人们民主意识的提高以及对高质量生活的追求，离婚率也在呈一种上升趋势，与此同时，再婚率也在上升。这都将对市场产生比较大的影响。

(4) 丁克(DINK)家庭增加。所谓丁克家庭就是指那些结婚后不想生育子女、尽享二人世界的家庭。尤其是在发达国家，这类家庭的数量在增加，这直接导致人口出生率下降，儿童数量减少，从而给儿童食品、童装、玩具等市场带来很大的影响。但我们也看到，在儿童数量减少的同时，儿童"人均资本"在大幅度提高。国家统计局所属美兰德信息公司对北京、上海、广州、成都和西安五大城市的调查问卷表明，全国 0~12 岁的孩子每月消费总额超过 35 亿元，其中北京 12 岁以下的孩子一个月要用掉 14 亿元，人均 764 元，居全国之首。在三口之家中，孩子的消费基本上决定了一个家庭的消费方向，80%的工薪家庭孩子的月平均消费超过一个大人。少了孩子的负担，年轻的夫妻因为有了更多属于自己的闲暇时间和收入,增加了旅游和娱乐活动,从而给旅馆、餐馆、航空公司等行业增加了营销机会。

(5) **非家庭户兴起**。非家庭户包括单身家庭和单亲家庭。这种住户主要是离家独居或同居的年轻人,以及离婚后的独居者。这类家庭群体通常需要较小的公寓、廉价轻便的家具、器皿和小包装食品以及更多的社交服务和旅游服务等。营销者应考虑非传统家庭的特殊需要,因为,非传统家庭户的增长速度远快于传统家庭的增长速度。

(6) **人口流动性增大**。当代人口的流动主要呈现以下几种趋势:①人口从不发达地区向经济发达地区流动。②从农村向城市流动。③从城市向郊区流动。人口的流动对企业的生产和营销都有着极大的影响。如,随着人们向热带、亚热带地区的转移,人们对御寒服装和暖气设备的需求量将减少,而对空调的需求量将上升;随着人们更多的流向城市,商品化的程度提高,对歌剧、芭蕾以及其他形式的高层次文化需求将增加;而城市人口向郊区的流动,使得郊区也出现了现代化的购物中心。此外,随着人口的流动,人们的生活也有了极大的融合性,如在南京,地方性餐馆很多,有川菜、淮扬菜、贵州菜、东北菜等,这显然是为了适应流动人口在饮食上的需要。

(7) **职业女性增多**。现代女子开始不断地加入到工作队伍中去,调查表明直到世纪之交 65%年龄在 16~68 岁之间,而且在有小于 6 岁小孩的妈妈中,90%都走出家庭去工作。这种变革对消费者和商家的营销活动都产生了巨大的影响。提供照顾小孩和帮助做饭、清洗和其他服务的家政服务业兴起,日托中心应运而生,超市和食品公司出售速冻和盒装净菜,清洁用品公司也开发了节省用户时间的产品,包括卫生间和厨房清洁的配方。同时,女子购买力的提高也改变了市场营销人员营销对象的结构,女子代表着很大一部分市场购买力,有些国家和企业已经提出了"为她服务"的口号。与此同时,营销业中的女子从业人员也在不断增加。随着女子角色的改变,营销者意识到男子同时也会在家庭中扮演新的角色。描绘男子购物、做饭、清洗或开车送小孩上学的广告在不远的过去曾被认为是不可思议的,但现在这种宣传已变得越来越普通。

(8) **受教育程度在逐步提高**。随着人们生活水平的提高,人民的文化和教育水平也在不断提高,因此对书籍、音乐、戏剧等文化艺术作品和文化用品、高科技产品、新产品等方面的需求比较大。同时,也意味着人们的欣赏水平提高,随着受教育水平高的金领和白领阶层人口的增加,就越加要求企业开发新颖、美观、典雅、高贵的产品。此外,由于金领和白领阶层更多的接触电脑、网络,电视机的功能减弱,对企业的广告、定价、分销渠道等都提出了更高的要求。

企业市场营销部门应密切注视上述人口特性及其发展动向,不失时机的辨明哪些是本企业可利用的机会,哪些则可能给企业带来威胁,以便确定企业的应对策略。

2. 经济环境

经济环境是指企业市场营销的各种宏观经济因素。影响企业营销的经济环境因素主要包括如下几方面。

(1) **消费者的收入**。消费者的购买力来自于消费者的收入，所以消费者收入直接决定着市场购买力的大小，从而决定了市场的规模以及消费者的支出模式。

消费者的收入包括消费者个人工资、红利、租金等收入。由于生活中有一些固定的支出，因此，企业营销人员在分析消费者收入，进而预测某一水平的市场容量时，必须注意区分消费者的"可支配收入"和"可任意支配收入"。可支配收入，就是指扣除应交税款和应交给政府的非商业性开支(如各种费用)后可用于个人消费和储蓄的那部分个人收入。而可任意支配收入就是指在可支配收入中再减去消费者用于购买生活必需品的支出和固定支出(如房租、水、电、煤气、教育费用等)后剩下的那部分收入，这是影响消费需求变化最活跃的因素。

此外，企业市场营销人员在进行消费者收入分析时，还要区分货币收入和实际收入。因为实际收入影响实际购买力。假设消费者的货币收入不变，如果物价下跌，消费者的实际收入便增加；相反，如果物价上涨，消费者的实际收入便减少。即使消费者的货币收入也随着物价上涨而增长，但是，如果通货膨胀的上升超过了货币的收入增长，消费者的实际收入也会减少。

目前在我国，豪富阶层(俗称"大款")的消费者，由于收入丰厚，因此是高档品和奢侈品的主要消费群体；而中产阶层(以知识分子为主，由企业高级雇员、自由职业者组成)的消费者，虽然不能随心所欲的消费，但仍有能力追求高品质的产品和服务；小康阶层的消费者其消费主要限于食品、衣服、住房等；至于低收入阶层的消费者，则只能购买一些生活必需品。

(2) **消费者的支出模式**。消费者支出主要受消费者收入的影响。随着消费者收入的变化，消费者支出就会发生相应变化。消费者的支出模式其实就是指消费结构。它是指一定时期内人们对各类型商品的需求量和比例。消费结构的水平和变化，反映生活方式、消费水平和消费行为的变化。德国统计学家恩格尔根据长期观察和大量统计资料得出结论："一个家庭越穷，总支出中用于食品的部分越多，食品支出在总支出中的比重，随富裕程度的降低，而按几何级数增大。"人们把食物支出占总支出的比例称为恩格尔系数。

按照联合国标准：恩格尔系数在59%以上为贫困状态；50%~59%为度日状态；40%~50%为小康；20%~40%为富裕；20%以下为最富裕。

随着经济的发展，我国城乡居民的恩格尔系数在不断下降。城镇居民的恩格尔系数已由1978年的57.5%下降为1993年的50.1%，而现在北京、上海、南京等城市已降至40%左右。农村居民的恩格尔系数也已由1978年的67.7%降至1997年的55.1%。据国家有关部门预测，到2020年，我国城乡居民的恩格尔系数有望达到40%。

这对企业研究需求结构、预测需求结构的变化趋势以制订发展战略和经营决策都有重要的意义。

(3) **消费者储蓄和信贷情况的变化**。消费者的支出模式还受到储蓄和信贷的影响。在消费者收入不变的情况下，如果储蓄增加，用于购买企业产品的支出便会减少；反之，如果储蓄减少，购买企业产品的支出就会增加。储蓄是一种推迟了的、潜在的购买力。个人储蓄的形式包括：银行存款、购买公债和股票等，这些都可以随时转化为现实购买力。

近年来，虽然我国居民的收入有了大幅度的增加，但总体的消费额度并未呈同比增长，原因主要有以下几点：一是受文化传统的影响，注重勤俭节约，细水长流；二是社会转型期阵痛的影响。由于一系列改革措施的出台，人们对职业稳定性的忧虑以及对未来收入预期的不确定性，还有社会保障体系的不健全等，都强化了人们"居安思危"的意识。因此，尽管国家一再地下调利率，并开征利息税，但银行存款仍居高不下。

消费者信贷情况的变化，也会影响企业产品的销售。自从我国银行开展房贷、车贷以来，商品房和汽车的消费量在逐年上升。消费者信贷，就是消费者凭信用先取得商品使用权，然后再按期归还货款以购买商品，它允许人们购买超过自己现时购买力的商品。

西方国家的消费者信贷主要有三种：短期赊销；分期付款；信用卡信贷。我国也已经开展了分期付款、信用卡信贷等形式的消费者信贷。

(4) 经济周期。企业的市场营销活动还受经济周期的影响。经济周期包括：繁荣、停滞、萧条和复苏四个时期。

繁荣时期。在这一阶段，消费者拥有较高的收入和支付意愿，而且失业率也低。人们对经济前景抱有信心，对高价格反应也不敏感，而且较愿意购买奢侈品。基于这样的消费习惯，营销者在繁荣时期应拓展他们的产品，同时也可以增加销售预算，扩展分销渠道和提高价格。

停滞时期。这个时期失业率大幅度增加，总体购买力下降，而且消费者的决定是以价格和价值为基础的。如便利商店可能很不景气，而杂货店则显示出繁荣的景象；超市和旧货市场的产品可能比耐用的商品更为畅销，因为在经济停滞时期，消费者更倾向于修理并使用自己原先的产品以替代购置新产品。在这个时期可采用的营销策略包括调整价格，调查目标市场消费者的价值观念，设计一种适合消费者需要的产品并选择那些能有效推销该产品的分销商。在这一时期，减少广告、分销和促销成本对营销者来说将很有诱惑力。

萧条时期。经济周期中最可怕的是经济萧条时期，它显示出与经济停滞时期相同的现象，而且可能更加剧烈。萧条时期的特征是：高失业率、低购买力、低工资、少量的可支配收入和对经济前景缺乏信心。1929—1933 年，美国的国民收入总额从 1040 亿美元降到 560 亿美元。失业率高达 25%。在萧条时期，美国政府通过采取诸如实施税收鼓励、控制货币供应量和改变政府开支等反萧条政策措施。

复苏时期。从经济周期中的停滞或萧条时期恢复到经济繁荣时期的阶段称为"复苏时期"。经济复苏阶段的特征是：失业率下降、可支配收入上升，而且商人和消费者对经济前景增添了信心。因为很难判断复苏时期何时才能转变为繁荣时期，所以企业在这个时期必须仔细规划营销策略。

3. 政治法律环境

企业的市场营销活动还受到政治法律环境的影响。如政府出台的某项方针、政策，有时候会直接影响到市场消费需求的变化。其中最典型的例子就是政府宣布停止福利分房后，极大地刺激了人们购买商品房的需求，为房地产企业提供了一个重要的市场机会。密切关注政府政策的变化和其自身的改革，将对企业的生产和营销产生极大的影响。

政治法律因素是由构成经济条件和贸易关系的国内外政治事件和政府政策法规所组成。我国企业面临的政治环境的变化有这样几个方面。

(1) 管制企业的立法日益增多。 改革开放以来，我国先后颁发了《经济合同法》、《商标法》、《食品卫生法》、《中外合资经营企业法》、《海关法》、《企业法》、《产品质量法》、《广告法》、《公司法》、《环保法》等若干法律文件以及《价格管理条例》、《进出口关税条例》、《进出口商品检验条例》、《外汇管理暂行条例》等若干条例。国家在这方面立法的目的主要有如下三个。

- 保护企业间的公平竞争。竞争对社会发展的推动作用是显而易见的，但竞争并不意味着随心所欲，而是要保证所有的人都有机会参加公平竞争。因此，就需要通过立法限制垄断和禁用各种不正当的手段进行竞争。
- 保护消费者的利益、制止企业非法牟利。某些企业以欺骗性广告或包装招徕顾客、或以次品低价引诱顾客。对此，我国先后出台了《广告法》、《产品质量法》、《消费者权益保护法》等若干法律条文对损害消费者利益、非法牟利的企业加以制裁。
- 保护全社会的整体利益和长远利益，防止对环境的污染和破坏。环境立法在世界范围内渐成为趋势。某些企业只顾增加生产，而不顾社会效益，导致生态环境受到破坏。为此，国家颁布了《环境保护法》等法律条文对以上行为加以制裁。

(2) 政府反腐力度加大。 由于我国正处于社会转型期，许多改革还不到位，使得某些人有了可乘之机。腐败的存在恶化了企业的经营环境，不利于经济的发展。可喜的是，我国政府反腐败的决心很大，加大反腐力度，惩戒了一大批腐败的高级官员，处罚了一大批违规企业；严禁政府、军队经商；严禁政府官员在企业任职，严查"红顶商人"。所有这一切，意味着市场竞争秩序的好转，有利于企业间公平竞争和企业的规范化经营，也有利于吸引外部资本的进入。

(3) 打击假冒伪劣产品的力度加大。 目前，在我国，假冒伪劣产品和走私猖獗，影响了企业正常的生产和经营活动。如阜阳劣质奶粉造成的"大头娃娃事件"，世界品牌"华伦天奴"也因不堪假冒伪劣产品的冲击，已决定退出南京市场。仿制和盗版已成了制约我国企业发展的巨大问题。在这方面，政府已颁布了《知识产权保护法》等一系列法律法规，严厉打击走私和假冒伪劣产品。

(4) 进入 WTO 以及申奥成功。 中国进入 WTO，意味着中国要按国际惯例办事，企业要按国际标准进行生产和经营活动。国门敞开，更多的跨国企业进入中国市场，市场竞争越加激烈。申奥成功，则意味着中国国际地位的提高，意味着国内尤其是北京将出现大量的商机，房地产、建筑、商业、旅游都将有一个大发展。

另外，国际政治环境的变化，有时候也会对企业的营销活动产生影响。对国际政治环境的分析要了解"政治权力"与"政治冲突"对企业营销的影响。政治权力是指一国政治通过正式手段对外来企业予以约束，包括进口限制、外汇控制、劳工限制、绿色壁垒等方面。"政治冲突"是指国际上重大事件和突发性事件对企业营销活动的影响，包括直接冲突和间接冲突两种。直接冲突有战争、暴力事件、绑架、恐怖活动、罢工、动乱等给企业营销活动的影响；间接冲突主要指由于政治冲突、国际上重大政治事件带来的经济政策的变化，国与国、地区与地区观点的对立或缓和对经济政策的影响。这类事件在和平与发展为主流的时代从未绝迹，对企业营销活动形成影响，使其或受到威胁，或得到机会。

因此，国内外政治环境的变化，都会对企业的市场营销活动形成影响。

4. 自然环境

自然环境是指那些能够影响社会生产过程的自然因素，包括自然资源、企业所处地理位置、气候条件、生态环境等因素。虽然知识经济的繁荣不是直接取决于资源的数量和规模，而是依赖于知识或有效信息的积累和利用。其竞争力的关键是知识，而不是实物资产或资源。但对一些传统的工业制造业以及作为人类的生存环境来讲，还是必须加以注意的。

(1) **某些自然资源紧缺**。自然资源的缺乏可能使一个公司受损也可能促使其开发新的市场机会。例如，在 20 世纪的美国、英国、德国和意大利的都市中，坟墓用地的缺乏导致了火葬的普及。结果是给火葬厂和骨灰盒的供应者创造市场机会。地球上的自然资源有三大类：第一类是取之不尽，用之不竭的资源，如空气、水等。但这类资源污染严重，有待解决。第二类是有限但可以更新的资源，如森林、粮食等。这类资源短期内不会有太大问题，但必须防止过量采伐和侵占耕地。第三类是有限但又不能更新的资源，如石油、煤和各种矿产品等，这类资源存在的问题最严重。合理开发和利用矿产资源和生物资源，能使企业在资源运用中进入良性循环；反之，如果掠夺式的盲目利用资源必将人为地造成对这类企业的威胁，其后果将会使企业的资源越来越枯竭。企业对有些资源短缺产品的经营，其途径应采取寻找代用品，节约能源，降低消耗，综合利用或通过价格调节来合理使用资源。

(2) **环境污染问题越来越严重**。随着工业化和城市化的发展，环境污染日益加剧，环境保护组织纷纷出现。1992 年召开的联合国环境与发展大会通过的《全球与发展宣言》等重要文件，充分表达了世界各国对环境保护的共识，可持续发展的观念已为各国普遍接受。新修订的《技术贸易壁垒协议》在前言中明确规定："不得阻止任何缔约方按其合适的水平采取……为保护人类和动植物生命或健康，为保护环境所必需的措施"。新的《卫生与动植物检疫措施协议》也声明："不得阻止任何缔约方采取为保护人类和动植物的生命或健康所必需的措施。"这些措施有如下主要内容。

- **绿色关税和市场准入**。许多发达国家都对一些污染环境或影响生态环境的进出口产品征收进口附加税，或者限制、禁止其进口或出口，有的甚至是实施贸易制裁。
- **绿色技术标准**。许多国家通过立法手段，制订了严格、强制的环境保护技术标准，并且各国日趋协调一致，相互承认。1995 年 4 月，国际标准化组织(ISO)开始实施《国际环境监查标准制度》，并于 1996 年 4 月正式公布了 ISO 14000 环境管理体系国际标准，一切不符合该标准的产品，任何国家有权拒绝进口。

- **绿色环境标志**。绿色环境标志是由政府管理部门颁发的，表明产品从生产、使用到回收处理整个过程符合国家环境保护要求，对生态环境和人类健康无害的一种特殊标志。环境标志的推行，已成为产品进入某个国家和区域市场的绿色通行证。
- **绿色包装**。许多国家通过制订有关法规建立绿色包装制度，推动环境保护事业的发展。
- **绿色检疫制度**。有关国家及国际组织对农产品和食品的严格安全卫生标准及检疫制度。
- **绿色税收**。许多国家在加强环境立法的同时，还通过经济手段给予配合和诱导，丹麦、德国、荷兰等欧洲一些国家已通过税收手段来抑制企业的经营活动、消费活动对环境的损害。

这种动向对那些造成污染的行业和企业是一种环境威胁，它们在社会舆论的压力和政府的干预下，不得不采取措施控制污染；另一方面，这种动向也给控制污染、研究与开发不导致环境污染的包装等行业和企业造成了新的市场机会。

5. 科学技术环境

科学技术是一种激动人心的决定人类命运的力量，科学技术推出了诸如青霉素、心脏外科手术、节育术等奇迹；推出了诸如发电机、计算机以及汽车、电视、方便食品之类的造福于人类的大量物品，也推出了诸如氢弹、毒气、冲锋枪之类的令人恐怖的武器。科学技术深刻影响着人类的社会历史进程和社会经济生活的各个方面，当然也影响着企业的市场营销活动。

每项新技术都是"创造性"的破坏因素。电视危害了电影行业，复印机危害了复写纸行业，电扇危害了扇子行业，空调又危害了电扇行业，VCD、DVD、CD 唱盘危害了磁带市场。每一种新技术的运用都会给一些行业或企业带来新的市场机会。

知识经济是以创新决定成败的经济，而科技则是创新的动力。因此，知识经济时代的企业了解科技信息以及如何运用科技成果革新产品和工艺就显得尤为重要。新技术的应用，会对企业的营销活动产生很大的影响。

(1) **引起企业市场营销策略的变化**。由于新技术的运用，产品开发周期大大缩短，产品更新换代加快，因此要求企业不断开发新产品，寻找新市场，预测新技术；科学技术的应用引起促销手段的多样化，尤其是广告媒体的多样化，除了传统的四大媒体之外，又出现了网络广告等形式，人造卫星已成了全球范围内的信息沟通手段。

(2) **引起企业经营管理的变化**。随着计算机的出现，许多企业开始在经营管理中使用电脑、传真 机等设备，这为改善企业经营管理，提高企业经营效益起了很大的作用。

(3) **改变零售商业业态结构和消费者购物习惯**。由于"电脑电话系统"的迅速发展，出现了"电视购物"和"网络购物"等"在家购物"的购物方式。还有自动售货机的出现，也使销售形式得到改变。

当前，世界新技术革命正在兴起，生产的增长越来越多依赖科技进步，高新技术不断改造传统产业，加速了新兴产业的建立和发展。高新技术的发展，促进了产业结构向尖端化、软性化、服务化方向发展，营销管理者必须更多地考虑应用尖端技术，重视软件开发，加强对用户的服务，适应知识经济时代的要求。

6. 社会文化因素

社会文化因素在营销过程中扮演着重要角色。它影响着消费者理解、购买、利用产品的行为。它是迅速改变市场的动力。例如避孕套的市场营销。许多年前，大多数出版商和所有的宣传媒体都拒绝做避孕套的广告，因为这种产品有与性紧密相连的特征；但是，当人类受到艾滋病的挑战以后，人们对性和健康的态度也随之改变，以致在美国有120多家杂志社及一些电台、电视台为避孕套的营销做广告。卡特·瓦勒斯出售特洛伊牌避孕套以回应社会的变化，并进行空中广告和在学校进行性与避孕套的教育。社会价值观的改变也会影响非营利组织，因为有关艾滋病、流产、枪支控制、家庭计划和药物滥用的教育组织已在近年不断出现。

社会文化环境包括社会阶层、社会时尚、相关群体、文化习俗、宗教信仰等方面的内容。处于不同社会文化背景的人，其生活方式、兴趣、爱好、消费模式、道德规范等，有着极大的差别，这对企业确立市场营销策略、目标市场有着很大的影响。

(1) 教育水平。 教育程度不仅影响劳动者收入水平，而且影响着消费者对商品的鉴别力，影响消费者心理、购买的理性程度和消费结构，从而影响着企业营销策略的制订和实施。如很多电脑厂家或商家就喜欢到大专院校学生中进行促销或广告宣传。

(2) 宗教信仰。 世界各地甚至一个国家不同的地区都聚居着各种不同的宗教信仰者，他们有不同的文化倾向和戒律。在企业市场营销活动中，应充分考虑各种不同的宗教信仰者的宗教信仰及购买习惯的差异性，以便作出正确的营销决策。如伊斯兰教国家不食猪肉，禁止饮用含酒精的饮料，因此，猪肉制品就不能销往这些国家和地区，而对非酒精饮料而言，则是很好的目标市场。

(3) 审美观念。 审美观念通常指人们对商品的好坏、美丑、善恶的评价，不同的国家、民族、宗教、阶层和个人，往往有不同的审美标准。企业营销人员应注意人们审美观的差异，提供能满足人们对美的追求的产品和服务。同时，企业营销人员还要注意审美观的动态性，及时发现审美观的变化及其趋势。

(4) 价值观念。 世界上不同的国家、不同的地区、不同的消费者对待财富、时间、变革、冒风险的态度和观念各不相同，从而决定了人们的消费行为和方式也不相同。如在商品经济高度发展的国家，人们崇尚"时间就是金钱，效率就是生命"，于是快餐、复印、电脑等行业发展迅猛，而在那些时间观念较差的国家，则不是很受重视。

(5) 消费时潮。 一定时期社会需求的一致性即为消费时潮，消费时潮在服饰、家电以及某些保健品方面表现最为突出。消费时潮在时间上有一定的稳定性，但有长有短，有的可能几年，有的可能只有几个月；在空间上有一定的地域性，同一时间内，不同地区时潮的商品品种、款式、型号、颜色可能不尽相同。

(6) 市场竞争状况

知识经济时代，市场的竞争格局已发生了根本性的变化。从经济全球化的过程来看，跨国公司已成为影响市场竞争的主体，随着全球化竞争的加剧，通信技术的发展，尤其是互联网产业的发展，跨国公司试图建立全球生产体系，其影响不仅使各地企业受到剧烈冲击，甚至连目标市场国的经济政策都受到跨国公司的影响。市场的竞争状况直接影响着企业的营销活动及营利水平，知识经济时代对市场竞争环境的分析愈显重要，在后面的章节将进行具体分析。

三、市场营销微观环境

微观环境是指与企业营销活动直接相关的各种环境因素的总和。市场营销活动以企业为主体，为实现自己的市场营销目标而同许多供应商、营销中介机构、竞争者和公众与顾客发生紧密联系，并针对这些行动者制订出自己的相应计划，实现企业市场营销目标(见图2-2)。

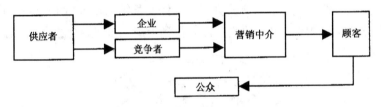

图 2-2　企业的微观环境因素

1. 知识型企业

社会发展到今天，已开始进入知识经济时代。企业作为社会发展的基础，是社会进入知识经济时代最直接的写照，是知识转化为经济的最重要"转化器"。在这个"转化器"里，被加工的对象——企业的生产要素——已不再仅仅是简单的物理形态，而是更高级的知识形态。拥有知识资本的多少，将成为决定知识经济时代企业生存、发展和竞争的关键；智力成分将取代市场份额成为衡量企业是否成功的重要标准；知识生产率，即把知识转化为技术和把技术转化为产品的效率将成为企业创造财富的主要因素。

全球首富，美国微软公司的总裁比尔·盖茨，他在 20 多年的时间里创造的财富比传统的汽车大王、石油大王、钢铁大王和金融寡头在200 年时间里创造的家族财富还多，他所拥有的个人资产连续多年稳居世界富豪榜首。

苹果公司由于首创个人计算机，在公司从 1976 年推出 PC 机样机到1981 年独霸全球个人计算机市场，5 年间公司内部涌现了 300 个百万富翁。

腾讯集团的QQ 绝对是中国 IT 业最成功的商业故事。仅仅依靠朋友之间的互相推荐，QQ 就从一个小小的共享软件，在几年内用户呈数量级增长，变成了一家成功的上市企业。目前，更是开拓了移动增值服务和线下增值服务等"金矿"。

这些知识型企业(公司)迅速成长的重要因素就是它们所拥有的知识资本。知识经济不仅对人类的生产和生活方式产生深远的影响，而且对企业的生存和发展模式也将产生深远的影响。在知识经济时代，不论生产型企业、还是服务型企业，也不论它是否以知识为主要的投资主题，只要是以知识的投入、知识的传播、知识的创新为目的的企业都是知识型企业。全面持续创新机制和终身学习制度成为知识型企业生存和发展的基础。

知识型企业的市场营销部门也不是孤立的，它要面对着企业的其他职能部门，如高层管理层、原材料采购部门、生产车间、劳资部门和财务部门等(大多知识型企业同样需要拥有这些部门)。营销部门可以把一个企业内部的其他部门和最高领导层视为环境力量。如最高领导层是企业中的领导核心，它规定企业的任务、目标、战略和策略。企业的市场营销部门必须同其他职能部门发生各种联系，如在营销计划的执行过程中资金的有效运用，资金在制造和营销部门之间的合理分配，可能实现的资金回收率等都同财务管理有关；而新产品的设计和生产方法是研究和发展部门集中考虑的问题；生产所需的原材料能否得到充分的供应，是由采购部门负责的；制造部门负责生产指标的完成；会计部门则是通过对收入和支出的计算，协助营销部门了解它的目标达到何种程度。所有这些部门只有同营销部门的计划和活动发生密切的关系，分工协作才能保证营销活动的顺利开展。营销管理者只有在高层管理规定的范围内作出各项决策，并得到上层的批准后才能执行(见图2-3)。

图 2-3　市场营销管理与各部门的关系

2. 供应商

供应商是指向企业及其竞争者提供生产经营上所需要资源的企业和个人，包括提供原材料、设备、能源、劳务和资金等。

供应商这一环境因素对企业营销的影响是很大的。如其所提供资源的价格和供应量，直接影响企业产品的价格、销售量和利润；供应短缺或其他供应环节出现事故都可能影响企业按期完成任务；有些比较特殊的原材料和生产设备，还需供应商为其单独研制和生产，等等。因此，企业对供应商的影响力要有足够的认识，尽可能与其保持良好的关系，开拓更多的供货渠道，甚至采取逆向发展战略，兼并或收购供应者企业。为保持与供应商的良好合作关系，企业必须和供货人保持密切联系，及时了解供货商的变化与动态，使货源供应在时间上和连续性上能得到切实保证；除了保证商品本身的内在质量外，还要有各种售前和售后服务；对主要原材料和零部件的价格水平及变化趋势，要做到心中有数，应变自如。根据不同供应商所供货物在营销活动中的重要性，企业对为数众多的供货人可进行等级分类，以便合理协调，抓住重点，兼顾一般。

供应商既是商务谈判中的对手更是合作伙伴。精益生产使供需双方关系更为紧密。

为了降低生产成本，减少库存，节约作业时间，提高产品质量，许多现代化的企业都实行了精益生产。世界最大的企业——美国通用汽车公司与上海汽车集团合资生产别克汽车的过程中，就带有这种观念。精益生产是企业与供应商的关系体现了下面的一些要求：

(1) 准点生产。准点生产的目的是质量 100%合格和零库存。它意味着原材料送达用户工厂的时刻与该用户需要这种原材料的时刻正好衔接。它强调供应商与用户的生产同步话。这样一来，作为缓冲地作用的库存就没有任何必要。有效地实施准点生产将可以降低库存，提高产品质量、生产能力及应变能力。

(2) 严格的质量控制。如果买方从供应商收到优质商品并无须检验时，就更能发挥准点生产最大的成本节约。这意味着供应商应实行严格的质量控制，如统计过程控制和全面质量控制。

(3) 稳定的生产计划。为了让原材料在需要时准点运到，工业企业用户必须向供应商提供自己的生产计划。

(4) 单一供货来源与供应商的前期合作。准点生产是指买卖双方的组织机构密切合作，以便减少各种费用。企业购买者认识到供货方是这方面的专家并请他们设计生产过程，就意味着企业购买者把长期的订货合同仅仅给予一家可以信赖的供应商。只要供应商可以按时交货并且能够保证质量，合同几乎是自动续订的。

(5) 频繁和准时的交货。每天固定时间交货也是唯一防止库存增加的办法。现在越来越多的企业用户开始强调交货期，而不再强调装运期，不再强调如果不能按时装运，则要给予处罚。上述特征帮助企业购买者与供应商的关系日趋密切。由于买卖双方在投资的时间、厂址的选址的选择和通信连接的转换成本很高，一个可靠的方法是企业购买者应改善其关系营销技巧，他们的主要目标是谋求整个合作的最大效果，而不是追求某一次交易的最大效益。

3. 营销中介

营销中介是指在产品分销、商品实体转移以及促进销售等方面给企业以帮助的那些机构，包括：中间商、物流公司、营销服务机构及金融机构等。这些都是市场营销不可缺少的中间环节，在大多数企业的营销活动中，都需要有他们的协助才能顺利进行。

(1) 中间商。包括商人中间商和代理中间商。商人中间商指从事商品购销活动，并对所经营的商品拥有所有权的批发和零售商。代理中间商指媒介商品交易活动，但不拥有商品所有权的中间商。

(2) 营销服务机构。协助厂商推出并促销其产品到恰当的市场机构，如市场调查公司、咨询公司、广告公司等。企业可自设营销服务机构，也可委托外部营销服务机构代理有关业务。

(3) 物流公司。其主要职能是协助企业储存产品和把产品从原产地运往销售目的地，实体分配的要素包括包装、运输、仓储、装卸、搬运、库存控制和定单处理七个方面，其基本功能是调节生产和消费之间的矛盾，弥合产销时空上的背离，提供商品的时间效用和空间效用，以利适时、适地和适量地把商品供给消费者。

(4) **金融服务机构**。企业资金周转不灵，则须求助于银行或信托公司；企业间的财务往来要通过银行结算；企业财产和货物要取得风险保障，就要通过保险，从而与保险公司发生联系。

知识经济时代，由于技术的发展，网上销售和购物的出现，使得分销渠道发生了一些改变，中间商的作用减弱，但实体的转移仍离不开物流公司的配合；随着市场的全球化，市场的变化加快，营销服务机构的作用越来越大。因此，企业仍需处理好与这些中介机构的关系。

顾客。顾客是企业营销活动的服务对象，是企业一切活动的出发点和归宿点。谁能赢得顾客，谁就赢得市场。因此，顾客是企业营销环境中最重要的环境力量。按照需求特点和购买行为划分，顾客市场可分为：消费者市场、生产者市场、中间商市场、非营利组织市场和国际市场等。企业的目标市场可以是上述五种市场里的一种或几种。每一种类型都各有其特点。企业营销人员必须认真研究目标顾客的购买能力、购买方式以及购买欲望，并对目标顾客进行细分，在细分的基础上，制订企业的营销方式和策略。

竞争者。企业不能独占市场，都会面对形形色色的竞争对手。企业要成功，就必须在满足消费者需要和欲望方面比竞争对手做得更好。因此，每个企业都应充分了解：目标市场上谁是自己的竞争者，竞争者的实力状况、优劣势所在，竞争者的反映模式等问题。要想在竞争中取得胜利，关键就在于知己知彼，扬长避短，发挥自己的优势。这些将在以后章节进行详细讨论。

信息。在知识经济时代，随着互联网的普及，人们对信息的依赖程度越来越高，信息的开发和利用已成为影响生产和市场竞争力的一个决定因素。一切商品经济，都存在着价值规律和竞争规律。按经济规律办事和开展市场竞争，离开信息就会寸步难行。只有依据经济信息，国家才能保证宏观经济平衡发展；只有依据经济信息，企业才能及时做出正确的决策和反映，才能提高经济效益，才会在激烈的市场竞争中立于不败之地。对企业而言，市场信息实际上就是市场竞争信息，是企业市场需求、竞争环境、竞争对手和竞争策略的情报研究或信息分析。它是企业为适应市场竞争需要，赢得竞争优势而出现的，已成为企业界和信息界关注的热点。

公众。公众是指对一个组织实现其目标的能力具有实际或潜在利害关系和影响力的一切团体和个人。一个企业不仅仅有竞争对手与之争夺目标市场，而且还须承认，对该企业进行业务活动的方式发生兴趣的还有各类公众，他们或者欢迎，或者抵制。这也就是说，公众既可能增强一个企业实现自身目标的能力，也可能妨碍这种能力。一般说来，企业所面临的公众包括如下几类。

- **金融公众**。对企业融资能力有重要影响的团体，如银行、投资公司、证券交易所、保险公司等。

- **媒介公众**。那些刊载、播送新闻特写、广告信息的机构。主要指报社、杂志社、广播电台、电视台等大众传播媒介。这些团体对企业的形象及声誉具有举足轻重的作用。
- **政府公众**。有关的政府部门，如工商、税务、法律、物价、商检等部门。企业在制订营销计划时必须充分考虑政府的发展政策，企业不得违背政府的政策、法规，并应争取促使政府颁布有利于企业的法规，进而创造有利于本企业的宏观环境条件。
- **社会公众**。主要指各种消费组织、环境保护组织、慈善机构、宗教团体等。这些团体能通过政府或者自发组织行动对企业施加一定的压力，从而影响企业的营销活动，与社会公众搞好关系需要推行企业形象战略，即通过自我宣传、做广告、向各社会团体捐款以及办大型活动等方式搞好这项工作。
- **当地公众**。企业所在地附近的居民和社区组织。企业在它的营销活动中，要避免与周围公众利益发生冲突，应指派专人负责这方面的问题，并对公益事业作出贡献。
- **内部公众**。企业内部所有的工作人员。内部公众的态度也直接影响着外部社会的公众对企业的整体评价，进而影响到企业的形象。因此，企业应采取措施，经常向内部公众通报信息，激励他们的积极性。
- **一般公众**。除了有组织的公众和社区公众之外，其他都属于一般公众。虽然一般公众并不是有组织地对企业采取行动，然而一般公众对企业的印象却影响着消费者对该企业及其产品的看法。因此企业需要关注一般公众对企业经营活动的态度，在一般公众面前树立良好的企业形象。

现代企业是一个开放的系统，它的经营活动必然与各方面发生联系，所以必须处理好与各类公众的关系，这就要求企业的所有员工，上至高层管理者，下至基层业务员、工人都应对企业建立良好的公共关系负责。

第二节　市场环境 SWOT 分析法

有时候，一个人或一个企业的劣势未必就是劣势，可能反而变成优势。每个人或每个企业都有自己的优势和劣势，取得成功只不过是如何将自己的优势发挥出来，同时转变自己的劣势为优势而已。

有一个十岁的小男孩，在一次车祸中失去了左臂，但是他很想学柔道。最终，小男孩拜一位日本柔道大师做了师傅，开始学习柔道。他学得不错，可是练了三个月，师傅只教了他一招，小男孩有点弄不懂了。他终于忍不住问师傅：“我是不是应该再学学其他招数？”师傅回答说：“不错，你的确只会一招，但你只需要会这一招就够了。”小男孩并不是很明白，但他很相信师傅，于是就继续照着练了下去。几个月后，师傅第一次带小男孩去参加比赛。小男孩自己都没有想到居然轻轻松松地赢得了前两轮。第三轮稍稍有点艰难，但对手还是很快就变得有些急躁，连连进攻，小男孩敏捷地施展出自己的那一招，又赢了。就这样，小男孩迷迷糊糊地进入了决赛。决赛的对手比小男孩高大、强壮许多，也似乎更有经验。小男孩一度显得有点招架不住，裁判担心小男孩会受伤，就叫了暂停，还打算就此终止比赛，然而师傅不答应，坚持说："继续下去！"比赛重新开始后，对手放松了戒备，小男孩立刻使出他的那一招，制服了对手，由此赢了比赛，得了冠军。回家的路上，小男孩和师傅一起回顾每场比赛的每一个细节，小男孩鼓起勇气道出了心里的疑问："师傅，我怎么能凭一招就赢得了冠军？"师傅答道："有两个原因。第一，你几乎完全掌握了柔道中最难的一招；第二，据我所知，对付这招唯一的办法是对手抓住你的左臂。"所以，小男孩最大的劣势变成了他最大的优势。[1]

复杂多变的营销环境对企业来说，既隐伏着不利于企业发展，甚至可以置企业于死地的环境危险，又蕴含着有利企业发展的市场机会。营销活动的一个重要内容就是要分清营销环境的发展变化对企业有利和不利的影响，并在此基础上争取避开威胁，掌握机会，化不利为有利。

一、SWOT 的含义

所谓 SWOT 分析，即态势分析，就是将对企业的经营活动及发展有重大影响的内部战略要素及外部环境因素列在一张表中，对所列出的因素逐项打分，然后按因素的重要程度加权并计算其代数和，以判断其中的内部优势、劣势及外部的机会与威胁。企业根据判断结果确定和选择合适的战略。

SWOT 是由"S"、"W"、"O"、"T"四个英文字母组成的，它们分别代表着一个单词，也就是说 SWOT 实际上是由四个要素组成的。

S：Strength，优势，是在竞争中拥有明显优势的方面，如产品质量优势、品牌优势、市场优势等。

W：Weakness，劣势，是指在竞争中相对弱势的方面。一个公司具备相当的优势并不代表它就没有弱点，厂商只有客观评价自己的弱势，从而采取相应的对策才会对企业发展真正有利。

O：Opportunity，机会，即外部环境(通常指宏观市场)提供的比竞争对手更容易获得的机会，而这种机会往往可以比较轻松地带来收益。例如，一个城市要转移它的繁华地带，而我们是这个城市中的房地产商，拥有一定的经济实力，毫无疑问，在未来的繁华地带拥有一两片土地的开发权将意味着一个绝好的发展机会。

T：Threat，风险、威胁，主要指一些不利的趋势和发展带来的挑战，一般指一种会影响销售、市场利润的力量。厂商一般会对可能出现的风险制订预防和管理的方案。风险本身并不可怕，可怕的是没有一套预警机制和相应的避免管理风险的机制。

---

1 杨保军. 影响世界的 100 个营销寓言. 广州：广东经济出版社，2003

下表为某企业的 SWOT 分析表(见表 2-1)。

表 2-1 某企业的 SWOT 分析表

劣　势	
因　素	启　示
产品及市场方面： 甲产品过时，市场占有率急剧下降	产品及市场方面： 改造甲产品
优　势	
产品及市场方面： 丙产品市场占有率日渐上升	产品及市场方面： 增加对丙产品的投资，提高投资报酬率
威　胁	
因　素	战略意义
竞争方面： 乙产品的原材料价格上涨	竞争方面： 努力改进工艺，降低产品生产成本
机　会	
市场方面： 经预测，甲产品的需求将上升	市场方面： 研究扩充生产能力的可行性

SWOT 分析法有两个基本的组成部分，分别是机会与风险分析(OT)和优势与劣势分析(SW)。它们就仿佛是企业的两个报警器，时刻提醒着企业注意其面临的机遇和挑战。只要企业真正进行机会与威胁分析和优势与劣势分析，就能看清企业的真正处境和今后的发展潜力，防患于未然。

二、机会与威胁分析

知识经济时代，社会、科技、经济、文化的快速发展，特别是经济全球化、世界一体化进程的加快，全球信息网络的建立和消费需求日趋多样化，所有这一切都使得企业的生存环境更为开放和复杂。这种变化几乎对所有企业都产生了深刻的影响。因此，市场环境分析正日益成为一项重要的企业职能。企业市场环境发展趋势主要分为两类：一类为市场威胁，另一类为市场机会。

所谓威胁(T)就是指外部环境变化趋势中对本企业的生存与发展不利的、消极的、负向的方面。企业若不能回避或恰当地处理威胁，就会动摇或侵蚀企业的市场地位，损伤企业的竞争优势。

市场机会(O)是指对企业行为富有吸引力的领域或方面，而在这一领域或方面，公司将拥有绝对竞争优势。

对一个企业而言，潜在的市场发展机会可能包括：

● 客户群有扩大的趋势或发现了新的细分市场；

- 技能技术向新产品、新业务转移，拓宽产品线的宽度，为更多的客户群服务；
- 前向或后向的整合；
- 市场进入壁垒降低；
- 获得并购竞争对手的能力；
- 市场需求增长强劲，可快速扩张；
- 出现向其他地理区域扩张，扩大市场份额的机会。

在企业的外部环境中，总是存在某些对公司的营利能力和市场地位构成威胁的因素。企业管理者应当及时确认危及企业未来利益的威胁，做出评价并采取相应的战略行动来抵消或减轻它们所产生的影响。

企业的外部威胁则可能是：

- 出现将进入市场的强大的新竞争对手；
- 替代品抢占公司销售额，从而使公司销售额下降；
- 主要产品市场增长率下降；
- 客户需求与爱好转变；
- 客户或供应商的谈判能力提高；
- 市场需求减少；
- 汇率和外贸政策的不利变动；
- 通货膨胀及其他。

由此可以看出，企业面临的许多营销机会并不是都具有同样的吸引力，也不是所有的威胁因素对企业的威胁程度都一样大。企业必须根据其影响程度和发生的可能性进行分类，予以评价，认识哪些环境因素的威胁最大或最小，哪些环境因素的机会最有吸引力，以便采取相应的营销策略。对此，企业可通过"环境威胁矩阵图"和"市场机会矩阵图"进行分析。如图 2-4 所示。

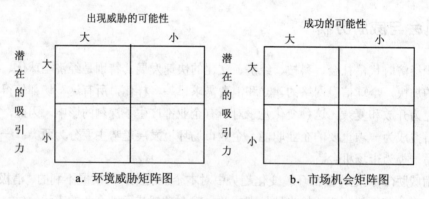

图 2-4 威胁与机会的分析、评价

企业面对重大威胁时，一般可采取积极抵制、削弱和修正、转移和撤退的对策。如遇到市场上其他企业仿冒本企业注册商标而构成威胁时，应采取坚决抵制态度，提出法律诉讼，运用商标法保护企业的合法权益不受侵犯。又如对某些生产同类产品的竞争对手，可提出采取联营或许可对方企业运用本企业商标的办法，削弱和化解威胁的严重程度。再如面对威胁程度严重的企业，而继续经营又无条件时，可采取逐步转移或撤退到其他行业或放弃原来产品的经营，改换经营其他产品。

根据机会与威胁水平的影响程度，可能出现四种结果，如图 2-5。

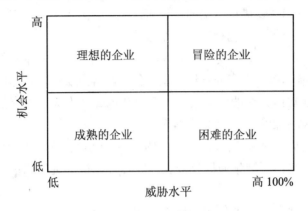

图 2-5　机会与威胁分析图

- **理想的企业**。这类企业的市场经营环境处于高机会、低威胁的水平。企业应当抓住"机会"，充分发挥企业优势，密切注意威胁因素的变动情况。
- **冒险的企业**。这类企业的市场经营环境处于高威胁、高机会的水平。高机会表明企业环境因素的有利条件诱使企业利用市场机会，但高威胁因素又可能使企业陷入困境。企业应在调查研究基础上，勇于冒险，限制、减轻或者转移威胁因素或威胁水平，使企业善于在风险中求生存发展。
- **成熟企业**。这类企业的市场经营环境处于低机会、低威胁水平。成熟并不表明企业经营环境处于良好状态，低机会限制企业的发展，企业应当"居安思危"，发掘对企业有利的市场环境因素，提高企业经营的机会水平。
- **困难企业**。这类企业的市场经营环境处于低机会、高威胁水平。企业市场经营出现危机，既存在危险，又可能是机会。应当因势利导，发挥主观能动性，"反抗"和扭转对企业不利的威胁因素，或者实行"撤退"和"转移"，调整目标市场，经营对企业有利、威胁程度低的产品。

三、优势与劣势分析

优势(S)是指一个企业超越其竞争对手的能力，或者指公司所特有的能提高公司竞争力的东西。例如，当两个企业处在同一市场或者说它们都有能力向同一顾客群体提供产品和服务时，如果其中一个企业有更高的盈利率或盈利潜力，那么，我们就认为这个企业比另外一个企业更具有竞争优势。

在没有竞争或竞争不强烈的环境下，企业只要具有能做什么的能力，它就可以生存，甚至可以发展。20 世纪 90 年代初期的时候，三五个人凑在一起就可以搞起房地产业务，可以盖起十几层的大楼，收益颇丰。然而，时过境迁，真是今非昔比。

古语云：良马能历险，耕田不如牛；坚车能载重，渡河不如舟。一家通过自己的糖果连锁店经销自己生产的巧克力的糖果制造商,可能会对连锁店的连年亏损极不服气。实际上,它失败的真正根源在于它的优势仅在于巧克力的生产制造而非在连锁经营方面。它能运用独特的设计,制造出质高价廉、品种多样的糖果,却不善组织货源和经营连锁店。鉴于此,这家企业就应当扬长避短,卖掉连锁店,集中全力于生产制造。

一个企业的竞争优势可以包括以下几个方面。

1. 技术优势:独特的生产技术,低成本生产方法,领先的革新能力,雄厚的技术实力,完善的质量控制体系,丰富的营销经验,优质的客户服务,卓越的大规模采购技能。

2. 有形资产优势:先进的生产设备,现代化的操作空间,丰富的自然资源,优越的地理位置,充裕的资金和完备的信息资料等。

3. 无形资产优势:优秀的品牌形象,良好的商业信用,积极进取的公司文化。

4. 人力资源优势:关键领域拥有专长的职员,积极上进的职员,很强的组织学习能力,丰富的经验。

5. 组织体系优势:高质量的控制体系,完善的信息管理系统,忠诚的客户群,强大的融资能力。

6. 竞争优势:产品开发周期短,强大的经销商网络,与供应商良好的伙伴关系,对市场环境变化的灵敏反应,市场份额的领导地位。

劣势(W)指的是企业较之竞争者在某些方面的缺点与不足。哈雷公司较之日本竞争者,劣势是多方面的,如规模小、产品品种少、市场面狭窄、资金不足、产品粗糙、促销不力等。

可能的内部弱势有以下几点:

- 缺乏有竞争力的技能技术;
- 关键领域里的竞争能力正在丧失;
- 缺乏有竞争力的无形资产;
- 生产设备老化;
- 营销能力、管理水平落后;
- 资金拮据;
- 战略实施的历史记录不佳等。

由于企业的整体性和竞争优势来源的广泛性,在做优劣势分析时,必须从整个价值链的每个环节上,将企业与竞争对手做详细的对比。如产品是否新颖,制造工艺是否复杂,销售渠道是否畅通,价格是否具有竞争性等。价值链常常蕴含着竞争优势的不同来源。需要指出的是,衡量一个企业及其产品是否具有竞争优势,只能站在现有潜在用户角度上,而不是站在企业的角度上。

企业在维持竞争优势过程中,必须深刻认识自身的资源和能力,采取适当的措施。因为一个企业一旦在某一方面具有竞争优势,必然会引起竞争者的模仿,从而使这种优势受到削弱。所以,企业应保证其资源的持久竞争优势。

资源的持久竞争优势受到两方面因素的影响:企业资源的竞争性价值和竞争优势的持

续时间。

评价企业资源的竞争性价值必须进行四项测试：

- 这项资源是否容易被复制？一项资源的模仿成本和难度越大，它的潜在竞争价值就越大。
- 这项资源能够持续多久？资源持续的时间越长，其价值越大。
- 这项资源是否能够真正在竞争中保持上乘价值？在竞争中，一项资源应该能为公司创造竞争优势。
- 这项资源是否会被竞争对手的其他资源或能力所抵消？

影响企业竞争优势持续时间的主要因素有三点：

- 建立这种优势要多长时间？
- 能够获得的优势有多大？
- 竞争对手做出有力反应需要多长时间？

如果企业分析清楚了这三个因素，就可以明确自己在建立和维持竞争优势中地位的差异性。

SWOT 分析法总体上来说是一种较准确和明晰的分析方法，它能较客观地分析和研究一个单位的现实情况。利用这种方法可以从中找出对自己有利且值得发扬的因素，以及对自己不利、需要回避的因素，发现问题并找出解决办法，从而明确未来的发展方向。

四、SWOT 矩阵

对企业的内外部要素进行了分析之后，可以结合 SWOT 评估矩阵确定企业的优势和劣势，并选择相应的战略(见表 2-2)。

表 2-2 SWOT 矩 阵

	内部优势 S	内部劣势 W
外部机会 O	SO 战略 ● 依靠内部优势 ● 抓住外部机会	WO 战略 ● 利用外部机会 ● 克服内部弱点
外部威胁 T	ST 战略 ● 利用内部优势 ● 抵制外部威胁	WT战略 ● 减少内部弱点 ● 回避外部威胁

SO 战略是指企业依靠内部优势去抓住外部机会的战略，在此情况下，企业应当采取增长型战略，具体有集中化战略、中心多样化战略、垂直一体化战略等。

WO 战略是指企业利用外部机会来改进内部弱点的战略，在此情况下，企业应采取扭转型战略。

ST 战略是指企业以内部优势去避免或减轻外部威胁的战略，在此情况下，企业应采取多样化经营战略。这样可以利用自己的优势，同时通过多种经营分散环境带来的风险。

WT 战略是指企业直接克服自身劣势和避免外部威胁的战略，在此情况下，企业应采取防御型战略。这时企业不应该、也没有实力实施扩张战略，因此适合采取比较保守的战略，以避开威胁并逐渐消除劣势。

通过 SWOT 矩阵，企业可以了解内部条件和外部环境的共同作用，明确自身的战略地位，并初步选定企业可能采取的竞争战略类型。

五、SWOT 系统分析

实际上，机会、威胁、优势、劣势是相互联系的一个整体，连接四个方面的纽带是竞争(图 2-6)，终极目标是顾客。因此，在对机会、威胁、优势、劣势的分析中，必须运用系统的分析思想。

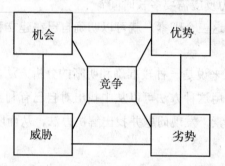

图 2-6　机会、威胁、优势、劣势是一个整体

首先，系统分析思想要求联系地、多向地分析问题，而非孤立地、线性地分析问题。在机会、威胁、优势、劣势四个要素中，每两个要素之间都有内在的联系。机会主要是相对威胁而存在的，但企业如果没有把握机会的优势，这个机会就会被别的企业所占有，它就会成为企业的威胁，并使企业在这方面处于劣势。同样地，虽然企业目前具有某方面的优势，但由于战略失误而与某个大好机会失之交臂，企业优势就有可能因此而丧失，转变为劣势。因此，对机会、威胁、优势、劣势的分析虽然可以有先有后，但必须联系地、因果交互地进行。

其次，所谓的机会与威胁、优势与劣势是动态的、互相转换的辩证运动过程。因此，在分析过程中不仅要揭示其目前的状态，还要分析形成目前状态的原因。最重要的，也是这种分析的根本目的，就是要揭示这些因素相互转化的条件和可能性。

第三节　竞争分析与竞争策略

竞争是市场经济的基本特性。在市场经济条件下，任何企业都处于竞争者的重重包围之中，竞争者的一举一动都对企业的营销活动和效果具有决定性的影响。因此企业必须对其竞争者进行分析，明确自己在竞争中的地位，有的放矢地制订竞争策略。

一、竞争分析

"知己知彼,百战不殆",企业要制订正确的竞争战略和策略,就要深入了解竞争者。

1.行业竞争分析

行业是一组提供一种或一类密切替代产品的相互竞争的企业。如我们常说的汽车行业、家电行业、信息行业、房地产行业等。密切替代品是指具有高度需求交叉弹性的产品,如格兰仕微波炉降价会引起美的微波炉需求减少,咖啡提价会导致顾客转而购买茶叶或其他饮料,从而导致茶叶和其他饮料也相继提价。对某一企业而言,其竞争者有两类:现实的竞争者和潜在的竞争者。而公司被潜在竞争者击败的可能性往往大于现实的竞争者,如"白猫"洗衣粉的最大威胁不是来自宝洁公司或联合利华,而是正在研制的不需要洗衣粉的超声波洗衣机;柯达胶卷的最大威胁不是富士胶卷,而是摄像机。因此企业必须要有长远的眼光,正确识别竞争者。识别竞争者首先应从行业结构的角度进行。

行业动态从根本上影响着企业间的竞争格局。而行业动态首先决定于需求与供应的基本状况,供求会影响行业结构,行业结构又影响行业的行为,如产品开发、定价和广告战略等,行业的行为决定着行业的绩效,如行业的效率、技术进步、营利性和就业。因此分析行业竞争,必须首先分析影响行业结构的主要因素。

影响和决定行业结构的主要因素如下。

(1) 销售商的数量与差异程度。根据这两个特征,可以将行业内竞争分为五种基本的结构类型:完全垄断、完全寡头垄断、不完全寡头垄断、垄断竞争和完全竞争。在不同的行业结构中,竞争格局和企业的竞争策略是不同的。如在完全垄断的市场结构中,垄断者会以追求最大利润为目标,抬高商品价格,少做或不做广告,并且只提供最低限度的服务。而在垄断竞争的市场结构中,企业间竞争的焦点则是努力扩大本企业品牌与竞争品牌的差异,突出特色。而在完全寡头垄断的市场结构中,竞争的主要手段则是改进管理、降低成本、增加服务。

(2) 进入与流动障碍。一般而言,如果某个行业具有高度利润,其他企业就会设法进入。对社会来说,最理想的行业结构状况是企业可以自由进入具有利润吸引力的行业,以防止现有企业长期获取超额利润。然而在自由进入程度上,行业间差异很大。如开一家饭馆、理发店很容易,但进入飞机制造业却相当困难。进入的障碍主要有:高额的资本要求、经济规模、专利与许可证条件、稀缺的场地、原材料以及愿意合作的分销商、信誉条件等。其中一些障碍是行业本身固有的,另外一些则是先期进入并已垄断市场的企业单独或联合设置的。即使企业进入了某一行业,在向更有吸引力的细分市场流动时,还会遇到流动障碍。

(3) 退出与收缩障碍。另一种理想的行业状况是企业能自由退出利润不丰的行业,转向更有吸引力的行业。但企业也常常会面临各种退出障碍:如对顾客、债权人和职员所承担的法律和道义上的义务,政府限制,过分专业化或设备陈旧造成的资产利用价值低,缺少可选择的机会，高度纵向联合，感情障碍等。即使不完全退出该行业，仅仅是缩小经营规模，也会遇到收缩障碍。

(4) 成本结构。在每个行业从事业务经营所需的成本及成本结构是不同的。如飞机制造业所需生产及原料成本大，而玩具制造业所需原料成本小，但分销及营销成本高。

(5) 纵向一体化。在许多行业中，实行前向或后向一体化有利于取得竞争优势。如钢铁、石油等提供标准化产品的行业。纵向一体化常可降低成本，控制增殖流，还能在各个细分市场中控制价格和成本，使无法实现纵向一体化的企业处于劣势。

(6) 全球经营。一些行业的地方性非常强，如理发、影院等，而一些行业则是全球性的行业，如飞机、石油、电脑、照相机等，这些行业中的企业如果想要实现规模经济或赶上最先进的技术，就必须在全球范围内进行竞争。

2．五种竞争力量分析

美国管理学家迈克尔·波特将影响企业竞争的行业因素，或称其为影响某一行业竞争状态的基本力量，归纳为五个方面：现实竞争者、潜在竞争者、替代竞争者、供应者和购买者(见图2-7)。

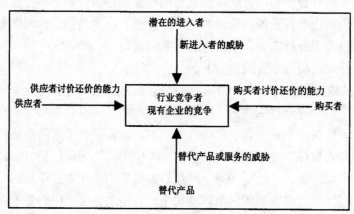

图2-7　迈克尔·波特的行业竞争分析模型

(图片来源：迈克尔·波特.竞争伏势.北京：华厦出版社，1997)

(1) 现实竞争者。如果细分市场内存在众多实力雄厚的或竞争意识强烈的竞争对手，则该市场的竞争将会很激烈，价格战、广告争夺战将层出不穷，新品送出，从而使公司参与竞争的成本大大提高。当出现以下情况时，公司所面临的竞争将更加激烈：如市场十分稳定或正在萎缩；市场中产量大幅度上升；固定成本和企业退出市场的壁垒过高以及竞争对手投入了大量资本等。

(2) 新竞争者。如果新的竞争对手进入市场，并能迅速扩大自己的市场份额，将会对现有企业形成很大的冲击，加剧竞争。新进入者威胁的严峻性取决于一家新的企业进入该行业的可能性、进入壁垒以及预期的抱负等。其中第一点主要取决于该行业的前景如何，行业增长率高表明未来的盈利性强，而目前的高利润也颇具诱惑力。

(3) **替代产品**。公司必须密切关注替代品的动态，因为替代品将制约该细分市场价格和利润的上升。如果替代品行业的技术发展很快，或者竞争加剧，那么该细分市场的价格和利润就有可能下降。替代竞争的压力越大，对企业的威胁越大。决定替代品压力大小的因素主要有：替代品的营利能力，替代品生产企业的经营策略以及购买者的转换成本等。

(4) **购买者**。如果购买者的讨价还价能力提高，也会加剧该细分市场的竞争。因为购买者会尽力压价，要求更高的产品质量或服务水平，并促使竞争者相互斗争，这些都会使销售商的利润受到损失。如在家电行业中由于出现了一些"巨无霸"式的家电连锁商业集团，如北京的国美、江苏的苏宁等，他们具有很强的市场控制力，对生产商讨价还价的能力提高，从而使得家电生产商的利润急剧下降。与供应者一样，购买者也能够对行业营利性造成威胁。影响购买者议价能力的因素有：集体购买；产品的标准化程度；购买者对产品质量的敏感性；替代品的替代程度；大批量购买的普遍性；产品在购买者成本中所占的比例以及购买者"后向一体化"的战略意图等。

(5) **供应者**。如果供应商的力量强大，将会增强其讨价还价的能力，如提价或降低产品和服务的质量，或减少供应数量。决定供应者影响力的主要因素有：供应者所在行业的集中化程度以及产品的标准化程度；供应者所提供的产品在企业整体产品成本中的比例；供应者提供的产品对企业生产流程的重要性；供应者提供产品的成本与企业自己生产的成本之间的比较；供应者提供的产品对企业产品质量的影响；企业原材料采购的转换成本；供应者"前向一体化"的战略意图。因此，公司最佳的防卫方法是与供应商建立"双方都有利"的良好关系，或者选择多条供应渠道。

3. 竞争者的战略和目标

公司最直接的竞争者是那些处于同一行业同一战略群体的公司。一个战略群体就是在一个特定行业中推行相同战略的一组公司。战略的差别表现在目标市场、产品档次、性能、技术水平、价格、销售范围等方面。战略群体的划分有助于认识如下三个问题。

(1) **不同战略群的进入与流动障碍不同**。如小型企业由于在产品质量、声誉和纵向一体化方面缺乏优势，较适合进入低价格、中等成本的战略群体，其进入高价格、高质量、低成本的战略群体则较困难。

(2) **同一战略群内的竞争最为激烈**。处于同一战略群体内的公司在目标市场、产品类型、质量、功能、价格、分销、促销等方面几乎没有差别，因此，企业间的竞争最为激烈。公司最佳做法是在进入时就应有某些战略优势，并以此吸引目标顾客。

(3) **不同战略群之间有交叉**。如实行不同营销战略的电脑商都会向大学生销售产品，并且每个战略群体都在不断追求扩大自己的市场。

竞争者的最终目标当然是追逐利润，但是每个公司对长期利润和短期利润的重视程度不同，对利润满意水平的看法也不同。有的企业追求短期的利润"最大化"，有的追求长期的利润"最大化"，有的企业追求的是"满意"的利润而非"最大"的利润，只要达到既定的利润目标就行了，即使其他策略能赢得更多的利润也在所不顾。具体的战略目标多种多样，如获利能力、市场占有率、现金流量、成本降低、技术领先、服务领先等，每个企业都有不同的侧重点和目标组合。

4．竞争者的类型

从购买者的不同角度观察，每个企业在其营销活动中都面临着四种类型的竞争者。

(1) **愿望竞争者**。指满足购买者当前各种愿望的竞争者，如对家电生产厂家来说，汽车、房子、地毯等产品的生产者就是愿望竞争者。

(2) **类别竞争者**。指满足同一需要的各种不同方式的竞争者，如汽车、摩托车、自行车都能满足作为交通工具的需要，他们就是类别竞争者。

(3) **产品形式竞争者**。指满足同一需要的同类产品在质量、规格、价格等方面的竞争者。

(4) **品牌竞争者**。指产品相同，规格型号也相同，但品牌不同的竞争者。

5．竞争者的反应类型

(1) **从容型竞争者**。指对某些特定的攻击行为没有迅速反应或反应不强烈。原因可能是：认为顾客忠诚度高，不会转移购买；认为该行为不会产生大的效果；自身业务需要收割、榨取；缺乏迅速反应所需要的资金。

(2) **选择型竞争者**。指只对某些类型的攻击行为做出反应，而对其他类型的攻击无动于衷。如企业对降价行为做出回击，而对增加广告预算、加强促销活动不做反应。了解竞争者在哪些方面做出反应，有利于企业选择最为可行的攻击类型。

(3) **凶狠型竞争者**。指对所有领域的任何攻击行为都会作出迅速而强烈的反应。这类竞争者旨在警告其他企业最好停止任何攻击，攻击"羊"总比攻击"老虎"好些。

(4) **随机型竞争者**。这类竞争者对竞争攻击的反应具有随机性，事先无法预知。

二、三种基本竞争战略

1．成本领先策略

成本领先策略是指企业产品的成本与同行业的其他企业相比较是很低的。采用这种战略，要求企业尽一切可能扩大在生产、销售、科研等各个方面的规模，以达到降低产品单位成本的目的。要取得总成本最低的地位，一般要求企业有较高的相对市场占有率或具有其他优势，如能以合适的价格购买到所需的原材料，产品的设计便于生产制造，相关的产品系列较宽有利于分摊费用。如格兰仕微波炉，成本领先战略就是其取得成功的法宝。目前格兰仕的产销规模已突破450万台而成为全球第一，格兰仕的规模优势——成本优势——价格优势——销量优势——规模优势的循环模式，使得它发展成为规模最大的微波炉生产企业。

2．差异化策略

差异化战略是指企业通过开发别具一格的产品线或营销项目，以争取在产品或服务等方面比竞争者有独到之处。差异化战略不仅包括产品差异，还包括品牌、包装、款式服务等方面的差异。差异化战略已成为企业竞争的主要策略，同时也是阻挡竞争的主要策略之一，这是因为差异往往会给顾客耳目一新的感觉，增加顾客的忠诚度，使顾客甘愿接受较高价格。如德国奔驰汽车公司就是靠特殊的生产技术、产品设计和市场战略来取得差异优势，使其汽车高质高价。实行差异化战略有时会以牺牲规模经济为代价，也与争取获得更大的市场占有率相矛盾。而且，一般实行差异化战略也会导致成本的增加，因为它可能需要更多的开发研究和设计、质量更好的原材料、为顾客提供更多的服务等。在某些市场，差异化战略也可能取得较低的成本，或者只能取得与其他竞争者相当的价格。

3. 集中型战略

集中型战略要求企业集中全部力量为一个或少数几个特定的细分市场服务，以更好地满足目标顾客的特殊需要，从而取得局部的竞争优势，或是为目标顾客服务时实现低成本，或者同时取得这两种优势。

三、不同市场地位企业竞争策略

1. 市场领导者策略

(1) **扩大市场总需求**。市场领导者占有的市场份额最大，因此当市场扩大时，其受益也最大。市场领导者可从三个方面扩大需求量：一是开发产品的新用户；二是开辟产品的新用途；三是增加顾客使用量。

- **开发新用户**。每种产品都有吸引顾客的潜力，顾客之所以不想购买某种产品，或者因为对这种产品还不甚了解，或者是因为该产品定价不合理，或者是因为该产品特点不明显等。因此企业可通过以下三种办法找到新的使用者：一是转变未使用者，如生产者说服现有市场内没有冰箱的人购买冰箱；二是进入新的细分市场，如家庭冰箱开发公司和工厂市场；三是地理扩张，转向别的地区市场销售，如由城市转向开发农村市场。
- **开辟产品的新用途**。设法找出产品的新用法和新用途以增加销售。如尼龙，首先是用做降落伞的合成纤维，然后是用做女袜的纤维，接着又成为男女衬衫的主要原料，再后来又成为汽车轮胎、沙发椅套和地毯的原料。每项新的用途都使产品开始了一个新的生命周期。
- **扩大使用量**。这种策略就是说服人们在每次使用产品时增加使用量。例如，洗发水公司劝告消费者"每天都要洗发"，每次将使用量增加一倍效果更佳。所有这一切，都有利于洗发水使用量的提高。

提高购买频率也是扩大消费量的一种常用办法，如牙刷生产者提醒消费者应三个月更换一次，而不是坏了才换。

(2) **扩大市场份额**。扩大市场份额是增加收益的一个重要途径。一般来说，市场份额越高，投资收益率越大。在有众多产品的市场上，市场份额仅仅提高一个百分点，其销售额往往就可增加几千万美元。

但是并不是任何情况下市场份额的提高都意味着收益率的增长，高市场份额低营利和低市场份额高营利的现象也时有发生。因此，企业扩大市场份额时应考虑如下两个方面的因素。

- **引起反垄断活动的可能性。**当企业的市场占有率超过一定限度时，一些弱小的竞争对手会高喊"反垄断"。这种风险的存在，无疑会减弱一味追逐市场份额的诱惑力。
- **为提高市场占有率所付出的成本。**当市场占有率已达到一定水平时，再要求进一步的提高就要付出很大代价，结果可能得不偿失。第一，市场上总会有一些顾客忠实于竞争对手，或者宁愿与小供应商打交道；第二，竞争者会奋力保卫其市场份额。因此，当几乎没有什么规模经济效益可言，不存在有吸引力的细分市场时，追逐高市场份额是不明智的。

总之，市场主导者必须明确市场需求量，保卫自己的市场阵地，防御挑战者的进攻，并在保证增加收益的前提下提高市场占有率，这样，才能持久占据市场主导地位。

(3) 保护市场份额。居于市场领先地位的公司在努力扩大市场规模时，还必须时刻注意保护自己现有的业务免遭竞争者入侵。如，通用汽车公司要时刻防备福特公司的进攻，可口可乐公司要防备百事可乐，柯达公司要防备富士公司，等等。这些挑战者都是很有实力的，市场领导者稍不注意就有可能被取而代之。最好的防御方法是发动最有效的进攻，不断创新，永不满足，企业必须在产品开发、顾客服务、分销渠道建设和降低成本等方面，始终处于该行业的领先地位，只有这样，才能保持对敌人的强大威慑力量。

以下是可供市场领导者参考的六种防御策略。

- 阵地防御。处于市场领先地位的企业，必须时刻防备竞争者的挑战，保护自己的现有业务不受对手侵犯。阵地防御是指围绕企业目前的主要产品和业务建立牢固的防线。阵地防御是防御的基本形式，是静态的防御，在许多情况下是有效的、必要的，但如果企业单纯依靠这种防御则是一种"营销近视症"，如当年福特固守他的 T 型车就造成了严重的后果，使得年营利 10 亿美元的福特公司从顶峰跌到了濒临破产的边缘。对营销者来说，单纯保卫自己目前的市场和产品阵地，是必须坚决反对的。
- 侧翼防御。市场领导者除保卫自己的阵地外，还应保卫自己较弱的侧翼，防止对手乘虚而入。如美国各大汽车公司就曾因忽视小型车这一侧翼产品，而受到日本和欧洲汽车制造商的攻击而失去大片市场。侧翼防御要求居于市场领先地位的企业必须密切关注市场和竞争对手的动向，依靠产品差别化这种方式抵御挑战者的进攻。
- 以守为攻。具体做法是，当竞争者的市场占有率达到某一危险高度时，就对其发动攻击，或者对市场上的所有竞争者全面攻击，使人人自危，如日本索尼公司在"随身听"领域内致力于不断创新，抢在竞争者之前开发出更好、更新的机型。这是一种先发制人的防御，公司应正确判断发动进攻的时机以免延误战机。但这种策略只能偶尔为之，不能经常使用。

- 防守反击。大多数的市场领导者在受到进攻时，都采取反击行动，或者迎击对方正面进攻，或者迂回攻击对方的侧翼，或者发动钳形攻势，切断进攻者的后路(如断其后勤供应线)等。
- 收缩防御。有时候，或者由于市场环境变化，或者由于竞争对手优势过于突出，市场领导者发现自己无法继续固守其所有阵地，这时有计划的收缩(也称战略防御)便是一种最好的策略。有计划的收缩并不是放弃市场，而是放弃薄弱自己的力量，将资源重新分配以增强自己的力量，这是一种有助于提高核心竞争力的行动。
- 运动防御。这种策略的做法是，不仅防御目前的阵地，而且还要扩展到新的市场阵地，以其作为未来防御和进攻的中心。市场扩展可通过市场扩大和市场多角化两种方式实现。

2. 市场挑战者的竞争策略

在市场上处于次要地位的企业，如果要向市场领导者和其他竞争者挑战，争取市场主导地位，一般称之为市场挑战者。市场挑战者要想争取市场主导地位，必须采取适当的进攻策略。这方面的策略如下。

(1) **正面进攻**。进攻者发起正面进攻是指集中兵力正面指向其对手，即攻对手的强项而不是弱点。这种情况下，进攻者必须在产品、价格、广告等主要方面超过舵手，否则不可以采取这种进攻策略。正面进攻的胜负决定于双方力量的对比。降低价格是一种有效的正面进攻战略，如果让顾客相信进攻者的产品同竞争对手相同但价格更低，这种进攻就会取得成功。要使降价竞争得以持久并且不损伤自己的元气，必须大量投资于降低生产成本的研究。

(2) **侧翼进攻**。寻找和攻击对手的弱点。可从两个角度来组织进攻，包括地理和细分的进攻。地理上的进攻，即选择对手忽略或力量薄弱的产品和区域进攻。细分性进攻，即选择对手尚未重视或尚未覆盖的细分市场作为攻占的目标。侧翼进攻使公司的业务更加完整地覆盖了各细分市场，进攻较易收到成效，并且避免了攻守双方为争夺同一市场而造成两败俱伤的局面。

(3) **包围进攻**。纯粹的侧翼进攻战略是指行动的重点指向现行市场中竞争者领域里的缺口，而包围进攻则试图深入敌人比较虚弱的领域中去，运用"闪电战术"在几个市场同时发动全面攻击，通过向市场提供比竞争对手更多、更好的产品和服务，迫使竞争对手同时保卫其前方、后方和侧翼。当一个进攻者比竞争对手具有资源优势，并相信这种迅速包围将完成和足够快击破对方的抵抗意志时，就可以采取这种策略。

(4) **迂回进攻**。这是一种最间接的进攻策略，完全避开了对手的现有阵地迂回进攻。具体办法有三种：一是发展无关的产品，实行产品多角化；二是以现有产品进入新的地区市场，实行市场多角化；三是发展新技术、新产品、取代现有产品。

(5) **游击进攻**。游击战是指向对方的不同部位发动小规模的、时续时断的攻击，目的是消耗对方的兵力，打击其士气，以期实现局势的某种变化。游击进攻者可通过选择性降价、猛烈的促销攻势，偶尔也可以通过法律行为发动进攻。关键在于应在较狭的地带集中进攻。这种策略主要适用于规模较小、力量较弱的企业。

3．市场追随者的策略

并非所有屈居第二的企业都会向市场领导者挑战，市场追随者与市场挑战者的区别就在于：它不是向市场主导者发动进攻并图谋取而代之，而是跟随在主导者之后自觉地维持共处局面。市场追随者分为如下几种。

(1) 紧密追随。 即在各个细分市场和产品、价格、广告等营销组合战略方面模仿市场领导者，完全不进行任何创新的公司。这种追随者有时似乎像是挑战者，但只要它不从根本上威胁到主导者的地位，就不会发生直接冲突。有些追随者甚至可能被看成是寄生者，在刺激市场方面很少动作，只是希望靠市场领导者的投资生活。有些紧密跟随者甚至发展成为"伪造者"，专门制造赝品。

(2) 距离追随。 即指在主要方面，如目标市场、产品创新、价格水平和分销渠道等方面追随领先者，但仍与主导者保持若干差异。一般情况下，领先者比较喜欢这种追随者，这样可以免遭独占市场的指责。

(3) 有选择的追随。 即追随者在某些方面紧跟领先者，但有时又走自己的路。这就是说，它一方面学习领先者，同时又有自己的特色和创新。这种追随者在条件成熟时，就可能成为挑战者。

4．市场补缺者的策略。

市场补缺者，是指那些选择不大可能引起大企业注意的市场的某一部分进行专业化经营的小企业。

这些企业避免同大公司竞争，而只是通过专业化的方针去填补市场的空缺，如为某一类型的最终使用者服务、按照客户需要提供服务、专业化生产某一种有特色的产品和把销售对象限定在少数几个特定的顾客，等等。市场补缺者的竞争策略，不在于直接参与同行业之间的竞争，而在于如何正确选择和寻找一个或更多的安全和有利可图的市场补缺基点。

一个理想的市场补缺基点一般有下列特征：

- 有足够的规模和购买力，企业有利可图；
- 利润有增长的潜力；
- 被大企业所忽略或者不愿满足；
- 企业有市场需要的技能和资源；
- 企业能够靠已经建立的顾客信用，进行自卫来抵制竞争者的攻击。

市场补缺者策略的关键在于专业化、精细化营销。要在市场、顾客、产品或营销组合方面实行专业化，以适应特定市场的需要。市场补缺者承担的主要风险是选定的市场基点可能会枯竭或受到其他竞争者的攻击，市场补缺者往往选择多个补缺基点，作为自己经营的领域，以增加企业生存的机会。

第四节　营销道德和企业的社会责任

企业的营销活动须在一定的道德范畴内进行，企业应承担起自己的社会责任。伦理道德环境对企业的经营活动同样起着极大的作用。2008 年 5 月 12 日，中国四川汶川发生了特大地震。震后，网络上出现了某著名房地产开发商有关捐款数量的讨论所引发的"捐款门"事件，说明了企业应该在社会责任方面适时而又恰当地发挥其作用，反之，就会对企业的社会声誉和经营状况带来不利的影响。

营销道德是指在市场营销活动中，调整企业与社会之间关系的行为规范的总和。它涉及企业营销活动的价值取向、伦理规范和社会责任等问题，是依靠人们的内心信念、社会舆论、传统习惯维系的营销观念形态和行为规范，指导着企业的市场营销活动。营销道德的最根本的准则，是维护和增进全社会成员的长远利益。凡有悖于此者，皆属非道德的行为。作为社会中的一员，人人都有义务依照法律和道德规范行事。在现实生活中有些事合法但不道德也是时有发生的，且道德可能保持许多年，但社会责任的内容却在随社会的发展而发展，如随着人们生态意识的增强，在使用产品时会关心是否会对环境造成污染。许多公司制订了正式条款以规范什么行为在营销管理中是道德的或不道德的，从而帮助其雇员做出正确的伦理道德选择。一些贸易组织，包括美国市场营销协会，还制订出它们自己的道德行为准则。

一、市场营销道德

在研究这个问题时，我们注意到有两种情况：一个是存在着可争辩性的问题，如是否允许烟草公司做广告？如果允许它们这么做，那么人们就会面临不健康产品的侵扰。但是如果不允许做，又干涉了它们的言论自由和商务能力，即道德上的进退维谷；另一类则是商务活动中存在的一些欺诈行为，如合同中的价格欺诈，即道德败坏。

1．营销伦理道德上的进退维谷

在营销实践中，营销人员常会面对大量这类问题：如，当只有行贿才能做成生意时，是否行贿？当观众观看电视节目时出现广告是否恰当？在娱乐节目中出现商家商品介绍是否允许？是否允许烟酒做广告？

道德上的进退维谷不是一个容易解决的问题，因为它们经常涉及不能同时兼顾本组织的权利与其他组织的利益。

2．道德败坏

在我国，企业营销工作中常会出现一些不道德的行为，如虚假广告、强行推销、推销员的故意误导等，以及利用与高校的合作，打着科研的幌子去探知竞争对手的情报，甚至在应用科学技术开发产品时，也会出现技术是否安全、是否符合伦理道德(如克隆技术用于克隆人)的问题,而营销人员就必须在这种道德与不道德间作出选择。

二、社会责任

营销人员参与社会活动就应承担向公众及各种不同群体组织提供服务和保护的责任。这种责任不会影响企业营利的目的,它只是提高了这一发展策略的层次。有时甚至可以把在社会责任方面的投入看做是经营者对未来的投资。如汽车公司认识到制造污染空气的汽车是一种对社会不负责任的行为而决定增加无污染发动机的生产线;许多原先采用木质包装的企业开始转而使用其他材料的包装。

此外,随着消费者自我保护意识的觉醒,消费者权益运动也开始如火如荼地发展起来,这就要求企业必须尊重消费者的基本权利,承担社会责任,才能使企业永远处于有利的竞争地位。

三、营销道德的评价标准

对市场营销行为进行善恶判断,称为营销道德评价。营销道德评价有利于提高人们的是非观念,促使人们选择合乎道德的市场营销行为。关于营销道德评价的标准,主要有如下几种观点。

1. 功利论

即以行为后果来判断行为的道德合理性。这种观点认为,如果一种营销行为能给社会大多数人带来利益,则该行为就是有道德的,否则就是不道德的。这个标准有着重要的现实意义。例如,企业在为顾客提供销售服务时,如果让顾客感到称心如意,这就合乎营销道德要求。但是,单纯根据行为后果来判断营销行为道德的合理性,具有一定的局限性。因为,有时后果可能与动机相悖。比如说,一个饭店服务员在热心为顾客服务的过程中,不慎将顾客的衣服弄脏了,他连声道歉,并积极弥补自己的过失。在这种情况下,尽管后果不好,但不能说他的行为不道德。

2. 道义论

即从直觉和经验中归纳出某些人们应当共同遵守的道德责任或义务。这种观点是以营销行为的动机作为道德评价标准,以这些责任和义务的履行与否来判断营销行为的道德合理性。英国人罗斯在1930年出版的《“对”与“善”》一书中,系统提出了“显要义务”或“显要责任”的观念。他认为主要有六条基本的显要义务:①诚实;②感恩;③公正;④行善;⑤自我完善;⑥不作恶。这种观点鼓励营销人员凭直觉和经验意识到自己的责任,并据以评价营销行为的善恶,主动承担道德责任,因此它对营销道德建设有一定意义。其局限性是:单纯依靠直觉和经验来解决道德问题,难免带有主观性。

3．结合论

结合论就是把目的、手段与后果结合起来判断营销行为的道德合理性。目的是指行为背后的动机与意图；手段指实现目的的过程及所采用的方式和方法；后果是指行为给社会和他人带来的实际后果。它可能是营销主体意欲达到的结果，也可能是虽不为营销主体所希望但却能被其所预见的结果。

结合论认为。虽然可以借助于后果来评价营销行为，但绝不能用后果来证明营销手段的合理性，也不能不加区别地根据后果判断营销行为是否合乎道德。从综合动机、手段和后果三个方面对营销道德进行评价时，其中的手段具有更为重要的评价意义。从营销道德角度来看，手段表现为企业的营销行为。企业的营销行为不但受动机支配，而且作用于后果。譬如，企业在市场营销中的求利动机是无可非议的，但求利行为或手段是否恰当，就涉及道德问题。求利行为必须合法，符合道德规范，采用正当手段来求利。因此，营销道德重要的是对营销行为进行考察。

四、我国营销道德的建设

1．我国营销道德问题分析

(1) 侵害消费者的健康和安全。如生产和销售含过量防腐剂和色素的食品、劣质化妆品等。

(2) 不真实现象。体现在：
- 假冒仿冒名牌产品；
- 虚假的"降价"、"特价"；
- 过分夸大和片面强调自己的商品和服务的优点；
- 滥用质量标志；
- 夸大量或质的包装；
- 篡改产品的生产日期或有效期限等。

(3) 操纵消费者。随着科学技术的进步，市场上产品品种、式样日益增多，仅仅依靠消费者自身的知识进行消费，已越来越困难，他们需要借助商品的广告、包装、说明书、营销人员的介绍等作出判断，因此，一些企业和其营销人员就利用这一点对消费者进行操纵。此外，强制推销也反映了操纵消费者的现象，如许多单位或企业向员工强行推销"福利"产品。

(4) 不正当竞争。企业采用不正当竞争手法，如请客、送礼、回扣、贿赂、诋毁竞争对手、搭售或举行巨奖销售等。

(5) 推崇物质文明。

(6) 污染环境。

2. 我国营销道德的建设

营销道德问题涉及面很广，要得到根本解决，需要进行长期努力。当前我们应做好如下几方面的工作。

(1) 树立社会营销观念。营销道德的基本规范应是公平、自愿、诚实和信用。企业及其营销人员必须遵循这些基本规范，不仅要以实现营利和满足消费者的需求为目标，而且还要关心和维护整个社会的利益。因此，建立营销道德最根本的还是要确立并实施社会营销观念。企业在营销中要形成一套履行道德与社会责任的行为准则，自觉维护消费者的利益和社会福利。

(2) 加强法制建设。进一步健全和完善法律、法规，严格依法治市，约束企业的不正当竞争行为，对欺骗和损害消费者权益的行为与以制裁。

(3) 建立健全维护消费者权益的机构。建立健全有权威的监督、检查、仲裁机构，真正发挥消费者权益组织的作用，以切实维护消费者的利益。

(4) 加强对消费者的宣传教育。营销中的不道德行为之所以能够得逞，一方面是由于信息不对称，消费者了解的情况较少，另一方面是由于消费者对有关的商品知识知之有限，从而使消费者在交易中处于不利地位。因此，要加强对消费者的宣传教育，增强其自我保护意识，积极地与违法和不道德的营销行为作斗争。

--巩固性案例

马福德制药公司在拉丁美洲市场销售面临的政治法律环境

马福德制药公司的总裁兼总经理格雷斯·马福德请萨姆·乔治亚调查一下拉丁美洲的政治法律环境，为公司在 1986 年下半年开拓中南美洲市场作准备。以前该公司就曾打算开拓美洲市场，并和拉丁美洲有过接触。当格雷斯·马福德于 1985 年成为公司总裁时，她就致力于开拓大有希望的国际市场，她在行政方面的第一个改革措施就是建立一个国际业务部并聘用萨姆·乔治亚来领导这个部门。乔治亚曾为可口可乐公司在巴西工作过，他对拉丁美洲市场十分了解。

1943 年，乔治·马福德租用了马塞诸塞一家破产纺织厂的一部分来生产阿斯匹林，他的蓝豹牌阿斯匹林比制药界的主要生产商贝耶的还便宜 1/3，因此他的公司逐渐确立了自己的地位。在以后的 20 年中，他的市场几乎囊括了美国东南部。1960 年他的儿子达恩加入了公司。考虑到公司的两种已到成熟期的产品总有一天会过时，达恩建议他的父亲成立科研部并把抗生素及其他一些药物引入市场。截至 1985 年马福德公司已经营 17 种药，尽管"蓝豹"仍占全部销售额的 39%，但其他药物的销售份额正在稳步增长，1985 年公司已拥有美国制药市场的 1.7%。

1971 年，波士顿的出口代理商贝利和他的儿子们建议马福德在阿根廷出售蓝豹阿斯匹林，于是马福德在蒙的维得亚建立了一个销售机构，负责对阿根廷和乌拉圭的销售工作。

第 3 章

消费者行为分析

开篇案例

环球时装公司刺探式销售调查

20世纪60年代，日本环球公司只是一个零售企业，5名员工挤在一间14平方米的办公室，但如今它已成为日本有名的大企业，1980年公司的营业额超过1200亿日元，利润高达228亿日元。环球公司的发展不是靠偶然的运气，而是非常重视消费者的反应。他们进行消费者行为分析的方法有：一是开设侦探性专营店，陈列公司所有的产品，给顾客以综合印象。售货员主要任务是观察顾客的采购动向。公司除在东京银座外，还在全国81个城市顾客集中的车站、繁华街道设这种商店。二是事业部每周必须安排一天时间全员出动，几人一组，分散到各地，有的到专营店，有的到竞争对手的商店观察顾客情绪，向售货员了解情况，找店主聊天。调查结束后，当晚回到公司进行讨论，分析顾客消费动向，提出改进措施。三是全国经销该公司时装的专营店有1300个，兼营店有5000多个，公司同200多个专营店建立了调查业务关系。他们设有顾客登记卡，详细地记载了每一个顾客的年龄、性别、体重、身高、体型、肤色、发色，使用化妆品种类，常去哪家理发店以及兴趣、嗜好、健康状况、家庭成员、家庭收入、现时穿着等详细情况。这些卡片储存在信息中心，只要根据卡片就能判断顾客眼下想买什么时装，今后有可能添置什么时装。

从以上的案例可以看出，环球公司成功的最大秘诀在于充分掌握顾客的消费心理和消费行为。所以，营销者应该在充分了解顾客的消费心理基础上，不断挖掘消费者需求，以创新的营销方式去发现消费者无限的潜在需求，促使消费者能够自愿地将潜在的存量需求转化成有效的现实需求。

（资料来源：国外名企业如何摸市场深浅，会展 365 网，http://www.cce365.com/ wenzhang _detail.asp?id=34874，2008.11）

第一节　消费者市场及特点

一、消费者市场

消费者市场是指为满足生活消费需要而购买货物和劳务的一切个人和家庭。消费者市场的购买是最终市场的购买,意味着商品的使用价值和价值的最终实现。顾客的购买目的完全是为了满足个人或家庭的需求,并没有牟利的企图,这在整个市场中占有非常重要的地位,而且是其他市场购买行为的基础。

消费品是每个消费者及其家庭不可缺少的物品或劳务,是消费者最经常的购买对象。消费品品种繁多,可以从不同角度对消费品进行划分。

1．按商品的形态和使用频率分

(1) 耐用消费品。指消费者在生活消费的很长时间内,进行多次使用的消费品,如电视机、电冰箱、空调、洗衣机等。

(2) 易耗消费品。指消费者在生活消费中只能使用一次或几次的消费品,如牙膏、香皂等。

(3) 劳务。指为消费者获得利益或满足而提供的服务,如技术指导、家电安装、维修、照相、理发等。

2．根据消费者购买行为上的差异分

根据消费者购买行为上的差异,可将消费者购买的商品(包括服务)分为便利品、选购品和特殊品。

(1) 便利品。便利品是指那些日常生活中必需的、经常、随时可买到的商品。消费者对这类商品的质量、品种、规格、价格比较熟悉,一般不做过多的挑选和比较。通常单价低廉,体积不大。如食品、香烟、肥皂、牙膏等。这类商品以能方便地买到作为首要条件。因此,应采用广渠道、多网点,方便购买,以扩大营销。

(2) 选购品。选购品是指那些价格较高,使用时间较长,购买过程中往往要花些时间,多跑几家商店来挑选、比较的商品,如服装、家具、皮鞋等。消费者在购买时一般进行式样、品牌质量、价格的比较,到相当满意时,才采取购买行为。生产选购品的企业营销人员,一般应选择在地理位置上易于消费者巡回选购的商店作为自己的经销店。经营选购品的商业企业,在增加选购品品种时,其营销人员应主动向消费者介绍商品特点,帮助消费者选择,以增加成交机会。

(3) 特殊品。特殊消费品主要是指那些价格高、使用时间长、购买过程中要花很大力气才能买到的引起独特质量或品牌的商品,如汽车、电视机、高级组合音响、照相器材等。由于这类商品多属非重复性购买,所以消费者宁愿多花时间、精力,经过慎重考虑,才决定购买。特殊消费品设网点不宜过多,也不宜在临时集市上推销。为了使商品有竞争力,

必须注意售后服务，实行三包，让消费者买了放心，还可采取试用、分期付款、送货上门、上门修理等措施。

二、消费者市场需求的特点

企业要满足消费者需求，首先必须研究和掌握消费者市场需求的特点。一般来说，消费者市场需求主要有如下几个特点。

1. 消费者市场的需求具有复杂性和多变性

由于消费者的生活需要多种多样，吃、穿、用缺一不可。而且消费者的年龄、性别、民族、地理区域、教育程度、性格等情况的不同，形成对商品的不同需求，所以消费品种类繁多。还应注意，消费者对生活资料的需求不是静止不变的，而是动态的、发展的，它将随着生产力的发展而不断提高。例如，我国过去所谓的几大件是指手表、自行车、缝纫机，现在的几大件是指电视机、录音机、电冰箱、洗衣机、照相机、录像机等。

2. 消费者市场的需求具有可诱导性和伸缩性

消费者需求的产生，有些是本能的，内在生理因素影响的，但大部分与外界的刺激诱导有关。大多数消费者缺乏专门的商品知识，属非专家购买，容易受广告等促销活动的引导和调节，使消费者的需求发生变化和转移。此外，随着社会环境、经济条件、节令的变化，消费者的需要也是可以伸缩的。例如，在市场供应充足、社会风气正常的情况下，可买可不买的不一定去买；反之，不需要的也会去抢购。

3. 消费者市场的需求具有联系性和代替性

联系性是指消费者对一种商品的需求，会引起对相关产品的需求。如消费者购买皮鞋的同时，可能附带购买鞋油、鞋刷等。

代替性是指消费者在某一方面的需求可以由多种商品来满足。如蛋糕、面包都能满足消费者充饥的需要。企业应认识到这一特点，优化产品组合。

4. 消费者市场的需求具有连带性和转移性

连带性是指消费者在购买商品时顺便购买其他商品。引起连带的原因是消费者对某种商品或某个商店产生了偏爱或信任。

转移性是指因产品质量差，或因价格偏高，或对服务人员的态度产生了反感而转移到另一个商店去购买同种或类似产品的现象。服务人员的态度差，引起购买的转移性往往是永久的，并具有极强的扩散力。高质量的销售服务是企业竞争力的保证。因此，企业必须提供优质产品，并做好优质服务。

5. 消费者市场的需求具有相对满足性和周期性

需求的相对满足是指需求在某一具体情况下所达到的标准。从现实来讲，消费需求的相对满足程度，取决于消费者的消费水平。消费水平低，需求容易满足，反之，则不易满足。

需求的周期性，特别是基本需要，往往有较强的周期性，旧一轮需要满足了，又会产生新一轮需要，周而复始，如食品吃完了，又需要去购买。

6. 消费者市场需求具有流行性和便捷性

在现代市场经济条件下，消费者对商品或劳务的需求在某一个特定时期内会形成某种"热潮"，过了这段时间，这种商品或劳务就不流行了，而被另一种商品或劳务所取代，就是消费者需求的流行性。此外，随着人们生活节奏的加快，消费者越来越需要那些能够省时省力的商品和服务。

7. 消费需求的季节性和时间性

消费需求在时间上、季节上是有一定的要求的。如有的商品均衡消费，要求经常供应，企业应随时备足货品；有的商品是季节性消费或节假日消费的，企业则应作好迎季、迎节的货品供应。企业应掌握这一特点，适时适季推出应时商品，保证市场需求的满足，以实现企业的最佳效益。

8. 消费需求的有限性和无限性

消费者的欲望是无止境的，但社会现有的技术水平所能提供的产品和消费者的收入水平又是有限的。

通过以上分析，可以看出，消费者市场的特点决定了消费者市场的营销。企业必须有针对性地研究市场、开发市场、进入市场、占领市场，满足市场上的需求，才能赢得消费者市场。

三、消费者市场需求变化对企业营销的影响

现代企业应当重视消费者需求的动态变化对其营销活动的影响和制约，以便采取相应对策。从需求对企业产品方面的影响看，主要包括以下几方面。

1. 需求目标的实现与否影响企业的产品决策

消费者需求产生以后，就会寻求购买目标。如果企业所生产的产品不符合消费者需求的目标，或企业没有有效的促销手段使消费者意识到购买目标与产品的功能相近，则消费者很有可能放弃购买目标。因此，企业要使产品符合消费者需求，就必须根据消费者购买目标做出产品决策。

2. 需求总量的增长影响企业商品的需求量

随着收入水平的提高，消费者在一种需求满足之后，还会产生新的、更高层次的需求。这种需求总量的不断增长，一方面可使企业新产品或功能较好的产品销量增加，另一方面也使企业过时的老产品销量降低，直至被淘汰。因此，企业在研究消费者需求时，除应了解消费者的现实需求外，还要重视消费者的潜在需求。

3．需求结构的变化引导企业产品结构的调整

消费者需求总量的增长必然导致需求结构的变化，从而改变企业在现有市场上的销售比例和市场份额。因此，企业要适时调整产品结构和营销对策，以适应需求结构的变动。

总之，消费者市场需求的动态变化是影响和制约企业经营的重要因素。但是，对于企业营销人员来说，消费需求并非无法掌握，企业可通过市场调查去了解目标消费者的需求变化规律，并可在一定条件下，引导和调节消费需求，使之朝着有利于企业营销的方向发展。

四、消费者购买动机分析

消费者购买某种商品的原因十分复杂，难以一一分析，应着重了解关于人们行为和动机的一些基本理论。

二次世界大战后，美国行为科学家马斯洛(A.H.Maslow)提出了需要层次论[1]，将人类的需要分为由低到高的 5 个层次，即生理需要、安全需要、社会需要、尊重需要和自我实现需要。参见图 3-1。

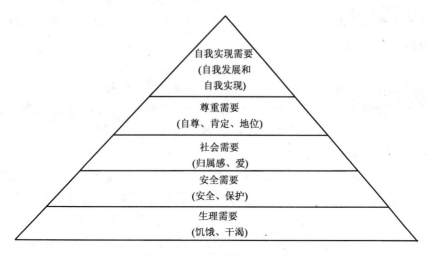

图 3-1　马斯洛需要层次理论

(1) **生理需要**。指为了生存而对必不可少的基本生活条件产生需要。如由于饥渴冷暖而对吃、穿、住产生需要，它保证一个人作为生物体而存活下来。(2)**安全需要**。指维护人身安全与健康的需要。如为了人身安全和财产安全而对防盗设备、保安用品、人寿保险和财产保险产生需要；为了维护健康而对医药和保健用品产生需要等。(3)**社会需要**。指参与社会交往，取得社会承认和归属感的需要。在这种需要的推动下，人们会设法增进与他人的感情交流和建立各种社会联系。消费行为必然会反映这种需要，如为了参加社交活动和取得社会承认而对得体的服装和用品产生需要；为了获得友谊而对礼品产生需要等等。

---

1 马斯洛等.人的潜能和价值.北京：华夏出版社，1987 年

(4)尊敬需要。指在社交活动中受人尊敬，取得一定社会地位、荣誉和权力的需要。如为了在社交中表现自己的能力而对教育和知识产生需要，为了表明自己的身份和地位而对某些高级消费品产生需要，等等。**(5)自我实现需要**。指发挥个人的最大能力，实现理想与抱负的需要。这是人类的最高需要，满足这种需要的产品主要是思想产品，如教育与知识等。

马斯洛需要层次论可进一步概括为两大类，第一大类是生理的、物质的需要，包括生理需要和安全需要；第二大类是心理的、精神的需要，包括社交需要、尊重需要和自我实现需要。马斯洛认为，一个人同时存在多种需要，但在某一特定时期每种需要的重要性并不相同。人们首先追求满足最重要的需要，即需要结构中的主导需要，它作为一种动力推动着人们的行为。当主导需要被满足后就会失去对人的激励作用，人们就会转而注意另一个相对重要的需要。一般而言，人类的需要由低层次向高层次发展，低层次需要满足以后才追求高层次的满足。例如，一个食不果腹、衣不蔽体的人可能会铤而走险而不考虑安全需要，可能会向人乞讨而不考虑社会需要和尊重需要。

马斯洛的需要层次论最初应用于美国的企业管理中，分析如何满足企业员工的多层次需要以调动其工作积极性，以后被用于市场营销中分析多层次的消费需要并提供相应的产品来予以满足。例如，对于满足低层次需要的购买者要提供经济实惠的商品，对于满足高层次需要的购买者应提供能显示其身份地位的高档消费品，还要注意需要层次随着经济发展而由低级向高级发展变化。

心理学认为，个体所从事的任何活动都是由一定动机引起的，由此可见，消费者任何购买行为也总是受一定购买动机所支配。购买动机就是直接驱使消费者实行某种购买活动的一种内在动力，它反映了消费者生理上、精神上的需要。由于消费者的生理需要和精神需要是密切联系、复杂多样的，因此，他们的购买行为往往不是由单一动机所引发的，在多数情况下，是多种动机同时起作用的结果。

动机与需要的关系极为密切，需要是动机的基础，动机则是需要的表现。如果把马斯洛的需要层次分为两个主要方面，可把消费者的需要分为生理性需要与心理性需要，因此，我们可将复杂多样的购买动机概括为两大类：生理性购买动机和心理性购买动机。生理性购买动机是消费者由于生理上的需要而产生的、购买用于满足其生理需要的水平而产生的购买动机，这在所有的购买动机中具有普遍性和主导性。

心理性购买动机是消费者由于心理性需要引起的，购买用于满足其精神或感情需要的商品的动机。换句话说，它是消费者为满足自己的心理性需要而产生的购买动机。消费者的心理性购买动机按其心理因素的不同又可细分为下列三大类型。

1．感情动机

消费者的需要是否得到满足，就会引起对事物的好恶态度，从而产生肯定或否定的感情体验。这些不同的感情体验，在不同的消费者身上，会表现出不同的购买动机。根据感情动机的稳定程度，又可以分为情绪动机和情感动机。

(1) 情绪动机。即由消费者的喜、怒、哀、欲、爱、恶、惧等情绪引起的购买动机。消费者出于这种动机从事购买活动时，往往表现出冲动性、即景性和不稳定的特点。这些特点在消费者的购买活动中具体的表现如下。

- **求新动机**。即追求所购买商品的时效和新颖，其核心是"时髦"和"奇特"。服装要款式新颖、摆设要别出心裁、食品要应时尝新，等等。这类顾客喜新潮、不落俗，对新产品是以先试为快，而对于价格和质量则不会考虑那么多，有这种心理动机的人尤其以青年顾客较为显著。
- **好胜动机**。即以争强好胜为主要购买目的，其核心是"争赢"、"摆阔"。表现出虚荣心，以得到名牌、高档、稀有、名贵商品为荣耀。这类顾客购买的商品往往不是由于急需，而是为了超过他人、不甘落后。这类消费者多数是小康家境的或准备结婚的城市青年。

(2) **情感动机**。是由人的高级情感如道德感、威望感、美感等引起的购买动机，因此具有稳定性和深刻性。随着生活水平的提高，人们对商品的情感性、夸耀性、符号性等文化价值的需求日益超过了商品的物质使用价值。如一个"熊猫"香烟礼盒，仅两包香烟外加一个打火机价值一两千元，而购买者踊跃，从中我们不难体会出文化价值在消费者心目中的地位。针对消费者的这种动机而采取的营销策略，时下将之称为"感性营销"。这类动机具体表现为：

- **求名动机**。即以追求所购的商品能显示自己的地位和名望为主要目标的购买动机，其核心是"炫耀"、"显名"。东西要名贵、商标要名牌、产地要正宗，以此来显示自己的经济能力和社会地位，从中得到一种让人羡慕的高贵的心理。这类消费者在购买商品时舍得花时间挑选。
- **求美动机**。即以追求所购商品的艺术价值和欣赏价值为主要目标的购买动机，其核心是"美化"、"装饰"。这类消费者较少考虑价格和实用。他们重视的是商品造型、色彩、表现力和整体上的协调美，挑选商品的首要目标不是实用价值，而是欣赏价值，以满足自己的心理追求和精神陶冶的需要。这种动机在富有的中青年妇女和文艺界人士中较常见。
- **求贵动机**。是以追求商品的贵重稀有和价格昂贵为主要倾向的购买动机。这类消费者往往认为，高价的商品才是好东西，信奉"便宜没好货，好货不便宜"的信条。同时，也为了显示自己的身份、地位或经济实力。
- **求乐动机**。是以追求商品的欢乐和娱乐性为主要倾向的购买动机。其核心是讲求"赏心"、"悦目"，喜闻乐见。

2. 理智动机

理智动机是建立在消费者对商品客观认识的基础上，经过充分的分析比较后产生的购买动机。在这种动机驱使下的购买往往是先作调查研究，对商品的性能、质量、特点、用途、价格等做到心中有数，购买时比较注重商品的质量，价格和售后服务等条件。它具有客观性、周密性和可控性的特点，在具体的购买活动中表现为：

- **求实动机**。它是以追求所购买商品的实用价值为主要目标的购买动机，其核心是"有效"、"实用"。这类顾客比较注意商品的功用和质量、经济实惠。例如，吃的只讲营养，至于食品的色、味、型或烹调技艺则不太注意：穿的只注意布质耐穿，至于款式、色彩则在其次。他们多是收入水平和支付能力不高的或受传统消费习俗影响较深的中老年消费者。

- **求廉动机**。这是一种以追求商品的物美价廉为主要目标的购买动机。这类消费者对商品的价格很计较，对处理、折价的低档商品感兴趣，而对商品的包装、款式、色彩则不大挑剔。具有这种心理的人，有的是受紧急条件的限制，有的则是出于勤俭，而有的则是"爱占小便宜"。
- **求同动机**。以追求大众化商品为主要倾向的购买动机。这种心理也叫同步、从众心理。不愿赶时髦、随消费大流。购买动机是在相关群体和社会风气的影响下产生的。它的核心是"仿效"和"同步"。
- **求便动机**。是以追求商品购买和使用方便为主要倾向的购买动机。在购买活动中，要求简便、省时、省力、省事，在装运、使用、维修、付款方式等方面都要求方便。它的核心是"方便"和"省时"。这种购买心理是一种发展趋势。
- **求安动机**。是以追求对商品的使用安全为主要倾向的购买动机，其核心是"安全"强调可靠，牢固稳当。
- **求储备动机**。这是一种保值心理。有这种心理的人，总担心商品涨价，货币贬值，往往超出实际需求量，对紧俏商品多购多储甚至是盲目争购。

3. 惠顾动机

惠顾动机是消费者由于对特定商品或特定商店产生特殊的信任和偏好而形成的习惯性特点，具体表现如下。

- **嗜好动机**。它是以满足个人特殊偏好为目的的购买动机。这类消费者的购买活动定型化。例如，有集邮、钓鱼、收藏、养花爱好的人，总是持续购买相关的某一类型的特殊商品。比如，湖南、四川人走到哪里都爱吃辣。偏好心理不仅具有地域性，还具有民族性。据社会学家热拉尔·梅尔梅在其《从统计上看欧洲人》一书中曾说到，比利时人最爱猫，平均每四家有一只猫，爱尔兰人则是最大的狗迷，40%的家庭都有；德国人是做香肠的冠军，他们有1456种香肠；而法国人喝葡萄酒则是无人可比的，人均每年消费75升，等等。
- **求信动机**。这是以追求某一商品或某一商店的信誉为主要目标的购买动机。它的核心是"好感"、"信任"。这种购买动机一经形成则不易改变。

现实中消费者购买行为并非可以如此简单地刻画清楚。所以，研究消费者的购买行为类型，必须结合营销活动的现实环境，结合消费者的言行特点以及他们对商品的心理反应等方面进行具体的分析，针对不同的购买类型，采取行之有效的营销艺术。

五、消费者购买行为分析

消费者购买行为是指消费主体通过货币支出，而取得所需要的商品或劳务时的选择过程，其中包括各个选择行为和一定时期内选择行为的连续。

1. 影响消费者购买行为的因素

(1) 消费者购买行为的经济因素分析

消费者购买行为的经济因素，主要是指以尽可能少的货币支出，去购买尽可能多的商品效用的购买行为。第一，消费者购买商品时经常要考虑个人或家庭收入、购买商品的价格、购买商品的功能这三者之间的关系。一般说来，收入高的往往会选择购买质量高、价格高的商品；收入低的选择质量较低、价格较便宜的商品。第二，消费者还会把可支配的收入分配到各种商品组合的选择中去。消费者不可能将其所有的收入花费在一种商品上，因为对同种产品的需要程度会随着数量的增多而降低，消费者不会在同一时间内去购买几件完全相同的商品，只有第一件商品对其才是最迫切、最有价值的。因此，理智的消费者会将有限的收入去购买其他更需要的商品。第三，企业从价格角度提出人们购买行为的假设：商品价格越低越容易销售；代用品价格越低，原来商品就越难销售；相关性商品价格越低，原来商品也越容易销售；购买力越高除了质次和不适用的商品以外，一般就越容易销售；推销费用花得多，销售量也会增大。

(2) 消费者购买行为的心理因素分析

消费者购买行为的心理因素，是指引起与激发消费者购买商品或劳务过程中心理变化的主客观因素。它包括动机和需要、感觉、觉察风险、后天经验、态度与自我形象等。

- **动机、需要**。消费者不会无缘无故地购买商品，他的行为表现要受某种需要的激励，由某种动机造成。如饥则思食，寒则思衣。但是，消费者的需要是复杂的，购买动机与目的有时也并不相同。①购买动机相同，目的不同，如购买玩具的动机，有的是为了自家孩子的需要，有时可能作为礼物馈赠亲朋好友。②购买目的相同，动机不同。如购买礼品，有的可能为了交往馈赠亲友，有的可能为了要求别人操办某事。这种动机与目的之间的关系，也如同原因和结果的关系，有时是可以转化的。
- **感觉**。当消费者的购买动机被驱动，产生购买行为时，如何行动则视其对外界刺激反映的影响。所谓感觉是人们通过视、听、嗅、触、味等五种官能，对外部环境输入的各种信息或刺激物如商品、广告等进行选择、组织与理解，它是一个建立对事物整体性感觉的反映过程。通过这个过程，获得对外界有意义的、首尾一贯的反映或印象。
- **购买的觉察风险**。这是指购买者在购买商品时产生一种踌躇不决、怕蒙受某种损失的风险成分。购买者所以产生这种觉察风险，其原因可能是对购买这一商品毫无经验或经验不足。为了减少购买者在购买过程中的觉察风险，企业应采取扩大商品信息的传导，提高商品质量和品牌的知名度，提供详情的广告、说明书，有可能请有关专家为产品作鉴定和宣传，提供良好的售后服务和维修保证等。
- **后天经验**。指影响人们改变行为的经验。也就是说，购买者购买行为除了少数本能和暂时生理状态如饥饿、疲乏外，绝大多数的购买行为都是受后天经验，即学习形成的。
- **态度**。指人们对一种刺激物的评价，然后通过言语和行动反映出来的意见和判断。购买商品的态度通常是从满意、基本满意、不满意或肯定、基本肯定、否定中表现出来的。构成购买商品的态度因素：一是从大量商品信息中判断与自己原来的倾向看法是否一致；二是购买商品后期望能否得到满足；三是对所要购买的商品同自己的地位、职业、文化、习惯、生活乐趣、相关群体看法等是否一致；四是购买所花费的时间、支付的价格等是否值得。

- **自我形象**。消费者的"自我形象"已成为企业市场营销日益重视的一个心理因素。它是指在消费者心目中想把自己塑造成什么类型的人。购买者的购买决策往往同自己对商品所持的期望有着密切关系。他们选择商品时认为与"自我形象"相一致的就决定购买，与"自我形象"不相符合的就拒绝购买。因此，企业在塑造产品形象时，必须与目标市场消费者的自我形象相符合，否则消费者是不会选择那些不符合"自我形象"的产品品牌的。

(3) 消费者购买行为的社会因素分析

消费者购买行为中的社会因素，包括消费者的购买行为受其文化素质、所处的社会阶层、相关群体、家庭、消费者运动等影响。

- **文化素质**。不同文化素质会形成有差异的社会文化群体，从而显示出购买行为的差异。文化素质较高的群体常被高雅物品所激发而产生购买行为，如书画、工艺品等，其价值观更多地放在精神满足和社会声誉上。反之，文化素质较低的群体，较注目粗放、实用的物品，其价值观以生理满足程度为主。因此，同一消费品，可能被这一群体热衷消费，而却被另一群体竭力贬斥。
- **社会阶层**。不同阶层的消费者会有不同的政治、道德、思想、观念和教育水平，而导致不同的购买行为，家庭主要成员所处的社会地位不同，也会产生不同的购买行为。职业是最主要因素。
- **相关群体**。指对消费者个人的态度、意见和观点有直接影响的群体，也就是对消费者消费习惯和偏好有影响的各种社会关系。这一点，我们在前文已有较为详细的探讨。
- **家庭**。它是社会基本的消费单位。有许多商品是家庭消费的，如洗衣机、冰箱、电视机等；有的商品即使是个人消费的，也是由家庭中的父母或长辈购买的，如儿童玩具等。购买行为受家庭因素的影响，表现在家庭的结构、收入水平、家庭教育程度、职业状况、生活习惯、家庭生命周期阶段等方面。
- **消费者运动**。是以保护消费者权利，维护消费者利益为目的的社会活动。消费者为了维护自身的权益，组织了保护消费者协会，以舆论和法规形式维护消费者购买行为。维护的方法是利用报刊进行宣传，采取法律行动，动员消费者联合拒绝购买，迫使企业中止某些损害消费者利益的各种错误销售方法。

此外，产品的吸引力，信息来源的可靠性，企业的声誉形象是引发消费者购买行为的一种惠顾动机。企业首先必须在产品设计、质量、包装、装潢、产品特色、价格和促销措施等方面与同类商品形成一种"差别觉察"，吸引消费者在购买时能觉察到其差别的程度，让消费者感到耳目一新，留下深刻印象。其次可考虑聘请一些产品专家，以增加信息来源的可靠性。

2．消费者购买行为的类型

(1) 按消费者购买目标的选定程度分类

- **全确定型**。这类消费者在进入商场之前已有明确的购买目标和具体要求(什么牌号的商品、该商品的规格、数量、价格等)，进入商场之后即根据已确定的目标和要求进行挑选，之后便毫不迟疑地买下。这类顾客不需营业员的介绍和提示，但这类消费者在实际营销活动中的人数较少。
- **半确定型**。这类消费者在进店之前已有大致的购买意向和方向，只是具体目标和要求不明确，因此，进店之后一般需要经过对同类商品的比较选择之后才能确定购买的具体对象及数量。例如：天热了，某顾客家里要添一台吊扇，但是买舒乐牌的还是华生牌的，买华生牌的是买白色的还是买淡绿色的，到电器商店后进行现场观察、比较后才能定。这类消费者一般需要提示，营业员可见机参谋以坚定其购买决心促进买卖。他们应是重点的服务对象，在各类顾客中人数最多。
- **不确定型**。这类消费者进店之前没有明确或坚定的购买目标，进店后漫无目标地观看、了解，买与不买都是随意的，在相当程度上是为了"逛商店"。接待这类消费者需要主动、热情，是重点的工作对象，尽量引起他们对某一商品的兴趣。这类消费者实际上是潜在的顾客，切不可因其不买而冷淡他们，他们今天的不买或许是为了明天的买。

(2) 按消费者购买态度与要求分类

- **习惯型**。这类顾客一般依靠过去的购买经验和消费习惯采取购买行为，他们或长期惠顾某商店，或长期使用某牌号的东西，不大受流行时尚的影响，他们对商品的态度主要取决于对该商品的信任。
- **理智型**。他们在购买之前已经收集过有关商品的信息、了解市场行情，并经过慎重权衡利弊之后才作出购买决定。他们有主见，掌握信息，熟悉市场行情，购买行为有计划、稳重，因此理智型也叫慎重型。
- **经济型**。这类消费者对商品的价格非常敏感。有的人一有空就去买便宜货，有的人价钱越高越要买。经济型又称价格型。
- **冲动型**。这类消费者容易受宣传广告和商品外观的影响，以直观感觉为主，新产品、时尚商品对他们的吸引力最大。
- **感情型**。这类消费者的想象力和联想力都较丰富，因而在购买时容易受感情左右，也容易被广告宣传所诱导，往往以商品是否符合自己的感情需要来确定购买决策。
- **疑虑型**。这类人属性格内向，言行谨慎、多疑。他们在购买前三思而后行，购买后还会疑心上当受骗。
- **随意型**。他们或缺乏经验、或缺乏主见、或奉命购买，在选购时大多缺乏主见，一般都希望营销人员的提示和帮助。随意型也叫不定型。有的消费者在生活上不苛求，不挑剔，表现在购买行为上也比较随便，此类消费者也属随意型。

(3) 按消费者在购买现场的情感反应分类

- **沉实型**。购买态度持重、情感不外露。
- **温顺型**。也叫谦顺型，缺乏主见，比较注重营销人员的服务态度。
- **健谈型**。即活泼型，话多，"见面熟"，但情感易变。

- **反抗型**。又叫反感型,这类顾客不是性格怪僻,就是生性多疑,对营销人员往往抱不信任感。
- **激动型**。亦即傲慢型,属兴奋型,易于激动,言行举止时有暴躁、狂热的表现而不能自制,对营销人员要求高,选购商品时有时会出现不可遏制的情况。

六、消费者购买活动和购买过程的分析

1. 消费者的购买活动

消费者购买活动可从七个方面进行分析,即谁买,买什么,为何买,何时买,何处买,如何买,买多少。

(1) 谁买。就是分析商品的购买主体。消费者在购买决策中存在不同的角色作用:发起者、影响者、决策者和实施购买行为的购买者。商品购买主体是随着购买者的年龄、性别、收入、职业、教育、性格等方面的不同,而在需求与爱好方面存在着很大的差别。企业在分析何人购买时,必须深入了解和满足他们有什么样的需求与爱好。

(2) 买什么。就是分析购买者购买的是什么商品。商品在质量、价格、花色、式样、包装等方面各不相同。一般说来,消费者总是喜欢购买物美价廉、式样新颖、独特风味或专有特色的商品。

(3) 为何买。就是分析购买者出于什么动机购买商品。由于购买者需求与爱好多种多样,因而购买商品的动机也很复杂。

(4) 何时买。就是分析购买者在什么时间进行购买。消费者购买商品时间,有对生活必需品和日常用品的日日买或经常买;有的季节消费品是当令季节购买或当令季节前购买;有些商品(日用杂货等)平时不买,用时才买;选购品或耐用品一般是节假日上街比较选择后购买。在购买时间的分布方面,一般说,一日之内,早晚是购买高峰;一周之内,星期天是购买高峰;一年之内,几大节日和农村产品收获分配后是购买高峰,而其中元旦到春节又是购买最高峰。企业应根据消费者在购买时间上的习惯,在安排生产、组织货源、投放市场和营业时间等方面做到同步营销。

(5) 何处买。分析购买者在什么地方,去什么样的商店购买。购买者购买地点同购买不同种类商品密切相关。对日常用品是就近购买;对选购品或耐用品是到大中型商店购买;对名特产品或专用品到专业商店或专用商店购买。企业应根据上述消费选择不同的购买地点,合理安排商业网点和商业分配路线。

(6) 如何买。分析购买者采用什么方式购买。从购买行为的货币支付能力分析,有先保证购买生活必需的确保性购买;有购买愿望而暂时尚无支付能力的聚币性购买;有支付能力而在市场上尚无想买商品的期待性购买。从购买行为的货币支付形式分析,有现金支付形式、信用购买形式、有预付定金的预支购买形式。从购买行为的购买形式分析,有赴店购买,有送货上门的家门候购,有函购或托人代购等。企业应适应消费者购买方式,尽量做到为消费者提供方便。

(7) **买多少**。除了分析购买的以上六个方面，还要考虑消费者购买的数量。不同的购买量也会影响销售者的价格、售后服务的水平等。

2．消费者的购买过程

消费者购买过程一般可分为五个程序(见图3-2)，即确认需要，信息收集，方案评价，购买决策，购买后行为评价等。

图3-2　消费者购买决策过程的五个程序

(1) **确认需要**。需要引发动机是购买过程的起点。需要可由内在或外在刺激唤起，或由这两者之间相互作用而产生结果。内在刺激是由生理、心理需要引起购买动机。外在刺激是指客观存在满足购买者需要的物品，以及与此相关的使用者和广告等介绍引起的。企业经营者应十分重视唤起需要，确认有关产品的现实需要和潜在需要，以及在不同时间需要的程度和被哪些诱因所触发。从而采取不同诱因办法，在适当时间、适当地点以及采用适当方式唤起需要。

(2) **信息收集**。当唤起需要的动机很强烈，市场上又有可以满足的物品时，消费者就能很快实现购买。但多数情况下，被唤起的需要并不是马上采取购买行动去满足，往往保留在消费者记忆之中，作为满足未来需要的必要项目。这时购买者就会产生一种强烈的注意力，对满足需要的事物极其敏感，于是消费者就着手收集有关信息。信息来源一般有四个途径：一是从企业广告、市场上推销人员、营业员、经销商、商品展览、商品陈列、产品说明书等得到的信息；二是从亲朋好友、同事、邻居、社会团体等相关群体中来；三是从报刊、杂志广播、电视等大众传播媒介的宣传报道和消费者组织的有关评论中得到信息。四是消费者自身通过以前购买使用而得到的个人经验。因此，企业介绍商品时应有针对性，满足消费者的实际需要。

(3) **方案评价**。即判断方案选择。消费者利用各种来源的信息，对商品进行分析、对比、评价。评价购买商品，一是比较各类产品的不同属性；二是分析各类商品属性的重要性，建立心目中的属性等级；三是根据产品的品牌，建立品牌信念；四是按产品属性和品牌信念，分析满足程度，形成不同效用函数；五是判断确立对产品选择的态度。

(4) **购买决策**。购买决策是购买者对多项目构成的总抉择，包括购买何种产品，什么品牌，什么款式，多少数量，何种价格，何处购买，何时购买等。购买者对某一项目作出抉择时，往往又受到他人态度、环境、经济条件等诸因素的影响和制约。如家庭成员对购买的赞成或反对、产品预期利益、购物环境和服务态度等。

(5) **购买后行为评价**。购买者购买商品后，通过使用和有关成员的评判，对自己购买选择进行检验和反省，重新考虑购买这一商品是否明智，效用是否理想等，形成购后评价。购后评价是一种信息反馈，如购买的商品能带来预期的满足，就会产生满意的感觉，就会重复购买。反之,感到失望,就会否定今后再购买,甚至会影响他人购买。

七、在知识经济时代,企业品牌战略与消费者心理研究

当购物者确定要买的商品后,他就要决定买哪种牌子。有时他们同时作出两项决定,例如购物单上写的是"汰渍",而不是"洗衣粉"。但如果消费者是先确定商品再选择品牌的话,他往往要经过几个步骤才能作出决定。

消费者首先根据相对简单的标准考虑一系列的品牌;然后经过仔细分析比较后选中一个。对消费者购物方式的观察表明,他们把商品从货架拿到购物筐里平均要用 12 秒,平均只能仔细考虑 1.2 个品牌。这种购物速度说明消费选择品牌的主要依据是他们平常对各种品牌的了解,而他们获取商品信息的主要渠道就是广告。

消费者对所需商品的分类能够对他们获取商品信息的方式产生影响。例如,他们将商品分为"日用品"和"特殊用品"。"日用品"又细分为"水果"和"厨房用品";"特殊用品"细分为"墨西哥式餐饮食品"和"野餐用品"等。在购买"特殊用品"时,如果消费者不是对这类商品特别了解,他们则要更多地受到店内促销信息的影响,而不是凭记忆和经验。如果是购买"日用品",则情况相反。

1. 店内因素的影响

鉴于消费者在购买特殊用途商品时更多地依赖店内信息的影响,一些超级市场已经开始按照消费者的需求对商品进行分类。例如,有些超市里出现了"意大利食品"专柜、"美国国庆日"及其他节日商品专柜。

甚至在日用品和传统商品方面,超市的商品摆放形式也能影响销售情况。例如,大多数超市都将同一品牌的各类商品放在一起。在进入这样的超市时,消费者首先要考虑买哪种品牌,然后再在这种品牌里挑选他们要买的商品。另一种方式是将同类型但不同品牌的商品放在一起。这样做的结果是让消费者首先决定买什么商品,然后决定买什么牌子。

2. 对品牌的熟悉程度与发展品牌的关系

消费者对品牌的熟悉程度影响他们的购物行为。他们在货架上一般首先注意到熟悉的品牌,然后考虑是否购买。如果时间紧迫,这一因素对消费者的影响尤其显著。因此,商品的牌子是影响消费者做出购物决定的重要因素之一。

为了加深消费者对其品牌的熟悉程度,很多企业在广告上投入巨大。一旦企业成功地树立起自己的品牌,它们就可以尝试生产冠以这种品牌的其他产品以拓展市场。

不过,企业在发展品牌时应该注意两点。首先,新产品必须要得到消费者的认同。例如,将"柯达"牌用在一种新冰激凌上就不会得到消费者的认同。其次,新产品同同类产品相比应该具有创新性。将一个名牌放在一种仿造产品上不大可能引起消费者的兴趣。

3. 驾驭学习:锁定信息产品消费者的钥匙。

随着因特网的使用激增,我们目睹了自蛮荒西部开垦以来规模最大的土地争夺。在这

场争夺中，垦荒者是营销人员，而土地则在消费者的头脑之中。

电子边疆基金会的创建者之一巴罗说："在信息经济中，注意力就是货币单位。"信息产品的营销者们认识到，吸引注意力的战斗在争夺利润的战斗打响之前就打完了。

信息经济公司，比如美国在线、雅虎，所获得的股市评估是天文数字。评估所依据的主要是它们所掌握的顾客关系。美国在线所获得的评估为 210 亿美元以上；雅虎 1997 年的收入仅为 6700 万美元，而其市场价值却达到 120 亿美元。

消费者的注意力之所以宝贵，是因为时间是一种有限资源。虽然因特网上所提供的琳琅满目的信息产品正在激增，但是消费者可用在它们上面的时间很有限。

尽管吸引消费者注意力的竞争很激烈，但消费者在熟悉新产品方面所愿投入的时间却很少。由于吸引消费者注意力的费用和难度增大，信息产品的营销人员对如何驾驭局势必须从战略角度来考虑，在与顾客关系的最初阶段尤为如此。

大多数消费者都会对一种新的信息产品尝试一次，但他们所尝试的产品很少成为他们日常生活的一部分。万维网上所提供产品的大量增加使这种情况加重了。消费者们可能会到几百个网址一游并签到，却永不再来。营销者发现，真正的战斗不是力求使消费者驻足——这已经够难了，而是使之流连忘返。

当消费者接触到一种新的信息产品，比如一个在线书店，他们不仅需要了解它所提供的内容，而且需要了解如何使用它。如果商家对这一学习经历的设计不慎，则消费者们往往会胡乱尝试一下，学不会如何使用这一产品。

用金融作比喻，我们建议消费者采用"投入时间回报率"(简称"罗提"ROTI)来评估使用质量。

最初的"罗提"十分重要。如果它是令人满意的，则消费者会越来越频繁地使用这一产品。随着他们的使用专门技能提高，他们的满意程度也会提高。这样一来，一个良性循环就开始了，其最终结果就是顾客的"流连忘返"(即变成回头客)。而若初始的"罗提"很低，则使用率和满意程度下降，从而形成一个恶性循环，直到"罗提"的下降程度使得消费者不再使用这个产品。

例如，某人若花费时间学习使用美国在线(AOL)在因特网上与朋友聊天和进行其他活动，则他就已经投入了时间进行注重过程的学习。学来的知识把这位消费者锁定在 AOL 上面，不管 AOL 所提供的东西是否最佳。

对信息产品的营销者来说，建立在学习基础上的锁定能够成为持久竞争优势的源泉。随着消费者知识结构的丰富，他们所看到的产品特性之间相互关系越来越多，因而他们继续使用这一产品的可能性将会增大。

第二节　组织市场购买行为分析

企业不仅把货物和劳务出售给广大个人消费者，而且把大量的原材料、机器设备、办公用品及相应的服务提供给诸如企业、社会团体、政府机关等组织用户。这些用户构成了总市场体系中一个庞大的子市场，即组织市场。

一、组织市场分析

1. 组织市场的类型

组织市场分以下三种类型。

- **产业市场**。又称生产者市场，它主要是由各种营利性的工业、农业和服务业买主构成。他们购买产品和服务用于制造其他产品或提供其他服务。它是组织市场中最重要的市场。
- **中间商市场**。又称转卖者市场，它由各种批发商和零售商组成，他们购买产品是为了将其转卖出去。
- **政府市场**。包括各级政府及所属机构、事业团体，如医院、学校、各种非营利性的协会组织等。它们购买的商品品种繁多，从军用物资、文具用品到制服、公园长凳。对任何一个制造者和中间商来说，政府市场都是一个巨大的市场。

组织市场的这种划分也是基于对购买者的分析，即根据谁在市场上购买。从这点上来说，组织市场与消费市场具有一定的相似性。但两者又有很大区别。

2. 组织市场的特点

(1) **从购买规模看**，组织市场购买者数目虽然少，但每次购买数量却很大，购买频率也较低。

(2) **从地理位置看**，组织市场在地理位置上更为集中。如在中国半数以上的工业购买者集中在大中城市。

(3) **从购买行为考察**，与消费者市场相比，组织市场上的购买者涉及的人较多，并多为受过专门训练的内行专业人员。当涉及较重要的购买决策时，还将有更多的人加入，直至最高层主管参与决策。且往往需要花费更多的时间来反复论证，决策程序较复杂。

(4) **从需求特征看**，组织市场需求属派生需求。也就是说它主要是由消费市场的需求而引发出来的。并随着消费市场需求的变化而变化，因此，消费者市场的小量波动，也会导致组织市场需求的巨大波动。

(5) **从管理程度看**，组织市场的计划性强。如在产业市场上，工业品是供生产性消费的，而生产的设备和产品在相当一段时间内不可能频繁变更。因此，企业不仅有较稳定的购买量，而且有较稳定的协作需要，购买者一旦决定购买某一种产品，就会在较大时间内保持这种购买行为。此外，生产资料的购买批量大，时效性和专用性强，用户都有一个周密的购买计划。组织市场上的买卖双方倾向于建立长期的业务关系。

(6) **从需求结构看**，组织市场需求缺乏弹性。也就是说，组织市场的需求一般不受价格变动的影响，特别是在短时期内。如皮革价格下降并不会导致制鞋商购买较多的皮革，除非皮鞋价格受皮革价格的影响也下降，从而引起消费者需求增加。

除以上几点外，组织市场的特点还包括以下几点。

(1) **直接购买**。不经过中间商，买卖双方直接交易。由于购买数量大，对技术与服务要求高，供货厂家往往派人员直接上门推销，采购企业也常常与供应商直接购买。

(2) **产品互购**。生产企业在采购商品的同时，往往希望供应商也购买自己的产品，以互购为交易条件之一，即所谓"假如你买我的东西，我也买你的东西"的互惠协约关系，这种关系有时是双边的，有时是多边的，如：甲买乙的产品，乙买丙的产品，丙买甲的产品。购买者和供应者互相购买对方的产品，互相给予优惠，建立固定的产销关系，彼此的产品销路都有了保障。

(3) **租赁代替购买**。在设备的购买上，生产者日益转向租赁，以代替完全购买。租赁的好处是购买者可节省一次性投入的资金量，及时租到最新产品。对出租者来说也有好处，可获得较高的收入，可抓住向没有能力完全购买的客户出租设备的市场机会。过去租赁仅限于大型设备、建筑机械等。近年来有扩大租赁范围的趋势，包括汽车、机床、办公用品、打字机等价值相对较低的设备和产品均可租赁。这些是营销人员在推销生产资料产品时值得注意的方式。

二、生产者市场和购买行为

1. 生产者市场购买对象

生产者市场的购买对象范围很广，一般包括以下几方面的内容。

(1) **原料**。指未经加工但可经过制造程序变成产品主要实体的一部分的工业用品。如矿产品、农产品、林产品、水产品等。

(2) **半制成品与零件**。指已经过加工程序，并变为产品实体的一部分工业用品。其中半制成品须经过继续加工程序才变成产品，如铁、钢、棉纱等，而零件经装配即可成为产品的一部分，并不改变其形态，如轮胎、纽扣等。

(3) **主要设备**。即各种工业机械装置，如锅炉、发电机、印刷机、车床等。价值较高，使用年限较长，需提供修理服务和补充零配件。主要设备的需求量往往决定企业的生产规模。

(4) **辅助设备**。执行生产作业或处于主要设备的辅助地位，如小型动力工具、办公设备、装卸运输的辅助工具。价格较低，使用期限也比主要设备短。

(5) **供应品**。不直接参与生产过程，但为维护生产、经营、业务等活动所必需，属于工业品市场的"便利品"。单价低，消费快，需要经常重复购买，如清洁剂、文具、灯泡等。

(6) **服务**。服务是与实体产品一起购买，如一些大型复杂设备的安装、调试、人员培训等。客户对一些专业性强的或新兴的产品，由于缺乏使用经验或必要的技术力量，很需要对这类产品的性能、操作、维修等方面的技术服务。

2. 生产者市场购买决策的类型

生产用户购买决策过程的复杂程度和决策项目的多少，取决于其决策类型。主要有三种决策类型，即直接重购、修正重购和新购型。

(1) **直接重购**。为了生产需要，按照原来的购买方式和条件，向原来的供应商定货。这是一种常规的购买行为。也是供应商最受欢迎的情况。针对这种购买类型，供应方的努力重点应在保持产品和服务的质量。直接重购型对竞争者来讲机会很少，但也不能忽视潜在竞争者的存在，如他们可以通过新产品开发或增加服务项目等来吸引顾客，或者利用顾客对现有供货来源的不满情绪，争取让其转换进货来源。

(2) **修正重购型**。由于生产的需要，或为了争取优惠的条件而变更产品的规格、数量、价格或其他条款，或重新选择供应商。这类购买要复杂些，需要做一些新的调查和决策，通常也需要更多的人参与决策。这种类型对原供应商是个威胁，迫使企业要全力以赴保住这个客户，而对于其他竞争者则是个获取新定单的好机会。供应商应重视与这类客户的关系，否则就会失去市场。

(3) **新购型**。首次购买从未购买过的设备、原料、服务等，并在市场上寻找供应商。由于买方对新购买的产品心中无数，往往要求获得大量有关信息，且购买成本越高，风险越大，则参加制订购买决策的人数也越多。显然，这种购买为市场营销者提供了最好的机会，同时也是最有力的挑战。供应企业要捕捉这种机会，运用整体营销组合策略，努力做到向新客户主动提供产品和市场信息，以及有选择余地的产品目录样本；提供产品使用实例，增强信任感；提供技术指导，尽量帮助客户解决疑难问题等，以期把市场机会转化为企业的营销机会。

3. 生产者购买决策的角色类型

产业用户参与购买决策过程的所有成员形成一个采购中心。他们有共同的采购目标，并分担决策的风险。具体分析其中每位担任的角色又各有不同，这些角色包括以下六种。

(1) **倡议人**。是指采购企业中提出建议购买某一产品的人员。可能是工人或技术人员。

(2) **影响人**。就是指采购企业中直接或间接对采购决策有影响的人员。他们参加拟订采购计划，协助明确采购商品的规格，并从技术角度提供估量取舍的有关资料。采购企业的技术员、工程师常常是采购任务的主要影响人。

(3) **控制人**。指采购单位有权选定供应商和决定交易的人。在经常性的采购中，采购人往往就是决策人。在重大的复杂采购中，特别是在新采购中，采购单位的高级负责人往往亲自决定取舍。

(4) **批准人**。是指采购企业中批准执行采购决策的人。

(5) **执行人**。是选择供应商和具体洽谈订货条款的负责人。执行人也可能帮助确定采购商品的规格，但他们的主要任务是选定供应商，并在采购权限内具体进行交易条款的磋商。在复杂重大的采购中，采购单位的高级人员往往亲自参加磋商交易。

(6) **使用人**。是指采购企业中实际使用所购商品的人。如实验室的实验员是各种仪器的享用人；织布厂的挡车工则是纺织机的享用人。可是，同是享用人，他们在采购过程中的地位却很不一样，实验室购进仪器设备通常总是根据实验员的意见办理。而挡车工对纺织机的挑选则一般较少有发言权。

4．影响生产者购买决策的因素

在正常情况下，影响生产者购买决策的主要因素，可大致概括为四个方面(见图3-3)。

环境因素	组织因素	人际因素	个人因素
市场基本需求水平	目　　标	权　　力	年　　龄
经济前景	政　　策	地　　位	收　　入
货币成本	程　　序	情　　绪	教　　育
市场供给状况	组织结构	说服力	职　　务
技术革新速度	制　　度		性　　格
政治法律情况			风险态度
市场竞争趋势			

图 3-3　影响采购决策的主要因素

(图片来源：唐德才，钱敏.营销创新：知识经济条件下的市场营销.南京：东南大学出版社.2002)

(1) 环境因素。企业外部环境因素是企业自己不能控制的因素。如供需状况、经济状况及前景、原料供应、利率高低、科技发展以及竞争形势等。其中，国家的经济形势对购买者的影响最为深刻、直接。企业采购原材料，首先要考虑当时的客观环境并预测其变化。当经济发展前景不佳，需求趋于萎缩，投资风险增大时，购买者会减少投资，减少原材料的采购和库存。国家贷款利率高低直接影响企业多购还是少购。如提高贷款利率，会提高生产企业生产费用中的货币成本，从而制约企业的盈利动机。

供应商在环境面前，必须注意和掌握环境因素的发展变化，准确判断环境对企业的影响，及时采取有效的手段，保证企业营销活动的顺利进行。

(2) 组织因素。每个采购企业都有自己的经营目标、经营政策、业务程序、组织机构和规章制度等，形成比较完备的管理体系。如有的企业以发展为目标，有的只求保持现状，有的甚至在困难中挣扎。采购企业的经营政策也有很大差别，有些企业特别重视质量，有些贪图价廉，大企业往往从长远利益考虑，小企业则重视当前利益。这些因素必然会影响它们在市场上的购买动机和购买决策。

(3) 人际关系因素。采购工作往往要受到正式组织以外各种人际关系因素的影响，采购中心的参与者在企业内的职位、权威、影响力不尽相同，在决策中起的作用也有大小、关键和一般的区分，他们对购买活动的意见和看法，都会直接影响到企业的购买行为。如果购买决策人善于运用职务所赋予的权力，有较高的权威和较大的影响力，则最终做出的购买决策较容易实现。同时，他的购买动机影响力较大，能够影响其他参与购买决策者对购买主导动机的选择。另外，还需考虑采购部门在企业中对相关部门的影响力的大小。

(4) 采购人员个人因素。生产者购买行为多为理性行为，但要由具体的人来作出决策并付诸实施。参与采购决策的成员，总难免受个人因素的影响。

在具体磋商交易时，采购人员的年龄、收入、教育程度、个人性格、职位高低、对风险的态度以及负责的态度是各不相同的，从而形成不同的采购风格。供应商对参加磋商的人员要有正确的判断，方能应付自如。尽管生产者市场购买行为属于理性行为，购买的专业化程度高，但在购买条件类同的情况下，采购人员的个人感情因素还是对具体的购买行为或购买决策有着重要影响。如在产品的价格、质量、服务完全相同的条件下，企业在决定应选购哪一家产品时，感情成分就成为决定的因素。在重复购买场合，供应商与购买者之间形成了一种比较固定的关系、买卖的方式、途径也已熟悉，这种老主顾的关系，对绝大多数购买者来讲，通常不会轻易丢弃而转向其他供应者购买。生产者购买动机和行为中感情因素存在，说明对采购员、推销员来讲不仅要有充分的业务知识，而且具有一定的社交能力。

5. 生产者市场购买决策过程

生产者购买过程与消费者购买过程有相似之处，但也有其特殊性。产业用户采购过程的阶段(见表3-1)。

表3-1 产业用户采购过程的阶段

购买类型 / 购买阶段	新 购	修订后的重购	直接的重购
提出需要	是	可能	否
确定需要	是	可能	否
说明需要	是	是	是
查询供应商	是	可能	否
征求供应信息	是	可能	否
选择供应商	是	可能	否
正式定购	是	可能	否
评价履约情况	是	是	是

(1) 提出需要。当企业在经营中发现某个问题，有人提出可以通过增购某些产品和服务来解决时，采购过程便开始了。这一阶段主要解决两个问题：其一，认识目前企业生产上有哪些需要。其二，为满足生产需要，必须采购哪些产品。

(2) 确定需要。提出需要后，采购部门就要确定总体需要，即把所需产品的特性与数量，从总体上确定下来。也就是说，在这一阶段上，主要解决两个问题：其一，所需产品有哪些特性；其二，所需产品的需要量为多少。

(3) 说明需要。进一步对所需产品的规格型号等作详细的技术说明，并形成书面材料，作为采购人员采购时的依据。

(4) **查寻可能的供应商**。通过查找工商企业名录或其他商业资料的方法，也可以通过向专业公司查询，或者向其他同行或有关用户了解询问等途径，来寻找查询可能的供应厂商，然后对这些供应商的生产、供货、人员配备及信誉等方面进行调查，从中选出理想的供应商作为备选。

(5) **征求供应信息**。采购人员在寻找和判断潜在供应商的基础上，向合格的备选供应商发函，请他们提供产品说明书、价目表等有关供货信息，特别是较复杂和较贵重的项目，必须有详细的资料才能做出决策，如对于技术要求高或型号规格复杂的产品项目，还要求对方提供设计图纸等技术资料。供应商为得到定单，在这一阶段应注意及时提供产品介绍和供货信息，争取引起购买者的兴趣和进一步的考虑。除对产品详加介绍外，还须强调本企业的生产能力和资源条件。

(6) **选择供应商**。采购部门在收到各个供应者的有关资料后，要通过仔细比较做出选择。选择供应商的标准通常考虑以下几个方面。

- 产品是否安全可靠、技术是否先进、品种规格是否符合要求、技术资料是否齐全；
- 能否及时交货、能否稳定均衡供货；
- 能否提供维修服务、是否具备相应的技术力量、能否对客户的要求迅速做出反应；
- 价格是否合理、付款条件是否便利；
- 企业信誉及历来履行合同情况。是否重约守信、有无欺诈或违法行为等；
- 人际关系和销售人员的才干及品德；
- 企业财务状况是否良好；
- 是否对顾客友好；
- 地理位置是否优越、交通是否方便。

根据评价项目给予打分，选择确定供应商。主要是综合分析供应商的技术能力、交货速度和服务质量，选出最有吸引力的供应商。

一般来说，企业选定供应商的数目，定为两个或两个以上为好，因为当某一个供应商出现问题时企业尚有回旋余地，不至于遭受严重打击，如原材料供应不足，迫使生产企业停工待料。另外，可使几家供应商在对本企业供货上处于相互竞争的态势，供应商为争取较大的市场份额，则不得不竞相提供优惠条件。

(7) **签订合同，正式定购**。选定供应商后，买方即正式发出定单，定单写明所购产品规格、数量、交货时间、退货条款、保修条件等。双方签订合同后，合同或定单副本被送到进货部门、财务部门及企业内其他有关部门。

(8) **评价履约情况**。产品购进使用后，采购部门将与使用部门保持联系，了解该产品使用情况，满意与否，并考查比较各供应商的履约情况，以决定今后对各供应商的态度。

总之，生产者市场的购买过程比消费者市场复杂得多，卖方企业营销人员应对买方企业内采购工作流程有详细了解，以便有的放矢。

三、中间商购买行为

1．中间商市场的特点

(1) 中间商市场的需求也是派生的，受最终消费者购买的影响而使销路不定，不过，由于离最终消费者更近，这种派生需求反映较直接。

(2) 中间商的职能主要是买进卖出，基本不对产品再加工，因此，它对购买价格更敏感，购进价格的变化往往直接影响到最终消费者的购买量。

(3) 中间商只赚取销售利润，单位产品增值率低，故必须大量购进和大量销出。

(4) 交货期对中间商特别重要，他们一旦订货，就要求尽快到货，以抓住市场机会，满足消费者购买。

(5) 中间商往往由于财力有限，常需厂家协助做广告来扩大影响。

(6) 中间商不擅长技术，所以需要厂家提供各种技术服务。

(7) 中间商的选择余地较大，而不像生产者市场那样如有需要则非买不可。

2．中间商采购决策类型

中间商在通常情况下须对以下问题做出决策：①经营品种和经营范围；②选择供应商；③成交的价格和条件。其中品种搭配决策是基本的，决定中间商在市场内的位置。中间商可选择的品种搭配战略有如下四种。

(1) **独家搭配。**只经销一个厂家的产品。如只经营"长虹"牌电视机。

(2) **深度搭配。**经销许多厂家的同类产品。如同时经营各种牌子的电视机。

(3) **广度搭配。**经营范围很广泛，但不超越企业既定类型。如除了经营电视机外，还经营收音机，录像机等。

(4) **混杂搭配。**经营许多彼此间毫无关系的产品。

中间商选择何种品种搭配，必然会影响其顾客组合、营销组合以及供应商组合。

四、政府采购者行为

政府市场也为许多企业提供了大量的营销机会。其中有些则几乎完全要依靠政府市场，如军工企业。政府市场是非营利性组织市场，自有其不同之处。

1．谁在政府市场中

政府机构采购范围广泛，从民用到军用，从天上到地下，几乎无所不包。在我国，政府市场则包括各级政府及其所属机构、事业单位以及各类非营利性协会组织等，它们购买的商品纷繁多样。一般情况下，政府市场并没有一个专门的机构来为其采购，而是由各个部门自行采购。

2．影响政府采购者行为的主要因素

作为组织市场中的一类，政府采购者同样要受环境、组织、人际关系、个人特性等因素的影响，此外，它还有一独特之处，即它要受到社会公众的严密监视。在美国，对政府采购起监督作用的机构有两个：一是国会，议员们经常抨击政府的浪费行为；另一个监督者是预算局，它对政府开支进行核查，并寻求改善支出效率。此外，非经济标准在政府采购中的作用日益加强，要求政府采购时要照顾不景气的企业和地区，以及一些小企业和废除了种族、性别、年龄歧视的企业。

3．政府购买决策

政府采购程序通常分为两种类型：公开招标和协议合同。公开招标时政府机构邀请那些有资格的供应者参加投标，然后按照物美价廉的原则与中标者签约。而协议合同则主要用于复杂项目的采购，费用高风险大或是缺乏有效竞争。

越来越多的企业为了获得政府的定货单而建立了专门的营销部门，如柯达、固特异公司等。他们不仅对政府的要求作出反应，而且还主动提出适合政府需要的一些建议，并建立强大的信息传播网，以显示公司实力，从而获得更多政府定单。

第三节　客户关系管理

随着信息技术的高速发展和计算机软件技术的进步，客户关系管理系统已得到了成功的开发和运用，并促进了企业从"交易营销"向"关系营销"转变。如何利用客户的知识——客户提供的信息——来改善服务是很重要的。日本非常注意利用顾客提供的知识与信息，把它叫做"顾客时刻反馈"(Zero Customer Feedback Time)。这就是假如他们卖给某人一辆汽车，两个星期后，他们打电话给这位买主，问他"喜不喜欢这辆车？"买主说"喜欢"；他们又问："如果想改进这种汽车应当怎么改进？"那人就会说："我希望车尾的行李箱更大一些"，或者"我希望前窗和后窗都有刮水器……"他们记下这些意见，并转给工厂，要工厂改进产品。于是，他们从"顾客时刻反馈"，发展到"时刻改进产品"(Zero Product Improvement Time)。这就使得他们的产品日新月异，质量不断提高。因此，我们希望所有的人(包括工厂的工人和管理部门的管理人员)都来关心产品，都要问一问自己："我是否愿意买这种产品？"经理也要问问自己："我是否愿意让我妻子来买这种产品？"只有当你认为应该让你的妻子和亲属来买公司的产品时，你才能为你公司的产品感到自豪。这就是利用顾客提供的知识与信息来抓住市场信息的脉搏，从而实现新型的客户关系管理。

一、客户关系管理的基本原理

随着全球竞争的加剧和产品生命周期的缩短，客户变得越来越挑剔；传统企业基于 4个 P(product 产品、place 渠道、price 价格、promotion 促销)的竞争模式已越来越不适应社会经济的发展。如果一个企业一味地在销售渠道、价格竞争，促销手段等方面大量投入，

那么它只会提高产品的成本，未必能真正获得可观的利润。因此，企业首先应充分了解市场与客户，快速响应客户的需求，为客户提供有价值的产品和服务，这也是企业在未来市场上赢得竞争优势的根本出路。

从20世纪80年代中期开始，为了降低成本，提高效率，增强企业竞争力，许多公司进行了业务流程的重新设计。为了向业务流程的重组提供技术，特别是信息技术的支持，很多企业采用了企业资源管理系统(Enterprise Resource Planning，ERP)或与之名称不同但实质类似的信息系统，一方面提高了内部业务流程(如财务、制造、库存、人力资源等诸多环节)的自动化程度，使员工从日常事务中得到了解放，另一个也对原有的流程进行了优化。至此，企业完成了提高内部运作效率和质量的任务，可以有更多的精力关注企业与外部相关利益者的互动，抓住商业机会。在新形势下，企业关注的重点已由提高内部效率向尊重外部客户转移。营销重点由内部营销(internal marketing)转向外部营销(external marketing)，作为上帝的顾客，重要性日益突显。客户要求企业更多地尊重他们，并提供更为及时、更高质量的服务。

进入20世纪90年代，一种全新的客户关系管理模式悄然出现。CRM(Customer Relationship Management，以下简称 CRM)是一种旨在健全、改善企业与客户之间关系的新型管理系统，是企业利用信息技术，通过有针对性的交流来了解并影响客户的购买行为，以提高客户的招揽率、客户的保持率、客户的忠诚度和企业的盈利水平。CRM 带给我们的不仅仅是一个好的软件产品，更重要的是一种先进的管理思想和管理方法。借助 CRM，企业不仅能够更好地了解客户，服务于客户，不断提高客户的满意度，同时能扩大市场渠道，降低企业经营成本，最终为企业赢得更大的利润。

企业的市场就是客户，客户资源是企业最重要资源。企业能否长久的生存，能否盈利，都取决于客户是否购买企业的产品或服务。建立起良好稳固的客户关系，是保证企业生存与发展的关键。企业不仅要开发新客户，更要留住老客户，尤其要留住那些能够给企业带来效益的重要客户。在当今市场竞争如此激烈的情况下，留住老客户让他们重复购买，也许比开发新客户更为重要。

CRM 正是一种把客户信息转换成良好的客户关系的可重复性过程。CRM 通过对客户信息的收集、整理、分类、数据转换和图形显示等，促进销售人员和市场营销人员加深对客户需求的了解和认识，加深对客户的细分和系统化的研究，促使销售效率提高和营销决策的科学性，缩短销售周期，降低销售费用，进而改进对客户的服务水平，提高客户的价值、满意度、忠诚度和盈利性。根据对那些成功地实现 CRM 的企业的调查表明，每个销售员的销售额增加51%，顾客满意度增加20%，销售和服务的成本降低21%，销售周期减少了1/3，利润增加了2%。

目标市场的客户是营销工作的起点，客户的需求是工作的重点。因此，企业应该制订出行之有效的营销策略，提供有价值的产品或服务以满足客户需求，进而实现本企业的利润。

二、CRM 与企业营销组织结构的融合

CRM 与企业中营销组织结构和流程相吻合。一般企业的营销组织结构大体上可以分为市场部、销售部和服务部(见图 3-4)。市场部的职能是从事市场调研、分析竞争对手的策略、制订营销计划、市场细分和定位、提出产品开发计划、定价、制订促销方案、规划分销网点、对营销活动进行督控等；销售部的职能是加强销售队伍的管理、按地区或按产品将销售计划进行分解、收集客户信息、拜访客户、报价、谈判、签约、订单处理、收回货款等；服务部应该履行其职能，如解答客户的问题、现场安装与调试、处理客户的抱怨、定期走访客户。从中了解客户对产品质量的意见并反馈给企业的有关部门。

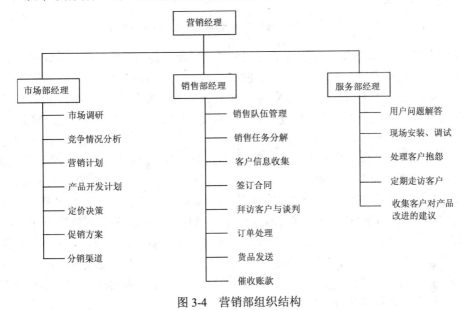

图 3-4　营销部组织结构

CRM 的工作流程也符合营销部组织结构的要求，如图 3-5 所示。CRM 的起点是从潜在客户入手，通过销售人员对潜在客户的拜访、报价、谈判的互动过程中，将潜在客户变成现实客户，最终达成购买的合同。销售工作是销售人员根据现有的营销策略对现有的产品或服务所进行的推销，推销的过程也是将潜在客户变为现实客户的过程。在此过程中，销售人员通过和用户的互动不断积累经验，并将用户需求的有关信息进行整理、记录并反馈给市场部，以形成正确的营销策略。

为了使更多的潜在客户变为合同客户，市场部需要根据一线销售人员所提供的信息不断地调整营销策略，再由销售人员实施和执行。营销策略需要根据经营环境的变化、用户需求的变化和竞争对手策略的改变而不断进行调整。

为了使现实的客户满意度提高产生进一步购买的需求或重复购买的欲望，服务部应履行其职能，用户服务需要对用户在产品使用过程中的问题进行解答，设备的安装与调试，用户抱怨的处理，定期的走访客户，使用户的满意度提高并产生重复购买的欲望。在这个过程中，企业可以了解到客户对产品、质量方面的意见并反馈给企业的有关部门，以便持续不断地改进。

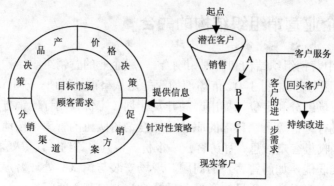

图 3-5　CRM 工作流程

(图片来源：仇向洋，朱志坚.营销管理.北京：北京师范大学出版社，2008)

从原理上讲，CRM 运用了知识经济时代的"边际收益递增"的原理，系统记录的客户信息越多，系统越有价值。应用 CRM 能使每一项销售活动都有案可查，通过营销部与客户的整体互动，使系统不断增值。CRM 通过对来自一线销售人员的信息查询、统计分析，不断调整营销策略，最终使销售工作建立在一种稳定的可以预见的基础上。CRM 通过对客户信息的系统管理，使得每一项销售活动都能在一种受控状况下有序地进行，可按流程对营销工作进行检查，对营销资源进行合理配置，将客户资源变成企业的内部资源。CRM 不仅适合以项目或订单为主的企业，(例如，医疗器械厂、深井泵厂、保险公司等)，经过适当的修改对从事消费类产品的企业也是适用的。通常大多数 ERP 产品中都包括了销售、营销等方面的管理，而 CRM 产品则是专注于销售、营销、客户服务和支持等方面，在这些方面比 ERP 更进一步。ERP 的运用可带来企业运作效率的提高，CRM 通过管理与客户间的互动，努力减少销售环节，降低销售成本，发现新市场和渠道，提高客户价值、客户满意度、客户利润贡献度、客户忠诚度、客房服务与支持等方面的重要性，可以看成广义 ERP 的一部分，二者应该能够形成无缝的闭环系统。

三、CRM 整体框架及其主要功能模块

CRM 正是在 ERP 的基础上，将其概念向外延伸。作为专门管理客户和营销的软件，CRM 提供了一个收集、分析和利用各种客户信息的系统，帮助企业充分利用客户关系资源，也为企业在电子商务时代从容自如地面对客户提供了科学手段和方法，使企业充分共享内部的资源，通过一个统一的视角，借助多渠道的方式与其客户进行交流。

1. CRM 的构架和解决方案

在大多企业里，销售、营销、客户服务和支持之间等业务是分开进行的，这些前台的业务领域与后台部门也是分开进行的。这使得企业各环节间很难以合作的姿态对待客户。CRM 的理念要求企业完整地认识整个客户生命周期，提供与客户沟通的统一平台，提高员工与客户接触的效率和客户反馈率。

图 3-6 充分体现 CRM 的独特视角和战略。CRM 推行的是一种基于服务、销售、市场运营一体的封环信息流战略：通过全方位多渠道的服务及营销手段与客户进行广泛的接触

和交互，达到对客户信息全面的获取，再到客户数据的挖掘，客户知识的提取，市场营销策略的制订，最终又回到与客户的更紧密的接触上。

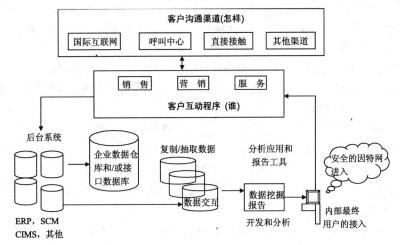

图 3-6 CRM 的构架

(图片来源：仇向洋，朱志坚.营销管理.北京：北京师范大学出版社，2008)

2．CRM 系统的主要功能模块

CRM 整体解决方案(见图 3-7)通常由五个功能模块组成：销售、营销、服务、电子商务、呼叫中心。下面分别对各个模块进行简单的介绍。

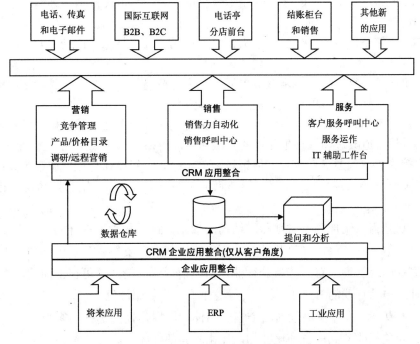

图 3-7 CRM 整体解决方案

(图片来源：仇向洋，朱志坚.营销管理.北京：北京师范大学出版社，2008)

(1) **销售模块**。该模块有五个不同的部件，提高销售过程自动化和销售效果。

- **销售**。是销售模块的基础，用来帮助决策者管理销售业务，它包括的主要功能是额度管理、销售力量管理和地域管理。
- **现场销售管理**。为现场销售人员设计，主要功能包括客户管理、机会管理、日程安排、佣金预测、报价、报告和分析。
- **现场销售/掌上工具**。这是 Oracle Salesd 套装解决方案的新成员。该组件包含许多与 Oracle Field Sales 组件相同的特性，不同的是，该组件使用的是掌上型计算设备。该组件也支持同步技术。
- **电话销售**。对内部销售代表来讲，这个部件包括了一些特色，如报价生成、订单创建、联系人和客户管理。Oracle 还有一些特别针对电话商务的重要特色，如电话路由、呼入电话屏幕提示、潜在客户管理以及回应管理。
- **销售佣金**。它允许销售经理创建和管理销售队伍的奖励和佣金计划，并帮助销售代表形象地了解各自的销售业绩。

(2) **营销模块**。该 CRM 组件的设计目标是使市场营销专业人员能够对直接市场营销活动和战役的有效性加以计划、执行、监视和分析。在该组件中可以使用工作流技术，以便使一些共同的任务和业务流程自动化。此外，还可向市场营销专业人员提供分析其市场营销行动有效性的能力。营销决策支持系统(MDSS)模块主要包括如下几方面。

- **市场调研子系统**：①市场销售预测单元；②宏观环境分析单元；③微观环境分析单元；④市场占有率分析单元。
- **市场营销战略和综合决策子系统**：①市场营销长期战略决策单元；②市场细分和目标市场选择单元；③市场营销综合决策单元；④市场营销计划编制单元；⑤市场营销预算及分配单元。
- **产品决策子系统**：①生产经营大纲决策单元；②产品综合决策单元；③产品改进决策单元；④新产品销售计划决策单元。
- **价格决策子系统**：①成本核算单元；②定价策略单元；③老产品价格决策单元；④新产品价格决策单元；⑤快速报价单元。
- **分销与实体分配决策子系统**：①分销渠道选择决策单元；②实体分配决策单元；③分销渠道改进和管理单元；④各流通阶段价格体系决策单元。
- **促销决策与沟通子系统**：①促销策略单元；②广告设计与预算决策单元；③品牌跟踪研究与设计单元；④分品种推销预算决策单元；⑤销售队伍综合改进决策单元。

营销模块使得营销部门实时地跟踪活动的效果，执行和管理多样的、多渠道的活动。此模块还有其他一些特色，如可帮助营销部门管理其营销资料；列表生成与管理；授权和许可；预算；回应管理。对一些特殊行业，如电信行业营销，这可在上面的基本营销功能基础上，针对电信行业的 B2C 的具体实际增加了一些附加特色。

(3) **服务模块**。服务模块包括四个集成部件，目标是提高那些与客户支持、现场服务和仓库修理相关的业务流程自动化并加以优化，其部件如下。

- **服务**。作为服务模块的中心，促进 CTI 应用的程序具有一些特色，如现场服务分配、现有客户管理、客户产品全生命周期的管理、服务技术人员档案、地域管理。

另外，通过与 ERP 的集成，可提供管理和运行间服务机构所必需的功能，如集中式的雇员定义、订单管理、后勤、部件管理、采购、质量管理、成本跟踪、发票、会计等。

- **合同**。此部件主要用来创建和管理客户服务合同，从而保证客户获得服务的水平和质量与其花费相当。它还使得企业跟踪保修单和合同的续订日期、利用事件功能表安排预防性的维护活动。
- **客户关怀**。这个以 CTI 为中心的模块是客户与供应商联系的通路。此模块允许客户记录并自己解决问题，包括的特色有联系人管理、客户动态档案、任务管理、基于规则解决重要问题。另外，客户关怀与 ServiceWare 的 Knowledge-Pak 产品相结合，对信息能被编辑、存储和管理，从而可方便地检索解决方案。
- **移动现场服务**。这个无线部件使得服务技工或工程师能实时地获得关于服务、产品和客户的信息，同时，他们还可使用该组件与派遣他们的办公室进行通信。

(4) **电子商务模块**。每一个 CRM 软件供应商都不会忽略电子商务。此模块可帮助企业把业务扩展到互联网上，其集成的电子商务部件如下。

- **电子商店(iStore)**。此部件使得企业能建立和维护基于互联网的店面，从而在网络上销售产品和服务。
- **电子营销(iMarketing)**。与电子商店相联合，电子营销允许企业能够创建个性化的促销和产品建议，并通过 Web 向客户发出。
- **电子支付(iPayment)**。这是电子商务的业务处理模块，它使得企业能配置自己的支付处理方法。
- **电子货币与支付(Oracle iBill & Pay)**。利用这个模块后，客户可在网上浏览和支付账单。
- **电子支持(iSupport)**。这个部件允许顾客提出和浏览服务请求、查询常见常问的问题(FAQ)、检查订单状态。电子支持部件与呼叫中心联系在一起，并具有电话回拨功能。

(5) **呼叫中心模块**。是利用电话来促进销售、营销和服务的模块。这个解决方案包括了呼入、呼出电话处理和 CTI 服务器的集成。在以后的 CRM 产品中，可加入混合呼叫处理程序。呼叫中心部件已经与其他程序如客户关怀、电话销售和服务等集成起来。另外，针对不同行业如电信、公用事业、金融等，可提供特定的呼叫中心解决方案。其呼叫中心套件如下。

- **电话管理员(Telephony Manager)**。这个部件是一个 CTI 服务器，并提供与自动电话分配器(PBX/ACD)和集成化语音回应(integrated voice response，IVR)平台的集成。另外，还可为电话管理员提供智能化电话路由(inteligent call routing)、动态屏幕提示、语音和屏幕信息的转换等。在此部件中，还有活动管理和预测性的拨号功能，在 CRM 不同版本中，这些功能将与 TeleSales、客户关怀应用程序集成在一起。
- **呼叫中心智能**。这个部件提供呼叫中心活动的主要性能指标。
- **金融行业的专用程序**。这是一个代理桌面软件，特别针对金融企业提供电话营销、电话销售和电话服务功能，并支持呼入和呼出电话处理。

- **电讯及公用服务的专用程序**。这是一个代理桌面软件，特别针对电讯及公用企业提供电话营销、电话销售和电话服务功能，并支持呼入和呼出电话处理。
- **CRM 解决方案中的闭环作业流程**。CRM 功能模块在企业市场营销管理中的应用。

四、CRM 设施的步骤

1. 企业成功实施 CRM 战略的主要步骤

(1) **确立业务计划**。企业在考虑部署其"客户关系管理(CRM)"方案之前，首先确定利用这一新系统实现的具体的盈利目标，例如提高客户满意度、缩短产品销售周期以及增加合同的成交率等，即企业应了解这一系统的价值。企业应注重项目给企业带来的效益，而不是为了上项目而上项目。

(2) **建立 CRM 雇员队伍**。为成功地实现 CRM 方案，管理者还须对企业业务进行统筹考虑，并建立一支有效的雇员队伍。准备使用这一销售系统方案的每个部门均需选出一名代表加入该雇员队伍。

(3) **评估销售、服务过程**。在评估一个 CRM 方案的可行性之前，使用者需多花费一些时间，详细规划和分析自身具体业务流程。为此，需要广泛地征求雇员意见，了解他们对销售、服务过程的理解和需求；确保企业高层管理人员的参与，以确立最佳方案。需要强调的是，CRM 重在管理过程和客户状态。因为销售过程决定销售结果，而客户状态的分析不仅可以增加销售的主动性和盈利性，还可以大大提高客户的满意度。

(4) **明确实际需求**。充分了解企业的业务运作情况后，接下来需从销售和服务人员的角度出发，确定其所需功能，并使最终使用者寻找出对其有益的及其所希望使用的功能。就产品的销售而言，企业中存在着两大用户群：销售管理人员和销售人员。其中，销售管理人员感兴趣于市场预测、销售渠道管理以及销售报告的提交；而销售人员则希望迅速生成精确的销售额和销售建议、产品目录以及客户资料等。

(5) **选择供应商**。确保所选择的供应商对你的企业所要解决的问题有充分的理解。了解其方案可以提供的功能及应如何使用其 CRM 方案。确保该供应商所提交的每一项软、硬设施都具有详尽的文字说明。

(6) **开发与部署**。CRM 方案的设计，需要企业与供应商两个方面的共同努力。为使这一方案得以迅速实现，企业应只布署那些当前最需要的功能，然后再分阶段不断向其中添加新功能。其中，应优先考虑使用这一系统的雇员的需求，并针对某个用户群对这一系统进行测试。另外，企业还应针对其 CRM 方案确立相应的培训计划。时间对于项目实施非常重要，企业要力争在最短的时间里取得最大的回报。

2. 系统开发商实施 CRM 的步骤

CRM 整套解决方案的实施大体上分为四个阶段：项目的计划阶段 RSP(Requirements Scoping and Planning)、设计阶段(Design)、项目实施阶段(Implement)、项目管理阶段(Management)。

(1) RSP 阶段。主要由营销管理专家(Consultant)帮助客户完成项目的需求分析、商务模型分析、功能需求确定、项目规划制订、项目可行性评估等工作。

(2) Design 阶段。主要完成整体结构的设计，数据转换的需求确定，定义和确定所需系统接口，确定 CRM 解决方案所需的功能组件的设计与定制并实行客户化设计，以及如何将客户端的其他应用系统与企业原有继承系统进行集成的设计与描述。

(3) Implement 阶段。主要完成设计阶段的功能实现和客户化实施，系统转换，原有系统的集成。遵循低风险、低投入、高回报的项目实施原则，为客户在较短的时间内完成项目的实施，使客户在较短的周期内就能够充分体会出项目实施所带来的好处，充分证明 CRM 整体方案的可行性。

(4) Management 阶段。主要完成项目的投入使用和客户培训等工作。也可以通过全球服务中心，为用户提供 7 天×24 小时的从软件、硬件平台，到具体应用等全方位的技术支持。

总之，CRM 的设计与实施要坚持总体规划、分步实施、重点突破、逐步完善的原则。CRM 的实施强调"企业"参与和用户导向。

五、重点客户管理

1. 重点客户管理的含义

客户关系管理中最重要的部分是重点客户的管理。那么，什么是重点客户管理？重点客户管理就是有计划、有步骤地开发和培育那些对企业的生存和发展有重要战略意义的客户。重点客户管理是一种销售方法，但是它不是一种零售的方式，而是通过将产品卖给批发商或分销商，并通过广告和刻意的包装来促进销售；它不通过大规模的营销，而是运用邮购、互联网或类似的媒体宣传将产品直接卖给客户；它不采用密封投标的方式，而是将卖主的投标公开揭示，且出价最低的投标人胜出。

以下这些条件是重点客户管理发挥作用的必不可少的条件：

一方面，销售者将产品或服务销售给政府或其他企业，而不是给消费者本人。尽管价格是重要的，但它绝不是购买者在作出购买决定时考虑的唯一因素。他们不希望为能够得到产品的附加价值而为此付出代价。附加的价值可能以额外的服务、按照客户的要求提供服务、对产品进行改进、以更高的产品品质或更强的可靠性或以对客户的特别关注等形式出现。

另一方面，人们对于产品或服务有着重复或持续的需求。销售者与购买者有着(或可以有着)持续的业务关系。大多数购买者之所以更愿意向自己所熟悉和信任的人购买，就是因为购买任何东西都会招致某种程度的风险。而向那些已在以往的买卖中被证明是可靠的人购买则可降低风险的程度。

客户管理是一件昂贵和困难的事。它只能用于主要的客户。为使其更加有效，它应被看成是一种对客户负起责任的哲学，而不是一堆用来说服客户的高级技巧。它的核心是建立在高度支持系统上的客户要求的快速反应。

2. 实施重点客户管理的好处

(1) 通过提供优质服务和给予客户支持，提升你所奉献给重点客户的价值，并由此促进他们对企业产品的忠诚度。

(2) 它还可以提高你赢得新业务的能力。众多研究表明，你对一个机会作出的回应越早，在某一产品出价之前的准备越充分，就越有可能赢得该公司。由于将自己主要的顾客作为重点客户来对待和管理，许多公司都报告说企业从这些客户处获得的业务量平均增加了40%。

(3) 它有助于你更好地确定将重点放在哪些客户身上，并帮助你有计划地积聚起你最重要的资产，即建立起自己与主要客户之间的关系。

(4) 它能帮助你在进出的通道上设置起更坚固的屏障，以保护你在自己客户身上所作的投资，并阻止竞争者的进入。

(5) 它可以使你在应该把握住何种机会上有更多的选择余地。

(6) 它可以通过建立与培育跨部门的、以客户为目标的人际关系网来改善企业各部门间的协调。

(7) 它亦有助于你在客户心里形成对你的偏好，并由此带来你长期以来一直梦寐以求的业务的发展，即与客户建立起合作伙伴或战略联盟的关系。

(8) 它能促进你与公司与客户之间的关系像"拉链"似的紧密结合。

(9) 它提高了你与客户之间沟通的数量和质量，鼓励客户作出积极的反馈，并能够帮助你衡量客户的满意度，从而对所存在的问题作出更有效的反应。

(10) 它能促使企业中其他的成员更多地参与到企业的发展中去。

3. 重点客户的确定

大多数企业在对复杂客户的管理上都遵循着如下原则。

(1) 如果一家大型企业中任何一个采购部门本身能够提供足够的业务，从而使自己跻身于你客户的前10名之内，它就应该被当作重点客户来管理。

(2) 如果你同时向一家大型企业中的多个采购部门提供服务，并且它们合起来使你的业务量处于你所有客户的前列，那么这一企业本身就应该被当作重点客户来管理。

(3) 如果一家大型企业中的多个采购部门向你提供了大量的业务或者这些部门分散在各个地方，并为了留住它们而需要你让它们强烈地感受到你在当地的存在，那么它们就应该被当作次要的客户来管理，可以仅派一个人去负责整个客户团队的工作。

(4) 如果你是一个新兴的企业或正处于一个新兴的市场中，并且手头也很少或根本没有什么重点客户，那么你就应该将一些主要的可能成为你客户的对象作为重点客户来管理。

—巩固性案例

恰到好处的心理营销

　　北京西乐日用化工厂是北京市的一个乡办化妆品生产企业。1995年该厂根据社会对日用化妆品需求不断增长的趋势，正式转产护肤霜。几年来，西乐厂坚持依靠科技，不断开发出适销对路的新产品，销售额连年翻番，到2000年已突破9000万元，实现利税1000多万元。西乐日用化工厂之所以取得如此好的成绩，其中一个极为重要的原因就是抓住了消费者对日用化妆品的消费心理，展开了心理营销。

　　一、抓住顾客求新求美心理

　　随着化妆品消费需求的发展，消费者不再仅仅追求化妆品的美容需要，而且更加重视其护肤、保健等多种功能。西乐厂在开发过程中意识到这一点，1994年引进了北京协和医院开发的硅霜生产技术，并把这种经过临床医疗实验证明具备护肤、治疗良效的专用技术，用来开发新产品，当年9月通过硅霜工业化生产的技术鉴定后，很快就生产出以"斯丽康"命名的护肤霜投入市场。这种化妆品与传统护肤霜的不同之处，在于它以硅油代替了以往使用的白油或动植物油脂。这种硅油擦抹在皮肤上，能形成一种薄膜，一方面能阻止皮肤表面因水分丧失而引起皮肤干燥的作用，另一方面又能维持皮肤细胞的正常新陈代谢。因此，斯丽康护肤霜由于使用了硅油可起到了美容、增白、洁肤的作用。长期使用硅油化妆品，不但无害，而且还可使使用者的皮肤滑润、弹性好。几年来，该厂陆续推出的"斯丽康高级护肤霜"、"斯丽康增白粉蜜"以及化妆用的"底霜"、婴儿用的"宝宝霜"等多种新产品，已经受到了经常需要化妆品的顾客以及寒冷干燥地区消费者的青睐。西乐化妆品企业在满足消费者的这些求新求美心理中，不断挤占着新的市场。

　　二、抓住顾客的求实心理

　　对于化妆品消费者来说，最大的担心是化妆品的副作用。如害怕导致皮肤过敏，担心长期使用会患皮肤病，影响身体健康。针对这一点，西乐厂牢牢把握产品质量关，并努力让消费者信赖该产品的质量。他们抓住消费者求安全动机这一心理特征，在推销化妆品过程中，必带"三证"，即生产许可证、卫生许可证、质量合格证，以取得用户对产品质量的信赖。该厂还主动邀请质量监督部门、卫生管理部门来厂检查、评定。由于该厂重视科技开发，严格质量检查，注重厂容，文明生产，因此，先后得到北京市经济委员会和农业部颁发的西乐牌斯丽康高级护肤霜、斯丽康增白粉蜜等优质产品证书，在检测、卫生评比中也多次受到肯定。通过这些上级主管部门的肯定性评价，提高了企业的声誉和形象。

　　为了推销新产品，西乐厂还经常派出技术人员参加展销会、定货会，由科技人员用医学道理，深入浅出地讲解皮肤的结构和斯丽康特有的功效，用科学道理解除用户的疑虑和误解。他们还通过直接演示法通俗易懂地说明硅油化妆品对皮肤的保护作用。在表演时，

· 99 ·

演示者用两块布，一块普通布，一块经过硅油处理的布，做了两组对比实验。一组是用一杯水分别从两块布上倒下去，普通布透水，硅油布滴水不漏，从而形象地显示了硅油化妆品具有保持水分的良好性能；另一组实验是分别在两块布下面点燃烟，结果普通布把烟挡在下面，而经硅油处理的那块布却"青云直上"，显示硅油处理的布透气。两组实验直观地表现了斯丽康化妆品"透气不透水"的独创功能，说明对人体皮肤有益无害。这种攻心战使广大消费者心悦诚服地接受了斯丽康化妆品，取得了心理营销的成功。

三、抓住顾客的求名心理

西乐化妆品之所以很快在市场上走俏，与该厂选用"斯丽康"(SLK)这个牌子不无关系。"斯丽康"这个有机硅的英文 SILICONE 音译而来的名字，发音响亮，并带有一点儿洋味，在一定程度上能够满足部分消费者追求高档、进口、名牌化妆品的心理需求。当广告上出现"斯丽康"化妆品的宣传时广大消费者并没有把这个名字与乡镇企业联系起来。由于种种原因，当前社会上对乡镇企业产品抱有偏见；相反，认为高档的化妆品应是进口产品，或合资企业的产品。针对部分化妆品消费者这一心理，西乐厂在广告宣传时，采取着重宣传产品特色，而不是宣传企业自己的促销策略，随着"斯丽康"产品的推出，当"斯丽康"化妆品深入人心，在北京家喻户晓的时候，人们并未想到享有盛誉的"斯丽康"化妆品出自一家乡镇企业。一直到了"斯丽康"化妆品相当走俏时，北京西乐日用化工厂的名字才逐渐为顾客知晓。

(案例来源：《恰到好处的心理营销》，中国美容化妆品网，http://www.cn-cosmetic.com/csmt3572.html，2002.4)

 思考题

1. 你认为化妆品消费者的消费心理特征有哪些？
2. 北京西乐日用化工厂如何根据顾客需求心理搞产品开发？
3. 该厂在产品促销活动中采取了哪些营销策略？为什么要采取这些策略？
4. 试结合本案例谈谈企业如何围绕顾客消费心理从事市场营销。

第 4 章
市场营销信息系统与
市场预测方法

--开篇案例

泛美航空公司倒闭给人们带来的思考

泛美航空公司是美国的一家航线最长、历史最久的航空企业巨头。在 50 多年的发展过程中，泛美从一家全美第三大航空公司，职工人数多达 3 万余人，拥有 130 多架各种型号飞机，航线遍布 50 多个国家 100 多个城市的大型航空企业，落败到一蹶不振，无法重整旗鼓，只能以宣告破产倒闭而告终。是什么导致了泛美的失败呢？

一个企业的兴衰成败，往往与决策者有着极为密切的关系。泛美航空公司的总裁艾克尔，只凭直觉决策，无视市场需求及预测，是造成泛美悲惨命运的最主要原因。

这个错误是从选择机型上开始的。

早在 20 世纪 70 年代，泛美航空公司就开始着手淘汰陈旧而且耗油量大的 707 客机。而当时，市场上并没有与波音 707 的载容量及续航能力等相当的机种。泛美的决策者们没有征询专家的意见，直观上作了一些粗略比较后，就选择了美国一家公司的 11105-500 型飞机。然而，随后的事实表明，这是一个错误决定。该类飞机由于油耗大，单位飞行成本高，使泛美的竞争力大打折扣。而后不久，美国那家公司便停止了这种飞机的生产，于是 11105-500 型飞机的维修又成问题，几年之后只能淘汰。

为了争夺国内航线，泛美又开始了新一轮的"大采购"，这次购入的是欧洲的"空中客车"A300 型飞机。同时，又购进了一批不同型号的飞机，这下可犯了行业大忌，因为繁杂的机种，给航空人员培训、机械故障排除、平日的维修、机场管理等造成了很大压力，无形中又增加了公司的支出。

更为严重的还是美国国内航空禁令的解除，使得其他航空公司有机会在美国国内航空市场上一展身手。此时的泛美，早已失去了与对手竞争的能力，它的高成本经营让其不堪重负。

　　最后的一次误飞事件，彻底粉碎了泛美公司重振雄风的梦想，1994 年，泛美航空公司在无奈之下宣告了破产。泛美航空公司倒闭了，它给人们带来的思考是沉重的——认识到了市场调查对于企业是何等的重要，领导人的决策对企业是何等的关键。

　　市场需求是企业经营的指挥棒。如果不调查市场需求方向，就很难做出正确的选择，那么这个企业迟早要误入歧途，迷失方向。泛美航空公司的悲惨遭遇不是偶然的。它没有对其市场做出很好的预测，而市场预测恰恰是营销链条中不可或缺的一环。

　　(资料来源：市场营销学学习指导纲要，中共云南省委党校云南行政学院函授学院网站，http://www.ynce.gov.cn/ynce/site/hsjy/article001.jsp?ArticleID=8492，2005.10)

第一节　企业营销与信息

一、信息是营销活动的重要因素

　　从市场营销的角度看，企业与市场的联系包含着三个流量：物流，它是指货物或劳务由企业流向买主；资金流，它是指货币由买主流向企业；信息流，它是企业与市场、环境之间的信息沟通。企业开展市场营销活动，不仅需要人、财、物诸方面的资源要素，而且需要信息。可以认为，信息是营销活动的形成的要素之一。

　　如今，随着商品经济的发展和市场发育程度的提高，市场信息便愈来愈复杂化了。市场营销信息复杂化的原因主要是由于下述四种情况：一是市场空间愈来愈大，随着国内各地区之间乃至国际之间经济联系的加强，市场不再局限于本地区，市场营销从地区扩展到全国，甚至跨越了国家之间的界限，营销决策人员在不同地区市场或国际市场中面临着较为生疏的环境，需要收集、加工许多新的信息；二是产品和营销手段越来越丰富，随着产品的和营销手段的增加，涉及的信息量越来越多；三是购买者的购买行为复杂化，随着购买者收入水平的明显提高，他们在购买中的挑选性愈来愈强，这使得购买行为复杂化，由此引起购买者行为研究的相应复杂化；四是竞争由价格竞争发展至非价格竞争，在较高收入水准的市场中，购买者对产品价格不再像过去那样敏感，价格高低对最终决定是否购买的影响力度大为削弱，由此品牌、产品差异、广告和销售推广等竞争手段的作用日益突出。但这些非价格手段能否有效运用，前提条件也在于是否能获取正确的信息。

　　上述情况表明，为了及时、有效地寻求和发现市场机会，为了对营销过程中可能出现的变化与问题有所预料，为了在日趋激烈的市场竞争中取胜，企业需要建立一个有效的营销信息系统，以能及时有效地收集加工与运用各种有关的信息。

　　因此，在对顾客、竞争对手、市场商品供求动态、企业自身运行状态等情况缺乏足够了解时，企业不可能成功地进行市场营销的分析、决策、实施和控制。

　　如果站在企业发展战略的角度看，战略上的成功在于企业能够在涉及企业长远兴衰的重大问题上把握未来，而若要把握未来，正确而又系统地进行科学决策，则依赖于掌握充分而系统的信息。这是因为，战略决策行为的本质是其预先性，即它们是预先做出的，且愈能高瞻远瞩便愈能主动。战略决策以较为准确的市场测量(对目前市场的估量和对未来市场的预测)为基础，而市场测量又以信息为基本依据。企业决策者所身临其境的市场是一个诸多变量交织混杂、相互制约的系统，它总是处于错综复杂的变动中。因而，企业对市场状态、市场运行的认为总会存在着不定度(不肯定的程度)、未知度(不知道的程度)和混杂度(主次难分、真假难辨的不清晰程度)。收集、加工各种信息，就是为了使自己对市场认识中的未知度、不定度和混杂度尽可能降到最低点，也就是将对市场的了解和肯定的程度尽可能降到最低点，也就是将对市场的了解和肯定的程度尽可能升至最高点。因此，这对市场测量、战备决策具有关键意义。

不仅如此，一个成功的企业，其战略计划过程还应是一个信息不断反馈循环的过程，只有存在这样的运动过程，才能保证企业战略计划总是处于不断调整偏差和不断更新的优化动态中。因此，信息的流动始终处于企业营销活动的全过程。

二、信息的基本特征

为了做好营销信息工作，认识信息的基本特征十分重要。

作为一般信息(即从广义上看待信息)，具有如下主要特征。

(1) 可扩散性。信息只有经过传递才能为人们接收和利用，因而信息可以通过各种传递方式被迅速地散布。

(2) 共享性。信息虽然可以被转让，但这种转让并非如物质产品交易那样，你占有后我失去了，而是传给你后我也并未失去，大家共同享有，并且信息量越来越大。但是其单位价值就可能越来越小。

(3) 伸缩性。信息被人们依据各种特定的需要，进行收集、筛选、整理、概括和归纳，加大或减少了信息量。

(4) 可存贮性。信息可以通过体内贮存和体外贮存两种主要方式被存贮起来(体内贮存是指人通过大脑的记忆功能把信息贮存起来；体外贮存是指通过各种文字性的、音像性的、编码性的载体把信息存贮起来)。

(5) 可扩充性。信息可以随着人类社会的不断发展变化，随着时间的延续而不断地得以扩充。　社会愈进步发达，信息扩充的速度就愈快。

(6) 时效性。信息与时间的关系十分密切，有的信息存在的时间极短，稍纵即逝。有的信息存在的时间很长，甚至达到永恒。

(7) 更新性强。市场营销信息会随着市场的变化与发展而处于不断的运动中。这种运动在客观上存在着新陈代谢的更新过程(这种更新过程是以保证信息的连续性为前提的)。显然，市场活动的周期性过程并不意味着简单的重复，而必定是在新的环境下的新过程。虽然这种过程与原有的过程有着时间上的延续性，但绝不表明可以全部延用原有的信息。信息总是不断地随着环境的变化而老化、更新。这就要求企业营销部门必须不断地、及时地收集、分析各种新的信息，以能不断地掌握新情况，研究新问题，取得营销活动的主动权。

(8) 双向性。 在市场商品流通中，存在着商品实体在的运动，这种运动基本表现为从生产者向消费者的单向流动，而市场营销信息的流动则不然，即它带有普遍的双向性：信息的传达与反馈。

(9) 系统性。 由于企业在营销活动中要受到众多因素的影响和制约，因而仅仅取得杂乱无章的信息是无济于事的。为此，企业必须连续地、大量地、多方面地收集、加工有关信息，分析它们之间的内在联系，提高它们的有序化程度。只有这样的信息，才是可以运用的信息。

第二节　市场营销信息系统

一、市场营销信息系统的概念

所谓市场营销信息系统(MIS)是指由营销人员、设备和程序组成的一个持续的彼此关联的结构。它的任务就是及时而又准确地对市场信息进行收集、分类、分析、贮存、评估和分发，并将实现这些处理过程的手段和方法结合起来，以供营销决策者运用，从而使营销的计划、实施和控制具有较高的科学性和准确性。

作为一个营销人员，势必会面对走向两个极端的市场营销信息问题：即没有足够的信息和太多的信息。有一些是与现在决策无关的信息，但很可能对今后决策起着至关重要的作用。为了现在和将来做出正确的决策，持续收集并保存所需信息就变得十分必要。一个市场营销信息系统就是一个有组织的程序和方法，它可以收集、分类、分析、贮存连续的信息，并将其从公司内部传递到公司外部。

一个良好的市场营销信息系统可以通过确定两个或更多数据间的关系，预测产品发展趋向和确认生产模式，从而将这些数据间的关系转变为有价值的信息。例如，如果某集团公司的市场营销信息系统报告显示上个月运往北京超市的各类货物总数为1万箱，这是一个表态的数据，但如果市场营销信息系统表明，该公司集团上个月运往北京超市的货物比前一个月上升了10%，这便是动态的信息。因为它告诉该集团公司，其商品销售量在北京市场上的有上升趋势。

尽管市场营销信息系统具有很大权威，但它并不能自己运行。管理者选择使用信息时必须决定想要从中获得什么。例如，某卡片公司的市场营销信息系统贮存有前5年生产的每种卡片的信息。这个系统分析了该公司为什么卖或不卖这种卡片，并显示出何地卡片更畅销。该公司的这个信息系统的一个优点就是提供了现在公司可以就邻近地区找出某种牌子的卡片在何处卖得最好。在这种情况下，该卡片公司了解到订婚卡在东北地区销得最多，因为在那里将订婚仪式搞得很隆重是一个传统。因此，将确保东北所有的百货商店中有足够的这种流行卡片的出售。但如果这个系统收集到的信息并不精确，无实质性内容或不及时，这对公司的市场决策将会带来巨大损害。这就是使用市场营销信息系统的公司为什么要特别注意使这一系统跟上时代发展并保持他们所需信息的原因所在。

二、市场营销信息系统的作用

建立比较完善的市场营销信息系统对企业的生存和发展具有重要的作用。

1．建立市场营销信息系统是完善市场营销系统的客观要求

市场营销系统是一个包括在市场营销活动相互影响、相互作用的机构、参加者、市场和流程所形成的有机整体。最简单的市场营销系统由两个相互联系、相互作用的部分所构成，即市场商品提供者(企业)和市场商品购买者(顾客)。在这两者之间，至少有两条流程把它们联系起来：一条是商品货币流程，即企业把商品或劳务卖给顾客，并取得货币收入；另一条是信息流程，即一方面企业通过各渠道把生产、供应方面的信息传递给消费者，另一方面消费者的需求和意见又通过有关媒体反馈给企业，如图 4-1 所示。

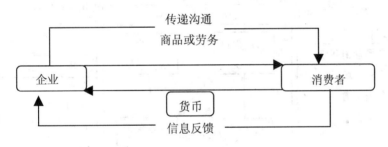

图 4-1　信息流程

市场营销系统中必然伴随营销信息的传递或反馈。不仅如此，在信息经济条件下，营销系统必须借助或依赖于市场信息的流动和运用。因此，市场营销信息系统是整个市场营销系统不可缺少的重要组成部分。

2．建立市场营销信息系统是知识经济时代的必然趋势

在知识经济时代，营销信息数量急剧膨胀，要想在这纷繁复杂、杂乱无章的茫茫信息海洋中，取得能适合自己需要的信息，已绝非单个或几个人所能达到。建立市场营销信息已成为开展现代市场营销活动的主要措施，是企业在信息经济时代生存和发展的首要条件。

3．建立市场营销信息系统是提高信息工作效率的有效途径

在市场信息日益剧增的情况下，许多企业经济感到自己所获得的营销信息缺乏准确，不够及时，而且成本偏高，影响效益。要有效地解决这些问题，必须建立起自己的市场营销信息系统。因为它能准确及时地对有关信息进行收集和分析，使信息工作的质量和效率得到明显提高。这样，营销决策部门就可随时从市场营销信息系统中提取有关信息，运用

这些信息，进行市场分析，从而制订出科学的营销计划，及时地进行营销控制，从而提高企业在市场上的竞争力。

三、市场营销信息系统的构成

在企业对市场营销信息的需求日益增加的情况下，相当一部分企业感到自己所获得的信息有欠准确、过于分散、成本太高、不及时等情况，因而，市场营销系统便被越来越多的企业所采用。

市场营销系统是由人员、设备和程序所构成的相互作用的一种连续复合体。其基本任务就是及时地、不断地收集、分类、分析、评价和提供准确的信息，用作市场营销决策、制订或修改市场营销计划、执行和控制市场营销方案的依据。

不同的企业，其信息系统的具体构成会有所不同，但基本框架大体相同，一般由内部报告系统、营销情报系统、营销研究系统、营销分析系统四个子系统构成。图 4-2 所显示的便是一种典型的市场营销信息系统的基本框架。

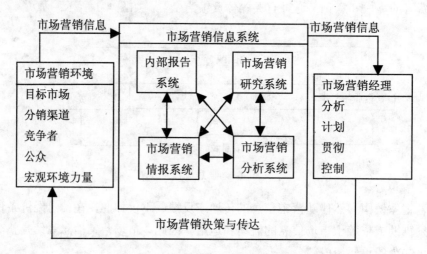

图 4-2   市场营销信息系统的基本框架

1. 内部报告系统

人们习惯上把内部报告系统理解为内部会计系统。实际上，严格地讲，内部报告系统是以内部会计系统为主，辅之以销售信息系统而组成。它的作用在于报告订货、库存、销售、费用、现金流量、应收款、应付款等方面的数据资料。其核心是"订单——发货——账单"的循环，即销售人员将顾客的订单送至企业，负责管理订单的机构将有关订单的信息送至企业内的有关部门，最后企业将账单和货物送至购买者手中。

营销人员经常需要并使用的企业内部信息包括：

(1) 销售活动有关的信息

产品系列、区域和顾客等方面的销售情况；当前的销售额和市场占有率与历史上最好年份的比较等。

(2) 产品存货量有关的信息

准确的存货信息对企业的销售对生产均有十分重要的作用，它涉及生产的进度安排和销售中与购买行为的衔接。

(3) 产品成本有关的信息

由会计角度所提供的产品成本资料是企业进行产品订价时的重要依据。

(4) 利润报告

各种产品、区域和顾客的销售利润表，销售费用水平等。

显然，内部信息的多少与企业的规模类型有关。图 4-3 所显示的便是一个比较复杂的企业内部综合信息流程图，它所显示的内部信息除了上面所提到的四种外，还包括其他一些方面的信息。

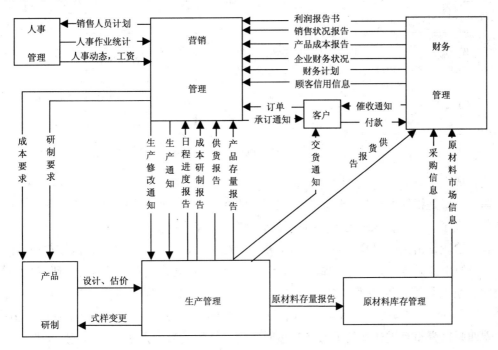

图 4-3　以营销为中心的企业内部综合信息关联图

2. 营销情报系统

市场营销情报系统的主要作用是向营销部门及时提供外部环境发展变化的有关情报。有的营销著作称之为："营销情报系统是营销人员日常搜取有关企业外界市场营销资料的一些来源或程序。"

常见的营销情报人员进行环境观察的方法有：无方向的观察，观察者心无特定的目的，但希望通过广泛的观察来搜取自己所感兴趣的信息；条件性观察，观察者心中有特定的目的，但只在一些基本上已认定的范围内非主动地搜取信息；非正式搜寻，营销情报人员为某个特定目的，在某一指定的范围内，作有限度而非系统性的信息搜集；正式搜寻，营销人员依据事前拟订好的计划、程序和方法，以获取一些特定的信息或用来解决某一特定问题的信息。

西方营销学者就市场营销情报活动提出了较为有效的"情报循环"理论，这是企业建立策略情报系统的一个范例(见图4-4)。

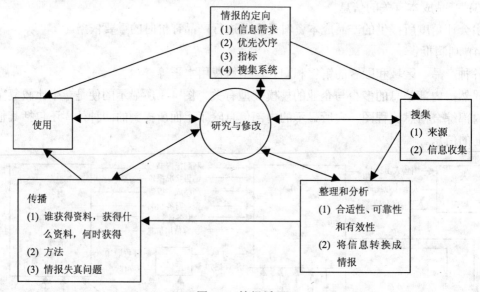

图4-4　情报循环

这种情报循环由如下五个阶段构成。

第一阶段是情报的定向。该阶段的主要目的在于确定企业营销所需的外部环境的情报及其优先次序，还有观察这些情报的指标和收集系统等的建立。

第二阶段是情报的搜集。该阶段的主要目的在于负责观察各种环境，以搜集适当的情报。情报的来源通常十分广泛，如政府机构、竞争者、顾客、大众传播媒介、研究机构等。

第三阶段是情报的整理和分析。通常情况下，对于收集到的情报，要分析其是否适用、可靠和有效。也就是说，收集到的信息需要经过适当的处理才能转变成有用的情报。

第四阶段是将经过处理的情报在最短时间内传播到适当的人手中。要确定接收人、接收时间和接收方式。工作中，应特别注意经各种途径传播的情报有无失真情况。

第五阶段是情报的使用。为了有效地使用情报，必须建立一种索引系统，指引营销人员方便地获得存贮的情报。同时，还应定期清除一些过期或无效的情报。

上述五个阶段是相互关联的，企业依每一阶段出现的问题加以集中研究，然后加以修改。

3. 营销研究系统

市场营销研究系统的主要任务是：就企业营销面临的明确具体的问题，聚集有关的信息，作出系统的分析和评价，提出并报告研究的结果，以便用来解决这些特定的具体问题。

通常，市场营销研究包括下述几个方面。

(1) **市场潜量与销售潜量的估量。**

(2) **销售趋势。**研究企业市场营销组合变动后，对企业销售所造成的影响。

(3) **产品研究。**评估新产品，比较本企业产品与竞争者产品的质量差别，研究产品的生命周期等。

(4) **分销渠道研究。**研究渠道中中间商的状况，消费者对中间商的评价，零售区域中的地点分布等。

(5) **价格研究。**研究影响价格变化的因素，新产品的价格水平，替代产品价格的高低，消费者对价格变动的反应等。

(6) **竞争分析。**研究现实竞争者的营销组合、各种营销活动、市场占有率等，还要对未来竞争进行分析与估价。

(7) **消费者行为研究。**研究消费者的态度、购买动机、购买习惯和品牌偏好等。

此外，还有仓储、运输研究、政府限制研究、广告研究、人员推销研究，等等。

市场营销研究的基本步骤如下。

(1) **拟定问题与假设。**营销人员从现有资料中，初步找出营销活动范围中潜在问题之所在。这种对问题的界定十分重要，如果问题不清，研究结果可能无用。确定问题所在是市场营销中最困难的工作环节。它要求营销研究人员对所研究的问题及其领域必须十分熟悉。在确定问题的过程中，采用假设的方法往往是需要的，即用探测研究以拟定假设，往往可以使研究人员在面临不甚熟悉问题的困境中走出来。例如，某公司近段时间市场占有率明显下降，何种原因所致，一时难以明察，那么只好借助于探测性研究来找出一些最可能的原因加以分析。

(2) **拟定所需资料。**在明确了研究的目标之后，研究者便要划定资料收集的范围。

(3) **确定收集资料的方式。**拟定收集的资料可以是现成的次级资料。次级资料的来源通常包括企业内部档案、政府出版物、经济年报、统计资料等。在使用中，研究人员需注意这些资料的可靠性、有效性和公正性。

若无次级资料可用，原始资料的收集则是必不可少的步骤。收集原始的收集则是必不可少的步骤。收集原始资料的基本方法有三种：实验法，即实验者在某个受控的环境下进行试销，研究各种有关市场活动的效果。例如企业控制广告和价格来研究对其产品销量的影响。此种方法应用不难，但因市场上不可控因素颇多，会对实验结果产生影响；观察法，即研究者对调查对象的反应或行动做直接的观察，观察法包括三种技巧，即时间序列分析(在不同时间加以观察，取得一个连续性的记录)、横切面研究(在一个特定时间对所出现的情况加以观察)、时间序列和横切面研究合并法；访问法(问询法)，这是一种直接的、最为通用的收集原始资料的方法，包括个人访问、集体面谈、邮寄调查、电话调查等。

(4) **抽样设计。**这个步骤要解决下述四个问题：其一，谁是调查目标？其二，调查样本有多大？其三，样本应怎样挑选出来？其四，如何接待被调查者？

抽样的方法常见的有几率抽样(随机抽样)和非几率抽样？(非随机抽样)两大类。在几率抽样中包括单纯随机抽样、分层抽样和地区抽样等几种具体方法；在非几率抽样中包含任意抽样、判断抽样和配额抽样等几种具体方法。这些方法各有利弊，应根据实际情况权衡利弊后选择使用。

(5) 资料的收集。该步骤是调查研究中费用最高和较易出差错的环节。收集工作要么由企业直接组织调查员进行，要么交由专门的调查机构进行。对调查员的挑选应严格，他们素质的高低直接影响到调查结果的正确程度。

(6) 分析资料。研究者对收集起来的资料根据需要进行编辑和计算，最后采用诸如多元回归分析、因子分析、正准相关分析和多向量表法等对资料进行多变数分析。

(7) 准备研究报告。这是市场营销研究的最后一个步骤，其流程图如图 4-5。

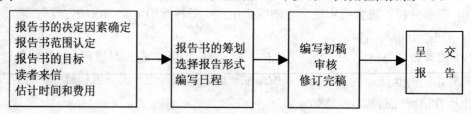

图 4-5　研究报告流程图

报告书的类型通常有专门性报告书和通俗性报告书两类。

专门性报告书纲要为：研究结果摘要、研究目的、研究方法、资料分析、结论与建议、附录(附表、统计公式、测量方法说明等)。

通俗性报告书纲要为：研究发现与结果、行动建议、研究目的、研究方法、研究结果、附录。无论哪一类报告，都应突出研究目的，内容简明、客观、完整。

4. 营销分析系统

市场营销分析系统由先进的统计步骤和统计模型构成，用一些先进的技术或技巧分析市场营销信息，以帮助更好地进行营销决策。在市场营销分析系统中，拥有两组工具，即统计工具库和模式库。

在统计工具库方面，采取了一些先进的统计方法，用来深入地认识信息之间的关系及其统计的可靠性；在模式库方面，则是专门用来协助营销者制订更佳的市场营销组合策略。

这一系统由分析营销问题和数据的一些先进技术所组成，以便从信息中发掘出更为精确的研究结果，越来越多的公司开始使用分析系统。一个决策支持系统由数据库、统计库、模型库和显示部件组成(见图 4-6)，现简单介绍如下。

(1) 数据库。凡从公司外部或内部获得有关营销的信息都要存入数据库。其作用在于执行数据的存储、检索、操作与转换。

(2) 统计库。统计库是用统计方法从数据中提取有意义信息的一个集合。统计库可以根据营销决策上的需要，提供各种统计分析方法。在营销决策中较为常用的分析方法有回归分析、相关分析及因素分析。

(3) 模型库。所谓模型，就是用来表述某些系统或过程的一组变量和它们之间的相互关系。营销决策支持系统的模型库就是营销模型的集合，包括广告预算模型、市场反应模型等。模型库将模型产出的结果展示给主管人员，供其参考，以大大缩短判断时间。

(4) **显示部件**。显示部件上系统与使用者之间的一座桥梁。系统通过显示部件将有关营销信息提供给使用者，而使用者也通过显示部件向信息系统下达各种指令。

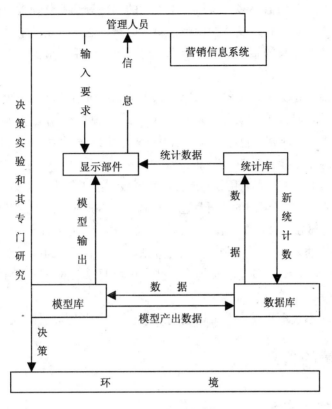

图 4-6　营销分析系统

使用营销决策支持系统有许多优越性。首先，可以灵活地组织从多种渠道中所获得的大量数据。其次，能使用一系列更为广泛的方法，在短时间内对大量的数据资料进行整合和作出评估。第三，能立即得到所提出问题的答案。因为数据和分析方法都存储在计算机里并备随时使用。

建立这样一个理解数据的系统和分析数据库的工具是非常昂贵和复杂的。在最近的一次调查中，被调查的公司中只有 20%使用营销决策支持系统。不管怎样，越来越多的组织，认识到使用营销决策支持系统的好处并愿意投入时间和资金来建立这一系统。

第三节　市 场 预 测

一、市场需求测量的提出

企业信息的搜集、整理、研究的目的是为决策做准备，在企业进行决策之前还有一项重要的工作就是预测，其实，前两节的内容就是统计工作的内容。预测就是在统计工作的基础上，运用特定的方法对于预测对象的未来走势进行的估计。时至今日，能够较为成功地进行市场测量的企业为数不多。虽然，相当大的一部分企业营销人员已经开始在口头上承认市场预测对于企业生存及发展的积极作用，但是，这与真正地掌握需求测量技术且能有效地加以运用还有很长的距离。进一步说，对于已经着手开展测量的企业，其效果往往也不尽如人意。

一个典型的事例是关于我国化纤地毯市场需求动态预测活动的失败。1984年——1986年期间，化纤地毯一时成为市场上令人瞩目的商品，人们纷纷作出极为乐观的估计，认为化纤地毯消费的"黄金时代"已经来临，必须不失时机地发展生产，大幅度增加市场供应。在这种认识的引导下，除了先期引进的22条生产线外，又从美国、日本、西德、意大利等国引进33条化纤地毯生产线，遍布全国。由此形成了全国年生产能力7500万平方米的水平。可实际情况是1986年全国的化纤地毯销售量约为300万平方米，其中居民个人消费仅占1/10，其余绝大部分为楼、堂、馆、非个人消费。这样的销售水平仅为生产能力的约1/25，需求大大低于供给的矛盾仍为尖锐。由此例可见，如果不能较为准确地进行目前需求的估量和未来需求的预测，企业便想当然地在某些"市场假象"的迷惑下盲目地发展，其结局必然会以失败告终。

下面，将比较系统地阐述有关市场测量的概念、原理及其具体方法。

二、需求测量的含义

1. 需求测量的基本内容

需求测量是企业营销分析活动的重要一环。对于任何一个从事商品生产经营活动的企业来讲，当它将要开发一种新产品或向新的市场区域扩展时，都应事先分析如下问题：是否存在这种产品的需求？需求程度是否可以给企业带来所期望的利益？新市场的规模是否足够大？需求发展的未来趋向及其状态如何？影响需求的因素是什么？

实际上，即使在决定企业长期发展战略等重大问题的决策时，也不得不认真地对需求加以分析。

对于企业需求测量活动的含义，可以用图4-7加以表达。

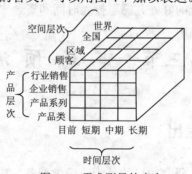

图4-7　需求测量的内容

图 4-7 概括了需求测量的典型内容。从六个不同的产品层次、五个不同的空间层次以及四个不同的时间层次展示了应加以测量的 120 种需求(6×5×4=120)。

在企业实践中，可以依据测量对象在发生时间上的不同，分为两大类型，即对目前需求的估量和对未来需求的预测。

就目前需求的估量而言，其特征在于，对正在发生过程中的需求加以分析和评价；而对未来需求的预测，则是依据历史资料和现实状况以及依据经验和教训，通过系统的、科学的方法和手段，在市场调查的基础上，对影响市场需求发展变化的各种因素进行综合分析，对影响市场需求发展变化的各种因素进行综合分析，预见其在未来一定环境中的发展趋势及其状态。显然，预测行为的特征，在于对尚未发生的不确定的或未知的事件作出描述。

在通常情况下，对未来需求的预测比对目前需求的估量要复杂和困难得多。对所预测对象的时距越长，则愈为困难。

2．市场测量中的需求

"需求"的含义是比较广泛的，在不同场合必须加以区分。这里将以"测量"的角度对需求作出相应的规定。

(1) 市场需求。某产品的市场需求，通常是指在特定的地理区域、特定的时间、特定的营销环境中，由特定的消费者群购买的总量。

在这个定义中包括八个要素：①产品。由于产品的范围是广泛的，且即使是同一种类产品在实际需求上往往也存在着多种差异。如消费者对照相机产品便有着规格、功能、档次等不同方面的使用目的和要求，因而企业在进行需求测量时，应明确规定产品的范围。②总量。它通常直接标明了需求的规模，而应注意的是，虽然它可以用金额单位来表示，但在市场价格波动较大时期，销售金额往往不能准确反映实际销售数量。对此，应注意辨别影响因素，或同时使用实物单位指标。③消费者群。市场细分原理提示了消费者的差异性，因而在对市场需求加以测量时，要注意分别对各细分市场的需求加以确定，而不宜仅着眼总市场的需求。④地理区域。在一个地域较广的国家里，不同地域间客观上存在着差异，消费者通常因这种地理性的差异呈现需求上的差异。对此，需求测量时必须以明确的地理区域为基础。⑤时间周期。企业的营销计划一般有长期、中期及短期之分，与之相应需要有不同时期的需要测量。因而在进行市场需求测量时，必须以明确的时期为限。⑥营销环境。前面有关章节中已专门分析过营销环境对营销活动的影响，对此，在进行市场需求测量时，应注意对该类因素的相关分析。⑦购买。显而易见，市场需求最终要通过购买行为表现出来；反过来讲，只有最终进行购买的需求才是真正的市场需求。⑧企业的营销活动。在通常情况下，企业的营销决策(如企业的促销决策)对市场需求有直接影响，因而，应考虑企业自身的营销行为对市场需求变动的可能影响。

理解市场需求概念，重要的还在于必须看到它不是一个常量，而是一个函数关系。在不支出任何刺激需求费用时，需求表现为一个基础值(市场最低值 Q_1)。随着营销费用增加，需求水平呈上升状态；但当营销费用达到一定水平后，再增加则不会激起需求的进一步上升，也就是说又存在着一个市场需求的上限(市场潜量 Q_2)。

(2) 市场潜量。通常指在特定的营销环境下，随着行业营销活动的强化及不懈努力，某类产品的市场需求所能达到的最大极限(或者称为最高市场需求)。

在这个概念中，"特定的营销环境"这一点是十分重要的，因为它最终决定着市场潜量。例如在经济繁荣时期与经济萧条时期这两种不同的环境下，市场潜量的差异是极其明显的，通常在前者条件下比在后者条件下市场潜量要大得多。

(3) 企业需求。通常指某企业在市场需求中所占的份额。可用公式表示为：

$$Q_i = S_i Q$$

式中 Q_i——企业 i 需求量

           S_i——企业 i 的市场占有率

           Q ——市场需求总量

从式中可见，企业需求量的大小不仅受到市场需求总量的影响，而且还要受到企业市场占有率的影响。在通常情况下，影响企业市场占有率的主要因素有：市场营销费用、市场营销组合策略、市场营销功效以及市场营销弹性等。

(4) 企业潜量。通常指某企业需求所达到的最大极限。在特殊情况下，企业需求的最大极限可能与市场潜量等同；但在绝大多数情况中，企业潜量低于市场潜量。

三、经济预测的基本原理

1. 基本原理

预测行为之所以被认为具有科学意义和实用价值，其基础在于两个以上变量之间往往存在着有规则的对应关系。这里所讲的对应关系主要是指下述两种情况：其一是"确定性的对应关系"，即在给定某个变量值(或某些变量值)时就能由此来确定与其相对应的其他变量值。其二是"统计性的对应关系"，即在给定某些变量的变量值后，大量观察其他变量值，能够发现这些变量值有着向一定平均值接近的趋势；且通过反复观察，可以画出其变量值的经验相对频率分布，并能看到随观察次数增加，其频率分布呈现收敛于某一平均数为零的分布曲线的倾向。这种"统计规律性"的对应关系，在经济预测中被较多地采用。

实际上，所有的预测行为都有以多变量之间的对应关系为基础的，即建立在时间或空间对应关系的基础上，抑或建立在同时具备这两种意义且稳定对应关系的基础上。因此，为了进行预测，首先要掌握预测对象变量和其他变量之间稳定的对应关系。对此，在预测之前，可通过两种基本方法来把握：一是时间序列分析，即通过若干不同时点的观察值，求时间稳定的对应关系的方法；二是横断面分析，即通过不同地点或个体的观察值，求空间稳定的对应关系的方法。其次，在其他变量给定的条件下，利用上述对应关系，进一步推出与这些变量相对应的预测对象变量的值。

2．影响因素

在经济预测中，人们经常要问预测的客观程度(准确性)有多大？这个问题的提出是难以回避的。由于经济预测的对象是经济现象中各变量之间的对应关系，那么这种关系的形成过程必然要受到组成经济社会的人们意志和行为的强烈影响。例如消费者的购买决策行为、有关的社会多方面因素等。经济预测受到人们意志和行为强烈影响的这一特点，与自然科学中所研究对象对应关系不以人的意志为转移的特点，两者是截然不同的。因而，经济预测时而暴露出来的不确切性并不是偶然的现象。但是，这并不等于经济预测不可能实现或没有什么价值。实际上，事件的发生与发展并不全是随机性的，也就是说，虽然存在着一些难以预测的事件，但其毕竟是很小的一部分，而大部分事件的发生与发展是可以被预见的。实际上，人们可以从一些事件的相互影响中提示其内在的联系；人们亦可以从历史发展的延伸性与规律性中去类推某些事件的趋向；随着营销理论及实践的深化，使得人们有能力对影响事件发展变化的许多因素加以综合性分析。同时，随着当今世界科技水平的迅速提高，现代化手段又为人们有效地进行预测活动提供了条件。

尽管不能期待预测结果百分之百的准确，但无论如何，对企业来讲，应尽可能地追求准确，因为误差较大的预测所带来的危害是严重的。特别是对未来需求的预测，由于诸多因素的交叉影响，使得市场需求的发展变化通常处于很不稳定的状态，所以，预测的准确性越应被重视。

除了上述经济预测的主观性特征影响外，在具体预测中，下述五类因素亦会产生不同的影响。

一是预测对象及其范围大小的不同，往往会带来准确度上的差异。通常认为总量或总类预测活动能获得较高的准确度，而个别项目的预测其准确度低于前者。实践已表明，像全国总销售量这样的总量预测，很少出现误差大于 5%的情况，但是，像某一具体规格、花色、品种商品的个别性预测，通常不易达到这种水平。

二是预测周期的长短，会影响预测准确性的程度。正如在需求定义部分所提到的，预测中的短期预测比长期预测要准确。

三是预测所需信息的质量，会直接造成准确度高；反之，则会增大预测的偏差。这里涉及搜集信息的方法是否恰当，对信息的鉴别和分析能力的高低。

四是预测方法的选择往往会影响预测准确度的差异。不同的预测对象，要求选用恰当的预测方法。方法选择合理，则预测的准确度有可能高，反之则低。

五是预测人员的素质高低，会直接导致预测准确度的差异。任何预测活动，无论采用多么科学的方法和现代化的手段，都离不开人的作用，显然，预测水平高的专业人员，其所主持的预测活动的质量就相对较高，预测的准确度也必然高。在前面四个条件相同的情况下，第五个因素通常是影响预测准确性的决定因素。

3．经济预测的若干原则

为了使预测尽可能地准确，人们应重视下述原则。

(1) **综合分析问题的原则**。国民经济是一个规模庞大、结构复杂、功能综合、因素诸多的大系统，市场需要的发展变化绝不是孤立进行的，它要受到系统内诸多其他因素的影响(从更大的空间看，有时还要受到系统外因素的影响)。因而，企业在对未来需求进行预测时，必须着眼于诸多相关因素的交叉影响，综合分析和把握所预测的问题。

(2) **尽量采用区间预测的原则**。所谓区间预测是相比较于点预测而言，点预测是指给出确定的数值或日期(如我国××商品在 1990 年的需求量将达到 50 万台)，而区间预测给出的则是预测对象所处的一定范围(如我国××商品在 1990 年的需求量将达到 495000~505000 台之间；或者在单值后标出误差的正负百分比)。区间预测比点预测客观，这一点容易理解。关键在于，必须依据预测对象的要求合理地确定区间的大小。区间划得太大，会使预测失去应有的价值；区间划得过小，则会造成预测的困难，或失去区间预测的意义。在此后的预测方法中，将会专门讨论这个问题。

(3) **不该预测的不预测的原则**。要避免进行那些无意义的、不现实的和不明确的预测。例如，提出"××地区的购买力在若干年后将达到 20 亿元/年的水平"，这种预测由于时间上不明确，因而没有什么价值；再如，在关于家具的 5 年预测中，提出"若人均住房面积达到 15 平方米，则家具的需求量将比目前的需求量增大 2 倍"，这种预测的假定条件是不现实的，因而也是无意义的。

(4) **预测人员必须熟悉预测对象的原则**。预测人员必须对自己所预测的对象有足够的了解，并且掌握对其进行分析的足够知识。显而易见，若让一位从未接触过营销理论或实践的人去预测某商品市场份额的变化趋势，是不可能成功的。因而，对于承担未来需求预测的人来讲，熟悉基本的营销理论和具有一定的实践经历，是最起码的要求。出色的预测人员的知识当然要比这广泛得多。而且，所预测的对象愈复杂、难度愈大，则这方面的要求便愈高。

(5) **预测方法与预测对象相适应的原则**。预测人员必须真正了解和掌握预测的各种方法，并且能够针对不同的预测对象选用最适当的预测方法，以期有效地达到预测目的。有时，限于预测费用、取得住处的可能程度等制约因素，不可能选择最佳的预测方法。但是，无论在什么情况下，预测人员在预测前必须就预测方法与预测对象的适应程度作出明确的分析，然后依据可能的客观条件，尽可能使两者相适应。通常，人们会依据以下标准选择预测方法：准确度、预测期、预测费用、数据的适用性、数据样式的类型、预测人员的能力、预测手段的状况等。

最后，还要专门讨论一下关于"系统化预测"的问题。随着经济发展日趋复杂和多变以及预测实践中的教训，人们开始认识到单凭任何一种单一的立法进行预测，一般难以达到理想的效果。单凭主观判断，具有很大的局限性；过分依赖计量模型，也会得出一些错误的结论。为此，有些学者提出了将主观判断与客观模型加以结合，从定性、定量、定时和概率等四个方面系统进行分析的系统化理论。也有人将此称为预测必须遵循的系统化原则。

这种理论认为，一项完整的经济预测必须具备四个基本要素，即定性要素、定量要素、定时要素和概率要素。

- **定性要素**—— 指对未来需求现象的叙述性和非定量的描写。它的作用在于能提出将来可能发生什么事件，即能够确定所要预测事件的范畴及主题，因而它是预测行为的基础。
- **定量要素**—— 指用确定的单位来度量未来的需求现象的水平。它的作用在于能够对定性分析所形成的命题的认识，提供度量其行为水平的手段。例如，一个经营者预见到开发某种新产品将会赢得消费者的未来需求，那么随之而来必须明确的问题是："这种需求量能达到什么水平？它能否给企业带来所期待的利益？定量分析就是去解决这些问题。
- **定时要素**—— 指对已定性和定量过的事件将要发的确切时间界限的估计。它的作用在于能较准确地说明预测的事件将在哪一段时间内发生。
- **概率要素**—— 指对已定性、定量和定时的事件，其发生可能性的数量估计(通常使用百分率)。例如预测某产品未来的市场需求，定性分析提出影响的因素是什么，定量分析确定这些因素的影响程度如何，定时分析明确这些影响因素发生作用的时间界限，概率分析则表明它们出现的可能性。

显然，上述简要内容构成了预测实用方法的基础。不论缺少哪一种分析，均会削弱预测的作用。只有通过四个要素的系统组合，才能较清楚地看到被预测事件的全貌。

四、对目前需求的估量方法

1. 总市场潜量的估量方法

总市场潜量通常可用下面的公式估算：

$$Q = n\,q\,p$$

式中　Q——总市场潜量；

n——假定条件下，在特定的产品/市场上的购买者数量；

q——每个购买者的平均购买量；

p——单位产品的平均价格。

用上述方法估算总市场潜量，其中较难把握的因素是 n。一般的做法是先从总人口着眼，从中排除那些显然不会进行购买的人数，然后在进一步对余下的"可能的购买者"加以分析。进行这种分析，虽然有时要从不同角度进行综合分析，但一般会以某一两个方面为主，如从消费者的社会文化特性或从消费者的收入水平着眼等，然后从中再进一步进行剔除，最后剩下那些"最有可能的购买者"。

对于总市场潜量的估计，有时还使用"上加法"。所谓上加法，即先估量各细分市场的需求潜量，然后将其汇总，得出总市场潜量。

2. 区域市场潜量的估量方法

每个企业都希望选择较理想的区域，同时亦有一个有效地在区域间分配营销预算的要求，因而必须估量不同地区的市场潜量。对此，美国比较有效地使用了两种方法，即市场建立法和购买力指数法。现介绍如下。

市场建立法——主要用来估量生产资料的区域市场潜量。其具体方法是采用美国普查局的"标准行业分类系统"来确定每个区域市场上所有潜在的生产资料的购买者数量及其购买量。这种系统把整个制造业分为若干个大行业群，进而又把每一大行业群划分为若干个行业组，每一个行业组又可再进一步细分为若干个产品品种。这样，每一个产品品种都可以用行业群代码、行业组代码和品种代码的组合标识出来。标准统一的数字序列给分类、查询和统计带来了便利。

企业在使用市场建立法时，首先要通过《标准行业分类系统手册》查出某地区中可能对某种生产资料感兴趣的用户企业名单，并向他们进行询问，以了解其购买的可能性。进而估计有关企业可能需要的数量，并由此推算出该区域的市场潜量。

购买力指数法——主要用来估量消费品的区域市场潜量。其公式表示为：

$$B_i = 0.5Y_i + 0.3r_i + 0.2p_i$$

式中：　　B_i——i 地区占全国购买力的百分率；

　　　　　y_i——i 地区个人可支配收入占全国的百分率；

　　　　　r_i——i 地区占全国零售总额的百分率；

　　　　　p_i——i 地区占全国人口的百分率。

必须指出的是，上式中三个系数是依据一定时期美国的实际情况而测算确定的。对于我们来讲，这仅仅是一种参考性的公式。

此外，当估量某些以家庭为消费单位的消费品的市场潜量时，则需将 P_i 替换为 h_i，即

$$B_i = 0.5Y_i + 0.3r_i + 0.2h_i$$

这里的 h_i 是 i 地区家庭数目占全国家庭的百分率。

在 B_i 被确定之后，用其乘以总市场潜量，即可得出 i 地区的区域市场潜量。

实践中，情况会复杂些，有时需要相应加入其他一些因素，如竞争因素、季节差异因素、地区特征因素等。

五、未来需求的预测方法

企业对未来需求进行预测，一般要经过"环境预测到行业预测再到企业销售预测"这样的过程。目前，相当部分的企业预测活动中，往往忽略了对环境的预测，认为环境的变化难以琢磨，甚至认为未来环境的状况与企业关系不大。实际上，需求预测就是"预见需求在未来的一定环境中的发展变化趋势及其状况"，况且，环境对需求的影响是不言而喻的。因而，在下面的阐述中，将首先讨论一下环境预测的有关方法。需要说明的是，介于篇幅的关系，下面所介绍的方法都只作了简略的文字表述，读者要想掌握该方法还须查阅相关的专业文献。

1．用于环境预测的主要方法

(1) 德尔菲预测法。又称专家意见法。由专家们对未来可能出现的各种趋势作出评价的方法。这种方法亦可用于行业预测和销售预测，但在环境预测中的作用显得更明显。德尔菲预测法是 20 世纪 40 年代由美国的兰德公司建立，日后又在实际应用中得到了进一步完善。该种方法，是依据预测目的，选定一些专家形成一个专家群，然后以函询方式(个别面对面亦可)向专家提出问题，同时提供所有与预测有关的资料供其参考，请专家们分别独自作出各自的预测(各专家之间不能交换意见，以免相互影响)。在此基础上，将各个专家的意见加以综合、整理和归纳，匿名反馈给每位专家，再次征求意见。专家们参考他人的意见，可修正自己第一次预测时作出的预测结果。如此反复若干次，直到无人再修正为止，最后将趋于一致的意见作为最终预测。

德尔菲预测法的特点：一是参加预测的专家之间不发生直接联系，因而避免了一些弊病(如召开大家均在场的会议时，某些"权威人士"的发言会左右会场意见等)；二是多次反复，使每位专家能够形成自己较成熟的意见，又发挥了专家们相互借鉴的积极作用。在采用这种方法进行预测时，若想使预测结果尽可能地可靠，对于企业来讲，关键的问题是要选好专家群。对此，一般是在确定了预测目标后，依据目标的特点，选择那些确有专门研究的专家。特别是在进行环境预测时，由于环境问题的复杂性和广泛性，更要注意专家的构成与分布。

(2) 趋势延伸法。利用过去的时间序列，导出最佳曲线进行外推的方法。这个预测方法的原理是：趋势是时间序列在一定时期内总的平均运动，因而，可以通过对它的量度和分析去说明某些变量的长期运动方向。但是如果事件的发展出现了根本性的变化，则本方法将失去应有作用。趋势延伸法的程序包括：分析时间序列历史资料及其目前状态、选择最佳方程配合趋势、估算并验证方程、说明方程的预测能力、展开方程到预测期、求出计算值。该种方法被认为是一种较易于掌握、成本较低且效率较高的预测方法，尤其是用于中期预测时。

(3) 交叉影响分析法。找出那些重要性和可能性较高的主要趋势，然后分析并判断它们可能对其他方面产生影响的方法。这种预测方法的原理是：对于一组可能在未来发生的新事件用两种数据加以描述，前一种数据估计特定时期内将要发生的每种新事件的概率，后一种数据估计任何一种可能的新事件的出现会影响到其他每一种新事件出现的概率。从中可以发现每个未来新事物的发生及其他新事件间相互影响的概率，进而使这些概率精确到可以作为决策的依据。矩阵的数据一般是应用主观估计法或德尔菲法求得，此外也可用模拟法来进一步精确估计概率。这种方法计算量较大，要运用计算机进行辅助计算。

能够用于环境预测的还有其他一些方法，如相关分析法、动态模型法等。以上所列举的专家意见法、趋势延伸法和交叉影响分析法等三种方法，具有易于理解和掌握的优点，因而较常用。

2. 用于行业预测和销售预测的主要方法

前面所举的三种用于环境预测的方法在此也可应用。此外还有下述一些主要方法。

(1) 购买者意向调查法。 对购买者进行周期性的意向调查，从中获得信息并综合进行"消费者意向量度"，进而预计出消费者的购买意向主要变化的方法。这种预测方法的原理在于：由于只有潜在的购买者最清楚自己将来想要购买的商品种类及其数量，因而他们可以提供的情报理应是可靠的。一般而言用购买者意向调查法来预测未来需求，其准确性以用于工业品(生产资料)较高，用于一般消费品最低。其原因在于，影响消费者日常购买的商品种类及其数量，因而他们可以提供的情报理应是可靠的。一般而言，用购买者意向调查法来预测未来需求，其准确性以用于工业品(生产资料)较高，用于耐用消费品次之，用于一般消费品最低。其原因在于，影响消费者日常购买的随机因素较多。考虑到这一点，在用此方法对消费品进行预测时，主要应用于耐用品方面。具体方法主要是用"随机抽样"中的简单随机抽样、分类随机抽样或"非随机抽样"中的判断抽样来选择调查对象，用询问法作为调查手段。为了提高预测依据的可靠与充足性，在用本方法进行销售预测时，常结合进行产品调查(包括产品质量、价格、包装等)、消费者调查(包括消费者的构成、收入、消费偏好等)和市场份额调查。

(2) 销售人员意见综合法。 因某些原因不宜向购买者直接调查，而依据销售人员作出的估计加以汇总的方法。这种预测方法的原理在于：销售人员在企业中最接近购买者，最了解购买者的动向，他们所作的销售预测理应是可靠的。用此方法进行预测时，首先要求每个销售人员接受预测任务，同时需由企业主管人员向他们提供有关环境变动的资料，销售人员可利用这些资料再加上自己的判断，作出自己认为可靠的销售预测，最后由主管部门加以综合。除了本企业的销售人员外，也可向本企业的代理商、经销商和零售商征询。

(3) 指数平滑法。 指仅依据过去和目前原始数据，解释时间序列的波动并作出预测的方法。该方法主要用于短期预测。这种预测方法的原理是：通过计算本期数值的指数加权平均数，从中确定一时间序列的修匀值。这种方法的显著特点是指数平滑的加权程序采用了权数数列，其数值随时间按指数递减，这就避免了传统时间序列法假定各期对未来销售影响程度相同的缺陷，而突出了各时期销售对未来销售影响较大，而时间愈远，则影响力量呈几何级数递减。计算公式为：

$$F_t = a S_{t-1} + (1 - a)F_{t-1}$$

a 是个经验数据，其大小根据经验选取。a 越大，预测值越接近于实际值；a 越小，则本期预测值越接近于上期的预测值。在实际工作中，a 常取 0.7～0.8 之间，或试用若干不同数值的 a 计算预测销售数，以预测数与实际值差异最小的为最佳权数。

(4) 回归分析法。 这是市场预测中因果分析的一种预测方法。前述时间序列预测法(如趋势外推法、指数法)，是着重变量随时间变动的关系。但是，大量的经济现象不仅与时间有关，还存在着相互之间的因果联系。例如供求与商品价格，消费者购买支出与收入等，后者是前者的影响因素，但它们之间的关系又不是确定的函数关系。回归分析法就是研究引起未来状态变化的各种因素所起的作用，找出各种因素与未来状态的统计关系。常用的有直线最小平方法，其实质是对动态数列进行修匀的方法，用修匀的递增或递减的理论数列(倾向变动线)来代替实际的动态数例(实际变动线)，并以此变动的倾向预测未来。

在利用回归分析法进行需求预测时，一般将销售量作为因变量，而将市场营销组合的各变量(如广告费用、价格、产品品质、分销渠道支出等)作为自变量。采用最小平方法修匀动态数列，可以使实际销售额与理论销售额之间差的平方和最小，因此用此法修匀动态后的理论数列具有最大的代表性，预测效果也比时间序列法更为理想。

(5) 马尔可夫预测法。马尔可夫预测法是利用马尔可夫链对市场占有率进行短期预测的一种常用方法，具有可操作性强、时效性强、准确性较高的特点。它把定量的历史资料转化为定性的状态变量，然后对状态变量的变化进行概率研究，以此概率进行市场占有率的预测。

以上预测方法的具体运用可以参见统计学和经济预测方面的教材，而且方法的选择要视不同企业而定。

巩固性案例

伟达公司与机遇失之交臂

伟达公司是隶属北京市某局的一个中型企业。改革开放以来，在大力发展其他产业，开展多种产品经营的战略思想指导下，从 1985 年起，依靠自身有利的地理位置和资源优势与南方一家企业联营开发矿泉水等饮料产品。经过几年的发展，到 1993 年已逐步形成了两个饮料厂、三条生产线、十几个产品的格局。但是由于资金、市场、机制等各种原因，企业的生产规模始终没有大规模的变化，基本维持在每年 2500 吨的生产能力和销售水平上。

1994 年伟达公司经过市场调研发现，该公司最有开发优势的是矿泉水系列产品，而此时北京地区生矿泉水的企业有 100 多家，其中规模在 1000 吨/年以上的有三十多家，但没有年产 5000 吨以上的大规模生产线，同时北京地区不断有国外及外埠品牌的产品涌入，如百事、EVION 等。矿泉水的替代产品也不断涌现并形成规模(如太空水、纯净水)。北京地区矿泉水市场竞争非常激烈。矿泉水价格基本维持在 1.5 元/瓶上下。经过市场调研他们还认识到，每年北京购物、旅游、经商的流动人口形成了矿泉水饮料消费一大市场；另一方面人们生活水平逐渐提高，对天然矿泉水饮料的需求形成另一大市场。根据专家预测，几年内北京地区矿泉水市场缺口每年在 4 万~8 万吨左右，基于以上调研结果，伟达公司决定贷款 5000 万元，全套引进国外一流生产线，使年产量达到 1.2 万吨。

经过两年努力，伟达公司于 1996 年建成了一条国内技术水平最先进，固定资产投资达到 4500 多万，年产量 1.2 万吨的生产线，产品以中档为主，兼营高档产品，如按预定规模正常运转，每瓶矿泉水生产成本由 0.95 元降至 0.65 元。

1997 年对矿泉水销售来讲是个黄金年，夏季天气持续高温、香港回归、十五大召开这些都为矿泉水的销售创造了有利条件。伟达公司为将新产品打入市场，采取了新产品高质高价的策略。一方面投资 400 万元用于广告宣传；另一方面扩大了销售人员的队伍，增加了运输车辆，希望能一炮打响，以高价占市场、抢利润，尽快收回投资。但是，事与愿违，除了老生产线的中低档产品销量比上一年有所提高以外，新生产线的新产品滞销，造成大量积压。可以说新生产线建立起来的规模优势、资源优势、产品优势等一系列优势均未在新产品中体现出来；企业从紧缺的资金中挤出来的400万元广告费也打了水漂；职工待岗，设备闲置，企业损失巨大。

（资料来源：郭国庆，李先国.中国人民大学工商管理 MBA 案例市场营销卷.北京：中国人民大学出版社，1999)

思考题

1. 需求预测有哪些方法？
2. 联系案例分析伟达公司在信息和预测上管理失败的原因。

第 5 章

市场细分与目标市场

定位战略

开篇案例

米勒公司的市场定位

中国的香烟消费者大多知道"万宝路",但很少知道生产、经销"万宝路"香烟的公司叫菲利浦·摩里斯公司。正是这家公司在 1970 年买下了密尔瓦基的米勒啤酒公司,并运用市场细分策略,使米勒公司跃居该行业头把交椅,成了啤酒业的老大。

原来的米勒公司是一个业绩平平的企业,在全美啤酒行业中排名第七,市场占有率仅为 4%。到 1983 年,在菲利浦摩里斯的经营下,米勒公司的市场占有率达到 21%,仅次于排第一位的布什公司(其市场占有率为 34%),但已将排名第三、四位的公司远远抛在了后头,以至于当时人们普遍认为米勒公司创造了一个奇迹。

米勒公司之所以能够创造这一奇迹,关键在于菲利浦摩里斯公司吞并米勒公司后,实施了该公司曾使"万宝路"成功的营销技巧,即市场细分策略。

首先,米勒公司在作出营销决策前,先对市场做了认真调查。他们发现,根据对啤酒饮用程度的不同,可将消费人群分为两类:一类是轻度饮用者;另一类是重度饮用者,而且其饮用量是轻度饮用者的 8 倍。

结果一出来,米勒公司马上意识到他们面对的是怎样一个消费群体:多数为蓝领阶层,年龄在 30 岁左右,爱好体育运动。于是,米勒公司果断地决定对"海雷夫"啤酒进行重新定位,改变原先在消费者心中"价高质优的精品啤酒"形象。将其消费人群从原先的妇女及社会高收入者转向了"真正爱喝啤酒"的中低收入者。

重新定位还表现在米勒公司的新广告上。整个广告是面向那些喜好运动的蓝领阶层。广告画面中出现的都是一些激动人心的场面:年轻人骑着摩托车冲下陡坡,消防队员紧张地灭火,船员们在狂风巨浪中驾驶轮船……甚至还请来了篮球明星助阵。

为配合广告攻势，米勒推出了一种容量较小的瓶装"海雷夫"，又能很好地满足那些轻度饮用者的需求——少量。新产品上市后，市场反应热烈，很快赢得了蓝领阶层的喜爱。

米勒公司并没有就此罢手，他们决定乘胜追击，又进入了他们细分出来的另一个市场——低热度啤酒市场。开始，许多啤酒商并不看好米勒公司的这一决策，认为他们进入了一个"根本不存在市场的市场"。但米勒公司并没有放弃，他们依然从广告宣传上着手，反复强调该种啤酒——"莱特"的特点：低热度，不会引起腹胀，口感与"海雷夫"一样好。同时，还对"莱特"进行了重新包装，在设计上给人以高质量、男子气概浓、夺人眼目的感觉。在强大的广告攻势下，整个美国当年的销售额就达200万箱，并在以后几年迅速上升。

在占领了低档啤酒、低热度啤酒这两个细分市场后，米勒公司又开始了新的挑战，它将进军高档啤酒这一细分市场，将原本在美国很受欢迎的德国啤酒"老温伯"买了下来，开始在国内生产。广告宣传中，一群西装革履的雅皮士们高举酒杯，说着"来喝老温伯"，这一举措大大击垮了原先处于高档啤酒市场领导地位的"麦可龙"。

在整个20世纪70年代，米勒公司的啤酒营销取得了巨大的成功。到1980年，米勒公司的市场份额已高达21.1%，总销售收入达26亿美元，成了市场的龙头老大，被人们称为"世纪口味的啤酒公司"。

通过以上案例可以看出，米勒公司的成功之处很大程度上在于其市场定位的准确，现在大多数企业也越来越认识到市场定位对其推出新产品的重要性。

(资料来源：陈春宝，杨德林.市场营销学.北京：中国经济出版社，2004.5)

企业在市场营销环境分析的基础上，实行市场细分化、目标化和定位，是决定营销成败的关键。营销学家把此作为现代营销战略的核心，简称为STP营销，它是由以下三部分内容构成：一是细分市场(Segmenting)，这是企业根据顾客所需求的产品和市场营销组合将一个市场分为若干个不同顾客群体的行为；二是选择目标市场(Targeting)，这是企业在细分市场的基础上，根据企业实力和目标，判断和选定要进入的一个或多个市场的行为；三是产品定位(Positioning)，这是在目标市场上为产品和市场营销组合确定一个富有竞争优势的行为。这三部分形成了目标市场战略的全部内涵，见图5-1。它们不仅在逻辑思维上关联密切，而且在程序上前后不得颠倒。市场细分是目标市场选择和市场定位的必要前提，而目标市场选择和市场定位是市场细分的必然结果。

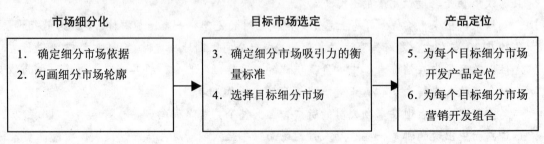

市场细分化	目标市场选定	产品定位
1. 确定细分市场依据 2. 勾画细分市场轮廓	3. 确定细分市场吸引力的衡量标准 4. 选择目标细分市场	5. 为每个目标细分市场开发产品定位 6. 为每个目标细分市场营销开发组合

图5-1　目标市场战略步骤

第一节 市 场 细 分

一、市场细分的概念

所谓市场细分就是营销者通过市场调研，依据购买者在需求上的各种差异(如需要、欲望、购买习惯、购买行为等方面)，把某一产品的市场整体划分为若干购买者群的市场分类过程。在这里每一个购买者群就是一个细分市场，亦称"子市场"或"分市场"，每个分市场都是由具有类似需求倾向的购买者构成的群体。因此，分属不同细分市场的购买者对同一产品的需求存在明显差异；而属于同一细分市场的购买者，他们的需求则很相似，通过对整体市场的细分，有利于企业选择目标市场和制订各种营销策略。

市场细分是由美国著名的市场学家温德尔·史密斯(wedndell r.smith)在 1956 年发表的《市场营销战略中的产品差异化与市场细分》一文中首先提出了"市场细分(market segmentation)"的新概念。这个概念的提出是市场营销思想和战略的重大突破，为企业经营开拓了新视野。温德尔·史密斯认为，只要市场上的产品或劳务的购买者超过两人以上，则可按照一定准则对其需求加以识别、划分、归类为若干个细小市场，从这些细小市场中选择出自己的经营对象，采取相应对策加以占领。由此可见，市场细分是基于市场上购买者对商品需求与欲望的不同以及购买习惯与购买行为上的差异，运用"求大同存小异"的方法，对整体市场需求差异进行识别，即"同质市场"和"异质市场"过程。所谓"同质市场"是指购买者对商品的需求大致相同的市场；而"异质市场"是指购买者对商品有千差万别的需求市场叫异质市场，大多数商品属于异质市场。海尔"小小神童"的成功上市就是市场细分的结果。海尔的研究人员发现夏天的衣服量少、洗的勤、传统的洗衣机利用率太低，于是推出小容量的"小小神童"，大受市场欢迎；他们还发现有些地区的农民用洗衣机来洗地瓜，排水道容易堵塞，于是又开发出既能洗衣服，又能洗地瓜的"大地瓜"洗衣机，满足了这一细分市场的需求，迅速占领了当地的农村市场，受到农民的好评。海尔还对家用空调市场进行调研，发现随着住宅面积的不断增加，壁挂空调和柜机都已不能满足所有居室的降温，于是提出"家用中央空调"的概念，开发出新品，获得了良好的回报。因此，市场细分实际上是一种以"求大同存小异"为原则，对购买者需求与爱好进行分类的方法。

二、市场细分的实践意义

市场细分化可以为企业认识市场、研究市场、选定目标市场提供依据。因此，对企业市场经营实践具有重要作用，其意义在于如下几个方面。

1. 市场细分是制订市场营销战略的关键环节

市场营销战略包括选定目标市场和决定适当的营销组合两个基础观念。在实际应用中有两种途径：一是从市场细分到营销组合。即首先将一个异质市场细分为若干个"子市场"。然后从若干子市场中选定目标市场，采用与企业内部条件和外部环境相适应的目标市场策略，并针对目标市场设计有效的市场营销组合；二是从营销组合到市场细分。即在已建立营销组合后，对产品组合、价格、分销及促销等作出多种安排，将产品投入市场试销；再依据市场反馈的信息，研究购买者对不同营销组合存在的差异，进行市场细分选择目标市场；再按目标市场的需求特点，调整营销组合。

2. 市场细分有利于企业分析、发掘和利用市场营销机会

市场营销机会是市场上客观存在但尚未被满足或未被充分满足的需求。这种需求往往是潜在的一般不易发现。企业通过市场细分，一方面准确地发现市场需求的差异性和需求被满足的程度，从中发掘市场机会。另一方面，又可清楚掌握竞争者在各细分市场的市场营销实力和市场占有率高低，发挥竞争优势克服企业劣势，选择最有效的目标市场。

3. 市场细分有利于企业开发新产品

每个企业的营销能力对于整体市场来说都是有限的，所以企业必须对整个市场进行细分，确定自己的目标市场，把自己的优势集中到目标市场上。否则企业就会丧失优势，从而在激烈的市场竞争中遭受失败。特别是那些占企业总数90%以上的中小型企业，更应重视市场细分原理的灵活运用。

4. 市场细分能有效地与竞争对手相抗衡

在企业之间竞争日益激烈的情况下，通过市场细分，有利于发现目标消费者群的需求特性，从而调整产品结构，增加产品特色，提高企业的市场竞争能力，有效地与竞争对手相抗衡。例如，日本有两家最大的糖果公司，以前生产的巧克力都是满足儿童消费市场的，森永公司为增强其竞争能力，经过市场调查与充分论证，研制出一种"高王冠"的大块巧克力，定价70日元，推向成人市场。明治公司也不甘示弱，通过市场细分，选择了3个子市场：初中学生市场、高中学生市场和成人市场。该公司生产出两种大块巧克力，一种每块定价40日元，用于满足十二三岁的初中学生；一种每块定价60日元，用于满足十七八岁的高中学生；两块合包在一起，定价100日元，适宜于满足成人市场。明治公司的市场细分策略，比森永公司高出一筹。

三、消费者市场细分

市场细分的基础是客观存在的需求的差异性，但差异性很多，究竟按哪些标准进行细分，没有一个绝对正确的方法或固定不变的模式。各行业、各企业可采取许多不同的变数，有许多不同的细分标准，以求得最佳的营销机会。影响消费者市场需求的因素，即用来细

分消费品市场的变数，可概括如下因素(见表 5-1)。

表 5-1　细分市场的标准

细 分 标 准	具 体 因 素
地理变数	地理区域、自然气候、资源分布、人口密度、城市大小、乡镇大小等
人口变数	年龄、性别、家庭人数、生命周期、收入、职业、教育程序、家庭组成、宗教信仰、种族、国籍、社会阶层等
心理变数	生活方式、性格内向与外向、独立与依赖、乐观与悲观；保守、自由或激进等个人偏好
购买行为变数	购买频率：不常用、普通、常用等 购买状态：无知、认识、发生兴趣、愿意尝试、试用、经营购买等。 购买动机：经济、地区、随和、依赖 品牌信赖程序：A 品牌、B 品牌、C 品牌 渠道信赖程序：甲公司、乙公司、丙公司 价格敏感程度：不一定、轻度、高度 服务敏感程度：不一定、轻度重视、高度重视 广告敏感程度：不一定、易受影响、不易受影响

1. 地理变数

按地理变灵敏细分市场，就是把市场分为不同的地理区域，如国家、地区、省市、南方、北方、城市、农村等。以地理变数作为消费品市场细分的基础，是因为地理因素影响消费者的需求和反应。各地区由于自然气候、传统文化、经济发展水平等因素的影响，便形成了不同的消费习惯和偏好，并有不同的需求特点。例如，美国东部人爱喝味道清淡的咖啡，西部人爱喝味道较浓的咖啡。美国通用食品公司针对上述不同地区消费者偏好的差异而推销不同味道的咖啡。又如，香港一家公司在亚洲食品商店推销其生产的蚝油时采用这样的包装装潢画：一位亚洲妇女和一个男孩坐在一艘渔船上，船里装满了大蚝，效果很好。可是，这家公司将这种东方食品调料销往美国，仍用原来的包装装潢，却没有取得成功，因为美国消费者不能理解这样的包装装潢设计的含义。后来，这家公司在旧金山一家经销商和装潢设计咨询公司的帮助下，改换了商品名称，并重新设计了包装装潢画：一个放有一块美国牛肉和一个褐色蚝的盘子，这样才引起了美国消费者的兴趣。经过一年的努力，这家香港公司在美国推出的蚝油新的包装装潢吸引了越来越多的消费者，超级市场也愿意经销蚝油了，终于在美国打开了蚝油市场。又如，我国茶叶市场，各地区有不同偏好，绿茶主要畅销南方地区，花茶主要畅销于华北地区、东北地区，砖茶则主要为某些少数民族地区所喜好；酒类市场，高度白酒北方市场较为畅销，而低度白酒和果酒则在南方市场较受欢迎。

2. 人口变数

人是构成市场营销的根本要素，是企业市场营销活动的最终对象，企业进行市场细分，除了分析一个国家或地区的总人口以外，还要研究人口的具体构成情况，如人口的自然情况(人口的地理分布、迁移、性别、年龄、家庭单位构成等)和社会构成情况(民族构成、宗教构成、职业构成、文化教育构成及阶层的构成等)，以便根据企业的特点和优势，准确选择自己的目标市场。

(1) **地理分布中的"人"**。市场细分与人口密度、区域分布、地理迁移等密切相关。①人口密度，按照人口聚居地区的密集程度可分为三大类：即大范围集中区、小范围集中区和地广人稀区。一般来讲，人口密度大的地区，市场营销容量大；反之市场容量就小。我国不同地区人口的密度是极不平衡的，如上海市区每平方公里 2 000 人，而西藏只有 1人。②区域分布，由于人口居住、生活的自然条件和经济条件不同，所以，对消费品需求也就有差异。不同地区、不同气候等生活条件，会影响其生活的不同习惯和不同需要；不同地区的经济发展水平，其交通状况和商业发达程度等，更会引起居民的消费水平和消费结构上的较大差别。③流动迁移，随着改革开放的深化和经济的发展，我国人口的流动和迁移呈现出不断扩大趋势，农村流向城市，不发达地区流向发达地区，城市和南方地区的人口膨胀速度明显加快。所以，企业必须注意研究人口流动和迁移的情况。

(2) **不同年龄构成的"人"**。不同年龄的消费者，由于在收入、生理、审美、生活方式、价值观念、社会活动、社会角色等方面存在差异必然会产生不同的消费需求，形成各有特色的消费者群体。因此，在市场营销中可根据年龄结构把消费市场分为儿童市场、青年人市场、中年人市场和老年人市场。①儿童市场，也称"向阳市场"。目前我国的儿童多数为独生子女，由于崇高至上的家庭地位和孩子的好奇心理及随意性，日益成为家庭消费的中心和重点。特别是儿童玩具、文具、书籍、乐器、运动器材及儿童食品、营养品、服装等，存在巨大的市场容量。所以，"在孩子身上打主意，挣孩子的钱"，成为一些企业的重点目标。②中青年人市场，也称"活力市场"，这个市场最具活力。中青年人，领导着时代的消费潮流，代表着世人的消费水平，成为消费群体中的主力军。"能挣会花"、"能拼搏会享受"，成为一些年轻人的追求口号和生活目标。在这个市场中，高档服装、家具、住宅、生活用品等比较活跃，对名牌商品需求强烈。③老年人市场，也称"银色市场"。与世界各国一样，我国人均寿命在不断提高，目前我国老年人已达 1.5 亿左右，"银色浪潮"奔涌而来，老年人市场在不断扩大。在"银色市场"中，对保健食品、医疗、服务、娱乐等有着特殊的需求，为不少企业创造了新的市场契机。

(3) **不同性别的"人"**。从世界范围来看，随着妇女就业机会的增加和地位的提高，她们在消费方面发挥着重要的主体和主导作用。女性消费市场重点在以下几方面：①时装和首饰，现代女性多讲究时尚，所以高质量、多款式、新花色、小批量的名牌时装、皮制提包、金银首饰等，备受女士青睐；②健美及美容用品，健美饮料、食品、运动器材、美容器和化妆品等，都深受女性欢迎。③厨房用品，要观测家庭"厨房革命"掀起的市场风云，抽排油烟机、洗碗消毒柜、微波炉、多用搅拌切片机、不锈钢餐具等以居民家庭为对象的小厨房用品，将逐渐成为现代城镇家庭的"骄子"。

(4) **家庭单位中的"人"**。家庭是市场消费和购买的基本单位，是影响市场营销的重要因素之一。家庭人数，是指每户家庭的人口数。应该看到，随着经济的发展和家庭观念的更新，家庭规模趋于小型化——家庭单位增加、家庭人口减少。在我国城镇，多数家庭为三口之家，一些大城市出现了不少"两人世界"(夫妻不要孩子)的"独身贵族"式家庭。

(5) **社会构成因素中的"人"**。居民人口的社会构成因素，指居民人口的民族、籍贯、宗教信仰、文化教育程度、职业、阶层、经济收入的构成及分布情况。这些社会构成情况，都直接影响着人们的消费需求和购买行为。美国人将消费者分为 7 个阶层，并且说明每个社会阶层的人对汽车、服装、家具、娱乐、阅读习惯等都有较大的不同偏好。在中国，从个人消费来看，经济发达地区的消费者可分为 5 个层次：①富豪型，主要是私营业主和中外合资企业的老板及文化、体育、艺术明星。这些人消费起来一般不问价钱，以自己的爱好为购物标准，他们崇尚名牌、洋货。此类消费者占总数的比例不到 1%。②富裕型，主要是工商企业尤其是合资企业高级管理人员、工程承包商等。这些人收入丰厚，购物时既问价钱，又十分注意显示自己的经济实力和身份。此类消费者占总数的比例在 10%左右；③小康型，主要是宾馆、合资企业、外贸企业的中层管理人员、从事第二职业的知识分子、个体工商户等，他们日子过得舒适，既赶潮流，更讲实惠。此类消费者占总数的比例在 20%；④温饱型，主要是效益良好企业的职工，消费起来以实惠为主要标准，追求价廉、高质量的商品。此类消费者占总数比例在 60%左右。⑤贫困型，处在这一层次的消费者对商品的牌号、款式等不多挑剔，购物只求价廉。

3. 心理变数

在人口因素相同的不同消费者当中，对于商品的爱好和态度也不尽相同，这就是心理因素的区别。

20 世纪 70 年代，美国最大的生活日用品制造商强生公司(Johnson)针对老年人的发质特点，推出一种新型的洗发香波。公司本意是有针对性地开拓老年市场，但在进行广告促销时，使用了诸如"衰老"、"营养不足"等词语来描述 50 岁以上老年人头发的特点，并特别指出"此香波极适于年龄在 50 岁以上的老年人"。市场细分到此地步，按理销售应不成问题。然而没过多长时间，公司发现销售情况极为不佳。在有些地区甚至一瓶也未售出。为了弄清事实真相，公司做了一次市场调查，结果发现许多老年人和行将进入老年的中年人都在试图掩藏他们的真实年龄，不愿接受自己已在衰老这一事实，不愿购买一种会把自己局限在一个苦恼圈子里的产品。

强生公司进行广告促销时犯了大忌。虽然目标市场十分明确，产品质量也十分精良，但由于没有考虑到"银色市场"的细微之处和具体特点，触及了许多老年和准老年人的痛处，使他们对产品敬而远之。在具体营销时，应充分考虑"银色市场"的独特心理。市场营销人员必须把握住这种微妙的心理。许多旅馆为照顾老年顾客，提供了特殊服务，但有时却会适得其反。

由此可见，消费者复杂的心理因素是市场细分的重要标准。市场细分的心理变数主要包括以下几点。

(1) **生活方式**。是指一个人或集团对消费、工作和娱乐特定的习惯和倾向性方式。人们追求的生活方式不同，对商品的喜好和需求也不同。近年来，西方国家的企业越来越重视生活方式对细分市场的作用。尤其是经营服装、化妆品、家具和酒类饮料的企业。不少企业把追求某种生活方式的消费者群作为自己的目标市场；专门设计符合他们需要的产品。如美国有的服装公司把妇女分成"朴素型"、"时髦型"和"有男子气型"三类，分别为她们制造不同款式和颜色的服装。一家男用牛仔裤的厂商为几种特定生活方式的消费者设计新的牛仔裤。诸如"积极进取型"、"放纵自我型"、"寻欢作乐型"、"传统家居者"、"蓝领阶层的户外劳动者"、"企业家"，等等。每一种类型的人都配以不同的牛仔裤式样、价格、广告和销售方式来促销。

在国外，这方面的研究已较为深入细致，如有关调查机构发掘了与药品购买有关的四种生活方式：①踏实者，占调查人数的35%。他们不赞成健康宿命论，不过分保护自己，也不过分伤害自己。他们认为治疗确有效果，且倾向较方便实用的治疗，不认为治疗非有医生不可；②寻求权威者，占被调查人数的31%，他们倾向找医生或服用处方药，他们不是宿命论者，也不是禁欲主义者，但喜欢找有权威的医生或医院进行治疗。③怀疑论者，占被调查人数的23%。对身体关心极少，很少使用药物，对治疗效果抱怀疑态度。④抑郁者，占被调查人数的11%。对身体极度关注，认为自己易受病菌侵袭，稍有症候立即找医生，他们看起来并不健壮，亦是权威性治疗的追求者。药品公司如果选择抑郁者，则可能将有效地推销产品，但若选择了怀疑论者，则很难推销其产品了。

(2) 个性特征。 国外许多企业的营销人员都已使用个性变数来细分市场。他们赋予产品厂牌个性，以迎合相应的顾客个性。如20世纪50年代末，福特牌汽车和雪佛莱牌汽车在促销方面就强调其个性的差异。有人认为购买福特牌汽车的顾客有独立性、易冲动、有男子汉气概，敏于变革并有自信心；而购买雪佛莱牌汽车的顾客往往是保守、节俭、缺乏阳刚之气、恪守中庸之道。又如，曾经有一度，中国的一些自行车消费者把"凤凰"牌比作"漂亮的小姑娘"，而"永久"牌比作"结实的小伙子"。这也是强调"个性"这一消费因素在细分市场中的作用。

(3) 偏好。 是指消费者对某种牌号的商品所持的喜爱程度。在市场上，消费者对某种牌号商品的喜爱程度是不同的，有的消费者对其有特殊的偏好，有的消费者对其有中等程度的偏好，有的消费者对其无所谓。因此，许多企业为了维持和扩大经营，努力寻找忠诚拥护者，并掌握其需求特征，以便从商品形式、销售方式及广告宣传等方面去满足他们的需要。

总之，心理标准是细分市场中比较复杂的一个标准，企业必须根据消费者的不同心理，进行市场调查研究，从而获得可靠的数据，用来确定自己的目标市场。美国市场营销学家瓦尔特·约翰逊根据购买行为及其心理因素，把旅游市场细分为十种类型：①商人型，喜欢改变旅游地点，但不愿改变生活方式，常携眷同行，乐意享受周到的服务，注意安全，不在乎多花钱。②舒适型，讲究舒适和方便，主要和志趣相投者结伴、组织旅游团体，游览城市或旅游胜地。据说此类倾向代表未来旅游业的发展趋势。③享受型，对某种专门的癖好、消遣和兴趣，有着强烈的追求。而实现这种追求，一般又无需付出太大的代价与精力。该类型主要是业余历史学家，他们往往比当地人对游览地有更多的了解；另一类是讲究吃喝的人，对不寻常的烹饪技术怀有浓厚的兴趣。此类"历史迷"和"美食家"的数目，正在迅速增加。④好奇型，不断寻求新的感受，探索鲜为人知的思维和生活方式，喜爱收集比较爱好的物品。对服务是否完善不太介意，但追求一种生活活泼的环境和气势。⑤活动型，喜欢体育的新一代游客，所到之处，必须让他们尽兴地活动一番。⑥冒险型，喜欢在冒险中度过旅游生活，如围坐在山野篝火旁，一边品尝具有异国风味的饭菜，一边倾听野兽的吼叫。⑦匆忙型，精心计划和盘算旅游日程与时机，既要节省时间，又要节省费用。⑧追求趋势型，对戏剧节、音乐节、歌剧和电影节等感兴趣，因为这种场合下能接触到形形色色的趣时髦、爱表现、出风头的人。⑨经常外出型，他们喜欢单独或举家到大自然中去休息和养身，最合适的旅游工具是活动房屋汽车。⑩游离不定型，不倦地探索新事物。绝大多数是独身，渴望获得新的经历，不断更新认识。在未来旅游业开发中，具有很大的潜力。

4. 行为变数

应用行为变数细分市场，是根据消费者对产品的知识、态度、使用及对销售方式的感应程度等行为。将市场划分成不同的消费者群。许多营销专家认为：行为变数是进行市场细分的最佳起点。

(1) 购买时机。按消费者购买和使用产品的时机细分市场。例如，某些产品或服务项目专门为适用于像春节、中秋节、圣诞节、寒暑假等节假日的需求。还有如旅行社可在某种时机提供专门的旅游服务，文具企业专门为新学期开始提供一些学生学习用品。

(2) 追求利益。根据顾客从产品中追求的不同利益分类，是一种很有效的细分方法。美国曾有人运用利益细分法研究钟表市场，发现手表购买者分为三类：①大约 23%侧重价格低廉；②46%侧重耐用性及一般质量；③31%侧重品牌声望。当时美国著名钟表公司大多数都把注意力集中于第三类细分市场，从而制造出豪华昂贵的手表并通过珠宝店销售。唯有 TIME 公司独具慧眼，选定第一、第二类细分市场作为目标市场，全力推出一种价廉物美的"天美时"牌手表并通过一般钟表店或某些大型综合商店出售。该公司后来发展成为全世界第一流的钟表公司。

运用利益细分法，首先必须了解消费者购买某种产品所寻求的主要利益是什么；其次要了解寻求某种利益的消费者是哪些人；再者要调查市场上的竞争品牌各自适合哪些利益以及哪些利益还没有得到满足。

利用追求利益细分市场最成功的例子之一是美国人哈雷(Haley)所作的牙膏市场研究(见表 5-2)。哈雷发现牙膏顾客所追寻的利益有四个方面：经济、保健、美容、味道。第一种追求利益的消费者群都是代表了某一特定的人口统计、购买行为及心理因素特征的群体。例如，追求预防蛀牙的利益者多数是大家庭，他们常用牙膏，且倾向于保守型的生活方式。牙膏公司可以根据自己所服务的目标市场特点，了解竞争者是什么品牌，市场上现有品牌，缺少什么品牌，从而改进自己现有的产品，或另外再推出某种新的产品，以适应牙膏市场上未满足的需要。

表 5-2　牙膏市场的利益细分

利 益 细 分	人口统计特征	行 为 特 征	心 理 特 征	代表的品牌
经济(低价)	男性	经常使用者	独立性强	大减价的品牌
医疗(防止蛀牙)	大家庭	抽烟者	忧虑、保守	品牌 A、B、
美容(洁齿)	年青人	喜好薄弱者	喜好社交活动	品牌 C
味道(好口味)	儿童		自我享乐主义	品牌 E

(3) 待购阶段。消费者对于某种商品或某种牌号的商品，处于不同的待购阶段。例如，有的根本不知道有这种商品，有的对这种商品详细了解而且有兴趣，有的心里想买或者正打算购买，等等。企业对于处于不同待购阶段的消费者要进行细分，采取不同的销售策略。如对毫不了解的消费者，做广告时要内容扼要，但必须增加广告量，引起他们注意；对已了解的消费者，广告中要突出商品带给他的利益；对于打算购买者，要告诉他销售地点及服务项目。

(4) 使用频率。依据产品使用的频率来细分某些产品市场。可先将消费者划分使用者和非使用者，然后再把使用者分为大量使用者和小量使用者。大量使用者往往占消费人数中的比重少，但购买、消费某种产品的比重却很大。而少量使用者的情况恰恰颠倒过来。这种细分对于企业市场营销组合策略的制订具有积极意义。如图 5-2 所示。

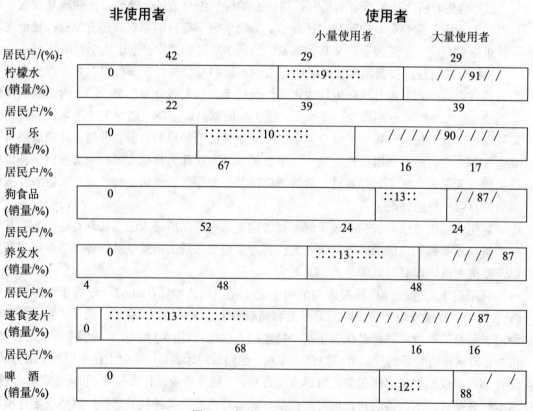

图 5-2　年购买率示意图

例如：啤酒在总用户中有 68%是非使用者，32%是使用者，其中小量使用者和大量使用者各半。但 16%的大量使用者却占总销量的 88%，而小量使用者只占 12%。又据调查，啤酒的大量使用者多数是劳动阶层，年龄约在 20~50 岁之间，(少量使用者则在 25 岁以下或 50 岁以上)，看电视约 3.5 小时以上(少量使用者则少于 2 小时)，较常看体育节目。这些资料有助于营销者制订价格，作出广告宣传及媒介选择等决策。

(5) 品牌忠诚度。消费者对某一品牌的忠诚度可分为：始终不渝地支持某一品牌的"专一忠诚者"，经常在几种固定的品牌中选择的"不专一忠诚者"，由偏好某一品牌转向偏好另一品牌的"转移忠诚者"，以及对任何品牌都不忠诚的"犹豫不定者"。每个企业都拥有比例不同的这样四类顾客。企业对其市场的消费者类进行分析，可以发现营销中存在的问题，以便于及时采取相应的措施。如研究专一忠诚者可较清晰地知道自己的目标市场上都是些什么人；分析不专一的忠诚者，可以发现哪些品牌是主要竞争对手，从而设法改善自己的市场定位或采取比较式的广告，突出本企业产品的优点；研究正在转移的购买者，可以了解自己营销工作中的弱点，以便及时弥补；至于那些犹豫不定的顾客，则可考虑用特殊的促销奖励方法来吸引他们。

(6) 购买准备阶段。消费者对各种产品，特别是新产品，总是处在各种不同的准备购买阶段。有的对产品未知或已知，有的已产生兴趣，有的正打算购买。企业对于处于不同阶段的顾客群，要有不同的营销方案，才能促进销售、提高效益。如企业对于那些未知本企业产品阶段的顾客群，要加强广告宣传，使这类消费者知道本企业的产品；如果这种措施成功了，对那些处在知道阶段的消费者群，要着重介绍购买和使用本企业产品好处、经销商等，以促进他们进入发生兴趣阶段，准备购买阶段，从而促进销售。

(7) 态度。它是指消费者对企业市场营销组合的反应性和热情度，一般可分为热情、肯定、冷淡、拒绝和敌意五类。人们的态度是购买行为所依据的一个重要因素，特别是在营销组合中关系极大。针对消费者不同的态度，企业可采取不同的营销对策。如对抱有拒绝和敌意态度者，不必浪费太多的时间来扭转他们的态度；对态度冷淡者则应尽力争取，设法提高他们的兴趣。

四、组织市场细分

组织市场包括生产者市场、中间商市场和政府市场。

1. 生产者市场细分

细分产业市场的变数，有许多与细分消费品市场的变数相同，如用户所追求的利益、用户情况、对品牌的忠实程度等。但是，由于产业市场有不同的特点，因此，企业的管理当局还要用一些其他变数来细分产业市场，具体表现如下。

(1) 最终使用者。企业的管理者通常用最终用户这个变数来细分产业市场。在产业市场上，不同的最终用户对同一种产业用品的市场营销组合往往有不同的要求。例如，电脑制造商采购产品时最重视的是产品质量和可用性，服务、价格也许并不是要考虑的最主要因素；飞机制造商所需要的轮胎必须达到的全部标准比农用拖拉机制造商所需轮胎必须达到的标准高得多；豪华汽车制造商比一般汽车制造商需要更优质的轮胎。因此，企业管理者对不同的用户要相应运用不同的市场营销组合，采取不同的市场营销措施，以投其所好，促进销售。

(2) **用户规模**。顾客规模也是细分产业市场的一个重要变数。许多公司建立适当的制度来分别与大顾客和小顾客打交道。例如，美国一家办公室用具制造商按照顾客规模，将其顾客分为两类顾客群：①大客户，如国际商用机器公司、标准石油公司等，这类顾客群由该公司的全国客户经理负责联系；②小客户，由外勤推销人员负责联系。

(3) **用户的地理位置**。用户的地理位置，对于企业合理组织销售力量，选择适当的分销渠道以及有效地安排货物运输关系很大，而且不同地区用户对生产资料的要求也往往各有特色。因此，用户的地理位置也是细分市场的依据之一。

同消费品市场一样，许多公司实际上不是用一个变数，而是用几个变数，甚至用一系列变数来细分产业市场，现以美国一家铝制品公司为例来说明企业如何用多变数来细分生产品市场(见图 5-3)。

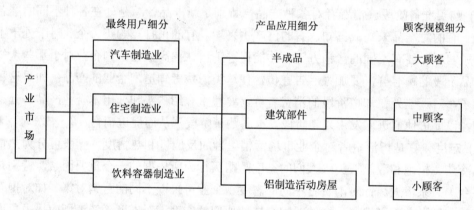

图 5-3 用多变数细分产业市

①铝制品公司首先进行宏观细分。包括三个步骤：a.公司按照最终用户这个变数把铝制品市场细分为汽车制造业、住宅建筑业和饮料容器制造业这三个亚市场，然后决定选择其中一个本公司能服务得最好的目标市场。这叫做"横的产品/市场选择"。假设这家公司选择住宅建筑业为目标市场。b.按照这家公司的产品应用变数进一步细分为半成品、建筑部件和铝制活动房屋三个亚市场，然后选择其中一个为目标市场。假设该公司选择建筑部件市场为目标市场。c.按顾客规模这个变数把建筑部件市场进一步细分为大顾客、中顾客和小顾客三个亚市场。假设这家公司选择大顾客为目标。

②铝制品公司还要在大顾客建筑部件市场的范围内进行微观细分，按大顾客的不同要求(如产品质量、价格、服务等)来细分市场。假设这家公司决定倾全力于重视产品的市场部分。

2. 其他市场细分

中间商市场和政府市场细分，均可参照消费者市场和生产者市场细分标准。但在细分过程中，要特别注意中间商市场和政府市场的特点，使营销策略更具有针对性和适应性。应当注意如下几点。

(1) **只有在必要的情况下才进行市场细分**。市场细分并非灵丹妙药，也不是有百利而无一害，不是对所有企业都能奏效。因为市场细分可能会增大生产成本和推销费用，所以应当把握市场细分的层次，适可而止，以确保市场细分带来的利益大于细分化而增加的投入。还有些市场是难以细分的，一个市场可能没有足以辨别的特征来加以细分，也可能由于市场过小而不能进行实效性的细分。在有些情况下，大量用户已经占有销售量的很大部分，以致他们是唯一恰当的目标市场，再对它们进行细分反而是有害的。

(2) **要避免"多数谬误"**。实施市场细分化策略要记住的另一点是应当力求避免"多数谬误"。一家企业所要进入的细分市场，应是具有相当规模、足以实现其利润目标的市场。如果一个企业总要以最大的和最易进入的细分市场作为它全力以赴的目标市场，而竞争对手也遵循同一逻辑行事，这时就会出现"多数谬误"，大家共同争夺同一个顾客群。这样的弊端是：它会严重影响企业的经济效益，众败俱伤；造成社会资源的无端耗费；也不能满足本来有条件满足的其他多种多样的市场需求。

(3) **适当实施"反细分策略"**。由于消费需求、购买行为的多样性，从理论上讲，一个市场可以依据不同的细分变量连续细分下去。而在实践中，考虑到规模效益又不能太细地去细分一个市场。当发现细分市场过细而带来不利影响时，就应当实施"反细分策略"，减少细分市场的数目，即略去某些细分市场，或者把现有的几个细分市场集合在一起。成功的反细分化应能扩大产品的适销范围，降低过高的生产成本和推销费用，增加销售量。

五、定制营销策略

1. 定制营销的核心

所谓定制营销是指以批量为基础，从事大量的个人产品制作，有满足每个顾客要求的能力。它可看作公司划分细分市场的极端化，即将每个顾客个体看作一个细分市场。因此斯坦·戴维斯称之为大众顾客化的新形式，类似"巨大的小虾"和"永恒的变化"。生动而精辟地说明了生产技术开创了新的营销机会。

在早期市场上，许多卖主根据每位顾客的要求设计产品。例如，裁缝为每位顾客量体裁衣，鞋匠根据每个人脚的具体尺寸做鞋，这可视作定制营销的雏形。在今天，尤其在我国农村，仍有顾客定制衣服、鞋帽等用品，但总的来说，为了降低成本，取得规模经济，制造商一般都大批量生产尺寸一致的产品，统一出售。

但现代的定制营销正以大规模定制的方式卷土重来。它主要指公司利用先进的信息技术和制造技术，在大规模生产的基础上单独设计某种产品，来满足每位顾客特定的需求。例如美国有一家叫做 Software Sportswear 的服装店，店内安装了一套由摄影机和计算机组成的系统。对于每位顾客,摄影机先拍摄,然后将拍摄结果交由计算机处理,计算机可以算出顾客身着新衣服的正面、侧面、后面等不同角度视觉效果。顾客可以从150多种样衣中选出自己中意的一种。通过网络,有关顾客选中的衣服式样的数据被传送到生产车间,几天后,顾客就可以拿到成衣。类似这样的商店,美国已有数十家。又如日本的自行车制造商,他们灵活地根据各个购买者的需要生产各种自行车。顾客参观当地的自行车商店,店主测绘客户对车身的特殊要求,然后送工厂复制。在工厂里,将其规格输入电脑,它3分钟就能绘制出蓝图,其速度是手工绘制的60倍。电脑然后指挥机器人生产,该工厂在18种自行车的199种颜色和人们身材高矮中约有11 231 862种变化。该价格是悬殊的,从545美元到3 200美元不等。但顾客在两星期后就能骑上自己设计和由机器制造的自行车。再如摩托罗拉的销售员携带笔记本电脑,根据顾客设计要求定制移动电话。该设计转至工厂,在17分钟内开始生产。在两小时后,顾客设计的产品就生产出来并运出,第二天产品就能送到客户手中。由此可见,定制营销实际上是让顾客参与了完全符合自己需要的产品制造过程。由于顾客化定制营销成本的下降,越来越多的公司将转向这一营销方法。在我国,自助餐厅的流行一定程度上反映顾客对这种方式的偏好。当今社会倡导个性化、追求个性化消费的顾客越来越多。因此,定制营销在我国具有无限生机和广阔的前景。

定制营销的基础和核心是企业与顾客建立起一种新型的学习关系,即通过与顾客的一次次接触而不断地增加对顾客的了解。利用学习关系,企业可以根据顾客提出的要求以及对顾客的了解,生产和提供完全符合单个顾客特定需要的顾客化产品或服务,最后即使竞争者定制营销,你的顾客也不会轻易离开,因为他还要再花很多时间和精力才能使竞争者对他有同样程度的了解。

2. 定制营销的步骤

随着消费者生活水平的日益提高,消费者对生产商的要求也越来越高,这主要体现在两个方面:一是希望厂商能提供为自己专门设计的定制商品或服务;二是希望定制的商品或服务尽快送到自己的手中。企业只有不断提高自己定制的营销能力,才能赢得顾客,增加利润。因此企业应通过完成以下步骤实现对自己产品或服务的定制营销。

(1) 识别企业顾客。掌握企业每一位顾客的详细资料对企业来说相当重要。定制的第一步就是能直接挖掘出一定数量的企业顾客,且至少大部分是具有较高价值的企业顾客,建立自己的"顾客库",并与"顾客库"中的每一位顾客建立良好关系,以最大限度地提高每位顾客的满意度。

①深入细致了解顾客。仅仅知道顾客的名字、住址、电话号码或银行账号是远远不够的,企业必须掌握包括顾客习惯、偏好在内的所有其他尽可能多的信息资料。企业可以将自己与顾客发生的每一次联系都记录下来,例如顾客购买的数量、价格、采购的条件、特定的需要、业务爱好、家庭成员的名字和生日,等等。

②长期研究顾客。仅仅对顾客某一次的调查访问不是定制营销的特征,定制营销要求企业必须从每一个接触层面、每一条能利用的沟通渠道、每一个活动场所及公司、每一个部门和非竞争性企业收集来的资料中去认识和了解每一位特定的顾客。

(2) 企业顾客差别化。定制营销较之传统目标市场营销而言，已由注重产品差别化转向注重顾客差别化。从广义上理解顾客差别化主要体现在两个方面：一是不同的顾客代表不同的价值水平；二是不同的顾客有不同的需求。因此，在充分掌握了企业顾客的信息资料并考虑了顾客价值的前提下，合理区分企业顾客之间的差别是重要的。在这一过程中，企业应完成下列任务。

①选取几家准备明年与之有业务往来的客户，将他们的详细资料加入企业的"顾客库"；

②针对不同的顾客以不同的访问频率和不同的通信方式来征询目标顾客的意见；

③根据评估顾客终身购买本企业的产品和服务可使本企业获得的经济收益的现值将企业顾客划分为 A、B、C 三个等级，以便确定下一步双向沟通的具体对象；

④企业的营销人员、技术人员、中层经理乃至高层领导都必须注重顾客关系的维护。

(3) 企业——顾客双向沟通。效益是根本。提高双向沟通的成本收益和沟通效率乃是定制营销发挥现实意义的关键一步。

①成本收益的提高有赖于信息反馈的自动化和低成本。面对定制营销，仅仅熟悉的一些大众媒介已经不再能满足需要，这就要求企业寻找、开发、利用新的沟通手段。计算机产业以及信息技术的高速发展，为企业与顾客提供了越来越多的沟通选择，例如现在有些企业通过网络站向他们的目标客户传输及获取最新、最有用的信息，较之利用客户拜访中心大大节约了成本。当然，传统的沟通途径如人员沟通、顾客俱乐部等的沟通功能仍不能忽视。

②沟通效率的提高取决于对相关信息作出反应的及时性和连续性。这里的相关信息指的是对顾客需求变化的洞察和对顾客价值的准确评估。作为定制营销必需的"双向沟通"，要求企业与顾客之间的沟通保持互动的连续性而不受时空的限制。

(4) 企业行为定制。最后一步是定制企业行为。首先，分析以后再重构。将生产过程重新解剖，划分出相对独立的子过程，再进行重新组合，设计各种微型组件或微型程序，以较低的成本组装各种各样的产品以满足顾客的需求。其次，采用各种设计工具，根据顾客的具体要求，确定如何利用自己的生产能力，满足顾客的需要，即定制营销最终实现的目标是为单个顾客定制一件实体产品，或围绕这件产品提供某些方面的定制服务。

要实现这一步，企业可以从以下几个方面展开。

①从节约顾客的时间成本和公司的货币成本出发，可以考虑先将定制的产品图纸化；

②根据顾客库的详细信息可以采取针对性的意见征询和广告策略；

③把重点放在抱怨声最大的顾客上，运用技术收集他们对企业产品不满的信息，发现他们希望企业应该怎样改进产品。

定制营销的实施是建立在定制利润高于定制成本的基础之上，这就要求企业的营销部门、研究与开发部门、制造部门、采购部门和财务部门之间通力合作。营销部门要确定满足顾客需要所要达到的定制程度；研究与开发部门要对产品进行最有效的重新设计；制造与采购部门必须保证原材料的有效供应和生产的顺利进行；财务部门要及时提供生产成本状况财务分析。

企业顾客识别、企业顾客差别化、企业——顾客双向沟通和企业行为定制这四个步骤在实施过程中环环相扣、紧密相连。企业顾客识别与企业顾客差别化是企业的内部解析，而企业——顾客双向沟通与企业行为定制则是企业的外部努力，是作为外部公众消费者看得见、摸得着的。内部解析是外部努力的前提和基础，而外部努力则是内部解析的目的延伸。可以这样认为，四步走方略对于任何一个准备尝试或已开始实施定制营销的企业来说是一套通用的准则。

第二节　目标市场策略

一、目标市场的选择与评估

1. 目标市场的概念

有一个会吹箫的渔夫，带着他心爱的箫和渔网来到海边。他站在一块岩石上，吹起箫来。他想音乐这么美妙，鱼儿自己就会游到他的面前来。他聚精会神地吹了好久，连鱼儿的影子都没有见到。他生气地将箫放下，拿起网，向水里撒去，结果捕到了很多鱼。他将网中的鱼一条条地扔到岸上，看到活蹦乱跳的鱼，渔夫气愤地说："喂，你们这些不识好歹的东西! 我吹箫时，你们不跳舞，现在我不吹了，你们倒跳了起来。"鱼说："可是我们对你美妙的箫声不感兴趣啊!"

(案例来源：吹箫的渔夫，今日工程机械，http://www.cmtoday.cn/article/43/475.Html 2008.2.5)

其实，市场营销就是针对目标市场上的顾客运用营销策略的过程。所以选择什么样的目标市场作为企业的营销对象、并且针对这些顾客选择什么样的营销策略非常重要。企业营销不能成功的一个重要原因可能就是这种经营不看目标顾客。

市场细分是按一定的标准划分不同消费者群体的过程；而目标市场则是根据市场细分标准选择一个或一个以上的细分市场，并作为企业营销对象的决策。可见，企业选择目标市场，是在市场细分的基础上进行的。通过分析细分市场需求满足的程度，去发现那些尚未得到满足的需求，而企业自身又具有满足需求的条件，就可选定为目标市场。这样所选定的目标市场，学术界又称为市场定位。有的学者形象地指出："所谓目标市场，就是指企业在市场细分之后的若干'子市场'中，所运用的企业营销活动之'矢'而瞄准的市场方向之'的'的优选过程。"例如，现阶段我国城乡居民对照相机的需求，可分为高档、中档和普通三种不同的消费者群，据典型调查表明，33%的消费者需要物美价廉的普通相机，52%的消费者需要使用质量可靠、价格适中的中档相机，16%的消费者需要美观、轻巧、耐用、高档的全自动或多镜头相机。国内各照相机生产厂家，大都以中档、普通相机为生产营销的目标，因而市场出现供过于求，而各大中型商场的高档相机，多为高价进口货，如果某一照相机厂家选定 16%的消费者目标，优先推出质优、价格合理的新型高级相机，就会受到这部分消费者的欢迎，从而迅速提高市场占有率。

在市场营销活动中，任何企业都应选择和确定自己的目标市场。因为就企业来说，并非所有的市场机会都具有同等的吸引力，或者说，并不是每一个子市场都是企业所愿意进入和能够进入的。同时，一个企业总是无法提供市场内所有买主所需要的产品与劳务。由于资源有限，也为了保持有效，企业的营销活动必然限定在一定范围内。在制订市场营销策略时，企业必须在纷繁复杂的市场中，发现何处最适于销售它的产品，购买者都是哪些人，购买者的地域分布、需要、爱好以及其他购买行为的特征是什么？这就是说，现代企业在营销决策之前，必须确定具体的服务对象，即选定目标市场。

2. 目标市场的评估

企业选择目标市场，是在细分市场的基础上进行的，都要对它的经济价值进行评价，然后才能决定是否值得去占领。要对细分市场作出正确的评价，最根本的是对企业能在哪个市场获得多少未来收益，作出比较可靠的判断。这里仅以一家服装公司对不同细分市场的价值分析过程为例。

首先，这家服装公司对市场状况和本公司的经营特点进行分析研究，决定用产品类别和消费者收入两个标准来细分市场。产品类别标准分为国装、女装和童装三个标志；消费者收入标准分为低收入顾客、中等收入顾客和高收入顾客三个标志，根据公司当年的营销业绩，就有 9 个细分市场(见表 5-3)。

表 5-3　某服装公司细分市场价值分析

消费者产品类别	低收入顾客	中等收入顾客	高收入顾客	总 销 售 额
男装	10 万元	20 万元	15 万元	45 万元
女装	10 万元	12 万元	27 万元	49 万元
童装	5 万元	15 万元	3 万元	23 万元
小计	25 万元	47 万元	45 万元	117 万元

其次，单凭已经实现的市场销售额还不能预测每一个细分市场的相对盈利能力，为此还必须进一步了解每一个细分市场的需求趋势、竞争状况以及本公司的能力，才能决定取舍。公司根据主客观条件，初步选定中等收入顾客为对象的女装作为目标市场，进一步分析，得出的结果如表 5-4 所示。

表 5-4　某服装公司女装细分市场价值分析

中等收入顾客	今年销售实绩	明年预期销售	年增长%
行业销售额	80 万元	85 万元	6
公司销售	12 万元	13.8 万元	15
公司占市场份额	15%	16%	7

从表 5-4 可知,在这个细分市场中,公司今年市场销售额为 12 万元,明年经过努力,预期销售额可望增长 15%;而全行业明年预期销售额只增长 6%。因此,公司的市场占有率也将增长 7%左右。从这个分析中可以看出,这个目标市场的选择是可行的。

在整个评估中,这一步骤的分析对整个评价具有重要意义。它既是前一步骤的必然结果,又是后一步骤的必要前提,没有这一步骤的分析,就没有准确的评估。当然,前面的步骤和后面的步骤也很重要。

最后,公司为了实现上述销售预测目标,还必须针对目标市场研究和拟定营销策略。如表 5-5 所示。

表 5-5　某服装公司女装细分市场价值分析

促销组合 分销渠道	广 告 宣 传	人 员 推 销	公 共 关 系	营 业 推 广
生产者				
批发商		1000 元		
零售商		3000 元		000 元

在分销渠道方面,公司计划通过"生产者→批发商→零售商"这一传统渠道;在促销宣传方面,计划花 1000 元从事对批发商的推销工作,花 3000 元从事对零售商的推销活动,花 5000 元举办零售商为对象的展销会。

通过以上这种分析,企业就可以比较系统、完整地研究每个细分市场的营销机会,从而测算出每个细分市场的潜在盈利状况,为选择最佳目标市场创造条件。

究竟如何对所选目标市场进行可行性评估?目标市场选定后,应评估不同目标市场的价值,将需求数量化,以便根据每一目标市场的价值有效地分配营销力量,争取用最低的成本获得最高的效益。

首先,对目标市场进行价值评估时,应充分估计市场需求与市场潜力。市场需求是变化的,受营销活动的影响,有效的市场营销可以使市场需求增加;反之,则可使市场需求减少。市场潜力则可采用"连续比率法"加以测定。例如,某市场新投放某种饮料,估计市场潜力为:某饮料的市场潜力=人口×每人可任意支配的收入×可支配收入中用于食品的平均百分比×在食品的花费中用于饮料的平均百分比×在饮料中某种饮料所占的百分比。

其次,评估目标市场价值,应估计企业需求与营销的潜力。企业需求是指在整个市场需求中属于企业的那一部分。企业需求也受企业营销努力的影响,企业营销有方,所得到的份额就较大,如整个市场为某一企业所独占,则企业需求相当于市场需求。以公式表示如下:

$$Q_i = S_i Q$$

式中:Q_i 表示企业 I 的需求;S_i 表示企业 I 的市场占有率;Q 表示整个市场需求。

市场占有率表示企业在市场需求中所占的份额，反映了企业对市场的控制程度。在市场竞争中，市场占有率不仅是衡量企业营销水平的重要标志，也说明了企业的市场地位。市场占有率的大小，标志着企业市场地位是强还是弱，因而市场占有率的大小往往比营销额的增减更为重要。在一定时期内，企业的营销额尽管有较大的增长，但若市场占有率下降了，表明企业在竞争中市场阵地缩小了，这是一个危险的信号，应警惕被对手挤出市场。

市场占有率由企业的营销实力和企业的营销努力所决定。这里，假定市场占有率主要由市场营销费用所决定，费用预算大则占有率大；反之则小。以公式表示为：

$$S_i = M_i / \sum M_i$$

式中：M_i 表示企业 i 营销费用；$\sum M_i$ 表示整个行业的营销费用。

如果再考虑营销费用的使用效率，则上式应修改为：

$$S_i = X_i M_i / \sum X_i M_i$$

式中：X_i 表示企业 i 营销费用使用效率。

企业需求预测是指在特定的营销环境及营销计划下，预期企业能获得的市场需求。在营销努力不断增加的情况下，企业所能获得的最高市场需求就是营销潜力。

有了估计的市场需求及企业需求，或有了估计的市场潜力与营销潜力，可以计算企业的市场占有率。同样，有了市场需求与市场潜力的估计，只要确定了市场占有率目标，也可以计算企业需求与营销潜力。

企业在确定市场占有率目标时，应全面考虑内外部各种因素。在这里，内部因素主要是衡量企业自身的力量，可以为其产品作何种营销努力，以获取适当的市场份额。外部因素主要是指应考虑这样一些方面：(1) 政策、法律规定，在国内市场上，企业的一切活动都应在国家政策、法令与计划许可的范围内进行，在此限度内，企业可能获得的市场份额应该比较多；在国际市场上，更应估计他国的外贸政策情况；(2) 竞争环境，企业在规划市场营销活动与选择营销策略时，应谨慎地分析竞争对手的反战略；(3) 顾客反应，无论消费市场或产业市场，顾客反应甚为重要，企业的行动计划应能得到顾客的响应与支持；(4) 技术发展，企业的营销计划应注意吸收当代最新科技成果，但技术的发展要受投资及科研等条件的制约，大部分技术成果是在适当的环境里培养得出的，技术突破与实际执行都有一个时间过程。一般说来，企业难以准确地预期何时能通过技术改造，将成本降低到什么程度或质量提高到什么程度，因而也难以预期其对市场占有率的影响。

市场占有率一般可分为绝对市场占有率与相对市场占有率两种。绝对市场占有率即一般所说的市场占有率，是企业需求占市场需求的份额。相对市场占有率是将企业的市场占有率和最大的竞争对手相比。其计算公式为：

$$S = S_i / S_c$$

式中：S 表示相对市场占有率；S_c 表示企业 i 的最大竞争对手企业 c 的市场占有率。

二、目标市场策略与选择

1. 目标市场的主要策略

企业在选择目标市场时，通常可采用如下三种策略。

(1) 无差异性市场策略。也称无差异性市场营销。采用此种策略时，企业对构成市场的各个部分一视同仁，只针对人们需求中的共同点，而不管差异点。它试图仅推出一种产品，以单一的营销策略来满足购买群体中绝大多数人的需求。如某汽车厂生产 4 吨载重汽车，以一种车型、一种颜色、一个价格行销于全国，无论企业或机关、城市或农村，都无例外。

在无差异性市场策略下，企业视市场为一个整体，认为所有消费者对这一产品都有共同的需要，因而希望凭借大众化的分销渠道、大量的广告媒体以及相同的主题，在大多数消费者心目中建立产品形象。例如，在相当长的时间内，可口可乐公司因拥有世界性的专利，仅生产一种口味、一样大小和同一形状瓶装的可口可乐，连广告字句也只有一种。

无差异市场策略的理论基础是成本的经济性，认为营销就像制造中的大量生产与标准化一样，缩减产品线可降低生产成本，无差异市场策略能因广告类型和市场研究的简单化而节省费用。

然而，无差异性市场营销完全忽略了市场需求的差异性，将顾客视为完全相同的群体，致使愈来愈多的人认为，这一策略不一定算得上最佳策略，因为一种产品长期被所有消费者接受，毕竟罕见。并且，采用这一策略的企业，一般都针对最大的细分市场发展单一的产品与营销计划，易引起在此领域内的竞争过度，而对较小的细分市场又被忽视，致使企业丧失机会。剧烈的竞争将使最大细分市场的盈利率低于其他较小细分市场的盈利率。认识到这一点，将促使企业充分重视较小细分市场的潜力。

(2) 差异性市场策略。采用此种策略时，企业承认不同细分市场的差异性，并针对各个细分市场的特点，分别设计不同的产品与市场营销计划，利用产品与市场营销的差别化，占领每一个细分市场，从而获得大销量。由于差异性的市场营销，能分别满足各顾客群的需要，因而能提高顾客对产品的信赖程度和购买频率。

在差异性市场策略下，企业试图以多产品、多渠道和多种推广方式，去满足不同细分市场消费者的需求，力求增强企业在这些细分市场中的地位和顾客对该类产品的认同。近年来，由于大市场的竞争者增多，国外一些稍具规模的企业，都越来越多地实行差异性市场策略。例如，可口可乐公司现已采用各种大小不同的瓶装，又加上罐装，推销网遍及世界各地。过去的美国雪佛莱汽车只是单一形式的低价品种，以一种规格型号卖给所有的顾客，现已有多种形式、多样车体及一系列新型品种，价格与特征也各有不同，以满足不同细分市场的需要。在工业品营销活动中，实行差异性策略的趋势正在发展，生产者接受不同买主不同规格的订货日益增多。

尽管差异性市场策略能更好地满足不同消费者群的需要，并给予次要的细分市场以足够的注意，因而能够增加企业总销售量。但是，企业资源将被分散于各个细分市场，企业产品的变动成本、生产成本、管理费用、存货成本和营销费用势必随之增加。

(3) **密集性市场策略**。也称集中性市场营销。企业面对若干细分市场，无不希望尽量网罗市场的大部分甚至全部。但如果企业资源有限，过高的希望将成为不切实际的空想。明智的企业家宁可集中全力争取一个或少数几个细分市场，而不去把有限的人力、财力、物力分散于所有的市场，在部分市场中如拥有较高的占有率，远胜于在所有市场都获得微不足道的份额。在一个或几个分市场占据优势地位，不但可以节省市场营销费用，增加盈利，而且可以提高企业与产品的知名度，并可迅速扩大市场。

无差异性策略或差异性策略，都是以整个市场为目标。而密集性市场策略则是选择一个或少数子市场为目标，这使得企业可以集中采用一种营销手段，服务于该市场。所以，采用密集性市场策略，对目标市场的需求容易作较深入的调查研究，获得较透彻的了解；加之可能提供较佳的服务，企业常可在目标市场获得较有利的地位和特殊的信誉；再加上生产及营销过程中作业专业化的结果，产品设计、工艺、包装、商标等都精益求精，营销效益也将大为提高。

密集型策略也有较大的风险性，因为把企业的前途和命运全系于一个细分市场，若该特定的目标市场遭遇不景气时，则企业将会受到很大影响，甚至大伤元气。即使在市场景气时，有时也会招徕有力的竞争者进入同一目标市场而是引起营销状况的较大变化，致使在总需求增长不变或不快的情况下，原企业的盈利会有大幅度降低，因此，多数企业在采取密集性市场策略的同时，仍然愿意局部采用差异性市场策略，将目标分散于几个细分市场中，以便获得回旋的余地。

2. 目标市场营销策略的选择

不同的目标市场策略，各有其优点与缺点，也有其市场适应性。不同营销观念的企业，对待目标市场的态度不同，市场营销组合策略的手段也不同。在生产观念指导下，企业从产品出发，把消费者看作具有同样需求的整体市场，大量生产单一品种的产品，采用无差异性市场策略，力求降低成本和售价，不同企业之间主要是价格竞争，消费者得到的是品种单调的产品。在营销观念指导下，企业从消费者需求出发，较多地采用差异性市场策略和密集性市场策略，有针对性地提供不同的产品，运用不同的分销渠道和广告宣传方式，力求满足不同消费者的不同需求。有时，企业也可能将两策略综合运用，以便获得好的营销效果。在营销实践中，大中型企业在选择目标市场策略时，应考虑如下因素。

(1) **企业资源实力**。主要指人力、物力、财力和技术状况。企业实力雄厚，供应能力强，可采用无差异性或差异性市场策略；如果资源少，无力兼顾整个市场，宁可采用密集性策略，进行风险性营销。

(2) **市场类似性或市场同质性**。不同的市场具有不同的特点，各类市场消费者的文化、职业、兴趣、爱好、购买动机等都有较大差异。消费者的需要、兴趣、爱好等特征大致相同或甚为接近，即市场类似程度大、同质性高，可采用无差异性目标市场策略；市场需求差别大，消费者的挑选性又强，则宜采用差异性目标市场策略或密集性目标市场策略。企业的市场同质性高，类似程度大，说明各细分市场接近，企业若想实施差异性策略，需或多或少地借助于各种强制措施，如设计诱因刺激消费者产品不同的偏好，以强行分割差异不大的市场。这样，即使能收效，代价必定很高。

(3) 产品同质性。是指消费者所感觉产品特征相似的程度。产品的特征不同，应分别采用不同的市场策略，选择不同的目标市场。有些产品，如米、面、煤、盐等日常生活消费品，虽然事实上存在品质差别，但多数消费者都很熟悉，认为它们之间没有特别显著的特征，不需要作特殊的宣传介绍。对这类同质性高的产品，可实施无差异性市场策略。但另外一些产品，如家用电器、照相机、机械设备以及高档耐用消费品，其品质、性能差别较大，消费者选购时十分注意其功能和价格，并常以它们所具有的特殊性为依据，对这类同质性低的产品，宜采用差异性或密集性策略。

(4) 产品寿命周期。它一般有投入期、成长期、成熟期和衰退期四个阶段。企业应随产品寿命周期的发展而变更目标市场策略，尤其要注意投入期及衰退期两个极端时期。当新产品处于投入期时，重点在于发展顾客对产品的基本需求，一般也很难同时推出几个产品，宜采取无差异性市场策略，以探测市场需求与潜在顾客。当然，企业也可发展只针对某一特定市场的产品，采取密集性策略，尽全力于该细分市场。当产品进入衰退期，企业若要维持或进一步增加销售量，更宜采用差异性营销策略，开拓新市场。或采取密集性策略，强调品牌的差异性，建立产品的特殊地位，延长产品寿命周期，避免或减少企业的损失。

(5) 竞争者市场策略。目标市场策略的选择，往往视竞争者的策略而定。当竞争者在进行市场细分并采用差异性市场策略时，本企业如采取无差异性策略，就不一定能更好地适应不同市场的特点，必然与竞争者抗衡；而当强有力的竞争者实施无差异性策略时，因可能有较次要的市场被冷落，这时本企业若能采用差异性市场策略，乘虚而入，定能奏效。由于竞争双方的情况经常是复杂多变的，在竞争中应分析力量对比和各方面的条件，扬长避短，掌握有利时机，采取适当策略，争取最佳效果。

(6) 竞争者的数目。市场竞争的激烈程度，常迫使企业不得不采用适应竞争格局的策略。当竞争对手很多时，消费者对产品的品牌印象便很重要，为了使不同的消费者群都能对本企业产品建立坚强的品牌印象，增强该产品的竞争力，宜采用差异性或密集性策略。在竞争者甚少，甚至处于独占地位时，消费者的需求只能从本企业产品得到满足，就不必采用成本较高的差异性策略。

三、选择目标市场的模式

通过分析和评估，营销者已对细分市场的潜力、竞争结构及本企业的资源能力有了系统了解。在此基础上，可以着手目标市场的选择。企业可以采取的目标市场模式包括五种形式。

(1) 产品市场集中化。企业只生产某一种产品，只供应某一顾客群。采用该方式可能基于下述原因：资源有限只能覆盖一个细分市场；细分市场尚未无竞争对手；该细分市场是未来扩展市场最合逻辑的突破口，小企业通常选择这种策略。

(2) **产品专业化**。企业向各种不同的顾客群供应它生产的同一种产品。例如，某仪器制造企业只生产供大学、政府科研机构和企业实验室使用的各种型号和规模的显微镜，不生产其他仪器。

(3) **市场专业化**。企业向某一顾客群提供它所生产的各种产品，例如，某仪器商店专门经销大学实验室所需要的各种仪器。包括显微镜、示波器和化学实验用烧瓶等。

(4) **选择性专业化**。企业同时进入若干互不相关的分市场，因为这些分市场能提供有吸引力的市场机会。市场之间只有很少甚至没有协同性，但每个市场都肯定赚钱。这种形式往往是一种市场机会增长战略的产物。

(5) **整体市场**。企业决定为不同财力和不同个性的顾客提供它所生产的各种不同的产品。这是较典型的某些大公司为谋求领导市场而采取的策略。

以上各种模式如图 5-4 所示。

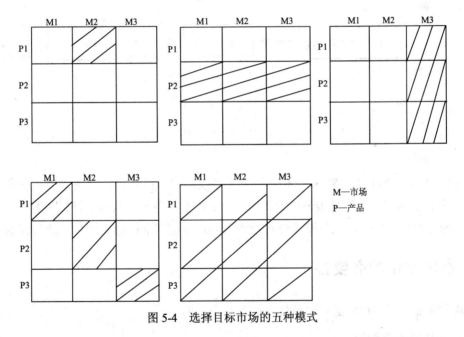

图 5-4　选择目标市场的五种模式

(图片来源：唐德才，钱敏.营销创新：知识经济条件下的市场营销.南京：东南大学出版社，2002)

第 三 节　市 场 定 位

一、定位的概念

定位是适应市场竞争的加剧而产生的营销观念。早在 1972 年美国的两位广告经理艾尔·里斯和杰克·屈特在《广告时代》上发表了题为"定位时代"的系列文章之后"定位"一词一直广为流传。定位的目的就是要将差异化做出来。差异化就是竞争优势，这种差异化最终要通过目标受众的理解表现出来。定位的本质是针对受众的心理位置，实现差异化的传播。定位的提出者里斯和屈特曾对定位的本质有如下阐述：定位是对现有事物的一种创造性，它是以事物为出发点，如一种商品、一项服务、一家公司、一所机构、甚至一个人……但定位的对象不是这些，而是针对潜在顾客的思想，就是说要为产品或其他对象在潜在顾客的大脑中确定一个合适的位置，这个位置一旦确立起来，就会使人们在需要解决某一特定消费或其他问题时，首先考虑某定位于此的事物。定位并不改变定位对象本身，而是在人们心目中占领一个有利的地位。目标消费群和竞争者是定位的依据，与此对应，其目的在于造成联想和形式差异。

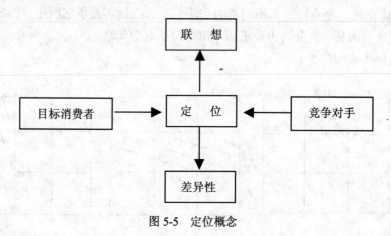

图 5-5　定位概念

对定位的概念可以从图 5-5 不同的角度予以阐述，最具代表的是营销大师科特勒在1988 年所作的定义：定位是指公司设计出自己的产品和形象，从而在目标顾客心中确定与众不同的有价值的地位，定位要求公司能确定向目标顾客推销的差别数目及具体的差别。

二、市场定位的必要性

从广义而言，定位的必要性体现在以下几个方面。

1. 定位能创造差异

通过向消费者传达定位的信息，引起消费者注意你的品牌。若定位与消费者的需要相吻合，那么你的品牌就可以留驻消费者心中。如在品牌繁多的洗发水市场上，海飞丝洗发水定位为去头屑的洗发水，这在当时是独树一帜的，因而海飞丝一推出就立即引起消费者的注意，并认定它不是普通的洗发水，而是具有去头屑功能的洗发水。当消费者需要解决头屑烦恼时，自然第一个便想到它。

2. 定位是基本的营销战略要素

竞争将市场推向了定位时代，在营销理论中，市场细分(Segmentation)、目标市场(Targeting)与定位(Positioning)都是公司营销战略的要素，被称为营销战略的 STP。

营销的一个基本观念是：每一产品不可能满足所有消费者的要求，每一家公司只有以市场上的部分特定顾客为其服务对象，才能充分发挥其优势，提供更有效的服务。因而明智的公司会根据消费者需求的判别将市场细分化，并从中选出有一定规模和发展前景并符合公司的目标和能力的细分市场作为公司的目标市场。但只是确定了目标消费者是远远不够的，因为这时公司还是处于"一厢情愿"的阶段，令目标消费者也同样以你的产品作为他们购买目标才更为关键。为此企业需要将产品定位在目标消费者所偏爱的位置上，并通过一系列营销活动向目标消费者传达这一定位信息，让消费者注意到这一品牌并感到它就是他们所需的，这样才能真正占据消费者的心，使你所选定的目标市场真正成为你的市场。市场细分和目标市场抉择是寻找"靶子"，而定位就是将"箭"射向靶子。如喜力啤酒，以喜爱清闲感受的消费者作为其目标市场，该品牌以"使人心旷神怡的啤酒"为定位以令目标消费者觉得喜力是满足他们所需的啤酒，从而赢得了目标消费者的青睐。

3. 定位是制订各种营销策略的前提和依据

在营销活动中，往往需要回答涉及 4PS 的多种营销策略的问题，诸如：如何使广告更有效？价格应如何确定？产品包装按什么标准来衡量？……各项营销策略(产品、分销、价格、促销)直接影响到营销目标的实现，而这些策略的依据是否正确则是其是否有效的关键。

广告是向消费者推介品牌的重要手段，其有效性取决于能否体现品牌的定位。

选择目标市场应具备如下条件。

一般说来，一个细分市场要能成为企业的目标市场，必须具备以下三个条件：(1) 拥有一定的购买力，有足够的销售量及营业额；(2) 有较理想的尚未满足的消费需要，有充分发展的潜在购买力，以作为企业市场营销发展的方向；(3) 市场竞争还不激烈，竞争对手未能控制市场，有可能乘势开拓市场营销并占有一定的市场份额，在市场竞争中取胜。

所以，选择目标市场，就是选择一个或一个以上有利于本企业扩大产品销售，保持市场的相对稳定，而不是越多越好。据英国市场营销协会的安德鲁·泰斯勒教授对英国、法国、德国等国家的 360 家出口大企业的调查，90%的出口产品集中在少数几个目标市场，而盈利却比无目标市场的企业高出 30%~40%。

4. 定位形成竞争优势

在这个定位时代，关键的不是对一件产品本身做些什么，而是你在消费者心目中做些什么。单凭质量的上乘或价格的低廉已难以获得竞争优势。国外一项研究表明。市场上的各种品牌化妆品，它们之间的品质差别远低于它们之间的价格差别。今天，成功品牌的竞争优势已主要来源于定位。以中国香港的报业为例，在这个很小区域内，竟发行了 60 多种报纸，其竞争的激烈程度可想而知，而其中佼佼者，无不是通过定位策略来确立其竞争优势的。如《明报》——政论性；《信报》——财经、商业；《东方日报》——市民家居；《星岛日报》——社区新闻。在处于知识爆炸的时代，读者面对众多电信、报刊媒体，只能在有限的时间内选择自己感兴趣的部分阅读，因而据读者的某方面兴趣来定位自己所走的路线，才能在读者心目中树立起该领域上的权威地位，从而对目标读者更具吸引力。如《明报》是定位为政论性的报纸，在读者心目中它的政论性文章比其他报纸更为深入、充分，因而关心时事的读者首选是《明报》。相反，报纸若没鲜明定位，则不论在哪一方面的信息上都难以有竞争优势。

三、市场定位的步骤

市场定位关键问题就是企业要设法在自己的产品上寻找出比竞争者更具有竞争优势。竞争优势一般有两种类型：一是价格竞争优势，即在同样的条件下比竞争者定出更低的价格，这就要求采取一切努力，力求降低单位成本；二是偏好竞争优势，即能提供确定的特色来满足顾客的特定偏好。这就要企业采取一切努力在产品特色上下工夫。竞争优势的两种基本类型提供了市场定位的两条有利途径。因此，企业市场定位的全过程就可以通过以下三大步骤来完成。

1. 确认本企业的竞争优势

这一步骤的中心任务是要回答以下三个问题：一是竞争对手的产品定位如何？二是目标市场上足够数量的顾客欲望满足如何以及确实还需要什么？三是针对竞争者的市场定位和潜在顾客的真正需要的利益要求，企业应该和能够做什么？要回答这三个问题，企业市场营销人员必须通过一切调研手段，系统地设计、搜索、分析并报告有关上述问题的资料和研究结果。通过回答上述三个问题，企业就可以从中把握和确定自己的潜在竞争优势在何处。

2. 准确地选择相对竞争优势

相对竞争优势表明企业能够胜过竞争者的能力。这种能力既可以有现有的，也可以是潜在的。准确地选择相对竞争优势就是一个企业各方面实力与竞争者的实力相比较的过程。比较的指标应是一个完整的体系，只有这样，才能准确地选择相对竞争优势。通常的方法是分析、比较企业与竞争者在下列七大方面究竟哪些是强项，哪些是弱项：一是经营管理方面，主要考察领导能力、决策水平、计划能力、组织能力以及个人应变的经验等指标；二是技术开发方面，主要分析技术资料(如专利、技术诀窍等)、技术手段、技术人员能力和资金来源是否充足等指标；三是采购方面，主要根据采购方法、储存及运输系统、供应商合作以及采购人员能力等指标；四是在生产方面，主要分析生产能力、技术装备、生产过程控制以及职工素质等指标；五是在市场营销方面，主要分析销售能力、分销网络、市场研究、服务与销售战略、广告、资金来源等是否充足以及市场营销人员的能力等指标；六是在财务方面，主要考察长期资金和短期资金的来源及资金成本、支付能力、现金流量以及财务制度与人员素质等指标；七是在产品方面，主要考察可利用的特色、价格、质量、支付条件、包装、服务、市场占有率、信誉等指标。通过对上述指标体系的分析与比较，选出最适合本企业的优势项目。

3. 显示独特的竞争优势

在这一步骤中的主要任务是企业要通过一系列的宣传促销活动，使其独特的竞争优势准确传播给潜在顾客，并在顾客心目中留下深刻印象。为此，企业首先应使目标顾客了解、知道、熟悉、认同、喜欢和偏爱本企业的市场定位，在顾客心目中建立与该定位相一致的形象。其次，企业通过一切努力强化目标顾客的感情来巩固与市场相一致的形象。最后，企业应注意目标顾客对其市场定位理解出现的偏差或由于企业市场定位宣传上失误而造成目标顾客模糊、混乱和误会，以及矫正与市场定位不一致的形象。

四、市场定位的方法

1. 档次定位

依据品牌在消费者心目中的价值高低区分出不同的档次。这是最常见的一类定位。品牌价值是产品质量、消费者的心理感受及各种社会因素如价值观、文化传统等的综合反映。定位于高档次的品牌，传达了产品(服务)高品质的信息，同时体现了消费者对它的心理认同，它具备实物之外的价值，如给消费者带来自尊和优势感等的心理满足。高档次品牌还往往通过高价位来体现其价值。如：价格高达几万元人民币的劳力士表是众多手表品牌中的至尊，是财富与地位的象征。拥有它，无异于展示自己是一名成功的人士或上流社会的一员。酒店、宾馆按星级划分为 1~5 个等级，是档次定位的另一个例子。广州五星级白天鹅宾至如归其高档的品牌形象不仅涵盖了幽雅的环境、优质的服务、完备的设施，还包括进出其中的都是商界名流及有一定社会地位的人士。定位于中低档次的品牌，则针对其他的细分市场，如满足追求实惠和廉价的低收入者。

2. 独特卖点(Unique Selling Point)定位

指依据品牌向消费者提供的利益定位，并且这一利益点是其他品牌无法提供或没有听过的，是独一无二的。

运用 USP 定位，在同类产品品牌众多，竞争激烈的情形下，可以突出品牌的特点和优势，让消费者按自身偏好和对某一品牌利益的重视程度，将不同品牌在头脑中排序，置于不同位置，在有相关需求时，更便捷地选择商品。摩托罗拉向目标消费者提供的利益是它具有"小"、"薄"、"轻"的特点；而诺基亚则声称它"无辐射"。在汽车市场上，沃尔沃强调它的"安全与耐用"，丰田则突出它的"经济与可靠"，菲亚特说"精力充沛"，奔驰说"高贵、王者、显赫、至尊"，绅宝(SAAB)则说"飞行科技"。实力雄厚的领头企业可以利用 USP 定位在同一类产品中推出多种品牌，覆盖多个细分市场，提高其总体市场占有率。P ＆ G(宝洁)公司运用 USP 品牌定位相当成功。以洗衣粉为例，宝洁相继推出了汰渍(Tide)、快乐(Chear)、波尔德(Bold)、德来夫特(Dreft)、象牙雪(Lvory Snow)、伊拉(Era)

等 9 个品牌，每个品牌都有它独特的 USP。汰渍的"去污彻底"，快乐的"洗涤并保护颜色"，波尔德的"使衣物柔软"，德来夫适于洗涤婴儿衣物，象牙雪的"去污快"，伊拉声称"去油漆等顽污"，等等。宝洁通过 USP 定位，发展多种品牌，占据尽可能大的货架空间，提高铺货率。

3. 使用者定位

依据品牌与某类消费者的生活形态和生活方式的关联作为定位，称为使用者定位。以劳斯莱斯为例，它不仅是一种交通工具，而是英国富豪式生活方式的一种标志。90 多年来，劳斯莱斯和本特利豪华轿车总共才十几万辆，最昂贵的车价高达 34 万美元。据调查，拥有这两种品牌轿车的消费者有以下 5 大特征。

- 他们中三分之二的人拥有自己的公司，或者是公司的合伙人。
- 几乎每一个人都有数处房产。
- 每个人都拥有一辆以上轿车，除劳斯莱斯或本特利外，主要是奔驰轿车。
- 50%的人有艺术收藏，40%的人拥有游艇。
- 平均年龄在 50 岁以上。

由此可见，劳斯莱斯体现了一种豪华、社会地位显赫的生活方式。人们购买劳斯莱斯，似乎不是在买车，而是在买一枚豪华的标签。

成功地运用使用者定位，可以将品牌人性化，从而树立独特的品牌形象和品牌个性。耐克以喜好运动的人，特别是乔丹的崇拜者为目标消费者，它就选择乔丹为广告模特。通过广告淋漓尽致地展现乔丹的风貌，将他拼搏进取的精神、积极乐观的个性融入耐克这个品牌，成功地树立了耐克经久不衰的品牌形象。

4. 类别定位

依据产品的类别建立起品牌联想，称作类别定位，类别定位力图在消费者心目中造成该品牌等同于某类产品的印象，以成为某类产品的代名词或领导品牌，在消费者有了某类特定需求时就会联想到该品牌。方便面使人想到康师傅等。七喜汽水"非可乐"的定位就是借助类别定位的一个经典个案。可口可乐与百事可乐是市场的领军品牌，占有率极高，在消费者心目中的地位不可动摇。"非可乐"的定位使七喜处于与"百事""可口"对立的类别，成为可乐饮料之外的另一种选择。不仅避免了与两巨头的正面竞争，还巧妙地与两品牌挂钩，使自身处于和它们并列的地位。成功的类别定位使七喜在龙争虎斗的饮料市场占据了"老三"的位置。

5. 情景定位

情景定位是将品牌与一定环境、场合下产品的使用情况联系起来，以唤起消费者在特定的情景下对该品牌的联想。雀巢公司曾就雀巢咖啡的使用状况作了一项调查，发现在 9 种环境下消费者饮用雀巢咖啡：(1)早晨起床之后；(2)午餐和晚餐之间；(3)午餐时；(4)晚餐时；(5)与客人进餐时；(6)洽谈业务时；(7)晚间为了保持清醒；(8)与同事进餐时；(9)周末。上述 9 种应用情况，能使雀巢咖啡获得强劲的品牌联想。

"八点以后"巧克力薄饼声称"适合八点以后吃的甜点",米开威(Milky Way)则自称为"可在两餐之间吃的甜点"。它们在时段上建立了区分。八点以后,想吃甜点的消费者会自然而然地想到"八点以后"这个品牌,而在两餐之间的时间,首先会想到米开威。康宝(Cambells)定位于午餐用的汤,配合这一定位,它一直以来不断地在午间通过电台广告宣传,提起午餐汤,人们的首选品牌自然是康宝。

6. 比附定位

比附定位是以竞争者品牌为参照物,依附竞争者定位。比附定位的目的是通过竞争提升自身品牌的价值与知名度。20 世纪 60 年代美国 DDB 广告公司为艾维斯租赁汽车创作的"老二宣言"便是运用比附定位取得成功的经典个案。由于巧妙地与市场领导者建立了联系。艾维斯的市场份额大幅上升了 28 个百分点,大大拉开了与行业排行老三的国民租车公司的差距。

7. 文化定位

注入某种文化内涵于品牌之中,形成文化上的品牌差异,称为文化定位。文化定位将普通商品升华为情感象征物,更易获得消费者的心理认同和情感共鸣,品牌价值无形中提高了。

麦氏(Maxwell)咖啡是文化定位极为成功的一个例子。它在进入中国台湾市场时,对中国传统文化和消费者心理进行了深入调查和研究。结果发现中国人极为重视友情,有在节假日与朋友聚会畅饮这一文化风俗,而这对麦氏咖啡作为一种较高档的饮品而言,无疑是良好机会。与中国传统文化风俗相结合,麦氏提出了"好东西要与好朋友分享",拉近了与陌生的中国台湾地区消费者的距离,得到他们的心理认同,创造出极佳的市场效果。

利用文化定位还可通过引起消费者的联想和情感的共鸣,使产品深植于消费者脑海中,达到稳固和扩大市场目的。孔府家酒是此方面的成功者。按中国传统风俗,喜庆的日子必定会合家欢聚一堂。吃团圆饭,而饭桌上不可缺少的东西——酒。孔府家酒正是牢牢抓住这一点,将自身定位于"家酒"。引起消费者关于这方面的联想。它作为"家酒"在消费者心目中占有不可动摇的地位,提起孔府家酒,人们就会不由自主地在脑海中幻画出合家团圆的喜庆画面,"孔府家酒,叫人想家"这句温馨的广告语也不由冒上心头。

定位的角度多种多样,到底选择其哪一种,要靠对品牌自身和市场消费者有深入的了解,以高超的企划力和智慧作为有创意的选择。

五、定位的工具

定位不仅是一种思考,在实践中需要专业性的工具使之操作具体化。常用工具有定位图,排比图和配比图。

1. 定位图

定位图是一种直观的、简洁的定位分析工具,一般利用平面二维坐标图的品牌识别、品牌认知等状况作直观比较，以解决有关定位的问题。其坐标轴代表消费者评价品牌的特征因子。它们在图中的位置代表消费者对其在各关键特征因子上表现的评价。如图 5-6 所示的啤酒定位图，图上的横坐标表示啤酒口味苦甜程度，纵坐标表示口味的浓淡程度。而图上各点的位置反映了消费者对其口味的评价。如百威被认为味道较甜，口味较浓，而菲斯达(Faistaff)则味道偏苦及口味较浓。

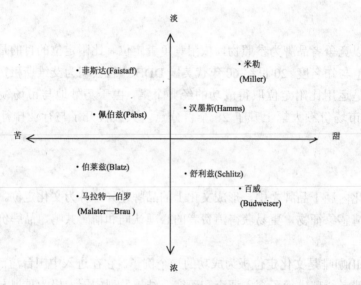

图 5-6　啤酒品牌定位图

如洋快餐进军广州餐饮市场这一个案极好地说明了定位图在发现市场机会上的作用。

广州素有"食在广州"的美誉，因而很多人并没料到洋快餐竟能在此大行其道。但只要分析洋快餐进入广州之前的餐饮市场定位图，就可知洋快餐的成功并非偶然(见图 5-7)。

图 5-7 集结在两个区域：环境、服务俱佳但价格不菲的部分是星罗棋布的高档酒楼；另一部分低档价廉，这是遍布大街小巷的小食肆。由此反映出广州餐饮业：一是主要分为两个类型——高档酒楼和低档食肆；二是这两个类型的从业者间的竞争相当激烈，市场空隙甚少。

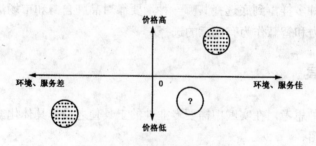

图 5-7　广州洋快餐市场定位图

虽然市场上众饮食企业竞争得不可开交，但我们从图上看到，环境、服务优良但价格适中的区域却是一片空白。而若我们了解广州近年的变化，这很容易明白这片空白是大好机会所在。随着经济的发展，人们的收入有了很大增长，对进餐的卫生条件、环境、服务质量等方面的要求也提高了，因而低档食店进餐看成是有失身份的事，但到高档酒楼进餐只能偶然而为之，将其作为解决日常进餐问题的场所是不现实的。生活水准的提高，生活节奏的加快，都令中档快餐具有不可估量的潜力。洋快餐正是瞄准这一机会而进攻广州市场的。洋快餐供应快捷，环境洁净，服务彬彬有礼，这些特点都与都市人的需求相当合拍，因而它一打入广州市场，其发展便势不可挡，成为都市生活的新景观。

通过定位图，可以显示各品牌在消费者心目中的印象及之间的差异，在此基础上做定位决策。定位图应用的范围很广，除有形产品外，它还适用于服务、组织形象甚至个人等几乎所有形式的定位。图 5-8、图 5-9 分别为职业及美国历届总统的定位图。

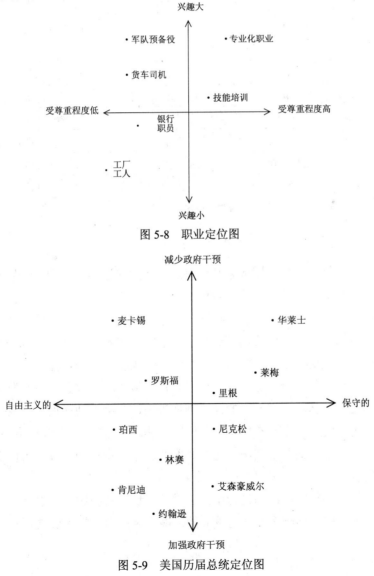

图 5-8　职业定位图

图 5-9　美国历届总统定位图

2. 排比图

在消费者的需求差异越来越大而同时产品品质间的同质性越来越高的今天，作为定位基础的特征因子也越来越多，这使得拣选关键特征因子的难度越来越大，若从双因素分析发展为多因素分析，则不但可降低拣选因子的难度，还可更全面地进行分析。

所谓排比图就是将特征因子排列出来，在每一因子上分别比较各竞争品牌的各自表现，最后在此基础上确定定位见图5-10。

图上纵向排列的要素是产品的特征因子，其重要程度由上而下递减，排在最上面的重要程度最高。图上的各点代表竞争品牌(D、E、H、L、K)相应每一特征因子的横线上依各自在这方面表现的相对强弱而排列，强弱程度从左至右递增。如在"品质"这一因子，D品牌表现最佳，被公认为最优质，L、K、H三种品牌则品质相近且都为一般，而E则最差，排在最左边。

图 5-10　排比图

以一家管理顾问公司定位的图例来具体讲述一下如何运用排比图。如图5-11所示，描述顾问公司的8个特征因子的重要性系数由8至1不等，专业程度是顾问公司应具有的最重要的特征，作业能力次之，作业知识再次。图中B、P、R、A、S代表各主要的竞争对手。它们在这八方面各自的表现我们可一目了然。S公司不失为最强的竞争对手，它不但在最关键的方面——专业程度上口啤过人，而且在作业能力、动员能力、主管能力等方面都有不俗的表现。至于作业能力这点，A公司守住了最强势的位置。不难发现，在前两个重要的因子上已强手如林，再把自己的定位硬插进去，多会无功而返。但我们还可以退而求其次，在重要性系数为6的因子"作业知识"上，排在最前面的R公司也不过表现平平，连出众的S公司也在这方面整足得很，但在顾客心目中也占相当位置，所以仍不失为一个有价值的定位位置。

与定位图一样，在绘制排比图过程中最关键的一切是特征因子的选择。特征因子应是消费导向的，应是那些目标顾客所认为重要的，能影响他们决策的要素。

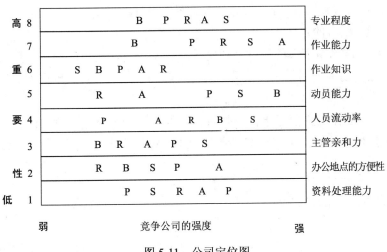

图 5-11　公司定位图

3. 配比图

运用配比图较易发现市场空当，从而找到定位范围。

配比图(图 5-12)左边列出的是竞争者及自己的品牌的优缺点，而右边罗列的是细分的消费群对产品的各自要求，经左右配比，定位成功的品牌者可以击中某一群消费者的心，如 A→G2，C→G1，至于定位不成功或缺乏定位的品牌，则游离于市场需求之外，哪一消费群都不会对其青睐。需要注意的是哪一群消费者被冷落了，他们的需要未得到满足，即意味着那是一个潜在市场。

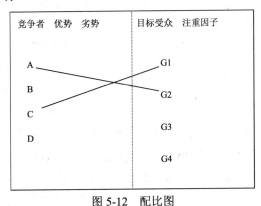

图 5-12　配比图

(图 5-8~图 5-12 资料来源：唐德才，钱敏.营销创新：知识经济条件下的市场营销，东南大学出版社，2002)

4. 定位图、排比图与配比图三种工具的运用比较

三种定位工具可谓各有千秋，要根据其各自特点加以选用，才能更好地发挥其功用。

(1) 定位图。三种工具中，最常用的是定位图。因为它是两维图，所含的因子数量少，使图形得到最大限度的简化，从而带来高度的直观性和灵活性。在定位图上，各品牌之间的关系更为清晰，从而更方便分析，另外定位图亦更好地表现两种因子的相互关系，因此有时能提出双因素结合的定位。

(2) 排比图。排比图最大的特点是适用于多因素分析，它有助于在纷繁的因子中寻找定位。但排比图中的多个因子是平行排列的，对各因子间的关系表现得不够清晰，因此排比图较适合确定的是那些从单因子出发的定位。

(3) 配比图。配比图主要适于在寻找目标市场的基础上确定定位。但光靠配比图还不能直接确定出定位，在确定了目标消费者时，还要对其所注重的因子作进一步分析，才能确定出具体的定位。

六、重新定位

通常情况下，定位完成之后，不能轻易改变和随意变动，定位应该保持稳定性、连续性和持续性。但是，是否在任何情况下都不能改变原有定位呢？答案是不可绝对。定位是否恰当，需要在激烈的市场竞争中检验。而且，市场是不断变化的，消费者的需求和偏好也不是一成不变的，因而原有的定位有可能不适应新的市场形势。因此，归纳起来，重新定位是基于如下三种情形。

1. 原有定位不能达到营销目标

从理论上看，某些定位是不错的，确实找到了市场空隙或是发现了一块空白领地，但在执行过程中遇到困难，原有定位不能如预期的那样被消费者所接受。二是定位的目标实现了，在消费者心目中辟出一席之地，但无法达到营销的目标，市场占有率、利润等均不理想。此时，企业要考虑改弦易辙，重新定位。另外，由于市场形势的变化如政府政策、法律、经济环境及消费者需求的变化，也会导致企业原的定位对其发展形成制约，无法实现营销的目标。这种情况下，无论原有定位曾经取得多么辉煌的业绩，企业都应根据实际情况，调整原有的定位。

如万宝路刚进入市场时，是以女性作为目标消费者，它的口味也是特意为女性消费者而设计的：淡而柔和。为此它推出的广告口号是：像五月的天气一样温和。从产品的包装设计到广告宣传，万宝路都致力于明确的目标消费群——女性烟民。然而，尽管当时美国吸烟人数年年都在上升，万宝路香烟的销路始终平平。20世纪40年代初，莫里斯公司被迫停止生产万宝路香烟。后来，广告大师李奥贝为其做广告策划时，作出一个重大决定，万宝路的命运也由此发生了转折。李奥贝决定沿用万宝路品牌并对其进行重新定位。他将万宝路重新定位为男子汉香烟。并将它与最具男子汉气概的西部牛仔形象联系起来，吸引所有喜爱、欣赏和追求这种气概的消费者。通过这一重新定位，万宝路树立了自由、野性与冒险的形象，在众多的香烟品牌中脱颖而出。从20世纪80年代中期到现在，万宝路香烟一直居世界各品牌销量首位，成为全球香烟市场的领导品牌。

2. 发展新市场的需要

在企业发展过程中，原有定位可能会成为制约因素，阻碍企业渗透到相关行业、发展相关产品和开拓新市场。或者由于环境的变化，消费者新的需求不断涌现，企业有可能获得新的市场机会，进入新的市场。面对新的市场环境和不同文化、社会背景的消费者，原有定位也可能变得不再适合，在上述情况下，企业出于发展和扩张的目的，也需要调整和改变原有的定位。例如，在这方面取得成功的是"珀西尔"洗衣粉。在半个世纪内，"珀西尔"在英国一直是市场领先者，它不断拓展新市场，持续不断地适应洗涤习惯与顾客要求的变化。产品重新配方与营销沟通的调整伴随着顾客使用洗衣粉已经从手洗到机洗，从上载洗衣机到前载洗衣机，以及最近的低温洗涤。拓展新市场的重新定位，使得"珀西尔"在强有力的竞争进攻面前仍保持着其市场领先地位。

3. 竞争的需要

企业在竞争中，可能会丧失原来的在某些方面的明显优势，而建立在此优势上的定位也就无法使企业具有竞争力。甚至让竞争对手针对企业定位的缺陷，塑造他们自身的优势。企业如果仍死守原来的定位不放，就会在竞争中处于被动挨打的地位，最终丧失市场。

英国汽车协会是行业的领导者，它的主要竞争对手是 RAC。RAC 将自身定位为"马路骑士"，暗示能像骑士一样提供英雄救助行动。与 RAC 的激烈竞争中，汽车协会原有定位"提供非常、非常好的服务"显得模糊，不够有力，因而失去了竞争力。为了保持它的领导者地位，英国汽车协会决定重新定位。它将车子损坏视为一突发事件，类似于需要消防队、警察、救护车的那类事件，并将之称为第四类突发事件。因而其新的定位为："对我们的成员来说，提供第四类突发性事件服务"。就从这一点出发，突出它提供严格、专业化的服务，与"骑士"提供的情绪化的、不够专业服务相抗，维持其作为领导者的高品质形象。

总之，企业特别注意：目标市场不是一成不变的；要分析竞争者的细分市场，找出空白点；企业实力的差异导致目标市场选择模式上的差异；市场定位要满足顾客的需要；市场定位强调"第一"性；市场定位要准确。

巩固性案例

沪上老年用品市场细分

1. 沪上老年用品市场趋向细分化

随着社会敬老风气的弘扬，上海老年用品市场呈现新亮点，人们的吃、穿、用商品得到有效开发，并成为新的经济增长点。据统计，中国老龄人口将达 4 亿，上海现有 60 岁以上老人 233.57 万人，占总人口的 18%。老年用品市场是夕阳事业中的朝阳市场，具有很大的发展潜力。特别是在社会保障体系日趋完善、老年人生活质量大为提高、生活方式发生巨大变化的情况下，这一市场将越发显得生机勃勃。

目前，上海老年用品市场出现了细分化的特点，按年龄划分为三段：60~70 岁，突出旅游文化用品的需求；70~80 岁，突出自我保健，生活自理用品的需求；80 岁以上的老人，突出延年益寿、保健康复用品的需求。

老年食品市场如今丰富多彩，不仅有传统的甜酥食品、休闲食品、时令糕团等时令食品，还有现代的保健食品、食疗食品、绿色食品，以及讲究热闹、体现情趣的寿星宴、寿星面等情趣食品，并有适应老年人常见病和多发病治疗控制、调理、进补的食品补品和药品。

穿着用品市场里不仅有按照老人体型制作的特定规格的服装、皮鞋、布鞋、运动装、帽子，还有老年人用的化妆用品，包括乌发膏、抗皱护肤用品、淡妆化妆品以及以黄金和玉石为主的首饰用品。

日用品市场不仅供应老人晨练用的健身球、健身剑、运动衫、运动鞋等体育锻炼健身、健美用品，和老人修身养性用的琴棋书画用品、报刊杂志影碟用品、种养的花卉，还有让老年人耳聪目明的助听器、老花眼镜、放大镜及让老人健脑防衰老的老人玩具，并有让老年人学会自我保健，有效控制常见病、多发病的自我测量仪器和自我治疗仪器等。

老年用品市场还推出了网上购物服务，让老年人在家中就能得到上门送菜、上门烧菜、上门治疗、上门理发、上门授教等服务。

但从上海老年用品市场总体情况来看，目前还仅是零打碎敲，鲜有老年用品的专卖店、连锁店，没有系统的老年用品网上购物网络，对老年用品细分化的市场，没有大力开拓。作为工商企业的老总，应当把眼光放远，着意开发多元化、多特色、多档次、多样式的老年用品市场。

2. 专为中老年女性"开小灶"

满街的时装店开得比金铺、米店还要多，但望衣兴叹，抱怨购衣难、制衣难的沪上中老年消费者依然大有人在。岁月流逝青春不再，要么是服装尺码规格对不上路、配不上号，要么是款式陈旧、面料灰蓝黑，连老太太们都看不上眼。据说，服装生产部门也有难言隐衷，发福女性身材的各部分尺寸比例可谓千差万别，别说千人千面，统一版样根本无法确定，就是核算成本、定价格也难，占料、用料大了，价格一冒高，买主往往以为：莫不是你乘人之"难"非得宰我一刀不成？

位于老西门的上海全泰服饰鞋业总公司，近年来为中老年顾客解决购衣难本是全国出了名的。但毋庸讳言，以往的解难偏重于拾遗补缺，主要集中于规格、尺码、特殊体形、特殊需求的"量"上的排忧解难为多。随着时间的推移，银发世界里如今新成员在不断地与日俱增，其中不乏昔日穿着甚为讲究的新一代白领女性。如果说以前在穿衣戴帽的选购上，她们能够随心所欲的话，如今也终于尝到了购衣难的苦头。"全泰"也因此专门为中老年职业女性的服饰配套问题进行探索。他们遴选公司各系统部门的精兵强将，集中优势人力和物力开展个性化的服装产销咨询、设计、制作一条龙的特色服务。具体的做法是，推选上海市商业系统职业明星和服务品牌、市劳模胡伟华创建的"中老年服饰形象设计工作室"担纲唱主角，配备有资深样板师杜福明等主持裁剪，加工制作师傅均须经过严格技术考核并持有 5 级以上证书。公司还专门委派采购人员分赴市内外各面料生产和出口主营企业翻仓倒库，寻觅花色繁多的小段"零头布"作为独家拥有的"个性化面料"，形象设计、来样定制、来样定做、来料加工、备料选样定制，诸多"小锅菜"齐上桌，深得消费者的喜爱。

思考题

    1. 请找出两种细分标准，并描述在此标准下划分出的子市场。

    2. "全泰"所选定的目标市场有哪些特征?这个目标市场是通过怎样的细分过程来确定的?

第 6 章

产品策略

------开篇案例--

　　品牌的核心价值是品牌的灵魂。卷烟品牌尤其是高端品牌的塑造要以优质产品为基础，集中塑造品牌的高端形象和价值，这是高端卷烟品牌在市场上成功的关键所在。"贵烟"归核化战略的重要举措之一，就是全力塑造"贵烟"品牌的核心价值，并以此与消费者进行价值沟通。

　　"贵在内涵"是"贵烟"品牌的核心价值，体现在产品、产地、原料、消费者等各个层面。北纬27°原生态烟草产业带是"贵在内涵"的内在支撑，大气、灵气、贵气是"贵在内涵"的外在格调，智慧、品位、内敛、真正懂得欣赏和选择是"贵在内涵"的人格化写照。

　　"贵烟"(奇彩)是"贵烟"品牌在归核化战略下抓住发展时机精心打造的一款高端产品。所谓归核化，是指多元化经营企业将其业务集中到其资源和能力具有竞争优势的领域。归核化不等于专业化，也不等于简单地否定多元化，而是强调企业业务与企业核心能力的相关性，强调业务向企业核心能力靠拢，资源向核心业务集中。实施归核化战略以后，有利于提高企业业务间的关联度和企业的经营效益，增强企业的核心竞争力。而"北纬27°"(神彩)则是继"贵烟"(奇彩)之后问世的又一高端产品，它担负着实现"贵烟"主流价值、提升"贵烟"整体形象、诠释"贵烟"品牌内涵、在主流高端消费人群中集中沟通"贵烟"战略性资源优势的责任。"贵烟"(奇彩)和"北纬 27°"(神彩)的相继问世，拉开了"贵烟"品牌异军突起的序幕。

　　(资料来源："贵烟"品牌的归核化战略，东方烟草网.http://www.eastobacco.com/readnews.asp?newsid=61485，2007.)

　　在知识经济时代，随着人们生活水平的提高，对产品的要求也越来越高，知识型产品日益受到市场的欢迎。企业应从满足需求、完善需求、创造需求等方面着手，融合生产和服务，以更好地适应市场，增强企业竞争力。

第一节 产品的营销概念

一、产品的营销概念

一个好的"点子"可以卖出几十万的价钱；一个游戏软件可以带来几百万、几千万甚至几个亿的收入。知识经济时代，产品的概念已发生了很大的变化，知识型产品在社会中所占的比重也越来越大。产品的概念也已由最初的"劳动的产物"、有形的实体，而转变为更宽泛的概念。

以往，学术界曾用三个层次来表述产品整体概念，即核心产品、形式产品和附加产品。但对于知识型产品而言，五个层次的研究与表述则更深刻、更准确。产品整体概念的五个层次如下。

(1) **核心产品**。核心产品是指向顾客提供的产品的基本效用或利益，即产品的使用价值，是构成产品最基本的核心部分。如夜宿旅客真正要购买的是"休息与睡眠"；对于化妆品，人们购买的真正目的是"美丽"。

(2) **形式产品**。形式产品是指核心产品借以实现的形式或目标市场消费者对某一需求的特定满足形式。产品形式包括质量、特征、款式、包装和商标。如电视机的品牌、画面、音质、款式等；即使劳务产品也有相类似的形式上的特点，如人们在旅游时，不但需要观光、购物，而且需要旅行社提供满意的导游服务。产品的基本效用必须通过特定形式才能实现，营销人员应努力寻求更加完善的外在形式以满足顾客的需要。

(3) **期望产品**。期望产品是指购买者在购买该产品时期望得到的与产品密切相关的一整套属性和条件。如旅馆的客人期望得到清洁的床位、洗浴香波、浴巾、衣帽间的服务以及距离的远近和方便等。

(4) **延伸产品**。是指顾客购买形式产品和期望产品时附带所得的各种利益的总和，包括各种售前、售中、售后服务，如提供产品使用说明书、保证、安装、维修、送货、技术培训等。在日益激烈的竞争环境中，延伸产品给顾客带来的附加利益，已成为竞争的重要手段之一。许多资料表明，新的竞争并非各公司在其工厂中仍生产的部分，而在于附加在包装、服务、广告、顾客咨询、资金融通、运输、仓储及其有其他价值的形式，因此，能够正确发展附加产品的企业必将在竞争中获胜。

(5) **潜在产品**。潜在产品是指现有产品包括所有附加产品在内的，可能发展成为未来最终产品的潜在状态的产品。这一点在技术飞速发展的今天显得愈加重要，如电脑软件能否升级、能否自动升级将是消费者倍加关注的问题。它们之间的关系如图 6-1。

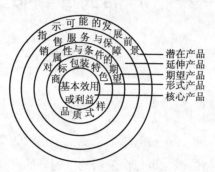

图 6-1　产品的营销概念

(资料来源: [美]菲利普·科特勒, 营销管理—分析.计划和控制(第9版).上海: 上海人民出版社, 1999.)

二、产品分类

在现代市场营销中, 要根据不同的产品制订不同的营销策略。而要科学地制订有效的营销策略就必须把产品进行科学的分类。按照产品的实质性和耐用性分, 可将产品分为如下几类。

(1) 非耐用品。非耐用品一般是指只能使用一次或数次的低值易耗品, 例如香烟、糖果和鞭炮等。这类产品由于消费速度快, 购买的频率比较高, 消费者在购买时更注重其便利性。因此企业应广设销售网点, 以方便消费者购买, 此外, 企业还应加强广告以吸引顾客试用并形成偏好。

(2) 耐用品。耐用品一般指使用年限较长、价值较高的有形产品, 如冰箱、彩电、空调等。对于耐用品而言, 企业应更多地使用人员推销和提供更多的服务等。

(3) 劳务。劳务是为出售而提供的活动、利益或满意, 它本质上是无形的, 如美容和修理。一般来说, 他需要更多的质量控制、供应商信用以及适用性。

第二节　产品的生命周期分析

一、产品生命周期的概念及阶段划分

产品生命周期是指某产品从进入市场到被淘汰退出市场的全部运动过程。而任何产品都只是作为满足特定需要或解决问题的特定方式而存在。企业开展市场营销活动的思维视角也不是从产品开始, 而是从需求出发的。而需求的满足又与特定的技术水平相关, 因此产品的生命周期其实是由需求与技术的生命周期所决定的。如人类对计算能力的需求最初是借助计算尺这一特定技术形式的产品实现的, 随后是计算器和计算机, 每一种技术都曾把人类对计算能力的需求推进了一步。事实证明, 每种新技术都有一个需求——技术生命周期，每个需求技术生命周期中也都包括引入期、迅速成长期、缓慢增长期、成熟期和衰退期，在一特定周期中，随着领先产品为市场所接受，特别是进入成长阶段，都会出现一系列的产品形式来满足这种特定的需求，每种产品形式都可能包括一组品牌，它们都有自己的生命周期。

由此可以看出，研究产品生命周期理论，对于企业正确判定产品决策，及时改进老产品，开发新产品，有计划地进行产品更新，正确地制订各项经营策略，指导企业的经营管理，都具有重要意义。

产品生命周期一般分为四个阶段：投入期、成长期、成熟期和衰退期。投入期是指新产品刚刚投放市场，产品销售增长缓慢的阶段。成长期是指该产品在市场上销售额迅速上升的阶段。成熟期是指该产品已为大多数消费者所接受，市场销售额达到顶峰，呈现缓慢增长或下降的阶段。衰退期则是指产品销售额急剧下降、利润也急剧下降的阶段。

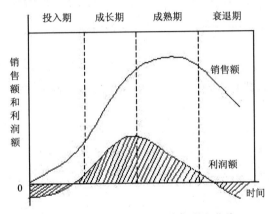

图 6-2　产品生命周期与销售利润曲线

(资料来源：[美]菲利普·科特勒，营销管理——分析.计划和控制(第 9 版).上海：上海人民出版社，1999.)

要判断某种产品处于生命周期的哪一阶段，大致有以下几种方法可供参考运用。

(1) **类比分析法**。由于市场上很多产品是对市场上已往产品的改进和完善，因而在发展过程中可能具有一定的类似性。因此可参照类似产品的生命周期曲线来区分新产品的生命周期阶段。如参照单缸洗衣机的资料来判断双缸洗衣机的市场发展趋势。

(2) **销售趋势分析**。按产品销售量与时间序列进行观察即以销售增长率来划分生命周期的各个阶段。

$$销售增长率 = \frac{y_2 - y_1}{y_1}$$

式中：y_1 表示上期(年)销售量；y_2 表示计划期(年)销售量。

根据国外资料，销售增长率在 0.1%~10%之间为投入期和成熟期；增长率大于 10%为成长期；增长率小于零或为负数时则为衰退期。

(3) **产品普及率分析法**。普及率小于 5%时，为投入期；普及率为 5%~50%时，为成长期；普及率为 50%~90%时，为成熟期；普及率为 90%以上时，为衰退期。

二、产品生命周期各阶段的特点和营销策略

在产品生命周期的不同阶段，产品的销售额、价格水平及利润水平有着不同的变化趋势。这些变化特点正是企业制订营销战略和策略的依据。

1. 投入期

投入期的市场特点是：产品刚投入市场，消费者对产品还不了解，只有少数追求新奇的顾客购买；产品销量很小，因此生产批量也很小，试制费用很大，产品生产成本较高；由于消费者对产品不熟悉，因此企业需投入大量的促销费用，对产品进行宣传；除仿制品外，产品在市场上一般没有竞争者；产品刚进入市场，由于生产成本和销售费用较高，企业在财务上往往是微利甚至亏损。

这一阶段的营销目标在于使新产品在市场上站稳脚跟，尽可能缩短投入期，以便在短期内迅速进入和占领市场，打开局面，为进入成长期打下良好的基础。因此这一阶段的营销策略应突出一个"短"字，主要的策略如下。

(1) **快速撇取策略**。采用高价格和高促销的方式推出新产品。实行高价格是为了在每单位销售额中获取更多的利润；高促销费用是为了使消费者迅速熟悉了解产品，快速打开销路，占领市场。

其应用条件是：潜在市场的大部分消费者还没有意识到该产品；知道它的人渴望得到该产品并有能力照价付款；公司面临着潜在的竞争和想建立品牌偏好。采取这种策略，潜在竞争必然比较激烈，企业应随着生产批量增大而适时地降低价格。高技术性产品和时尚性产品较适合使用这种策略。

(2) **快速渗透策略**。即采用低价格和高促销的方式推出新产品，目的是以最快的速度取得尽可能高的市场占有率。采用这种策略时，由于价格较低，花费广告费用又较大，当新产品刚投入市场阶段，企业可能发生亏损，或者利润很少。但是，这样做，不仅能迅速地打开市场销路，而且能减小潜在竞争对手的成功，使企业的产品具有较高的市场占有率。

其应用条件有：市场规模较大；市场对该产品不知晓；大多数购买者对价格敏感；潜在竞争很强烈；随着生产规模的扩大和制造经验的积累，公司的单位制造成本将大幅下降。如部分日用消费品(软饮料等)就较适合采用这种策略。

(3) **缓慢撇取策略**。即采用高价格和低促销的方式推出新产品。采取低促销努力的目的是为了降低推销费用，以便赚取较高的利润，回收垫付资金。

其应用条件是：市场的规模有限；大多数的市场已知晓此产品；购买者愿意出高价；潜在的竞争并不迫在眼前。一些技术垄断性产品(如专用设备等)以及部分高档消费品(如进口名酒等)较适合使用此策略。

(4) **缓慢渗透策略**。即以低价格和低促销的方式推出新产品。低价格可促使消费者迅速接受新产品，低促销则是为企业尽可能降低成本，以获取更多的利润。

其应用条件是：市场规模较大；市场上该产品的知名度较高；市场对价格相当敏感；有一些潜在的竞争者。如低价日用消费品(如纸巾等)较适合采用这种策略。

2．成长期

成长期的市场特点是：消费者对产品已经熟悉，大量的消费者开始购买；销售量迅速增长；生产规模迅速扩大，产品成本和销售成本显著下降；随着产量和销售量的迅速增加，企业转亏为盈，利润迅速上升；竞争者开始仿制这类产品，市场上开始出现竞争趋势。

这一阶段是企业产品销售的黄金阶段，营销策略应突出一个"快"字，以便抓住市场机会，迅速扩大生产能力，以取得最大的经济效益。这一阶段的具体策略主要如下。

(1) **改进产品**。积极筹措和集中必要的人力、物力和财力，进行改进和完善生产能力和工艺工作，改进产品的质量、增加新产品的特色和式样等。

(2) **广告重心转移**。在广告宣传上，广告的目标从产品知名度的建立转移到说服潜在的消费者接受和购买产品上来。

(3) **拓宽市场**。进一步开展市场细分，不断地改进和完善产品，满足目标市场的需求，并积极开拓新市场，创造新用户，以扩大销售。

(4) **进入新的分销渠道**。巩固原有渠道，开辟新的销售渠道，增加新的销售网点，通过方便顾客来拓展市场。

(5) **适时降价**。企业可在扩大生产批量的基础上，选择时机，降低产品价格，以激发价格敏感型消费者的购买欲望；此外低价格还有利于抑制竞争者的介入。

3．成熟期

其市场特点是：市场需求量已逐渐趋向饱和，销售量达到最高点；利润也将达到最高点；市场竞争十分激烈；成熟期的后期，市场需求达到饱和，销售增长率趋近于零，甚至会出现负数。

这一阶段由于市场竞争激烈，行业的产品寿命周期中成熟期的持续时间一般较长，但各企业的具体情况不同，竞争能力有差别。因此，采取的策略也应各不相同。一般可采取以下策略。

(1) **产品改革**。这种策略是通过产品本身的改变来满足人们的不同需要。对产品的改革包括三种途径：一是改进质量，注重于改善产品的功能特性，如耐用性、可靠性、速度等；二是改善特性，即增加产品的独特性，三是改进式样，注重增加产品的美学诉求，改变产品的款式、包装、颜色等，增强产品外观上的美感。

(2) **市场渗透**。努力发现现有市场中尚未满足的潜在需求，将原来只能满足顾客一般要求，转变为能够适应顾客的特殊需求；还可以发掘产品的新用途，以争取新顾客；将非用户转变为自己产品的用户；争取竞争对手的顾客等。

(3) **市场改革**。寻找新的销售市场，如从城市扩展到农村，从沿海到内地，从国内到国外。

(4) **改变营销组合**。这种策略是通过改进营销组合的一个或几个要素来刺激销售，延长产品的市场成长和成熟期。如改进包装，降低价格，加强售后服务，改变广告宣传等。

(5) **开发新产品，淘汰老产品**

也就是新产品上市，老产品落市。有些企业，还可能将老产品的生产所有权进行转让或出卖给其他企业。

(6) 撤退型策略

在市场竞争激烈的条件下，企业根据对主客观条件的分析，估计前景对自己不利，干脆提前淘汰这种产品，积极地开发新的产品，开拓新的市场。

4.衰退期

产品已逐渐老化，转入产品更新换代的新时代。其主要特征是：销售量和利润急剧下降；促销手段开始失灵；比较多的竞争对手退出市场。

产品衰退期的具体策略有以下几种。

(1) 维持或缩小策略。由于这一阶段中很多竞争者已经纷纷退出市场，而这种产品在市场上尚有一定的需求。因此，有条件的企业可以适当地保留一部分生产。

(2) 集中策略。把企业能力和资源集中在最有利的细分市场、最有效的分销渠道和最易销售的品种、款式上，从而为企业创造更多的利润，同时又有利于缩短产品退出市场的时间。

(3) 收缩策略。企业大幅度降低销售费用，如削减广告费用、大幅度精简推销人员等，虽然销售量有可能迅速下降，但是可以增加眼前的利润。

三、产品生命周期的变异

产品生命周期是一种理论抽象，说明的是产品在市场上发展的正常情况。在现实经济生活中，并不是每一种产品都呈现 S 型产品生命周期，美国学者柯克斯发现了 6 种不同形式的产品生命周期，斯旺和林克发现了 11 种，特林斯和克劳弗德发现了 17 种形式。产品在市场上不按产品生命周期的正常规律变化，常称之为变异，如图 6-3 所示。

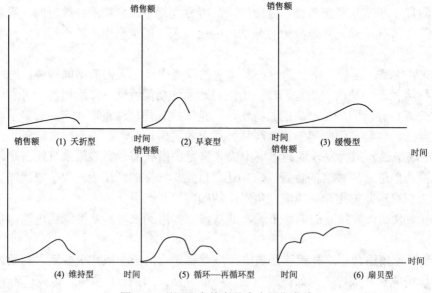

图 6-3　不同形态的产品生命周期曲线

(1) **夭折型**。即产品刚进入市场就被淘汰，由投入期立即进入衰退期，这类产品是失败产品。据美国统计，几乎 80%～95%的新产品都遭遇到这种命运，也就是说新产品的成功率是很低的。

(2) **早衰型**。即产品顺利地经过投入期并进入成长期以后，没有经过足够长的成熟期，就开始进入衰退期。

(3) **缓慢型**。即产品投入市场后，经过漫长的投入期，才克服了重重困难，缓慢地进入成长期。

(4) **维持型**。即产品已经进入衰退期，销售量，尤其是利润已急剧下降，甚至出现亏损，但新产品发开发跟不上，产品无法更新换代，企业不得不继续生产过时的产品。

(5) **循环—再循环型**。即产品在进入成熟期以后，再次进入第二个成长期，这是由于企业以前所做的促销努力，经过一段时间又开始发挥作用，促使销量和利润的又一次上升。一般来说，第二个循环周期的销售量和持续时间都小于第一个循环周期。

(6) **扇型**。即产品在进入成熟期，尚未转入衰退期以前，就再次进入增长高潮，而且从一个高潮走向另一个高潮。这通常是由于发现了产品的新特性和新用途，或者找到了产品的新用户和新市场。

第三节　产品组合策略

产品在市场上都有一个从成长至衰退的发展过程。一个企业为了满足市场的需要，分散风险，增加利润，就不应只生产经营单一的产品，而应同时生产经营多种品种，使其分别处于生命周期的不同阶段，以获取尽可能大的经济效益。

一、产品组合及相关概念

1. 产品组合

也称为产品花色与品种配合，它是指一个企业生产或经营的全部产品的结构，即企业所生产或经营的全部的产品线在深度、宽度与关联度方面所采取的组合方式。如一家企业生产洗发液、牙膏、洗衣粉等产品，这就是产品组合。

2. 产品线

也称产品系列，是指技术上和结构上密切相关，具有相同的使用功能、规格不同而满足同类需求的一组产品。上述企业生产的"洗发液"、"牙膏"、"洗衣粉"等就是产品线。

3. 产品项目

企业产品目录上所列出的每一个产品。某一具体的品牌、品种即为产品项目。

4. 产品组合广度

也称产品组合宽度，即一个企业产品线的数目。如上述企业产品组合的广度就是 3 条产品线。

5. 产品组合长度

一个企业生产经营产品线中的产品项目总和。如果上述企业洗发液有 6 种，牙膏有 5 种，洗衣粉有 7 种，则其长度即为 18 种。

6. 产品组合深度

一个企业的各条产品线中所包含的产品项目的平均数。如上述企业其产品组合深度即为 18/3=6。

7. 产品组合的关联度

是指企业各产品线之间在最终用途、生产条件、销售渠道或其他方面存在某种联系的相关度。如一个汽车制造厂制造轿车、卡车和大客车，分别有三种、五种、七种型号，那么这个厂的产品线有三条，这三条产品线关联程度很高。实行多角化经营的企业其产品组合的相关性都小。

企业的产品组合应该符合两个原则：有利于促进销售和增加企业的总利润。根据产品组合的四个尺度，企业可以采取四种方法发展业务组合：(1)拓宽产品线，分散企业投资风险；(2)增加长度，使产品线丰满充裕，成为更全面的产品线公司；(3)加深产品线，占领同类产品的更多细分市场，可以适合更多的特殊需要，满足更广泛的市场需求，增强行业竞争力；(4)加强产品系列的关联性，可以增强企业的市场地位，发挥和提高企业在有关专业上的能力。

企业拓展产品系列宽度、长度，加深其深度及其关联性都有可能促进销售、增加利润。但是，这种努力受到三个条件的限制：(1)受企业所拥有的资源条件限制。一个企业所拥有的资源总是有限的，而且企业总有自己的优势和劣势，因此，并不是经营任何产品都是合适的；(2)受市场需求的限制，企业只能拓宽或加强具有良好成长机会的产品线；(3)受竞争条件限制，如果新增加的产品线具有强大的竞争对手，利润的不确定性很大，那么与其加宽产品线，倒不如加深原有产品线更为有利。因此，产品组合决策就是企业根据市场需求、竞争形势和企业自身能力对产品组合的宽度、长度、深度和相关性方面所做的决策。

二、产品组合类型

1. 全线全面型

一是企业以现有产品或现有市场为基础，利用现有技术、设备、销售等潜力，增加一个或几个产品线，扩展产品项目。如电扇厂又扩展到生产吸尘器。美国奇异电气公司，产品线数目很多，但是都跟电气有关，二是企业向多个产品或多个市场扩展，不受系列之间关联性的约束。如美国汉特食品工业公司，生产番茄制品、油漆、火柴、金属器皿、玻璃容器和钢铁，同时还出版杂志。

2．市场专业型

这种策略就是专为某一专业市场、某类顾客提供所需要的各种产品。例如，以建筑业为其产品市场的工程机械企业，其产品组合就应该由推土机、压路机、载重卡车等产品组成。旅游企业的产品组合就应考虑旅游者所需要的一切产品或劳务。如住宿服务、饮食服务、交通服务以及旅游所需要的物品，包括纪念品、照相器材等。这种组合方式不考虑各产品系列之间的关联程度。

3．产品线专业型

企业专注于某一类产品或某一项产品的生产，并将其产品推销给各类顾客。例如，某汽车制造厂，其产品都是汽车，根据市场需要，设有小轿车、大客车和运货卡车三种产品系列，以满足家庭用户、团体用户及工业用户的需要。

4．有限产品线专业型

企业根据自己的专长，集中生产经营有限的，甚至单一的产品系列，以满足有限的或单一的市场需要。如专门生产作为个人交通工具的小轿车的汽车制造厂。

5．特殊产品专业型

企业根据自己的专长，生产某些具有优越销路的特殊产品项目。这种策略由于产品的特殊性，所能开拓的市场是有限的，但是竞争的威胁也很少。

6．特殊专业型

采用这种产品组合策略的企业是凭借其拥有的特殊生产条件，提供能满足某些特殊需要的产品。例如，提供特殊的工程设计，低成本的制造技术或根据需要可灵活转换的操作条件等。这种产品组合策略由于其产品具有突出的特殊性，经常能避免威胁。

7．差异产品组合型

一种是在同质市场上生产与众不同的产品，如食品生产厂在生产食品的同时发展疗效食品；另一种是在市场细分基础上将尚未满足需求的那部分市场分割出来，专门生产某种独特产品。如在皮鞋市场上可专为结婚女青年设计的一种婚礼鞋，以便把它从女式皮鞋市场上分割出来。

三、产品组合调整策略

企业的产品组合状况，应该与企业内部条件和外部环境相适应。因此，企业应根据自身条件和环境因素的变化，适时地调整产品组合，使其保持最佳的组合状态。常见的调整策略如下。

1. 产品组合扩充

产品组合扩充分为纵向扩充和横向扩充。

(1) 纵向扩充。 就是企业通过自建或兼并新的企业，使其产品的生产向工序的两头扩展。根据其扩展的方向又分为前向扩充、后向扩充和一条龙扩充三种方式。所谓前向扩充就是指企业向企业生产的后道工序扩充，如印染厂向服装厂的扩充。后向扩充即企业向产品原料方面扩充，如印染厂自建纺织厂。一条龙就是印染厂向纺织厂扩充的同时，也向服装厂扩充，从最初的原料纺织成布料，再印染成各色的布料，到最后裁剪成服装，全部由企业自己完成。

(2) 横向扩充。 即扩展产品组合的宽度，在现有的产品组合中增加一条或几条产品线，以扩大企业经营范围。根据与原有产品的关联程度又分为关联扩充和非关联扩充。所谓关联扩充即增加与现有产品线相关的产品线，如洗衣粉厂在洗衣粉外又增加清洁剂等产品线；非关联性扩充，即增加与现有产品线无关的产品线，如方便面生产企业增加电池产品的生产线。

2. 产品组合缩减

即减少产品组合的宽度，从现有的产品组合中剔除那些微利甚至亏损的产品线，缩小企业经营范围，以便集中企业资源发展利润高的产品线。在市场不景气、原料和能源供应紧张时，采取这种策略反而有利于提高企业总利润。另外，这种策略也有利于中小企业集中力量发展自己的优势产品线，以较少的资源取得较高的效益。

3. 更新产品线

如果产品线长度适宜，但其产品已经老化，造成销量和利润不断下降，这时就必须更新产品线，即设计采用新技术的设备来更新现有的产品线，以保持和增强自己的竞争力，吸引顾客转向购买升级换代型的产品系列。

四、优化产品组合分析

由于市场环境和竞争形势的不断变化，产品组合的每一个决定因素也必然会在变化的市场环境下发生变化；一部分产品获得较快的成长，并持续取得较高的利润；另一部分产品则可能趋向衰退。因此，企业应根据形势的变化，调整产品组合，以寻求和保持产品最佳化。评价产品优劣的标志主要有发展性、竞争性和盈利性。

1. 四象限评价法(波士顿矩阵法)

这是一种根据产品市场占有率和销售增长率来对产品进行评价的方法，是由美国波士顿咨询公司提供的一种评价方法。由市场占有率和销售增长率两个指标，以及它们的组合，就会有四种组合方式，形成四类产品。用图形表示，就构成四象限图(见图6-4)。

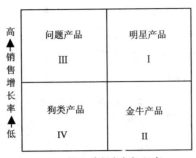

图 6-4 波士顿矩阵图

(1) **明星产品**。市场占有率高、销售增加率高的产品。很有发展前途，一般处于生命周期的成长期。但是由于市场占有率很高，竞争激烈，为了保持优势地位需要许多资金，因而并不能为企业带来丰厚的利润。但当其发展到一定程度，市场占有率放慢后，就变为金牛类产品，为企业创造大量的利润。

(2) **金牛产品**。场占有率高、销售增长率低的产品。这类产品能带来很大的利润，是企业目前的主要收入来源，一般处在生命周期的成熟期阶段。企业常用金牛产品的收入来支付账款和支持明星类、问题类和狗类产品。对这类产品应采取努力改造、维持现状和提高盈利的对策。

(3) **问题产品**。市场占有率低、销售增长率高的产品。在市场中处在成长期阶段，很有发展前途，但企业尚未形成优势，带有一定的经营风险，需谨慎选择。对这类产品应该集中力量，消除问题，扩大优势，创立名牌。

(4) **狗类产品**。这类产品的市场占有率和销售增长率都低。说明产品无利或微利，在竞争中处于劣势，产品处于衰退期了，应果断地有计划地淘汰，并进行战略上的转移。

采用波士顿矩阵法进行分析后，企业就可以确定自己的产品线组合是否健康。如果问题类产品和狗类产品较多，而明星类和金牛类较少，企业就应当对其产品组合进行调整。

2．GE 矩阵法

由通用电气公司(GE)首创。GE 矩阵法较之波士顿矩阵法，综合考虑了更多的重要因素，而不只局限于销售增长率和市场占有率，所以更加切合实际(见图 6-5)。

		产品线实力		
		强	中	弱
行业吸引力	高	(1)	(2)	(3)
	中	(4)	(5)	(6)
	底	(7)	(8)	(9)

图 6-5 GE 矩阵图

GE 矩阵法从行业吸引力和产品线实力两方面对产品线予以衡量。评价行业吸引力，主要根据该行业的市场规模、市场增长率、历史毛利率、竞争强度、技术要求、通货膨胀、能源要求、环境影响以及社会、政治、法律等因素进行分析，分为高、中、低三档。产品线实力，则主要从该产品线的市场份额、市场增长率、产品质量、品牌信誉、分销网、促销效率、生产能力与效率、单位成本、物资供应、研究与开发实绩及管理人员等方面进行分析，分为强、中、弱三档。据此，在 GE 矩阵中存在九个区域，主要分为三大部分：左上角部分，包括(1)(2)(4)三个区域，行业吸引力和产品线实力都较好，表明产品线较强，企业应采取增加投资积极扩展的策略；左下角到右上角的对角线部分，包括(3)(5)(7)三个区域，表示产品线的总体吸引力处于中等状态，企业一般应维持投资保持盈利；右下角部分，包括(6)(8)(9)三个区域，表示总体吸引力很低的产品线，企业一般应采取收缩和放弃策略。

第四节　新产品开发策略

一、新产品的概念及类别

在现代市场上，消费者需求复杂多变，科学技术不断更新，市场竞争日趋激烈，促使企业不得不经常开发新产品。许多企业的领导人都坚信"不创新就意味着死亡"这一信条。

营销意义上的新产品与科学技术领域意义上的"新产品"含义有所不同，不一定都指发明创造，产品只要在功能或形态上得到改进与原产品产生差异，并为顾客带来新的利益，即视为新产品。营销学意义上的新产品大体上包括如下六类。

(1) 全新产品。即运用新一代科学技术革命创造的整体更新的产品，全新产品一般是由科学技术进步，或者为满足市场上出现的新的需求而发明的产品。这种产品无论对企业还是市场来讲都属新产品。如汽车、飞机、电话、电灯、电视机、计算机等第一次出现时都属于全新产品。但是，全新产品的发明难度大，不仅需要大量的资金，先进的技术，而且风险也比较大。调查表明，全新产品在新产品中只占 10%左右。

(2) 仿制新产品。这种产品已经在市场上出现，但对企业来讲属新产品。它一般通过引进或模仿别人的技术，并稍加改进，打上自己的品牌，创出本企业的系列产品。如一家公司引进汽车生产线，开始制造销售各种型号的汽车，这些汽车就属于该类型的新产品。开发这种新产品不需要太多的资金和尖端技术，因此，比起全新产品来要容易得多。新产品线在全部新产品中占的比重比较大，一般为 20%。

(3) 改进新产品。即利用新的科学技术，对原有产品进行改进，使消费者得到更多的利益满足，或者只对现有产品的款式、包装等作一改变，以适应不同消费者的需求偏好。这些产品与原有产品接近，有利于消费者接受。缺点是容易被模仿，竞争激烈。这类新产品在全部新产品中所占的比重约为 26%。

(4) 现有产品线的增补品。即在原来的产品大类中开发新的品种、品牌、规格、花色等，这些产品与原产品大类中的产品差别不大，所需要的开发投资和技术也比较少。在全部新产品中，有 26%属于这一类。不过，这一类新产品也易被竞争对手模仿，竞争比较激烈。

(5) 地区性新产品。指企业将现有的产品投放到新的市场部分。这种产品对企业来讲是老产品，但在某一个市场上却属新产品。

(6) 组合型新产品。指市场上已有的产品，在功能上相互合并所形成的产品。如电话机加上录音功能而成为录音电话机。总之，对某企业或某市场而言，一切新投产或新出现的产品，都属于新产品。

开发新产品，可以使企业避免产品线老化，适应市场日益增长的新需求，推动企业技术进步和发展社会生产力，有利于企业充分利用资源和生产能力，开拓新市场，提高声誉，提高企业竞争能力。因此，在市场经济条件下，企业必须重视新产品的开发。

二、新产品开发的原则

1．创新原则

新产品必须具有新的性能、新的用途、新的特征和新的服务。也就是说，新产品与老产品相比，要有新颖奇特之处。如果新产品与老产品没有多大差别，或是虽有差别，但不能吸引消费者的注意或兴趣，则这样的新产品是毫无意义的。

2．量力而行原则

开发新产品需要一定的人、财、物力，特别是技术和资金。企业须根据自身的情况，进行权衡。否则，如果开发费用过高，企业无力承担，或技术能力不够，招致半途而废，将给企业带来极大的影响。

3．效益原则

企业开发新产品的目的，在于获取利润。因此，企业在开发新产品前，应先进行市场调查，以适应市场的需要。并为新产品进入市场制订一个合理的价位，既要让消费者能够接受，愿意购买，又要能达到预期的利润目标。

三、企业开发新产品的方式

在现代市场上，企业要得到新产品，并不意味着必须由企业独立完成新产品由创意到生产的全过程。除了自己开发外，企业还可以通过购买专利、经营特许、联合经营甚至直接购买现成的新产品来取得新产品的经营权。这些方式大致分为如下几种。

1. 企业自行研制

企业通过自己的研究开发力量来完成产品的构思、设计和生产工作，这种开发方式要求企业有较强的科研能力和雄厚的技术力量。独立研制可分为三种形式：一是从基础理论研制到应用技术研究，再到产品开发研究，全部过程都靠企业自身的力量；二是利用社会上基础理论研究的成果，企业只进行应用技术研究和产品开发研究；三是利用社会上应用技术的研究成果，企业只进行产品开发研究。第一种形式较适合于技术资金力量雄厚的大型企业，中小型企业多采用后两种形式。

2. 科技协作开发

把企业内外的技术力量结合起来开发新产品。如从社会上聘请专家、教授、学者进行技术指导和审查设计方案；与研究所和大专院校组成弹性联合设计小组共同攻关或签订技术合同以及与相关企业联合开发新产品。这种开发方式花钱少、见效快，既能很好发挥科研技术作用，又能促进企业自己的技术开发，并保证产品的先进性，较好地克服企业技术力量不足的缺陷。目前这种技术开发方式正被越来越多的企业所运用，不但中小企业用，许多大企业也很重视这种方式。

3. 联合经营

如果某小企业开发出一种有吸引力的新产品，另一家大公司可以通过联合的方式共同经营该产品。这样，小企业可以借助大公司的雄厚资金和销售力量扩大产品的影响，提高自己的知名度；大公司则可以节省开发新产品的一切费用。

4. 技术引进

企业通过购买有关科研部门、开发公司或其他企业的专利和技术来开发新产品的方式。这种方式可以节省时间，是使本企业产品迅速赶上先进水平的有效方式。这在复杂多变的现代市场上极为重要。

5. 特许经营

某企业向别的企业购买某种新产品的特许经营权。如世界各地的不少公司都争相购买美国可口可乐的特许经营权。

企业在选择获取新产品的方式时，一般要考虑许多因素。主要有：(1)何者是取得新产品的最廉价方法?(2)有无制造能力?(3)有无生产该种新产品所需的资金?(4)保密性是否很重要?(5)有无竞争品?(6)时间要求如何?

四、新产品开发的方向

1. 智能化

如今市场上智能产品大行其道，如智能电脑、智能机器人、智能冰箱、智能空调等，智能化将是今后企业产品开发的一个重要发展方向。

2. 多功能化

即增加产品的功能，一机多用。如组合音响、电脑、电视等就是沿这一方向开发的新产品。

3. 小型化和微型化

即缩小产品的体积，减轻产品的重量。如微型电风扇、小包装食品等；计算机就是从最初的几十吨重，发展到今天的台式电脑和笔记本电脑。

4. 简单化

简化产品结构，去除冗余功能，相应减少不必要的零部件；或者使用新技术、新材料使产品结构简化。

5. 完善化

即通过弥补现有产品的的缺陷或不足来开发新产品。

6. 方便化

从方便消费者使用的角度出发，研制便于携带、运输、储存、使用以及便于装配、维修的新产品。

7. 多样化

就是发展多门类的新产品，以满足消费者日益多样化、个性化的需求。

8. 社会化

即新产品的开发从维护社会利益的角度出发，如节能电器、无氟冰箱等产品。

五、新产品开发程序

现代市场营销学认为，新产品开发程序一般有八个阶段。

1. 寻求创意

创意是新产品孕育的阶段。所谓创意，就是开发新产品的设想。企业应寻求尽可能多的创意和设想，以便为开发新产品提供较多的机会。

新产品的创意来源按其创新目的可分为三类。

- 用户创新源：作为产品的使用者在使用过程中为获利而进行创新的创新者。
- 制造商创新源：生产者制造一项新产品以满足市场而进行创新的创新者。
- 供应商创新源：因为供应商提供了必需的部件或原料的创新而得以进行创新的创新者。

这其中第二类是内部创新源，第一、第三类属于外部创新源。

例如，纺织厂是纺纱机的使用者，如果它对纺纱机作某些改进性创新，使纺纱机更便于使用，从而使纺纱织厂获得更多的收益，则该纺纱织厂就是该项创新的用户创新源；纺纱机制造商通过创新生产新型纺纱机，以获得更多收益，那它就是这项创新的制造商创新源；如果生产纺纱机所需要的材料或零部件的供应商进行材料创新，并因此导致了纺纱机的创新，那么该供应商就成为这项创新的供应商创新源。

冯·希普尔对若干行业创新源进行考察，结果表明，不同行业创新源的分布不同(见表6-1)。

表 6-I 若干行业的创新源分布(%)

行业 \ 创新源	用　户	制　造　商	供　应　商	其　　他
科学仪器	77	23		
半导体和印刷电路工艺	67	21		12
牵引式铲车及相关的创新	6	94		
工程塑料	10	90		
塑料添加剂	8	92		
工业煤气利用	42	17	33	8
热塑料利用	43	14	36	7
线路终端设备	11	33	56	

一般说来，企业应当主要靠激发内部人员的热情来寻求创意，也就是说要着重发挥内部创新源的作用。营销人员寻找和搜集新产品创意的主要方法有如下几种。

(1) 问题分析法。对已有产品(包括竞争对手的产品)进行研究分析，寻找其不足之处，然后对产品存在的问题加以解决，从而形成新的产品创意。如自动雨伞，手指一按，伞就自动撑开，但不能自动合上。中国台湾雨伞厂创制能自动开合的雨伞，功能灵活，在 22 个国家取得专利。

(2) 形态分析法。对产品本身的形态进行改良，以形成新的产品创意。

(3) 关联法。善于将不同的事物交叉或结合起来考虑，也是一个重要的创造思路。不同的功能、用途和特征，结合于同一种产品时，在市场上会产生新的吸引力。如空调加上富氧装置，就制成了氧吧空调；手机装上电子眼就变成了摄像手机。

(4) 品质排列法。将现有产品的品质(属性)进行排列，然后具体分析每一种属性，在此基础上形成新的产品创意。如洗衣粉最重要的属性是其溶解的水温、使用方法和包装，根据这三个标准，便可以提出不同的新产品创意。

(5) 因果联系法。任何事物都存在于因果链条之中，某一事物的发生必然会产生一定的连锁反应。把握事物的因果联系，分析事物的演变规律，用某一种现象来预见另一种现象，往往能得出创造性的见解。如社会出现"西服热"之后，引发了如何进行洗涤的问题，由此研制的"干洗净"，就成为很受顾客欢迎的产品。

(6) **逆向思维法**。人的思维有惯性，换个角度，进行逆向思维，往往能创造出极有生命力的产品。世界上许多产生巨大突破的新技术、新产品，其思路多是反向思维的。如声音能引起振动，爱迪生反过来思考，振动也可以还原为声音，于是发明了留声机。传统清除灰尘的方法是扫除，尘土飞扬，效果不佳，逆向思维发明了吸尘器。

(7) **头脑风暴法**。将若干名有见解的专业人员或发明家集合在一起(一般由 6~10 人组成)就某一问题进行讨论，运用头脑风暴法会激发与会者极大的创造想象力，帮助人们产生许多新创意。这种方法的运用要求与会者尽可能的想象构思，越多越广越好，会上彼此鼓励，禁止批评，分析归纳，便可产生新产品创意。

(8) **征求意见法**。产品设计人员通过问卷调查、座谈会等方式了解消费者的需求，征求科技人员、专利发明人、代理商等的意见，进行分析，亦可形成新产品的创意。

企业的内部创新固然重要，但如果企业能够在创新中有效地利用外部创新源，就可以提高创新的效率。因此，开发和利用外部创新源也是企业技术创新管理的一项重要任务。这主要包括如下两方面。

(1) **供应商创新源的开发和利用**

供应商创新源的开发和利用可以从以下几方面进行。

- **寻找和发现供应商创新源**。企业可通过各种渠道了解供应商的创新，进行分析，找出可引导出本企业的创新。如炼油厂推出了无铅汽油，这为汽车制造企业采用电子燃油喷射和尾气催化转化装置提供了可能，从而汽车厂可进行相应的创新；纺织新型面料的创新为时装的创新提供了可能，据此服装厂可进行相应的创新。
- **促进或联合供应商创新**。通常企业的技术创新都要以上游供应商的创新为前提，因此，企业要促进和联合供应商进行创新，以便为企业创造更多的创新机会。如大庆油田就与水泵厂协商，共同对水泵进行创新，使水泵厂创新顺利进行，最终使水泵厂和油田双双获益。

(2) **用户创新源的开发和利用**

用户在使用产品的过程中，有时会根据自己的需要，对已有产品进行某些简单改进，或自己动手设计制造设备、仪器等，但由于自身条件和技术能力的限制，往往不能对创新进行完善，许多创新尚处于设想阶段。这些设想及简单改进对于制造商来说，都是宝贵的信息资源。因此，发掘和利用用户创新应成为制造商创新管理的一项任务。

受用户创新理论的启发，加拿大滑铁卢大学教授保罗·格尔德提出了一种利用外部智力资源产生创新设想的方法，取名为"创新冠军法"(champion of innovation)，并进行了实例试验。该方法的基本思路是：在同一技术领域或相关技术领域内，成功的创新者("创新冠军")可以提供有价值的创新建议，企业可借助这些创新冠军的智力，产生创新设想或新产品设计。

创新冠军法的基本步骤如下。

- **寻找创新信息**：通过文献检索、计算机网络查询等方式，大量收集与创新项目相关的信息。在格尔德的试验案例中，共搜集了近两万条信息。

- **挑选并联络创新冠军**：对创新信息进行分类、筛选，挑选出有价值的信息，从中选出成功的创新者，并与他们取得联系。在格尔德的试验案例中，与 60 个创新者取得了联系。
- **访问创新冠军**：对创新冠军进行访问，并写出访问报告。在案例中，访问了 25 个创新者。
- **整理访问报告**：整理、分析访问报告，并结合其他信息进行综合分析，得出创新设想。在案例中，产生了 60 多个新设想。
- **筛选创新设想**：对创新设想进行评价、筛选，挑选出比较可行的设想。在案例中，初步筛选出 10 个设想。
- **进行创新性设计**：对初选的方案进行进一步研究、筛选或直接进入初步设计，再对初步设计进行评价筛选。

2．甄别创意

在取得足够的意见之后，就要对这些创意进行分析。首先要把那些明显不合理的创意筛选掉，挑选出可行性较高的创意，这就是甄别创意。

在甄别创意阶段，要避免两种过失：(1)"误弃"，即因企业未认识到该创意的发展潜力而将其误弃。造成这种结果的原因，一是思想上太保守，二是没有统一的评价标准；(2)"误用"，即企业将一个没有发展前途的创意付诸开发并投放市场。

甄别创意时，一般要考虑三个因素：(1)该创意是否具有潜在的市场需求，(2)该创意是否与企业的战略目标相适应；(3)企业有无足够的资源实现该创意。

3．产品概念的发展与测试

经过甄别后保留下来的产品创意还要进一步发展成为产品概念。因为产品创意只是企业希望提供给市场的一个可能产品的设想，消费者不会去购买产品创意，而要去买的是产品概念。如，一块手表，从企业角度来看，主要是这样一些因素：齿轮、轴心、表壳、制造及成本等。但在消费者的心目中，并不会出现这些因素。他们只考虑手表的外型、价格、准确性、是否保修、适合什么样的人使用等。企业必须根据消费者在上述几个方面的要求把产品创意发展成为产品概念。

一种产品创意可以引出许多不同的产品概念。比如，一家奶品公司打算生产一种富有营养价值的奶品的创意，考虑目标消费者(老年、中年、青年、少年、婴幼儿)、产品带来的益处(味道、营养价值、增强体力、方便)及使用环境(早餐、小食、午餐、晚餐、睡前)等因素。就可以组合成许多不同的产品概念。如老年人饮用的营养价值高的奶品，青年人饮用的速溶奶粉和儿童早餐奶粉等。

每一个产品概念都要进行定位，以了解同类产品的竞争状况，优选最佳的产品概念。选择的依据是：对顾客的吸引力、销售量、收益率以及生产能力等。

4．制订营销计划

企业选择了最佳的产品概念之后，就要制订一个初步的营销计划，并在以后的阶段中不断去发展完善。初步的营销计划由三个部分组成：描述目标市场的规模、结构、消费者的行为、新产品在目标市场上的定位；前几年的销售额、市场占有率、利润目标等；二是略述新产品的计划价格、分销渠道以及第一年的市场营销预算；第三阐述长期销售额和目标利润以及不同时间的市场营销组合等。

5．效益分析

即估计该新产品的销售额有多少，能否达到企业的盈利目标。包括两个具体步骤：预测销售额以及推算成本和利润。为此，就要对同类产品过去的销售情况、各种竞争因素、新产品的市场地位、市场占有率等作深入考察，推算出最低和最高销售额。

6．进行产品开发

产品开发的任务就是把通过效益分析的产品概念交由企业的研究开发部或工艺设计部等部门研制开发成实际的产品实体。这一阶段，文字、图表及模型等描述的产品设计才变为确实的物质产品。

通过产品开发，研制出来的产品符合下列要求，就可认为是成功的：(1)产品具备产品概念中所列举的各种重要指标；(2)可以在正常条件下发挥功能；(3)能在正常成本条件下生产。

7．市场试销

就是把产品推上真正的消费市场进行试验。其目的在于了解消费者和经销商对于经营、使用和再购买这种新产品的实际情况以及市场的大小，然后酌情采取适当对策。

在进行新产品试销时，应对以下问题作出决策：(1)试销的地区范围：试销市场应是企业目标市场的缩影。(2)试销时间：再购率高的新产品，试销的时间应长一些，因为只有重复购买才能真正说明消费者喜欢新产品。(3)试销所需要的费用。总的来说，市场试验的费用不宜在新产品开始投资总额中占太大比例。(4)试销中所要取得的资料，如试用率、再购率、市场普及率以及消费者对产品的质量、性能、款式、包装等方面的意见。(5)试销的营销战略及试销成功后应进一步采取的战略行动等。

产品试销可以减少企业产品大批量投产的风险，但这并不意味着所有的产品都需要试销，应根据产品情况而定。如开发风险大的产品应适当试销；有专利保护的产品可以试销；而对那些技术比较简单、容易被人模仿、又无专利保护的产品则不宜试销。

8．批量生产

新产品试销成功后，就可以正式批量生产，全面推向市场。这时，企业需支付大量费用，而新产品投放市场初期往往利润很薄，甚至亏损，因此，企业在推出新产品时，应慎重行事。

六、新产品市场扩散

1. 新产品特征与市场扩散

新产品本身的特性对其市场扩散有着很大的影响。有的产品几乎一夜之间就被采用，如呼啦圈、唐装等；而有的产品则经过了很长一段时间才逐渐被广泛采用，如电脑、医疗保险等。对消费者采用影响显著的产品特征如下。

(1) 创新产品的相对优势。新产品的相对优点越多，如在功能性、可靠性、便利性、新颖性等方面比原有产品的优越性愈大，市场接受的就愈快。

(2) 创新产品的和谐性。创新产品必须与目标市场的消费习惯以及人们的产品价值观相吻合。当创新产品与目标市场的消费习惯、社会心理、产品价值观相适应或较为接近时，就会加速产品的推广使用；反之，则不利于新产品的市场扩散。在经济全球化的今天，对于那些开发国际市场的新产品来说，这一点更为突出。

(3) 创新产品的复杂性。这是要求新产品设计、整体结构、使用维修、保养方法必须与目标市场的认知程度相适应。一般而言，新产品的结构和使用方法简单易懂，才有利于新产品的推广扩散。消费品尤其如此，反之，产品结构和使用方法愈复杂，为市场接受的过程也就越长。

(4) 创新产品的明确性。这是指新产品的性质或优点是否容易被人们观察和描述，是否容易被说明和示范。凡信息传播较便捷、易于认知的产品，其采用速度一般比较快。

(5) 创新产品的可分割性。如果允许顾客在一定条件下试用新产品，采用率就高。如，在美国，当个人电脑在有选购自由的条件下实行租赁时，就提高了消费者的采用率。

此外，影响新产品采用率的产品特性还有购买成本、使用成本、风险性和不确定性、技术上的可靠性以及社会对新产品的认可程度等。如空调高额的使用成本就使得它被消费者接受的速率比彩电和冰箱等产品要小得多。

2. 购买行为与市场扩散

(1) 消费者采用新产品的程序与市场扩散。人们对新产品的采用过程，客观上存在一定的规律性。美国市场营销学者罗吉斯调查了数百人接受新产品的实例，总结归纳出人们接受新产品的程序和一般规律，认为消费者接受新产品一般表现为以下五个重要阶段：认知——兴趣——评价——试用——正式采用。

● **认知**。这是个人获得新产品信息的初始阶段。新产品信息情报的主要来源是广告或者通过其他见解的渠道获得，如商品说明书、技术资料等。显然，人们在此阶段所获得的情报还不够系统，只是一般性的了解。

● **兴趣**。指消费者不仅了解了新产品，并且发生了兴趣。于是，消费者就会积极地寻找有关资料，并进行对比分析，研究新产品的具体功能、用途、使用等问题，如果满意，将会产生初步的购买动机。

- **评价**。在这一阶段，消费者主要是权衡采用新产品的边际价值。如采用新产品所获得的利益和可能的风险进行比较，从而对新产品的吸引力作出判断。
- **试用**。指顾客开始小规模地试用新产品。通过试用，顾客评价自己对新产品的认识以及购买的正确性如何。在此阶段，企业应尽量降低失误率，详细地向消费者介绍产品的性质、使用和保养的方法。
- **采用**。顾客通过试用，收到了理想的使用效果，就会放弃原有产品，完全接受新产品，并开始正式购买、重复购买。

企业的市场营销人员应尽量缩短消费者的采用过程。并要特别注意：不能使消费者长期停留在起初的三个阶段，因为只有使消费者进入试用阶段后，才能使他们通过使用新产品获取直接感受，产生对新产品的信任，成为新产品的采用者。企业应采取必要措施促进消费者尽快进入试用阶段。如免费派送样品或低价出售等。

(2) 顾客对新产品的反映差异与市场扩散。在新产品的市场扩散过程中，不同顾客对新产品的反映具有很大的差异。由于社会地位、消费心理、产品价值观、个人性格等因素的影响和制约，顾客对新产品接受的快慢程度也不同。通常把新产品的采用者分为五种类型。

- **创新采用者**。也称为"消费先驱"。这类消费者通常富有冒险革新精神，勇于接受新事物，愿意在承担一定程度风险的前提下试用产品。这类消费者是企业投放新产品时的极好目标。
- **早期采用者**。是较早接受新事物的人，他们对早期采用新产品有一种自豪感，在其所属的社团内有一定的影响力，对周围的人具有"舆论领袖"的地位。但与创新者比较，他们行动比较谨慎。这类顾客是企业推广新产品的极好的目标。
- **早期大众**。这部分消费者一般较少有保守思想，受到一定教育，有较好的工作环境和固定的收入；对社会中有影响的人物、特别是自己所崇拜的"舆论领袖"的消费行为具有较强的模仿心理，他们不甘落后于潮流，但由于经济所限，在购买高档产品时，一般持非常谨慎的态度。
- **晚期大众**。他们是疑虑重重，行动迟缓的人，通常要等大多数人经过试验并得到满意结果后，才决心采用。他们的购买行为往往发生在产品成熟阶段。
- **最后采用者**。这类消费者是受传统观念束缚、行为保守的人，很难接受新事物。只有当创新自身变为传统事物时才采用它。因此，他们通常在产品进入成熟期以至衰退期时才能接受。

根据上述分析，新产品的营销者应着重研究的第一、第二两类采用者。一般来说，早期采用者具有如下特征。

- 一般是年轻人；
- 富有冒险精神；
- 通常从事专业化的工作；
- 收入水平较高；
- 与晚期采用者相比具有较高的智能；
- 与晚期采用者相比更善于利用各种信息来源并与新产品的信息来源有密切的接触；

- 交际广泛；
- 他们在所属的生活圈有较大的影响力。

第五节　品牌、商标与包装策略

一、品牌与品牌策略

1. 有关品牌的几个概念

品牌是整体产品概念的重要组成部分，是企业制订市场营销战略时不可忽视的一个重要组成部分。品牌在企业营销活动中有独特的魅力，是销售竞争的有力武器。品牌是抽象的，是消费者对产品一切感受的总和，它灌注了消费者的情绪、认知、态度和行为，如宝马是高贵的，万宝路是野性的。下面是跟品牌相关的几个概念。

(1) 品牌。美国市场营销协会(AMA)给品牌下的定义是：品牌是一个名称、名词、术语、标记、符号、图案设计或其组合，并用以区别某个卖主和其竞争者的产品或服务。品牌是一个包括许多名词的总名词。它既包括品牌名称，也包括商标。甚至所有品牌名称和商标都是品牌或品牌的一部分。但品牌不同于招牌。招牌是指工厂、商店、作坊的名称。企业都应有名称，但一个企业只能用一个名称，品牌是保证产品质量的标志，一个企业的产品，可以用一个品牌，也可以用若干个品牌。

(2) 品牌名称。品牌名称是指品牌中可以用语言称呼的部分。如"联想"、"奔驰"、"可口可乐"等，都是著名的品牌名称。

(3) 品牌标志。品牌标志是指品牌中可以被认出，但不能用言语称呼的部分，常常为某种符号、标记、颜色、图案或其他独特的设计等，如麦当劳的金色拱形门标记，可口可乐的红底白波浪图案。

(4) 商标。指企业在政府有关主管部门注册登记以后，就享有使用某个"品牌名称"和"品牌标志"的专用权。这种专用权受法律保护，其他任何企业都不得仿效使用。因此，商标实质上是一种法律名词，是指法律保护的一个品牌或品牌的一部分。不过在我国，品牌和商标常常是等同的。

2. 品牌的作用

品牌在市场营销中有着极为重要的作用。在市场中经常可以发现，有的品牌消费者竞相购买，而有的品牌却无人问津。因此，优秀的品牌直接关系企业的知名度和声誉，影响着企业产品的销售。

(1) 品牌对于消费者的作用。①帮助消费者识别各种商品，便于选择和购买；②由于同一品牌的产品原则上具有相同的品质，使消费者易于消除对新产品的疑虑；③借助品牌找到制造者，可以得到相应的服务便利，如便于修理及更换零件，无形中受到保护；④消费者购用两种以上同类产品时，可以互相比较品质。

(2) 品牌对营销者的作用

- **有助于产品的宣传和推广。**
- **区别于同类产品，方便经销商销售。** 由于许多消费者是认牌购买，因此名牌产品可引起消费者的重复购买，并保障产品不被其他同类产品所代替。尤其是特殊品，或产品需提供服务者，更需要借助品牌。
- **增强产品竞争力，增加盈利。** 品牌所有者可确定本身产品的价格，而不宜与其他竞争品相比较，品牌已成为产品差异化的一种手段。据研究，著名品牌的产品，比无品牌产品的价格弹性要小。
- **有助于产品组合的扩张。** 如企业已拥有一种或数种品牌的产品线，增加一种新产品的产品组合比较容易，而且进入市场推销，也远较无品牌的产品易为消费者所接受。

(3) 品牌对整个社会的作用

- **可促进质量的不断提高。** 由于消费者按品牌购买，因此，生产者不能不关心品牌的声誉，加强质量管理，从而使全社会的产品质量普遍提高。
- **有助于增强社会的创新精神。** 鼓励生产者不断创新，从而使市场上的产品丰富多彩，日新月异。
- **有助于保护企业间的公平竞争。** 商标的专用权使得商品流通有秩序地进行，促使整个社会经济健康发展。

3. 品牌策略的选择

为了使品牌在市场营销中更好的发挥作用，必须采取适当的品牌策略。

(1) 品牌化策略。 在激烈的市场竞争中，有品牌可以收到多方面的效果。但是，要使一个品牌成功地打入市场，往往因为要花费巨额的费用，而导致成本的增加。万一经营失利，则会使企业信誉和其他产品的销路都受到损失。因此，对一些使用品牌意义不大的产品，就可以不用品牌。

在下列情况下可以不用品牌。

- 不会因生产者不同而质量不同的商品，如电力、钢材、煤炭、水泥等。
- 消费者习惯上不认品牌购买的商品，如信封、信纸、练习簿等。
- 生产简单，无一定的技术标准，选择性不大的商品。如橡皮筋、纽扣等。
- 临时性用品或一次性用品。

随着经济的发展，目前市场上在品牌使用上出现了两种截然不同的倾向：一方面越来越多的传统上不用品牌的商品纷纷品牌化，如我国居民日常消费的油盐酱醋、大米、水果等；另一方面西方国家的超级市场上出现了不少无品牌产品，如卫生纸、肥皂等。这些无品牌、包装简单的商品，由于价格比较便宜，也吸引了不少低收入的消费者，使品牌化受到考验。

(2) 品牌归属策略。一旦决定对产品使用品牌，企业就要根据价值与拥有品牌后的责任，权衡利弊，决定自立品牌或是使用他人品牌出售。具体做法如下。

- **使用生产者品牌**。采用此策略，可以有效控制产品的质量，也是为了获取品牌所带来的利益，以便新产品上市。当品牌打响后，产品极受欢迎时，销售者也乐意推销生产者品牌。如"长虹"、"春兰"、"海尔"等。
- **使用销售者品牌**。资金薄弱、市场营销经验不足的小厂，为集中力量更有效地运用其生产资源与设备能力，宁可采用销售者品牌。利用销售者品牌，往往还由于中间商有一个良好的品牌、商誉以及庞大、完善的分销网。如"苏宁"、"联华"等。
- **使用特许品牌**。一些中小规模知名度不高的企业往往通过与其他生产者签订商标特许使用合同来获得其他一些著名品牌的使用权，如 KFC、麦当劳等；或是将自己生产的无品牌产品卖给其他企业，由这些企业用他们自己的品牌进行销售。这种策略一方面有利于获得市场认可，另一方面也锻炼了自己的队伍，为以后的创牌发展打下基础。
- **销售者品牌与生产者品牌并用**。

有些大规模的批发商及零售商，想建立自己的品牌，以便能更有效地控制价格及控制生产者，获取更高的经济效益。但为了获得顾客的信任。维持高水平的品质，故不得不使用生产者品牌，将两种品牌并用。有的大型商店除销售本身品牌的某种产品外，也同时销售其他品牌的同类产品，使之与自己的品牌竞争。

(3) 家族品牌策略。家族品牌策略就是企业在决定使用自己品牌的前提下，面临的进一步的决策。一般有四种选择。

- **使用个别品牌**。即不同产品采用不同品牌。如宝洁公司的洗发水产品分别使用海飞丝、飘柔、潘婷、沙宣等品牌。这种策略的主要优点是，不至将企业声誉过于紧密地与个别产品相联系；如该产品失败，也不致企业整体造成不良后果。因此，制造高档产品的企业，发展较低的产品线时，不宜使用统一品牌。个别品牌策略还便于为新产品寻求一个最好的名称与品牌，新的名称也有助于建立新的信心。
- **使用统一品牌**。即所有产品使用同一品牌。如美国通用电气公司（GE）生产的十几万种产品均使用 GE 品牌。如果生产者有可能并愿意对该产品线的所有产品都维持相当的品质，统一品牌将使推广新产品的成本降低，不必为创造品牌的接受性与偏爱性而支出昂贵的广告费用。如果企业声誉甚佳，新产品销售势必强劲。利用统一品牌，是推出新产品最简便的方法。
- **不同类别家族品牌策略**。企业在多元化发展的情况下，对不同的产品线使用不同的品牌。如远大公司，其机电产品品牌为"远大"，而整体浴室产品的品牌为"远铃"。
- **企业名称与个别品牌相结合**。就是在企业各个产品的个别品牌名称前冠以企业名称，这样既分享了企业已有的信誉，又使各产品有所特色。如海尔公司的产品除了都标有"海尔"的字样外，又根据产品的不同，有"小王子"、"双王子"、"大海象"、"小海象"、"金海象"等品牌名称。

(4) 品牌延伸策略。品牌延伸是企业利用其成功品牌来推出改进产品或其他新产品的策略。一种是纵向延伸，即推广原产品的改进型。另一种是横向延伸，即利用已获成功的品牌名称推出全新产品。如步步高从无绳电话延伸到 VCD、语言复读机等，娃哈哈从酸奶延伸到营养液、八宝粥等。品牌延伸策略的运用，可以使制造商节约促销新品牌所需的大量费用，而且能使新产品被消费者很快接受。

(5) 多品牌策略。 即企业在同一产品上设立两个或两个以上相互竞争的品牌。如宝洁公司的洗发水产品就有飘柔、海飞丝等几个品牌。这一策略的好处是可以获得更多的货架空间；可以满足不同目标市场消费者的更多需求；几个竞争品牌的销量之和又可超过单一品牌的销量；而且不同品牌之间还可形成竞争，在企业内部形成激励。

(6) 品牌再定位策略。 全部或局部调整或改变品牌在市场上的最初定位。再定位的原因很多，如市场需求发生变化；企业市场份额下降等。再定位的目的就是使现有产品具有跟竞争者产品不同的特点，跟竞争品拉开市场距离。尤其是在同类产品的特征基本相同，企业难以维持稳定的销量和扩大市场占有率的情况下，企业总是设法避开竞争对手，按消费者或用户的需求和偏好，尽可能增加产品的新特点，使自己的产品比竞争品更具特色，与竞争品拉开距离。

企业在进行品牌重新定位的决策时，要认真考虑两个因素：一是再定位所需的成本，包括改变产品品质费、包装费、广告费等；二是重新定位后所取得的收入。

三、包装与包装策略

1. 产品包装的概念及作用

包装是指为了保护产品的价值和形态，采用适当的材料，制成与物品相适应的容器(包装物)，并施加于物品之上的技术以及施加于物品后的形态。包装有两层含义，一是静态的含义，是指用来盛放或包裹产品的容器和包扎物；二是指对容器和包扎物进行美化和装饰的一系列过程，又称为包装化。这两层含义紧密联系，不可分离，统称为包装。

对绝大多数产品来说，包装是产品运输、储存、销售和使用，并保护产品的质量不受损伤不可缺少的条件，如液态产品、散粒产品、腐蚀性产品、有毒产品等，必须包装好才能运输、保管和销售。并利用一定的造型、图案、色彩，使包装美观、悦目，借以提高产品外在质量，从而对消费者产生吸引力。在现代市场营销过程中，包装装潢对产品的陈列和销售日益重要，包装装潢已成为商品生产不可缺少的部分。产品包装装潢的优劣，直接影响着产品价格和销售。世界上最大的化学公司——杜邦公司的营销人员经过周密的市场调查后，发现了著名的杜邦定律：63%的消费者是根据商品的包装来选购商品的。英国市场调查公司也报道，一般去超级市场购物的妇女，由于受精美包装的吸引，所购物品通常超出进门时打算购物数量的 45%！由此可以看出，包装作为商品给予消费者的"第一印象"，强烈地撞击着消费者购买与否的心理天平。

现代包装的作用，主要有如下几方面。

(1) 保护产品。 这是包装最主要的目的和最基本的功能。即保证产品在流通过程中，使产品的使用价值不受外来影响，产品实体不致损坏、散落溢出和变质腐烂。对易碎、易燃、易蒸发的产品，完善的包装能保护其使用价值，精致的装潢及图案附着在包装上，更惹人喜爱，在装卸运输中倍加爱护、小心，起到保护产品的作用。

(2) **便于储存、携带和运输**。产品包装装潢可以使产品形体规范美观，重量、体积合理，不仅便于搬运和携带，而且能充分利用运输设备和库房。

(3) **增进销售**。产品包装装潢具有识别和促销作用。产品包装以后，可与同类竞争产品相区别。优良的包装，都经过精心设计与印制，不易仿制、假冒、伪造，有利于保持企业信誉。在产品陈列中，包装起着"沉默的推销员"的作用。良好的包装能引起消费者注意，激发购买欲望，产生购买动机。有时由于改进包装，能使一种旧产品给人以新印象。此外定额包装还有助于推广自动服务售货。

(4) **增加营利**。包装装潢美观，能使商品树立起高贵的形象，使顾客愿意支付较高的价格购买产品。另外，由于包装完善，可使产品损耗率降低，运输、储存、销售各环节的劳动效率提高，从而增加企业盈利。

目前，由于以下几种因素的作用，包装已成为越来越重要的营销手段。

(1) **自助**。随着零售业的不断发展，超级市场已成为产品零售的一种主要方式。而超市实行的是顾客自助服务的方式。此时，产品的包装就成了"无声的推销员"，著名的杜邦定律已说明了这一点。

(2) **消费者生活水平的提高**。随着消费者生活水平的提高，消费者希望购买到质量更好、更美观的产品以及更多的便利，并愿意为此付出更高的价钱。

(3) **公司和品牌形象**。设计良好的包装有助于消费者迅速辨认出哪家公司或哪一品牌。

(4) **保护知识产权**。防伪包装的出现，使得仿冒产品的仿造成本大大提高。

2. 产品包装策略

常见的产品包装装潢策略有如下几种。

(1) **统一包装策略**。指企业将其所生产的各种产品，在包装外型上采用相同的图案，近似的色彩，相似的外形，共同的特征，使消费者易于辨认或联想到是同一企业的产品，借以提高企业声誉。特别是在新产品上市时，能利用企业的信誉消除消费者对新产品的不信任感。同时，采用类似包装装潢策略，可节省包装设计成本。但是，这一策略宜应用于同一品质的产品，如品质相差过分悬殊，就会增加低档产品的包装费用，或对优质产品产生不良效果。

(2) **等级包装策略**。它是将产品分成若干等级，对高档优质产品采用优质包装装潢，一般产品采用普通包装装潢，使包装产品的价值和质量相称，表里一致，方便不同消费者选购。

(3) **分类包装策略**。根据消费者购买目的的不同，对同一种产品采用不同的包装。如，购买商品作为礼品馈赠亲友，则用精致包装；如果是自己使用，则用简单包装。

(4) **综合包装策略**。又称配套包装策略，指将数种有关联的产品组合在一起包装，一起出售，以便于消费者购买，也有利于新产品推销。如化装盒、家庭用药箱、工具配套箱等。

(5) **再利用包装策略**。又称双重用途包装策略，即将原包装的产品使用完后，包装物可将包装转作他用。例如，印有游览图、服装式样的包装纸可以保存和利用，空罐、空盒、空瓶等可改装其他物品，或将杯状玻璃容器用作玻璃杯。此种包装装潢策略一方面使消费者产生好感，往往为得到一个漂亮的包装而产生购买产品的欲望；另一方面，使刻有商标的容器，起到了广告的作用，引起重复购买。

(6) 变换包装策略。就是在不改善产品质量的前提下，通过改变包装装潢来促进产品销售，有时会起到同改进产品质量相同的效果。特别是老产品，若其包装已使用多年，就应该推陈出新，变换包装。同时，在产品市场寿命周期的不同阶段，也应更换不同的包装式样，才有利于达到扩大产品销售的目的。如百事可乐就曾在 1996 年花费近 6 亿美元在全球发动了一场改变包装的宣传攻势。

(7) 附赠品包装策略。企业在某商品的包装容器中附加一些赠品，以吸引消费者购买的兴趣。如儿童玩具、食品中附赠认字卡片、粘纸、小玩具等；产品包装内附有奖券，中奖后获得奖品，等等。

(8) 防伪包装策略。对于一些名牌产品来说，防止假冒伪劣产品是件非常重要而又复杂的工作。企业除了运用法律手段打假外，采用各种防伪包装也是一种主动且非常有效的手段。如名酒五粮液由于采用了防伪酒瓶，有时还附赠防伪检测器，其假酒数量要比茅台酒少得多。

(9) 错觉包装策略。即利用人们对外界事物的观察错觉进行的产品包装。如两个容量相同的饮料包装，扁形的看起来就要比圆形的大些、多些。笨重物体采用浅色包装会令人感到轻巧一些，这是利用人们的视觉误差设计包装的心理策略之一。

(10) 不同容器不同包装策略。这是根据消费者的使用习惯，按照产品的重量、数量设计不同的包装。例如，味精有 50 克、100 克、400 克等不同重量的包装，分别适用于家庭、饭店等不同场合。

3. 产品包装的基本要求

产品包装按其在流通过程中作用的不同，可以分为运输包装和销售两种。运输包装的作用，主要在于保护产品品质安全和数量完整。销售包装又称小包装，它随同产品进入零售环节和消费者直接见面。因此，销售包装除要求符合保护产品的条件外，更重要的是具备适用于销售的各项条件。在造型结构、装潢画面和文字说明等方面都有较高的要求。选用销售包装时，要求遵循如下原则。

(1) 保护产品原则。选用包装首先要考虑适合产品的物理、化学、生物性能，保证产品不损坏、不变质、不变形、不渗漏，等等。

(2) 便于使用原则。为方便顾客和满足消费者的不同需要，包装的容量和形式应当多种多样。如包装的大小要适当，便于携带和使用等。

(3) 美观大方原则。"爱美之心人皆有之"，尤其是在产品日趋同质化的今天，美观、有个性的包装已成了人们选择的首要因素。特别是礼品包装，要求外形新颖、大方、美观，具有较强的艺术性，以增加产品和包装的名贵感。

(4) 维持社会利益原则。产品包装，在一定程度上反映了生产者和设计者的思想。搞好产品包装,有建设精神文明的内容。包装设计和使用,应注意维护消费者的利益,增进社会福利,防止不必要的过高的包装成本,努力减轻消费者的负担,节约社会资源。对有害的包装物应禁止使用,对易造成污染者,应限制或取缔。

此外,包装中应注意如下几点。

(1) 包装的文字、图案、色彩等要适应销售地销售者的消费特点,不要触犯忌讳。 如中国鞭炮出口北欧,因是红色包装,而当地消费者认为红色总是与暴力、流血等联系在一起,故而销售不畅。

(2) 不过度包装。 过去我国企业不重视包装,在国际市场上出现"一等产品,二等包装,三等价格"的被动局面,国家每年因此损失巨大。但现在,我国某些企业在包装上又走向了另一个极端,即过度包装。如一些产品大量使用塑料填充物,将八粒蛇胆胶囊包装成字典大小。另一种形式就是奢华包装,致使包装成本远远超过产品的价值。按照国际标准,包装成本一般不得超过产品成本的15%,最多不超过20%,否则就是过度包装。而在我国市场上,部分产品的包装成本占总成本的50%左右,少数竟高达90%~95%。

(3) 与时俱进,适时改变包装。 包装要保持一定的稳定性,以利于消费者的认知。但这并不是说包装是一成不变的,企业应遵循与时俱进的原则,按照新的文化观念和审美理念,适时改变产品的包装,给消费者一种新奇的感觉,从而刺激需求,促进消费。这一点已被许多企业的实践所证明。

4. 产品标签及其内容

标签是指附着或悬挂在产品上和产品包装上的文字、图形、雕刻及印制的说明。许多国家都制订了产品标志条规定产品标签应记载的某些指定的项目。产品标签的内容包括:(1)制造者或销售者名称和地址;(2)产品名称;(3)商标;(4)成分;(5)品质特点;(6)包装内数量;(7)使用方法及用量、编号;(8)贮藏应注意事项等。

 **巩固性案例**

迅驰一战成名

一、英特尔,做老大已经很久了

英特尔,在计算机芯片的江湖上做老大已经很久了。

英特尔公司的 Pentium 系列微处理器已是家喻户晓的品牌,为进一步建立起大企业及企业经营者的品牌认同,还是从去年发动历年来最大规模的、预计长达三年的广告宣传攻势,希望以既有的品牌知名度为基础,进一步在大企业中建立品牌意识。

根据纽约顾问公司 Interbrand 的市场调查结果,英特尔已经拥有全世界知名度甚高的品牌,2001 年全球排名第六,品牌价值高达 347 亿美元。英特尔已在服务器计算机市场建立起强大的基础,研究机构 IDC 说,去年搭载英特尔处理器的服务器占全部服务器出货量的 89%。

随着 PC 市场增长放慢，笔记本市场仍保持快速增长，为了确保自己龙头地位不容丝毫动摇，英特尔下大力气重新设计了针对笔记本未来发展特点的"迅驰"，并塑造新品牌、设计新 Logo，以示与台式机 CPU"奔腾"的区别。至此英特尔 CPU 布局形成服务器主打"安腾"、台式机主打"奔腾"和"赛扬"、笔记本移动计算市场主打"迅驰"和 P4-M 的态势。

二、迅驰，全球同步亮相

"迅驰"的前身 Banias 于 2002 年 9 月 9 日在美国圣何塞召开的英特尔秋季信息技术峰会上一亮相，即引起广泛关注。英特尔称这是第一款彻头彻尾专门为笔记本电脑而设计的平台，而非像以前如"奔腾Ⅲ"和"奔腾4"等笔记本电脑专用 CPU，只是小而化之的台式机 CPU。

2003 年 1 月 9 日，英特尔在北京、上海、深圳等 13 个城市同时召开新闻发布会，推出"第一个全新移动计算技术品牌——英特尔迅驰移动计算技术"(Centrino)。"迅驰"包括之前开发代号为 Banias 的 CPU、Calexico 芯片组以及 IEEE802.11a／b(Wi-Fi)无线网络功能。"迅驰"品牌是英特尔首次将一系列技术整合至单一商标。

英特尔(中国)公司负责人介绍，"迅驰"综合兼顾了未来笔记本电脑的"高性能、长电池寿命、无缝的无线连接以及时尚创新的外形"四大要求，并称"迅驰"的推出将极大改变人们使用计算机的地点和方式。"无论何时何地，办公室、家里、机场还是咖啡馆，人们都可以通过笔记本电脑或 PDA 与互联网宽带连接"。他们推广的目标是"让'迅驰'家喻户晓，每当人们说起'迅驰'，脑子里就会跟高性能、低功耗、随时随地上网和时尚的外型联系起来"。

"迅驰移动计算技术"新品牌拥有一个包含有著名的 Intel Inside 标志在内的新标志。这一标志有着醒目色彩和全新图案，寓示着飞翔、移动和勇往直前。

2003 年 3 月 12 日，业界观望已久的英特尔移动科技新品牌"迅驰"，在全球同步亮相。迅驰标志着一个计算与通信双重融合的新时代的开始。

三、盛宴开始，结局难有悬念

自从 2003 年 3 月 12 日开始，在一段时间内，IT 界最热门的话题就是英特尔"迅驰"。即使是在信息爆炸的时代，"迅驰"的亮相也成为一颗耀眼的明星，鲜花与掌声掩盖了反对派的意见：迅驰的价钱太高，推出的时机太突然，Wi-Fi 技术并不成熟，笔记本电脑厂商的行为受到了英特尔捆绑式销售的制约可能导致同质化，等等。

众多的 IT 厂商都预感到了即将由"迅驰"引发的市场冲击力，纷纷想抓住这个契机，使自己产品的市场占有率更上一个台阶。很多知名的厂商很快推出采用"迅驰"移动技术的笔记本电脑，包括联想、华硕、海信在内的众多厂商都将同步推出他们基于"迅驰"移动技术的笔记本电脑新品，其中尤以海信动作较大，一下子推出了两个系列的"迅驰"笔记本。

就在"迅驰"发布的第二天，即 2003 年 3 月 13 日，三星电子在北京中关村的海龙大厦前推出了全球最为轻薄的采用 Centrino 芯片组的 14.1 英寸笔记本产品 X10。号称是目前全球笔记本电脑市场上"最轻薄时尚"的笔记本电脑，其重量仅有 1.8 公斤，而厚度仅仅为 23 毫米，不足两指宽。

到了 2003 年的第四季度，在网上查找笔记本电脑的资料，已满眼是 "IBM 迅驰笔记本"、"联想迅驰笔记本"、"华硕迅驰笔记本"……

盛宴已经开始，结局难有悬念。迅驰初涉江湖，可谓少年英雄、一战成名。

(资料来源：谁与争锋——英特尔迅驰品牌推广案例，中国营销传播网.http://www.emkt.com.cn/article/131/13152.html，2003.11)

 思考题

1. 目前英特尔旗下有哪些品牌？这属于哪一种类型的品牌策略？

2. 为什么英特尔不在笔记本电脑领域延用 "奔腾"，而要推出新的 "迅驰"，请分析英特尔这样做的理由及其可能的利弊？

3. 迅驰策划成功的原因是什么？对我们有何启示？

4. 据某市场研究调查，目前大学生购买电脑有三成以上打算购买笔记本电脑，你认为英特尔是否有必要针对大学生进行 "迅驰" 品牌的推广？如果没有必要，请详细说明你的观点和理由？如果有必要，请为英特尔提出一个校园推广方案。

第 7 章

定价策略

开篇案例

PPG 的成功

2005 年底，恐怕没人能预想到一个名为"PPG"的衬衫牌子，会在两年后，将统治中国衬衫界十多年的霸主——雅戈尔拉下马。让人匪夷所思的是，较力双方的实力和家底竟然天差地别。其成功的秘密在于其成功的策略，这在其价格策略上也较突出——颠覆性的购买价格：99 元破位价的破窗效应。

99 元，打破了消费者对于高品质衬衫价格的预期。长期以来，商场和百货店衬衫的价格和价值是完全背离的，因为有 50%甚至 70%以上的利润要为渠道买单，所以随随便便的一件普通衬衫也要上百元，99 元的破盘价，挤掉了一部分的渠道成本泡沫，颠覆了人们传统意识中百元男士衬衫的价格认识。

99 元，打破了消费者对于购买 PPG 衬衫的心理防线人世间的任何一场博弈，价格必定是最后的筹码，99 元，无疑在当时降低了消费者购买 PPG 衬衫的门槛，大大提升了成交率，这也是为何跟进者 VANCL 不依不饶地打出"68 元初体验"的核心目的。(摘自中国营销传播网，2008.07.02)

(资料来源："轻"公司为何不堪"重"负——局内人深度解析 PPG 商业迷局(一).中国营销传播网，http://www.emkt.com.cn/article/372/37261.html，2008. 7)

定价策略是企业营销乃至整个企业管理中最关键的一个环节，是企业决策的重要内容。有时，一个定价策略甚至事关企业生死存亡。价格是价值的表现，无论对企业和整个社会来说，价格都是人们关注的焦点，从如火如荼的价格战到关系到国计民生的价格指数，价格的每一点变化都牵动着人们的心。本章从价格的实质入手，介绍一些常见的定价方法和价格策略。

第一节　影响企业定价的因素

企业定价的策略受所提供的产品的价值、营销目标、成本、市场和需求的性质、竞争者的价格与反应、国家的政策及货币的价值及产品所处的生命周期等诸因素影响。

一、产品的价值是产品定价的基础

根据马克思的政治经济学原理，产品的价格围绕价值上下波动，是马克思政治经济学的核心，是市场经济运行的基础，市场经济体制运作的动力。当然，价格的灵活性是由产品的质量决定的，企业的产品必须做到按质论价，采取按质量差别定价，质量不同的产品制订不同的价格差别，是价值规律的客观要求所决定的。不过要注意的是，这时的产品指的是市场上的所有"同类产品"或者是这种产品的一个"长期平均价格"，而对于"个别产品"和短期价格来说，却没有操作性。它适合作长期分析和价格战略决策。

二、营销目标是企业定价的方向

企业管理的目标有生存、获利、发展等，作为企业管理重要组成部分的营销管理必须与总的目标一致。企业定价在不同的营销目标下采用不同的价格策略和方法。

三、确定产品的价格必须考虑到成本

产品成本有总成本、固定成本、变动成本、边际成本之分，这对我们制订价格策略有重要的意义。产品成本的高低在很大程度上反映着产品价值量的大小，并同产品出厂价格的水平高低成正比。同时，成本又是产品价格低于价值的经济界限，是保证企业再生产的必要条件。在正常生产条件下，产品的生产成本低于价格，才能使企业在出售产品时回收耗费在该产品中的成本支出，从而使生产不间断的继续下去，并为企业创造一定的利润，是企业生存和发展的前提条件。如果产品的成本在很长一段时间内高于价格，企业就不能以其销售收入补偿在生产过程中的消耗和支付劳动报酬，更谈不上发展。因此企业对成本必须准确地进行核算并且不能以个别生产者的生产成本为依据，而应该以社会中等成本作为参照标准。

四、产品价格的制订必须考虑到国家政策

政府对价格决策的影响主要体现在各种有关禁止的法规上。包括禁止价格歧视，禁止价格欺诈，禁止价格垄断和禁止低促销。

五、市场和需求的性质对我们制订价格政策有指导作用。

1. 市场类型不同价格不同

市场结构可分为完全竞争、完全垄断、垄断竞争和寡头垄断。这些市场结构下的企业制订价格的自由度是不同的。介于篇幅请读者参考经济学相关内容。

2. 需求弹性不同价格策略不同

$E=1$ 时，称为需求无弹性，这类产品需求量随价格等额变化，因此价格策略不应是首选的营销策略。

$E<1$ 时，称为产品缺乏弹性，这表示价格变动只引起需求量较小的变化，对于这类产品高价策略是有利的。

$E>1$ 时，称为需求弹性大，表明价格的微小变动会引起需求量的较大变化，此类产品采用降价策略。

3. 消费者对价格和价值的看法

最终评判产品价格是否合理的是消费者，因此，企业在定价时必须考虑消费者对价格的理解以及这种理解对购买决策的影响。

第二节　定价的程序

商品定价涉及国家、企业、购买者和竞争者诸方面的利益。为使价格合理，企业必须按照科学的程序进行定价。

一、确定定价目标

企业在定价时，首先要确定定价的目标。只有目标正确，才能把握定价的方向。企业定价目标的原则与企业管理需一致，根据企业生存、发展、获利等目标，企业定价目标，一般可有生存目标、发展目标和获利目标三类，具体有如下几种。

1. 利润导向定价目标

追求最高利润是多数企业的定价目标，并且获利是发展的基础，但在具体操作上应做不同的分析。一种是将产品的价格定得比同类产品高，想通过高价在短时间内取得较高的利润。这种定价目标有很大的局限性。企业的产品价格定得高，在短时间内也许能取得较高的利润，但从长远计，只会失去广大用户，使产品出现滞销，最后企业难免发生亏损。另一种是，企业为了追求长期较高利润，在短期内甚至情愿承担一定的亏损。比如，一个企业的产品进入新的销售区，或者新产品进行试销，为了争取用户，先将价格定得低一些，以此建立信誉，打下基础。这样可以扩大产品的销售，结果反而会取得满意的利润。

2. 销量导向定价目标

有些企业的定价目标是为了提高企业产品的市场占有率和降低成本。此时，其产品价格水平一般要比本企业上期或者同类企业的上期及近期低一些，或者企业为规模效应而提高产量。这种定价目标主要适用于处于成长期或成熟前期产品。随着产品市场占有份额的扩大，企业生产可能进一步发展。

3. 竞争导向定价目标

在市场竞争激烈的情况下，企业销售部门可以针对市场上有决定性影响的竞争者价格，采用稍低或稍高的定价目标，以此应对或者避免与同类产品的销售竞争。企业采用稍低于竞争者的价格，目的是为了在竞争中处于优势，扩大产品销售。但在确定这种目标时，必须认真考虑企业的财力及竞争的趋势。如果市场竞争的时间较长，企业的产品定价又低于成本，则不宜采用。

4. 生存导向定价目标

如果企业产品大量积压，甚至濒临倒闭时，则需要把维持企业生存作为企业的基本定价目标，生存比利润更重要。为了保持企业继续开工和使存货减少，企业必须制订一个较低的价格，并希望市场是价格敏感型的，许多企业通过大规模的价格折扣来保持企业的活力。只要这类企业产品价格能够大于变动成本，企业就能维持一段时间的生存。这种价格只是权宜之计，不能实行太久。

二、选择价格策略

价格策略是企业为实现定价目标，对价格采取的基本态度。企业的价格策略大致可以分为低价、平价和高价三种。根据不同的经营情况，企业还可对这三种价格策略做不同的变化，以形成更多细化的价格策略。

1. 低价策略

(1) 需求价格弹性较大的产品。这类产品的价格变化对销量有很大的影响，价格上升需求量减少很多；价格下降，需求量增加很多。

(2) 市场容量较大，且生产不太困难的产品。采用低价策略，企业可以有效阻止竞争者进入该产品市场。

(3) 生命周期趋向成熟，或者衰退期的产品。企业对这种产品采用低价策略可以延长产品生命周期。

(4) 随着产品销量扩大，可以使单位产品的固定成本明显下降的产品。企业对这类产品使用低价策略从而产生规模效应。从而使企业带来较好的经济效益。

2．平价策略

平价策略是介于低价和高价之间的一种定价策略，是指在产品的成本中加上能被公众认可的合理水平的利润。这种价格策略，既保证了企业的合理利益，又能使广大购买者乐意接受。在出现下列情况时，企业可选择平价策略。

(1) **市场上供求较平衡的产品**。这种产品由于供求较平衡，同类产品竞争不十分激烈，故价格也较平衡，此时企业使用平价策略能促进销售。

(2) **需求弹性不大的产品**。如对基本消费品或初级产品，为了树立企业形象，即使在供不应求或独家经营时，也宜实施平价策略。

(3) **要稳定占领市场的产品**。企业从长远利益出发，对此类产品宜平价销售。

3．高价策略

高价策略是将企业的产品定得高于同类企业，或较大幅度地高于成本。企业使用这种定价策略，可取得较高的利润，但容易影响产品的销售。在出现下列情况时，方可选择高价策略。

(1) **消费者一时很难判断产品质量的新产品**。这种产品的质量无同类产品可比较，购买者认为"价高必然质优"，愿为其支付高价。此外，对国内尚无人生产，估计在较长时期内也不会出现竞争者的新产品，也可采用高价策略。

(2) **需求弹性较小的产品**。如食盐，可采用高价策略。因为这类产品即使将价格提高，也不会影响人们购买。

(3) **受到国家及有关部门嘉奖的产品**。如金牌产品、银牌产品，由于做工精细，质量上乘，产品的知名度较高，往往可以高出同类产品的定价销售。

三、核定最后价格

在经过上述步骤后，企业应当围绕既定的定价目标，根据已搜集到的资料，选择适当的定价策略，核定产品的最后价格。企业在确定产品的最后价格时，要对下列几项进行加总。

(1) **全部成本**。主要包括生产该产品所耗费的原材料、辅助材料、燃料电力、包装物、工资、车间经费、企业管理费、销售费等。

(2) **盈利**。主要包括工业利润和税金。各企业生产的产品不同，增值税的税率会有所不同。

(3) **出厂价**。即产品的全部成本加该产品的盈利。企业生产的产品如属生活资料，需经商业部门经销，还要预先与商业部门协商，在取得一致意见后，分别核算产品的批发价和零售价。批发价是产品出厂价加一定的进销差价；零售价是产品批发价加一定的批零差价。

以上价格的确定过程以新产品或新价格而言，对于已有的产品价格基本上还是这三个步骤，但是还要加强对价格的分析，尤其是要结合市场各方面的情况及时对价格进行调整。

第三节　定价的方法

在定价目标的指导下，企业可选用的定价方法较多。最常用的有成本导向定价法、需求导向定价法和竞争导向定价法等三类。

一、成本导向定价法

成本导向定价法，是以产品的成本为依据的一种定价方法。成本导向定价法又可分为完全成本定价法、目标成本定价法和边际成本定价法三种。

1．完全成本定价法

完全成本定价法，也称成本加成定价法，是国内外常用的一种定价方法。它是在产品成本的基础上，加入一定的利润作为税前价格。在税前价格上，再加入应纳税金，便形成企业的产品价格。价格中的利润，一般按利润率计算；产品价格中的税金，以销售价格为基础，乘以国家规定的生产率即得。成本加成定价的计算公式是：

价格=成本×(1+成本利润率)/(1－税率)

企业采用完全成本定价法，有三大优点。

(1) 简化定价工作。这种定价方法着眼于单位成本，使定价工作大大简化，不需要依需求的变化而随时改变。

(2) 减少价格竞争

只要同行业均采用成本定价方法，则在成本和加成相似的情况下，价格大致相同，便可使彼此间的价格竞争减到最低程度。

(3) 价格较为公平。成本加成定价法对购买者和销售者都比较公平。这是因为，企业既不可能利用消费者需求的增加而乘机提价，又可靠固定的加成获得较为稳定的利润。

企业使用成本加成定价法也存在着两大问题：其一，从营销学的观点看，任何忽视市场需求弹性的定价，不论从短期还是长期看，都不可能获得最高利润；其二，由于季节影响、周期性变化以及产品生命周期的阶段不同，加成比例理应做相应调整。

2．目标成本定价法

目标成本定价法，是以期望达到的成本目标为依据，确定企业产品出厂价的一种特殊定价方法。

(1) 目标成本定价法的实质。目标成本定价法的实质，是企业对销售的产品先定出一个可销的目标出厂价，扣除应缴纳的税金和目标利润后，计算出目标成本，然后通过增加产量、降低实际成本来实现这个目标成本。所以，目标成本是企业为实现定价目标，谋求长远和整体利益而测定的计划成本，而不是产品的实际成本。其计算公式为：目标成本=目标价格×(1－目标利润率－税率)

(2) 目标成本定价法的计算。根据目标成本的计算公式，便可推得目标成本定价法的计算公式为：

价格=目标成本×(1+目标利润率)/(1－税率)

上式中的价格，是企业产品可销的出厂价，一般不可改动；税率由国家规定，也不可变动；目标利润率是企业生产经营追求的目标，也必须争取实现。因此，等式右边的各个数据基本上是已定的；要使等式成立，只有增加产量，利用成本与反方向变动的原理，在一个时期内，使平均成本等于目标成本。

(3) **目标成本定价法的作用**。目标成本定价法，大都适用于对新产品的定价。新产品投产初期产量小、成本高，如果按批量实际成本加一定的成本利润率定价，所定的价格必然很高，新产品就难以打开销路。若将产品的成本计算从投产初期扩大到较大的批量，产品的单位成本就会低得多。如果按这样的成本定价，就可使产品价格达到市场易销的价格水平，企业就能实现利润目标。但使用目标成本定价法有一个假设的前提，即增加的产量必须能在市场上销出去。

3. 边际成本定价法

边际成本定价法，是以产品的单位变动成本为基础，加上产品的边际收益来确定价格的一种定价方法。它是西方国家的企业常用的一种定价方法。

(1) **边际成本定价的基本要求**。边际成本是指企业生产产品所花费的变动成本。例如，某企业每月生产某产品 1 万台，总成本 5 万元，每台平均成本 5 元。但当产量翻一番时，总成本为 9 万元，增加了 4 万元，该企业所增产的 1 万台产品，实际成本只花了 4 万元。这里的 4 万元和 4 元，都是边际成本，也就是所增产的那部分产品的真实成本。在此，翻一番的产品成本比未翻番时减少了 1 万元和 1 元，而这 1 万元和 1 元，就是边际成本带来的边际贡献。由此可见，边际成本定价的基本要求，就是边际收益大于边际成本，从而获得边际贡献，边际贡献的计算公式为：边际贡献=售价－变动成本

为何要将这一差额称为边际贡献呢？因为这一部分收入可以用来补偿产品生产的固定成本，甚至超过固定成本，为企业提供利润。边际贡献可以分成如下三种情况。

- 当销售收入低于保本点时，贡献不足以补偿固定成本。
- 当销售收入等于保本点时，刚好补偿固定成本。
- 当销售收入大于保本点时，产生利润。

所以，企业采用边际成本定价法时，可直接以变动成本作为基础，但这种方法所定的是产品价格的最低界限。

(2) **边际成本定价法的适用范围**。这种定价方法主要适用于如下三种场合。

企业生产能力超过市场需求。在企业生产能力有余，而市场也有需求的情况下，企业生产产品虽会产生新的变动费用，但不会产生新的固定费用。此时，只要新生产产品的销售价格高于变动费用，就会使企业的总利润增加。

经降低价格战胜竞争对手，赢得订货。在市场不景气，同行业之间竞争又十分激烈的情况下，企业可采取降价经营的策略。这时用户订货，可补偿一部分固定费用，减少企业的亏损。如果拒绝订货，企业的固定费用仍要开支，亏损更为严重。

为提高市场占有率制订经营价格。企业为了提高产品的市场占有率，或者想用一种产品刺激消费者对相关产品的购买，也可采用边际成本定价法，制订比实际成本更低的经营价格，以增加销量。

二、需求导向定价法

需求导向定价法，是以市场上现实的消费者可以接受的价格来确定产品价格的定价方法。需求导向定价法又可分为可销价格倒推法、需求差异定价法和相关产品比较法三种。

1. 可销价格倒推法

可销价格倒推法，又称可销价格倒扣法。这种定价方法是通过预测，先确定市场上产品的可销零售价，再据此推算产品的批发价、出厂价。

(1) 可销价格倒推法的作用。企业离开市场需求定价，就会违背价格运动规律的客观要求。可销价格倒推法，是从市场上产品的零售价格倒推测算产品的批发价和出厂价，然后企业再决定是否生产、经营，以及生产经营多少，这样，企业生产的产品就能反映市场的供求关系，有利于开拓市场，并可根据市场供求情况及时调整，比较灵活。

(2) 可销价格倒推法的计算。这种价格是产品的市场可销价与该产品的批零差价、进销差价的差额。其计算公式为：出厂价格=市场可销价格－批零差价－进销差价

出厂价格=市场可销零售价格×(1－进销差率)/(1+批零差率)

假定上式中的批零差率是倒扣批零差率，即以产品的零售价格为基础计算批零差率，则计算公式为：

出厂价格=市场可销零售价格×(1－批零差率)/(1－进销差率)

(3) 可销价格倒推法的要求。企业采用可销价格倒推法定价，关键在于正确测定产品的市场可销价。

市场可销价的一般标准。消费者为满足正常需要而自愿接受的价格；同类商品的现行市场价格水平大体相同的价格；与企业的生产经营目标相适应，既有利于产品销售，又能获得一定盈利的价格。

市场可销价的估测方法。企业在估测产品的市场可销价格时，一般方法是：组织本企业的营销人员、财务人员进行评估；通过对有代表性的消费对象进行抽样调查进行评估等。

2. 需求差异定价法

需求差异定价法，又称需求区别定价法。它是按照消费者需求的差异，为同一产品制订不同价格的定价方法。

(1) 需求差异定价法的提出。由于消费者各自的社会地位、经济收入、生活方式、风俗习惯的不同，形成了他们对商品需求的差异性。例如，由于经济收入不同，形成了消费者不同层次的购买力，有的要购买高档品，有的只购买低档品。农村和城市有差别，农民一般在每年秋收后对耐用消费品形成购买高潮，城市的购买在一年中比较均衡。消费者需求的种种差异，要求企业将市场细分，建立有区别的目标市场，并将产品的价格划分成若

干档次，以适应不同消费者群的要求。

(2) **需要差异定价法的形式**。需求差异定价法的形式大体可分为如下五种。

按不同的购买对象定价。即同样的产品，对不同的购买者(如新、老顾客)定出不同的价格。

按不同的产品式样定价。如对精制服装和一般服装，可制订不同的价格。但其价差并不与产品的成本成正比。

按不同地理位置定价。如不同楼层的房租、剧院的前排和后排，可制订不同的价格。

按不同的购买时间定价。如不同季节、不同日期(是否节日)，可制订不同的价格。

按不同的质量要求定价。如获金、银牌的产品价格高些，一般产品价格低些。

(3) **需求差异定价的条件**。需求差异定价是有条件的。

- 市场能够细分，且细分市场具有不同的需求弹性。
- 购买者在主观上认为产品存在差异，价格能接受。
- 执行不同价格不会导致竞争者在不同市场上转手倒卖，也不会用低价来对抗。
- 分割、控制市场的费用不超过区别定价所得的收入。
- 所在地区的政策允许。

3. 相关产品比价法

相关产品比价法，是以某种同类产品为标准品，以它的现行价格为标准，通过成本或质量的比较而制订新品种价格的定价方法。

1. 相关产品比价法

具体的定价方法有如下三种。

(1) 新品种与标准品相比，若成本变动与质量变动的方向和程度大体相似，可按成本差异程度确定新品种价格。其计算公式为：

新品种价格=标准品价格×(1+新品种成本差异率)

该定价方法虽然简便，但不能反映新产品与标准品的质量差异。

(2) 品种与标准品相比，若质量显著提高而成本增加不大，可按它们的质量差别确定新品种的价格。其计算公式为：

标准品价格×(1+新品种成本率)≤新品种价格≤标准品价格×(1+新品种质量差率)

新品种价格可视同类产品的市场供求情况，在上述区域中确定。

(3) 若新产品成本减少不多，而质量明显下降，应实行低质低价。其计算公式为：

低质新品价格=标准品价格×(1 - 低质产品质量差率)

可见，对质量明显下降的新产品，要从价格上加以限制和惩罚。

2. 相关产品比价法定价的要求

相关产品比价法是一种简便易行的定价方法，能较好地贯彻执行按质论价的原则，有利于保持同类产品价格水平的基本稳定。但这种定价工作的关键在于选定标准产品和确定标准品的合理价格。

(1) **正确选定标准产品**。由于标准产品是同类产品比质比价的核心，所以企业一般应选择产量大、生产正常、质量稳定、销售面广的产品，而不应选择产量小、质量波动大、无销路的产品。

(2) 定标准品的价格。 标准产品的价格是否合理，关系到新产品的价格水平，所以，企业要以成本或质量的标准作为定价依据，认真做好标准产品的定价工作，不可随意变动。

三、竞争导向定价法

竞争导向定价法，主要是以竞争对手的价格为基础，以成本和需求等因素为辅的一种定价方法。竞争导向定价法又可分为竞争参照定价法、随行就市定价法和密封投标定价法三种。

1. 竞争参照定价法

竞争参照定价法，是根据不同的竞争环境，参照竞争对手的价格，并以其为基准价来确定本企业产品价格的定价方法。其具体形式一般有三种。

(1) 以低于竞争对手的价格定价。 无论竞争者的价格是多少，本企业产品的价格始终比对方低。采用低价策略，意在维持或提高本企业产品的市场占有率，迅速扩大产品的销售量。

(2) 以高于竞争对手的价格定价。 这种定价是在竞争对手基准价的基础上，提高本企业产品的价格水平，以高价谋取高利润。采用高价策略，主要适用于以下情况：企业产品相对于竞争者的产品，有显著的优势；购买者在意识到这种相对优势的同时，愿付出高于竞争对手产品的价格；企业的知名度、信誉度较高。

(3) 与竞争对手的价格一致。 这是将本企业产品与竞争对手的产品同步定价，并随竞争对手的产品价格上下浮动。企业使用这种定价形式，无论是产品的质量、成本，还是在知名度、信誉度等方面，都要与竞争对手不相上下才行，否则便难以奏效。

2. 随行就市定价法

随行就市定价法，是以本行业平均定价水平作为本企业的定价标准，使企业的产品价格保持在同行业的平均水平上。

(1) 随行就市定价法的适用范围。 该定价方法主要适用于均质产品，如黑色和有色金属材料、化工原料、纺织面料，以及木材、水泥、棉花、药物、玻璃等。这些产品无论由谁生产，其质量基本上都是相同的。如果竞争比较充分，均质产品价格一般均应采取此种方法制订。在这种情况下，企业之间的竞争往往体现在产品成本的控制或其他经营手段上，价格的差别很小。

(2) 随行就市定价法的主要优点
- 定价比较简单，但要及时了解同行企业的价格水平，否则容易吃亏。
- 避免同行之间的竞争。这种定价容易被人们接受，便于在同行中站住脚，企业也较易获得合理利润
- 企业的风险较小。

3. 密封投标定价法

密封投标定价法，是通过向招标者索取标书，并在获准参与竞标后，在规定的截标日期内，将企业愿意承担的价格送达招标者，以此来最后确定价格的一种方法。

(1) 密封投标定价法的适用范围。这种定价方法主要适用于如下商品。

● 争购者较多的、社会上稀缺的艺术品、珍奇品、古董等商品。

● 大多数的建筑工程、建筑装潢、桥梁道路建设等。

这些商品和工程建设，由于价格难以估测，且争购、投标者较多，可广泛使用投标法定价。

(2) 密封授标定价的基本要求。在投标中，企业要在尽量增加近期利润的前提下争取中标；而中标与否，又主要取决于竞争者的价格标准。企业如果报价过高，中标的可能性较低；反之，中标概率增大，但企业获利机会减少。因此，企业在报价时，既要考虑本企业目标利润的实现，又要尽量准确地预测竞争者的定价意向，以便在目标利润和中标概率之间确定最佳报价。

以上各种定价方法，分别从成本、需求、竞争等影响企业定价的因素出发，各有其利弊和适用条件。企业可根据自身条件和所处的市场环境综合考虑。

第四节　定价的策略

企业在定价时可采用的策略较多，这里着重介绍心理策略、折扣定价策略和阶段定价策略三大类。

一、心理定价策略

心理定价策略，是以迎合消费者的不同层次消费需求和不同购买欲望而制订的一种定价策略。使用这种定价策略，能使消费者感到购买这种产品有合算、实惠、名贵等等的满足，从而激发消费者的购买欲望，达到扩大产品销售的目的。常用的心理定价策略主要有如下几种。

1. 尾数定价

尾数定价策略，是企业在对产品定价时，针对消费者的求廉心理，取尾数价格而不取整数价格的一种定价策略。例如，将产品价格定为 0.98，而不定为 1 元；定为 98 元，而不定为 100 元等。采用这种定价策略，虽在核算产品价格和出售价格时比较麻烦，但一般能起到三方面的作用。

(1) 给消费者以信任感。若将产品价格定为整数，如 1 元、10 元、100 元，消费者认为是一种概略性的估计；而取尾数的话，如 0.98 元、9.8 元、98 元，则认为这是企业经过精确计算的价格，从而产生信任感，能较好地诱发和增强消费者购买产品的欲望。

(2) 给消费者以价廉感。 企业将产品价格分别定为 1 元和 0.98 元，二者虽相差甚微，但前者给消费者的概念是元，后者却是角，能使消费者产生便宜感。

(3) 给企业带来好的效益。 采用尾数定价策略，价格相差不大，不仅不会因此而减少企业利润，反而会增强产品的竞争力，扩大产品销售，从薄利多销中取得更好的经济效益。

2．声誉定价

声誉定价策略，是将有些高档消费品、奢侈品、有观赏价值的名人字画、古董等的价格，定得比产品的实际成本、一般利润高得多，以吸引少数经济条件较优裕的消费者购买的一种定价方法。企业使用声誉法定价，首先可使企业增加盈利；若是出口产品，还可为国家取得更多的外汇收入。同时，凡购买高档产品、名贵产品的消费者，大多数是家庭经济条件较好的使用者，当这些产品投入市场时，价格定得高一些，反而会引起这些购买者的购买欲望，有利于产品的销售。

3．分级定价

分级定价是企业将同一种产品根据质量和外观上的差别分成不同等级，选其中一种作为标准型产品，其余依次排列，定为低、中、高三档，再分别定价的一种策略。低档产品，价格接近产品成本，只要有利就行；高档产品，价格可较大幅度地超过产品成本。

(1) 分级定价的作用。 企业采用分级定价法，一般可起到三方面的作用。

可扩大产品销售。 这样定价既可满足一般消费者的要求，又可满足购买力较强的消费者的要求，从而增加市场销售量。

便于定价或调价。 按产品分级定价，既方便企业核算价格，又便于企业对产品价格进行调整。

便于消费者购买产品。 产品分级定价，可使消费者根据自己的习惯档次购买产品，不必多花时间去选购、斟酌。

(2) 分级定价的要求。 企业在分级定价时，产品价格的档次不宜分得过多或过少；各档次的价格差别也不宜过大或过小。如果档次价格相差过小，将失去分档的意义；如果档次价格相差太大，则可能失去一部分期望购买中间档次价格产品的消费者。

4．组合定价

当企业经营两种以上相关的产品时，可将关联产品的价格一个定得高些，一个定得低些，对其进行组合。如大家熟悉的打印机，它的价格很便宜，但是它的墨盒却不便宜。又如对一个既生产刀架、又生产刀片的企业来说，可将剃须刀架价格从原来的正常价格 10 元改为 9 元，而刀片则从正常价格 0.2 元提到 0.3 元。这样，消费者每购买刀片和墨盒时，就能弥补企业剃须刀架和打印机的损失，而消费者购买刀架和打印机时还会觉得合算、价廉。

在组合定价时要注意的是，作为消耗产品的关联产品必须没有严格的替代品，否则不能用组合定价策略。如果上例的刀片和墨盒有替代品，则顾客就不会选择你的刀片和墨盒，企业便会在刀架和打印机上白白损失。

5．习惯定价

有些日用品，消费者经常接触、购买，对价格已养成固定习惯，不宜轻易变动。而且，物价愈稳定，这种习惯定价的产品也就愈多。例如，我国火柴原来三分钱一盒，美国口香糖五美分一包等，均属习惯价格。别的企业如生产相同产品，须按已有的习惯价格定价，否则销路就会受影响。有时，企业的生产因素发生了变化，如原材料涨价等，确实需要提价，企业也要将产品改型，或利用新的牌号、新的包装，这样做，消费者在心理上比较容易接受。

二、折扣定价策略

折扣，就是让利。在产品经销活动中，通过折扣，可以降低一部分产品价格，以达到争取快销和多销的目的。企业经常采用的折扣策略大致有九种。

1．现金折扣

现金折扣，是企业对按约定日期付款的用户给予不同优待的一种折扣。例如，付款期限为一个月，立即付现可打5%的折扣，10天内付现可打3%的折扣，20天内付现可打2%的折扣，最后10天内付款则无折扣优待。企业使用现金折扣策略的目的在于鼓励用户早日付款，减少赊销，加快企业的资金周转速度。但在使用这一折扣策略时，企业及其营销人员须严格把握三点：一是折扣率的大小；二是折扣期限的长短；三是付清贷款期限的长短。

2．数量折扣

数量折扣，是企业对购买一定数量和金额的用户，给予大小不同优惠的一种折扣。即购买数量越多、金额较大，给予的折扣越多。具体又分为以下两种：**累计数量折扣**。在一定的时期内，企业按照用户累计购货数量和金额的大小给予不同的折扣。时间的长短，可以确定为一周、一月、一季、半年、一年等。使用累计数量折扣，对企业来说，可鼓励用户长期购买，使其成为企业的长期客户，便于安排生产经营活动；对用户来说，也可保证货源，便于掌握进货进度。**非累计数量折扣**。即用户每次购买一种或多种产品，达到一定数量或一定金额时，给予一定的折扣。例如，一次购进100台，可给10%的折扣；超过100台，给予12%的折扣；达50~100台，给5%的折扣；不足10台无折扣。

3．交易折扣

交易折扣，是企业根据批发商或零售商在市场经销活动中的不同地位和功能，给予不同优惠的一种折扣。所以，这种折扣又称功能折扣。例如，某种产品的出厂价为100元，对零售商打20%的折扣，即付款80元；给批发商时，在零售商的基础上再打10%的折扣，即付款72元；给经销商时，在零售商的付款数打5%的折扣，即付款76元。给批发商的折扣较大，给中间商的折扣次之，给零售商的折扣较小，这样做，可刺激批发企业大批量购买，并有可能进行批转业务。

4．季节折扣

季节折扣，是生产季节性产品的企业，对在季节内购买产品的用户所给予的优惠折扣。它包括季节生产、全年销售和全年生产、季节销售两种情况。季节折扣主要用于全年生产、季节销售的产品。例如，某产品在正常销售时每件 100 元，在销售淡季可打 10%或 15%的折扣。企业使用季节折扣，一方面可鼓励批发商和零售商早购产品，减少企业库存积压，加速资金周转，提高经济效益；另一方面还使企业的生产淡季不淡，实现均衡生产，提高劳动生产率。

5．拍卖折扣

拍卖折扣，是企业为了减少库存积压，加速资金周转，将一些滞销的商品尽快售出所采取的一种折扣。在西方国家市场上，对商品打七折、六折拍卖是常有的事。使用这种销售方法时，首先定出打折的销售日期，再定折扣率的大小。例如，某企业折扣的期限为 16天，则第一天打九折，第二天打八折，第三、四天打六折，第五、六天打五折，最后两天打一折等。企业使用拍卖折扣，能刺激消费者购买，促进商品销售。在多数场合，拍卖折扣是平均以商品原价的五折售出，这时企业虽无多大利润可得，但能出清存货和扩大宣传，效果还是较好的。

6．经营折扣

经营折扣，是企业根据客户在自己的生产经营活动中的不同地位和作用，对出售的产品所采用的一种优惠折扣。例如，某自行车总厂出售自行车时，给一般的五交化批发商，按上级有关部门规定的折扣；给松散联营的批发商，则以高出五交化批发商 2%的折扣出售；给紧密联营的批发商，则以高出松散联营批发商 3%的折扣出售。该企业使用经营折扣，起到了如下作用。

(1) 使批发部门感到加入联营有好处，从而使一些未加入联营的单位也积极要求加入该自行车联营集团。

(2) 使自行车的销售渠道越来越宽，且日益巩固。

(3) 联营单位与企业为了共同的利益，为自行车的发展共同出谋划策。

7．运费折扣

运费折扣，是在远地用户到企业进货时，用适当减价的方法弥补其运费负担的一种优待折扣。企业使用运费折扣，目的是吸引远地用户，特别是国外用户，扩大产品销售范围。

8．职能折扣

职能折扣，是根据中间商在经销活动中的不同职能，由企业给予不同的价格折扣补偿。例如，有的中间商承担着企业产品销售过程中的运输；有的除承担运输外，还承担企业产品的售后服务；有的除承担产品的运输、售后服务外，还能为企业融资。企业给予中间商的折扣大小，主要依据中间商在企业产品销售过程中所起的不同作用。使用职能折扣，可以调动、刺激中间商的积极性，使他们尽力为企业产品销售做好各项服务工作。

9．价格折让

价格折让，实际上也是一种价格折扣。价格折让主要有如下三种形式。

(1) 残次商品折让。这种价格折让，多数用于积压时间较长，或运输过程中损坏的残次商品。对这些商品，营销人员可根据企业规定的权限，确定其处理价格。

(2) 以旧换新折让。用户在购买新品时，可用同类产品（有些企业规定只能用本企业生产的同类产品）的旧货按一定折扣更换。使用以旧换新折让，特别适宜于耐用消费品的销售。

(3) 促销让价。企业对中间商为销售本企业产品所开展的各种促销活动，如刊登广告、橱窗展示、产品陈列、服装表演等，给予一定的让价优惠。

三、阶段定价策略

阶段定价策略，是根据产品生命周期的不同阶段，即导入期、成长期、饱和期和衰退期，利用每个阶段产品的不同产量、成本、质量和供求关系等对价格的影响和要求，所制订的最有利于自己的一种价格策略。这种定价策略若运用得当，可扩大产品销售，增强产品竞争力，为企业求得最大的经济利益。

1．导入期及其价格策略

新产品试制成功，投入少量生产和销售，便进入产品生命周期的第一阶段——导入期。

(1) 导入期特点。在这一阶段，产品一般都具有四个特点。

- 与市场上已有的同类产品相比，在技术上和经济性能上尚不具备优势。
- 企业生产能力不大，产品质量不够稳定，产品成本较高。
- 用户对新产品尚缺乏了解和信任。
- 利润较少，甚至出现亏损。

(2) 导入期的价格策略。在产品导入期，价格策略主要有高价和低价。适宜采取高价策略的新产品一般有：不易被仿制，或者不能被仿制的产品；需求弹性小的产品；更新速度快的产品；短期内较难满足购买者需要的产品等。对这些产品使用高价策略的好处是：在上市之初，高价可以树立优质形象；可迅速收回投资，及时取得利润；在经营上处于主动地位，一旦发现定价过高，可随时采取降价措施等。企业采取高价策略也存在一些弊病：价高利大，竞争者将迅速进入；价格较高，难以进入市场。适宜采取低价策略的产品一般有：结构简单、易被仿制的产品；需求弹性较大的产品；市场广阔、销路较大的产品等。对这些产品采取低价策略的好处是：价廉产品易打开销路；价格低，利润薄，竞争者不愿进入。但这种价格策略会造成投资回收期长，调整价格余地较小的不利局面。

2．成长期及其价格策略

新产品投入市场，经过一段时间后，销售量上升快，产品就进入了生命周期的成长期。

(1) 成长期的特点

- 产品的产销量迅速扩大，工艺渐近成熟，质量稳定提高。

- 随着批量扩大，成本下降，利润也随之上升。
- 竞争者加入，市场上同类产品日渐增多，市场出现竞争。
- 产品知名度提高，消费者对产品产生一定的信任感。

(2) 成长期的价格策略。 在产品的成长期，原来的高价和低价逐步转为正常价格。所谓正常价格，是指正常纳税后的销售收入能补偿合理成本，并提供不低于行业平均利润的价格水平。供应偏紧和质量较优的产品，在低于导入期价格的前提下，允许保持高于行业平均利润，以体现优质优价政策。

3. 成熟期及其价格策略

产品由成长期进入发展缓慢时期，销售量增长停滞，产品就进入了生命周期的成熟期。

(1) 成熟期的特点

- 产销量比较稳定，成本仍有少量下降，利润稳定并达到最高。
- 市场上出现了众多的竞争者，竞争日趋激烈。
- 市场需求达到饱和，需求增加较少。

(2) 成熟期的价格策略。 在产品的成熟期，如果产品的利润水平过高，会使企业安于现状，不思产品的更新。利润水平过高，也可能诱使其他企业重复布点生产，参加竞争，从而导致产品供过于求。因此，如果企业的产品利润率明显高于同行业平均水平，应适当降低产品价格，以保护产品竞争力。这样做，既可扩大产品销售，增强竞争能力，又可推动企业从事新产品的开发。但企业采用低价时，要掌握降价的依据和幅度，若价格降得过低，企业可能不堪重负；价格降得太少，对保护销售不起实质性作用。

4. 衰退期及其价格策略

由于技术的发展，市场上出现了新的产品，逐步替代老产品，老产品销量不断下降，产品就进入了生命周期的衰退期。

(1) 衰退期的特点

- 产品销售量开始下降，利润减少到最低水平。
- 由于工艺落后，设备磨损严重，所以费用上升，成本增加，甚至出现亏损。。
- 随着新产品的出现，许多企业生产的这种老产品已相继退出市场。

(2) 衰退期的价格策略。 产品进入衰退期的价格策略，应着眼于最大限度地挖掘产品在生命周期最后阶段的经济效益。因此，总的还是采用低价策略。根据具体情况，可分别采取维持价格和驱逐价格两种策略。

维持价格策略。 就是继续保持产品在成熟期间的价格，但在经营上企业必须采取一些促销的手法，如加强广告宣传、改进包装、附赠礼品、加大回扣等，否则此价格策略难以持久。

驱逐价格策略。 就是大幅度降价，使价格降到能将竞争者驱逐出市场的地步，以此增加本企业市场份额，阻止销售下降，延长产品寿命。企业采取驱逐价格可有两种方法：一是直接以产品的完全成本作为价格，这种价格虽不含利润，但可保本。二是以平均变动成本作为价格最低限度，这种价格虽不能保持产品的完全成本，但只要价格能大于平均变动成本，其余额对企业就是一种贡献，企业在短时期内仍可取得一定的边际效益。

第五节 价格变化的技巧

企业的价格不是一成不变的，尤其是在市场瞬息万变的今天。对于价格的变化，企业可能是主动的也可能是被动的。不管是主动还是被动变动价格，企业必须有一套处变不惊的对策。

一、价格变动的原因和对策

价格变动的原因及时对策如表 7-1，表 7-2 所示。

1. 主动变动价格

表 7-1　主动变动价格

	降　低	提　高
原因	该产品供大于求、大量积压 希望夺回市场占有率 成本费用低，希望调价以控制市场	产品成本提高 产品供不应求 通货膨胀
对策	淡季降价比旺季降价有利 同一产品降价次数太多会失去市场占有率 短期内降价不足以阻止新品牌的进入 新品牌降价效果比旧品牌的好 销量下降时降价效果不理想	要控制提价幅度，不宜太高 及时向消费者说明原因，帮助大宗购买顾客解决提价带来的问题

表 7-2　被动调整价格应考虑的问题

竞争者情况	变价原因 变价期限是临时还是长期的 本企业做出反应后，竞争者和其他企业将采取的措施 经济实力
本企业情况	经济实力 产品的市场生命周期 产品的价格敏感度 跟随调价格后，对企业营销的影响

二、企业应变程序

图 7-1 说明一个企业预先计划如何应对价格变动，并确认非价格竞争在什么情况下比价格竞争更有利，从而提出全部调整或部分调整价格的策略。

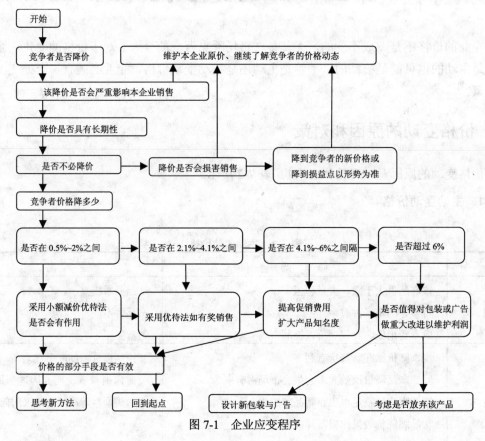

图 7-1　企业应变程序

三、降价技巧

降价技巧，就是企业及企业的营销人员，根据企业的生产经营情况，对产品降低价格的几种经销方法。这种方法若使用得当，无论对国家、对企业，还是对广大消费者，均有较大的好处。

1. 降价的意义

产品降价，可以扩大销售，增强竞争能力，促使企业加强管理。一般来说，除产品滞销、陈旧变质等原因外，企业要降低销售，就必须降低产品的成本。为此，企业就要加强管理，降低消耗，提高劳动生产率。否则，一是无法降价；二是减少企业收入。

2．降价的形成

企业产品降价，多采用如下形式。

(1) **经营性降价**。企业为了扩大产品销售，有时甚至将产品售价降到成本以下，以吸引消费者购买。随着产品销量的扩大，单位产品的成本大大下降，利润也就在其中了。这种降价，一般属高明的经营者行为。

(2) **优惠性降价**。指企业针对人们的求利心理，对带头购买、经常购买和大量购买的用户，给予优惠待遇(让利)，以鼓励他们扩大购买和经常光顾。此种"与人分利，于己得利"的策略，是扩大市场、争取客户的好办法。

(3) **陈旧性降价**。指企业的产品由于长期积压，在外观、式样或性能等方面已发生陈旧或变质，消费者很少问津，企业为了将死物变成活钱，用于进行再生产，可采取削价的形式，促使产品尽快售出。所以，陈旧性降价也称处理性降价。

(4) **竞争性降价**。是企业及企业的经销人员在产品的经销过程中为争夺用户所采用的低于竞争对手产品价格的一种策略和手段。

(5) **季节性降价**。是企业对季节性产品所采用的一种经销手法。一般来说，在产品的销售旺季，可按正常价格售出；到了销售的淡季，便应降低产品价格。

(6) **效益性降价**。是企业由于改进技术、加强管理、降低消耗，使产品的成本明显下降，从而降低产品的售价。降价后，企业仍能保持较好的经济效益。同时，这种降价形式一旦实施，便可大大增强竞争能力，扩大产品销售，进一步提高企业的经济效益。

3．降价的技巧

降价的策略和技巧很多，上述六种降价形式中，每一种均体现着一定的策略和技巧。在销售实践中，还常采用如下降价技巧。

(1) **"零头"降价技巧**。即根据消费者的求廉心理，将产品的整数价格变为尾数价格(见"尾数定价法")。

(2) **弹性降价技巧**。这里根据购物的不同数量，确定不同降价幅度的一种降价技巧。例如，一次购物在 100 件以内，产品按原价出售；一次购物 100~500 件，按原价的 95%出售，等等。产品的弹性降价技巧，一般也称产品的折扣定价技巧，它可促使购买者多购商品。

(3) **自动降价技巧**。据悉，美国一商店规定，店内出售的商品如 12 天后卖不掉，就自动降价 25%出售；再过 6 天卖不出，就自动降价 50%出售；再过 6 天卖不出，就自动降价 75%出售；再过 6 天卖不出，就将商品送人或抛弃。该店这样做，开始时亏了本，但时间长了，受到了消费者的普遍欢迎。

(4) **自行降价技巧**。一些易腐变质、当天必须售完的商品，如蔬菜、瓜果、鲜鱼等，若上午未售完下午就应自行降价，若下午仍未售完商店即应及时处理。

(5) **赠送降价技巧**。在一些出售自行车的商店，贴着这样一张告示："上海永久牌自行车每辆 280 元，每买一辆，赠送自行车锁一把。"这就是自行车商店对自行车采取的赠送降价技巧。企业为吸引消费者购买商品，一般采用三种赠送降价技巧。

搭配奉送。即顾客买一样东西，店方送一个小小纪念品。

配套发奖。即顾客在店里买东西，可凭发票到指定地点领奖。奖品大都是一些实用的或有纪念意义的东西。

减价优惠。即顾客买了东西后，可得到商店所发的优惠券，顾客凭券可在指定柜台买到低价的商品。

(6) **逆反降价技巧**。一般情况下，商品降价出售，总是由高到低，如 100 元降为 90 元。但有的企业在对商品进行降价时，却登出"100 元可买 110 元商品"的广告。这种降价技巧，从表面上看，与"100 元商品卖 90 元"没有什么差别，但仔细一想则不然：

折扣的大小不同。"100 元商品卖 90 元"，折扣价为商品价格的 90%；"100 元买 110 元商品"，折扣价为商品价格的 90.91%。二者相差 0.91%，即后者的折扣比前者略低，企业可增加约 1%的利润。

消费者的心理反应不同。"100 元的商品卖 90 元"，消费者的直觉反应是削价求售，而"100 元买 110 元商品"，即使消费者产生了货币价值提高的心理反应，产生"与商品降价无直接关系"的错觉。

实现的销售收入不同。在销售情况大致相同的情况下，"100 元商品买 90 元"，一次实现的销售收入为 90 元："100 元买 110 元商品"，一次实现的销售收入为 100 元。显然，后者比前者高出 10 元。

(7) **部分降价技巧**。为吸引消费者购买，可在企业出售的商品中挑选具有代表性的一两种商品进行降价，或者降低消费者敏感性较强的商品的价格。这样，既可直接吸引顾客前来购物，还可起到让顾客在购买降价商品的同时，也购买其他非降价商品的作用。

(8) **全面降价技巧**。1987 年，杭州市解放路百货商店在报纸和电视台登出一则广告："凡本店出售的商品，其价格一律低于杭州市同类商店。如果有顾客买到的东西价格高于本市同类商店，均可持货物和单据到本店领取高出部分的差价。"在这里，该店就是采用了全面降价(低价)的技巧。从表面看，商店似乎减少了利润，其实并非如此。该店采用此法后，前来购物的人日渐增加，当月销售量就比上年同期上升 45.7%，资金周转加快 10.36 天，利润增长 44.88%。

4．降价的要求

为使产品降价取得理想的效果，企业必须努力做到如下几点。

(1) **降价的幅度要适宜**。企业产品的降价，应根据具体原因、目的和要求进行，降价的幅度既不宜过小也不宜过大。过小，不足以引起购买者的兴趣，达不到降价的目的；过大，既会给企业带来一定的利益损失，又会引起消费者的猜疑。

(2) **降价的时机要恰当**。对时尚商品，如蝙蝠衫等，流行周期一过就应降价；对季节性商品，如汗衫、棉衣等，季末就应降价。

对一般来说，对时潮商品，如水产品、水果等，在落市前就应降价；对一般商品，应尽可能在陈旧、变质前降价。在市场疲软时，对非紧俏商品可随时降价处理。

(3) **降价的次数应有所控制**。总的要求是，企业产品降价的次数不宜太多。一个产品的降价次数多了，会使购买者产生观望等待心理，不利于企业的产品销售，也不利于企业经销工作的正常开展。

(4) 降价的标签应显示出来。商品降价后，应将降价后的价格标签立即显示出来。制作降价后的价格标签，应注意如下两个问题。

制作方法。一种是划去原标价，再填写降价后的价格；一种是换上降价后的新标签。

标签颜色。根据我国物价部门 1989 年初的规定，国家定价的商品，一律使用红色标签；国家指导价的商品，一律使用蓝色标签；企业定价的商品，一律使用绿色标签。

四、提价技巧

提价技巧就是企业及企业的经销人员根据企业的生产经营情况，对企业产品实行提高价格的一种经销方法。

1．提价的效应

产品提价，对企业来说，既有有利的一面，又有不利的一面，会产生正、负两种效应。通过提价，可增加效益，改善经营管理。即在产品成本一定的情况下，产品提价可提高企业的盈利水平，增加效益。如果产品的售价不变，成本提高，时间长了，企业就会缺乏足够的承受能力，就会发生亏损。但提价也会减少销售，削弱产品的竞争力。消费者对提价有一种本能的反感，心理承受能力较弱。所以，产品提价必然会减少（特别是提价开始阶段）销售。同时，根据价值规律，无论产品是供大于求，还是供小于求，在产品质量一定的前提下，谁的产品价格低，谁就会吸引更多的买者。

企业只有在发生下列情况之一时，才能对产品进行提价。

(1) 在产品供不应求，又一时难以扩大生产规模时，可考虑在不影响消费者需求的前提下，适当提高价格。

(2) 对需求弹性较小的产品，企业为促进单位产品利润的提高和总利润的扩大，在不影响销售量的前提下，可适当提高价格，如食盐等。

(3) 产品的主要原材料价格提高，影响企业的经济效益，在大多数同类企业都有提高价格意向的前提下，可适当提高效益。

(4) 产品的技术性能有所改进，或功能有所提高，或服务项目有所增加，在加强销售宣传的前提下，可适当提高价格。

(5) 与竞争对手相比，企业确信自己的产品在品种、款式等方面更受用户欢迎，在市场上已建立良好的信誉，而原定价格水平偏低，可适当提价。

(6) 企业产品的生命周期即将结束，经营同类产品的企业大多转产，经销人员在出售产品时，面对一些具有怀旧心理的消费者，可以使自己的产品"奇货可居"，提高价格出售。

(7) 在国家统一调价时，企业可在国家规定的幅度内提高价格。

2．提价的要求

无论是国家规定提价，还是因企业生产费用增加而提价，或是经销人员根据市场情况提价，都有一定的风险，搞不好会适得其反。因此，企业在提价时，必须遵循如下要求。

(1) 提价的幅度要适宜。 产品提价的幅度不宜过大，一般应控制在这样的水平上：一是不宜高于企业生产经营费用增加的幅度；二是不宜高于同类产品企业提价的幅度。

(2) 提价的形式要灵活。 可对产品直接提价，如从 2 元直接提到 2.2 元；可对产品间接提价，如改变结算方法、减少折扣，也可对产品搭配提价，如一种产品提价，可与另一种产品降价相配合。

(3) 提价的手法要巧妙。 有些产品可通过改变其形状、材质、包装等手法提价，使用户易于接受。有些产品可通过增添附加物或增加服务项目，或赠送礼品等方法提价，使用户感到实惠。

(4) 选择好提价的时机。 对产品性能改进等造成的技术性提价，应在用户需求量最迫切、反感程度较小的时候提价。如某种仪器经过改进，功能有所提高，用户又急等使用，则可适当提价。对产品成本提高造成的费用性提价，应向用户广泛宣传解释，取得广大用户谅解后提价。如常州"金狮"牌自行车，1990 年上半年因材料涨价，导致企业每生产一辆亏损 3~5 元，企业在向广大消费者说明后才提价。

(5) 控制提价的次数。 产品提价要尽可能一步到位，不宜分步到位。在一定的时间内(如一年)，企业产品提价的次数不宜多于一次，否则容易遭到广大消费者的抵制。

(6) 提价后要进行情况跟踪。 产品提价后，企业的有关部门，如经销部门或财务部门，要对用户进行跟踪调查。调查的内容主要有：①用户对产品提价的承受能力。这种能力可称为产品提价的适宜程度。②消费需求的转移情况。一种产品提价，往往会使该种产品的相关产品或代用品的销量增加，如肥皂提价会使洗衣粉销量上升。由此可反映出该产品提价与相关产品或代用品价格之间的关系，从中分析产品提价的合理性。

(7) 提价的回落要慎重。 随着企业外部环境的改变和内部条件改善，产品提价后，企业还要适时考虑价格的回落，设法将提高的价格再降下来。要回落价格，就要做好两项工作：一是挖潜。企业只有通过挖潜，大搞技术革新，提高劳动生产率，才能减少消耗，降低成本，使价格回落建立在可靠的基础上。二是慎重。国家定价的产品，其价格也不宜大起大落，否则会损害企业的形象。

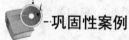巩固性案例

案例 1 美国商家巧用价格杠杆

美国同一家公司或同一家商店提供的完全相同的商品和服务，却可以出现千差万别的价格。在同一家餐馆，中午吃一份快餐只花 5.99 美元，晚上再吃则要支付 7.99 美元。这究竟为什么呢？

在美国常常看到这样的现象：同一家公司提供的完全相同的服务，价格可以相差数倍。例如，从洛杉矶到拉斯韦加斯旅游，若周末或节假日去，交通费和旅馆费是工作日的两倍，尽管同一家旅行社用同一辆汽车载客，安排游客住同一家饭店、同一档次的房间。

影响美国商品和服务价格的因素多如牛毛，除此之外具有普遍意义的旺季和淡季因素之外，还有许多在其他国家并不视为因素的因素。美国的商家在绞尽脑汁巧用这些因素吸引消费者。

有人说，从价格的角度来看，整个美国是一台超级计算机，各商家的脑袋就是一台与该超级计算机相连的个人电脑，任何复杂的因素在美国都可以用价格升降的方式加以量化。此话似不无道理，请看下面的几个例子。

同一航程经济舱票，价格可以相差6倍。

以洛杉矶至纽约为例，最便宜的经济舱来回机票仅需250美元左右，而最贵的经济舱来回机票却要1500美元以上。为何有如此天壤之别？走访了几家旅行社之后，谜底便揭开了。

首先是买票或订票的时间因素。旅游旺季、周末、节假日的机票便宜。临时买票上飞机，属于特别服务，价格最贵，有可能高出最低价的5倍左右。同样是订票，提前一周、两周、一个月、两个月，旅客享受到的价格优惠都不一样，订票时间越早，享受到的优惠越多。

其次是飞机起飞和降落的时段因素。上午8时至晚上10时起飞和降落的机票贵，剩下的时段，特别是在午夜至凌晨5时起飞或降落的机票便宜；多次起降才到达的机票便宜，途中需转机的机票最便宜，因为多次起降和途中转机不但耽误顾客宝贵的时间，而且每一次起降和转机都会给顾客带来不适和疲劳。

第三是航空公司和飞机本身的因素。大航空公司的票价贵，小航空公司的票价便宜，因为前者的服务一般比后者更周到。大型飞机的票价贵，中小型飞机的票价便宜，因为坐大飞机比乘坐小飞机舒服些。

第四是机场远近因素。美国的大城市差不多都有多个机场，例如，洛杉矶有10个机场。在离市中心近、交通方便的国际机场起飞和降落的机票贵，在离市中心远、交通不便的小机场起飞和降落的机票便宜。

业内人士认为，由上述因素引出来的不同价格，能够最大限度地缓解航空业的供需矛盾，尽可能兼顾旅客、旅行社和航空公司等方方面面的应得利益。

案例2　　两辆完全相同的汽车的保险费会相差三倍

影响汽车保险费的因素首先是汽车本身。高档新车的保险费高，名牌、古董车的保险费尤其高，因为其本身价值高；低档旧车的保险费低，因为其本身价值低。就这一点而言，美国与其他国家一样。

与其他国家不一样的是，美国的保险公司在向用户提供服务和收费时，更多考虑的是人的因素，而不是车的因素。换句话说，同一辆汽车，不同的人去投保，保险费可以相差3倍以上。为什么？

保险公司的老板指出，同样的汽车，有的用户投保之后，并没有出交通事故，有的则经常出交通事故，对二者收取同样的保险费既不合理，也不利于鼓励投保人谨慎驾驶和避免交通事故。保险公司最希望投保人不出或尽量少出交通事故，因为保险公司不但要为用户保险，也要为自身"保险"：不能赔本，要赚钱。保险公司的这种思考，反映在它对完全相同的投保对象因人而异收取不同的保险费上。

影响保险费高低的人为因素主要如下：第一是驾驶纪录。上一年既没有出应承担责任的交通事故，也没有由违章驾驶而被交通法庭罚款的驾驶者，在延长保险合同时，保险费一般下降10%~15%；反之，保险费上升，上升的幅度依事故的大小、投保人应承担责任的轻重、被罚款的多寡而定。对经常承担交通事故责任的驾驶者，以及造成人员伤亡和重大经济损失的驾驶者，保险公司往往不愿再延长其保险合同。

有良好纪录的驾驶者，保险公司抢着要。例如，20世纪保险公司最近推出新的汽车保险项目：投保人必须是3年以上没有出任何交通事故，也没有因违章驾驶而被交通法庭罚款的驾驶者，20世纪保险公司保证减收其大约一半的保险费。

被一般保险公司拒绝延长合同的驾驶者，只能向州政府特许的一家特殊的保险公司申请保险，应交纳的保险费为一般保险费的3倍以上，因为他们出交通事故的概率大，不如此保险公司自身难保。

第二是驾驶者的年龄因素。交通事故数据分析表明：16~25岁的年轻人，特别是未婚青年，出交通事故的概率最高；60岁以上的老年人出交通事故的概率次之；概率最低的是26~59岁的中年人，特别是40~55岁的中年人。专家们认为，这主要是由于中年人有强烈的家庭责任感，驾驶时特别小心谨慎的缘故。因此，在其他条件完全相同的情况下，保险公司对中年人收取的保险费最低，对老年人收取的保险费稍高一点，对未婚姻青年人，特别是十几岁的小伙子收取的保险费最高。

第三是家庭成员因素。在美国，成年人几乎人人开车，用一个家庭成员的名字投保的汽车，其他家庭成员不可能完全不开。因此，保险公司对家庭成员多的车主收取的保险费高，对家庭成员中有16~25岁未婚青年的车主收取的保险费尤其高。反之就低。如果一个家庭有辆汽车在同一家保险公司投保，第一辆之后的汽车可以享受保险费优惠。因为车多，平均每辆汽车出行时就少，出交通事故的概率也就相应要低一些。

第四是地区因素。交通事故数据分析还表明：在像洛杉矶这样的大都市地区，由于车辆多，交通堵塞严重，发生交通事故的概率要高一些，而在中小城市，特别是在郊区和农村地区，车稀人少，事故发生率就低得多。

案例3　同样一份快餐收费相差悬殊

美国人喜欢简单的快餐，如麦当劳、汉堡王、比萨饼之类，省时、省事。可是，完全一样的快餐，中午的售价要比晚上的售价低四分之一至三分之一。例如：一人吃西式自助餐，中午价格6.99美元，晚上价格是9.99美元；同样，一份中式快餐中午售价只要5.99美元，晚上售价则要7.99美元。餐馆的老板说，快餐店一般午餐不打算赚钱，而以低廉的价格拉回头客，赚钱主要是晚上，特别是在晚上吃大餐的顾客身上。

快餐店的这种经营作风甚至表现在小费的收取上。在美国餐馆用餐有个不成文的习俗，顾客除了付自己消费的各种费用之外，还要付相当其消费总额10%~15%的小费。在许多情况下，顾客中午付的小费往往低于10%，餐馆跑堂并不计较。中餐馆为招徕顾客，午餐甚至不收小费，有时甚至送餐上门也不另加收费除非顾客自己愿意给。但是，顾客晚上无论在西餐馆或中餐馆用餐，都必须付15%以上的小费，否则，有可能引起不愉快。

(以上三个案例来源：唐德才，钱敏.营销创新：知识经济条件下的市场营销.南京：东南大学出版社，2002.4)

 思考题

1．产品定价有哪些程序？
2．价格变化有哪些原因？如何对策？
3．请分析以上各案例的定价方法。

第 8 章
营销渠道与物流管理

开篇案例

企业自营物流模式——亚马逊

亚马逊(www.amazon.com)是全球最大的网上书店、音乐盒带商店和录像带店,其网上销售的方式有网上直销和网上拍卖,它的配送中心在实现其经营业绩的过程中功不可没。亚马逊有以全资子公司的形式经营和管理的配送中心,拥有完整的物流、配送网络。到 1999年它在美国(乔治亚、堪萨斯、内华达、特拉华、肯塔基等州)、欧洲和亚洲共建立了 15 个配送中心,面积超过 350 万平方英尺。其中在乔治亚州的配送中心占地 80 万平方英尺,机械化程度很高,同时它也是亚马逊最大的配送中心,它是 1999 年建立的第 5 个配送中心。1999 年亚马逊的配送中心面积是 1998 年的十多倍,这一规模足以与一个大型的传统零售公司的配送系统相媲美。完善的配送中心网络,订货和配送中心作业处理及送货过程更加快速,从而使得市场上的用户送货的标准时间更短,缺货更少。亚马逊认为配送中心是能接触到客户的最后一环,同时也无疑是实现销售的关键环节,它不想因为配送环节的失误而损失任何销售机会。

亚马逊提供了多种送货方式和送货期限供消费者选择,对应的送货费用也不相同。送货方式有两种:一是以陆运和海运为基本运输工具的标准送货,二是空运。根据目的地是国内还是国外的不同以及所订的商品是否有现货(决定集货时间),送货期限可以有很大的区别,如选择基本送货方式,并且商品有库存,在美国国内需要 3~7 个工作日才能送货上门;而在国外,加上通关的时间,需要 2~12 个星期才能送货上门。如果选择空运,美国国内用户等待 1~2 个工作日就可以得到货物,而国外用户则需要等待 1~4 个工作日。交货时间的长短反映了配送系统的竞争力,亚马逊设计了比较灵活的送货方案,使用户有更大的选择性,受到了用户的欢迎。

(资料来源:周曙东.电子商务概论[M].南京:东南大学出版社,2005)

第一节　营销渠道的概述

营销渠道又称商品销售渠道或商品流通渠道，是指产品从该生产领域进入另一个生产领域或消费领域的流通途径；它不仅指商品实物形态的运动路线，也包括完成商品运动的交换结构和形式。

一、营销渠道的特征

从定义中，我们可以发现营销渠道有如下四个特征。

(1) **营销渠道的起点是生产者，终点是消费者(生活消费)或用户(生产消费)。** 营销渠道作为产品用以流通的途径，必然是一端连接生产，另一端连接消费。就是说，它所组织的是从生产者到消费者之间"一通到底"的完整商品流通过程，而不是流通过程中的某一阶段。

(2) **营销渠道的积极参与者是商品流通过程中各种类型的中间商。** 一个完整的流通过程，通常要发生多次交易，而每次交易都是企业(包括个人)的买卖行为，可表示为：生产者→批发商→零售商→消费者。批发商和零售商组织收购、销售、运输、仓储等活动，如同接力赛中的接力棒，一环套一环地把产品源源不断地由生产者送往消费者或用户手中。

(3) **在营销渠道中，生产者向消费者或用户转移产品或劳务，应以商品所有权的转移为前提。** 商品流通过程首先反映的是商品价值形态转换的经济过程，只有通过商品货币关系才能导致商品流通环节的更迭。

(4) **营销渠道是指某种特定产品从生产者到消费者或用户手中所经历的流程。** 营销渠道不仅反映商品价值形态转化的经济过程，也反映商品实体运动的空间路线。小麦卖给当地粮站，由当地粮站集中到地方粮库，再由地方粮库运到中转粮库，并源源不断地供应给面粉厂。其间经历三个环节，但小麦还是小麦。所以，由农户至面粉厂，是小麦的营销渠道。面粉厂将小麦加工成面粉，卖给面包房，其间没有中间环节，面粉的这段流程也构成了一条营销渠道，面包房将制成的面包供应食品店，然后销售给消费者，其间经历的轨迹是面包房的营销渠道。

将产品从改变形式至下一次形式改变所经历的流程作为营销渠道，其重要意义在于：它所包含的轨迹构成了营销活动的基础。要提高营销效率，关键是在营销渠道的起点至终点之间以最低成本完成营销。由此可见，对营销渠道的基本要求，应该是多渠道，少环节。

二、营销渠道的模式

1. 消费品(或称生活资料)营销渠道结构

我国消费品营销渠道的基本结构如图 8-1 所示。

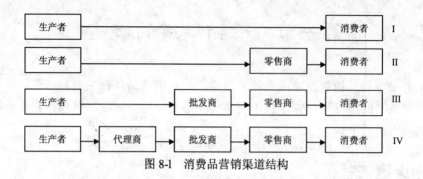

图 8-1　消费品营销渠道结构

Ⅰ 型结构，就是产销直接见面。生产者把商品直接出售给消费者。中间不经过商业部门采购、批发或零售单位转手。在我国，有工业自销、城市农副产品市场、农贸市场等形式。在经济发达国家，一般只是对一些鲜活商品，或一些特殊的高价商品要上门推销给消费者的，才采用这种形式。

Ⅱ 型结构，是生产者把商品售给零售商，再由零售商转卖给消费者。我国现阶段由于实行多渠道商品流通，零售企业有了采购商品的自主权，这种形式也运用较多。它有利于产销的密切联系，能迅速地将商品从生产领域转移到消费领域。但并非所有商品、所有零售商店都可以采取这种形式。一般说来，中型零售商店在销售高级选购商品、服装等时尚商品时，采用此种形式效果较好。

Ⅲ 型结构，是生产者把商品销售给批发商(可以有几道批发，如产地批发、中转地批发、销地批发)，由批发商转卖给零售商，最后出售给消费者。不管是在发达国家还是在我国，这种结构都是最通用的，因为大多数消费品都需要广泛销售，这样做既能节约生产者的销售时间和费用，也可以节省零售商的进货时间和费用。尤其是对小型生产企业和零售商来说，这种形式最为经济可行。

Ⅳ 型结构与Ⅲ型结构的差别，是在生产者和批发商中间还要经过一道受生产者委托的代理商，由他将商品销售给批发商。我国现在的贸易货栈、信托公司在某种程度上就具有代理商的性质。在资本主义国家中，规模小而商品又需广泛推销的生产者，多采用这种结构。

上述四种结构中，Ⅲ型结构是主要的、基本的形式；其他几种结构，从市场总体来看，还是辅助的形式。因为生产和消费之间在商品的数量、花色、品种、时间等方面存在着差异，因此，绝大多数商品从生产领域出来，总是先经过批发商，再经过零售商，把商品出售给消费者，实现商品的最终消费。

2. 工业品(或称生产资料)营销渠道结构

我国工业品销售渠道的基本结构如图 8-2 所示。在以上五种营销渠道结构中，Ⅰ型是最主要的、最基本的形式。这是因为，生产资料的销售计划性较强，一般具有高度的技术性，需要维修服务和保养；主要生产资料品种比较简单，用户比较固定，生产者往往采取直达供应，即产需直接见面，很少经过批发商和零售商。但生产资料中的原材料销售，则常采用Ⅱ型结构，即通过生产资料批发商供应给用户。

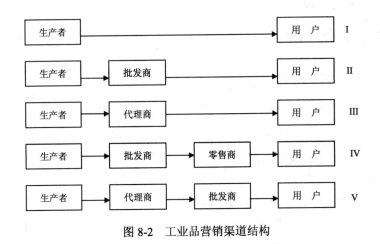

图 8-2 工业品营销渠道结构

三、营销渠道管理的重要性

营销渠道在企业目标市场中扮演着越来越重要的角色，营销渠道体系恰恰是企业向顾客提供服务的渠道，企业的主要顾客服务是由企业的渠道成员提供的，而顾客对制造商满意与否正来自顾客与渠道成员的互动关系。与其他营销组合变量相比，营销渠道对企业发展具有更大的潜力。原因如下。

首先，通过技术领先和创新保持企业在市场中的竞争力已变得越来越难。信息技术的飞速发展，使全球范围内技术快速转移没有了时间和空间障碍，一个地区或一个企业在技术上遥遥领先的情况几乎不可能。这样，通过产品本身的性能取得巨大竞争优势的机会越来越少。其次，伴随技术优势丧失的是价格优势，企业难以获得超低水平的低成本优势。最后，通过促销来获得市场优势，也因为其极易仿效性而变得不堪一击。但营销渠道却可以提供更多更持续的优势。营销渠道战略是一个长期战略，企业要经过相当一段时间的苦心经营才能真正建立起一个营销渠道体系。因此，营销渠道战略具有隐蔽性，从建立初期至最后显示威力，很难被竞争对手觉察。

营销渠道系统创造的资源对制造商的发展有弥补作用。营销渠道是 4Ps 中的唯一的外部资源变量，构成营销渠道系统的都是独立于制造商的商业企业，这些渠道成员都有自己的经营目标、方针政策和发展战略，要赢得这些成员的大力配合，并确保它们的行为促成制造商的发展，显然是对制造商渠道管理的挑战。然而，给制造商创造神奇协同效应的正是这些独立的外部资源。如果制造商设计营销渠道，并与合适的商业企业结成战略联盟，就能显示强大的竞争力；如果渠道成员具有制造商缺乏的知名度和美誉度，那么与这种渠道成员缔结战略联盟，就可以使制造商的产品形象得到急剧提升。另一方面，即使是世界知名制造商，也应该力求与渠道成员形成通力合作的紧密关系。因为目标市场上的营销活动离不开渠道成员的合作。合作成功，可以获得 1+1>2 的效果；反之，则可能造成内耗，无法实现制造商的经营目标。

四、营销渠道发展趋势

1. 渠道运作：以终端市场建设为中心

销售网络的开发包括一系列活动，从选择和开发经销商、铺货到促销，内容繁多，但归纳起来，销售工作要解决两个问题：一是如何把产品铺到消费者的面前，让消费者见得到；二是如何把产品铺到消费者的心中，让消费者愿意买。不同市场情况，企业解决这两个问题的方式不同。

替代产品的日益增多，消费者选择范围不断扩大，使得消费者在市场交易中的地位越来越重要，买方市场也就逐渐形成。在这种市场环境下，要想被消费者购买首要的条件是进入消费者采购的终端市场，因为只有进入消费者的视野，消费者在购买的时候才有可能考虑你，因此与消费者直接接触的终端在整个渠道中的作用日益重要。企业和专家学者都提出了"决胜终端"的口号，终端越来越受到人们的重视。

深度开发终端，把营销渠道尽可能的延伸到消费者能够接触到的地方，使产品通过终端不停地同消费者接触，增加消费者购买的机会，尤其对那些实力比与竞争对手弱，且没有强的渠道控制力、品牌力和支持高端广告的资金实力的企业来说，完全可以通过集中精力、资源，配合其他合适的营销组合策略控制终端，进而较容易地占领市场。

加强终端建设为企业带来的利益是显而易见的。首先，事实证明终端战术可以非常明显和迅速地提高企业产品的销量、市场份额，而这正是企业的首要目标；其次，企业对终端的控制将会帮助企业将"触角"延伸到市场的第一线，有利于企业直接收集市场的第一手信息，帮助企业分析市场发展状况、趋势和消费者行为；第三，由于中国的消费者还不成熟，忠诚度较差，而市场的同质化逐渐严重，这使得终端的人员促销对品牌知名度的推广显得十分重要；第四，在竞争极其激烈，竞争者之间实力差距很大的市场，终端会利于较弱企业避开对手高端的高投入竞争，以较小风险进入市场并成长。

终端思想作为一个营销战术，是为了直接面对消费者，减少因为中间环节的繁杂产生的各种影响成交的干扰因素，提高销售效率和服务质量。顾客地位的日益重要促使市场营销理论从 4P 到 4C 进而又发展到 5R，以顾客为中心的营销思想逐步加深，终端概念是其具体表现之一。中国的许多企业将这种营销手段当作企业的核心营销战略使用。这样的企业手法往往表现在企业牢牢垂直控制终端，以巨大的投入支撑终端。而另一些企业只将终端当作企业营销策略的一种手段，只用一部分财力物力进行直接的终端建设，主要利用营销渠道商来控制终端渠道。

2. 渠道支持：由机械化转向全方位化

随着经营的深入，企业发现仅仅资金支持或者各种促销活动并不能真正促进经销商的主动提货，也无法直接扩大销售，并且还会提高营销渠道成本，加大企业压力。于是企业逐渐和经销商成为合作伙伴关系，对经销商的支持也从传统的仅仅机械的资金支持转变为从产品、市场以及技术等全方位支持，尤其针对各渠道的自身情况对其提供专业的、对口的扶持，而全方位的支持策略则不仅有助于建立企业和经销商的良好合作伙伴关系，还有利于促进产品销售和企业长远发展。

具体而言，企业和经销商要共同致力于提高销售网络的运行效率、降低费用、管控市场。从企业的角度来说，要重视长期关系，帮助经销商制订销售计划；共同承担责任，建立零售库存管理体制；积极妥善解决渠道纠纷；企业销售人员要担当经销商的顾问，为经销商提供高水平的服务，而不仅仅针对获取订单；还要为经销商提供人力、物力、财力、管理和方法等方面的支持；要对经销商进行产品知识的培训，并和经销商一起做好售后服务工作。只有这样，企业才能确保和经销商共同进步、共同成长。正如巴克林的定义：营销渠道就是执行者把一个产品及其所有权从生产者转移到消费者手中的所有活动的一套组织机构。市场环境的变化必然要求企业进行相关调整，作为企业最重要的资源，渠道的变革已经成为一枚重要的棋子，只有用好这枚棋子，企业才会有更多的机遇，提升更大的发展空间。在变革风暴席卷之前，先知先觉，并且以先进理念指导，以科学方法为先的企业才能把这套组成机构的功能发挥得淋漓尽致，并在日后的激烈竞争中把握更大的制胜筹码。

3．渠道格局：由单一化转向多元化

传统的渠道模式，由于企业的渠道管理经验或建设成本控制等原因使其建设手法过于单一，过分依赖现有的大经销商，忽视了与消费者的沟通，并且由于销售出口只在单点进行突破，所以在与经销商的合作关系中处于极其被动的地位，没有话语权。另外，企业在产品线逐渐丰富的同时，把所有产品交给单个经销商销售存在很大的弊端：一方面这家经销商可能只注重畅销的产品，而对不畅销的产品支持不够，这不仅影响了企业全线产品的销售，同时对特殊消费者的个性需求不能满足；另一方面，对于专业化的产品来说，一家经销商不太可能对所有产品系列都能很好地理解，更谈不上为下游经销商和消费者进行服务了。

渠道模式的多元化发展为企业突破在渠道建设上的单点开发提供了外部条件，各种专卖店、专柜、店中店、大卖场使得企业渠道多元化建设成为可能。企业可以根据产品的不同特点，对终端市场的渠道商按照销售产品的种类进行属性细分，不同的渠道商掌控几款最适合自己渠道销售的产品，以求利润和市场销售覆盖的最大比。

在渠道建设上，突破单点模式，建立多元化的格局，在经销商的利用和依赖上找到相对的平衡点，既要加强经销商的积极性，又不能过分依赖经销商。同时，企业要掌握主动权，多开窗口，多设接触点，与消费者进行沟通和促销。

4．渠道结构扁平化

传统的营销渠道通路长、层次多，呈金字塔的体制(见图 8-3)，因其广大的辐射能力，为企业产品占领市场发挥出了巨大的作用。但是，在供过于求、竞争激烈的市场营销环境下，传统的渠道存在着许多不可克服的缺点：一是企业难以有效地控制销售渠道。随着渠道的深入，企业对二三级的中间商控制力逐步减弱，对终端市场几乎失去了控制力。二是多层结构使得价格在经过多个链条节点的剥离后无法形成产品的价格竞争优势。三是单项式、多层次的流通使得信息不能准确、及时地反馈，这样不但会错失商机，而且还会造成

人员和时间资源的浪费。四是企业的销售政策不能得到有效的落实。因而，许多企业正将销售渠道改为扁平化的结构，即销售渠道越来越短、销售网点则越来越多。销售渠道越短，企业对渠道的控制力就越强，并可以为渠道提供点到点的支持，有的放矢地为渠道进行全方位的服务；销售网点越多，产品的销售量就越能提高。于是一些企业由多层次的批发环节变为一层批发，即企业—经销商—零售商(见图 8-4)。一些企业在大城市设置配送中心，直接面对经销商、零售商提供服务(见图 8-5)。

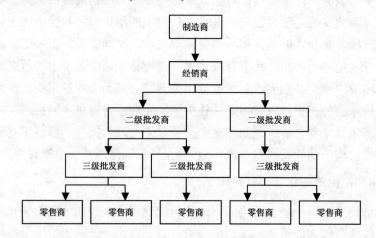

图 8-3   传统金字塔结构

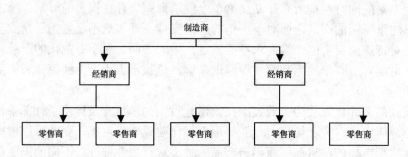

图 8-4   新型渠道一

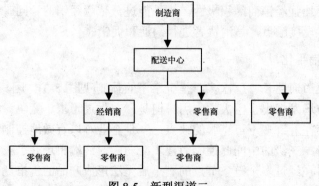

图 8-5   新型渠道二

五、营销渠道策略

企业要在生产经营上取得成功，除了产品适销对路外，还要在了解客观环境、分析影响营销渠道各种因素的基础上，运用适当的营销渠道策略。

1. 直接渠道或间接渠道的营销策略

所谓直接渠道，是指生产者不利用中间商，而由自己将产品直接销售给消费者或用户。所谓间接渠道，是指生产者利用中间商进行销售。

在一定条件下，生产者利用直接渠道进行营销：有利于生产者及时销售商品，减少某些商品的损耗、变质等损失；有利于生产者控制某些商品的价格，及时了解市场动态和销售信息，改进商品与销售服务；有利于对顾客进行面对面的宣传，提高企业和商品的声誉。但同时应看到，采用直接渠道需要更多的投资：销售人员和费用要增加，还增加了管理的复杂程度。因此，不是每个企业、每种产品，也不是在任何条件下都可以采用直接渠道的，应当根据多种因素，综合分析确定。

从商品生产者的发展和整个社会再生产的过程看，实现商品从生产者到消费者的转移，主要应采取间接渠道，即利用中间商销售。中间商是商品经济发展的必然产物，是商品流通过程中必不可少的中间环节。中间商的介入，可以使营销渠道简化，扩大销售面，节省流通领域的人力、物力和财力，节约总的流通时间，从而有利于加速生产企业的资金周转，加速流通过程乃至整个社会再生产，有利于提高经济尤其是宏观经济效益。当然，并非所有的商品都适用间接渠道。同时，使用间接销售渠道，生产企业必须转让部分利润给中间商，在某些情况下会影响企业的经济效益。

2. 长渠道或短渠道的营销策略

营销渠道的长短，是以商品从生产者到消费者的转移过程中所经历的中间环节的多少为标志。一般来说，直接销售或通过一个中间商的营销渠道，称为短渠道；通过两个以上中间商的营销渠道，称为长渠道。生产者在决定通过中间商销售后，还需选择运用长渠道还是短渠道。从节约流通时间、加速社会再生产过程的要求看，应当尽量减少中间环节。但也不能片面地强调中间环节越少越好。批发商在商品流通中居于重要地位，它的基本功能在多数情况下是生产者和零售商所不能取代的。因此，对批发商这个中间商是不能任意取消的。

对生产者来讲，到底是采用哪种渠道，要根据产品、市场、企业本身的具体情况确定。在目前消费品实行多渠道流通的情况下，由于某些原因，有些生产者愿意采用短渠道销售，即不通过批发商，直接把商品销售给零售商。采用此策略时，生产者应慎重考虑如下因素：(1)市场因素。零售市场是否理想？即在地理位置上购买者应相对集中，且购买量大。(2)商品因素。易损商品、高质时尚商品、价格昂贵商品、售后服务较重要或技术性较强的商品等，可以考虑采用短渠道。(3)管理因素。即生产者在销售能力和管理上能否代替批发商，如运输、仓储能力，推销人员的素质和数量，管理人员的水平等。(4)财力因素。即从生产者与零售商两方面看，没有批发商参与，财力能否维持。(5)数量因素。即由生产者自己销售给零售商或消费者，增加的销售量能否弥补多花的费用。总之，生产者要从实际出发，认真考虑上述因素，量力而行，慎重选择。

3．宽渠道和窄渠道的营销策略

营销渠道的宽窄，是指在同一环节有多少中间商同时为生产者销售某种商品。生产者在销售商品时，采用宽渠道还是窄渠道，要根据有关因素来选择。一般有如下三种营销渠道策略。

(1) 广泛的营销渠道策略。这种策略的特点是：广泛利用中间商营销商品，以充分占领市场。这种策略一般用于日用消费品的销售。采用这种策略时，一般要同时利用批发商和零售商。因为消费者对这类商品产生购买欲望时，一般不太重视商标和厂牌，也不十分强调售后服务。

(2) 选择性的营销渠道策略。生产企业在市场上有选择性地确定几个中间商经销自己的商品。这种策略对各种商品都适用，但更适用于选择性强、同类替代品多的商品，因为消费者往往重视这类商品的商标、厂牌和质量。

(3) 独家专营的营销渠道策略。生产企业在市场上只选择一家批发商或零售商销售，生产者不能在该区域内再找其他中间商，中间商也不能再经销其他有竞争性的商品。特殊商品、使用方法复杂或需要提供较多售后服务的商品，适宜采用此种策略。

商品营销渠道策略的选择，与价格策略、销售促进策略有着密切的依存关系。一般说来，营销渠道选择适当，促销措施得力，成本低、费用省，价格就比较便宜，就有利于商品销售；反之，如果营销渠道选择不当，就会增加成本或费用，价格也会相应提高，不利于商品销售。

4．单一营销渠道和多营销渠道策略

单一营销渠道是指生产企业只通过一条营销渠道将产品销售出去。多营销渠道是指生产企业通过两条或两条以上的不同营销渠道将同一种产品销售出去，这时，营销渠道的条数即为渠道的宽度。

如，某化妆品公司，一直采用直接营销的方式推销其产品，其渠道策略即为单一营销渠道策略。再如，某汽车收音机生产厂为其产品设计了四条营销渠道：(1)与汽车制造厂签订合同，将汽车收音机作为汽车的一个部件卖给汽车制造厂，安装在汽车上；(2)通过汽车经销商来推销其产品；(3)通过批发商，再转卖给零售商；(4)由生产厂在用户集中的地区设立汽车收音机装配站为客户安装，直接把产品推销出去。显然，该汽车收音机生产厂家采取的是多营销渠道策略。

5．传统营销渠道和垂直营销渠道策略

传统营销渠道是由单个独立的生产者、批发商和零售商组成的，每个成员都是作为一个独立的企业实体追求自身利益的最优化，甚至不惜牺牲系统的利益。传统营销渠道中的

任一个成员对其他成员都没有直接的控制权，可以说，是一个松散的营销网络。

垂直营销渠道是由生产者、批发商和零售商所组成的一种统一联合体。某个渠道成员拥有其他成员的产权，或者是一种特约经销关系，或者某个渠道成员拥有相当强的实力，其他成员愿意合作。垂直营销渠道可以由生产者支配，也可以由批发商或零售商支配。

垂直营销渠道又可分为公司式、管理式和契约式三种类型。公司式垂直营销渠道是由同一个公司(所有者)名下的相关生产部门和营销部门组成；管理式垂直营销渠道不是由同一个所有者属下的相关生产部门和营销部门组织形成的，而是由某一家规模大、实力强的企业(如名牌产品制造商)出面组织形成的营销系统；契约式垂直营销渠道是由各自独立的企业，以契约为基础，统一行动而形成的一种营销系统。

垂直营销渠道是对传统营销渠道的一种挑战，是流通领域市场竞争的产物，对我国流通体制的改革有着潜在的影响力。

第二节　营销渠道的环节

批发、零售、代理，是商品交易的重要环节，反映了商品所有权的转移。研究批发、零售、代理，选择合适的中间商，有助于企业制订正确的渠道策略，加快商品流通，降低流通费用。

一、批发商

1. 批发商的特点

批发商按照批发价格经营批量商品买卖，处于商品流通的起点和中间阶段。批发商从生产单位购进商品，转售给零售商用于出售，或其他生产单位进行加工制造。一定地区内各类批发企业构成的商业批发网，是组织城乡之间、地区之间商品流通的枢纽。一般又可分为工业品批发商业网和农产品批发商业网。批发商的业务活动，是生产企业与零售企业之间商品交换的桥梁，是整个商品流通的大动脉。批发商还具有吞吐商品的"蓄水池"功能，能缓解商品供给与需求在时间和空间上的矛盾，从而保持市场的繁荣与稳定。批发商也是沟通城乡以及地区间的商品交流，促进生产发展，活跃城乡市场的主要桥梁和纽带。批发商具有如下特点。

- 交易一般在企业之间进行。批发商的交易对象或者是零售企业、生产企业，或者是其他批发企业或团体用户。
- 每次商品交易数量较大。
- 批发商一般集中在大中城市和某些小城市。
- 批发商品出售后，一般并不退出流通领域。如属消费品，则仍保持其使用价值，通过零售方式进入消费领域；如系生产资料商品，则经过生产企业的再加工，生产出新的产品，重新进入商品流通领域。

2．批发商的作用

批发商的主要业务是对批发商品的购、销、调、运、存等活动。它的基本职能是：从生产企业或其他批发企业购进大批商品，卖给零售企业用作转卖，或供给生产企业作为产品制造的原材料和辅助材料。通过上述活动，把社会产品从生产领域纳入流通领域，把生产与零售企业、生产与生产企业连接起来。

(1) 采购商品。批发商开展市场调查和预测，预先掌握用户的需求情况，从生产企业购进和仓储商品，及时满足企业和零售商的需要。对零售商来说，可以节约大量的人力、物力和资金；对生产企业来说，批发商大量进货，厂家可以节省销售费用。

(2) 推销商品。批发商不仅是需求的代理人，同时又是生产企业的代理人。它可以利用自己的丰富经验和各方面的有利条件，帮助生产企业寻找市场，积极地为生产者开拓市场，使生产企业节省销售方面的人力、物力、财力，集中精力搞好生产，从而加速再生产过程，促进商品生产的发展。

(3) 调节供应。批发商处于生产者与零售商的"中介"地位，具有调节生产者和零售商之间的各种产销矛盾的功能。

调节时间上的矛盾。有些商品常年生产、季节销售，有些商品季节生产、常年销售，批发商担负着季节储备任务。

调节地区上的矛盾，促进地区间的商品流通。

调节专业性和综合性、相对稳定性与灵活性的矛盾。生产者在生产上既有一定的专业性，又要求有相对的稳定性。而零售商在经营上则要求具有综合性与灵活性。这个矛盾通过批发商对出厂产品重新挑选、分类、分装、编配等化整为零的过程得到统一，既保证了生产相对稳定，又适应了零售商多方面的需要。

调节供需上的矛盾。批发商具有"蓄水池"作用，大批量购进商品，小批量批发出去，调节市场淡旺季供应，减少供求和产销之间的矛盾。

(4) 储运商品。批发商一般都设有仓库，能充分发挥商品仓储的功能，不仅能满足用户随时获得现货的需要，而且能调节产需之间地点和时间上的矛盾。批发商可利用自己的仓储功能，充分发挥地点效用和时间效用，既保证生产的顺利进行，又满足用户的需要。

(5) 提供服务。批发商为用户和零售商提供的服务是多方面的。比如，为产需双方提供运输方面的服务；根据用户需要，集中下料，加工改制；为用户送货上门；为生产企业提供各种市场信息；从资金上提供各种服务，如付款预购、分期付款、信用优惠等。

3．批发商的类型

批发商可分为不同的类型。

(1) 按批发商在商品流通中的地位分

产地批发商。将商品从生产者手中收购并集中起来，然后把商品运往销地的中间商。

口岸批发商。多在沿海口岸，主要任务是接收进口商品，再向各地调拨供应，对国内商品流转起着产地批发商的作用。

中转地批发商。它处于批发商品流转的中间环节，大多在交通枢纽城市，主要是转卖产地批发商的商品。

消费地批发商。它处于批发商品流转的终点，从产地、中转地或口岸批发商那里采购商品，供应给零售商或生产者。

(2) 按批发商活动区域分

全国性批发商。担负全国性的商品批发业务。

地区性批发商。其经营范围是地区性的，按经济区域设置，负责经济区内的商品调拨供应工作。

地方性批发商。活动范围限于当地，只负担某一市、县的批发业务。

(3) 按批发商经营的商品种类分

农副产品批发商。主要业务是从农村收购农副产品及从其他农副产品批发商调入商品，再调给外地批发商或供应生产者、零售商。

工业品批发商。经营工业品，包括生产资料和生活消费品，一般是专业化的。按经营商品类型，还可细分为建材批发商、木材批发商、百货批发商、纺织品批发商、五金交电批发商、小商品批发商等。

(4) 按是否拥有商品所有权分

经销批发商。是拥有商品所有权的批发商。

代理批发商。是不拥有商品所有权的批发商。

由于经济体制改革，实行多渠道的商品流通，不少批发商一身二任或一身数任，融几种批发商类型为一体。如有的产地批发商兼有中转地批发商与消费地批发商的职能等。

代理商与经销商有明显的区别，主要表现在如下几个方面。

- 从利润取得的途径看，经销商是通过买断商品并加价取得流通利润；而代理商是制造商按照利润平均的原则将部分生产利润以佣金的形式转让给流通企业。代理商必须严格执行制造商的商品定价，不能随意浮动商品价格。
- 从生产与市场的关系看，实行经销制的生产企业对于生产什么产品有很大的自主性，往往不能完全按照市场的需要安排生产；代理商出于自身利益的考虑，只会代理市场上适销对路的产品，从而促使生产企业主动跟着市场走。
- 从生产与流通的关系看，经销商由于买断商品，而将生产和流通割裂开，形成各自的利益基础；代理商以市场为载体将生产和流通紧密地联系在一起，形成名符其实的利益共同体。
- 从商品所有权和支配权的关系看，代理商与经销商之间表现出最本质的区别，经销商体现了商品所有权和支配权的一致性；而代理商的商品所有权和支配权在形式上却是分离的，这种分离有利于市场大流通的形成，有利于社会分工的合理化和利润分配的平均化。

4．批发企业的发展趋势——配送中心

随着科技的进步和信息技术的发展，批发业的未来将是集商流、物流、信息流于一体，以专业化、社会化物流配送中心为核心的，融合部分生产功能的网络体系。发达国家的经验也证明了这种发展趋势。欧、美、日、韩等国，流通体系中并不存在单一的批发业，都是以物流配送为主体功能的流通中心。

(1) 配送的概念及组成。配送(Distribution)的定义是：在经济合理区域范围内，根据用户要求，对物品进行拣选、加工、包装、分割、组配等作业，并按时送达指定地点的物流活动。配送是集货、配货和送货三部分有机结合而成。具体表现为以下几个要素：一是集货，将分散的或小批量的物品集中起来，以便进行运输、配送的作业；二是分拣，将物品按品种、出入库先后顺序进行分门别类堆放的作业；三是配货，使用各种拣选设备和传输装置，将存放的物品，按客户要求分拣出来，配备齐全，送入指定发货地点；四是配装，在单个客户配送数量不能达到车辆地有效载运负荷时，就存在如何集中不同客户地配送货物，进行搭配装载以充分利用运能、运力的问题，这就需要配装；五是配送运输，它是运输中的末端运输、支线运输，其特点为：较短距离、较小规模、额度较高的运输形式，一般用汽车做交通工具；六是送达服务，确定卸货地点、卸货方式等事项以便圆满地实现运到货物的移交，并有效地、方便地处理相关手续并完成结算；七是配送加工，按照配送客户的要求所进行的流通加工。

由此可见配送是物流中一种特殊的、综合的活动形式，是商流与物流紧密结合的产物。配送本身就是一种商业形式。

(2) 配送的特点。配送是按照用户的订货要求，在物流据点进行货物配备，并以最合理的方式送到用户指定地点的物流活动。配送具有如下特点。

(1) 配送是严格按照用户所要求的货物名称、品种、规格、数量、质量、时间、地点等进行的。具有一定的计划性和相对的稳定性。

(2) 货物的配备是在物流据点进行的。物流据点是指配送中心、中转仓库、生产企业仓库、商业仓库、车站、港口等。

(3) 配送包含了集货、存货、分拣、配货、配装、配送运输、流通加工、送达服务等内容。配送是一种综合性的物流活动。

(4) 配送中的送货是以最经济的方式进行的，其送货方案是通过科学计算制订的。

(5) 货物配送中的送货是送到用户认为最合适的地点，不一定是送到用户仓库，还可以送到车间、工地及其他用货现场。

(3) 配送中心概念及类型。配送中心是以组织配送性销售或供应，执行实物配送为主要职能的流通型物流结点。它从事服务配备(集货、加工、分货、拣选、配货)和组织对用户的送货，以高水平实现销售或供应的现代流通设施。

在物流业发达的国家，配送中心有多种形式，但主要包括如下几种。

专业配送中心。它是指配送对象、配送技术属于某一专业范畴，综合该专业的多种物资进行配送。

柔性配送中心。它不是向固定化、专业化方向发展，而向能随时变化、对客户要求有很强的适应性，不固定供需关系，不断向发展配送客户和改变配送客户的方向发展。

供应配送中心。它是专门为某个客户组织供应的配送中心。

销售配送中心。它是以销售经营为目的，以配送为手段的配送中心。主要有三种：一是生产企业为本身的产品直接销售给消费者的配送中心；二是流通企业建立的配送中心。作为本身经营的一种方式，流通企业建立配送中心以扩大销售；三是流通企业和生产企业联合的协作型配送中心，协作型配送中心是未来发展的方向。

城市配送中心。以城市作为配送区域范围的配送中心。

区域配送中心。它具有比较强的辐射能力和库存准备，向省际、全国甚至国际范围的客户配送货物的配送中心。

储存型配送中心。它具有很强储存功能的配送中心。

流通型配送中心。它基本上没有长期储存能力，仅以暂时或随进随出方式进行配货、送货的配送中心，典型的方式是，大量的货物整体购进并按一定数量送出，采用大型分货机，进货时直接进入分货机传送带，分送到各客户货物或直接分送到配送用的汽车上，货物在配送中心仅做少许停滞。

加工配送中心。具有加工职能的配送中心。

(4) 配送中心的组成

配送中心的内部结构和布局与一般的仓库有较大的差别。通常，配送中心的内部工作区域结构配置由如下几个部分组成。

接货区：该区完成接货及入库前的工作，如接货、卸货、验货及分类入库的准备等。设施主要有：进货铁路或公路、卸货站台和暂存区。

储存区：该区储存或分类储存所进的货物。由于货物在此要存放一定的时间，所以该区域的面积较大，通常占总面积的一半以上。

拣货、配货区：该区进行分货、拣货、配货作业，为送货作准备。它的面积随不同的配送中心而有较大的变化。如对多用户的多品种、少批量、多批次配送的配送中心，需进行复杂的物流作业，面积相对较大。

理货分拣区：该区按照用户的需要，将配好的货暂时存放等待外运，或根据每个用户要货多少，决定配车方式、配装方式，然后直接搬运到发货站台装车。作业区域对货物是暂时保管、时间短、周转快、面积相对不大。

发货待运区：该区将根据客户需求配好的货物，装入外运车辆发货。发货待运区结构与拣货区类似，有站台、停车道路等设施。

流通加工区：该区是进行分装、包装、贴标签等各类加工增值活动。

管理指挥区：该区通常集中在配送中心的某一位置。主要是营业事务处理场所、内部指挥管理场所、信息处理场所。

(5) 配送模式

企业(集团)内自营型配送：集团、企业通过独立组建配送中心，实现对内部各部门、企业、商店的物品供应。

单向服务外包型配送：由具有一定规模的物流设施及专业经验、技能的批发、储运或其他物流业务经营企业，利用自身业务优势，承担其他生产性企业在该区域内市场开拓、产品营销而开展的纯服务性的配送。

社会化的中介型配送：从事配送业务的企业，通过与上家(生产、加工企业)建立广泛的代理或买断关系，与下家(零售店)形成较稳定的契约关系，从而将生产、加工企业的商品或信息进行统一组合、处理后，按客户订单的要求，配送到店铺。

共同配送：配送经营企业间为实现整体的配送合理化、以互惠互利为原则、互相提供便利的配送服务的协作型配送模式。共同配送是由于对某一地区的用户进行配送不是由一个企业独立完成的，而是由多个配送企业联合在一起共同完成的。

二、零售商

零售商是直接为最终消费者服务的中间商。其特点是：批量购进，零星出售；交易多为现货交易，随机性强，形式为店铺或无店铺两类，商品种类具有广深性、细深性。

1. 零售商的作用

零售商直接为消费者服务，其基本任务是通过积极组织商品货源，改善服务态度，提高服务质量，尽可能让消费者花最少的时间、买到适合自己需要的商品。零售商虽然也具有购买商品、仓储运输、出售商品、信息反馈等作用，但其主要作用有如下两个方面。

(1) 销售商品，满足消费需求。组织适销对路的商品，满足消费者的需要，这是零售商最基本的作用。零售商必须根据广大消费者的需要，把数量充足、品种齐全、花色对路、质量优良、价格合理的商品，及时地、源源不断地从流通领域推进到消费领域，并在营业时间、地点、服务方式、供应方法上尽量方便消费者。商店有条件时，还应送货上门，定期访问用户，并设置退货和调换商品专柜，向顾客介绍商品使用、保养、维修常识，做好售后服务工作。

(2) 反馈信息，指导促进生产。零售商分布面广，直接面对广大消费者，并与大量的生产、批发企业保持着联系，处于双方的中介地位。零售商是生产者和批发商的"耳目"，能及时地、经常地为他们传递信息，反馈市场供求变化情况和消费者购买意向。这样就能正确地引导生产，促进市场繁荣。零售商也是消费者的"参谋"，它把生产者和批发商价廉物美的商品、新产品等信息及时传递给消费者，加速商品向消费领域转移，使商品的价值与使用价值得以实现，使社会再生产得以实现良性循环。

2. 零售商的类型

(1) 按所有制形式划分。可分为国有商业企业、集体商业企业、合作商业企业、个体商业企业以及中外合资商业企业。其中，国有商业和集体商业是我国零售商业企业的主体。改革开放以来，个体商业企业有了很大的发展，它是公有制商业必要和有益的补充。

(2) 按经营行业划分。可分为百货商店、粮食商店、蔬菜商店、副食品商店、纺织品商店、文化用品商店、五金商店等。

(3) 按商品经营范围划分。可分为综合性商店和专业性商店。综合性商店如百货商店、自选商场等；专业性商店有专营钟表、服装、棉布、鞋帽、果品、茶叶、自行车、家具等商店。

(4) 按经营规模划分。可分为大型、中型、小型零售商店。划分的依据是商店的销售额、资金额、利润额、营业面积、从业人员等。

三、无店铺零售

1. 无店铺零售的概念

无店铺零售，顾名思义，是指没有固定店铺的零售交易。它实际上是一种不借助中间商，直接从目标顾客那里获得购买信息，进而直接完成整个营销过程的渠道形式。

无店铺零售的风潮源自于美国。最早可以追溯到 1871 年，美国的蒙哥马利伍德百货公司开始实行通信销售。随后，施乐伯公司于1886年跟进，并在零售业界大放异彩，还带动了当时的邮购风潮，使得美国人享受到在家购物的方便与乐趣。其后，无店铺零售急速发展，还充实了多种不同的形式，并很快波及世界各地。据有关资料显示，美国在 1977 年无店铺零售额总计为 750 亿美元，约占全美零售总额的 20%，到了 1989 年这个比例已上升到25%，目前全美有三分之一的商品是通过无店铺销售的。国外许多学者预言，无店铺零售，这种充满生机的崭新销售方式，在不久的将来，将会成为零售业界的主要竞争对手，并将引发一场改变零售业经营模式的新浪潮。

无店铺零售主要可以分为直复营销、直接销售和自动售货等几种类型。

2. 直复营销

(1) 直复营销(Direct Marketing)概念。直复营销是无店铺零售的一种最主要的形式，并且是一个比较新的概念。它起源于美国，现在已席卷了所有的发达国家和新兴工业化国家，被西方营销学家称为"划时代的营销革命"。直复营销在商业竞争十分激烈的经济环境中显示了强大的生命力。直复营销投资少、见效快、效果佳。企业既可以把直复营销作为自己的主要业务，如设立专门的直复市场营销公司，也可将之作为辅助手段，为自己的生产经营锦上添花。那么，直复市场营销的具体内涵究竟是什么呢？美国直复营销协会(ADMA)为直复营销下的定义为：是指一种为了在任何地方产生可度量的反应和达成交易而使用一种或多种广告媒体的互相作用的市场营销体系。

这个定义包含如下三个要素。

直复营销是一个互相作用的体系。这是直复营销人员和目标顾客之间以"双向信息交流"的方式进行联系，传统的市场营销人员只能根据广告的效果进行决策，存在着很大的误差，而直复营销人员则能根据市场营销活动的效果，如订货量进行决策，十分精确。

直复营销活动为每个目标顾客提供直接向营销人员反应的机会。顾客可通过多种方式如打电话、邮购等将自己的反应回复给直复营销人员。另外，没有反应行为的目标顾客人数对于直复营销人员来说，也是十分重要的，他们可据此找出不足，为成功开展下一次直复营销活动做准备。

直复营销一个最重要的特性就是所有的直复营销活动的效果都可测定。直复营销人员很确切地知道何种信息交流方式使目标顾客产生了反应行为，并且能知道反应的具体内容是什么，例如目标顾客是想订货，还是要获取更详细的资料等。

(2) 直复营销的形式

直接邮购。直接邮购是历史最悠久的直复营销形式，即营销人员将邮件——这些邮件包括产品目录、直接邮件广告(DM)、传单等媒体，寄给事先挑选出来的潜在顾客，并经由视觉上与沟通信息上的刺激，激发起消费者的购买欲望，进而产生购买行动，完成交易行为。

直接邮购可分为完全邮购与特种邮购两种做法。完全邮购类似百货商店，拥有众多的商品种类；而特种邮购仅有一种或数种商品。

直接邮购在国外日益流行的原因，主要是成本低，能有效地选择目标顾客，效果较易衡量。同时，它的直接反应率较高，可达到35%以上。这是任何一种直复营销形式所无法比拟的。

在加拿大，目录直销商每年要寄出80万张商品目录单，销售额22亿美元，并以超过10%的速度增长。大约71%的目录单寄向家庭，29%送给厂商，平均每次交易额为84美元。邮寄目录单的零售商，既有货色齐全的百货公司，也有专卖店。一些大公司也设有目录直销部等。如施乐公司的儿童图书直销部，雅芳公司的化妆品直销部等。但是，大多数商品目录出自众多的专用品"目录直销店"，它们一般经营非常有吸引力的商品种类，并用四色图表将其展现出来。"目录直销店"不仅通过邮寄售货，而且提供信用卡和24小时免费电话服务。邮寄目录售货的成功，很大程度上依赖公司管理邮件和顾客名单以及控制存货的能力，并借此树立起以优质的服务供货、使顾客获得最大利益的企业形象。其主要包括：发送货物样品，开辟特别热线回答问题，向最佳顾客赠送礼品。捐赠部分利润给公益事业。许多成功的"目录直销店"通过多种渠道吸引新老顾客与之交易，打开了零售销路；另一些目录直销店正试图通过电视图像把商品目录表现给最佳目标客户。

一家健身设备公司的邮寄录像则展示了健身器材的使用方法和优点。福特公司寄送一种叫"驾驶练习"的磁盘，借助计算机进一步向顾客展示广告上的有关问题，其内容包括特别技术指导，颇具吸引力的汽车图片以及一些常见问题的答案等。通常，邮寄营销人员希望卖出产品和服务，收集并筛选各种信息，为企业销售部提供指南，传递有商业价值的新闻，用礼品回报忠诚的客户。邮寄名单可以从公司编辑的顾客档案中选取，也可通过邮寄经纪人得到。许多特殊类别的顾客(如巨富、汽车旅馆主、古典音乐爱好者等)的信息都可以从邮寄经纪人那里得到。典型的作法是，营销人员从潜在顾客清单中抽样，看邮件回收率是否足够高。因为邮寄直销具有较高的目标选择性，体现厂商个性，且灵活多样，并能事先试验和事后检验，所以日益流行。直接邮寄在促销图书、杂志、保险等方面，被证明是成功的。在销售小说、礼品、服装、精美食品、工业品等方面也起到越来越大的作用。此外，直接邮寄还被慈善机构广泛采用。

电话营销。电话营销是利用电话来达到销售商品或服务的一种销售方式，目前已成为一种主要的直复营销工具。在美国，每户居民平均每年收到 19 个推销电话，其中 16 次达成购买。一些公司引进的完全自动化的电话直销系统，来接受发自顾客的指令。如自动拨号录音信息处理机可以自动拨号，播放有声广告信息，通过答复机装置或将电话转给接待员回答顾客的提问或接受订货。电话营销在生产者市场和消费者市场上的应用迅速普及。电话营销可分为如下两种类型。

接听服务。接听服务是企业专门设置专门人员负责接听顾客通过专线打来的电话，包括订货、咨询或抱怨。接听人员应适时给予答复并使顾客满意。这种专线电话费用是由公司承担。经由这种专线服务，不但可与顾客建立十分密切的关系，还可以产生一定的销售效果。即便顾客打来的抱怨电话，经过接听人员耐心的解释消除了顾客的抱怨，往往就会产生一种购买的机会。

外拨促销。外拨促销是企业营销人员以外拨电话的方式与目标顾客接触，并通过纯熟的电话技巧及沟通手法，藉关心与诚恳的口气，循序渐进地向目标顾客介绍商品，并促成交易。

电话营销的结果可能会有两种情况：一是在电话中就可以直接成交，这是最佳的；二是先在电话中确定进一步面谈的时间，以便前往拜访洽谈。经验表明，凡是约定好进一步面谈的时间，表明成交机会大增。鉴于此，为了进一步扩展电话营销功能，可将电话营销与人员推销、直接邮购等形式配合使用，其效果会更佳。

(3) 电视营销

电视营销有如下两种方式。

直复广告。直销商发出电视图像，通常是 60 或者 100 秒，颇具说服力地描述一种产品，并给出一个免费电话号码让顾客订货。直复广告对于杂志、书籍、小器具、磁带等物品的促销效果明显。最好的例子是加拿大达美公司(Diad Media)所作的刀具广告。该广告播放了 7 年，卖了几乎 300 万件刀具，销售额 4000 万美元。最近一些公司准备了长达 30 分钟的纪录片广告，提供关于戒烟、治秃顶、减肥等有关信息，并留下免费电话号码用于接受其他询问。

"居家购物"。一些电视节目或整个电视频道都用于销售产品和服务，比较著名的有线电视服务机构是"加拿大居家购物俱乐部"(Canadian Home Shoppers Club, CHSC)，其导购节目专门提供首饰、灯具、小玩具、服装、电力工具、家用电脑等多种商品的最低销售价，观众可以拨通免费电话订购货品，公司接线员将把订货指令直接输入计算机，货品在 48 小时内保证送到。

(4) 电脑购物。电脑购物有两种形式。第一种是双向视频购物系统，借助电缆或电话线，一端连接顾客的电视，另一端是通过卖方的计算机数据库。视频购物系统包括生产者、零售商银行、旅行社等提供的电脑化的产品目录。消费者只要拥有一台装有键盘的普通电视，就可通过双向电缆与卖方接通。第二种方式是应用个人电脑购物，如在当地或国内向零售商订货，与当地银行交往，预订航班、租用汽车等，随着更多的顾客安装有线电视和个人电脑日益普及，电脑购物将得到更加迅速的发展。

(5) **电子购货机**。一些公司设计了"顾客购货存贮机"(不同于自动售货机)将其放于商店、机场或其他场所。例如福禄恒(Flortheim)鞋业公司在它的许多店铺放置了该机，顾客输入想要的鞋的型号(装饰或运动)、颜色、尺码，符合要求的福禄恒鞋的图片将展现在屏幕上。如果店内没有某些特殊的鞋，顾客可以拨通身边的电话，告诉对方信用卡号码及鞋应被送到什么地方。另一种应用是机场的电话体贴货屏，它通过文字向旅行者描述各种商品，例如实业界礼品、幼儿礼品、烈酒等。游客可以触摸屏幕，表明他感兴趣的商品项目，比方说，他喜欢某品牌的旅行包，屏幕上会显示该包的优点。如果他想买，可以再次触摸屏幕表明他是否想把货物包扎好，并附上姓名，第二天送货，还是指定日期，当屏幕旁电铃响起，他将信用卡放入送卡机，这便完成了交易，货物将被寄到指定地点。

3. 直接销售

(1) 直接销售的概念

直接销售，是指通过人员以个别面对面的访谈或聚会的方式，将产品直接销售给顾客的方法。直接销售和直复营销是两个含义完全不同的概念，其本质的区别在于：直接销售是通过"人员"去寻找顾客，并与顾客直接洽谈达成交易，而直复营销是通过"媒体"与顾客发生双向沟通。

(2) 直接销售的形式

多层传销

在中国提及直销，人们往往要拿直销和传销比较，认为前者是合法的后者是不合法的。这实际上是对直销概念的一种错误的理解。其实，在英文中直销与传销对应的是同一个英文单词"direct selling"。要理解直销这一概念，让我们重温世界直销联盟(World Federation of Direct Selling Associations，WFDSA)对直销、多层次直销和金字塔式销售的定义。

第一，直销是以面对面的方式，直接将产品及服务销售给消费者，销售地点(通常是消费者的家里或他人家中、工作场所或其他有别于永久性零售商店的地点)。直销通常由独立的直接的销售人员进行说明或示范；这些销售人员通常被称为直销人员(direct seller)。独立的直销人员代表自身或所属直销公司，透过个人销售关系，销售产品与服务，在某些地区通称为独立承销人，即这些独立销售人员并非所销售产品公司的员工，而是经营自身事业的独立实业家。这些独立直销人员有机会从事业中获利，也必须承受经营事业所带来的风险。经营个人的直销事业所需的成本通常很低。一般来说，只要购买一套价格平实的创业资料袋，就能踏出第一步，几乎完全不需要有任何库存或其他现金投入，不像加盟店或进行其他商业投资等，通常得投入大笔费用，而且投资人必须承受。

第二，多层次直销(multilevel marketing)制度是直销业中很重要的一重行销手法，又称为"网络行销 (network marketing)"、"结构行销(structure marketing)"。这种制度行之有年，已证明是能够成功而有效地将产品与服务直接销售给消费者并使独立销售人员或直销商获得利润的方法。合法的多层次直销，具有四项容易辨识的共同特色。

A. 多层次直销公司的加入费用通常极低。一般而言，加入者仅需购买创业资料袋、销售辅助用品或示范工具即可。

B．多层次直销公司极不鼓励囤积过量的产品，直销人员可以将未使用过的、仍可销售的商品退还给公司，并获得不低于直销价格90%的退款。

C．多层次直销公司的重心，在于将产品销售给消费者。它们以产品品质优异著称，且因为广受推崇，同时提供消费者满意保证或犹豫权，不满意的消费者可将产品退还给公司，并获得合理的退款或可换购其他产品。

D．多层次直销公司会避免夸大直销人员的收入。任何与收入有关的说明，都必须以事实根据为基础。

第三，金字塔式销售(dyramid selling)，它是一种骗局，俗称"老鼠会"。其架构为：由所谓某"投资"或"买卖交易"办法推广组织，利用几何级数的方式，赚取加入这些办法的新成员所缴交的费用，以此牟利致富。全球有无数立法机构命令禁止金字塔式销售法。金字塔式销售法在商业性方面不求永续经营，因为他们基本上假定会有源源不断的新人进来，而且都会愿意支付入会费，然后会因后继加入，并且跟他们同样这么做的新人而致富。然而，由于实际上他们所能征召的新人有限，后来加入的新人便以等差级数的程度，而较介绍他们进来的人有越来越少的机会获利致富。因此，这类组织往往都是不能长久。

从直销定义，我们可以看出它实际上是一种无店铺销售方式。WFDSA 在这里定义的多层次直销即传销，它是直销行销手法的一种。而在中国所说的非法传销就是指金字塔式销售。

我国 2005 年出台的《直销管理条例》是中国直销行业发展过程的一个重要里程碑，直销业将走有法可依、循序发展、良性竞争的道路。解读《直销管理条例》条款可知，目前我国法律只允许单层次直销，多层次直销是非法的。多层直销与单层直销的本质或者说是精髓是一样的，那就是让产品直接通过直销员卖给消费者，从而减少中间环节的流通费用。它们的不同之处就在于多层次直销是直销员有网络关系，这也是其被称为传销的原因。

在美国，传销的年销售额占其全部直销额的 50%~60%。所谓传销又称消费者销售制，即消费者自己组织起来作为直销商，从生产者或传销公司那里直接购买产品，同时以众口相传的方式传播商品信息、销售产品。在这里，直销商不仅可以通过销售产品获得利润，而且更为重要是，随着直销网络的扩大和自身级别的上升(级别通常有黄金级、白金级、蓝宝石级、红宝石级和钻石级，不同的级别有不同的回报率)还可以从传销公司处获得十分丰厚的佣金。传销属于非线性销售，假如每个直销商能将某一产品信息传递给另外 3 个消费者，这 3 个消费者作为直销商后就能再传给 9 个消费者，以此类推，销售行为的能量不断地被仓储放大，产生几何级数的市场营销效果。因此它是一种强有力的推销方式。当然，并非任何公司采用它都能取得成功。它的主要条件包括产品是最终消费品、质量上乘、佣金制度诱人以及管理计算机化等，适宜的产品有美容护肤品、化妆品、营养保健品、珠宝、家庭工艺等。

访问销售

访问售销是通过营销人员直接到顾客所在地(如住宅或办公室)展示产品目录、样品、或产品本身,有时还作现场操作表演,以达到刺激需求,实现面对面推销的目的。在访问销售中,多数情况下,推销人员并不随身携带货物,至多带一件样品,待取得订单后,再回公司办理送货上门服务。如果商品体积小,重量轻,便于随身携带,则可在现场成交后,当即交货,减少工作量。

访问销售的实践表明,新产品刚刚投放市场,即处于产品寿命周期的投入期,采用访问销售的办法挨门逐户推销,易于打开产品的销路;而当产品进入衰退期,销售下降,采用访问销售的办法,有时也可以重新刺激需求,产生购买行为。此外,访问销售还适用于一些顾客不愿意到商店购买或者不便于到商店购买的商品。

要搞好访问销售,提高访问销售效率,首先,要培训推销人员,使推销人员言行得体,以便取得顾客的信任,避免造成顾客的反感与排斥。其次,要有效地利用推销人员的时间,提高推销员的工作效率。西方有些企业的做法值得借鉴,如给每位推销员划分区域、固定服务对象、熟门熟路,效率自然提高。还有的推销员在访问推销时,先将产品目录、说明书之类的资料留在顾客那里,过几天再上门收取订单,可减少推销员与顾客洽谈的时间。第三,做好售后访问工作,妥善处理顾客抱怨,立足于与顾客建立长期关系,只有这样访问销售才能持续健康地发展。

聚会销售

访问销售一般是一对一地进行洽谈,而聚会销售则采取一对多地进行洽谈,显然可以提高推销效率。聚会销售是由销售人员事先物色一位社区或团体里的意见领袖,如企业工会干部、街道居委会主任或邻里关系融洽又热情好客的家庭主妇,由他(或她)出面邀请熟悉的同事、邻居或亲友,举行家庭式聚会,推销员在会上把商品陈列出来,当场做宣传介绍和示范表演,然后请到会客人随意选购。事后,可酌情向召集人赠送礼品或付给佣金。

聚会销售可以避免访问销售的一些弊端,如拒绝受访、无人在家而使销售人员吃闭门羹等。聚会销售的成员大多彼此认识熟悉,相互之间有一定的影响力。这其中一旦有人带头购买,就会产生从众效应,使推销工作收到事半功倍的效果。因此,现在越来越多的企业都乐于采用这种方式。

自动售货

使用硬币控制的机器自动售货是第二次世界大战后出现的一个主要的发展领域。自动售货已经被用在相当多的商品上,包括经常购买的产品(如香烟、软饮料、糖果、报纸和热饮料等)和其他产品(袜子、化妆品、点心、热汤和食品、书、唱片、胶卷、T恤、保险和鞋油等)。售货机被广泛安置在工厂、办公室、大型零售商店、加油站、街道等地方。自动售货机向顾客提供24小时售货、自我服务和无须搬运商品等便利条件。同时,由于要经常给相当分散的机器补充存货、机器常遭破坏、失窃率高等原因,自动售货的成本很高,因此,其销售商品的价格比一般水平要高15%~20%。对顾客来说,机器损坏、库存告罄以及无法退货等问题也是非常令人头疼的。自动售货机提供的服务越来越多,如桌上弹珠机、投币式自动点唱机和新型电脑游戏机。银行也广泛地使用自动出纳机这种高度专业化的机器，它可以为银行顾客提供昼夜 24 小时开支票、存款、提款和资金转账等多项服务。

四、店铺零售

1．百货商店

(1) 百货商店概念

它是在一个建筑物中，集中了若干专业的商品，向顾客提供多种类、多品种商品及服务的大型零售商店。现阶段，我国零售店年销售额在亿元以上为大型店。

美国商务部定义：指年销售额在 500 万美元以上，经营消费者需要的各种服装、纺织品、家用陈设品、家具以及收音机、电视机等。其中服装和纺织品的销售额至少要占销售总额 20%的零售商店。

(2) 组织形式

- 独立百货商店，即一家百货商店独立经营，别无分号。
- 连锁百货商店，即一家大百货公司在各地开设若干百货商店，这些百货商店都属于百货公司所有，由公司集中管理。如上海一百有限公司开设第一百货重庆店、长春店、余姚店、深圳店。一百集团在百货连锁中，先后制订了"十统一"管理规范和《连锁(加盟)店经营管理手册》，并附综合类、业务类、财务类、人事类和操作类等 5 个分册，制订了发展连锁经营的工作流程，为百货连锁的规范管理奠定了基础。
- 百货商店所有权集团，即由若干个独立百货店联合组成百货商店集团，由一个最高管理机构统一管理。

百货商店产生生于 19 世纪 60 年代，被称为零售业的第一次革命。百货商店的划时代意义在于商品销售实行了明码标价，一视同仁，大量商品按部门陈列，并采取低毛利、高周转的政策。在 20 世纪初，百货商店得到了进一步发展。

(3) 特征

- 拥有豪华的店堂，从事大规模经营。
- 百货商店位于城市中心区或交通要道上，能尽量吸引广泛地区的众多顾客。
- 经营商品的范围广泛，种类繁多，经营消费者需要的任何商品。
- 在管理上实行商品部制度，即下设许多不同的商品部，各部门由一位经理主管业务，统一指挥商品计划，销售业务，商品管理等，而且各商品部在百货商店的统一管理之下进行独立核算。
- 为顾客提供充分服务，如为顾客提供拿取商品，介绍商品，解答疑问，包装商品等服务。
- 兼营其他劳务项目，如开设餐厅、咖啡厅、茶室、美容美发室、儿童游乐场、婴儿照看所等，有的还设立画廊或举办展览等。

百货商店曾一度居于零售市场的霸主地位，但由于新型零售机构的兴起，使其市场地位降低。从零售市场的发展趋势来，随着市场的细分，必然的结果是市场的重新分割和整合。民生必需品必然由超级市场、量贩店来销售，高级消费品必然是由品牌连锁店去经营，给百货店的发展空间十分有限。西方国家百货店的卖场面积很少有超过1万平方米，而我国商场一盖就是3万、5万平方米。如南京新街口地区四环路以内共有商业网点500多家，营业面积达50多万平方米，占南京的十分之一，1平方公里范围内营业面积在1万平方米以上的大商场已超过20家，不但国内少有，即使在国外也实属罕见。这些百货店经营的内容根本无法消化如此大的商业面积，加之投资大、成本高、商品重复，经营范围基本一致，品牌逐渐雷同，商品经销还是采取"宽正面、浅纵深"的组合模式，这就是百货店经营困难的基本原因。

2. 超级市场

(1) 超级市场定义

指采用自我服务的方式，实行商品部管理，经营综合商品，薄利多销，一次结算的零售机构。

超级市场产生于1930年美国纽约，被称为零售业的第二次革命。它以商品的销售价格较低，顾客自我服务的方式，赢得了消费者的欢迎。现已成为流行于国际的零售组织形式。

(2) 特征：无人售货、自动服务、一次购齐、提高效率

我国超级市场是20世纪80年代初向国外学习先进管理技术的直接产物，同行政干预有关，许多超市是在原有食品、副食品店基础上改建的，有些甚至是匆忙开业的，也就是说，我国的超市是在社会经济条件和市场需求条件尚不充分具备的情况下产生的。从严格意义上来说，这些超市并不具备超市应有的特征(一次购齐)充其量只能算是开架售货、自选商场，后来由于种种原因，许多超市纷纷倒闭，经营上陷入困难。进入20世纪90年代，我国超级市场的发展才出现良好的势头。

(3) 超市与便民店异同

相同点：开架陈列、自我服务、一次结算。

区别：

目标顾客。超市以居民区消费者为主，以家庭为主要销售单位，而便民店则以追求生活质量、习惯于夜生活、生活节奏快的人为主，以年轻人和儿童为主要销售单位，需求具有即时性、应急性的特点，即购物处于非计划状态。所以顾客可能每月去一次百货商店，一周去一次超级市场，而随时可以去便民店。

据调查，7-11便利店顾客70%是10~20岁的年轻人，男女比例是64:34，50%的顾客居住在步行1分钟以内区域。

店铺选址策略不同。超市以居民区为主，便民店除了可选择在居民区外，还可以选择闹市区、车船码头、公路两旁等交通要道设店，以便于顾客随时购物。

商品经营品种不同。超市是满足顾客日常生活所需的"一次性购齐"商店，国外超市商品品种至少达5000种以上，有的巨型超市能达到15000多种。上海市规定超市品种不少于 3000 种。超市的主力商品是生鲜食品，经营比重占商品结构的 50%左右；便民店经营的商品主要以消费者日常消耗量较高的商品为主，具有即时消费、应急性、少容量性的特点。品种一般在 1000 种左右，以快餐、饮料为主力商品，几乎不经营生鲜食品。在食品包装上为方便顾客即饮即食，大多采用小包装。

服务时间、内容不同。一般超市的营业时间在 12~16 小时之间，便民店则在 16 小时以上，甚至 24 小时全天候，全年无休息日连续营业。另外，便民店在服务内容上较超市更丰富。超市通常是在店后或配送中心设有加工厂，来分割、整理、包装生鲜食品，而店内则是纯粹的买卖形式。便民店可利用店内饮料机、微波炉、食品制作设备提供简单的现场食品加工服务，从而更便于顾客消费。

价格策略不同。便民店由于较超市向顾客提供了更便利、更快捷的服务，其商品的售价要高于超市的 10%~20%，利润率要高于 2%~3%。所以便民店并非"低档"或"平价超市"，也并非卖"细、小、零、杂"如针头线脑一类商品的杂货铺。不能认为只要是开架销售就冠以"超市"的招牌，只有业态界定清晰，市场定位才能准确，超市也才会兴旺发达。

3．便利店

便利商店是设在居民区附近的小型商店，营业时间长，每周营业 7 天。销售品种范围有限、周转率高的方便产品。美国 7-11 便利店和怀特·享·潘特利公司(White Hen Pantries)就是这样的商店，它们营业时间长，消费者主要利用它们做"填充"式采购。因此其营业价格要高一些。但是，它们满足了消费者一个急切的需要，人们似乎愿意为这些方便产品付高价。1984 年，美国方便商店有 42 657 个，销售额约为 200 亿美元。

在居民的日常生活中，一些生活日用品的购买频率、零星，随用随买，这就要求能够就近购买，省时快捷。这样，设立在居民区的方便商店就应运而生。这些小型零售企业以经营食品、副食品、日用品为主，面向附近居民，营业时间长，地点靠近居民区。这类商店规模小，商品品种少，受到其他类型商店的竞争，面对着严峻的市场局面，为了提高市场竞争能力，取得市场生存和发展的机会，许多方便商店也改造为自选式商店，以降低成本，减少费用，降低商品价格，赢得更多顾客。还有一些便利商店采用连锁组织形式，以发挥规模效益，取得经营优势，维持生存，争得发展。

4．折扣商店

(1) 折扣商店概念
指商品价格方面采用折扣策略进行经营的商店，或利用廉价销售进行快速周转大量商品的大型零售店。

(2) 特征
- 商品齐全，不亚于百货公司。但出售的商品主要是家庭生活用品。如电器、五金、玩具、服装、宝石等。美国近年来有 50%~70%的电器产品是通过折扣商店售出的。
- 价格低廉。所有商品都标有折扣价、价格大幅低于一般商店。
- 商店采取自我服务方式，设备简单，很少提供服务。

- 大多数折扣店坐落在低房租地区，投入费用较低，盈利较高。
- 折扣商店日益向巨大化发展，营业面积有的高达 10 万多平方米，经营品种日益增加，有的高达 18 万种，也增加服务，如提供送货等。

第二次世界大战前折扣商店在美国就已经产生，但进入 20 世纪 40 年代末期，折扣店才得到迅速发展。从经营化妆品、服装等非耐用消费用品转为经营家用电器等耐用消费品。到 1960 年，美国折扣商店的销售额占家用器皿销售额的 1/3，平均库存周转每年 14 次。

1984 年，美国全国有 8 738 家折扣商店。销售额几乎达到 622 亿美元。在最近几年，折扣商店之间、折扣商店与百货商店之间的竞争非常激烈，从而导致许多折扣零售商经营品质高、价钱昂贵的商品。它们改善内部装修、增加新的产品线，如穿戴服饰；增加更多服务，如支票付现，退货方便；在郊区购物中心开办新的分店；所有这些都导致成本增高，被迫提价。另外，百货商店经常降价与折扣商店竞争，使两者之间的差距日益缩小。

折扣零售已经从普通商品发展到专门商品商店，例如折扣体育用品商店、折扣电子产品商店和折扣书店。

5. 仓储商店

(1) 仓储商店概念

仓储商店是一种没有装饰、给顾客折扣优待、服务项目少的经营形式。其目的是以低价大量销售商品。有一种最有趣的形式是家具展览仓库，如美国的勒维兹或维克斯仓储商店。顾客进入位于郊区低租金地区的像足球场一样大的仓库，穿过一排排陈放整齐的家具，进入一个展览大厅，里面大约有 200 间展室陈列着琳琅满目的家具，顾客可以自行挑选，并向销售人员订货。等顾客付完款，离开商店去停车场，转驾车来到装货出入口处时，商品则已准备就绪，等待装车。

仓储商店是一种经营中低档商品、廉价销售的零售企业，它将商品的销售和仓储场所合二为一，减少了商品仓储费用和人员，减少了经营成本，降低了流通费用。在营业场所装修上，只求为顾客提供一个宽敞、舒适、朴实无华的购物环境。商品大部分采用开架销售、顾客自选的形式，节省了人工服务费用。因此，仓储商店出售的商品与其他商场比，价格普遍低 10%~30%左右。

(2) 特征

- 以工薪阶层和机关团体为其主要服务对象，旨在满足一般居民日常性的消费需求，同时满足机关企业的办公性和福利性消费的需要。
- 价格低廉。通过从厂家直接进货，省略了中间销售环节，尽可能降低经营成本。
- 精选正牌畅销商品。从所有商品门类中挑选最畅销的商品大类，然后再从中精选出最畅销的商品品牌，并在经营中不断筛选，根据销售季节等具体情况随时调整，以使仓储商店内销售的商品占有较大的市场份额，同时保证了商品的调整流转。
- 会员制。仓储式商场注意发展会员和会员服务，加强与会员之间的联谊，以会员制为基本的销售和服务方式。
- 低经营成本。运用各种可能的手段降低经营成本，如仓库式货架陈设商品，选址在次商业区或居民的住宅区，商品以大包装形式供货和销售，不做一般性商业广告。

- 先进的计算机管理系统。计算机收银系统及时记录分析各店的品种销售情况，不断更新经营品种，既为商场提供现代化管理手段，也减少雇员的人工费用支出。

6. 购物中心

(1) 购物中心概念

这是为了满足消费者所需要的各种商品和劳务，把各种行业的零售业在地理上集中于一个屋檐下，对消费者提供充分的商品、劳务。因时间、地点、选择上的方便，从而满足消费者一揽子购物需要。国外购物中心最早出现于 1931 年的美国，最初发展缓慢。进入 20 世纪 70 年代以后，发展比较迅速。目前，购物中心的销售额占美国的零售总额的 1/3。近年来，我国也引进这种形式，但规模不大。

(2) 特征

- 综合的服务中心，集商品、劳务、娱乐、餐饮等为一处。
- 有少数的名店和大店为核心。
- 给顾客带来舒适和快乐、购物中心的外步行街有花坛喷泉，内步行街的通道上加顶、遮风挡雨、御寒防暑。

(3) 类型

邻近购物中心。主要经营便利品，如食品、药品和杂货以及个人服务，如理发、洗衣、修理等。由 5~12 家商店构成。以超级市场为核心店，占地面积达 1500 平方米，为周围 7 500~20 000 人口服务。

社区购物中心。主要经营便利品、服装、家具等选购品。由 20~40 家商店构成，以超级市场或小百货店、杂货店等店为核心，有比较规范的专业店，占地面积达 4500 平方米，为周围 23~10 万人口服务。

地区购物中心。主要经营杂货、服务、家具、室内陈设品、花色品种更多，服务的范围更广泛，还有娱乐设备。以规模较大的一至两个百货商店为核心店，由 40~100 个商店组成，占地面种 12.23 万平方米，商圈半径 84~94 米，为 16 万~25 万人口服务。此外，还有医院、银行、邮局、会计所、保险公司等服务设施。

特区购物中心。主要经营杂货、服装、家具和室内陈设品，花色品种十分齐全，提供的服务也各式各样，并且有娱乐设施。这类购物中心以至少三个规模较大的一流的百货商店为核心，由 100 个以上的商店组成，占地面种大约 23 万平方米，为更多的顾客服务，是最大型的购物中心。

五、代理商

代理商是接受生产者委托代销商品，对商品只有经营权，没有所有权，按代销额提取一定比例报酬的中间商。代理商既有从事批发业务者，也有从事零售业务者。

1. 代理商的特点

代理商的特点如下。

(1) 帮助生产者扩大产品销售。对于有广泛社会关系的代理商来讲，它可以帮助生产者扩大市场，甚至占领市场。

(2) 由于代理商按推销额提取报酬。生产者的推销费用较低、环节较少，可以以较低的价格进入市场参与竞争。通过代理商推销商品的缺点是：推销面不广，推销不稳定，推销风险由生产者承担。因此，代理商在商品营销渠道策略中处于辅助地位，不能取代批发商和零售商的作用。

2．代理商的类型

(1) 生产者代理商。它受生产者委托，根据协议，在一定区域内负责代销生产者的产品。产品销售后，生产者按照销售额的一定比例付给其佣金作为报酬。这种代理商与生产者的关系是委托代销关系，它负责推销商品，履行销售业务手续等。

(2) 销售代理商。它是一种独立的中间商，受托负责代销生产企业的全部产品，并为企业提供更多的服务，如设置产品陈列和负责全部广告费用等。销售代理商还可经常派人参观国内外各种展览会，进行市场调查，搜集各种市场情报资料，供企业参考。销售代理商的特点如下。

- 一个生产者只能用一个销售代理商，全部产品由其负责销售。
- 生产者决定使用销售代理商后，生产者自身不得再通过其他销售渠道销售产品。
- 销售代理商有较大的权力，能控制销售价格和付款日期。

(3) 经纪人。经纪人是为买卖双方介绍交易并获取佣金的中间商。它既无商品所有权，又无现货，只为买卖双方提供价格、产品及一般市场信息，为买卖双方洽谈销售业务起介绍的作用。经纪人与买卖双方都不签订合同，不承担义务，与买卖双方均无固定的联系，但在买卖过程中又可代表任何一方。商品成交后，它从中提取一部分佣金，但比例一般较低。

第三节 营销渠道的设计与成员管理

渠道设计是指企业在创建全新市场营销渠道或改进现有渠道的过程中所做的决策。在整个营销渠道系统中，供应商、制造商、批发商和零售商都面临着渠道设计决策。他们对渠道设计的看法往往不同：供应商或制造商顺渠道而下找市场，零售商逆渠道而上，以获得供应商，批发商对于渠道设计决策的看法正好处于这两者之间。一般情况下，营销渠道设计是指顺渠道而下，直至市场。

一、营销渠道系统设计的步骤

斯特恩(Stern)等学者总结出"用户导向渠道系统"设计模型。将渠道战略设计过程分为以下五个阶段，共十四个步骤。

1．当前环境分析

步骤 1．审视公司渠道现状

通过对过去与现在销售渠道的分析，了解公司过去情况：如进入市场的步骤；各步骤之间的逻辑联系及销售职能；公司与外部组织之间的职能分工；现有渠道系统成本、折扣、收益、边际利润等。

步骤 2．目前的渠道系统

通过调查研究，了解外界环境对公司渠道决策的影响，如：行业集中程度；当前和未来的技术状况；市场进入障碍；竞争者行为；用户状况、地理分布、忠诚度；产品所处的市场寿命周期阶段；市场密度与市场秩序。

步骤 3．搜集渠道信息

通过调查分析，获取现行渠道运作情况、存在问题及改进意见。调查内容如下：公司的渠道环节；竞争者的渠道环节；重要的相关群体；渠道有关人员。

步骤 4．分析竞争者渠道

了解主要竞争威胁及直接挑战竞争对手所采取的大致策略。如：主要竞争者如何维持自己的地位；主要竞争者如何运用营销策略刺激需求；主要竞争者如何运用营销手段支持渠道成员。

2．制订短期的渠道对策

步骤 5．评估渠道的近期机会

综合上述获得的资料，进一步分析环境变化。如果发现公司的渠道策略执行中有明显错误或竞争渠道有明显的弱点，应当果断采取对策，以免错失良机。

步骤 6．制订近期进攻计划

这个计划通常是对原渠道策略的适时、局部调整。全面调整则要到步骤 14 结束后才能真正完成。

3．渠道系统优化设计

步骤 7．最终用户需求定性分析

这一步关键是了解在产品、服务输出过程中，最终用户想要什么。一般要考察以下因素：购买数量、营销网点、运输和等待时间、产品多样化或专业化。有必要对关键群体进行面对面访谈，以得到一个用户需求的详细清单。然后寻找购买模式与相关细分市场的漏洞，把注意力集中到目标市场。

步骤 8．最终用户需求定量分析

进一步了解产品、服务对用户的重要程度，如：地点的便利性、低价、产品多样性、专家指导等，并比较分析这些特定要求对不同细分市场的重要性。

步骤 9．行业模拟分析

重点分析行业内外的类似渠道，剖析具有高效营销渠道的典型公司，发现并吸纳其经验和精华。

步骤 10．设计"理想"的渠道系统

这是关键的一步。目标是建立能最好地满足最终用户需求的"理想"的营销渠道模型。因此，首先需要搜集和充分听取熟悉营销的专家和其他人员的观点，认真评估 7-9 步骤分析得出的结论是否可行。其次要论证渠道将上述产品、服务传递到相应的细分市场需要作出哪些努力，即设置哪些渠道功能才能保证满足客户的期望。最后要确认各营销功能由何种机构承担，才能带来更大的整体效益。

这里的关键，是要解决营销流程的设计，怎样才能以最低的成本来有效传递服务输出。因此，构建"理想"的渠道时，应尽可能周密考虑如下问题：有哪些没有价值的职能可以削减，而又不会损害客户或渠道成员满意程度？有没有多余的行为可以削减，以使整个系统成本最低？某些任务是否可以删除、重新确定或合并，以使销售步骤最少、周转时间减少？能否使某些行为自动化，以减少产品到达市场的单位成本？是否存在改进信息系统以减少调研、定单进入或报价阶段的行为成本的机会？

同时"理想"渠道设计还必须明晰公司主要以什么手段来满足各个细分市场最终用户的需求，对某些渠道功能是采取拥有渠道功能：垂直整合，自己行驶所有的营销职能；还是外购渠道功能：让其他合作人员运作。从理论上说，任何组织都不可能将所有的营销流程全部列入其核心能力系统，他们希望外购一些功能，如批发、零售、代理、运输等业务。因此，理想的做法是将两种方法结合起来：一方面，将企业的主要资源集中在具有核心竞争力的业务上，为客户提供独特的价值；另一方面，将非关键的其他业务采用外购方式，让外部成员完成。

4．限制条件与差距分析

要求对拟出"理想"渠道的现实限制条件进行调研分析，并比较分析"理想"的渠道系统的差异，为最后选定渠道战略方案提供依据。

步骤 11．设计管理限制

通过与渠道方案的执行人员进行深入访谈，了解未来的方案能否被认可和执行。要综合分析本企业的政策、管理目标、组织结构和文化传统等因素，渠道设计的约束条件是否有无法更改的行规，如对管理者的偏见；管理目标；内部、外部强制威胁。总之要将所有合理或不合理的目标和限制条件全部列出来，就可以看到改变渠道结构的各种困难。形成管理"限制"的渠道系统方案。

步骤 12．差距分析

对三种不同的营销系统进行比较，分析其差异。这三种系统是："理想"渠道系统、现有系统、管理"限制"系统。他们可以形成三种可能的结果：适合、局部适合、完全不适合。在第一种情况下，三个系统非常相似，表明现有系统设计已经满足用户的需要。在第二种情况下，现有系统同管理"限制"系统非常相似，但又不同于"理想"渠道系统。

这表明管理层采用的目标或限制导致了鸿沟的产生。在第三种情况下，三个系统完全不同，均存在鸿沟。

5．渠道战略方案决策

根据上述调查研究分析的结果选择渠道战略方案，设计构建最佳渠道系统。

步骤13．制订战略性选择方案

方法是将目标和限制条件陈述给企业外部人员和内部挑选出来的人，评估其合理性，是否不可改变，以及改变可能带来的损益。然后，要召开非正式会议，分析说明管理层的定位和理想定位之间的差距。最后研究这些限制怎样才能尽可能与用户的期望统一起来的战略性选择方案。

步骤14．最佳渠道系统的决策

让"理想"渠道系统绕过管理层认可的目标和制约，形成充分吸纳整个过程中的合理要求的最佳渠道系统方案。最佳渠道可能并不是"理想"渠道系统，但它将最大限度满足管理层的质量、效率、效益、适应性标准。

二、营销渠道结构设计

营销渠道结构的三大要素是渠道中的层次数、各层次的密度和各层次的中间商种类。渠道层次是指为完成企业的营销渠道目标而需要的渠道长短的数目。渠道密度是指同一渠道层次上中间商数目的多少。

1．营销渠道层次数

产品从生产者流向最后消费者或用户的过程中，所经过的每一个对产品拥有所有权或代理权的组织(即中间商)或个人，称为一个"层次"或"环节"。层次越多，营销渠道越长；反之，产品销售经过的层次越少，营销渠道就越短。按渠道层次的多少，营销渠道可以分为如下类型：零层渠道，即由制造商直接向消费者或用户销售产品；一层渠道，即在制造商和消费者或用户之间存在着一个销售中间商；二层渠道，即在制造商和消费者或用户之间存在着两个销售中间商；三层渠道以及更多层次的渠道依此类推。以上渠道类型可归结为直接渠道和间接渠道两种模式，直接渠道模式(直销)即零层渠道，间接渠道模式(间接销售)包括一层渠道、二层渠道、三层渠道等渠道类型。渠道模式的选择实质就是对渠道的长度进行决策，影响渠道长度选择的主要因素有产品因素、市场因素、顾客购买行为、企业因素和中间商因素。

在买方市场情况下，供大于求，卖方之间产生激烈的竞争。这时，企业往往需要通过多种渠道将自己的产品推向不同的细分市场，取长补短，提高市场的渗透程度，以适应不同的市场需求。通过构建多渠道的完善营销渠道体系，服务于各个细分市场，扩大销量，提高企业整体市场占有率，实现企业的发展战略目标。

表 8-1　营销渠道长度设计定律表

限 制 因 素		长通路(多层)	短通路(一层)	超短通路(零层)
产品因素	商品重量	轻	中等	重
	商品易腐性	不易	中等	容易
	商品时尚性	弱	中等	强
	商品价值	低	中等	高
	商品规格	规格化	适中	非规格化
	商品技术度	低技术	中等	高技术性
	商品生命周期	旧产品	中等	新产品
	商品消费时间	短时间内消费	中等	长时间内消费
市场因素	市场规模	巨大	适中	狭小
	市场聚焦点	分散	中等	集中
顾客购买行为	顾客购买量	少量	中量	大量
	顾客购买季节性	随季节变化	中等	无季节性
	顾客购买频度	高频度	中频度	低频度
	顾客购买探索度	不探索	两可	探索后购买
企业因素	企业财务状况	财力弱	中等	财力高
	企业通路管理能力	低	中等	高
	企业通路控制制度	低	中等	高
中间商因素	利用的可能性	容易	中等	困难
	利用成本	低	中等	高
	提供服务	好	一般	不好

2. 营销渠道密度

营销渠道密度就是要确定使用中间商的数目，营销渠道的密度取决于渠道的每个层次中使用同种类型中间商数目的多少。企业在制订渠道密度决策时有三种选择：独家营销渠道、密集营销渠道和选择营销渠道。独家营销渠道是指在一定的市场区域内只选择一家中间商经销或代理，实行独家经营，其特点是竞争程度低，而产品的市场覆盖率也相对较低，多用于专业市场产品的销售；密集营销渠道是指在目标市场上运用尽可能多的营销渠道点，使渠道更宽，其特点是渠道成员之间的竞争十分激烈，产品的市场覆盖率相当高，多用于大众消费品的销售；选择营销是指介于上述两者之间的营销渠道方式，即有条件地选择几家中间商营销渠道产品，适合于各类产品。

表 8-2 营销渠道密度设计定律表

限 制 因 素		超宽通路(多条化)	宽通路(密集)	窄通路(选择)	超窄通路(独家)
产品 因素	商品重量	轻	轻	中等	重
	商品价值	低	低	中等	高
	商品规格	规格化	规格化	适中	非规格化
	商品技术度	低	低	中等	高
	售后服务	不重要	不重要	一般	必要
	需仓库投资	不需要	不需要	居中	需要
市场 因素	市场规模	巨大	巨大	适中	狭小
	市场聚焦点	分散	分散	中等	集中
顾 客 购买行为	顾客购买量	少量	少量	中量	大量
	顾客购买频度	高频度	高频度	中频度	低频度
企 业 因 素	通路长度	长	长	短或长	短
	销售区域制度	弱	弱	一般	强

3. 中间商种类

中间商种类是指有关渠道的各个层次中应分别使用哪几种中间商。在第二节中，我们已经介绍了批发商、零售商的各种业态。因此，在渠道设计中必须明确各个层次中选择哪种批发商、零售商业态。

4. 可行的渠道结构数

渠道的管理者在考虑了层次、密度、中间商种类三个因素后，仍然面临着多种选择。例如，如果企业拥有三个层次、四种密度和五种不同的中间商，那么，可能组成的渠道结构为：3×4×5=60，即 60 种可行结构。因此，渠道的管理者还需要从这些可行结构中做出选择。

5. 渠道区域的划分

区域市场，简而言之就是商品行销的地区范围。从营销渠道的角度可以理解为单一渠道成员所覆盖的市场区域范围。在区域目标市场内，有一个营销渠道机构在所在地区独家、全权、全力以赴地开拓当地市场。各营销渠道机构应严格按照分区负责，垄断地经营所在区域；同时，在企业的统筹安排下，企业可以允许营销渠道机构"越区销售"，适度地引入竞争机制。

(1) 区域市场划分的原则。市场容量和潜力较大，如人口总量大，购买力强，需求程度高等；区位优势比较明显，如经济基础结构完备，市场发育健全；竞争态势比较明朗，如产品有竞争力，竞争环境良好等；运输便利，地理位置基本在企业既定的产品销售半径内。

(2) 区域市场的选择方法。依照上述原则，区域市场的选择可按如下思路进行：一是选择产品可能适销对路的区域。所谓适销对路是指产品特性能够满足广大目标客户物质与精神的需求，营销渠道能够实现高效畅通。这就要求企业从其产品特性出发，寻找区域目标市场。二是选择市场条件相似的区域。所谓市场条件相似是指地域跨度不同但区域外部环境、内部制约因素基本相近。市场条件相似有助于企业找到产品的目标市场，并可实施已经成功的营销经验。三是选择就近方便的区域。就近方便顾名思义就是附近便利。就近方便的区域首推本地市场及其周边市场。根据产品的特性决定了其销售半径大小。

(3) 区域划分的调整。市场区域的划分，也就是渠道成员"领地"的划分，除了要考虑上述因素外，还要考虑到渠道成员的营销能力、社会关系等因素，要反复考察，认真协商后再行划定。跨区域销售是营销的一个顽症，在发生了跨区域销售后要进行认真的分析，如果是属于区域划分的问题，要进行及时的调整，在征得双方的理解和同意后，重新划定"边界"，为此才能根除矛盾，否则会后患无穷。

三、渠道决策比较与评价

企业制订出各种可选择的渠道决策以后，还要对各种渠道决策进行比较、评价。在进行比较、评价时，首先要考虑各种渠道决策可能实现的销售额或利润，以及各种渠道方案建立所需要的投资及维持费用。其次，还要分析各种渠道决策能在多大程度上实现渠道目标，以及能在多大程度上履行其所承担的职能。

从理论上讲，渠道设计者理所当然地要选择最佳的渠道策略，但在现实中，由于影响选择最佳渠道决策的变量很多，并且这些变量是不断变化的，选择最佳渠道是不容易的。为了选出最佳渠道决策，要求渠道管理者必须将所有渠道策略都考虑一遍，并且根据某个标准，计算出每一种渠道结构的确切利益，然后选择能够提供最高利益的渠道结构。在实际操作中，企业通常可以通过一些手段或方法来估算和比较备选的渠道决策方案的。

1. 财务评估法

财务法(Financial Approach)是兰伯特(Lambeit)在20世纪60年代提出的一种方法。他指出，财政因素才是决定选择何种渠道结构的最重要的因素。这种决策包括比较使用不同的渠道结构所要求的资本成本，以得出的资本受益来决定最大利润的渠道。

兰伯特的财务方法很好地突出了财务变量对渠道结构的选择作用，同时有效提醒人们财政因素在渠道结构选择过程中的重要性。而且，这一观点有其十分正确的一面，因为与市场综合整体中其他领域的决策相比，做出渠道结构决策通常是一个长期的过程。整个渠道被看成是一个长期投资，它必须不仅能偿付其成本，而且，应该能产生比其他资本使用方法(机会成本)更高的回报。因此这种用于选择渠道结构的财务投资方法在广泛使用前应该等待更适合的预测收益方式的产生。

2．交易成本评估法

交易成本分析(TCA，Transaction Cost Analysis)，最早由威廉姆森(Williamson)提出，现已被广泛运用。交易成本分析法的重点在于企业要完成其营销渠道任务所需的交易成本。从根本上讲，交易成本与完成诸如信息收集、洽谈、监督表现等任务所需的成本关联。在TCA方法中，威廉姆森将传统的经济分析与行为科学概念以及由组织行为产生的结果综合起来，考虑渠道结构的选择问题。

威廉姆森主要考虑这种情况下的取舍：即制造商通过垂直一体化体制完成所有的营销渠道任务，还是通过独立中间商来完成一些营销渠道任务或者大部分的营销渠道任务。根据威廉姆森的观点，如果资产特定性高，就说明这些资产需要高投资。

交易成本分析方法的经济基础是：成本最低的结构就是最适当的营销渠道结构。关键就是找出渠道结构对交易成本的影响。因此，TCA的焦点在于公司要达到其营销渠道任务而进行的必须的交易成本耗费。交易成本主要是指营销渠道活动中的成本，如获取信息，进行谈判，监测经营以及其他有关的操作任务的成本。

如果独立的渠道成员控制了绝大多数或是所有的交易特定资产，他们就知道自己处于十分重要的地位，因此，便会采取相应的举措。其结果便是，他们会提出一些大力倾向于其自身利益的要求，从而造成制造商的交易成本不断提高，最终无利可图。防止这一现象发生的最直接方法便是，制造商自己内部掌控交易特定资产，通过其内部组织管理机构对这一资产进行更有力的控制。另一方面，如果该交易特定资产的管理要求较低，制造商便可放心大胆地将其分配到独立渠道成员中去，因为如果这些渠道成员索价过高，这些资产便可转由另外一些索价较低的渠道成员掌控。

3．经验评估法

经验法(Heuristic Approach)是指依靠管理上的判断和经验来选择渠道结构的方法。

(1) 权重因素记分法。 由科特勒提出的"权重因素法"是一种更精确的选择渠道结构的直接定性方法。这种方法使管理者在选择渠道时的判断过程更加结构化和定量化。这一方法包括五个基本步骤：一是列出影响渠道选择的相关因素；二是每项决策因素的重要性用百分数表示；三是每个渠道选择依各项决策因素按1~100的分数打分；四是通过权重(*A*)与因素分数(*B*)相乘得出每个渠道选择的总权重因素分数(总分)；五是将备选的渠道结构总分排序，获得最高分的渠道选择方案即为最佳选择。

(2) 直接定性判定法。 进行渠道设计选择时，直接定性判定法是最粗糙但也是最常用的方法。在这种方法中，管理人员根据他们认为重要的决策因素对各种可能的渠道结构选择的方案进行评估。这些因素包括渠道成本、公司利润、渠道控制、长期增长潜力等各种因素。有时这些决策因素并没有被明确说明，它们的相关重要性也没有被清楚地界定。它仅仅是管理者在自己管理经验和直观感觉的基础上所作出的决策。

(3) 营销渠道成本比较法。 此方法把各个渠道模式的成本与收益作为最主要的评估因素，通过对投入和收益的比较选择成本低收益大的渠道结构。

(4) "**三种评估法**"**在企业渠道决策过程中的运用**。对于企业来说，渠道决策至关重要，兰伯特的财务方法很好地突出了财务变量对企业渠道决策的选择作用。根据兰伯特的观点，企业选择一种适宜的渠道结构就是做出一项资本预算的投资决策。从根本上讲，就是比较与各种可行的渠道结构相关的资金成本和所得的收益,并从中选出最有效益的渠道。同时，各种可行的营销渠道活动所需的资金也必须和生产所需的成本进行比较。如果企业无法覆盖其成本，并且无法通过生产活动所投入的资金获得回报，它就应该改变其在市场活动中的角色，成为中间商。

对于企业来说，经常要考虑这种情况下的取舍：即通过垂直一体化体制完成所有的营销渠道任务，还是通过独立中间商来完成一些营销渠道任务或者大部分的营销渠道任务，这就涉及了交易成本评估法。企业到底采用哪种分销模式，需不需要建立战略联盟，需不需要开展网络营销。检验的标准就是利用交易成本评估法得出结论——成本最低的结构就是最适当的营销渠道结构。

经验评估法是一项极其重要的判断方法，对企业渠道决策具有现实性的指导意义。

4．营销渠道评估数学模型

(1) 营销渠道成本比较模型。营销渠道愈短，其营销渠道成本愈高。因此在一定销售量之下，直接营销渠道成本较高，它需要较大费用以完成推销、运输、库储、筹措奖金及承担风险等功能，这里的一定销售量是指直接渠道与间接渠道之间营销成本相同时的销售量(Sc)见图 8-6，c 为方案一与方案二的交叉点，c 所对应的销售量为 Sc。营销渠道成本与多重式配销成本之等大成本点(Iso-cost Point)之间相当销量(Sc)，见图 8-6。如预计销量大于 Sc 者，可选取直接渠道方案；反之则选间接渠道方案。

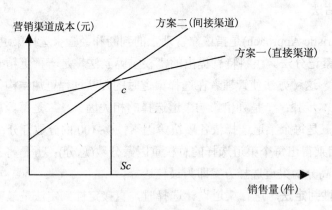

图 8-6　不同营销渠道的渠道成本分析

(资料来源：周文，包炎.营销渠道.北京：世界知识出版社.2002)

(2) 营销渠道利益比较模型

如果营销渠道越短，那么可获毛利也就越高。但在一定销量之下，其所增加的毛利，并不足以补偿由此带来的额外推销成本，因此所获净毛利反而较低。这里的一定销售量是指直接营销渠道获得的毛利与间接营销渠道获得的毛利相同时(Iso-cost Point)的销售量

(S_p)，见图 8-7。假设预计销量大于 S_p，就可选用直接渠道；反之，就用间接渠道。

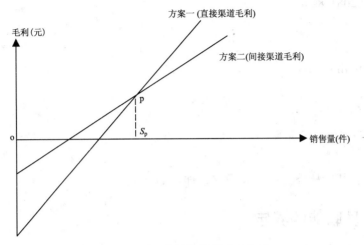

图 8-7　不同营销渠道的毛利分析

(资料来源：周文，包焱.营销渠道.北京：世界知识出版社.2002)

(3) 投资报酬率比较模型

假设两种方式通过营销渠道成本比较所产生的销量 S_c 水平不同，最好直接比较投资报酬率(Rate of return on investment)。其计算公式如下，在其他情况相同的条件下，则 R_i 越大的渠道模式越好。

$$R_i=(S_i-C_i)/C_i$$

式中：R_i——营销渠道通路 I 的投资报酬率；

　　　　S_i——采用 i 通路之估计销货量；

　　　　C_i——采用 i 通路之估计成本。

投资报酬率比较模型是利用数学公式，对各种变量进行赋值，比较 R 值的大小，其中 R 值越大的渠道模式越好。下面就针对某一企业三种不同的分销通路模式(见表 8-3)：甲、乙、丙，借鉴投资报酬率比较模型，得出哪种通路模式的渠道策略最优，从而为该企业选择出最佳的渠道模式，选择最佳的渠道策略。

表 8-3　三种不同的分销通路模式

	S_i(件)	C_i(元)	R_i
甲	12480	8208	0.52
乙	16220	10406	0.56
丙	18244	11260	0.62

$$R_i=(S_i - C_i)/C_i$$

式中：R_i——营销渠道通路 i 的投资报酬率；

S_i——采用 i 通路的估计销货量；

C_i——采用 i 通路的估计成本。

$R_{甲}=(S_{甲} - C_{甲})/C_{甲}$

$=(12480 - 8208)/8208$

$=0.52$

$R_{乙}=(S_{乙} - C_{乙})/C_{乙}$

$=(16220 - 10406)/10406$

$=0.56$

$R_{丙}=(S_{丙} - C_{丙})/C_{丙}$

$=(18244 - 11260)/11260$

$=0.62$

从三者数据可以得出，策略 $C_{丙}$ 通路最佳。

四、渠道成员职能的界定

企业在确定了渠道的层次数目、密度及区域划分，便确定了营销渠道需要的各类经销商及相应的数量。众多的渠道成员组成的渠道，要顺利运作，有效完成营销任务，必须在渠道成员之间进行有效的分工合作，使渠道成员协调配合，发挥各自的优势。因此，明确渠道成员的职责，分配渠道成员任务是营销渠道设计的重要内容。

渠道成员职责主要包括：推销、渠道支持、物流、产品修正、售后服务及风险承担，见表 8-4。

表中所列的每一项职责都必须有特定的渠道成员承担。有些职责可以由生产商执行，有些可以分配给经销商，或由渠道成员共同分担。例如，生产商可以为最终用户提供运输服务，也可以要求经销商自己来提货。

表 8-4　渠道成员职责

推　销	新产品市场推广、现有产品推广、向最终消费者促销、价格谈判
渠道支持	市场调研、地区市场信息共享、向客户提供产品信息、与最终消费者沟通、选择经销商、培训经销商员工
物　流	存货管理、订单处理、产品运输、单据处理
售后服务	提供技术服务、调整产品以满足客户、处理退货
风险承担	存货融资、向最终消费者提供信用、存货所有权、产品任务、仓储设施投资

从制造商的角度出发，在渠道成员中分配任务主要标准是：降低销售成本；增加市场份额、销售额和利润；营销投资的风险最低和收益最优化；满足消费者对产品、技术信息及售后服务的要求，在竞争中取得优势；保持对市场信息的了解。

在渠道成员间分配任务时，并非所有的渠道成员都愿意承担某些职责。例如，经销商一般不愿意提供技术服务和处理退货。经销商能否接收分配的任务取决于生产商提供产品的竞争性和生产商实力。

分配渠道成员任务还应考虑渠道成员执行任务的能力。因为有时经销商可能不具备执行某项任务的能力。例如：生产商在价格、质量、技术、知识、规格改进方面做得要比经销商好，经销商在客户关系、产品分布性、紧急救助方面比生产商好。

某公司的营销渠道主要有办事处直销和经销商营销两个方面，其具体的职责任务分工如下。

1. 办事处

(1) 根据公司下达的营销任务，制订并实施本办事处年度、季度、月度的工作计划；

(2) 负责所在区域的市场信息的收集、整理与反馈工作。

(3) 负责所在区域重点工程及长期用户的攻关、合同签订，并按规定程序上报审批，必要情况下可与经销商协同攻关。

(4) 负责所在区域经销商及直销客户的货款回收工作。

(5) 负责向所在区域的经销商及用户提供产品相关技术材料及企业宣传资料。

(6) 有向公司提出在本区域进行广告宣传、营销推广请求的权利，在公司统筹考虑、统一策划的前提下予以协助实施。

(7) 所签订的合同用户需厂方送货到用户的，必须由厂方统一组织实施，办事处不得私自与运输单位签订运输协议实施。

(8) 在产品使用过程中出现的质量适用性问题要及时反馈到公司，需公司派人处理的，办事处要积极配合。

2. 经销商

(1) 确保年度经销协议任务目标的完成，不得向协议规定的区域之外销售经销的公司产品，同时公司承诺不在约定的区域内另设经销商。

(2) 不得经销与公司产品同档次的竞争性产品。

(3) 配合所在区域办事处搞好时市场信息的收集、整理与反馈工作。

(4) 享受区域市场内的优惠价格，但价格由厂方综合考虑后制订，如需调整，厂方提前通知经销商商定后实施。

(5) 供货方面经销商可自行到厂内提货，亦可请求厂方供货。

(6) 一般要求款到发货，如发生临时性的欠款，双方须另行签订协议。对区域内的重点工程，协助厂方签订合同，并协助合同的执行，可视情况利益共享。

(7) 产品质量由厂方保证，在产品使用中出现的问题要及时向办事处反馈信息，需要公司出面处理的要积极配合。

(8) 负责向用户提供产品技术材料和宣传资料，并向最终用户促销，若需进行广告推广的，可请求厂方给予策划指导。

(9) 根据市场情况在厂家的指导和建议下决定网点设置与存货，自主向用户提供信用。

五、渠道成员的选择与激励

在设计好营销渠道的结构体系后，按区域划分好市场后，对营销渠道成员的选择就显得尤为重要了。这不仅仅是新企业开拓市场所要做的事，更是众多的"老"企业调整营销战略及营销渠道战略时对渠道成员去粗存精，去伪存真的过程。

1. 选择渠道成员的原则

对于渠道成员的选择，可以分为两个方面：直销成员的选择，经销商成员的选择。对于前者是指制造商设点建立直销机构，根据设计好的营销渠道战略按照区域划分的原则来进行；从人力资源的角度来讲要选择德才兼备的市场开拓人员，且更注重个人品德——因为它直接决定其忠诚度，关系到制造商对于渠道的控制力。而更难抉择的是后者——经销商的选择。如果选择出现失误，势必对企业产生许多不利的影响。由于产品市场特点的不同及社会分工的细化和简化管理的需要，更多的企业是选择直销与经销并存的方式，这样既可以最大限度地占领市场，又可以掌控营销渠道，使自己处于主动地位。一般，对于营销渠道成员的选择按以下原则和标准进行。

渠道成员的选择原则：第一是达到市场目标原则。这是建立营销渠道的基本原则，也是选择渠道成员的基本原则，因为企业进行渠道建设的目标就是要将自己的产品打入目标市场，方便企业的最终用户或消费者的购买。第二是分工合作原则。是指所选择的经销商在经营方向和经营能力方面要符合所建立的营销渠道功能的要求。第三是形象匹配原则。选择经销商无论是从经营实力、经营能力、经营规划、规格档次上都要与企业相匹配。第四是同舟共济原则。这是最难实现的原则，但的确很重要。现在的很多经销商，因其本身的利益驱动，发现产品不能盈利或盈利太少，就马上解除合约。

2. 渠道成员选择

供应商或制造商对渠道成员的评价选择。应从渠道成员的经营能力、经营水平和周转能力等三个方面进行考察分析、综合评价。最后选出满意的渠道成员，使其成为本企业产品营销渠道的成员。

(1) **经营能力包括四个方面的内容**。资金能力，即拥有多少资金。人员能力，即拥有多少具有一定文化层次的专业人员，有多少老资格的推销经理等。营业面积，如营业面积大而且地理位置优越、交通便捷，其吸引力就大。仓储设施，包括仓储面积的大小、设施装备的现代化程度等。总之，经营能力反映了渠道成员实力的大小。

(2) **经营水平，反映渠道成员经营的成效**。一般来说，经营能力是基础，而经营水平则是渠道成员市场活动能力的表现，体现在以下三个方面：适应力强，能不断适应市场环境的变化；创新力强，能顺应市场发展潮流，在营销方式方面不断有所创新；吸引力强，能研究用户心理，不断提高服务质量，对用户产生强大的吸引力。适应力、创新和吸引力的程度高低是评价渠道成员经营水平的标准。

(3) 周转能力

指渠道成员的资金周转能力，包括渠道成员资金的周转速度、偿债能力、筹资能力、债权的收回能力以及资金的合理使用能力等。

生产企业对渠道成员的全面评估是选择渠道成员的中心环节，也是一项非常细致复杂的工作，一般可采用加权评分法，并按下列步骤进行。

将渠道成员的经营能力和经营水平分为优、良、中、差、劣五个档次，并按五分制确定打分标准，如为优则得 5 分。

确定经营能力与经营水平在评估中的权重。如较重视经营能力，则经营能力的权重为 0.6，经营水平的权重为 0.4。

确定经营能力与经营水平的各个分项目在评估时所占的权重。如经营能力中：资金能力权重为 0.3，人员能力权重为 0.2，营业面积权重为 0.3，仓储设施权重为 0.2；经营水平中：适应力权重为 0.4，创新力权重为 0.3，吸引力权重为 0.3。

按五分制对每个单项进行打分。如某渠道成员的得分为：资金能力 4 分，人员能力 3 分，营业面积 5 分，仓储设施 4 分，适应力 4 分，创新力 5 分，吸引力 3 分。

计算总得分。将各单项得分与其权重相乘后再相加即得某渠道成员的总得分。如上例的中间商最后得分为：

$$0.6 \times (0.3 \times 4 + 0.2 \times 3 + 0.3 \times 5 + 0.2 \times 4) + 0.4 \times (0.4 \times 4 + 0.3 \times 5 + 0.3 \times 3) = 4.06$$

再按上述步骤，计算出其他渠道成员的得分，然后进行比较，选择得分高和较高的中间商，作为本企业产品营销渠道的成员。

企业考察渠道成员不是主要目的，主要目的在于使企业永远有高效、经济的营销渠道。要做到这一点，就需要对营销渠道不断进行调整，调换某些渠道环节，直至重新建立新的营销渠道。

3. 渠道成员的激励

要使营销渠道正常有效地运行，生产企业必须经常了解渠道成员的不同需要和欲望，加强和搞好与中间商的合作，不断地给予激励。激励的方法主要有如下几种。

(1) **提供优质产品。**生产企业为渠道成员提供适销对路、价廉物美的产品，是对渠道成员最好的激励。生产企业应不断改进工艺、降低成本、提高质量，尽量满足渠道成员的需要。

(2) **给予适当的利润。**企业都是要考虑效益的；利润不大，中间商经销的积极性就会下降。生产企业应该全面考虑利润的分配，找到自利与共利(渠道共同利润)的最优解。如重新调整价格，给予独家经营权益，用经济手段最大限度地调动中间商的积极性。

(3) **共同进行广告宣传。**一种新产品进入市场，必须经过产品途径、市场途径、企业途径几个阶段。特别是在产品定位和市场定位阶段，生产企业必须从全局出发，与中间商合作进行广告宣传，共同承担广告费用，为产品销售创造条件。

(4) **进行人员培训。**生产企业经常为中间商提供销售和维修人员培训，进行商业咨询服务和帮助，也是一种行之有效的激励方法。例如，美国福特汽车公司在拉丁美洲培训代理商，训练的内容是拖拉机和配套设备的维修及使用。这一措施大大促进了福特汽车公司与当地代理商的合作关系，提高了代理商的工作效率。

生产者在处理与经销商的关系时，往往采取不同的方式，主要有合作、合伙、营销规划三种。

大多数生产者都以为激励只是得到独立中间商或不忠诚、怠惰中间商的合作。他们幻想出来一些正的激励因子，如高利润、私下交易、奖赏、合作广告津贴、展示津贴、销售比赛，如果这些未能发生作用，他们就改为负的惩罚，例如：威胁要减少中间商的利润，减少给他们的服务，甚至终止双方的关系。这些方法的根本问题是生产者从未好好地研究经销商的需要、困难以及经销商的优劣点。相反，他们只是靠草率的"刺激——反应"式的思考把很多繁杂的工具凑合起来。

一些老于世故的生产者则常会与经销商建立长期合伙关系。这就需要制造商详细了解他能从经销商那里得到什么，以及经销商可从制造商获得些什么。所有这些，都可用市场涵盖程度、产品可获性、市场开发、寻找顾客、技术方法与服务以及市场信息来测量。制造商希望得到渠道成员对这些政策的同意，甚至依其遵守情形建立报酬制度。例如，一家企业不直接给25%的销售佣金，而按下列标准支付。

- 先给5%，因其能保持适度的存货。
- 再给5%，因其能满足销售配额的要求。
- 再给5%，因其能有效地服务顾客。
- 再给5%，因其能及时地通报最终顾客的购买水平。
- 最后再给5%，因其能正确管理应收账款。

营销规划是制造商与经销商间可能建立的进一步关系。它是指建立一套有计划的、专业化管理的垂直市场营销系统，把制造商及经销商的需要结合起来。制造商在市场营销部门下成立一个专门的部门，即营销关系规划处，主要工作为确认经销商的需要，制订交易计划及其他方案，以帮助经销商能以最适当的方式经营。该部门和经销商合作决定交易目标、存货水平、商品陈列方案、销售训练的要求、广告及促销计划。其目的在于，将经销商认为他所以赚钱是因为与购买者站在同一立场(共同对抗制造商)的看法，转变为他之所以赚钱乃是由于他和销售这一方站在同一立场(即通过为其精密规划的垂直市场营销系统中的一分子而赚钱)。

第四节　渠道冲突与控制

渠道控制也是渠道管理的一项重要内容。一般来说，生产企业能否成功地控制渠道，往往是企业能否在市场上成功的先决条件。著名的营销大师科特勒说过："对渠道无论进行怎样好的设计与管理，总会有某些冲突，最基本的原因就是各个独立的业务实体的利益总不可能一致。"渠道冲突指的是渠道成员发现其他渠道成员从事的活动阻碍或者不利于本企业实现自身的目标。

一、渠道冲突利弊

新兴渠道由于其营销规模大、效率高和影响大，在核心市场上逐步成为主要分销渠道，代表未来发展方向，而传统营销渠道目前还是大多数企业的主渠道，尤其在二、三级市场上相当长的历史时期内仍然会占有主导地位，同时企业在传统渠道容易获得较大的渠道掌控力。

由于各种营销渠道发展不平衡，又同处于一个竞争激烈的区域市场，必然会产生渠道的优胜劣汰；同时，各类营销渠道的愿景目标、经营特点和市场定位不同，导致其价格、促销、宣传和服务等竞争手段的差异；而且大多数企业多渠道市场运作管理经验不足，在区域市场运作中存在渠道规划不合理，终端过于密集和交叉，导致渠道为争夺顾客而进行价格战和促销战，产生冲突或者由于市场营销策略组合单一，没有针对不同的渠道进行相应的区隔和细分，都会导致渠道冲突。

一般情况下，企业对不同类型渠道成员的控制力度不同，如对大型连锁零售终端控制力较强、对渠道成员的管理不到位、在经营理念上未能达成一致的意见、没有建立起以企业为主导的深度协同合作的营销价值链，结果导致渠道成员在各自短期利益驱动下各自为政，引发恶性渠道冲突。

我们可以肯定地说，制造商与制造商、制造商与中间商、中间商与中间商之间甚至制造商与其直销办事处之间的冲突是不可避免的，这源于强烈的趋利动机，又迫于残酷的市场竞争。但凡事都有利有弊，从某种程度上讲，渠道发生适度的冲突未尝不是一件好事。其一，有可能一种新的渠道运作模式将取代旧有的渠道模式，从长远看，这种创新对消费者是有利的；其二，完全没有渠道冲突和客户碰撞的制造商，其渠道的覆盖与市场开拓肯定有瑕疵。渠道冲突的激烈程度还可以成为判断冲突双方实力及商品热销与否的"检验表"。问题的关键在于建立起有效的渠道冲突解决机制，使冲突得到及时的关注和圆满解决，避免最终影响企业营销目标的实现。

二、渠道冲突的基本类型

就渠道冲突的类型而言，主要有三种：第一是不同品牌的同一渠道之争；第二是同一品牌内部的渠道之争；第三是渠道上游与下游之争。

1. 不同品牌的同一渠道之争

渠道对持有不同品牌的制造商来说都很重要，是尽快进入市场的必经之道，各制造商为争夺同一渠道，都会制订更优惠的渠道政策来吸引渠道成员，这使渠道成员的地位较为主动。不同渠道成员对一家二级经销商或销售终端的争夺也可能造成彼此之间的冲突。

2. 同一品牌的内部渠道冲突

在销售区域未划定或进行调整的时期容易出现渠道成员之间的冲突，窜货与低价出货是冲突最常见的方式，较为严重的是跨区域延伸渠道——发展经销商、设立销售终端或抢占用户等。

3. 渠道上下游冲突

制造商或分销商从自身利益出发，采取直销与分销相结合的方式，不可避免地要与下游经销商争夺客户，挫伤下游渠道的积极性；经销商实力增强后，不甘心目前的等级体系，希望更上一层楼，向上游渠道成员挑战；给二级经销商供货是渠道上下游冲突的核心。制造商出于产品推广的需要，可能越过一级渠道成员直接向二级渠道成员甚至销售终端直接供货，使上下游产生矛盾。

三、窜货的问题

在各种渠道冲突中，"窜货"是一个最常见、最有危害性的问题，也是很多企业很头疼的问题。窜货是指渠道网络中的成员受利益驱动，使所经销的产品跨区域销售，造成市场倾轧、价格混乱，严重影响厂商声誉和扰乱正常市场秩序的行为。

1. 窜货的类型

从性质上看可以分为：恶性窜货，即经销商为牟取非正常利润，蓄意向非辖区倾销货物；自然性窜货，一般发生在辖区临界处或物流过程中，非经销商恶意所为；良性窜货，所选择的经销商流通性很强，货物经常流向非目标市场。

2. 窜货的原因分析

利益驱动：多拿提成或折扣，抢占市场，获取利润；销售区域割据中，市场发育不均衡，某些市场趋向饱和，供求关系失衡；制造商给予渠道成员的优惠政策不同；制造商对渠道成员的销货情况缺乏管理与控制；辖区销货不畅，造成积压，厂家又不予退货，经销商只好拿到畅销市场销售；运输成本不同，自行提货，成本较低，有窜货空间。制造商规定的销售任务过高，迫使渠道成员去窜货；市场报复，目的是恶意破坏对方市场，往往发生在制造商调整渠道成员时，或因制造商渠道政策不能连续，有违约现象，这种窜货往往是最恶劣的。

3. 窜货的表现分析

(1) 中间商之间的窜货。甲乙两地供求关系不平衡，货物可能在两地低价抛货，走量流转，价格恶性竞争，经销商利润减少。

(2) 经销商与办事处直销工程客户之间的窜货。办事处直销重点工程客户因非现款操作，合同价格往往较高，有时重点工程客户因不能按合同约定付款，企业会限制供货催款，借此机会，个别经销商往往会窜货进去。

(3) 更为恶劣的窜货现象是经销商将假冒伪劣产品与正品混同销售。这样做掠夺合法产品的市场份额，或者直接以低于市场价的价格进行倾销，获取非正常的利润，打击了其他经销商对品牌的信心。

4．窜货的危害分析

(1) **影响渠道控制力和企业形象。**一旦价格混乱，将使渠道成员的利益受损，导致渠道成员对厂家产生不信任感，对经销其产品失去信心，甚至拒售。

(2) **影响销售业绩。**厂家对假货或窜货现象监控不力，地区差价悬殊，使消费者怕假货、怕吃亏上当而不敢问津，导致销售直线下降。

(3) **损害品牌形象，使先期投入无法得到合理的回报。**竞争品牌会乘虚而入，取而代之。

(4) **影响决策分析。**发往甲地的货物被悄悄销往乙地，其"业绩"体现在了甲地，在公司未确定窜货时，总部会得到这样的虚假数据，因而造成公司决策分析的失误。

四、建立有效的渠道冲突解决机制

企业在建立营销渠道体系之后，总是希望各个渠道成员之间密切配合，相互协作，实现预定的目标。通过合作，渠道成员能够各得其所，获取比各行其是更多的收益。但是经济运行本身是动态的，新的情况、新的问题层出不穷，冲突是不可避免的。我们要把握冲突的发展趋势，合理引导和化解。

渠道的冲突在一定程度上意味着渠道的一种活力，但更多的时候它展现的还是极具破坏性的一面。为保证对渠道的控制力和提高渠道成员的忠诚度，采取有效地化解措施是必要的。

1．建立"预报警系统"制度

渠道冲突的发生是必然的，即便是再严密的制度也难以杜绝这类现象的出现，而解决冲突的措施已是亡羊补牢了，因为冲突潜在的消极影响已经初露端倪并且可能已经恶化。所以，应当在未发生冲突时防患于未然，渠道的管理者最好有个"预报警系统"。发现冲突成员的具体做法有两种：一是通过调查其他渠道成员的感知及自身的行为来发现渠道成员间潜在的冲突。调研可以企业通过互联网及电子邮件自己完成，也可以由独立的调研公司进行。独立的调研公司不仅具有策划、执行这种调研的专门知识，其独立性也有助于避免偏见。二是营销渠道审计。它是指对特定成员与其他成员间的主要关系进行定期而规范的审查。通过审查各种关系，发现潜在冲突。

2．渠道一体化、扁平化

传统的渠道存在许多不可克服的缺点，渠道成员之间单纯的买卖关系，导致渠道成员在各自短期利益驱动下各自为政，引发恶性渠道冲突。多层次的渠道格局不仅使制造商难以有效地控制销售渠道，而且多层次渠道中各层次价格差别，更是上下游渠道成员冲突的主要诱因。因此，供应链上各个渠道成员之间建立新型的关系是解决渠道冲突的根本方法。制造商可将具有较大销售网络的代理公司购买过来或控股，从而建立资本关系，即实现渠道一体化的战略联盟关系。同时,将销售渠道改为扁平化的结构,即销售渠道越来越短、销售网点则越来越多。销售渠道短,增强制造商对渠道的控制力;销售网点多,则增加商品的辐射面和销售量。总之,制造商只有拥有了自己的销售网络,企业才能真正控制市场,解决渠道的冲突问题。

3. 约束合同化

协议是一种合同,一旦签订,就等于双方达成契约,如有违反,就可以追究责任。因此要完善专营权政策,明确划分市场区域和目标客户,清晰规定经销、代理合同双方的权利义务,保证信守合同。制造商要加强市场监管,建立市场巡视员工作制度,建立严格的惩罚制度。

4. 包装差别化

制造商对相同的商品,可以采取不同地区不同外包装的方式。主要方法有两种:一是通过文字标识,在每种商品的外包装箱上或商品的商标上,印刷"专供××地区销售",并且要有防伪标志。二是外包装印刷条形码,不同地区印刷不同的条形码。以上措施都只能在一定程度上解决不同地区之间的窜货乱价问题,而对本地区内不同经销商之间的价格竞争,则可以通过监督物流方法解决,除在现有提单、提货车辆进行记录备案的情况下,可尝试增加经销商客户编码制,全程监控。

5. 价格体系化

价格体系化就是实行级差价格体系制度。级差价格体系是将销售网络内经销商分为总经销商、二级批发商、三级零售商的基础上,由销售网络管理者制订的包括总经销价、出厂价、批发价、团体批发价和零售价在内的综合价格体系。制订级差价格体系在确保销售网络内部各个层次、各个环节的经销商都能获得相应利润的前提下,根据经销商的不同客户规定严格的价格,以防止经销商跨越其中的某些环节,进行窜货活动。总之,制造商要保证渠道每个环节都有利润可赚,每一级别的利润空间设计合理,并且监控价格体系的执行,同时制订违反价格政策现象的处理办法。

第五节　物　流　管　理

在商品营销活动中,企业除了向消费者提供他们所需要的商品外,还必须使这些商品在适当的时间和适当的地点送到消费者手中,这就在很大程度有上赖于企业的物流管理能力。

一、物流的概念和目标

物流(Physical Distribution,PD)一词最早出现在美国,汉语的意思是"实物分配"或"货物配送"。1915 年阿奇·萧在《市场流通中的若干问题》一书中就提到物流一词。第二次世界大战中，美国军队围绕战争供应建立了"后勤"(Logistics)理论，并将其用于战争活动中，其中所提出的"后勤"是指战时的物资生产、采购、运输、配给等活动。1991 年的海湾战争，人们在一个月左右的时间，用最经济的方案(不是"不惜一切代价")，将 50 多万兵力、50 多万吨的空运物资和 300 万吨的海运物资，从分布在世界各地的基地集结、发送到指定的地点。这项庞大的军事活动被视为后勤学应用的一大典范，并成为企业组织商品生产和流通的范例。后来"后勤"在商业活动中得到了广泛应用，现在欧美国家更多地把物流称作 Logistics 而不是 Physical Distribution。20 世纪 50 年代日本派团考察美国的物流技术，引进了"物流"的概念，到了 20 世纪 70 年代日本已成为世界上物流最发达的国家之一。20 世纪 80 年代初，我国从日本直接引入"物流"概念至今。

物流的定义有很多，目前在国内普遍采用的是国家标准《物流术语》中的定义：物品从供应地向接受地的实体流动过程，根据实际需要，将运输、储存、装卸、搬运、包装、流通加工、配送、信息处理等基本功能实现有机结合。物流管理是为了以最低的物流成本达到客户满意的服务水平，对物流活动进行的计划、组织、协调与控制。

现代物流以系统理论为出发点，考虑各因素的互动影响，通过"物流八最原则"(最合适的运输工具、最便利的联合运输、最短的运输距离、最合理的包装、最少的仓储、最短的时间、最快的信息、最佳的服务)的策划，实现商品较低成本及较好效果并举的位移结果。

物流系统的目标，简称"5S"目标，企业要充分发挥物流系统的最佳效果，就必须将物流系统中的各项活动作为整体统筹考虑，精心规划，使所有的物流作业安排合理化、手段现代化、总成本最小化。

- 服务(Service)目标：无缺货，无损伤和丢失现象，且费用便宜。
- 快捷(Speed)目标：按用户指定的时间和地点迅速送达。
- 节约(Space Saving)目标：有效地利用面积和空间的目标，发展立体设施和有关的物流机械，以充分利用空间和面积，缓解城市土地紧缺的问题。
- 规模优化(Scale Optimization)目标：物流网点的优化布局，合理的物流设施规模、自动化和机械化程度。
- 库存控制(Stock Control)目标：制订正确的库存方式、库存数量、库存结构、库存分布。

二、物流是"第三利润源泉"

企业的物流是一种综合能力的体现，目的是帮助企业按最低的总成本创造出价值。长期以来，人们对创造利润的环节集中关注在生产领域，因此把在生产过程中节约物质消耗而增加的利润称作"第一利润源泉"，把因降低劳动消耗而增加的利润称作"第二利润源泉"，而往往忽略因物流费用节省而增加利润的问题。由于科技的迅速进步，当某企业开始利用一项先进技术时，其他企业即会纷纷仿效，依靠"第一利润源泉"获取超额利润的可能性已越来越小。与物质资源的节约相似，依靠提高劳动生产率而创造"第二利润源泉"

的潜力也变得越来越小。早在 20 世纪 60 年代美国著名的管理学家彼得·德鲁克曾预言：物流领域是"一块经济界的黑大陆"，具有极大的"利润创造空间"，是降低资源消耗、提高劳动生产率之后的"第三利润源泉"。

据理论界估计，物流成本可以占到商品总价值的 30%~50%。来自美国 20 世纪财团的一项大规模调查的数据表明：以商品零售价格为基数统计，社会流通费用占 59%，而其中大部分是物流费用。物流费用的减少可以大大降低商品流通部分的成本。美国物流产业的规模已达到 9 000 亿美元，几乎是高技术的两倍，2000 年美国前 20 名第三方物流服务商净收入达 93.4 亿美元。同样，由于服务费高涨，美国产品的制造成本已不足总成本的 10%，而与储存、搬运、运输、销售、包装等活动耗费的时间相比，产品的加工时间只有这些活动耗时的 1/20，几乎可以忽略。正因如此，经济理论界把物流合理化称为"企业脚下的金矿"，因此物流将成为最重要的竞争领域。

案例：沃尔玛的后勤优势

沃尔玛是最早对信息技术大量投资的零售商之一。它为每个仓库装备了连接收银机的计算机监测设备。因此，当一位十几岁的年轻人购买 10 号锐步运动鞋时，该信息就直接进入处理锐步鞋的计算机以启动交货或生产。

该系统使沃尔玛了解顾客在买什么，例如，它告诉制造厂生产并应装运到什么地方。它要求其供应商在运送商品上挂上标签，以便直接进入商店的销售地点，这就减少了仓储和数据处理成本。因此，沃尔玛的商品库存地只有 10%，而其他商店平均的非销售区约 25%。

沃尔玛的计算订单系统与它的制造商直接相连，从而跳过经纪人和其他中间商，并且它把节约下来的钱给顾客。

(资料来源：赵凡禹.零售巨头沃尔玛.北京：民主与建设出版社，2003)

三、电子商务对物流的影响

随着电子商务的进一步发展，电子商务将促进物流的改变，物流影响电子商务的发展，但最终还是电子商务改变物流，而物流体系的完善将进一步推动电子商务的发展。电子商务对物流的影响如下。

1．物流经营理念

电子商务作为一种新的商务活动形式，它为物流创造了一个虚拟性的运动空间。在电子商务的状态下，物流的各种职能及功能可以通过虚拟化的方式表现出来，在这种虚拟化的过程中，人们通过各种的组合方式，寻求物流的合理化，使商品实体在实际的运动过程中，达到效率最高、费用最省、时间最少的功能。

2．物流运作方式

(1) 电子商务可以使物流实现网络的实时控制。 在电子商务下，物流的运作是以信息为中心的，信息不仅决定了物流的运动方向，而且也决定着物流的运作方式。在实际运作过程中，通过网络上的信息传递，可以有效实现对物流的实施控制，实现物流的合理化。

(2) **网络对物流的实时控制是以传统物流来进行的**。在传统的物流活动中，虽然也有依据计算机对物流实时控制，但这种控制是以单个的运作方式来进行的。比如，在实施计算机管理的物流中心或仓储企业中，所实施的计算管理信息系统，大都是以企业自身为中心来管理物流的。而在电子商务时代，以网络全球化为特点，可使物流在全球范围内实施整体的实时控制。

3. 物流经营形态

(1) **电子商务将改变物流企业对物流的组织和管理**。电子商务要求物流以社会的角度来实行系统的组织和管理，以打破传统物流分散的状态。这就要求企业在组织物流的过程中，不仅要考虑本企业的物流组织和管理，而且更重要的是要考虑全社会的整体系统。

(2) **电子商务将改变物流企业的竞争状态**。在传统经济活动中，物流企业之间存在着激烈的竞争，这种竞争往往是以依靠本企业提供优质服务、降低物流费用等方面来进行的。在电子商务时代，这些竞争内容虽然依然存在，但有效性却大大降低了。原因在于电子商务需要一个全球性的物流系统来保证商品实体的合理流动，对于一个企业来说，即使它的规模再大，也是难以达到这一要求的。所以物流企业应互相联合起来，在竞争中形成一种协同竞争的状态，以实现物流的高效化、合理化、系统化。

4. 物流供应链的变化

在电子商务时代，物品的流向是"制造商→网上商店(通过配送中心)→顾客"或是"制造商→网上商店(通过配送中心)→制造商"这样就使得商品在实现其所有权的转移过程(即商流)中，缩短了供应链的长度，节约了大量的物质资源，进而达到零库存的目的。电子商务时代，由于企业销售范围的扩大，企业和商业销售方式及最终消费者购买方式的转变，使得送货上门等业务成为一项极为重要的服务业务，促使了物流行业的兴起。信息化、全球化、多功能化和一流的服务水平，已成为电子商务下物流企业追求的目标。

5. 物流瓶颈问题

电子商务的出现使得物流瓶颈问题更为突出，主要体现在以下两方面。

(1) **互联网无法解决物流问题**。在互联网存在的情况下，未来的流通时间和流通成本，绝大部分被物流所占有。因此，物流对未来的经济发展会起到非常大的决定和制约作用。可以说，现代经济的水平，在很大程度上取决于物流的水平。然而物流的特殊性就决定无法像解决商流问题一样依靠互联网来解决物流问题。互联网为平台的网络经济可以改造和优化物流，但是不可能根本解决物流问题。要使物流问题得到圆满的解决，特别是物流平台的构筑，需要进行大规模基本建设。

(2) **物流发展的滞后**。物流的发展和电子商务的发展相比，即便是发达国家的物流，其发展速度也难以和电子商务的发展速度并驾齐驱。在我国，物流更是经济领域的落后部分，一个先进的电子商务和一个落后的物流，在我国尤其形成一个非常鲜明的对比，犹如高速公路与羊肠小路的对接。网络经济、电子商务的迅猛发展势头，会加剧、凸显物流的瓶颈作用。

四、物流系统的功能

物流的功能是物流系统所具有的基本能力，这些基本能力有效地结合就能合理地实现物流的总目标。其功能是通过运输、储存、信息等的协调以及材料搬运、包装、流通加工、配送等活动来实现的。运输、储存是最重要的物流活动。

1. 运输

商品运输是商品借助各种运输工具，由生产地运送到消费地的空间位置转移过程。商品在完成生产过程以后，都必须经过运输过程，才能实现从生产领域到消费领域的转移，才能实现商品的价值和使用价值，才能使社会再生产继续进行。合理组织运输的途径主要是指正确选择运输路线和合理选择运输工具。

(1) 运输路线的选择。正确选择运输路线，关系运输里程的长短和运输环节的多少，对商品流通速度、流通费用有重要影响。其策略措施如下。

按经济区域设置批发站。按照商品的合理流向，将全国划分为若干经济区域，设置批发站。各批发站的商品供应范围不受国家行政区划的限制，可以跨省、跨县供应商品，使商品走最短捷径，消除迂回、倒流等不合理现象。

正确划分生产地区和消费地区，近产近销，正确规定各种商品流向，组织调运，使运输路线和距离达到最优化。

(2) 运输工具的选择。必须从有利于生产和保证市场供应出发，按商品的品种、类型、性质、大小和数量，正确选择运输工具，做到运费省、运送快、运输安全。

铁路运输。铁路最适于长距离运输，特别是：重用于运量大、笨重、体积大、价值低的商品，如煤、矿石、砂石、农产品(稻谷、小麦)、机械设备等。铁路运输费用低廉，运量大，对铁路沿线的城镇比较方便。但如果销售或使用单位不在铁路附近，则要考虑采用其他运输方式。

水路运输。水路运输包括内河运输和近海、远洋运输，主要用船舶作为运输工具。其特点是适合运载笨重、运量大、价值低、不易腐败的产品，是一种极为经济的运输工具。但必须具备港口、码头、装卸等配套条件，还要有铁路、公路联运条件。

公路运输。公路运输的特点是灵活、迅速，可直达要货单位。但运量有限，运输成本较高，适宜短途运送商品。

航空运输。航空运输的最大特点是快速，最大的缺点是费用昂贵。所以，只有小型少量急需的贵重商品才采用空运。

管道运输。管道运输已成为现代最符合经济原则的运输方法之一，最初仅限于运送石油和天然气等，现已发展到借助水力将固体商品如煤、铁矿石等运送到目的地。管道运输的安全性强，运费比铁路运输便宜，比船舶运输稍贵。

集装箱运输。集装箱是一种规格标准化、便于机械装卸、搬运和仓储的货箱。企业如有条件大量使用集装箱，不仅可以充分利用运输工具的载重和容积，装卸省时，少占码头和车站，减少停泊或停靠作业时间，而且也为搬运和仓储机械化创造了有利条件，可减少人力，提高运输效率，减少商品损耗。

2. 储存

商品的储存是指商品在流通领域中的合理停留，储存功能包括在仓库中的堆存、保管、保养、维护等活动。其目的是为了保证社会再生产的顺利进行和满足社会的消费需求。商品仓库的选择考虑如下几个方面。

(1) **仓库的分类**。按仓库在商品流通过程中所担负的不同任务，可分为采购库、中转库、供应库、储备库；按储存商品的不同种类，可分为工业品库、农副产品库、特种工业库等；按仓库的不同条件，可分为通用库、专用库、特种专业库等。

(2) **库址的选择**。选择仓库地址的主要标准，是能提高经济效益。经济效益可按最小运输成本计算，并应满足买方对交货期的要求。

(3) **仓库的数量**。仓库数量增多，则交货时间可以缩短，并可分散就近供应，使全部运输费用减少。但仓库增多也使企业投资或租赁费用增加。

(4) **存货量控制**。任何商品的存量都必须保持合理水平。低于合理界限，就会出现供应中断，即脱销；高于合理界限，就会出现商品积压，增加费用支出。一般来说，商品储存量应当大于平均销售量或平均需求量。人民生活必需品，储存量应当多一些。但存货过多会增加仓储费用，提高成本，影响企业利润。掌握库存量的主要因素如下。

商品销售量的大小。通常，商品储存量与商品销售量成正比。商品销售量增加，商品储存量也相应增加；反之则减少。

商品再生产周期的长短。储存的商品因不断销售而逐渐减少。商品储存量应保持与同种商品的再生产周期成正比。

商品储存期限的长短。商品的物理和化学性能不同，决定了商品的储存期不同。保管期限短的商品，储存量应小一些；反之则可以大一些。

商品花色品种的多少。在其他条件相同时，规格复杂的商品，储存量应小一些。

产销地距离的远近。商品产地至销地距离越远，商品在途时间越长，商品在途量和储存量越大。

3. 包装

包装功能包括产品的出厂包装、生产过程中制品和半成品的包装以及在物流过程中换装、分装和再包装等活动。包装作业的目的不是改变商品的销售包装，而在于通过对销售包装进行组合、拼配和加固，形成适于物流和配送的组合包装单元。

4. 装卸

装卸包括对运输、储存、包装、流通加工等物流活动进行衔接的活动，以及在储存等活动中为进行检验、维护和保养所进行的装卸活动。安全、方便的装卸活动，可以加快商品在物流过程中的流通速度。

5．流通加工

流通加工是在物流过程中进行的辅助加工活动。它既存在于社会流通过程中，也存在于企业内部的流通过程中，用来弥补生产过程中加工的不足。

6．配送

配送是根据用户要求，以最有效的方式在物流基地进行理货工作，并将货物送交用户的一种物流方式。配送功能使物流进入最终阶段，集经营、服务、社会集中库存、分拣和装卸搬运于一身，最终完成社会物流，实现资源配置活动。在实际运作过程中，由于产品形态、企业状况及顾客要求存在着差异，因而配送过程也会有所不同。

7．信息

信息包括进行与上述各项活动有关的各项活动的计划、预测以及对物流动态信息及其有关的费用、生产、市场信息的收集、加工、整理和提炼等活动。不准确的信息会削弱物流工作，信息质量和及时性是物流工作的关键因素。

五、物流运作模式

现代物流模式一般有企业自营物流、第三方物流、物流企业联盟及第四方物流等。

1．企业自营物流模式

企业自身经营物流，称为自营物流。一般来说，企业自身组织物流，可以说是自己掌握了经营的重要环节，有利于控制交易时间，更好地在市场中竞争，更全面地了解其所属市场的情况与特点，保证企业的运作质量。从企业竞争战术的角度来考虑，物流系统最重要的决策变量有两个：一是看是否能够提高企业运营效率；二是看是否能够降低企业运营成本。前提是社会物流企业的服务是否能够满足所要求的物流服务标准。很多跨国公司在拓展中国市场时，之所以要从本土带物流企业甚至是配套企业到我国来为其提供物流服务，主要就是因为我们的物流企业在服务理念和服务水平上无法达到客户所要求的服务标准。所以在我国也存在自营物流的合理性。

自营物流通常由两种方法：自行筹建或是依托原有局部区域单一业务的物流系统加以改造，其代表分别是亚马逊(www.amazon.com)和上海梅林正广和(www.85818.com.cn)。

1．自营物流的优势

自营物流可以使企业对供应链有较强的控制能力，容易与其他业务环节密切配合，即自营物流可以使企业的供应链更好的保持协调、简洁与稳定。

保持协调。供应链的协调包括利益协调和管理协调，利益协调必须在供应链组织构建时将链中各企业之间的利益分配加以明确。管理协调则要求适应供应链组织结构要求的计划和控制管理以及信息技术的支持，协调物流、信息流的有效流动，降低整个供应链的运行成本，提高供应链对市场的响应速度。企业自营物流，企业内部的供应链是企业内部各个职能部门组成的网络，每个职能部门不是独立的利益个体，有共同的目标，比较容易协调。

简化供应链。供应链中每一个环节都必须是价值增值的过程，非价值增值过程不仅增加了供应链管理的难度，增加了产品/服务的成本而且降低供应链的柔性，影响供应链中企业的竞争实力。由于一个企业的物流流程相对比较简单，因此自营物流在设计供应链的组织结构时，可以根据公司的具体情况，简化供应链。

组织结构稳定。供应链是一种相对稳定的组织结构形式，从供应链的组织结构来看，供应链的环节过多，信息传导中就会存在扭曲信息，造成整个供应链的波动，稳定性就差。自营物流使企业对供应链有更多的监控与管理能力，可以更容易保持供应链的稳定。还有一个信息安全问题。很多企业有不少企业内部的秘密，自营物流可以使企业保证自己的信息安全，避免内部物流与外部物流交叉过多造成企业机密的流失。

2．自营物流的劣势

投入大。企业自营物流所需的投入非常大，建成后对规模的要求很高，大规模才能降低成本，否则将会长期处于不盈利的境地。

缺乏物流管理能力。对于一个庞大的物流体系，建成之后需要管理人员具有专业化的物流管理能力，否则仅靠硬件是无法经营的。目前我国的物流理论与物流教育严重滞后，物流师的资格认证刚开始，这都导致了我国物流人才的严重短缺。企业内部从事物流管理人员的综合素质也不高，面对复杂多样的物流问题，经常是凭借经验或者说是主观的考虑来解决问题，造成了企业自营物流一大亟待解决的问题。

3．企业自营物流适合的条件

(1) 业务集中在企业所在城市，送货方式比较单一。由于业务范围不广，企业独立组织配送所耗费的人力不是很大，所涉及的配送设备也仅仅限于汽车以及人力车而已，如果交由其他企业处理，反而浪费时间、增加配送成本。

(2) 拥有覆盖面很广的代理、分销、连锁店，而企业业务又集中在其覆盖范围内的。这样的企业一般是从传统产业转型或者依然拥有传统产业经营业务的企业，如电脑生产商、家电企业等。

(3) 对于一些规模比较大、资金比较雄厚、货物配送量巨大的企业来说，投入资金建立自己的配送系统以掌握物流配送的主动权也是一种战略选择。例如亚马逊网站已经斥巨资建立遍布美国重要城市的配送中心，准备将主动权牢牢地掌握在自己手中。

2．第三方物流模式

第三方物流是指由物流的实际需求方(第一方)和物流的实际供给方(第二方)之外的第三方，部分或全部利用第二方的资源通过合约向第一方提供的物流服务，也称合同物流、契约物流。

1．第三方物流的优势

第三方物流企业所追求的最高境界应该体现为物流企业对于其所面对的可控制资源与可利用资源进行最大限度上的合理化开发与利用。这种合理化表现为物流企业对于自身物流能力的客观评估与正确定位，对外部环境与市场需求的深刻了解与合理预期，对企业自身发展方向与发展时机准确把握，使物流企业能够将可控制资源与可利用资源进行有机融合。并在市场运作中以各类有效方法与措施使上述两种资源始终处于相互协调、相互支持的动态平衡状态,使之成为推动和促进物流企业实现其总体发展战略目标的重要原动力。

(1) **节约成本**。对于企业来说，自营物流会有很多隐形成本，公司自行承担物流功能需要车辆、仓库、办公用房等固定资产占用，要负担相应的维修及折旧费用，要负担有关人员的工资奖金费用。而将物流业务外包给第三方物流公司，就可以享受全套物流服务。如果把外包与自营物流的总成本加以对比的话，一般来说外包物流的成本是相对低廉的。物流外包可以使企业不必把大批资金投入到物流的基础设施上，是投入到能产生高效益的主营业务上去。

(2) **提高服务质量**。企业与第三方物流公司进行供应链的优化组合，可以使物流服务功能系列化。在传统的储存、运输、流通加工服务台的基础上，增加了市场调查与预测、采购及订单处理、配送、物流咨询、物流解决方案的选择与规划、库存控制的策略建议、货款的回收与结算、教育培训等增值服务。这种快速、高质量的服务，必然会塑造企业的良好形象，提高企业的信誉和消费者的满意程度，使产品的市场占有率提高。

2. 第三方物流的劣势

在我国的具体情况下，把物流外包给第三方物流公司，有两点需要注意。

(1) **第三方物流企业是否成熟**。我国第三方物流尚未成熟，没有达到一定的规模化与专业化，成本节约、服务改进的优势在我国并不明显，而且常常会造成外包物流的失败。外包物流失败的原因如下。

物流公司缺乏合格的专业人员。物流公司既然得到报酬，理应聘任合格专家来管理具体操作。在中国高素质的物流专家非常少，虽然一些物流商声称专门聘请专业顾问设计物流作业流程，但是事实是将客户要求的物流规划交给了资质很差的人来做，导致物流效率较低。

第三方物流商一旦获得客户，保质保量完成合同的动力就消失了，导致物流外包项目实施到后来，服务质量越来越差。

合同不规范或双方都不知道怎样规定合同中的服务要求。缺少明确服务要求的合同已经成为导致物流外包失败的关键因素。在中国，企业对外包物流没有经验，而第三方物流企业也没有经验，双方签订的合同对很多条款的规定是模糊的，这就导致以后的纠纷，或者是物流商没能提供企业满意的服务。有过丰富外包操作经验的惠普公司要求供应商签署两份文件。第一个合同是一般性项目及一些非操作性的法律问题：赔偿，保险，不可抗力，保密等。第二个合同是服务的具体内容，是服务要求的体现。使物流商非常清楚需要完成项目中规定的哪些具体的服务要求，以及出现失误后应作出的赔偿。

(2) **容易受制于人**。如果合作的第三方物流不成熟，企业过分依赖供应链伙伴，容易受制于人。如果第三方物流公司送货不及时、送错货物、损坏货物，则使委托企业在供应链关系中处于被动地位。

案例：第三方物流的模式——中远货运物流

在诸多的物流领域，汽车零配件配送最繁琐，也是能体现服务商的水准。上海中远国际货运有限公司与上海通用汽车有限公司的合作便基于这一背景，并充分体现了现代物流的内涵：成本下降——与国内大部分厂家不同，通用汽车不设仓库，只需维持 11 个小时的零件供应；供应链紧凑——上海中远货运生产用料供应的反应速度保持在 12 个小时以内；客户亲和力增强——依靠深层物流能力，上海中远货运从最初力挫群雄夺标发展到成为通用汽车指定物流商。

上海通用汽车有限公司(SGM)是中美两国迄今最大的合资企业，作为世界上最大的汽车制造商，美国通用公司拥有世界上最先进的弹性生产线，能够在一条流水线上同时生产不同型号、不同颜色的车辆，每小时可生产 27 辆汽车。在如此强大的生产力支持下，SGM 在国内首创订单生产模式，根据市场需求控制产量。同时生产供应采用标准的 JIT(JUST IN TIME)运作模式，由国际著名的 RYDER 物流咨询公司为其设计实行零库存管理，即所有汽车零配件 CKD 的库存存在于运输途中，不占用大型仓库，而仅在生产线旁边设立 RDC(再配送中心)，维持 288 套的最低安全库存。这就要求采购、包装、海运、港口报关、检疫、陆路运输、拉动计划等一系列操作之间的衔接必须十分密切，不能有丝毫差错。

但是这个物流体系安全运作的前提是建立在市场计划周期大于运输周期的基础上，只有这样，汽车零配件运输量才能根据实际生产需求决定。事实上，通用汽车的市场计划周期为一周，而运输周期为 4 个月。这样，市场计划无法指导运输安排，为了确保生产的连续性，SGM 只能扩大其零配件储备量，造成大量到港的集装箱积压。为此，通用汽车遭遇了巨大的物流压力。

- 库存量大。RDC 库存能力仅为 2 500 个木箱，约合 150 个集装箱，无法承受源源而来的零配件集装箱，不得不占用中远的集装箱堆场。
- 拆箱次数多。由于库存已达饱和状态，新的零件拉动只能采用掏箱方式。为此，上海通用每天有 100 多个集装箱等待掏箱，工人 24 小时拆箱仍然跟不上生产计划的进度。
- 信息混乱。由于掏箱次数的增多，SGM 的信息管理系统无法确认集装箱的实际状态(是否掏过箱)，造成系统管理混乱。系统管理员不能控制零件数量，以完成生产计划。
- 成本巨大。反复掏箱直接导致了运输成本的大幅增加，部分集装箱掏箱竟达 8 次。整体物流成本的增加，已影响到整个产品成本的上升。

作为 SGM 的陆运代理人，上海中货决定把现代物流理念渗透到通用项目中，为此，成立了项目组着手进行包括可行性论证、场库勘察、成本核算等前期工作，并主动了解客户的需求，协调各个环节的联系。经过反复斟酌，决定实施木箱仓储管理和配送方案，牵一发动全身，以全方位的物流战略彻底解决通用物流的难题。上海中货公司着重进行信息系统的开发，利用本身专业技术和物流管理经验，完善 TT 资源。此外，中货公司大胆采用"外采购"，即引进外部资源，租用 COSCO 附近的大型室内仓库，利用其专业化优势，节约总体成本。

按照海运门到门合同，上海中货只需当 RDC 库存达到饱和状态时，采用应急掏箱方式，将集装箱运送至 RDC，收取部分木箱，然后返运中远堆场。通用项目的本质则在于降低综合物流成本。重新设计物流流程则是其创新的源泉。具体方案如下。

- 集卡运力方案设计。根据通用汽车每天发至上海中贸的货物运送信息单上的木箱需求量，测算出次日所需的集装箱空箱数，再根据不同送货时间，合理安排发货车辆和时间。
- 装拆箱方案设计。根据仓库情况，叉车工配置，同时进行拆、装箱作业。
- 木箱仓储方案设计。CKD 木箱在仓库中的堆存原则是对于指定的任何一个木箱。叉车均可直接到达它所在的库位，进行操作。每一库位垂直堆垛三个木箱，只发生上下翻箱，而库位号保持不变。
- 信息处理方案设计。建立通用 CKD 信息管理系统，即时订单处理、零件查询等。系统随时处于连续工作状态，保持信息的完整性与连续性。

项目启动后成效显著：使 SGM 单箱(集装箱)成本下降了 34%，并延伸到了在整个 SGM 运作体系中。经过整合后的资源分布情况是：仓库发挥了蓄水池的功能，缓解堆场、RDC 的压力；信息技术应用在物流操作的每个环节，物流过程得到有效控制。

木箱物流项目通过整合外包资源和原有资源，不仅使上海中贸的车队和堆场得到了充分利用，而且为中远集运解放了大量的集装箱。从木箱项目启动至今，共解放 1243 个高箱，占期间用箱量的 62%。木箱配送极大地解放了对上海中贸车队车辆的束缚。根据信息系统处理订单，制订运输计划，配置车辆，大大提高了效率。运输方面：项目启动前每日配送 234 个木箱，采用掏箱作业，需派车次数为 136 车，平均 1.7 木箱/车；而木箱配送启动后每日配送 162 个木箱，仅需派车次数为 17 车，平均 9.5 木箱/车，运输效率提高 5.6 倍。堆场方面：自木箱配送实施以来，集装箱数从最高峰持续下降，目前已稳定在五、六百个集装箱水平。

(资料来源：周曙东.电子商务概论.南京：东南大学出版社，2005)

3. 第四方物流

第三方物流只实现了物流一体化的基本目标，只能在局部范围内提高物流效率，无法综合利用社会所有的物流资源。3PL 缺乏综合技能、集成技术、战略和全球扩展能力，为了克服这些局限性，安德森咨询公司提出了第四方物流(Fourth Party Logistics，4PL)的模式，安德森公司把第四方物流定义为"一个供应链集成商，他调集和管理组织自身的以及具有互补性的服务提供商的资源、能力和技术，以提供一个综合的供应链解决方案"。第四方物流可以通过整个供应链的影响力，提供综合的供应链解决方案，也为其顾客带来比第三方物流更大的价值。

全国首家能够提供供应链管理、物流咨询等高端增值服务的第四方物流公司——广州安得供应链技术有限公司已正式成立，该公司将自己的业务范围定位于供应链和物流管理咨询、系统实施及物流培训等三大块，包括物流管理的战略性咨询，涉及战略采购、供应链重组、物流网络规划等，并向第三方物流企业提供一整套完善的供应链解决方案。

1. 第四方物流的功能

(1) 供应链管理功能　管理从货主到用户的整个供应链的全过程。

(2) 运输一体化功能　负责管理运输公司、物流公司之间在业务操作上的衔接与协调问题。

(3) **供应链再造功能** 根据货主在供应链战略上的要求，及时改变或调整战略战术，使其保持高效率地运作。

2. 第四方物流的优势

(1) **提供综合性供应链解决方法**。第四方物流是向客户提供了综合性供应链解决方法，通过供应链的参与者将供应链规划与实施同步进行，或利用独立的供应链参与者之间的合作提高规模和总量；通过业务流程再造，将客户与供应商信息和技术系统一体化，把人的因素和业务规范有机结合起来，使整个供应链规划和业务流程能够有效地贯彻实施，使物流的集成化上升为供应链的一体化。

(2) **整体功能转化**。通过战略调整、流程再造、整体性改变管理和技术，使客户间的供应链运作一体化。通过改善销售和运作规划、配送管理、物资采购、客户响应以及供应链技术等，有效地适应需方多样化和复杂的需求，提高了客户的满意度和忠诚度。

(3) **降低物流成本**。利用运作效率提高、流程增加和采购成本降低实现物流企业的低成本策略。流程一体化、供应链规划的改善和实施将使运营成本和产品销售成本降低。通过采用现代信息技术、科学的管理流程和标准化管理，使存货减少而降低成本，使物流企业的综合经济效益得到大幅度提高。

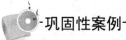 **巩固性案例**

美国烟草公司营销渠道

1999 年，美国的第二大烟草公司雷诺兹公司联合另外两家烟草公司(Lorillard 和 Brown & Williamson)集体起诉美国最大烟草公司菲利浦·莫里斯，罪名是垄断市场。菲莫公司 1998 年开始启动"零售商领袖计划"，凡参与这个计划的零售商可以得到很多好处，其中包括销售每条烟高达 90 美分的奖励。这个计划包括三个合作层次，在最高的层次，零售商根据具体销售情况每个月可以从烟草公司那里得到 1000 美元左右的奖励作为回报。在全美有 40 万家零售店，其中 7.5 万家参与了菲莫公司的"零售商领袖计划"的最高层次。雷诺兹公司认为菲莫公司的这种行为严重损害了其他竞争者参与公平竞争的能力；虽然在双方自愿的基础上达成的协议，但菲莫公司开出的条件却是零售商无法拒绝的，其结果是在参与这个计划的零售终端，其他品牌的香烟被摆放在根本无法引起消费注意的位置，产品广告更是销声匿迹。以在零售终端进行促销、摆放和广告为主的"推动式"营销已经取代以媒体广告为主的"拉动式"营销。对于烟草公司来说，零售终端已经不再是一个销售产品的地方，而是很重要的广告和促销渠道，是卷烟制造商的生命线。

根据美国联邦贸易委员会的统计，烟草公司在"零售附加值"这个项目上的开支从 1998 年的 15.6 亿美元上升到了 1999 年的 25.6 亿美元，占烟草行业全部广告与促销支出的 31.1%。所谓的零售附加值包括"买一赠一"，"买一赠一打火机"等。美国的烟草公司在零售终端的支出从 1985 年的 6.92 亿美元(占烟草公司全部开支的 28%)增长到了 1999 年的 39 亿美元(占烟草公司全部开支的 47%)。据报道，如果便利店和各烟草公司在营销活动上配合得好的话，平均每年可额外获得高达 2 万美元的奖励，这类的营销活动就包括菲利浦·莫里斯经常举行的"零售商领袖计划"。

一份斯坦福大学公众健康学院的调查报告显示：加州平均每个零售终端有 17.2 份烟草广告材料，这 17.2 份材料包括：3.6 个店外标识，7.5 个店内标识，3.3 个烟草摆放设计，0.9 个有机玻璃的陈列柜以及 1.7 个功能性的物品(时钟、推车、购物框等)。此外，调查还发现 94%的零售终端有某种形式的烟草广告，23%的零售终端把卷烟陈列在糖果旁边。

据统计，在零售终端的广告和摆设通常能使卷烟销量提高 12%~28%。零售终端的结账区域是烟草公司必争之地，也是烟草广告信息最密集的地方。大约 85%的烟草标志和产品摆设出现在离结账的柜台周围 4 英尺的区域内，菲莫公司还向零售商赠送带有醒目的万宝路标志的结账柜台。如此密集的广告轰炸，无论成年人还是未成年人都无法避免鼓励吸烟的信息。

2001 年，全世界最大的便利店连锁集团在北美的全部销售收入中烟草部分就占了 27%。据美国便利店协会的统计，烟草销售收入已成为全美便利店销售收入中最大的一项，2000 年烟草销售收入占美国的便利店全部销售收入的 35.8%，其他依次为食物(13.3%)，饮料(12.3%)，啤酒(10.9%)，糖果(3.9%)。

随着经济的萧条，便利店的生存环境越来越恶劣，这时，具有强大资金实力的烟草公司正好利用其优势在零售终端这个供应链最重要的环节上削弱竞争者的优势，主导整个供应链。

美国麻省烟草控制组织的负责人这样评价跨国烟草公司的营销模式对发展中国家烟草行业的冲击：一旦跨国烟草公司进入一个新的国家，他们将改变整个市场的竞争模式，从卷烟的摆放、广告的方式到促销的方式。

以韩国为例，美国的烟草公司进入后的三年内，韩国烟草公司在广告和促销上的花费增加了 641%，其结果是新增的市场需求，尤其是在女性和年轻人当中。根据美国国家经济研究局的统计，在美国的烟草公司进入之后，日本、韩国、泰国和中国台湾地区的吸烟率都上升了 10 个百分点以上。

中国是世界上最大的烟草消费市场，相当于世界前四大烟草公司销售的总和，也是跨国烟草巨头们的必争之地。中国已经加入了 WTO，在所有的行业都在喊"狼来了"的时候，对于烟草业来说，知道"狼从哪里来"或许更为重要。

(资料来源：中式卷烟如何与外烟抗衡.中国烟草在线，2004)

思考题

1. 本案例对你有何启示？
2. 假如你是我国 A 烟草公司的总经理，你将如何设计营销渠道？
3. 为你所在的企业提出一套切实可行的营销渠道方案？

第 9 章

促销策略

2008 年 2 月 2 号，就是农历腊月底，CCTV1 上午在特别节目《迎战暴风雪》后段，出现了第一个关于支持雪灾内容的电视广告，"雪灾无情，人有情，同心同德，中国郎！"第一家借"暴风雪"进行隐性营销的企业出现！又是郎酒！这广告让人眼前一亮，绝！同上次一样，广告中的主角不是自己的产品，而是雪灾现场的画面，是大家团结协作共战雪灾感人的一幕幕。郎酒的反应速度之快让人不得不称道，表明企业管理层特别是市场策划者的敏锐，同时展现了企业作为一个社会公民的社会责任感，提升了企业的品牌形象和美誉度，很容易抓住国人的心，也就不费吹灰之力赢得了不少消费者。

(资料来源：从 2008 年春节大雪事件看企业的暴风雪营销.中国营销传播网.http://www.emkt.com.cn/article/353/35312.html，2008.2)

在知识经济时代，产品和信息日益丰富，"注意力"成了稀缺资源，任何企业都敏锐地意识到促销的重要性及其所面临的机遇与挑战。随着经济的发展和人民生活水平的提高，消费者的需求从原先追求量的满足发展到追求质的满足，现在又进入了感性消费时代。因此，对企业而言，不仅要能提供满足顾客需要的产品，制订具有吸引力的价格，采用适当的分销渠道，而且还要企业能够开展行之有效的沟通和促销活动，以吸引消费者的眼球，这已经成为企业将产品推向市场的最关键性环节。

第一节　促销的本质与目的

成功的市场营销活动，不仅需要制订适当的价格、选择合适的分销渠道和向市场提供满意的产品，而且还需要采取适当的方式进行促销。促销策略是企业市场营销策略组合的重要组成部分。

一、促销概念

促销是促进产品销售的简称，是指企业通过人员和非人员的方式，沟通企业与消费者之间的信息，并促使消费者产生好感，进而产生购买行为的一切活动。其主要包括如下几个方面。

(1) 它不是简单地向消费者推销商品，而是以满足消费者需要为前提。

(2) 在生产者、经营者和消费者之间沟通信息，掌握消费者的需求。

(3) 通过传递信息，激发消费者的欲望和兴趣，最终实现购买行为。

(4) 促销的方式有人员促销和非人员促销两类。

促销活动与企业其他的市场营销活动不同。企业的产品策略、价格策略、渠道策略等市场营销活动，主要是在企业内部或与其市场营销伙伴共同进行的，而促销活动则需要向其目标顾客和公众进行直接的交流，这种交流带有很强的目的性和方向性，主要是在顾客及相关公众之间开展的，它直接关系到企业的效益和形象。促销活动是在产品、价格、渠道等营销活动的基础上进行，需要前者的密切配合，否则再好的促销活动也很难维持长久的效果。另外，促销又是将产品推向市场的推进器。好的产品，配以巧妙的促销活动就能产生良好的市场效果。

知识经济的发展，加速了产品的更新换代，缩短了产品生命周期，新产品不断涌现；随着人们生活水平的不断提高，消费需求更加具有个性化、多样化的特点，企业面临着激烈的市场竞争。企业要为产品找到销路以期在竞争激烈的市场上求得生存与发展，消费者希望买到称心如意的商品，满足其生理和心理需求，都需要进行信息传递，而促销的实质就是买卖双方之间的信息沟通，只不过是不同企业采用不同的沟通手段。

二、促销的本质

促销的本质是信息沟通，即企业作为信息的沟通者，发出作为刺激物的产品及相关信息，并借助于某种渠道，把信息传播到目标顾客，进而试图影响目标顾客购买态度与行为的过程。

无论信息是一段文字说明或图片资料，表达方式是谆谆善诱或尽力说服，企业都要尽力与促销对象进行交流以传播有关信息。为了更好地理解并有效地做到这一点，首先要弄清楚人类是如何进行信息交流的。

1. 沟通过程

人们信息、思想的交流过程是非常复杂的。信息发送者传出的信息就可能与原始的信息不相吻合，信息的接受者也可能根据自身的体验、情绪动机的不同而只能得出部分结论。在信息的传播过程中，信息还有可能被噪音或其他发送者的竞争信息所干扰、弱化(见图9-1)。

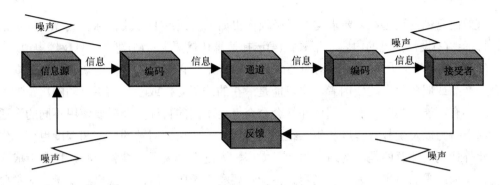

图 9-1　沟通过程

(1) **信息源，又称发送者**。在企业营销沟通模式中，既可以是个人，也可以是企业，可以是有意识的、自觉的行为，也可能是无意识的自发的行为。

(2) **编码**。将沟通内容转换成符号形式的过程，其形式可以是文字、图像，具体采用哪种形式，要根据传播内容和传播对象的不同特点而决定。

(3) **信息**。信息源发送的一组符号。它可以是一张特别的图像，如产品实物图，也可以是一句广告词。在许多促销行为中，信息往往都是图形与文字的结合。

(4) **通道**。信息发送者向接收者传播信息的管道与途径。典型的促销媒介，比如报纸、杂志、广播、电视、传单、产品包装和人际交流。如今，随着电子技术的发展，国际互联网已成为一种新的媒介。

(5) **解码**。就是信息的接受者确认信息发送者所传递的符号含义的过程。

(6) **接受者**。是指最终接受信息的对象，也称为沟通对象。接受者是促销活动最终要影响的对象。

(7) **反应和反馈**。反应是接受者在获得信息后的一系列反应。反馈则是接受者向发送者传送回去的那部分反应。

(8) **噪音和干扰**。即沟通过程中非计划的干扰或破坏，其结果是接收者收到了与发送者所发送的不同的信息，最终使反馈的效果不明显。在传播过程中，应尽量减少和削弱噪音的干扰。例如电视广告在广告中通过提高音量克服干扰或创造性地通过音乐的音响效果或色彩、画面等特殊的媒介因素来提高信息的吸引力、艺术性，增强其抗噪音能力。

在信息传递过程中必须注意：一是解码，这是因为接受人的心理因素以及对产品的原先设想较难把握；二是干扰，由于信息传递过程中的意外或失真，使得接受人接受了与发送者传递的不同信息。因此，发送者在发送信息时，必须要考虑信息传递的速度、传递的内容、传递的工具和传递时间的选择等。

知识经济时代，由于技术的进步，信息传播的方法既可以是传统的媒体，如报纸、杂志、电视、电台、电话、广告牌等，也可以通过较新的媒体形式，如电脑、传真机、手机等来进行。新技术的发展为更多的公司从大众化的传播走向目标传播以及一对一的交流创造了条件。

2. 沟通决策

有效的营销沟通过程，要求沟通者必须作出如下决策：(1)寻找目标受众；(2)确定信息传播目标；(3)设计信息的内容、形式；(4)选择信息传播渠道；(5)建立信息反馈渠道。

(1) 寻找目标受众。市场营销沟通人员心中首先要有明确的目标受众。目标受众可能是企业产品或服务现有的使用者，也可能是潜在的购买者，或者是购买活动的决策者和影响者，还有可能是某些个人、团体和社会公众。而不同的目标受众需要使用不同的沟通方式。由于智力以及受教育程度和生活经历的不同，人们认识问题的广度和深度也会产生差异。此外特别要注意的是，沟通对象切忌太广、太泛而丧失了个性和中心，以免造成求大贪全、反为所累的后果。因此，确定目标受众要利用矛盾分析法，找出主要矛盾的主要方面，而后方能有的放矢，使促销效果更具影响力。

(2) 确定信息传播目标。目标市场及其特点一旦明确后，市场营销沟通人员就必须决定期望的受众反应，如购买与满意。根据 AIDA 模式的表述可知，购买者的购买过程一般要经过知晓(Awareness)、兴趣(Interest)、欲望(Desire)和行动(Action)的一个连续反应阶段。在沟通的不同阶段应有不同的目标，在决定信息传播目标时，要特别注意目标的可达性和现实性。这样，在实际操作过程中就更易被理解和接受。

(3) 设计信息的内容、形式。目标受众的反应明确之后，信息传播者还应该进而制订一个有效的信息。信息设计是将营销沟通者的意念用有说服力的、逻辑的、感情的、性格化的表达方式表现出来的过程。有效的信息设计必将引起消费者的注意、提起兴趣，进而唤起其购买欲望，导致其产生购买行动的意识贯穿于整个信息设计过程之中。

信息内容。不同的信息内容将会对目标沟通对象产生不同的反应。信息传播者为了得到期望出现的反应，就必须先了解目标沟通对象有何诉求。传统上一般把诉求区分为理性诉求、情感诉求和道德诉求。

信息的形式。信息传播者必须为信息设计具有吸引力的形式。即使真实的内容也需要艺术的表达形式。无论是利用印刷类媒体，还是利用广播电视类媒体来传递信息，或是利用产品包装及说明文字来传递信息，都要十分注意信息的形式。如果信息是通过电视和人员传播的，所有这些因素加上体态语言(非言语表达)，都必须加以设计，展示者还须注意他们的面部表情、举止、服装、姿势和发型等；如果信息是由产品或产品的外包装传播的，还须注意包装的颜色、质地、气味、尺寸和外形等。在信息形成的选择上要遵循两条原则：一是效益性原则，也就是信息形式能适应信息内容的要求，能更好地表达内容，易于被接受者理解和接受；二是经济性原则，这就要求考虑到信息传播的成本，并不是投入越多，促销效果就越好，而应该综合考虑到实际的需要。

(4) 选择信息传播渠道。信息传播渠道将直接影响到信息传播的速度、广度和效果，有吸引力的信息源往往可获得更大的注意与记忆。最主要的传播渠道有两种：人员与非人员。

(5) 建立信息反馈渠道。市场营销沟通者将信息传播到目标受众之后，整个信息传播过程并没有终止，企业还须进行跟踪调研，了解信息传播的客观效果，如信息传播的范围、影响、效果及沟通对象在信息传播前后态度、行为的变化等，并根据这些反馈信息来决定是否有必要改进某些营销战略或进行局部调整。建立信息反馈渠道即是在前期的工作基础上总结经验、教训，又是为下期传播工作的开展提供指导和借鉴，以便于逐步改进和优化信息传播策略。

三、促销的目的

促销的首要目的之一就是将一种产品与它的竞争者区别开来，并通过创造一个具有特色和个性的形象从竞争产品中突显出来。从不同的角度来分析，促销具有以下几种主要的作用。

1. 提供信息情报

对企业来说，在产品正式进入市场之前，必须把有关的产品信息传递到目标市场的消费者、用户和中间商手中，让他们知道并了解该产品。对消费者或用户来说，信息情报的作用是引起他们的注意，让他们对产品产生兴趣或帮助其进行购买决策；对中间商来说，则是帮助他们把握市场动态、采购适销对路的产品，调动他们的经营积极性。这是销售成功显而易见的前提条件。企业在其经营过程中会发生许多变化，应及时将有利的信息传递给用户、中间商。消费者则在长期的消费过程中不断接受、收集和评价各种信息，并将最终结果表现在产品购买活动中。因此，信息传播的作用十分重要，这就要求企业讲究传播的方式、方法。

2. 诱导需求，激发欲望

企业不论采取什么促销方式，都应力求激发起潜在顾客的购买欲望，引起他们的购买行为。企业通过富有感染力的宣传活动，可以刺激消费者产生求新、求美、求名、求优等欲望，并促使其购买行为产生。有效的促销活动不仅可以诱导和激发需求，在一定条件下还可以创造需求，从而使市场需求朝着有利于企业产品销售的方向发展。

3. 突出产品特点

在竞争激烈的市场环境下，产品的同质化倾向加剧，消费者或用户往往难以辨别或察觉许多同类产品之间的细微差别。这时企业就可以通过促销活动，宣传本企业产品与竞争对手产品的不同特点以及它给消费者或用户带来的特殊利益，从而在市场上建立起本企业产品的良好形象。

4. 反击竞争者

当企业遇到现实的和潜在的竞争对手威胁时，可用促销活动来反击竞争对手的市场营销活动。例如：百事可乐和可口可乐。他们进行口味测试，并以此为基础通过广告来驳诉对方的产品口味。所有这些促销努力都被设计成反击对方的广告活动。

5. 消除不利影响

企业在营销过程中，有时会陷身不利的新闻舆论，从而给企业的经营活动带来不利的影响。为改变这种状况，企业必须采取措施，通过相应的公关活动，澄清事实，说明缘由，以取得公众的谅解和支持。如果措施得当，往往可能取得反败为胜的效果。例如，美国萨哈罗航空公司面对空难事件，反败为胜的公关活动。

6. 消除需求波动

某些产品的需求具有很强的季节性，如何消除这种波动性，需要企业在促销上花费一番工夫。如近年来出现的反季节产品销售就在一定程度上解决了这一问题。

促销的作用，归纳起来讲，其最终目标就是影响促销对象的行为。促销作用有的是直接的，有的是间接的；有的见效快，有的见效慢，总之，它是要将促销信息清晰地传送给促销对象，并促使他们采取企业所期待的行为。

四、促销策略及影响因素

促销方式有人员促销和非人员促销两种，由于各种促销方式各有优缺点，企业常常将多种促销方式同时使用。促销策略也就是促销组合的策略。企业为了使产品能迅速推销出去，一般采用两种策略：推式策略和拉式策略。

1. 推式策略

通过推销人员，把产品推向市场的策略。故也称人员推销策略。这种策略可以减少流通环节和层次，缩短流通渠道。因此，推式策略一般适合于单位价值较高的产品，性能复杂、需要做示范的产品，用户有特殊需求的产品以及市场比较集中的产品。

2. 拉式策略

企业利用价格、产品质量、广告、企业信誉等形式宣传产品，把顾客拉过来，激发其购买欲望，从而扩大销售的一种策略。也称非人员推销策略。一般情况下，单位价值较低的日用品，流通环节多、流通渠道长的产品、市场范围广、需求大的产品，常采用拉式策略。

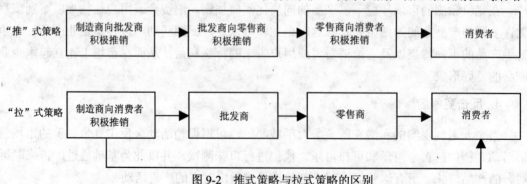

图 9-2　推式策略与拉式策略的区别

(图片来源：邱元明，市场营销学.重庆：西南师范大学出版社.1997)

促销策略的制订，其影响因素较多，主要应考虑以下几个因素。

1. 促销目标

它是企业从事促销活动所要达到的目的。在企业营销的不同阶段和适应市场营销活动的不断变化，要求有不同的促销目标，如新产品进入市场或占领市场，延长老产品的市场生命周期等。没有目标的促销活动是收不到理想效果的。促销目标对促销方式的选择会产生直接的影响。一般来说，企业的促销目标可分为两类：一类是有利于增强企业获利能力的长期目标；另一类是有利于提高销售和利润的短期目标。很显然，第一类注重树立良好的企业形象，加强与社会的联系，改善企业的经营环境。那么，公共关系将是实现这一长期目标的主要手段。而在短期内提高销售额和利润的最有效的方式是广告、营业推广和人员推销。

2. 目标群体

促销组合必须考虑企业目标市场的特性，也就是要了解自己的目标群体。如企业不能用适应于年龄较大的目标顾客的传播方式来照搬用于十岁左右的儿童；也不能通过建筑构造方面的杂志向医生传递企业的医药信息。对不同类型的消费者，由于他们的职业和购买习惯及经济收入的不同，因此他们获得信息的途径、对商品的需求也不同，因此企业也应采用不同的促销方式。此外，企业还应了解目标顾客的生活方式、个性特征及商品使用习惯，再进行促销，那么成功的机会也就多了。如，一个人努力想被某一社会群体所接受，而想寻找能达到该目标的产品，那么这时产品的促销就会影响他的选择。如顾客想在服饰上让别人体会出他的欧洲风格，那么你广告宣传所强调的风格将直接决定其购买行为。但这也不一定十分符合目标群体的习惯，比如美国运动鞋生产商 Nike 和 Adidas 便了解到他们的大部分顾客并非体育运动员(70%的美国人拥有跑鞋但并不跑步)，但买这类运动鞋的顾客多数还是喜欢体育的，故企业仍然传递有关体育方面的信息。在消费者决定购买前的几个阶段，利用广告和公共关系较好；在销售现场，利用人员推销和现场广告的效果则更直接、更有说服力；在购后感受阶段，则适宜用提示性广告，让消费者对产品、该品牌形成一定的忠诚度，并可产生良好的口碑，从而起到间接广告促销的作用。

3. 产品因素

产生良好的、长期的促销效果的前提条件是产品确实有独特之处。其中，产品的高质量很重要，并决定着顾客对产品的满意度。假如产品无过人之处，再好的促销也不可能促使顾客购买或不会被重复购买。

产品因素主要包括如下几点。

(1) 产品和服务的性质。不同性质的产品，购买者和购买目的各不相同，因此，对不同性质的产品须采用不同的促销组合和促销策略。一般来讲消费品技术结构简单，购买者广泛而更多的使用拉式策略，尤其以广告和营业推广为多，但对中间商可采用人员推销。而工业品由于技术性能复杂，需要向用户直接介绍产品的性能、质量和使用方法，且购买者购买批量较大，市场相对集中，故以人员推销为主。

(2) 产品市场生命周期。促销目标在生命周期的不同阶段是不同的，这就决定了不同的周期阶段要采用不同的促销组合。以消费品为例，在引入期，促销目标主要是宣传产品，以便顾客了解认识产品，因此这一阶段应以广告为主要促销形式，以人员推销和营业推广为辅。在成长期，由于产品打开销路，销量上升，同时也出现了竞争对手，此时的促销目标是使消费者对产品产生偏爱，这时促销仍应以广告为主，但广告内容应着重宣传企业产品特色，以增进顾客购买企业产品的兴趣，若再辅以公关手段，效果更佳。在成熟期，竞争者增多，促销目标仍以促使消费者对本企业产品产生偏爱为主，促销内容应多强调本企业产品与同类产品的细微差别，广告宣传的重点在于增进顾客的选择性需求，并配合运用适当的营业推广方式。在衰退期，由于更新换代产品和新产品的出现，使原有产品的销量大幅下降，此时的促销目标应以巩固市场为主，加强营业推广，配合使用提示性广告等措施。

(3) 产品价格。产品价格不同，促销组合也应有所不同。如高价消费品，则应在运用广告进行宣传外，同时也加强人员推销的力量；而对低价消费品，则应多使用广告，而少用人员推销；高价工业品应少用广告，而多用人员推销；低价工业品在采用人员推销时，也可适当使用一些广告。

4. 竞争者情况

除非销售的产品是垄断性产品，否则都需要考虑竞争者对企业的影响。在企业开展促销活动之前，就应了解竞争对手的情况。如他们面临着什么样的问题？他们的促销策略以及效果如何？他们的竞争优势和企业实力在哪里？他们的促销活动会给企业造成什么不利影响？并在对竞争者进行分析时，将此工作当作一项长期的任务来进行，以便企业在促销中能保持有利地位。

5. 企业自身资源

除了上述影响企业促销组合的因素之外，企业自身条件的约束也是一个重要的影响因素，特别是促销预算的制约因素。几乎没有市场营销者认为他有足够的金钱、时间和人员来努力实现他们所有想要完成的促销纲要。因此企业自身的资源条件也是其促销组合的一种制约因素。

企业可用于促销的费用，也就是促销预算一般是以营业额为基准按本年度的营业额或按下一年度计划营业额的一定比例来确定的。另外，也有一些企业是以主要竞争对手的促销预算为参考来制订本企业的促销预算。在满足促销目标的前提下，要做到效果好而费用省。企业确定促销预算，除了要考虑促销目标、竞争状况、产品市场生命周期等因素外，还要考虑企业的经济承受能力。此外，企业还应根据企业的优势，比较在广告、公共关系、营业推广和人员推销这几大要素中，哪一个更具优势，来作为制订促销计划的参考。

第二节 促 销 组 合

促销组合是指为了达到某一预定的销售水平，企业采用各种促销手段或促销工具的组合。企业的促销组合与营销组合一样，是为了发挥各种促销工具的长处和优势，形成一种整体的促销决策，以取得良好的整体促销效果。

促销组合由四种主要的促销工具组成：人员推销、广告、营业推广和公共关系。

一、人员推销

1．人员推销的概念和特点

人员推销就是指企业通过派出专职或兼职的推销人员与顾客(或潜在的顾客)的人际接触来介绍产品，解答疑问推动销售的促销方法。人员推销是最古老、最直接、最有效的促销手段。正如一位西方营销学家所言，这个世界是一个需要推销的世界，大家都在以不同形式进行推销，人人都是推销员。可见推销无时不在，无处不在。推销人员(又称销售人员或销售代表)一词涵盖了相当广泛的职责范围，包括了从最简单到最富创造性的所有销售活动。

(1) **送货员**。这类职位的销售人员，主要是发送产品。

(2) **接单员**。这类销售人员主要是室内接单，如专卖店的柜台人员，也包括外勤接单员，如定期或不定期访问超市的推销员等。

(3) **沟通者**。这类人员的职责主要是建立良好的信誉，培养客户，而不是承接定单，如提供售前、售中、售后服务的人员。

(4) **技术员**。提供技术知识服务的人员，如提供产品使用培训、家电安装等人员。

(5) **需求创造者**。指有创造性的推销有形产品或无形产品的人员。我们通常所说的推销人员，更多的是指这类人员。

人员推销与广告、营业推广、公共关系相比，具有如下优势。

(1) **直接沟通**。推销人员是以一种直接、生动、与客户相互影响的方式进行推销活动。一方面，推销员向顾客介绍商品本身和与商品有关的信息，如商品的质量、价格、功能、用途、可提供的服务等，通过向顾客传递信息以促进商品销售；另一方面，营销人员通过与顾客的接触，可以了解到顾客对企业产品及该企业的有关意见、要求，还可以发现新的市场机会并将市场需求变化趋势等情况反馈给企业，为企业的经营决策提供依据，有利于企业今后的发展。

(2) **针对性强**。推销人员对商品比较熟悉，在推销前对客户、产品及市场等都作了充足的准备。因此，在人员推销过程中，推销人员可以根据顾客的具体情况，有针对性地拟定推销方案，并且在推销过程中可以进行及时的调整并可以及时解答顾客的疑问，促成及时的购买行为。

(3) **培植效应**。推销人员在与顾客的接触交流过程中，通过卓有成效的工作可以赢得顾客的理解、信任、支持，从而把双方单纯的买卖关系发展成深厚的个人友谊，而这种感情的建立有利于推销工作的开展及形成长期的业务合作关系。

(4) **多种职能**。人员推销不仅可以完成销售工作的全过程，而且还可以担负起多种职能，如提供顾客所需的各种售前、售中、售后服务，帮助安装、调试和维修，进行技术培训，收集市场信息，进行市场调查，了解消费需求的发展趋势……所有这些都是其他促销方式无法做到的。

由于人员推销的绝对费用较高,如差旅费、各种补贴等,在美国,一次销售访问的平均成本是 250 美元,而达成一项销售一般需要四次访问,也就是说完成一次销售的总费用是 1000 美元,因此也从另一方面限制了人员推销的发展;另外加上对推销人员的素质要求高,企业难以得到优秀的推销人员,因此人员推销的运用受到了一定程度的限制。在企业的市场营销活动中,对于那些专业性强、结构复杂的产业用品以及价格昂贵的耐用消费品,一般较适合运用人员推销方式。

人员推销的形式日益丰富,主要有上门推销、柜台推销和会议推销三种。

2. 人员推销的组织结构

人员推销的组织结构直接关系到推销效率和推销成本,企业可以根据不同的市场环境及产品特点,设计和选择不同类型的组织结构。

(1) **地区型结构**。这是一种最简单的组织结构。企业把目标市场划分成若干区域,一个销售代表分管一个区域。这种结构简便易行,推销人员职责分明,可以充分调动其积极性,提高推销效率,节省推销费用,另外也便于企业考核推销员的业绩。其不足之处是只适合于那些经营品种比较简单的企业以及产品市场相似程度较高的企业。

(2) **产品型结构**。每个推销员只负责推销某一类或几类产品。这种结构有利于推销员熟悉产品知识,并根据产品的特点采取适当的推销策略,提高推销的专业化程度,所以这种结构更适合于那些产品结构复杂的企业。如柯达公司就用不同素质的销售人员来推销其胶卷产品和工业产品。胶卷销售人员经营分销任务繁重的简单产品,而工业品销售人员则由懂技术的专家来经营。但这种结构其不足之处是不利于企业掌握区域性市场行情,并要有相当规模的推销人员,推销成本较高。并且如果公司的各种产品都由同一个顾客购买,那么这种结构就不是最好的,可能会出现同一单位的销售代表在同一天拜访同一经销商的情况,费时费力,推销效率差,还有可能搞得经销商不愉快。

(3) **顾客型结构**。即企业按照顾客类别来组织销售队伍。企业可以按照顾客的行业、规模分类,也可按照顾客的不同需求状况划分,然后安排不同的推销员负责开拓市场业务。这种结构的主要优点是,有利于加强对顾客的了解,掌握顾客的需求特点和购买行为,更有效地推销产品,有时还能节约总的销售费用。另外也有利于稳定顾客队伍、稳定企业市场。但是顾客型结构也有其不利之处,如顾客过于分散,销售路线过长等,这些会相应增加销售费用。

在按客户结构组织销售队伍方面,施乐公司做了比较成功的尝试,它把公司的销售队伍分为 4 个组。

- 全国性客户经理:全国性客户经理以分散在多个地点的机构为该地较大的公司服务。
- 主要客户经理:主要客户经理在该地区为主要的客户和其他一两个客户服务。
- 客户代表:客户代表为 5000~10000 美元销售潜量的标准商业客户服务。
- 营销代表:营销代表为其他客户服务。

(4) **复合型结构**。如果一个企业在广泛的地区向多种类型的顾客出售多种商品,那么企业可以将上述三种类型结构进行有机组合，力争扬长避短，发挥最佳的效果。如可采取地区—产品、产品—顾客、顾客—地区，也可以按照地区—产品—顾客分工。其主要特点是可以弥补单一结构的不足，而综合两种结构的优点，具有很强的适应性、灵活性。但是复式结构对企业推销人员素质要求更高，且对销售人员的管理也比较复杂。复合型结构对于那些产品多样化和市场多样化的公司而言是比较合适的。

(5) **公司和事业部组织制度**。随着多产品—多市场公司规模的扩大，公司常将其产品市场管理集群转变为独立事业部，由它们分设自己的职能部门和服务部门。但这种结构需要考虑的是：哪些营销活动应留存在公司总部的问题，对此，不同公司的回答是不同的，一般公司的营销组织可采取如下三种模式。

- 不设公司营销部门
- 公司一级保持适度的营销组织
- 公司保留强大的营销部门

3. 人员推销的策略

人员推销具有很强的灵活性和艺术性。在面对面的交谈中，要求推销人员要能根据当时具体的推销环境、氛围、推销对象的特性以及推销商品的性质，灵活地运用推销策略，以激发消费者的欲望，消除消费者的疑虑，最终促成推销。因此推销活动除了要求推销人员具备基本的素质以外，还要求其能掌握必要的推销技巧，能够灵活运用推销策略。人员推销的策略主要有如下三。

(1) **试探性策略**。即"刺激—反应策略"，这种策略是在不了解消费者的情况下，推销人员运用刺激性手段引发顾客的购买行为。推销人员事先设计好能够引起顾客兴趣、刺激顾客购买欲望的推销语言，然后在与顾客交谈的过程中小心谨慎地运用各种话题加以试探，仔细观察其反应，接下来再选择其感兴趣的话题发挥下去。另外在刺激的同时要相应配合图示说明、演示操作等方法以强化刺激效果，最终说服顾客。因此运用试探性策略的关键是要能引起顾客积极的反应。并注意不可使用有伤害性或侮辱性的语言，否则会适得其反。

(2) **针对性策略**。即推销人员针对顾客的需要，利用一定的说服方法，促成顾客购买行为的发生。运用针对性策略的关键是要了解顾客的需求，使顾客产生强烈的信任感，因此，推销人员需要在已经基本了解顾客某些方面需求的前提下，有目的地宣传、展示和介绍商品，说服顾客购买，要使顾客有一种推销人员的确是真心实意为自己服务的感觉，从而愉快地实现其购买行为。这种策略成功的前提是推销人员在与顾客接触前必须做好充分的准备、搜集相关的材料、信息，方能在推销时有的放矢地进行有针对性的促销。这与医生对患者诊断后开处方类似，故又称之为"配方—成交"策略。

(3) **诱导性策略**。即"诱发—满足"策略。即推销人员通过一定的说服技巧，使消费者产生强烈的购买欲望，并在此基础上诱导顾客采取购买行动。这种策略是一种创造性的推销策略。运用诱导策略的关键是推销人员要有较高的推销艺术和推销技巧，能够诱发顾客产生某方面的需求，然后抓住时机、运用鼓动、诱惑性的语言，介绍商品的功能、效用，说明该商品正好能满足顾客的需求，最后把该产品"推"向顾客。

4．客户关系管理

近年来，客户关系管理成为推销人员的重要职责之一。通过参与对客户科学而有效地分析与管理，推销人员可以从中了解客户整体的销售状况及其发展动态，以对市场需求状况作出正确的判断，并采取相应的对策，真正实现以客户为中心的经营理念，提高企业销售业绩。

(1) **客户关系管理的内涵**。客户关系管理即 CRM(Customer-Relationship-Management)，是指通过培养企业的最终客户、分销商和合作伙伴对本企业及其产品更积极的偏爱或偏好，留住他们并以此提升企业业绩的一种营销策略。CRM 的营销目的已经从发展一种短期的交易转向开发顾客的终生价值。总之，CRM 的目的是从顾客利益和公司利润两方面实现顾客关系的价值最大化。

CRM 首先是一种管理概念，其核心思想是将企业的客户(包括最终客户、分销商和合作伙伴)作为最重要的企业资源，通过完善的客户服务和深入的客户分析来满足客户的需要，保证实现客户的终生价值。

CRM 也是一种旨在改善企业和与客户之间关系的新型管理机制，它实施于企业的市场营销、销售、服务与技术支持等与客户相关的领域。CRM 的实施，要求以客户为中心来构架企业，完善对客户需求的快速反应的组织形式，规范以客户为核心的工作流程，建立客户驱动的产品、服务设计，进而培养客户的品牌忠诚度，扩大可盈利份额。

CRM 又是一种管理软件和技术，它将最佳的商业实践与数据挖掘、数据仓库、一对一营销、销售自动化以及其他信息技术紧密结合在一起，为企业的销售、客户服务和决策支持等领域提供一个业务一体化的解决方案，使企业有了一个基于电子商务的面对客户的系统，从而顺利实现由传统企业模式到以电子商务为基础的现代企业模式的转化。

(2) **客户关系管理的实施目标**。CRM 主要实施于企业的市场营销、销售、客户服务和技术支持等与客户相关的部门，其实施目标主要有如下几点。

通过提供快速和周到的服务帮助企业吸引和保持更多的客户。利用 CRM 系统，企业能够从与客户的接触中了解他们的姓名、年龄、家庭状况、工作性质、收入水平、通信地址、个人兴趣爱好以及购买偏好等信息，并基于此进行"一对一"的个性化服务。这就是随着市场不断细分而最终出现的大规模定制的市场营销原则的精髓，即根据不同的客户建立不同的联系，并根据其不同的特点和需求提供不同的服务，从而真正做到"以客户为中心"，赢得客户的"忠诚"。

通过对业务流程的全面管理降低企业的成本。CRM 通过对客户信息的管理和挖掘，不仅有助于现有产品的销售，而且提供了对历史信息的追溯，及时对未来趋势进行预测，据此有针对性地对他们分别实施不同的营销活动，避免大规模广告的高额投入，从而使企业的营销成本降到最低，而营销的成功率最高。

通过电话呼叫中心能够实现故障申报、业务受理、客户投诉等服务的自动化。用户只需拨打一个统一的电话号码即能得到"直通车"式的服务，一改以往拨打多个电话，问题仍得不到解决的局面。

(3) **客户关系管理的内容**。CRM 的基本内容主要包括客户信息管理、联系人管理、时间管理、潜在客户管理、销售管理、电话销售、客户服务、呼叫中心、电子商务等。企业的客户关系管理主要是围绕这几个方面来展开的。

客户信息管理：客户基本信息；与此客户相关的基本活动和活动历史；联系人的选择；订单的输入和跟踪；建议书和销售合同的生成；客户的分类；客户信用限度的分析与确定等。

联系人管理：联系人概况的记录、存储和检索；跟踪与客户的联系，如时间、类型、简单的描述、任务等，并可以把相关的文件作为附件；客户内部机构的设置概况等。

时间管理：设计约见、活动计划；进行事件安排，如会议、电话、电子邮件、传真；备忘录；进行团队事件安排；查看团队中其他人的安排，以免发生冲突；把事件的安排通知相关的人；任务表；预告/提示；记事本；电子邮件等。

潜在客户管理：业务线索的记录、升级和分配；销售机会的升级和分配；潜在客户的跟踪。

销售管理：组织和浏览销售信息，如客户、业务描述、联系人、时间、销售阶段、业务额、可能结束时间等；产生各销售业务的阶段报告，并给出业务所处阶段、成功的可能性、历史销售状况评价等信息；对销售业务给出战术、策略上的支持；对地域(省市、邮编、地区、行业相关客户、联系人等)进行维护；把销售员归入某一地域并授权；地域的重新设置；根据利润、领域、优先级、时间、状态等标准，用户可订制关于将要进行的活动、业务、客户、联系人、约见等方面的报告；销售费用管理；销售佣金管理；应收账款管理。

电话销售：电话本；电话列表，并把它们与客户、联系人和业务建立关联；把电话号码分配到销售员；记录电话细节，并安排回电；电话内容草稿；电话录音，电话统计和报告；自动拨号。

客户服务：服务项目的安排、调度和重新分配；事件的升级；跟踪与某一业务相关的事件；事件报告；服务协议和合同；订单管理和跟踪；问题及其解决方法的数据库。

呼叫中心：呼入呼出电话处理；互联网回呼；呼叫中心运行管理；电话转移；路由选择；报表统计分析；通过传真、电话、电子邮件、打印机等自动进行资料发送；呼入呼出调度管理；客户投诉管理。

电子商务：个性化界面、服务；网站内容管理；店面；订单和业务处理；销售空间拓展；客户自助服务；网站运行情况的分析和报告。

二、广告

1. 广告的定义、作用

广告是一种重要的促销手段。美国市场营销协会给广告下的定义是："广告的发起者以支付费用的方法，以非人员的任何形式，对产品、业务或某项行动的意见想法所作的介绍。"该定义包含如下内涵。

(1) 由发起者支付费用的做法。这就是说广告主身份必须明确，此外做广告是要相应费用的。

(2) **非人员**。广告是非人格化的沟通方式，它不能使消费者直接完成行为反应。广告即所谓的"广而告之"。

(3) **介绍产品、劳务或某项活动的意见、想法**。这主要是强调广告所宣传的范畴、对象，不光产品、服务可以做广告，某人倡导，如公益宣传也可以成为广告宣传的客体。

(4) **任何形式**。是指广告可以用任何形式进行介绍：如报纸、杂志、广播、电视、邮件、海报、招贴、交通工具、路牌、大型电子显示屏、橱窗及各种流通票据、火柴盒、日历、电脑网络，等等。

(5) **广告宣传介绍的目的是要人们购买某种产品或劳务，或接受某种观念、想法，以使广告发起者能从中获取一定的利益**。

广告是社会再生产过程中的"润滑剂"，借助各种媒体传递信息、发挥着十分重要的作用。

(1) **传递信息、促进销售**。传递各种商品信息是广告最基本的作用。在现代经济社会，信息是整个社会赖以生存的重要资源，而商品信息的传播主要通过广告的形式进行。生产者通过广告把产品的信息传递给需求者，借助广告大量推销其产品。需求者通过广告选择符合自己需要的商品。特别是对服务性企业，广告对企业本身的宣传，对于提高企业形象、促进服务产品的销售具有关键作用。

(2) **引导消费、创造需求**。事实上，消费者内心深处往往存在着某种未被满足的欲望，但还未转换成现实的需求，通过广告，可以影响这种潜在的需求，促使其变为现实的要求。此外，广告还是消费者购买决策的好参谋。消费者通过企业发布的广告，能及时了解企业生产的发展状况，商业部门的供应水平，商品的特点、质量、价格、购买地点、售后服务等情况，从而进行正确的判断和选择，最终购买到称心如意的产品。

(3) **树立产品形象，提高企业知名度**。当市场上产品竞争激烈，商品种类繁多，品牌各异，消费者难以作出选择时，企业和产品的形象、知名度就成为消费者购买时的重要参考依据。企业要加强顾客对产品的产品记忆与好感、巩固和推广市场占有率，就要在保证产品质量的条件下，充分发挥广告的竞争力量，在广告宣传上先声夺人，以获取消费者的好感。而企业的知名度和美誉度又是企业重要的一笔无形资产，因此新颖的广告就是企业的一项长期投资。

4．**美化生活，陶冶情操**。现代广告的发展趋势，就是在注重它商业功能的同时，也开始注意在进行产品和服务宣传时，把人类的文化艺术以及文明的、健康的、科学的生活方式介绍给社会，使人们从中得到艺术的享受，陶冶人的情操。而大量的有艺术创造性的广告更是丰富和美化了我们的生活，点缀了我们的生活空间。没有广告的社会将会是一片死寂的社会。

2．广告的分类

从不同的角度来划分广告，会得到不同种类的划分结果。

- 根据广告的媒体来分，可分为：报纸广告、杂志广告、广播广告、电视广告、互联网广告、招贴广告、邮寄广告、路牌广告、交通广告、灯光广告等。
- 根据广告的直接目的分，可分为：企业形象广告、产品形象广告和促销广告。
- 根据广告的表现形式分，可分为理性广告、感性广告。
- 根据广告的表达形式分，可分为：硬广告和软广告。

3. 广告媒体的特征

(1) **报纸**。报纸是最早发布广告也是应用最广泛的媒体之一。一般来说报纸广告具有以下优点：发行量大、宣传面广、读者众多且读者层较稳定；信息传播速度快，特别是日报、晚报、早报等报纸，时效性较强、易被读者接受和信任，同时报纸广告的制作费用低廉，制作方便，便于剪贴查存。报纸广告的美中不足之处是印刷不够精致；形象表达不如杂志和电视等媒体；报纸登载的内容较多，会分散读者对广告的注意力，广告版面太小易被忽视；广告有效时间短，昨天的报纸今天就成了"明日黄花"，因此要连续刊登才会有效力。

(2) **杂志**。杂志有针对性强、选择性好、可信度高的特点，并且本身具有一定的权威性，反复阅读频率高、传读率高、保存期长。此外，杂志的印刷精美，广告内容集中单一，易引起读者注意。特别是一些针对性较强的广告，更宜在专业性杂志上刊登，目标顾客的到达率较高。杂志广告的局限性主要在于杂志的发行周期长、信息传播速度慢、灵活性差、时效性差、篇幅少、接触对象不够广泛等。

(3) **广播**。广播方式是以无线电波发播广告，因此信息传播速度快、传播覆盖面广、不受时空限制；信息容量大、价格低廉、能对商品作详细介绍，而且广告制作简便、通俗易懂、选择性强，另外由于广播靠声音传播，不受接收者文化程度的限制，特别适用于向文盲率高的地区、大众发布广告。广播广告的局限性主要是仅有声音传播而无实体形态，形象性差，无法存查且表现手法不及电视吸引大众，印象不深，因此选择性也较差。

(4) **电视**。电视是一种集声、形、色于一体的广告媒体，形象生动，吸引力强，表现手法多样，艺术性较高、由于电视的普及率较高，触及面广，因此电视广告的效果较明显、直接。电视广告媒体的局限性主要是广告成本费用较大，播放时间短促，信息转瞬即逝，易受干扰。

随着经济的发展，还出现了许多新的媒体形式，如有线电视、地铁广告等，其中影响最大的当属互联网和电子邮件，这是一个新兴的非常有潜力的信息产业，已经引起了许多广告商和广告客户的注意。目前，越来越多的企业正在建立网站或网页，希望通过互联网这一正显示其巨大影响的传播媒体来传播信息，并沟通企业内、外的联系为新世纪的竞争奠定坚实的基础。

除了电子形式的广告外，诸如口袋书、录像带、光盘、车身、充气物、画册、挂历、名片、纸巾、车船票甚至签证申请表等非传统的广告媒体都已出现了。澳大利亚政府把它的签证申请表格页码间的空间出售给广告客户，这些广告客户的目标顾客是各类过境者——游客、学生或商人。"神舟五号"的赞助商"蒙牛"将其广告做到了"神舟五号"

的终端上。

4. 广告媒体的选择

不同的广告媒体具有不同的优点与不足，那么如何扬长避短，选择恰当的广告媒体，将直接影响到广告的效果。不同的广告媒体具有的不同特点，限制了广告主意图的表达和广告目的的实现。不同的广告媒体，它的传播范围、时间、所能采取的表现形式、接受的对象都是不同的。广告主在通过广告媒体将自己的意图在他们所希望的时间、地区传递给他们所希望的对象时，需要根据各广告媒体所能传播的信息量的多少、对广告媒体所占用的时间与空间的多少，支付不同的广告费用。因此最佳的广告媒体选择的核心在于寻找到最佳的传递路线、最经济的成本、最广泛的目标大众，完成最佳的广告目的。

企业进行广告媒体选择时，应考虑如下因素。

(1) 消费者接触媒体的习惯。不同的媒体，其视听者阶层和人数等情况是不同的，能够达到广告对象者才是最有效的媒体，即广告对象越与媒体对象接近或一致，广告的针对性效果就越强，广告宣传的促销效果也就越好。例如对在校的大、中学生利用广播广告的效果就较好，对学龄前儿童，最好的广告媒体是电视。对妇女用品进行广告宣传，应选择妇女杂志或电视。

(2) 商品特性。选择广告媒体，应当根据企业所推销的产品或服务的性质与特征而定。各类媒体在展示、解释、可信度、注意力与吸引力等各方面具有不同的特点，由于每种商品的性质、性能、特点不同，需要与媒体的特点相适应，例如依靠外表、色泽打动消费者的商品，最好选择杂志、电视等媒介，如服装、化妆品、金银珠宝首饰、鞋帽等；对需要详加介绍的商品广告，通常采用报纸、杂志等媒介，如招生广告、图书广告、生产资料等；需要表现商品运动状态、使用方法、现场演示其功效的广告，则要用电视作为广告媒介。

(3) 媒体的传播范围。媒体传播范围的大小直接影响广告信息传播区域的广窄。如果企业的产品是行销全国的，宜在全国性报纸或中央电视台、中央广播电台做广告。而在某一地区或城市销售的产品，则可以选择地方性报纸、电台等传播媒体，使有限的广告费用发挥最佳效用。

(4) 传播广告信息的速度。广告媒体选择要受到传播广告信息速度的影响。如要做时机性广告，应选用报纸、广播、电视作媒介；而如要保持较久的广告宣传效果，则杂志要优于电视、广播、报纸。

(5) 信息类型。时效性很强的信息如商场将进行降价销售，应该通过报纸、电视和广播来传递，含有大量技术资料的信息则应通过专业化的报刊来公布。

(6) 竞争对手选择媒体的情况。

(7) 媒体的弹性大小。如广告发布的时间能否根据客户要求提前或推后；广告发布的频率高低，客户能否掌握；广告内容的修改、调换是否方便等。

(8) 媒体的广告时效长短。如杂志、路牌时效较长，而报纸、广播、电视等媒介的时效则较短。

(9) 媒体的费用。各广告媒体的收费标准不同，即使是同一种媒体，也因传播范围和影响力的大小而有价格差别。考虑媒体成本，更重要的是考虑其相对成本，即考虑广告促销效果。

5. 广告媒体组合

每一种媒体都有其短处和长处，因此将两种或两种以上的媒体进行组合，可以优势互补，克服弱点，从而使广告达到最佳效果。

(1) 广告媒体组合的优势

重复效应。由于各种媒体覆盖的对象有时是重复的，因此媒体组合的使用将使部分广告受众增加，广告接触次数增多，也就是增加广告传播深度。消费者接触广告次数越多，对产品的注意度、记忆度、理解度就越高，购买的冲动就越强。

延伸效应。各种媒体都有各自覆盖范围的局限性，假若将媒体组合运用则可以增加广告传播的广度，延伸广告覆盖范围。广告覆盖面越大，产品知名度就越高。

互补效应。以两种以上广告媒体来传播同一广告内容，对于同一受众来说，其广告效果是相辅相成、互相补充的。由于不同媒体各有利弊，因此组合使用能取长补短，相得益彰。

(2) 媒体组合的方式

短效媒体与长效媒体的组合。短效媒体是指那些广告信息瞬时消失的媒体，如广播、电视等，由于广告一闪而过，信息不易保留，因此要与能长期保留信息、可以反复查阅的长效媒体配合使用，如报纸、杂志、路牌、霓虹灯、公共汽车等媒体。

视觉媒体与听觉媒体的组合。视觉媒体指借助于视觉要素表现的媒体，如报纸、杂志、户外广告、招贴、公共汽车广告等。听觉广告主要借用听觉要素表现的媒体如广播等，电视可以说是听视觉完美结合的媒体。听觉媒体更抽象，可以给人丰富的想象；视觉媒体更直观，给人以一种真实感。

大众媒体与促销媒体的组合。大众媒体如报纸、杂志、电视、广播等媒体，其优势是传播面广，但缺点是与销售现场脱离，只能起到间接促销的作用。而促销媒体如招贴、展销、户外广告等，虽然传播面小，但传播范围固定，具有直接的促销作用，若将两者配合使用，点面结合，将能起到很好的促销效果。

6. 广告创作的原则

世界上广告创作的理论流派很多，如魔岛理论、万花筒理论等，其中 USP 理论比较适合中国的国情。

USP 理论是由美国著名广告专家罗素·瑞夫斯提出的。罗素·瑞夫斯认为，每一个广告商品都应有自己独特的销售主题，并通过足量的重复传递给消费者。这个主题应包含如下三个要点。

(1) 能给消费者带来具体的好处广告中须讲明这一点，否则是很难打动消费者的。如一则微波炉广告，用最简洁的语言告诉消费者："将繁琐的烹调简化到极限——只需轻轻一按！"日本精工表的广告口号是："12 年不必对时"，把广告商品给消费者带来的好处说得清清楚楚。

(2) 独一无二的功效。这一功效必须是没有被其他竞争者宣传过，甚至是其他同类产品所不具有的。中国有句俗话："不怕不识货，就怕货比货"。要吸引消费者购买自己的广告商品，而不买同类竞争者的商品，关键在于：必须在广告中宣传自己与众不同甚至是独一无二的优势；而且这种优势是消费者所需要的，并足以打动消费者。东方神镜在电视广告中映出了国家教委的推荐书，这就是东方神镜在同类产品中与众不同、独一无二的优势。消费者会想：国家教委是政府主管教育的最高行政机关，是不会随便向全国大、中、小学推荐使用某种近视眼防治用品的，何况还是在众多同类产品中唯一推荐了东方神镜，其质量、功效肯定不差！所以，广告中重点突出这一点，是很有分量的，有助于推动消费者购买。

(3) 主题必须能够推动销售。也就是指广告中要重点突出广告商品能给消费者带来的具体好处和与众不同、独一无二的功效，必须是消费者最需要的好处或功效，而不能是消费者认为可有可无的好处或功效。也就是要向消费者作出能够影响其购买的重要承诺或保证。如，美国联邦特快专递公司在广告中向消费者作出这样的承诺和保证："今天的邮件，明天上午10点前保证送到"。这样的承诺和保证就能打动消费者把邮件交给这家特快专递公司。中国的贝因美股份有限公司，在1997年1月授权律师发表产品营养效能承诺，主要内容是：每天吃100克以上并连续吃100天贝因美营养米粉，保证达到中国婴幼儿体格发育标准（即100克×100天=健康宝宝）。如果不达标，公司除全额退款外，并承担相应的法律责任。对此，跨国公司都不敢作出承诺。这项承诺经过广泛宣传后，贝因美营养米粉销量大增。

7. 广告的创作风格

从广告的内容上看，一幅广告至少包括六个方面的内容：商品名称；商品性能与特点；商品能为消费者带来什么好处和利益；说明商品的用途和使用方法；说明售后能为消费者提供哪些服务；注明厂名、厂址及联系办法或说明在哪里购买。但是并非每则广告都完整地具备上述六条内容，往往一则广告只强调其中某一两个部分的内容，具体的运用则需要结合广告的创作风格、格调。

大体上来说，我国广告作品的创作风格一般可以归纳为如下几类。

(1) 规则式风格。这种创作风格有点近似于公式化，内容上平铺直叙，很少带有感情和艺术色彩。这种风格的广告文稿，在介绍产品时，一般只从质量参数、价格水平、规格尺寸、花色品种等自然属性方面如实报道，语言文字上一般不作太多的修饰。多用于生产资料和技术服务广告。其好处是内容具体、介绍比较全面，而且所提供的信息资料都有一定的科学依据。其缺点是显得平淡枯燥，难以突出产品、劳务的形象、功能特点，这种广告如反复出现、容易引起与广告内容无联系的广大消费者的反感。因此不宜在广播、电视中做这类广告，而应选择专业性、行业性较强的报纸、杂志。

(2) 理性感化风格。其特点就是通过文学艺术的表现力来打动消费者，通过理性的感情诉求去改变消费者的态度。这就要求创作者必须具有较强的语言文学功底，通过巧妙地述说、戏剧性地显示、绘声绘色地描写产品或劳务的优点以及可能给人们带来的利益或好处，从而使潜在的市场需求变为现实的购买行为。理性感化风格的广告文稿又可分为五种。

诱导式。这种创作风格，其文稿表现为一种许诺性诉求，是直接从满足消费心理、需求心理和购买心理的积极因素方面来付诸广告语言文字表达的。作者为了使顾客感到称心如意，专门以适合市场消费习惯、特点及其变化趋势的题材和信息作为广告文稿的构思依据，并希望广告对象见到广告后产生一种能实现夙愿的心情，并迅速将购买欲望变为购买行动。

同情式。这种创造风格又称"恐惧式"或"状惧式"。其做法是给目标消费者提出一种不采用某种产品或劳务，将导致某种危险感的信息，而后再提供一种消除忧虑的许诺诉求，这在教学上称之为"欲扬先抑"。目前这种创作风格被广泛地用于保险业务、医药产品或劳务以及某种为特定生理条件的人所生产的食品、用品等广告。如"月有阴晴圆缺，人有旦夕祸福，保险为您保平安。"

设身处地式。这种风格的特点是把广告诉求的语言文字直接以消费者或用户的口气来表达。创作者一般是根据消费者或用户所处的生活环境和使用某种产品或劳务的真实情景来创作广告文稿，使广告诉求意愿正好同消费者或用户的需求心理、消费心理和购买心理相吻合，并用这样的口气说服潜在的需求者从速购买。如某航空小姐诉说着："飞机上比沙漠要干燥很多倍，用了多芬以后，皮肤……"

幽默式。运用这种创作风格，其目的是吸引消费者兴趣，提高注意率。加强信息影响的广度和深度。幽默式广告在欧洲很流行，这与人们对推销员的活动持疑虑和偏见有关，故多以情趣化的广告表现方式取悦消费者。很多经典的广告作品都采用这种表现方式。幽默式广告并非逗乐，更不宜采用低级趣味，否则往往会令人啼笑皆非，有损于广告的科学性、真实性。目前，我国最流行的幽默广告文稿，多采用常识打趣、成语错用、一语双关、形象联想等方法。既能兼顾到广告创作的艺术性又能不违背广告创作的真实性原则。

启发式。启发式风格的广告大都从不同角度摆事实、讲道理，而不是从正面去宣传产品的优点、特色。例如太原市一则关于"爱的投资——子女婚嫁储蓄"广告，就是从理性诉求方面，摆事实、讲道理启发人们为了从长远利益上疼爱子女而购买某种商品或服务等。这种风格的广告充满了对消费者和用户负责的情感，从深刻的道理、情理、事理中引起人们的关注，引导消费的指导思想十分明确。通过启发式诉求，向人们宣传新的消费观念、推广部分生活、生产方式，从而达到促进产品销售的目的。

8. 广告效果测定

在广告播出后的一段时间内，对广告的效果进行测定，并与预先的广告目标加以对照，从而对广告效果作出客观的评价。广告效应是多方面的，而广告的经济效果又可分为直接经济效果和间接经济效果。

(1) 直接经济效果。直接经济效果是以广告对商品促销情况的好坏来直接判定广告效应，是以广告费的支出和销售额的增加这两个指标为主要测量单位。测定方法主要有如下几种。

广告费用占销率法。通过这种方法可以测定出计划期内广告费用对产品销售量的影响。广告费用占销率越小，表明广告促销效果越好；反之则越差。其公式为：

广告费用占销率=[广告费/销售量(额)]×100%

广告费用增销率法。此法可以测定计划期内广告费用增减对广告商品销售量(额)的影响。广告费用增销率越大，表明广告促销越好；反之则越差。公式为：

广告费用增销率=[销售量(额)增长率/广告费用增长率]×100%

单位费用促销法。这种方法可以测定单位广告费用促销商品的数量或金额。单位广告费用促销额(量)越大，表明广告效果越好，反之则越差。该公式为：

单位广告费用促销额(量)=销售额(量)/广告费用

单位费用增销法。此法可以测定单位广告费用对商品销售的增益程度。单位广告费用增销量(额)越大，表明广告效果越好；反之则越差。公式为：

单位广告费用增销量(额)=[报告期销售量(额)－基期销售量(额)]/广告费用

(2) 间接经济效果。间接经济效果不是以销售情况的好坏作为直接评定广告效果的依据，而是以广告的收视率、产品的知名度、记忆度、理解度以及广告目标对象的送达率等广告本身的效果为主要依据。当然广告本身效果最终也要反映到产品销售上，但它不以销售额多少作为衡量指标，而是以广告所能产生的心理性因素为依据。即广告做出后测定广告接受者人数的多少，影响的程度以及人们从认知到行动的整个心理变化过程。具体又包括以下几方面内容。

对广告注意度的测定。各种广告媒体吸引人的程度和范围，主要测定视听率。

对广告记忆度的测定。对消费者对于广告的主要内容如广告产品名称、品牌、厂家、宣传语等记忆程度的测定，并从中可见广告的主题是否鲜明、突出和与众不同。

对广告理解度的测定。消费者对于广告的内容、形式等理解程度的测定，从中可以检查广告设计与制作的效果如何。

对消费者购买动机形成的测定。即测定广告对消费者从认知到行动的推动力到底有多大，效果如何。

三、营业推广

1. 营业推广的概念和作用

营业推广是企业常用的促销手段，它包括的范围很广，除了广告、人员推销和公共关系以外，任何刺激消费者购买、鼓励中间商经营的促销手段都属于营业推广的范畴，并且随着市场的发展，营业推广的形式越来越多样化，下面将作详细介绍。

(1) 营业推广的概念。营业推广又称为销售促进，是指为能刺激顾客的需求，吸引消费者购买而采取的各种促销手段。它是与人员推销、广告、公关相并列的四大基本促销手段之一。典型的营业推广一般用于短期的和额外的促销工作，着眼于解决一些更为具体的促销问题，因而营业推广是一种不经常的、变化多样的、不规则的促销活动，其短期效益比较明显。营业推广与其他促销方式相比有以下几个方面的特点。

特殊的优惠。营业推广通常通过给予消费者一定的优惠，以达到刺激消费，促进购买行为的目的。这种优惠幅度往往都比较大。

强烈的呈现。由于优惠的幅度比较大，因而对消费者的刺激较强，在短期内，销售额往往会有较大幅度的增长。

多样性、灵活性。即营业推广的手段、方式、策略多种多样，可以根据不同的实际情况和需要而作因地制宜、适时地调整，具有很强的灵活性。

地区限制性：营业推广一般在小范围内、针对性较强的情况下方可有效，受到地区限制。

非正规性和非经常性。人员推销和广告都是连续的、常规的促销方式而大多数营业推广方式则是非正规的和非经常的，它只能是人员推销和广告的补充措施。营业推广对顾客或推销人员具有暂时而特殊的促进作用，任何企业都不能仅靠营业推广而生存。

目前，营业推广的运用越来越频繁，用于营业推广的费用也越来越大。20 世纪 90 年代初期，美国广告和营业推广的比例是 60∶40；到 20 世纪 90 年代末，在美国许多销售日用消费品的公司里，营业推广已占总营销开支的 60%~70%，并且正以每年 12% 的速度递增。

营业推广的迅猛发展，尤其是在消费品市场上的增长，是由以下几个方面的因素导致的。

从企业内部来看，企业面临着巨大的销售压力，为尽力增加当前的客户，他们必须寻找、运用一种有效的短期销售手段。

从企业外部来看，人口出生率下降，消费者权利意识提高，竞争越来越激烈，因此，竞争者也越来越多的运用营业推广方式来扩大自己的市场份额。此外，广告成本的上升、媒体的干扰以及法律的限制，也使得竞争企业只有更多地运用营业推广。

经销商实力、地位的提高，使得他们有能力对生产者提出更多的要求。凡此种种，都使得企业不得不更多的依赖营业推广来扩大市场份额。

(2) **营业推广的作用**。营业推广的作用，主要有如下几个方面。

刺激购买行为，促进短期交易。通过营业推广的一些促销措施，如赠送或发优惠券等，能够引起消费者的兴趣，刺激他们的购买行为，使消费者的潜在需求变为现实购买，也可使消费者在巨大的优惠诱惑面前，增加购买的数量，或是提前发生购买行为。

可以有效地抵御和击败竞争对手。当企业面临竞争者大规模的促销活动，市场销售量受到影响时，企业可通过营业推广方式，向顾客提供一些特殊的优惠条件作为抵御和反击竞争对手的有效武器，如减价、试用附赠品等常常能增强企业经营的同类产品对顾客的吸引力、从而稳定和扩大自己的顾客队伍，抵御竞争者的介入。

促进与中间商的长期合作关系。企业，特别是生产企业在产品销售中同中间商保持良好的关系，取得与他们的合作是非常重要的。因此企业通常通过营业推广的一些形式如折扣、馈赠等劝诱中间商更多地购买和同企业保持长期稳定的业务关系，从而有利于双方的中长期合作。

让消费者满意。消费者在享受优惠价格的同时，能体会到作为一个精明顾客的满意感。

但是，营业推广也有一定的局限，促销活动如果使用过多有可能会产生这样一些负面作用。

降低商品形象或商家形象，引起消费者对促销商品质量或价格的怀疑。一般来讲，消费者总认为畅销的商品是不需促销的，只有卖不动的商品才需要促销。因此，一些名牌商品或进口商品较少开展促销活动，即使开展促销活动，也往往选择一些不易损害商品形象的做法。

促销次数过多，可能使消费者认为商场促销让利是正常的，而不让利反而不正常，因此造成促销期间消费者蜂拥而至，促销结束后冷冷清清，消费者持币待购，等待下一轮促销活动，从而造成商家商品并未卖出太多，仅仅是改变了商品售出的时间，相反还增加了销售成本。

促销次数过多，还可能使消费者对促销麻木不仁，没有反应。

2. 营业推广的形式

营业推广的形式很多，但一般可归纳为三大类：第一类是针对消费者的营业推广；第二类是针对中间商的营业推广；第三类是针对推销人员的营业推广。

(1) 针对消费者的营业推广形式

派送样品。向消费者免费派送样品，可以鼓励消费者购买，也可以借此了解消费者对产品的反应和评价。这种方法适合推销价格不高的食品和一般日用品，是宣传新产品和开拓市场的有效方法。

赠品。对购买价格较高的商品的顾客赠送相关商品（如价格相对较低、符合质量标准的商品）有利于刺激高价商品的销售。不过企业在选择赠品时要特别留意，赠品既要具有一定的吸引力和使用价值，又要传递企业的有关信息，并在企业的实际支付能力以内。如赠送印有本企业名称、地址、电话号码、企业口号和产品说明的日历、台历、挂历、打火机、火柴盒、温度计、烟灰缸、记事本、文件夹等。

赠券或印花。当消费者购买某一种商品时，企业给予一定数量的交易赠券或印花(提供凭证)，购买者可凭赠券或印花到指定地点向出售者领取现金或实物。赠券或印花的实施，可以刺激消费者大量购买本企业的产品，增加消费者对本企业产品的忠诚度，扩大企业产品的销量和市场占有率。

优惠券。送给消费者的购物券，持此优惠券可以得到一定的价格优惠。一般来说，优惠券的持有者通常是对企业有直接或间接贡献的消费者，或是对社会影响较大的消费者，或是企业的潜在消费者，或是与企业业务关系密切的长期顾客，或是用以争取新顾客。优惠券的发放，可直接发给消费者，也可以附在其他产品或广告中，还可以寄给消费者，无论是老顾客还是新顾客，享受折扣都是有吸引力的。一般情况下，优惠券必须提供 15%~20% 的价格减让才有效果。

竞赛与抽奖。如厂商为扩大自身影响，在报刊或电台、电视台等媒体上刊登一些介绍产品的有关知识，然后做出一些问题让消费者去做，再通过抽签的方法，对于优胜者给予一定的奖励，这种方法可以吸引消费者的注意力和兴趣，其宣传效果比直接做广告更突出。

现金折扣。是对购买了一定金额的消费者给予的一种折扣，只不过价钱的减少是在购买之后。

特价包装。是指以低于常规价格的售价向消费者提供组合包装或搭配包装的产品。如将两件相关的商品(牙膏和牙刷)搭配在一起出售。

展销。指企业组织自身的全部产品或各地的名优产品，通过展览陈列来促进销售。展销会的具体形式有节日商品展销、季节商品展销、名优商品展销、新产品展销等。在展销会期间，企业往往配合以广告宣传、价格优惠、优质服务等。这样可以达到更佳的效果，这往往也是吸引消费者的措施之一。

产品保证。这是一项重要的促销工具，尤其是在消费者对产品质量变得越来越敏感时。如克莱斯勒公司提供为期 5 年的汽车保修期,远远超过通用和福特汽车公司的汽车保修期，因而引起消费者的注意。

会员营销。又叫俱乐部营销，它是指企业以某项利益或服务为主题，将各种消费者组成俱乐部形式，开展宣传、促销和销售活动，加入俱乐部的形式多种多样，可以是交纳一定的会费，也可以将产品与特定消费者联系起来。

联合促销。是指两个或两个以上的企业合作开展促销活动，推销他们的产品或服务，以扩大活动的影响力。这种方法的最大好处是可以使联合体内的各成员以较少的费用，获得最大的促销效果。

除上述几种营业推广形式之外，还有现场演示、降价、退费优待、以旧换新、分期付款、消费信贷服务促销等多种形式。此外，企业在营销实践中也在不断地进行营业推广形式的创新。

(2) 针对中间商的营业推广形式。中间商在企业的营销活动中占有相当重要的地位，他们与企业的关系及对企业营销活动的参与程度将直接影响到企业产品的销售。因此向中间商进行营业推广，调动他们的积极性变得十分重要。在欧美等发达国家，生产商的推广预算，更多是花在经销商身上(58%)，而不在消费者方面(42%)。对中间商的推广，具体形式有如下几种。

订货会。大企业多采用这种形式来吸引中间商购买，可以由一个企业来举办，也可由几个企业来联合举办。在订货会上，供需双方直接见面，看样选货，签订交易合同。在交易会期间，主办单位还应做好中间商的接待服务工作，以此拉近与中间商的关系，为长期合作打下良好的基础。

购买折扣。为刺激、鼓励中间商购买，企业可提供某些价格优惠。如可根据其购买量给予相应的数量折扣，目的是鼓励中间商大量购买；或是按照买方付款时间给予一定现金折扣，以加速企业资金周转，减少企业的坏账风险；当市场价格波动较大的时，为保护经销商的利益作出跌价保证，也就是当商品价格下跌以后，卖方负责向中间商赔补差价，这样就可以减少中间商进货的后顾之忧。

经销津贴。指为了促进中间商增购本企业产品，鼓励其对购进的本企业产品开展促销活动，而给予中间商一定量的津贴。主要包括：中间商陈列本企业产品，企业可免费或低价提供陈列商品；中间商做广告，生产者资助一定的广告费用；对距离较远的中间商，给予一定比例的运费补贴。

代销。企业的任何产品都可以实行代销，其中对新产品、进行市场渗透的产品、企业滞销的产品开展代销业务对企业最为有利。这种方式，对卖方而言可以加强产品销售的辐射能力，扩大商品销售而不必增加人力、物力的支出；对买方而言，也就是代销商不必先支付现金购进商品，且又不必承担商品滞销的市场风险，成交后可取得一定的佣金，所以中间商一般愿意承揽此业务。

采购支持。指企业为了帮助中间商节约采购费用和库存成本等，而采取的一系列帮助采购的促销活动。具体形式有三种：库存支持系统，企业一接到中间商的需求通知就立即送货；自动订货系统，企业通过计算机与中间商保持紧密的联系，一旦中间商需要订货，企业马上提供，这种方式在计算机特别是网络技术普及的今天越来越受到重视；报销采购费用，企业为中间商人员到本单位提货的住宿费、差旅费、运输费给予报销，以此来吸引中间商的采购人员。

近年来，随着中间商实力的增强，购买力越来越集中在少数大型零售商手中，中间商对生产商的要求越来越高，他们往往以对消费者开展促销活动和进行广告宣传为条件寻求更多的财务资助。任何生产商如果单方面的终止提供交易补贴，中间商就不会帮他销售产品。在某些国家或地区，零售商已成为主要的广告宣传者，而他们的宣传费主要来自于生产商的促销补贴。经销商喜欢经销商补贴，而不喜欢消费者补贴，对他们不得不处理的消费者折扣感到不快。与此同时，生产商也在抱怨零售商发起的促销有时会损害他们多年来花高价建立起来的消费者品牌忠诚，此外，生产商还埋怨零售商截留了本应提供给消费者的优惠，借机中饱私囊。中间商和生产商的矛盾越来越突出。

(3) 针对推销人员的营业推广形式。调动本企业推销人员的积极性，有力开拓市场，推广销售也直接关系到产品的销售。在对本企业推销人员实行精神鼓励的同时，也要与其物质利益相挂钩。具体形式主要有以下几种。

商品展览会。行业协会一般每年都会组织商品展览会或集会，向特定行业出售产品和服务的企业在展览会上租用摊位，陈列和表演他们的产品。参加者可获得以下好处：找到新的销售线索、维持与老顾客的联系、介绍新产品、结识新顾客、向现有顾客推销更多的产品、用印刷品和视听材料等教育消费者。

红利提成。红利提成的做法有两种：一是推销人员固定工资不变，从企业的销售利润中提取一定比例的金额作为奖励，按推销业绩的好坏分发；二是推销人员没有固定工资，按销售利润的多少提取一定比例的金额。这种方法不仅适用于专职的推销人员，也适用于兼职推销员和经纪人。

物质奖励。对于贡献突出的推销员给予一定的奖品，如一定的金钱、礼品或本企业的产品，也可以是摩托车、小汽车等，这样即可以调动其工作积极性，也为其改善了工作、生活条件，另外也可激发其他推销员的上进心。

推销竞赛。在推销人员中开展销售竞赛，奖优罚懒，以调动推销人员的积极性。其内容包括：推销数额、推销费用、市场渗透、推销服务等。并详细规定奖励的级别、比例与奖金(奖品)的数额。企业对于成绩优异，贡献突出者，给予现金、旅游、奖品、休假、精神奖励、提级晋升等奖励。

3．企业进行营业推广时考虑的因素

营业推广的形式多种多样，有其适应的范围和条件。有些营业推广方式可以适合多种情况；有些营业推广方式不适合或特别不适合某种情况。因此，企业在选择营业推广方式时，应注意如下因素。

(1) **市场因素**。市场范围不同，企业应采取的方式也不同，有广泛市场范围的企业有必要举办订货会来促进销售，而展销会主要是针对本地市场的。如果企业实力较强也可根据市场发展目标，举办巡回展销会。而当市场竞争相当激烈时，采用经济刺激的推销方式则很有效，如折扣、降价等，但如果竞争企业采取同样的方式时，效果就会大打折扣，且会影响企业收益，因此企业应另辟蹊径，采用灵活的、与众不同的促销方式。此外，对不同类型的市场，采用的营业推广方式也应不同。因此营业推广要适应市场类型的特点和相应要求。

(2) **产品因素**。产品性质不同，可采取的营业推广方式也应不同，如租赁和试用方式只适用于耐用品而不适用于非耐用品；对于技术复杂的新产品则很需要进行现场演示、提供培训服务及安装服务；而笨重产品则要提供运输服务。对不同价值的产品，营业推广方式也是不同的，如赠送样品一般是低价产品；保险服务主要是针对较高价值的产品；租赁、现金折扣的对象也是高价产品。此外，还应考虑产品所处的生命周期阶段，如新产品可更多采用代销、试用、赠送样品的推广方式，处于衰退期的产品可更多地采用经济利益刺激的推广方式。

(3) **主体因素**。也就是营业推广方式的执行者自身因素也影响具体方式的选择，如对零售商而言，特殊的产品排列、购物环境的改善、展销会的举办等比较合适；而生产者或批发商则一般采用订货会的方式。此外主体的经济实力也是影响营业推广方式选择的一个重要因素，如主体实力雄厚，则可以采用交易折扣、津贴、代销、竞赛等方式，而小企业在这方面往往力不从心。

(4) **营业推广的期限**。营业推广的时间安排必须符合整体策略，选择最佳的市场机会，有恰当的持续时间。如果时间太短，不少潜在的消费者还没来得及购买；如果时间太长，则会给消费者造成一种误解，认为这不过是一种变相降价，时间一长就会失去其应有的作用，因此营业推广的时间安排既要有"欲购从速"的吸引力，又要避免草率从事。所以，应认真全面地确定恰当的推广期限。

四、公共关系

公共关系的适用范围非常广，不光是盈利性企业可以使用公共关系来树立企业形象、促进产品销售。非盈利性的组织机构也可以通过公共关系来与公众进行沟通、树立形象。

1. 公共关系的概念和基本特征

(1) 公共关系(Public Relations)的概念。"公共关系"一词最早出现于美国，后迅速传入英国，并在第二次世界大战后推广至欧洲大陆与亚洲。1955年国际公共关系协会在英国伦敦成立，标志着公共关系作为一项世界性的独立行为而存在。公共关系就是企业或组织，通过有效的政策、行动和手段，内求团结合力，外求协调发展的经营管理艺术，目标是为企业的发展创造最佳的社会关系环境。这个概念包含几个要点：公共关系的主体是企业或社会组织，客体是企业或社会组织的内外部公众，目标是创造最佳的社会关系环境；公共关系是一种管理职能，是一种有计划、有目的的活动，它通过分析发展趋势、预测结果，为组织领导者提供咨询。

(2) 公共关系的基本特征

高度可信性。由于公关宣传是由第三者进行的企业产品的有利报道或展示，因此，比起广告来，其可信性要高得多。

消除防卫。购买者对推销人员和广告或许会产生回避心理，但公关宣传则是以一种隐蔽、含蓄、不直接触及商业利益的方式进行信息沟通，从而可以消除消费者的回避、防卫心理。

新闻价值。公关宣传具有新闻价值，有利于提高企业的知名度，促进消费者发生有利于企业的购买行为。

2. 公共关系的作用

在现代经济社会，经济关系错综复杂，竞争日益激烈，企业所处的内外环境也在不断发生变化，公共关系起到了企业与环境之间沟通信息、协调与环境之间关系的作用。企业在利用公共关系时，必须清楚公共关系的作用范围和影响力的大小。公共关系在企业营销活动中的作用主要体现在如下几个方面。

(1) **树立企业良好形象**。在现代社会中，企业之间的竞争日趋激烈，这种竞争不仅是技术和经济的竞争，而且还集中表现在企业信誉、形象的竞争上。企业信誉不单纯是企业文明经商、职业道德的反映，也是企业经营管理水平、技术水平、工艺设备、人才资源等企业素质的综合反映。企业信誉和形象是联系在一起的，企业形象就是社会公众和企业职工对企业整体的印象和评价。良好的企业形象是企业的无形资产和财富，是用金钱买不到的。公共关系的主要任务就是建立在对企业了解基础上的形象，通过采取恰当的措施如提供可靠的产品、维持良好的售后服务、为公众的集体利益做实事等，拉近与公众的距离，树立企业的良好形象。

(2) **加强与消费者之间的信息沟通**。信息对现代企业来说是至关重要的，没有信息的企业是寸步难行的。企业必须有计划地、长期地向企业公众传递企业的信息，为了使传播取得预期的效果，必须要讲究传播技巧。企业必须选择适当的传播媒介和传播方式，向企业内、外部公众传递适当的信息内容。

(3) **改变公众的误解**。现代科技的发展，大众传播业的发达，为企业提供了更多的市场信息与市场机会，同时一些不真实的信息也一并迅速传播开来，引起公众对企业的误解，损害了企业的形象。当企业被公众所误解时，企业就处于一个非常严峻的时刻；而良好的公共关系工作能够帮助企业澄清事实、消除形象危机，并帮助企业渡过难关，如萨哈罗航空公司空难事件的成功处理就是一个很好的事例。

(4) 增强企业内在凝聚力。一个企业若要顺利地发展，企业内部就要充满生机和活力。而生机和活力的源泉在于企业全体员工的积极性、创造性以及聪明才智的发挥，而良好的内部公共关系有助于企业员工在各方面的发挥。

(5) 协调与外部公众的关系。企业还要学会与外部公众不断联络和协调，为企业创造良好的外部环境。

3．企业常见的公共关系

企业的公共关系活动有其自身的特点：一是公关活动的广泛性，要求接触的方面不仅包括企业外部公众还要考虑到内部公众；二是公关促销的间接性，公共关系不是直接推销企业的产品，而是先推销企业，形成良好的形象之后再带动产品的销售；三是能动的适应性，它在适应环境的前提下，发挥着改变环境的功能；四是持久性，这是指企业形象的树立、良好信誉的形成要靠企业长期的公关作用。另外，良好的形象和信誉一旦形成必将长期发挥效用。根据上述企业公关的特点、企业的公关工作一般包括两个方面：内部公关和外部公关。

(1) 内部公关。企业内部公关是企业公共关系的一个重要方面，也是企业进行有效外部公关的基础和保障。任何一个组织都会有自己的内部公众，企业要树立良好的形象和声誉，首先得从内部做起。由于员工是企业组织的成员，因此从内部公共关系的角度看是对象，从外部公共关系的角度看又成了主体，这是一种与公共关系主体关系最密切的公众。一个企业要想获得外部公众的支持与合作，首先必须获得内部全体的理解、支持，团结全体员工为企业的成功而共同奋斗，是企业公共关系部门的首要工作。只有把企业自身的工作做好，才能对外界公众开展工作。因此在对内公关中应做好以下几项工作。

- 满足全体员工的利益要求，包括员工物质的和精神的利益要求。
- 创造一种能够使全体员工不断成长，并给他们的成长和发展不断提供新的机会。
- 对全体员工工作生活的各个方面都给予积极的关心，使他们有安全感、舒适感、归属感。

以上三个方面的工作，需要企业的公关部门协调运筹，以便形成良好的整体公关效应。

(2) 外部公关。外部关系是企业公共关系中的重要关系。一个企业开展外部公关的目的，无非就是希望建立起企业的良好声誉与形象，争取尽可能多的支持和帮助。由此可见外部公关的好坏，直接影响到企业的形象和声誉。为此，企业要针对不同的外部公众对象，进行不同的有效公关活动。具体说，企业需做好以下几项工作。

处理好与顾客的关系。顾客是与企业有着直接利害关系的外部公众，是企业的上帝，一个企业要想生存和发展，就必须处理好与顾客的关系。在处理与顾客的关系中，一方面企业要宣传竭诚为顾客服务的宗旨，必要时可以公开一些企业的内部事务以取得顾客的谅解和支持，建立企业良好的信誉。另一方面企业要进一步深入了解顾客的需求，将有关方面的信息及时反馈给企业的决策机构，以便及时地改进企业的产品或工作，更好地满足顾客的需要。另外，顾客的公共关系工作还应包括培养具有现代消费意识、自觉维护消费者权利的消费者公众。通过"消费管理"，即对消费者进行消费教育、消费引导，形成消费者的系列化，也就是说通过消费教育、消费引导，在公众中培养起本企业产品和服务的爱用者、崇拜者，形成企业对消费者的凝聚力。这样才能有助于企业巩固和加深与顾客间的良好关系，创造更适合于企业生存发展的市场环境。

处理与新闻界的关系。新闻界公众是公共关系工作对象中最敏感、最重要的一部分。发展企业同新闻界的关系具有举足轻重的作用，它可在短时间内使企业成为公众所信赖和倾慕的明星，也可以瞬间使一个曾经的明星企业声誉扫地。因此企业应积极主动地处理好与新闻界的关系，争取新闻界对本组织的了解、理解和支持，以便形成对本组织有利的舆论气氛；通过新闻界实现与广大公众的沟通，密切组织与社会公众之间的关系。

处理同竞争者的关系。市场竞争是市场经济的必然产物，在生产经营活动中，企业之间往往既是竞争对手，又是协作伙伴，两者之间的关系是密不可分的。因而协调好与竞争者之间的关系，对减少恶性竞争和不公平竞争是有所帮助的，同时对企业和社会的发展也有着重要的现实意义。

除此以外，企业还要处理好与地方政府、金融机构、社区等部门的关系，这对于保证企业生产经营活动的正常进行，取得这些公众的合作与支持，都起到重要的作用。

4. 公共关系策划的模式

(1) **建设型公共关系**。指企业初创时期或新产品、新服务首次推出时，为打开市场局面而开展的公关活动。

(2) **维系型公共关系**。指企业在稳定发展之际，用以巩固良好的企业形象的公共关系活动模式。主要目的是通过不间断的宣传和工作，维持企业在公众心目中的良好形象。如：宝洁公司的"希望工程"捐赠活动等。

(3) **进攻型公共关系**。指企业与环境发生摩擦冲突时所采用的一种公共关系模式。此模式的最大特点是"主动"，以一种进攻的姿态开展公关活动。如南京某楼盘定位"成功者的选择"，因广告"物以类聚、人以群分"，而导致社会的愤慨和媒体的抨击，同时也引起了潜在消费者的不满，因为这句话常用为坏人相互勾结。该楼盘吸取教训向社会征集广告辞，最终将其改为"拥庭院楼台、论琴棋书画"。

(4) **防御型公共关系**。指企业为防止自身公共关系失调而采取的一种公共关系模式；适用于企业与外部环境出现了不协调或与公众发生了某些摩擦苗头的时候。如南京某企业独家代理销售西班牙"洛卡"壁挂式锅炉，由于《扬子晚报》的一则报道说集中供暖将成为未来的供暖方式，而对该公司业务产生了严重的负面影响，为此，企业通过组织一次学术研讨会"21世纪家庭供暖趋势论坛"，加强与公众之间的沟通。

(5) **矫正型公共关系**。指企业遇到风险时所采用的一种公共关系模式；适用于企业公共关系严重失调，从而使企业形象发生严重损害的时候——危机公关。危机公关是指企业公共关系中对危机处理和管理的总称。由于危机具有突发性、严重危害性、难以预测性、舆论的关注性等特征，因此企业在处理危机时应遵循主动性、及时性、真实性和诚意性等原则。

(6) **宣传型公共关系**。指运用大众传播媒介和内部沟通方式开展宣传工作，树立良好企业形象的公共关系模式。如企业形象广告、公益广告。

(7) **服务型公共关系**。指以提供优质服务为主要手段的公共关系活动模式，目的是以实际行动来获取社会公众的了解。

(8) **社会型公共关系**。指企业利用举办各种社会性、公益性、赞助性活动开展公共关系，塑造企业形象的公共关系模式。这是一种战略性公共关系模式，着眼于公司的整体形象和长远利益。以赞助社会福利事业为中心开展活动。

(9) **征询型公共关系**。指以提供信息服务为主的公共关系模式。此模式通过采集信息、舆论调查、民意测验等工作，了解社会舆论及民意民情，为企业的经营管理决策提供依据，使企业的行为尽可能地与国家的总体利益、市场的发展趋势以及民情民意一致起来。其形式有市场调查、产品调查、用户访问、开展咨询、处理投诉等。

5．公共关系活动的方式

(1) **通过新闻媒介宣传**。指通过报纸、杂志、广播和电视等新闻传播工具，以通信、报道、新闻、特写、专访等形式，向社会传播企业的有关信息，以形成有利的社会舆论，提高并推广企业形象或产品形象。如企业遇到较重大事件或纪念日，就要策划组织新闻发布会、新产品发布会、成立若干周年纪念日、各种庆祝会，等等，并邀请新闻记者莅临采访，把企业的重大信息传播到社会各界。这实际上也是一种广告宣传，但这种宣传因为是媒介自主宣传，而非企业的"王婆卖瓜"，因而更具说服力，而且这种宣传还不需花费或只是很少的花费。因此，企业应努力制造新闻点，争取新闻媒介的主动报道，吸引公众注意，达到促销目的。

(2) **赞助和支持各项公益活动**。作为社会的一员，企业有义务在正常的范围内支持社会的各项公益活动，如节日庆典、基金捐献、救灾赈灾、支持社会福利事业等。这些活动往往是万众瞩目，各种新闻媒介会进行宣传报道，有利于树立企业为社会服务的形象。例如企业赞助体育运动让球队的名称与企业名称一致，这样，就能通过球队的南征北战而让企业名扬四方。但在实践中企业应注意自己的能力限度以及活动的互惠性、可行性。

(3) **参加各种社会活动**。企业通过举办新闻发布会、展销会、看样订货会、博览会等各种社会活动，向公众进行市场教育，推荐企业的产品，介绍相关知识，以此获得公众的了解和支持，提高他们对企业产品的兴趣和信心。另外在参加这些社会活动前，应尽量与各新闻媒体取得联系，做他们的宣传报道，扩大这些活动的实际影响力。

(4) **制作发布公关广告**。公关广告即企业为形成某种进步的具有积极意义的社会风气或宣传某种新观念而制作、发布的广告。如企业对过度吸烟、饮酒危害健康、勤俭节约、遵守交通秩序、尊老爱幼以及保护生态环境等社会风尚的宣传均属此列。公关广告在客观效果上，能够有效地扩大企业的知名度和美誉度，在公众面前树立起关心社会公益事业的良好形象。可以说公关广告宣传，也是间接的企业形象宣传。

(5) 印制宣传品。企业组织有关人员编辑介绍企业发展历史、宣传企业宗旨、介绍企业生产和经营活动以及产品宣传介绍等信息的宣传材料，以此来向社会公众传播企业产品信息、树立企业形象。这些宣传品多以免费赠送为主印制的比较精美，以增加公众的兴趣并提高保存价值。同时在宣传品上应详细注明企业的名称、地址、电话号码、邮编等以便顾客及时与企业取得联系。

(6) 咨询调查。企业通过设立咨询台、咨询热线电话以及公共场所的免费咨询服务等咨询调查来了解公众对企业生产、经营、产品质量、价格、销售等方面的意见和建议，并及时把改进的情况告诉公众，保持企业与公众之间的良好沟通。

(7) 建立企业统一标识体系(CIS)。知识经济时代，信息的获取变得很容易，信息不再是稀缺资源，而注意力却变得越来越重要，因此，企业应尽全力去获取别人的注意，他们必须努力设计一个公众能立刻认知的视觉识别标志。这个视觉识别标志可用在公司的商标、文具、小册子、招牌、商业文件、名片、建筑物和制服标识上等。现代著名企业都有各自独特的标识体系，如可口可乐、IBM、海尔等。

(8) 企业内部的公关活动。企业内部公关活动即通过企业的宣传橱窗、刊物、广播电台、闭路电视、各种展览、联谊活动、公司领导接待日、公司领导接待专线电话、统一的服饰徽章、公司的标志图案、公司内部的升旗仪式等，都可看作是增强企业内部员工凝聚力、向心力的公关活动。

企业的公关活动如果有创造性、艺术性，并能把握好时机，那么可以收到非常好的效果，而这种效果又往往是企业广告活动无法达到的，因此企业在经营过程中要善于利用公关活动来打开企业经营的新天地。

五、整合营销传播

在充分了解各种促销方式的特点并考虑影响促销组合各种因素的前提下，有计划地将各种促销方式适当搭配，形成一定的促销组合，就可取得最佳的促销效果。但在实际工作中要做到此点颇有难度，对大公司来说尤其如此。

如今越来越多的公司采用整合营销传播(IMC)这个概念。美国广告协会为 IMC 做出的定义是：整合营销传播是一种市场营销沟通计划观念，即在计划中对不同的沟通形式，如一般性广告、销售促进、公共关系、人员推销等的战略地位做出估计，并通过对分散的信息加以综合，将以上形式结合起来，从而达到明确的、一致的及最大程度的沟通。为此，公司必须做到以下几点。

- 公司总裁支持营销沟通一体化和各种活动，并任命一名市场营销沟通经理来对公司的沟通活动总负责。
- 公司必须研究每种沟通手段的作用及成本效应。
- 公司必须按产品、促销手段、产品生命周期的阶段及观察到的效果追踪每一笔促销支出，作为将来更好地运用这些手段的基础。

● 所有的沟通专家在其专业沟通技能之外还要接受 IMC 训练。

营销沟通一体化可以为企业带来更多的信息及更好的销售效果。IMC 能提高公司在适当的时间、地点把适当的信息提供给适当的顾客的能力。

第三节　促销预算

公司面临的最困难的营销决策之一，就是在促销方面应投入多少费用。在总的营销组合中，相对于产品开发、调整价格、改进营销渠道，促销应受到多大程度的重视，取决于企业的产品处于其生命周期的哪一阶段，企业产品与竞争者产品的差异大小以及企业产品的消费必须程度等。

一、促销预算

促销预算是企业从事促销活动而支出的费用。促销预算支撑着促销活动，它关系着促销活动的实施以及促销活动效果的大小。

在企业的营销实践中，促销费用的大起大落不足为怪。如化妆品行业其促销费用可以达到销售额的 30%~50%，而机器制造业中其促销费用仅为 10%~20%。即使在同一行业，各企业间的促销费用差距也是很大的。

一般来说，影响促销预算的因素主要有以下几种。
● 目标市场大小及其潜力；
● 潜在市场规模；
● 目标市场销售份额；
● 消费者对企业产品的认识程度；
● 竞争企业的动向及其促销策略；
● 促销费用规模；
● 企业财务承受能力等。

二、决定促销预算的方法

1. 传统预算法

企业常用的预算方法主要有如下几种。

(1) **量入为出法**。就是根据企业的财务能力确定促销预算的方法。这种方法简便易行，只需了解企业财务部门能为销售部门提供多少经费，就可以确定年度促销预算的总额了。采用这种方法，在经济繁荣时期从事大规模的销售活动，有利于充分利用市场机会，扩展产品市场。但是，这种预算方法忽视了促销对销量的影响，容易导致年度促销预算的不确定性，给制订长期市场计划带来困难。

(2) 销售百分比法。就是企业按照一定时期销售额(销售量)的一定百分比来安排促销费用，这个销售额(销售量)可以是已经达到的，也可以是预测的。如汽车公司和铁路公司以当年客运收入的 2%作为下一年的广告拨款；某汽车制造公司以计划的汽车价格为基础，按固定百分比确定预算。

销售百分比法的优点如下。

- 促销费用可以因企业财务承受能力的差异而变动，使企业财务部门有把握使费用支出与整个商业周期中的全部销售运动紧密联系。
- 可以促使企业管理者依据销售成本、产品售价和销售利润之间的关系去考虑企业经营管理问题。
- 可以使竞争的企业在促销方面的花费按销售百分比决定大致相接近的费用，有利于保持同类企业之间竞争的稳定性。
- 不足之处是：没有考虑竞争的因素。这种方法导致企业是根据可用资金而不是根据市场机会来安排拨款。百分比的选定要么是依据过去的做法，要么是依据竞争者的做法，因而是缺乏合乎逻辑的基础的。这种方法并不能计算出某种产品和某个地区值得开支的促销费用。

(3) 竞争对等法。这是企业以主要竞争对手的促销费用为基准来确定自己促销预算的方法。这个方法的运用基于两点理由：第一是竞争者的费用开支代表了这一行业的集体智慧；第二是维持竞争对等有助于阻止促销战。

但是这两点理由是很难站住脚的，因为没有一个企业的竞争者会比企业自身更了解自己在促销方面应该支出的费用。而且各个公司的声誉、资源、势力、机会和目标均有很大的不同，一个企业的促销费用很难作为另一家的标准。而且，也没有证据证明，建立在竞争对等基础上的预算能消除促销战的爆发。

(4) 目标和任务法。目标和任务法要求营销人员明确自己的特定目标，确定达到这一目标必须完成的任务，并在此基础上，估算完成这些任务所需要的费用，费用的总和就构成了促销预算总额。这些费用通常包括三部分：优惠成本，如免费赠送样品、折价券等折让成本以及设立的各种奖项所花费的成本；运作成本，如广告费、印刷费、邮寄费等；管理费。这种方法在逻辑程序上具有较强的科学性，因而为众多的西方企业所采用。

(5) 主观预算法。即企业的管理者根据上一年或上一期的促销费用，将其任意增加或减少，以此设定本期的促销预算，以后还可以根据市场的需要和企业的财力，加以增减。这种方法适用于经验丰富、精明强干的管理者，往往可以收到很好的效果。国外有些促销专家认为，确定促销费用不宜套用固定的公式，它是企业领导人经验、智慧、判断力、创新精神和远见卓识的综合，这种观点是有一定道理的。

以上几种是比较传统的预算方法，属于一种静态预算。静态预算也就是按常规进行预算，有如下几个主要缺点。

- 预算是建立在一些假定条件(如产品组合保持恒定)基础之上的。
- 预算只是根据销售量而不是时间来考虑任务的完成。
- 预算是将当前成本与基于历史分析的预测值进行比较。

- 预算的短期性限制了企业未来的发展。
- 预算具有一个使低效率永久存在的固有倾向(例如：下一年预算按去年预算增加15%来确定，而不考虑去年的效率因素)。
- 正如所有典型的预算一样，"敲打系统"游戏花费的精力比用于运行业务的精力还多。
- 如果上层管理人员重新起草预算，要求对某些在整个预算中没有得以反映的特殊项目做一些改变，这将使静态预算脆弱的内部逻辑毁于一旦。

这些典型的缺陷在与任意成本相联时显得尤为突出，这就特别需要针对各公司的特征、情况和要求在编制一个预算系统中运用技能和才智。

由于业务环境是动态的，而一个公司却不能因为受其预算的制约，而不去适应不断变化的环境。由预算过程建立的一个过度严格的框架，可能会妨碍管理者抓住编制预算计划时没有预测到的机遇，从而损害公司的利益。而静态预算(即与某一水平活动相关的固定预算)有可能误导行动，因此需要有一个柔性预算分析。

2. 柔性预算

在柔性预算系统中，预算根据预算期内的活动水平进行调整。例如，一个基于在某一特定期间销售10000单位的预算，如果在此期间内实际售出12 000(或8 000)单位，则该预算具有的控制价值就很少。销售经理应对这一销售量的差异负责，但佣金水平、定单加工货品计价、运费和其他类似的成本发生活动将取决于活动的实际水平，这些活动要求调整预算以显示出为达到活动水平有效的预算费用水平。

柔性预算分析指出，比较应在活动的实际水平与针对这一水平的预算成柔性预算的一种简单方法起始于预算最有可能的活动水平，然后，通过5%、10%或15%的上浮或下调得出不同的预算。

柔性预算的最大好处是它有能力确定成本的预算水平而无须随生产和销售计划的变动而进行修订。它是通过区分随活动水平变化的成本和那些不随活动水平变化的成本来实现这一优点的。换句话说，它是基于对成本行为模式全面了解的基础上。

制订一个柔性预算的顺序如表 9-1 所示。但实际完成这一任务却是困难的，因为实际编制预算需要对整个组织内成本行为模式有一个详细的分析和了解。此外，当首次提出向一个组织引入柔性预算时，有一个主要的教育障碍有待克服，参与此项工作的所有人员都必须接受培训以了解柔性预算的目的和在相关的计划和控制活动中采取必要的步骤。

表 9-1　柔性预算分析

项 目	固 定 预 算	柔 性 预 算	实 际	差 额
销售(单位)	10 000	11 000	11 000	—
销售收入/元	15.000	16.500	16.500	—
费用				
直接	10 000	11 000	11 000	—

(续表)

项　　目	固 定 预 算	柔 性 预 算	实　　际	差　　额
固定间接	1 500	1 500	1.450	- 50
可变间接	2 000	2 200	2 240	+40
混合间接	500	520	510	- 10
利润/元	1 000	1 280	1 300	20

尽管存在这些困难，但遵循的程序可表示为五个步骤。

(1) 确定所采用的时间期间。例如，它可能是日、周、月，这取决于所讨论活动的易变性：活动越易变，时间期间就越短。

(2) 将所有成本划分为固定成本、可变成本和混合成本。

(3) 确定所要使用的标准类型。

(4) 分析以往活动水平的成本行为模式。通过这种分析在任何特定的业务活动水平下，都可以得出一个一致同意的方法来累计针对某一给定项目的总成本数据。公式通常被用于这一目的，这样运费就可以表示为等于每段时期 500 元加上每单位产品的 1.15 元。此例中作业的固定成本是 500 元，可变成本是每单位产品 1.15 元，因此对于给定时期内 1000 单位的销售水平总运输成本应为：

$$500 \ 元 + 1150 \ 元 = 1650 \ 元$$

(5) 为特定的活动水平(实际的或预测的)制订适当的柔性预算。

三、预算中应注意的问题

进行促销预算时，需要注意如下问题。

1．预算计划表示实现目的的手段，而不是目的本身

理想的目的就是达到特定的目标。因此，用预算目标来取代组织目标是非常危险的。如果把预算目标当成主要目标而不顾条件的变化，并做出相应调整的情况下，这一危险将更加突出。

2．将费用的历史水平延续下去而不进行适当的评估，这一实践可能会隐藏低效率

过去的结果不一定反映出一个理想的业绩水平，因此对未来的估计不应当仅基于过去的结果，而且还应对标准和其他用于将政策转换为数字条款的计划基准做重新考虑。

3．如果将预算当成一种施压手段，其结果将是怨恨并因此而不能实现预算想要达到的目的

克服预算中怀疑和误解的一个最理想的方法，是使积极关心确保公司实现其目标的人员全部介入——如在责任会计中体现出的有责任计划原则。

4．预算时忌赌徒心理

有的企业在遇到困难时，往往只想通过搞一两次促销活动来摆脱困境，把希望全部寄托在促销上，从而导致企业将大量资金投在促销上，而一旦促销未达到效果，不仅原有问题没解决，反而使企业背上新的财务负担。另外，在赌徒心态下，决策者必然会感到焦躁。

5．事先对资金的安排作出周密计划

在活动开始前，企业应对资金的投入规模、投资回报率进行周密分析，确定一个切实可行的目标，根据目标调整资金投入的数量。

四、促销组合计划的制订与实施

在全面、细致地分析了影响促销组合的因素后，就需要制订行之有效的促销计划和实施方案，以保证企业整体促销达到最佳效果。制订促销计划一般包含以下几个步骤。

1．确认目标对象及其特征

包括其对产品的看法。企业在制订促销计划时，一定要紧紧围绕目标对象——企业产品或劳务所要最终送达的对象，否则就会收效甚微。在此之前，营销人员必须能十分清楚地了解到产品或劳务的购买对象，特别要熟悉他们的购买动机、购买特点、消费偏好等以及对本企业产品的态度，以便于决定促销组合的侧重点，选择最具说服力的促销方式。

2．确定沟通目的

是使顾客认识、了解、喜欢、偏好、信任还是让顾客立即购买。沟通目的不同将直接影响到促销工具的运用。一般来说，公共关系对培养顾客的认识、偏好、信任方面有良好的效果，而营业推广则更能说服顾客作出立即购买、广告和公关在树立企业形象和产品知名度上成效显著。

3．设计有效信息

这是促销的核心内容，设计的信息必须能满足企业的内在需要又能较容易为广大的顾客所理解和接受。

4．选择沟通渠道

包括人员渠道和非人员渠道。人员渠道是指通过面对面交谈、电话或邮件发生联系。这种渠道通过个人化的描述与反馈机会，从而会产生更大的效果。人员沟通渠道又可进一步分为倡议者、专家和社会渠道。非人员渠道主要是通过媒体、事件来传递信息。

5．确定总促销费用预算

6．促销预算在各主要促销手段间的分配

这种分配要受到企业"推"与"拉"策略、买方准备阶段、产品生命周期等因素影响。

7．计划的实施与监测

在促销过程中，有多少消费者知晓产品，多少人试用、多少人感到满意，并对促销的

效果作出客观的评价以便在后期的实施中能起到的作用及目标的调整与完善。

8. 对所有的沟通手段进行有效的管理与整合，以保持持续性、把握好时机及实现成本效应

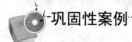 巩固性案例

红牛："进口假红牛"危机

2004年8月，海南检验检疫局在对进口红牛饮料的检验过程中，发现饮料无中文标签，咖啡因含量超过我国标准，且尚未取得我国标签审核证书。随后国家质检总局发出通知，要求各地检验检疫局对辖区市场销售的进口红牛饮料进行检查。南宁一家都市报对此进行了不准确的报道，随后被几家网站转载，从而对公众和消费者产生了一定程度的误导。

新闻只报道"进口红牛被查"，却没有指出这个产品是"走私进口"的非法产品，与中国红牛饮料公司生产的产品完全没有关系，而且还把主要问题扣在咖啡因超标上面。国家质检总局查处"进口走私红牛"并不仅仅是因为其咖啡因超标，更重要的是因为它属于走私进口的非法产品，没有经过任何部门的检验，严重干扰了正常的市场秩序，与我国严厉打击走私相违背。其实，在我国销售的红牛饮料主要有进口和国产之分，其中国产红牛饮料是红牛维生素饮料有限公司在海南和北京设立的两个工厂的产品。而新闻的刊发则可能使消费者对两个"红牛"的概念产生混淆，而且还会对同样含咖啡因但用量严格符合国家相关部门规定的正品红牛发生质疑。

根据医学专家介绍，违规进口的"红牛饮料"与酒混合饮用则会引起脱水现象发生，并且损害心脏和肾功能。同时功能饮料中的咖啡因会增加心脏的负担，过量服用会产生心慌、烦躁的现象，严重时可能导致死亡。这些所谓的"进口红牛"缘于今年夏天以来，在广西、云南、海南等几个边境和沿海城市，有一小批人在销售从非法渠道走私进口的红牛饮料，而中国红牛饮料公司也一直在配合当地执法部门查处这些无中文标识的走私产品。红牛公司认为这种打击只是针对少数几个地区，而且走私的进口红牛数量也很少，不会引起媒体的关注，因此就没有对媒体和公众做出声明和解释。

媒体的报道证明红牛公司起初对事件的严重性估计不足，但当事件发生后，红牛公司临阵不慌，从容地应对了这场关系品牌和产品的信任危机，而且出手"快、准、狠"，将危机的负面影响减少到最小，体现出红牛危机管理的水平。当"被查事件"发生后，红牛维生素饮料公司品牌策划管理部部长连续接到两个电话，询问进口红牛被查事件，根据这一线索，马上查找信息来源，并及时向总经理汇报，与负责质检、工商、法律、条法等部门紧急沟通。弄清事情真相后的当日，红牛公司立即召集法务部、客户服务部和品牌部等相关人员召开紧急会议，并一致认为必须向公众澄清事件，并消除由此可能带来的负面影响。会议对危机处理的各项事务作了详细安排并指定相关责任人。因此争取到了时间和主动权，避免了混乱。

按照轻重缓急的顺序，红牛公司决定首先在媒体方面扭转舆论导向，立即同国内刊登该新闻的一些主要网站取得联系，向其说明事情真相，然后动用公关手段，促使有关网站摘掉所转载的不准确新闻，换上红牛公司法律顾问的"严正声明"，并附以红牛公司质量承诺宣言和获得国家相关认证证书的列表。正是由于红牛的这个举措，防止了媒体可能存在

的"恶炒",树立了公司的信誉。针对第二天平面媒体可能出现的报道,红牛公司起草了一份新闻通稿,于当晚向全国一些主要媒体以传真形式发出。同时,该公司又针对全国约50家主要媒体做了一个广告投放计划,每家做半个版的广告,而广告的内容是向消费者说明和承诺红牛的品质没有问题,红牛的品牌绝对值得信任,就连广告也于当天晚上连夜设计出来,与危机抢时间。在与媒体联络沟通的同时,红牛通知全国30多个分公司和办事处,要求它们向当地的经销商逐一说明事情真相。红牛公司将自己的声明传真给每个经销商,让经销商先期有了知情权,使经销商得到尊重,并加强对中国红牛的信赖,坚定经销商的信心。与品牌策划部同时工作的还有法务部,它们主要负责同各地的质检、工商等部门沟通,以说明情况,消除影响。

(资料来源:"进口假红牛"危机.环猎证据调查网.http://www.szufo.org/topic_72236.html,发布时间:2007.3)

 思考题

1. 什么是危机事件?它有哪些特点?
2. "进口假红牛"事件给红牛公司造成了什么影响?
3. 评述红牛公司的危机公关。
4. 该案例给你的启示是什么?

第 10 章

市场营销计划、组织与控制

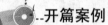开篇案例

国美电器(以下简称"国美")是中国最大的家电零售连锁企业之一。

"国美模式"有着明显模仿"沃尔玛模式"的痕迹,"国美"最重要的承诺就是"低价"——如果其他地方的价格低于你在"国美"买到的商品价格,"国美"愿意退回差价。这一点同样是沃尔玛的卖点,可以说从表面上看,沃尔玛就是凭"天天低价"成为全球老大的。

"天天低价"模式的关键在于:

第一,如何让顾客到你这儿来购买,而不到你的竞争对手那里去购买,从而保证你的量;

第二,如何有效地从供应商那里得到更低的进货,从而保证你的成本优势;

第三,如何提高运营上的效率,从而扩大利润率。

可以说这基本是任何"大卖场"模式成功最基本的"底线",正是在这三点上,"国美模式"与"沃尔玛模式"的差别就出现了。

首先,如何让顾客到你这儿来购买,而不到你的竞争对手那里去购买,从而保证你的量?"国美"的模式是我们熟悉的,对应前面的"国美战略三招",将其总结为"国美战术三招":

第一招是"动摇军心"。"国美"在新店开张前 1~4 个月内在当地媒体多次大幅刊登招聘启事和广告,招聘启事允以高薪厚禄动荡当地家电渠道人员军心,广告则承诺消费者"天天低价"。

第二招是"开业震慑"。"国美"在开业前均要精心策划推出"特价机":如市面上 29 寸超平彩电还是 2000 元上下时,国美能推出 699 元的特价机,极端的时候甚至推出过一元的"特价机",造成开业人山人海,场面火爆,成为当地新闻,再组织媒体通篇报道,围绕这种势头层层击破消费者心理防线,"震慑"对手。

第三招则是"高举高打",以领导者的姿态制造"事件营销",控制供应商。比如 2000 年 7、8 月份"国美"成功阻击彩电价格联盟;2001 年 4 月举办"国美空调流行趋势发布会";2001 年 11 月,推出"国美服务工程";2002 年 7 月举办"中国手机高峰论坛",所有这些只有一个目的:以量诱惑制造商,使价格战首先在制造商之间展开。

其次，如何有效地从供应商那里得到更低的进货，从而保证你的成本优势？如何提高运营上的效率，从而扩大利润率？我们很遗憾地发现，"国美"在这一点上呈现出与国内相当一部分著名公司一样的"两副面孔"："真诚到永远"是针对消费者而言的，为取悦消费者"招式用尽"，然而对待供应商则是通过延迟货款、交进场费、交节日促销费等手法加以打压，将成本压力转移到供应商身上，使那些从量上得到好处的供应商对"国美"又爱又恨。

那么，沃尔玛在这三点上又是怎么做的呢？

首先我们看沃尔玛如何吸引消费者？沃尔玛强调天天低价，可在沃尔玛绝对没有国美那样的"特价机"，但在沃尔玛商店，所有的顾客会受到"问候人员"(欢迎顾客并向顾客分发购物手推车)的迎接，这就是沃尔玛的营销理念：靠雇员而不是靠产品吸引顾客的忠诚。如何做到这一点？沃尔玛的做法是：

第一，投资建立了一个信息系统，建立了一套专用卫星系统直接向 4000 家供应商传递销售点数据，公司还安装了电视会议系统，帮助分店经理之间交流市场信息；

第二，要求它的高级管理人员去创造一种环境，以使各分店的经理去主动了解市场、把握市场；

第三，通过员工持股计划、损耗奖励计划与利润共享计划，激励员工对顾客的要求做出回应。

其次，沃尔玛是如何对待供应商的呢？在沃尔玛的早期阶段，实力强大的供应商如宝洁(P&G)公司是很强硬的，当沃尔玛强大之后，并没有反过来对宝洁强硬，而是与宝洁结成伙伴关系，它告诉宝洁，可以共享沃尔玛的电子信息来改善双方的业绩，结果宝洁公司成为通过计算机与沃尔玛联网的第一批厂商之一，宝洁在本顿维尔设了一个 70 人的小组来管理其出售给沃尔玛的产品，到 1993 年，沃尔玛已经成为宝洁公司最大的客户，每年经营大约 30 亿美元的业务，约为宝洁公司总收入的 10%。

沃尔玛的 CEO 格拉斯称："在沃尔玛没有超级明星。我们是一个由实现超过预期目标的普通人组成的公司。"格拉斯每周有两三天的时间是在视察商店的路上度过的，15 位在本顿维尔工作的地区性的副总裁每年大约也要花 200 天的时间来视察各店。沃尔玛的供应商对这些合伙人的评价是："沃尔玛是由极其忠诚的一群人管理的一个廉洁的公司，只要能与这些人接近，不论在哪里，都是令人激动的事。他们活着就是为沃尔玛的荣誉而工作。这可能听起来像胡说八道，但这又是真的，每一个访问沃尔玛的人都对这一点感到难以置信。"

这一案例表明：市场营销是一项艰巨而复杂的工程，为了实现市场营销的目标，企业必须根据自身的营销方案和企业实际情况进行有效的计划、组织和控制。

(根据以下资料编写：从扩张战略对比国美与沃尔玛的差距，牛津管理评论.http://oxford.icxo.com/htmlnews/2005/04/12/579586.htm，2005.4)

第一节　市场营销计划

一、市场营销计划体系

市场营销计划是对企业市场营销活动方案的具体描述，规定了企业各项营销活动的任务、策略、目标、具体指标和措施，使企业的市场营销工作按照既定的计划有条不紊地循序渐进，从而最大限度地避免了营销活动的混乱和盲目性。

市场营销计划可从不同的角度划分不同的计划，从而形成完整市场营销计划体系。

1. 综合营销计划及其指标

综合营销计划是以综合营销计划形式出现的计划，基本上包括了营销计划的各个组成计划的名称、指标等定量部分，还包括营销观念、营销战略、营销方针、营销目标、营销决策等有关定性部分，以及提高企业竞争能力、市场开拓能力、环境适应能力、盈利能力等方面的内容。

有关综合指标，大体上有销售总额、销售收入、销售收入增长率、销售收入利税率、目标销售额、目标成本、目标利润、目标市场开拓数等。

2. 产品营销计划

产品营销计划既是传统的计划，又是新型市场营销计划的有机组成部分及核心计划。主要包括以下几种计划。

- 产品销售计划，这是以生产产品为主要对象，包括主产品、副产品、多种经营产品、劳务或工修作业收入、可重复多次使用的包装物等以数量、金额分别表示的计划。
- 新产品上市计划。新产品试制成功投入市场试销或上市，应编制上市计划。要以市场战略的产品定时计划为基础，保证新产品按时上市，实现新老交替。
- 老产品的更新换代与淘汰计划。
- 产品销售计划中，节能产品、环境保护产品、新产品比重计划。
- 产品结构调整及产品最佳组合计划。
- 产品市场寿命周期分析及其不同阶段的策略计划。
- 产品管理及重点产品管理计划。
- 外销产品销售计划，等等。

产品销售计划的内容，一般要对期初、期末库存量、计划期生产、销售量(包括预测数)进行计划。有关指标，一般包括产品市场销售增长率、产品销售利税率、产品销售或成本利润率、产品适销率、产品知名度、产品销售合同完成率。

3. 市场信息、调查、预测计划

市场信息、调查、预测计划是了解企业所处的客观环境、面向未来的计划。

(1) **有关市场信息方面的计划**。包括市场信息收集、处理、存贮、传输计划；企业市场营销信息系统建立规划；市场信息网络与外部信息联网计划，等等，

(2) **有关市场调研方面的计划**。包括用户调研、产品调研、竞争对手调研、消费对象的消费心理调研、流通渠道调研、技术服务调研及未来市场领域分析研究等方面的计划等。

(3) **有关市场预测方面的计划**。包括市场预测计划、监控系统计划等。

4. 市场开拓及事业发展计划

市场开拓计划包括国内市场开拓计划、国际市场开拓计划、边境贸易扩展计划、进出口贸易计划等。

另外，在事业发展中，市场细分、市场定位及"一业为主、多种经营"计划，即按领域划分的进入不同领域的市场开拓计划也是很重要的计划，同时还要考虑按市场类型划分的进入消费品市场、工业用品市场、资金或金融市场、人才劳动力市场、信息市场、服务市场等各层次的计划。

5. 促销计划

按销售促进涉及的内容，建立的有关计划一般包括以下几个方面。

(1) **人员推销计划**。包括推销人员选拔、培训计划；推销人员分派计划；推销人员考核、奖惩计划；推销人员营业促进配合计划等。

(2) **宣传广告计划**。包括宣传计划、广告计划、广告预算、产品样本、目录等的设计、制作、分发、反馈计划、不同广告媒体选择及建立计划等。

(3) **营业推广方面的计划**。包括营业推广总体设计及其单项计划，促成交易的营业推广计划，直接对顾客的营业推广计划及上述鼓励、配合推销员的营业推广计划，等等。

(4) **公共关系方面的计划**。包括公共关系目标、对象、活动方式及发展方面的计划等。

(5) **促销策略组合计划**。促销计划涉及企业销售促进的有关计划，一般包括以下内容：

人员推销计划。即推销员培训及选拔计划、推销员分派计划、推销员工作量考核计划等。

公共关系建立及巩固、发展计划。即与用户建立关系，与有关大专院校、学术团体、科研部门建立关系，与有关社会及民间团体如消费者协会等建立关系的计划；定期召开产品新闻发布会计划，有关函电、信息处理制度的制订计划等。

营业推广计划。即直接对消费者的营业推广，促成交易的营业推广(购货折扣、合作广告、推销奖金、经销竞赛等)，鼓励推销员方面的营业推广等。

宣传广告计划。

促销组合计划及策略。

以上计划涉及的主要指标有：发展新用户数；巩固老用户数；广告收益率、宣传广告费控制数；展销、展览收益率；产品知名率及产品形象；企业知名率及企业声誉，等等。

6．分销渠道计划

(1) 中间商建立计划。包括批发商、零售商的建立与发展、巩固计划。

(2) 销售网络建立与发展计划。进入物资贸易中心或商业贸易中心计划。

(3) 有关流通渠道完善化计划。包括有关仓储、运输、银行、保险、海关、广告、商检、咨询诊断、邮电、旅游等部门建立广泛的横向经济联系计划等。

(4) 建立或参加企业集团、企业群体、科技生产联合体以及发展横向经济联合计划等。

分销渠道计划涉及的指标除市场占有率、市场覆盖率、发展新用户数及巩固老用户数外，还有仓库利用率、分销渠道建立效益等有关指标。

7．技术服务计划

(1) 技术培训计划。

(2) 咨询服务计划。包括业务服务、技术咨询、接待用户和访问用户、组织用户现场交流服务、综合性联合服务、行业内相互服务等有关计划。

(3) 产品质量"三包"服务。安装调试服务、巡回检修、备品配件供应等售后服务计划及建立维修网点服务计划。

(4) 代客配套及成套供应计划。

(5) 大型、专用机电产品测试、试验、验收等计划。

(6) 产品租赁服务计划。

(7) 特种服务计划。包括帮助用户改革工艺技术改造、提供设备及软件、以旧换新、代客改装、提供大修理作业服务、为用户开展市场营销诊断、为用户提供市场信息，等等。

8．营销费用预算计划

随着市场环境的变化，企业市场营销业务日渐扩大，销售费用开支不断增加。因此，必须加强计划管理力行增产节约、增收节支、建立营销费用预算计划。

(1) 市场营销信息管理系统费用预算。包括市场信息收集及管理费用、市场调查及情报费用、市场预测有关费用等的预算。

(2) 宣传广告费用预算。包括广告费、宣传费、产品目录及样品费用的预算。

(3) 推销费预算。包括推销人员的工资、奖金、差旅费等有关费用的预算。

(4) 营业推广费预算。包括展览、展销等经费预算。

(5) 公共关系费用预算。为提高产品形象及企业声誉需开支的费用、技术服务费用的预算。

(6) 分销渠道有关经费预算。

(7) 销售业务管理费用预算。包括企业营销机构有关的管理费用、产品包装装潢费用、运输费等的预算。

9．产品装箱、发运计划

包括产品验收入库、保管、装箱计划、装箱材料、人员安排计划以及产品发运计划。

产品发运计划包括车皮或船舶申请计划；联运计划；储运渠道开拓计划；物流运输合理化组织设计，与储运部门建立横向经济联合计划等。

二、市场营销计划编制的程序

1．分析市场营销现状

对企业实力和弱点的分析，营销环境分析，分销渠道现状的分析，销售额和营销费用分析及销售预测等。充分地分析市场营销现状，是企业编制市场营销计划的基础。

2．识别市场机会

通过对市场营销环境的分析，抓住环境变化的有利因素，识别有利可图的市场机会，借此充实市场营销计划的内容。

3．选择目标市场

在充分了解市场环境、把握市场机会的前提下，结合企业自身条件和竞争实力，选择目标市场。

4．拟定营销策略并加以选择

一般需要拟定几个可供选择的市场营销策略组合，并对其加以评价，选择满意的营销策略。

5．编制市场营销计划

通过对上述各项工作的分析、汇总、编制出正式的市场营销计划。

6．组织营销计划的实施和控制

三、市场开拓计划

制订企业市场开拓计划的目的主要是为厂长、经理决策提供参考，整个计划包括对所提供产品或者服务项目的描述、优缺点，需要的投资以及对未来销售量和利润的预测。具体内容如下。

1．执行概要

为使厂长、经理迅速了解而提供所建议计划的简略概要。

2．提供的产品或服务是什么

3．对环境的分析

(1) 对宏观环境的分析

- 人口因素的影响分析
- 经济环境分析
- 政治环境的分析
- 社会和文化因素的分析
- 生产这种产品的技术状况的分析。是高技术吗？新产品经常出现吗(指这种产品的生命周期短)？是引进技术吗(假如是引进技术，外国是否可能会停止这种帮助)？技术是怎样影响这种产品或服务的。
- 自然资源影响的分析

(2) 对微观环境的分析

- 财务状况：资金来源是怎样影响产品或服务的？
- 政府方面：政府会通过立法影响这种产品或服务吗？
- 媒介：公众会喜欢这种产品吗？
- 特殊的环境：除了直接的竞争以外，其他组织可能会影响你的计划吗？
- 竞争：描述你的主要竞争者和他们的产品、计划、经历、专有技术、财务状况、人力资源和资金来源，供应商和策略，他们受到顾客的欢迎吗？为什么？竞争者使用的销售渠道是什么？你的竞争者的优点和缺点是什么？

4. 目标市场

仔细地描述你的目标市场？为什么你认为这是你的目标市场？

5. 市场需求预测分析

对这种产品或服务的需求预测量是多少？它是呈现上升或下降趋势(用图表表示)？用户是怎样购买？在什么时候购买？在什么地方购买？买什么？为什么买？谁来买？

6. 市场营销战略目标

根据销售量、市场占有率、投资回收期等仔细地叙述市场营销战略目标。

7. 市场营销战略

仔细考虑如何选择有效的战略。对于你在市场战略中是否使用产品差异性和市场细分等加以说明。注意应考虑当你实施这个战略时你的主要竞争者可能会作出什么反映？你如何去利用产生的机会和避免威胁？

8. 市场营销战术

叙述你怎样根据产品、价格、促销、分销渠道(4P)和其他有关的变量来实施市场营销战略。

9. 控制和实施

计算盈亏平衡点及画出盈亏平衡图。预测 3 年之内的每月销售量、预测 3 年之内的每月现金流量，表明开始时的固定成本和 3 年之内的预算。

10. 总结

简要地叙述所消耗的成本，所得利润计划的特点，并且详细地表明在竞争方面本产品有哪些明显的优点以及为什么会成功？

11. 附录

列出主要参考资料的名称以及调查的厂家、商店。

第二节　营销部门的组织

一、市场营销部门的演进

企业的市场营销部门是随着市场营销管理哲学的不断演变而产生的。它的经历大致可分为五个阶段，即单纯销售部门、兼有附属职能的销售部门、独立的市场营销部门、现代化市场营销部门、现代市场营销公司。读者可参照第一章市场营销导向观念演变方面的有关内容来理解这五个阶段的划分。

1. 简单的销售部门

20 世纪 30 年代以前，西方企业以生产观念作为指导思想，大部分都采用这种形式。一般说来，所有企业都是从财务、生产、销售和会计四个基本职能部门开始发展的。财务部门负责资金的筹措；生产部门负责产品制造；销售部门通常由一位副总经理负责，管理销售人员，并兼管若干市场营销研究和广告宣传工作。在这个阶段，销售部门的职能仅仅是推销生产部门生产出来的产品。对产品种类、规格、数量等问题几乎没有任何发言权。

2. 兼有附属职能的销售部门

20 世纪 30 年代大萧条以后，市场竞争日趋激烈，企业大多数以推销观念作为指导思想，需要进行经常性的市场研究、广告宣传以及其他促销活动。这些活动逐渐变成专门的职能，当工作量达到一定程度时，便会设立一名市场营销主管负责这方面的工作。

3. 独立的市场营销部门

随着企业规模和业务范围的进一步扩大，原来作为附属性工作的市场营销研究、新产品开发、广告促销和为顾客服务等市场营销职能的重要性日益增强。市场营销部门成为一个相对独立的职能部门，作为市场营销部门负责人的市场营销经理同销售经理一样直接受总经理的领导，销售和市场营销成为平行的职能部门，在工作上密切配合。它们向企业总经理提供分析企业面临的机遇与挑战的机会。例如，销售失败后，总经理问销售经理解决方法，销售经理常常会推荐雇用更多的业务员，提高销售费用，开展销售竞赛或降低成本以利于产品销售。而总经理从市场营销部经理那里得到的答案则可能与此大相径庭，市场营销经理常常从消费者角度看本企业及其产品？企业市场定位是否正确？在产品的特点、风格、包装、服务、配送、促销手段等方面是不是变化？这些变化是否合理？显然，市场营销经理的分析对解决问题更有效。

4．现代化市场营销部门

尽管销售经理和市场营销经理需要配合默契和互相协调，但他们之间实际形成的关系往往是一种彼此敌对、互相猜疑的关系。销售经理趋向于短期行为，侧重于取得眼前的销售量；而市场营销经理则多着眼于长期效果，侧重于制订适当的产品计划和市场营销战略，以满足市场的长期需要。销售部门和市场营销部门之间矛盾冲突的解决过程，形成了现代市场营销部门的基础，即由市场营销经理全面负责，下辖所有市场营销职能部门和销售部门图 10-1 为市场营销部门的演变。

5．现代市场营销公司

一个企业仅仅有了如前所述的现代市场营销部门，还不等于是现代市场营销公司。现代公司取决于公司内部各种管理人员对待市场营销职能的态度，只有当所有管理人员都认识到公司一切部门的工作都是"为顾客服务"、"市场营销"不仅是一个部门的名称，而且是一个公司的经营哲学时，这个公司才能算是一个"以顾客为中心"的现代市场营销公司。

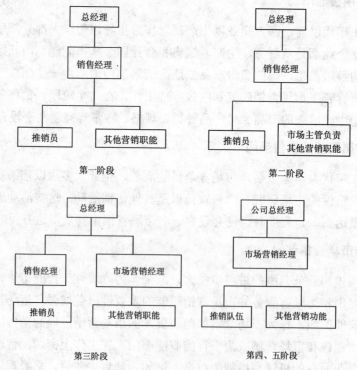

图 10-1　市场营销部门的演变

(图片来源：兰芩.市场营销学.北京：中央广播电视大学出版社.2000)

二、营销组织

1. 市场营销组织的特点

市场营销组织是为了实现企业的市场营销目标，而对企业的全部市场营销活动从整体上进行平衡协调的有机结合体。企业市场营销组织既是保证市场营计划执行的一种手段，也是企业实现其营销目标的核心职能部门。

企业市场营销组织的建立，必须以市场营销观念作为指导思想，其营销组织机构的设置应体现协调性和适应性的特点。所谓协调性是指市场营销部门在企业内部各个职能部门中能够起到协调的作用，使各个职能部门的活动都能满足目标顾客的需要为出发点，来制订各自的工作方针。适应性是指企业的营销组织机构必须适应外部环境的变化，并能对瞬息万变的外部环境作出迅速的反应和决策。

2. 市场营销组织机构的形式

市场营销组织机构的形式主要有四种。

(1) 职能管理式的组织机构。这种营销组织机构是由各种营销职能经理组成，他们分别对公司分管营销工作的副总经理负责，并由这位副总经理负责协调他们的活动，如图 10-2 所示。

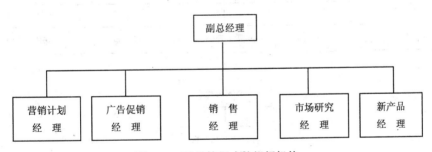

图 10-2　职能管理式的组织机构

(图片来源：兰芩.市场营销学.北京：中央广播电视大学出版社.2000.3)

营销职能经理主要包括营销计划经理、广告与促销经理、销售经理、市场研究经理、新产品经理等。

(2) 地区性组织机构。即按地理区域设置营销机构，采用这种组织形式主要是考虑地区的差异和提高效益的要求。一个企业的营销范围如果是跨地区的，那么就可按区域构造营销组织机构，如图 10-3 所示。

这种组织形式由市场营销经理统一领导，协调各职能部门的活动，并由销售主管经理负责分管若干名区域销售经理；区域销售经理负责分管若干名地区销售经理；地区销售经理负责分管若干名销售代理，从而构成一个完整的销售网络。这种组织形式适用于向全国及国际市场销售产品的企业。

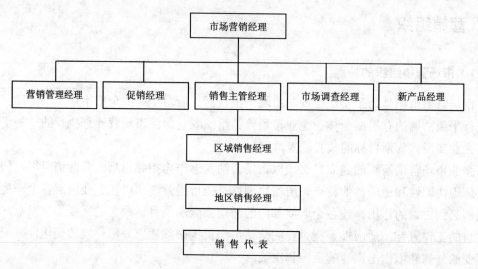

图 10-3　地区性组织机构

(图片来源：兰苓.市场营销学.北京：中央广播电视大学出版社.2000.3)

(3) 产品管理组织机构。即按产品或产品系列划分企业的营销组织，如图 10-4 所示。

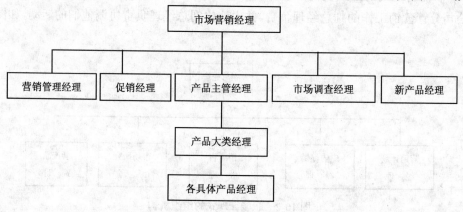

图 10-4　产品管理组织机构

(图片来源：兰苓.市场营销学.北京：中央广播电视大学出版社.2000)

这种组织形式由市场营销经理统一协调领导，并由一个产品主管经理监督管理若干个产品大类经理，产品大类经理又监督管理若干个具体产品项目经理。产品管理组织形式主要适用于经营多种类或多品牌产品的企业。

(4) 市场管理组织机构。即按市场专业化原则建立营销组织，如图 10-5 所示。这种组织形式由市场营销经理统一领导，协调各职能部门的活动，其中包括市场主管经理监督管理若干个具体的市场经理。市场经理要经常分析市场趋势及需求的变化，并向市场主管经理提交市场分析报告，以供领导决策参考。

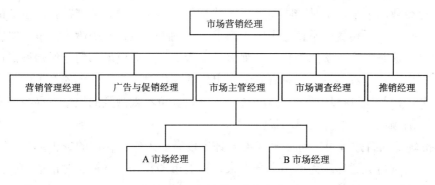

图10-5 市场管理组织机构

(图片来源：李怀斌，周其仁.市场营销学.大连：东北财经大学出版社，2007)

三、市场部产生的背景及其作用

1．市场部产生的背景

近年来，中国企业面临的竞争环境正在发生急剧的变化。随着中国市场经济的发展，对外开放的程度越来越高，吸引外资越来越多，而且，现在进入中国的外资已不再是 20世纪 80 年代那种以港澳台和海外华人为主的中小资本，而是各个行业中居当今世界领先地位的跨国公司。竞争的领域不断扩大，竞争的程度日趋激烈，竞争对手日益强大且手段层出不穷，广告战、促销战，更多的是价格战使得市场上硝烟弥漫。面对多变的市场，日益白热化的同行竞争，销售部已经成为一个仅能使企业维持的部门，无法承担企业发展的重任。如何做出正确的情势判断和科学准确的决策？于是，在这样的环境中，市场部便应运而生。比如广东顺德的科龙、万家乐、江苏南京的熊猫等大型公司，市场部已经良好地运用了好几年，正在成长的南京雨润公司，正着手于市场部的建设。事实证明，市场部的设立，早已不是一个机构设置的问题，而已成为企业生存发展重要的决定性因素之一，其意义不可低估。

2．市场部有效运作的作用

目前，企业在市场竞争中失利或者竞争力不强的主要原因是经营观念不适应市场竞争环境的变化，对市场调研重视不够，对市场选择不当，成长战略选择不当，缺乏战略规划，等等。而这些方面的严重不足，通过建立市场部，并对它进行有效运作，则可以大大地予以化解。

(1) 市场部的有效运作，可以促进经营观念的转变，较好地适应市场竞争环境的变化，提高企业竞争力。我国企业目前的经营导向仍停留在市场需求导向阶段。企业的销售部门，注重于行业的需求前景和产品的推销，对市场的动态性和方向性研究、对竞争对手的研究往往不太重视。当某一新的市场需求产生时，很多企业眼前一片光明，认为这一行业的未来便是自己企业的未来,于是一哄而上、恶性竞争。销售部门为了推销自己生产的产品,广告轰炸、优惠、折扣甚至不正当手段也用上,加剧了相应行业的激烈竞争,绝大部分企业损失惨重。这是因为传统的销售只重视市场需求所致。而市场部的工作始终是以市场竞争状况为导向,不但看到竞争,更看到争夺市场的竞争对手。对强大的对手,不采取正面攻击的办公,而是通过市场调研、策略整合,寻找竞争不太激烈的领域,寻找某些存在资源配置空白的领域,以发挥自己的优势。

(2) **市场部的有效运用,可以更好地搞好市场调研工作**。传统的销售部门,虽然也重视流通,但常常将流通理解为产品生产出来以后的市场宣传、推销。对市场调研的作用认识不够,很多企业自己使用一些极不规范的方法,做一些简单的市场推断,而且只会对市场需求的总量和市场成长性方面做一些简略预测。对自己企业在特定市场需求中不能争取的市场份额几乎不预测等,这是很不明智的。当市场部有效工作时,市场部将市场调研作为经营战略的核心内容。既重视需求预测,又重视竞争力的调查,企业随时可以根据竞争对手的实力,调整投资方案。市场部要重视投产前的市场调研(销售部往往重视投产后的市场推销),但投产后也要随时预测竞争环境的变化。

(3) **市场部的建立,有助于企业的创新**。在企业经营中,很多情况下决定其产品的市场竞争主要表现在新市场的开拓上,即从时间上来看,竞争表现在产品投入市场的早期。也就是说创新就是市场,而创新的周期一定要比产品的生命周期与市场的发展周期短。创新是具有挑战性的,也是具有风险的。建立市场主要是为了把"眼睛盯在明天的潜在市场上",系统地进行市场分析和预测,可以将创新的风险降至最低点。

(4) **市场部的有效运作,有利于企业提高经营组合运用的能力**。企业经营组合是将各种可利用的经营手段相互配合起来运用,以达到企业经营总目标。这些经营手段包括产品策略、技术策略、定价策略、销售渠道策略和促销策略,等等,在传统的销售部体制下,由于销售人员围绕销售开展工作,很难全面地进行经营组合,也缺乏相应的职权,只有建立市场部,才有可能设立专门人员,进行统一策划,实现从生产到最终顾客的产销高度一体化,提高企业对市场竞争的反应能力。

四、市场部的职能

在企业营销组织机构中,市场部作为决策层直接领导下的智囊机构,企业决策者头脑中的参谋部,其基本职能应该有以下几项。

1. 市场调研

收集和了解各类市场信息和有关情报,并在此基础上进行归纳分析。其中包括国内外市场的需求状况、用户的满意度、国内外竞争对手情况、国内市场政策环境、宏观经济发展趋势等。

2．市场策划

在市场调查和研究的基础上，根据本企业的自身优势，在充分分析研究区域市场竞争战略态势的基础上，针对情报收集、营销渠道、产品改进与定价、促销和售后服务等几个方面，向决策者提出一系列具有创意并可实施的营销方案或建议，以提高企业的营销力度，并跟踪整个方案实施的过程及评价其效果。

3．广告宣传与公关促销

首先，应将企业的形象广告与产品广告有机地结合起来，把企业特色的外部风采与企业员工乐于奉献、精益求精的企业精神紧密地结合起来。然后，加强广告高文化含量的震撼力。研究同行业相关厂家和竞争厂家投入的媒体与频率，分析和评价各类广告的实际效果和影响力，在此基础上，根据企业新产品推出的节奏和国内各区域市场竞争的战略态势，策划一系列富有企业特色的广告创意。在加大新产品推广力度的同时，争取在广大用户心中牢固地树立起本企业形象。

广东顺德是我国著名的家电生产基地，在这个人口刚超过 100 万的县级市里，工业产值超亿元的工业企业就有近百家。国内著名的品牌就有十几个，如容声、万家乐、美的、神州等。在上述企业的市场部里，细分为信息科、策划科、广告科和公关形象科。这一系列职能部门的有效运用大大提高了其产品的市场适应力和影响力。

五、市场部与销售部的区别

1．职能不同

市场部的职能与销售部的职能有着明显的区别。

(1) 市场部负责开拓的是明天的市场和潜在的市场，销售部负责管理的是今天的市场和潜在的市场。

(2) 市场部宣传的是企业形象和企业创新精神，为了把新产品推向市场做好舆论宣传，销售部重点从事的是产品推销。

(3) 市场部侧重揭示的是顾客的需求和利益，销售部侧重维护企业利益。

2．市场营销人员和销售人员不同

尽管很多市场营销人员来自销售人员，但还是不应将他们混在一起，并不是所有的销售人员都能成为市场营销人员，这两种职业有着根本的不同。从专业性而言，市场营销经理的任务是确定市场机会，准备市场营销策略并计划组织新产品进入和销售活动。在这一过程中曾出现两种问题：如果市场营销人员没有征求销售人员对于市场机会和整个计划的看法和见解，在实施过程中就可能会导致事与愿违；如果在实施后市场营销人员没有收集销售人员对于此次行动计划实施的反馈信息，他就很难对于整个计划进行有效控制。

六、市场部的工作核心

现代营销管理理论认为，物流、现金流、信息流是管理的三大主体。从管理的实际行业来说，管理过程基本上是信息的传递与反馈过程。这里所谓的信息指的是市场行业信息、竞争信息、本品牌产品售卖状况、企业决策的指令等方面。企业的管理行为可视为不同层次不同种类的各种决策，而决策的科学性以预测为基础，预测的合理性取决于信息的数量、质量。计算机技术的发展、通信的便利提供了信息采集方便性的同时，造成了信息泛滥，这使得决策判断越发困难。衡量信息的准确性和精度从大体主要以可量化程度决定管理水平和管理中决策质量。也就是这种需求的产生，出现了大量的信息产业机构。如：竞争情报、行业商情、专业调查公司等。面对如此庞杂的各种信息，企业如何为我所用就成了很现实的问题。因此，企业必须建立适合切身实际又具针对性的信息采集、分析处理系统，这就是企业市场应有的工作核心。

如前所述，市场部存在核心价值是从消费者到企业决策建立一套顺畅的信息系统，并保证其正常准确运行。在这套系统中流动的信息基本上应包括如下三个方面。

- 本企业产品消费者使用状况反馈信息。
- 本企业产品市场售卖状况。
- 竞争品牌市场行为表现。

事实上，要想真实准确地提供以上每个方面的信息还必须有针对性地设立若干信息指标，进行长期跟踪、监控、采集和分析。必须明确的是，信息的采集、分析处理仅仅是提供市场情势判断的依据。

它只是决策或管理过程中的一个手段，并没有产生经营价值。只有将采集到的信息经过特殊计算机软件处理后得到量化结果转化为市场建议方案时才真正体现出价值和功效。

因此，企业市场部的具体工作内容就是设立为我所用的独特信息指标，同时建立一套采集、传递、分析处理的实施系统和操作方法。

下面，结合一个实例看一下这套系统是如何建立的。

有一个卫生用品生产商，2004年下半年开始从一个区域市场扩张到大区域市场。由于该品牌的主要消费对象是中低收入者，结合企业的市场分布特性，在5个中等城市和10个县城组建信息监控网络。根据实际需要，可将信息指标分为三大类：消费者使用状况信息；批发商及零售商产品流向及走货状况信息；批发商及零售现场竞争状况信息。

其中第一类信息采取随产品包装附送的指向性消费者跟踪反馈卡的方式实施，第二、第三类信息内容部分指标如表10-1所示。

表10-1　第二、第三类信息内容部分指标

指标\品牌	价格(元/件)			货架占位率(%)		广告与促销		
	到位	批出	零售	店面	仓库	执行时间	方式	效果评估

七、市场部的工作模式

要使市场部能够切实有效地运作，应建立一个理想工作模式。这个工作模式应能保持市场部职能的完整实现。从广东顺德及江苏南京一些大企业的实践来看，这个工作模式可归纳为四部分。

1．它是销售部门与市场两大系统的融合部分

市场部应在促进两大系统信息交流的基础上进行营销战略的谋划。具体包括以下几个方面。

(1) 对各分区域市场进行分析研究，提出地区营销方案。

(2) 针对市场竞争进行一系列工作，收集情报、研究动向、提出对策。

(3) 对市场销售活动和售后服务工作提出指导性意见和改进方案。

(4) 落实各项促销宣传活动。

2．它是企业技术部门与外部市场环境两大系统的融合部分

市场部的主要工作是两大系统的信息交流、反馈和技术革新战术的策划。

(1) 提出新产品今后发展的设想和现有产品的改进方案。

(2) 对新产品如何进入和适应市场，明确策略并提出改进意见。

(3) 收集市场情报，对竞争产品进行研究。

(4) 提出产品广告宣传的主题思想。

3．它是企业内部技术与销售部门两大关键系统的协作与融合部分

具体工作应包括以下几方面。

(1) 将市场中最新的技术与产品动态准确及时地反馈给技术部门。

(2) 把本企业产品在安装、运行和维护中遇到的问题与现状及时地反映到技术部门，协助售后服务部门与技术部门共同制订对策。

(3) 协助技术部门，加强对销售部门与售后服务部人员的技术培训与指导，必要时可请企业外技术权威授课，其中包括对技术人员的培训。

4．它包括总体的市场预测和战略整合

一个企业要想抓住市场机遇、避开风险、不断创新、真正走向科学的发展之路，就必须重视市场调研，在市场调研的基础上，进行市场营销战略与战术的谋划，在谋划的基础上再进行整个企业发展战略的整合。这种从"市场调研→战术策划→战略整合"的逆向思维路线，对现代企业所面对的复杂多变的市场环境来说应该是最有效也是最可行的。

八、正确处理市场部与其他部门之间的关系

为确保企业整体目标的实现，企业内部各职能部门应密切配合。但实际上，各部门间的关系常常表现为激烈的竞争和明显的不信任，显然，其中的冲突实在不可避免。冲突大多来自对一些问题的不同观点，如企业的最大利益在哪里之类的问题，也有部门与部门之间对企业有限资源，如人力和财力的争夺而引起的争论。在相当数量的企业里，人们对市场营销的重要性是有争议的，认为企业的所有职能都均衡地影响着企业战略的成功和消费者的满意程度，没有哪一种职能处于领先位置(见图 10-6)。

当企业销售情况不景气、销售量下降时，市场营销部门的重要性会略微上升(见图10-7)。

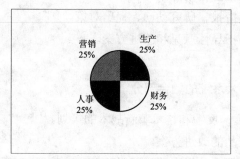

图 10-6　营销作为一般功能

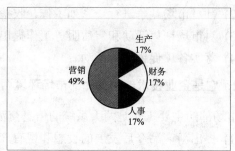

图 10-7　营销作为一个比较重要的功能

(图片来源：李怀斌，周其仁.市场营销学.大连：东北财经大学出版社，2007)

一些市场营销人员宣布市场营销应是企业的中心职能，规定着企业的任务、产品和其他部门的职能(见图 10-8)。

明智的市场营销人员则把顾客放在企业各项职能环绕的中心，认为企业的全部职能都应该围绕使顾客满意这个宗旨(见图 10-9)。

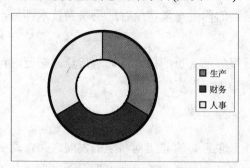

图 10-8　营销(中间圆圈)作为主要功能

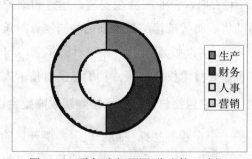

图 10-9　顾客(中间圆圈)作为核心功能

(图片来源：李怀斌，周其仁.市场营销学.大连：东北财经大学出版社，2007)

还有一些市场营销人员说，市场营销仍应在企业诸项职能中占据中心地位，因为要靠市场营销部门将顾客的需求传递到企业，并控制、协调其他部门，向顾客提供有效的服务(见图 10-10)。

图 10-10 顾客(中间小圆圈)作为核心功能和营销作为整体功能

(图片来源：兰芩.市场营销学.北京：中央广播电视大学出版社.2000)

我们认为，如果在一个企业里真正呈现图 10-10 的情况，而不是只在销售发生困难时才想到市场营销的顾客导向，企业内部各部门之间的冲突才有一个正确的解决基础。

企业的每个部门都通过它的决策和经营活动影响着顾客的满意程度，而不仅仅是市场营销部门，这就需要协调各部门的活动和决策。因此，市场营销经理的任务除了协调整个公司的市场营销活动外，还要处理好与财务、工程等部门经理的关系。

与市场营销部门强调消费者观点一样，其他部门也会强调各自工作的重要，并力图按各自的观点规定自己的目标。结果，冲突不可避免。下表列举了市场营销部门与其他部门之间主要的不同观点。

表 10-2 市场营销部门与其他部门对产品的不同观点

部　　　门	强　调　重　点	市场营销部门的强调重点
研究与开发部门	产品内在价值 产品功能形象	产品外在价值 产品销售形象
工程部门	注重长期设计 很少的规格数量 标准化结构	注重短期设计 许多规格品种 根据客户要求
采购部门	很少的产品种类 标准化零配件 材料价格 经济采购批量 较长间隔	广泛的产品系列 非标准化零部件 材料质地 大批采购避免库存不足 根据客户需要采购
制造部门	长期生产单一品种 不改变产品式样 标准订单 产品结构简单 一般的质量控制	短期内生产许多产品品种 经常改变产品式样 由顾客决定订单 符合审美观的产品形象 严格的质量控制
财务部门	按标准严格控制支出 硬预算 订价补偿成本	根据判断讨论决定支出 预算灵活以适应变化的需求 订价促进市场开发
信贷部门	很低的投资风险 严格的借贷条款和手续 对客户进行全面的财务审查	中等的投资风险 灵活的借贷条款和手续 对客户做中等的信用审查

1．研究开发部

企业希望开发新产品，但常因研究开发部门和市场营销部门关系不好而失败。从许多方面看，这两个部门在企业中代表着两种截然不同的文化观念，研究开发部门由科学技术人员构成，他们为生产技术的奇特性和超前性而骄傲，擅长解决技术问题，而不关心眼前的销售利润，喜欢在较少人员监督或较少顾虑研究成本的情况下工作。而市场营销与销售部门则是由具有商业头脑的人员组成，他们精于对市场领域的了解，喜欢那些对顾客有促销作用的新产品，有一种注重成本的紧迫感。市场营销人员把研究开发人员看成是不切实际的，甚至是不懂业务的科学狂人；研究开发人员把市场营销人员看成是倾向于行骗，唯利是图的人，他们对产品的销售特色比对技术性能更感兴趣。结果，企业不是技术导向型的，就是市场导向型的，或二者并重。在技术导向型的企业中，研究开发人员寻求强大突破，力求产品尽善美，虽然他们会发现一种重要的新产品，但研究与开发的费用很高，新产品成功率较低，在市场导向型的企业里，研究开发人员为专业市场的需要而设计新产品，绝大多数是对产品的改进和现有技术的应用，新产品的成功率较高，但主要是改进生命周期较短的产品。在技术、市场二者并重的企业中，市场营销研究开发部已形成了有效的组织关系，它们共同负责进行卓有成效的市场创新，研究开发人员不仅负责发明，也负责有希望成功的创新，销售人员不只是注意新销售特色，也协调研究人员寻找能满足要求的新途径。

有关研究表明，创新成功需要研究开发与市场营销一体化。研究开发与市场营销部门的使用，可采用下列几种简单易行的方式。

(1) 联合主办研讨会，以便加强对对方工作目标、作风和问题的理解和尊重。

(2) 每个新项目要同时派给研究人员和市场营销人员，让他们在整个项目执行过程中合作。同时，研究开发部与市场营销部应共同确定市场营销计划的目标。

(3) 研究开发部门的合作要一直持续到销售阶段，包括编写技术手册、合办贸易展览、售后调查，甚至参与一些销售工作。

(4) 产生的矛盾应由高层和管理部门解决。在同一企业中，研究开发部门与市场营销部门应同时向一个副总经理报告。

2．工程部门

工程部门负责运用切实可行的方法，采用设计新产品的生产程序。工程师们更关心产品质量、成本、工艺，如营销员希望产品多样化，而不是标准配件以突出产品特色，工程师们便会与之发生冲突。他们认为市场营销人员只要求外形美观；而不注重产品内在性能，是一群极易改变工作重心且夸夸其谈之辈，不值得信任。但在市场营销人员具有工程基础知识并有效与工程师沟通的企业里，一般不会出上述问题。

3．采购部门

采购主管人员负责以最低的成本买进质量数量合适的原材料与零配件。他们购买的数量通常大且种类较少，但市场营销经理通常会争取在一条生产线上推出几种型号的产品，这就需要采购数量小而品种多的原材料及配件。他们认为市场营销部门对原材料及其零配件的质量要求过高，尤其当市场营销部门的预测发生错误时更为突出，这迫使他们不得不以较高的价格条件购进原材料，有时还会造成库存过多而积压的现象。

4．制造部门

制造部门与市场营销部门之间存在几种潜在矛盾。生产人员负责工厂的正常运转，以实现用适当的成本，在适当的时候，生产适当数量产品的目的，他们成天忙于处理机器故障、原料缺乏、劳资纠纷等问题。他们认为，市场营销人员在不了解工厂的经济情况及战略的前提下，一味地埋怨工厂生产能力不足、生产拖延、质量控制不严、售后服务不佳等，而且，还经常作不正确的销售预测，推荐难于制造的产品，答应给顾客过多不合理的服务项目。市场营销人员确实看不到工厂的困难，而只注意顾客提出的问题。他们很少注意多为一位顾客服务，会加大工厂的成本。这不仅是两个部门间沟通不好的问题，而是实际利益冲突的问题。

企业可采用不同的方法来解决这些问题。应逐渐向生产导向与市场导向并重的方面发展。在这种并重的企业里，制造部门与市场营销部门可以共同确定企业追求的最佳利益。解决办法包括召开联合讨论会，以了解双方的观点，设置联合委员会和联络人员，制订人员交流计划以及采用分析方法以确定最有利的行动方案等。

企业的盈利能力很大程度上取决于市场营销部门与制造部门之间良好的协作关系。市场营销人员必须了解制造部门的能力。如果企业想通过降低生产成本取胜，那就需要一种新的生产策略，如果企业想依靠质量优良、品种多样或优势服务取胜，就需要了解不同的生产策略。所以，生产设计和生产能力是由已规划好的产量、成本、质量、品种和服务组成的市场营销战略目标来决定的。在产品尚未确定卖方之前，当购买者去工厂了解生产管理质量状况时，生产人员和工厂部门无疑成了重要的市场营销工具。

5．财务部门

财务主管人员擅长于评估不同业务活动的盈利能力，但每当涉及市场营销经费时就感到"头痛"。市场营销主管人员在要求将大量预算用于宣传、促销活动和推销人员的开支时，却不能说明这些费用能带来多少销售利润。财务主管人员怀疑市场营销人员所作的预测是自己随意编制的。他们认为，市场营销人员急于大幅度削价是为了获得订单而不是真正为了盈利。同时市场营销主管人员则认为，财务人员控制资金太紧，拒绝把资金投入长期的潜在市场开发中去，他们把所有的市场营销经费看成是种浪费，而不是投资。财务人员过于保守，不愿冒风险，从而使许多好的机遇失之交臂。解决这些问题的办法是加强对市场营销人员的财务训练，同时加强对财务人员的市场营销训练。财务主管人员要运用财务工具和理论，支持对全局有影响的市场工作。

6．信贷问题

信贷部门的主管人员要评估潜在顾客的商品信息等级，拒绝或限制向商品信用不佳的顾客提供信贷。他们认为，市场营销人员把商品出售给任何人，甚至是那些连付款都有问题的人。市场营销人员则常常感到信用标准订得太高，他们认为：要求"无坏账"实际是意味着企业失去一大笔买卖和利润，并且觉得他们好不容易找到了客户之后，听到的却是因为这些顾客的信用不佳而不能与之成交的信息。

总之，企业本身就是一个整体，只有认清问题，融洽市场营销部门与其他有关部门之间的关系，才能保证企业的健康发展。为此，企业在进行市场部建设的过程中，做为一个整体的企业还必须努力建设企业的市场营销文化，努力做好各方面的工作，以期给企业注入新的活力，显露勃勃生机。

第三节 市场营销控制

企业的市场营销计划在实施的过程中，为了保证企业营销目标得以实现，就必须对营销的全过程实施有效的控制。营销控制，是指企业营销管理部门采取一定的措施对市场营销活动加以限制，使其与营销计划相一致，这样才能保证企业营销目标的实现。

一、营销控制的方式

对市场营销过程进行控制通常采用以下几种方式。

1．跟踪型控制

对系统运行全过程实施不间断的控制。在市场营销中，对战略规划决策，外部市场环境变化，新产品开发等的控制就属于此类。

2．开关型控制

确定某一标准作为控制的基准器，决定该项目工作是否可行。例如，确定合理的公司投资报酬率，以此来评价市场机会或产品项目，如达到规定标准，则列入考虑范围，如产品质量控制、财务控制、库存控制均属此类。

3．事后控制

将结果与期望标准进行比较，检查其是否符合预期目标，比较偏差大小，找出偏差产生的原因，决策经验和教训，以便下一步行动和有利于将来的行动。如市场占有率控制、销货控制等，一般可归于此类。

4．集中控制和分散控制

集中控制是指最后决策的制订和调整，均由最高一级系统决定。分散控制则是把控制极限分别由各子系统(各级主管部门和职能部门)分担，这些子系统有一定独立行使控制权的自由，最高级系统往往只起协调平衡的作用。

5．全面控制和分类控制

全面控制是对某一活动的各个方面实施控制，而分类控制则是将活动按其类别不同，分别控制。例如，控制按市场类型、销售地区、产品种类、销售渠道、销售部门等进行区分实施控制，就属分类控制。

二、营销控制的步骤

营销控制的步骤见图 10-11。

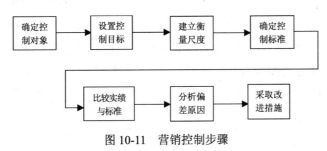

图 10-11　营销控制步骤

1．确定控制对象

一般来说，控制的内容多、范围广，可获得较多的信息，但是任何控制活动本身都会引起费用支出。因此，在确定应对哪些市场营销活动进行控制，管理者应当注意控制成本小于控制活动所能带来的效益。

最常见的控制内容是销售收入、销售成本和销售利润，但对市场调查，推销人员工作、消费者服务、新产品开发、广告等营销活动，也应通过控制加以评价。

2．设置控制目标

确定所要达到的预期目标，这是将控制与计划连接起来的主要环节。如果在计划中已经认真地设立了目标，那么，这里只要借用过来就可以了。

3．建立一套能测定营销结果的衡量尺度

在很多情况下，企业的营销目标就决定了它的控制衡量尺度，如目标销售收入、利润率、市场占有率、销售增长率等，由于大多数企业都有着若干管理目标，所以，在大多数情况下，营销控制的衡量尺度也会有多种。

4．确定控制标准

控制标准是指以某种衡量尺度来表示控制对象的预期活动范围或可接受的活动范围，即对控制标准加以定量化。如规定每个推销人员全年应增加 30 个新客户；某项新产品在投入市场 6 个月后使市场占有率达 3%等。控制标准应允许有一个浮动范围。

5. 比较实绩与标准

在将控制标准与实际结果进行比较时，需要决定比较的频率，即多长时间进行一次比较，这取决于控制对象是否经常变动。

比较的结果若是未能达到预期标准，就需要进行下一步工作。

6. 分析偏差原因

产生偏差可能有两种情况：一是实施过程中的问题，这种偏差比较容易分析；二是计划本身的问题，确认这种偏差通常容易出差错，而这两种情况往往交织在一起，致使分析偏差的工作很可能成为控制过程中的一大难点。要避免因缺乏对背景情况的了解或未加适当分析，而犯以一概全的错误。例如某部门情况不佳，可能只因一种产品的亏损而影响了整个部门的获利水平；某推销人员完不成访问次数的标准，可能是由于在旅途中花费时间过多，这样就要改进访问路线，但也可能由于定额过高，这时应降低定额，以保证每次访问的质量。

7. 尽快采取改进措施

如果在制订计划时，还制订了应急计划，改进就能更快，在没有这类预定措施时，就必须根据实际情况迅速制订补救措施加以改进，或适当调整某些营销计划目标。

在市场营销控制中，由于需要对不同情况采用不同的控制方式，所以，这一控制程序并不是唯一的，应根据具体情况进行选择。例如，有些问题产生于行动过程中，而从行动结果上是找不出来的，因此，控制者就必须检查行动过程本身以便发现问题。

三、营销控制的内容

市场营销控制按其内容的不同可分为四类，即年度计划控制、盈利水平控制、效益控制和战略控制。

1. 年度计划控制是指在本年内采取控制的步骤，检查实际业绩效益与计划的偏差，并采取必要措施，予以纠正

年度计划控制的目的在于保证企业实现年度计划中制订的销售、利润以及其他目标。其中心是目标管理。

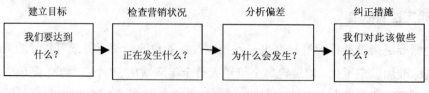

图 10-12　年度营销计划控制步骤

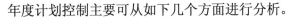

年度计划控制主要可从如下几个方面进行分析。

(1) 销售额分析

● 将实际销售额与销售计划进行对比分析，以分析销售计划的完成情况；

● 销售差异分析，即各个因素对销售额的影响程度；

● 个别产品或地区销售额分析，即将总销售计划指标分解为各地区具体指标，然后逐一分析，通过分析，可弄清各产品或各地区销售的差异，并进一步找出原因所在。

假定年度计划要求，第一季度按每件 10 元的价格销售某种商品 4000 件，目标销售额为 40 000 元；但到季度末仅按每件 8 元的价格出售了 3000 件，总销售额 24 000 元，比目标销售额减少了 16 000 元，那么这 16 000 元的减少额有多少是由于销售量下降造成的？有多少是由于价格降低造成的？分析计算方法如下：

由于价格下降造成的影响=(10－8)元×3000=6000 元，占 16000 元的 37.5%

由于销量下降造成的影响=10 元×(40 000－30 000)=10000 元，占 16 000 元的 62.5%

因此，销售额下降的三分之二是由于销量未达目标所造成的，故该企业应密切注意未达预期销售量目标的原因。

(2) 市场占有率分析。主要是分析企业在市场竞争中地位的变化，从而找出原因，采取措施，克服不利因素。

(3) 营销费用分析。主要是用来确定营销费用的各项开支是否合理，以克服企业不合理的支出。营销费用分析可以按不同地区或不同产品达到在销售额与相应的费用支出进行比较，以确定各地区或各产品营销费用支出的差异。假定某家公司的费用/销售额为 27%，即每销售 100 元货物，支出费用 27 元。

(4) 顾客态度追踪分析。通过追踪顾客、经销商及营销系统中其他参与者的态度，并设法使其产生对企业销售的积极影响。

顾客意见和建议系统。通过这个系统，企业记录、分析和答复来自客户的信函和口头抱怨。零售店、旅馆、餐馆这些通过服务直接与广大消费者打交道的企业，可以通过建立意见簿、建议书等鼓励顾客提意见。总之，通过各种增加顾客反馈意见的途径，可使企业对自己的产品、服务在客户心目中的地位有全面了解。

典型户小组。由那些同意定期通过电话或信函反映他们意见的顾客组成。这些小组反映的意见比较系统、全面、具有典型性。

定期的用户意见调查。这是一种通过随机抽样了解顾客对公司服务质量满意程度的调查。调查结果通常要按一定程序送交有关部门及上级主管人员，从而使整个企业改进工作。

2. 盈利水平控制

盈利水平控制，主要是通过测量各类产品在不同的地区、不同的市场、不同分销渠道的获利水平，借以帮助主管人员决策哪些产品在市场应该扩大，哪些分销渠道应该保持或者取消等。借盈利水平分析的步骤如下。

(1) 确定功能性费用，主要包括推销、广告、包装、运送等各项费用。

(2) 将功能费用分配给各个营销实体，以衡量每种分销渠道在交易过程中所发生的功能性费用支出。

(3) 为每个分销渠道编制一张损益表，主要的栏目有销售额、销售成本、毛利等。

(4) 根据损益表来确定调整的对象，如对出现亏损的分销渠道要通过分析找出原因，必要时，可对该分销渠道进行调整，以确保公司整体的利润水平。

3．营销效率控制

营销效率控制如下。

(1) 销售队伍效率。主要指标是推销员平均每天推销访问的次数、每次推销访问的平均销售额、每次推销访问的平均成本、每100次推销访问的订货单百分比等。

(2) 广告效率。包括每一个覆盖1000人的广告成本，消费者对于广告内容和有效性的意见，对于产品态度事前事后变化的衡量等。

(3) 促销效率。包括各种激发买主购买兴趣和试用产品的方法所产生的效果。

4．战略控制

任何企业都需要定期检查其活动，以保证它与外部环境协调的发展。营销审计是营销战略控制的有效工具。

所谓营销审计是一种整体的、系统的、独立的和定期地对营销环境、目标、战略进行定期检查，发现问题，改进营销计划，提高营销效益的方法。

市场营销审计主要包括六个方面。

(1) 营销环境审计。包括市场、顾客、竞争者和其他影响因素的检查分析。

(2) 营销策略审计。包括企业营销目标、战略以及当前与预期的营销环境相似程度的分析审查。

(3) 营销组织审计。包括营销组织在预期环境中实施组织战略能力的审查。

(4) 营销系统审计。包括企业收集信息，制订计划，控制营销活动的过程审查。

(5) 营销效率审计。包括各营销单位的获利能力和各项营销活动成本效率的审查。

(6) 营销职能审计。包括营销组织的每个因素，如产品、定价、渠道和促销等策略的审查。

营销审计与企业其他方面的审计工作是一致的，需要经常化、制度化、审计的范围要能覆盖整个营销活动的所有方面，才能达到营销战略控制的目的和效果。

巩固性案例

计划与控制

孙先生担任某厂厂长已经一年多了，他刚看了工厂今年目标实现情况的资料。厂里各方面工作的进展出乎他的意料之外。曾经，他任厂长后的第一件事就是亲自制订了工厂一系列工作的目标。例如，为了减少浪费，降低成本，他规定在一年内要把原材料成本降低10%~15%，把运输费用降低3%。他把这些具体目标都告诉了下属有关方面的负责人。现在年终统计资料表明，原材料的浪费比去年更严重，浪费率竟占总额的16%，运输费用则根本没有降低。

　　他找来了有关方面的负责人询问原因。负责生产的副厂长说："我曾对下面的人强调过要注意减少浪费，我原以为下面的人会按我的要求去做的。"而运输方面的负责人则说："运输费用降不下来很正常，我已想了很多办法，但汽油费等还在涨，我想，明年的运输费可能要上升3%~4%。"

　　孙先生了解了原因，并进行了进一步的分析以后，又把这两个负责人召集起来布置第二年的目标：生产部门一定要把原材料成本降低10%，运输部门即使要提高运输费用，也绝不能超过今年的标准。

　　(资料来源：案例分析，新浪博客.http://blog.sina.com.cn/s/blog_4c1fa2630100096l.html，2007.5)

思考题

　　孙先生担任厂长后，亲自制订了工厂的一系列营销控制目标，可谓用心良苦，但原定控制目标分解给具体部门执行时到年终却没有完成，请分析其中的原因。

第 11 章

市场营销新潮流

 开篇案例

互联网营销造就江苏首富

位于江苏昆山陆家镇的好孩子集团已经是世界上最大的儿童用品公司之一。宋郑还也由当年一名普通的中学老师摇身变为今天身价 5 亿的企业总裁、江苏首富。这样的发迹经历让众人在惊叹之余，更多的则是好奇。有数据显示：它已经连续 10 年占据了 80% 的中国童车市场，5 年蝉联美国销量冠军，全球有 4 亿家庭都在使用它的产品

尽管早有专家指出，网络营销能发生"使大企业变小，小企业变大"的魔术般效果，也就是说，利用网络营销既可以让机构臃肿的大企业变得精简而高效，也可以帮助中小企业迅速做大做强。网络营销和传统营销的根本区别在于客户了解产品信息的渠道不同。传统营销中单向式的信息沟通方式，被网络营销中交互式的、指向性更明确的沟通方式取而代之，这种交互式的沟通方式是以消费者为主导而非以往强迫性营销推广。因此，如何让目标客户便利地进入公司网站成为了网络营销中的难题。

目前，我国的域名总量早已突破百万，任何网站都极易被淹没在其中。调查显示，87.6%的用户得知新网站主要是通过地址栏直达，而通用网址正好契合了这一企业网络营销需求。在宋郑还看来，利用地址栏直达的用户，消费目的性很强，是购买兴趣最强的客户。因此，能够第一时间在网络上拦截到目标客户，网络营销便成功了第一步。

对于好孩子集团来说，由于儿童用品消费者都属于事先计划购买型，互联网信息在其决策过程中起到了决定性作用，因此好孩子集团平均每年会投入大约 400 万左右的费用来实施网络营销战略，仅在通用网址一项的投入便有几十万元。从最初的"好孩子"、"好孩子集团"，到"儿童用品"、"婴儿"等白金通用词汇，再到"努比"、"奇妙鸭"等子品牌的通用网址等，好孩子注册 20 了多个与企业、产品相关的词汇，在互联网上编织了一张无形的营销大网。

好孩子集团还将通用网址的功能再次深挖，今年注册的数十个英文通用网址，以适应海外市场的需要。好孩子不仅注册了自己的英文品牌标识"gbaby"、"geoby"、"goodbabygroup"等，还将企业各产品的英文品牌，如"antiduck"、"littledinosaur"、 "nuby"的通用网址也都逐一注册启用，从而为国际采购商及合作伙伴等访问"好孩子育儿网"建立了清晰的网络路标。更值得一提的是，为了"网罗"更多的国外消费者，好孩子更是注册了多个类似"mommy"、"mammy"、"mummy"的英文营销关键词，把通用网址的营销功效充分地发挥在了对海外市场的开拓之中。

如今世界上网购消费者数量越来越多，加之互联网本无国界之分，网络营销对企业的诱惑力自然不在话下。另外，从全球互联网基础服务供应商——VeriSign向其客户提供通用网址注册服务中可以看出，通用网址已经全球通用，其影响力正在向全世界渗透。

在尝到通用网址为企业带来巨大财富的甜头之后，宋郑还誓将网络营销进行到底，计划把企业官网"好孩子育儿网"打造成科学育儿类的国内第一门户网站，作为塑造企业品牌文化的首要平台。为此，"第一父母网"、"第一家庭网"等通用网址又相继被启用。有数据显示，迄今为止好孩子育儿网已经被上百万网民点击了24.88亿次，即平均每天要被网民光顾110多万次。

其实国内像好孩子这样的企业并不多见。有调查显示，国内大多数企业网站建设还处于一个较低阶段，还没在网络营销上发挥作用。然而事实却是，企业网站恰恰是塑造企业形象以及实现网络营销的一个最佳平台，让企业网站"活"起来，是企业实现盈利的又一重要途径。据悉，正确使用通用网址可以为网站拉动近六成左右的流量。于是，好孩子为网站推广已先后投入了3000多万。依据ALEXA数据显示，该网站近年来流量始终保持稳步上扬趋势，截止到2008年9月流量更是突破了200多倍。由此看来，借力通用网址，"好孩子育儿网"在不久的将来极有可能成为好孩子下一次飞跃的一根"金拐杖"。(中国网络营销网 2008.2.49)

案例来源：互联网营销造就江苏首富 中英文关键词全封锁。网易 http://biz.163.com/06/1228/16/33ENOA7O00020QEF.html# 2006.12

第一节 网 络 营 销

今天因特网正奇迹般地改变着人类生活的方方面面。坐在电脑前，轻轻点击鼠标，叩开一扇扇商店的大门，即可浏览和选购琳琅满目的各色商品，网上购物已不再是天方夜谭。以网络营销为中心的商业活动已成为因特网上最主要的内容。"电子商务"、"网络营销"、"网上贸易"等也成为上至各国领袖下到家庭主妇们热衷的话题，它们为什么具有如此的魅力？我们面对的究竟是怎样的一种新事物？它将如何改变我们的生活？它会带给我们什么样的机遇呢？

一、网络营销的实质

营销加上了"网络"二字，人们想到的往往是通过计算机网络进行的交易活动，这种观点其实是很片面的。网络营销是一个非常广泛的概念，它包括新时代的传播媒体因特网、信息高速公路、数字电视网、电子货币支付方式等，其运作过程包括网上的信息收集、商业宣传、电子交易、网上客户服务等。可以这样说，网络营销(Cybermarking、onlinemarketing或 Electronicmarketing)是利用计算机网络、现代通信技术以及数字交互式多媒体技术来实现的现代营销方式。

1．市场营销的发展趋势——走向网络营销

网络营销是与传统营销密切相关的。在营销活动中信息一直伴随始终，因此，从与之相关的信息技术的角度来考察，市场营销的发展历史可分为三个阶段：古代市场营销、近代市场营销和现代市场营销。公元前 3000 年至公元 1837 年，为古代市场营销；从 1837 年以电报为起点的电信革命开始到 20 世纪 60 年代，为近代市场营销；从 20 世纪 60 年代起至今，进入现代市场营销。古代和近代市场营销可称为传统商场营销。现代市场营销实质上经历了 20 世纪 60 年代至 80 年代计算机信息处理阶段和 20 世纪 80 年代中期至今的网络信息传输阶段，尤其是 20 世纪 80 年代中期以来，网络及通信技术得以长足的发展，随着各国信息高速公路的建设，全球网络化的时代已经开始，网络化的计算机技术，成为继传统农业经济和工业经济后到来的新兴的"知识经济"的基础。这一时期计算机信息处理广泛用于市场环境分析、营销情报检索、物流流程管理和对市场营销各要素的计算机辅助决策，使传统市场营销步入计算机辅助市场营销。由于引入了机器智能，使市场营销的效率和效能得以大幅度提高，也为今天的网络营销奠定了基础。21 世纪以因特网为核心支撑的网络市场营销，将成为现代市场营销的主流。

2．网络营销产生的时代背景

(1) **网络营销产生的技术基础**。20 世纪 70 年代，计算机的广泛应用和先进通信技术的使用导致了 EDI(电子数据信息交换)在贸易领域的应用和发展，这便是电子商务的前身。20 世纪 80 年代，网络技术的迅速发展，给电子商务注入了新的活力。人们开始通过网络进行诸如产品交换、订购等活动，但这一时期由于网络基础建设的限制，电子商务无论从内涵到功能，都远不如今天丰富。到 20 世纪 90 年代初，因特网特别是基于 WWW 方式的因特网技术以其难以想象的速度迅猛发展，终于导致了今天如此丰富而令人狂热的电子商务热潮。

与过去的 EDI 相比，目前的电子商务正被赋予新的概念，即"一切交易活动向网络化发展，所以一切交易都是电子业务"。这种新的电子商务概念包含了所有基于因特网与商业有关的事务，这就是"网络营销"的概念。

现代科学技术，尤其是计算机技术及其网络、通信和多媒体技术的应用与发展是网络营销产生的技术基础。

(2) **网络营销产生的社会基础——消费观念的变革**。在市场经济发展的今天，卖方市场正在向买方市场过渡，消费者为主导的营销时代已经到来。在这个时代，消费者面对形形色色的商品、品牌、价格、服务等选择，其消费观念开始发生变化。表现在如下几个方面。

个性化消费再度成为消费的主流。消费者的消费行为主要受以下两个方面的影响：其

一是现实工作或生活对某种消费的需求，一般多是人们生活所必需的消费需求；其二受广告或其他各种信息传媒(甚至是受他人的影响)而引发的对某种消费的需求，通常多是人们为提高生活质量而产生的一种附加消费需求。

人们对生活必需消费的需求主要来自于现实工作和生活的自身，而对于提高生活质量的附加消费的需求则主要来自于广告、信息传媒、人际的相互影响和攀比心理。

在古代市场营销中，工商业都是将消费者作为单独个体进行服务的，这个时期，个性消费是主流，但由于生产力和生活水平不高，人们的消费大多局限于生活必需品，其个性消费意识并不凸现。到了近代，工业化和标准化的生产方式生产的基本上都是人们生活所必需的商品，因为这类商品的需求量大，便于工业化的大生产，这就使得消费者的个性被大量低成本、单一化的产品所吞没。另一方面，在短缺经济或近乎垄断的市场中，消费者可以挑选的产品寥寥无几，消费个性根本无法实现。

随着社会的进步和人类生活水平的提高，在人们的现实支出中，真正用于生活必需品的部分开始减少，而对提高生活质量的附加消费的需求逐步增大，因此，目前企业都把眼光放在提高生活质量的附加消费上，使用各种手段来吸引消费者。今天的市场上，这类消费无论在品种、数量、质量上都已极为丰富，消费者能够以个人的意愿选购商品或享受服务。在这种形势下，消费者的消费心理开始发生变化，他们开始制订自己的消费准则，他们的需求和需求变化更多了。他们所选择的已不仅仅是商品的使用价值，而且还包括其他的"延伸物"，这些"延伸物"及其组合可能各不相同。因此从理论上看，没有一个消费者的心理是完全一样的，每个消费者就是一个细分的市场。心理上的认同感已成为消费者作出消费抉择的先决条件，个性化消费正在也必将再度成为消费的主流。

消费的主动性提高。在社会分工日益细分化和专业化的趋势下，消费者对消费的风险感随着选择的增多而上升，对以往那种单向的"填鸭式"的营销沟通方式感到厌倦与不信任。在许多大额或高档的消费中，如购买一些大件耐用消费品时，消费者往往会主动通过各种可能的途径获取与商品有关的信息并进行分析和比较，尽管这些分析也许不够准确或充分，但消费者却能从中获得心理上的平衡，以减轻风险感或减少购买后产生的后悔感，增加对产品的信任度和心理上的满足感。消费主动性的提高来源于现代社会不确定性的增加和人类追求心理稳定与平衡的欲望。

追求消费过程中的方便和享受。今天，人们实现消费的过程出现了两种追求的趋势。一部分工作压力较大，紧张度高的消费者会以消费的方便性为目标，他们追求时间和劳动成本的尽量节省，尤其是那些需求和品牌选择都相对稳定的日常消费者更是如此。然而另一些消费者则恰好相反，由于劳动生产率的提高，可供人们自由支配的时间增多，他们希望通过消费来消磨时光，寻找生活的乐趣，保持与社会的联系，减少心理上的孤独感。因此，他们愿意多花时间和精力进行消费，而前提是这种消费能给他们带来乐趣或满足心理上的需求。今后，这两种相反的消费心理将会在较长时期内并存和发展。

价格仍是影响消费的重要因素。尽管经营者们都倾向于以各种差别化来减弱消费者对价格的敏感度，避免恶性价格竞争，但价格始终对消费者的心理产生重要的影响。例如，近年来国内几次彩电价格大战中，一些拥有品牌、技术、质量和服务等多方面优势的厂商，开始都宣布不参加价格大战，但最后都为争夺市场占有率而拼搏，也不得不加入到降价竞争的行列。这说明即使在今天完备的营销体系和发达的营销技术面前，价格的作用仍然是不可忽视的重要因素。只要价格降幅超过消费者的心理界限，消费者因此心动而改变既定的消费原则也是在所难免的。

消费者是市场营销策略需考虑的重点对象，而消费者观念的变化势必会对营销理论和模式产生重要的影响。

(3) **网络营销产生的现实基础——市场竞争日趋激烈**。为了在日益激烈的市场竞争中占据优势，商家们使出了浑身的招数想方设法地吸引消费者，现在很难说还有什么独特新颖、能出奇制胜的手段了。经营者迫切地寻找变革，以尽可能地降低商品在从生产到销售的整个供应链上所占用的成本和费用比例，缩短运作周期。

3．网络营销的功能

网络营销的特色主要在于其扩散的广度、更新的速度、内容的深度以及可实现供求双方的在线相互交流等，这些均非一般媒体所能比拟的。网络营销覆盖全球，没有地域和时间的限制，随时传递企业的形象、经营和产品等信息；而其多路传送、适时快捷的功能，可将产品的最新信息提供给众多的客户同时阅览或查询。

网络营销和其运作的环境因特网，在市场营销中所发挥的功能可归纳为以下几点。

(1) **推广企业的形象与经营理念**。在目前开放的市场竞争态势下，企业除了制造和销售产品外，更应强化品牌和形象，而利用因特网的功能可使企业的形象推广变得更加生动。通过精心设计的网页，可以深刻表达企业的形象与经营理念，及时传播各种信息，例如，企业的基本状况、近期规划、发展远景、技术及服务等，这些都有助于企业贴近自己的客户，与客户间达成更多的共识，建立起相互信赖的关系。

(2) **产品的推广与信息发布**。推销产品当然是网络营销的核心。运用计算机网络可以使产品的推销过程更加生动，除提供产品的规格型号及销售信息外，产品的外观、功能、使用方法甚至制造过程等都可以通过多媒体信息形式呈现给客户，增加了知识性、趣味性和真实性。另外可配合营销活动开展多姿多彩的促销活动，如网上摸彩、虚拟旅游等都是网上常用的促销手段，这些都有助于吸引客户或潜在的客户。

(3) **与客户进行在线交易**。通过网络收集订单，交付"集成制造系统"——根据订单，实现产品设计、物料调配、人员调动，完成生产制造，实现在线交易。

自 1998 年 7 月，英特尔(Intel)公司营销网站开通以来，其平均月营业额达 10 亿美元，这个数字使英特尔在因特网所有商务网站排行榜中名列榜首；目前美国戴尔(Dell)公司的网络订单每天高达 1000 万美元，每月营业额为 3 亿美元，比由其他渠道卖出的电脑带来的利润高出 30%；思科(Cisco)公司每月营业额约 4 亿美元，今天该公司全部业务量的 62% 来自因特网。

(4) **通过网络收集各种信息**。通过网络还可收集各方面的信息，如时事、经济、技术、用户需求等，并反馈回生产销售活动的主体——企业，由此开拓新思路、采用新技术、开发新产品。再通过网络进行宣传，与需求者进行沟通。例如，通过网页上在线填写的一些调查表格，可获取客户信息及他们的反馈甚至可据此先期分析出不同的消费习性群体，为下一个生产、销售循环做好准备。

(5) **提供多元化的客户服务**。网络服务就像一个虚拟的销售人员，通过友好的网页界面和丰富的数据库，同时提供多人、多层次的数据咨询、意见交流、业务技术培训以及售后服务等，使客户可以获得自己所需要的内容，享受多元化的服务。

这将是一个高效率、高收益的企业模型，尽管它在实施中还会出现许多问题，但其前景是诱人的。网络营销将和未来的"集成制造系统"一起，构成一种被人们称为"现代生产销售"的系统。

二、传统营销与网络营销比较

1. 传统营销的基本特征

传统市场营销处于农业经济和工业经济环境中，农业经济是实物经济，工业经济是货币经济。因此，传统市场营销从经济、技术、物质及相关的市场环境方面来看，都带有所处经济环境的特色，着眼于物流(实物流、货币流)，主要从相距的物理(地理)位置及相关内涵来考虑营销活动的实现；即使进入近代市场营销，虽然增加了电信手段(电话、电报、传真等)，但也仅仅只是改变了营销活动的界面，即在面对面直接接触方式的基础上增加了使用电信手段的非面对面接触方式，其实质是古代市场营销的一种技术性辅助手段。这种营销活动趋于卖方市场的传统市场营销具有如下特点。

(1) **环境**。基于农业经济和工业经济，注重于物流形成及流程的各个环节。

(2) **界面**。面对面或在电信手段辅助下的面对面。

(3) **地点**。取决于营销双方或多方(含分销商)间的物理距离。

(4) **产品**。目标市场确定慢、产品定位批量大、产品生命周期长、新产品开发风险较大。

(5) **价格**。涉及企业定价、市场结构、需求弹性、成本结构、竞争状况和公共政策，响应速度慢，影响竞争力。

(6) **销售**。指产品的物流过程，在适当的时间、地点，以适当的价格供应购买方，销售采用依赖库存和中间环节(分销商)的迂回模式。

(7) **促销**。企业控制其在市场上的形象，传播有关产品的外观、特色、优越性和带来利益，运用广告、促销宣传、人员推销和口头传播等手段，本质上取决于人本身。

(8) **决策**。根据营销环境，对企业产品的组织、市场定价、销售渠道、物流管理、促销手段及广告管理等进行综合决策，主要依赖于人工决策。

2. 网络营销的基本特征

网络营销的实质是着眼于信息流的、通过计算机网络传输信息的市场营销，但它并不仅仅意味着通过网络快速传输信息使其效率和效能的提高，而是使营销本身及其环境发生了根本的变革。

(1) **环境**。基于以 因特网为基础的信息经济的环境。因特网的自由性恰好与商业所需的自由化竞争环境相吻合，因此，覆盖全球的 因特网自然而然地成为商家纷纷看好的营销新空间。而 因特网又将营销导向信息经济的环境，在这里传统市场营销活动各方之间地理上的距离，被网络上的电子空间距离代之，各方相隔的"时差"几乎不复存在；由于因特网网络的开放性和公众参与性以及其丰富多彩的内容，吸引着越来越多的网络用户，网络营销的营销额与上网的人数同步激增。

(2) **界面**。商业主页成为网络营销的界面。 Web 是因特网的信息资源平台，允许任何团体或个人的信息——文字、图片、视频、声音等，24 小时全天候地通过因特网向网上其他用户开放，网民们利用浏览器浏览这些信息，并可将自己的响应及时发送给 Web 页面的所有者；企业可利用 Web 制作介绍自身形象的主页、发布多媒体的虚拟产品清单、电子订单或在线客户支持系统。

(3) **地点**。虚拟电子空间中的 WWW 成为市场营销的新途径，分布于世界各地的客户办公室和消费者家中的电脑，成为实实在在的购物场所。

(4) **产品**。目前应用网络营销的可以是任何种类的产品或服务项目，从日用消费品到房屋汽车，从书籍报刊、计算机软件、新闻信息到飞机军火等，无所不包。但从国内外开展网络营销较成功企业的情况来看，网络上最适合的营销产品是一些流通性高的产品，如书籍报刊、信息软件、消费性商品等。

在网络上推销产品，还应结合网络的特性，目前因特网上最热门的网站也就是浏览人数最多的网站，其内容都以丰富的信息为基础，因此，营销模式应先以产品资料、产品趋势、生活和教育信息应用为主导，然后再进一步展开商业行为。

(5) **价格**。因特网上销售的商品其价格所受因素的影响与传统市场营销基本相同，但实际运作的结果表明，通过 Web 进行销售时，可以把价格调整到比传统营销方式更具有竞争力的位置上。

(6) **销售**。网上销售在"距离"和"时差"上的优势，使之变传统的迂回模式为直接模式，实现零库存，甚至无分销商的高效运作；实质上网络营销已使营销活动倾向于买方市场，众多客户通过 Web 来寻找、提出和实现自己的购买需求。

(7) **促销**。积极的营销策划，除需要网络营销的运行外，更需要促销活动和其他媒体的共同运行，才能发挥最大的整体效益。Web 对促销而言就像交通工具一样，各种广告形式、公关手段(即电子公关)都可以在 Web 上实现，而且具有更丰富的内涵(诸如动态广告、虚拟现实等)。

(8) **决策**。与传统市场营销一样，网络营销也需要对企业产品的组织、市场定价、销售渠道、物流管理、促销手段及广告策划等进行综合决策；而且决策的项目更多、内容更丰富、响应速度更快，以企业 Intranet(企业内部网)连接因特网构成的信息系统综合环境，将各种决策条件和资源有效地集成，为网络营销的在线决策提供了有力的支持。

三、网络营销的优势与效应

网络营销产生了一些传统营销方式中无法实现的优势和效应。

1．一对一的营销——顾客真正成为上帝

网络营销最基本的特点是硬性化生产与柔性化生产的结合。硬性化生产是指机器工业中那种对产品与生产进行标准化设计，采用高效率的机器设备，在尽量提高对原材料利用率及产品部件标准化的基础上，用最低成本的方法进行的生产，它追求的是生产在一定的技术发展水平下的成本最低的产品；而柔性化生产是指不对生产与产品做标准化设计，而是按照用户或顾客所提出的要求设计产品并进行生产。

从美国的汽车大王亨利·福特开始的、以大规模采用机器为特征的硬性化生产是工业社会企业营销中的主要生产特征。半个多世纪以来人们已习惯工业经济社会中千篇一律的"标准化"产品。今天网络营销将召回已被工业革命排斥了半个世纪的柔性生产，并将硬性生产与柔性生产结合起来，使消费者既能继续享受到低成本生产的好处，又能充分实现个性消费。

在网络营销中，企业可就产品中属于消费者消费中共同需要的部分，采用机器大工业那种硬性生产方式生产；而产品中因人而异的定制部分，则采用柔性化生产方式生产。这就要依靠计算机网络来实现，即通过网络先与消费者取得交易接触，并与之进行交易谈判，完成最终订货手续后，企业的柔性化生产部门将按照顾客对产品提出的要求设计产品，并向企业的生产部门下达生产指令，为顾客生产出定制的产品。最后再将产品的标准部分(件)与定制部分(件)装配起来，成为一个符合顾客特定要求的产品。人们理想中"一对一的营销"通过网络实现了，"顾客是上帝"这个工业经济社会中喊了多年的口号，在信息经济时代将真正变为现实。

2．公平、公正、公开——消费者当家做主

网络营销中公平、公正、公开的经营特色，体现在销售和服务的价格、质量等方面。从理论上讲，作为一种销售策略，在今天的大多数传统市场中，一般经营者拥有比消费者更多的信息，经营者可利用所掌握的各种信息，向它们认为最具有购买意向的消费者推销产品及服务，他们可以根据市场情况，向某些客户报出一种价格，而向其他客户报出另一种价格。虽然这种价格歧视的做法并不违法，但它确实使经营者们为获取更多的利润而牺牲了一些客户的利益。

然而，这种情况不会在网络营销中再现，有这样一种说法，网络建立了一个"颠倒"的市场，它一改上面提到的那种局面，而使市场的主动权转到了消费者手中。在因特网这个全球性的市场中，消费者能够在最大范围内自由选择，获得最佳的商品性能和价格，还可以相互交流消费过程中的经验与教训，选出自己认为最满意的商品，并且也可以与商家们讨价还价，在这里没有"店大欺客"这样的不道德的商业行为，消费者真正成了市场交易活动中的主角。

3. 便利快捷——让客户充分享受购物乐趣

目前在因特网上,吸引客户上网进行在线购物的关键是便利,据最大的在线销售商之一——美国在线(America Online,AOL)调查统计发现,在接受调查的客户中85%的人认为在线购物比传统购物方式容易,94%的客户表示将继续进行网上购物。

现代化的生活节奏已使消费者用于外出在商店购物的时间越来越短。

网络营销为我们描绘了一个诱人的场景。

售前:销售方向消费者提供丰富生动的商品信息及相关资料(如质量认证、专家评价、顾客反馈等),而且界面友好、操作方便、消费者可以通过 因特网比较各种同类商品的性能价格比后,作出购买决定。

售中:消费者不需驱车到也许很远的商店,坐在家中的电脑前即可逛虚拟商店购物,通过网络付款,在网上,一切都变得非常简单。

售后:在使用过程中发生的问题,消费者可以通过网络与厂家随时取得联系,得到来自卖方及时的技术支持或服务。

总之,网络营销简化了购物环节,节省了消费者的时间和精力,将购买过程中的麻烦减少到最小,购物的过程方便快捷。

4. 准确高效的服务营销

网络营销并非只是通过网上直接销售一种形式,利用网络开展服务和技术支持同样是一种营销形式,而且是极具魅力的一种营销形式。

1998 年著名的调查机构 Price Waterhouse 在新加坡进行一项专题调查发现,企业发展电子商务主要是为了提高客户服务及竞争力,而以增加收入为目的者不到 20%。

企业在激烈的市场竞争中,其经营的触角要不断地延伸,而提供的服务也需要多元化。当企业将传统经营形式中的销售服务和技术支持搬到网上,可以借助 因特网充分展示产品服务和技术支持信息, 及时准确地收集客户的反馈,并据此作出响应,给客户以最大的便利,缩短企业与客户之间的距离。

5. 利用网络虚拟化特征,降低营销成本

20 世纪五六十年代,许多企业的市场营销主要借助于电视广告、购物商城、超级市场、大规模生产工厂以及适合大批量消费的社会,实现自己的营销战略。在传统的企业生存环境中, 企业的知名度往往来自于企业规模的大小、企业的历史等各种因素。对于那些规模较小或发展历史不长的企业来说,知名度可能会在一定程度上影响企业的业务进一步拓展,而大规模的促销、广告等手段对大多数企业来说往往又是可望不可即的,于是, 企业尤其是一些中小企业在进一步发展的过程中面临着双重的困境。

因特网虚拟化的特征最直接的影响是使上网企业的规模变得无关紧要,它可以"使大企业变小,小企业变大"。因特网可以从信息管理的各个方面帮助一个企业,通过开放的 因特网虚拟空间,企业可以用尽可能少的成本来获取或发布尽量多的信息,企业不再受经营规模大小的制约,可以随心所欲地进行信息的交流、管理和利用。

从竞争的角度来看,上网企业具有较明显的成本优势。

(1) 网络营销经营费用低廉,在美国上网企业每个月向网络服务商(ISP)缴纳的服务费约为 30 美元,在我国一般是每年几百至几千元,此后企业就可以实现完全意义上的全天候服务;而在传统商业街上开一个小店面,每个月的租赁费少则几千元,多则几万甚至几十万元。

(2) 企业的网站可以设置事先备有答案的自动应答系统,对顾客提出的一些常规问题自动解答,不需要专门的营销人员经常地、重复地回答这些问题,这既节省了营销人员的时间,也降低了经营费用,还有助于企业形象的提高。

(3) 企业在接到顾客的订单或付款后,可直接从供应商处向顾客发货,不需要仓库存储商品,降低了库存费用和装运费用。由于减少了一些中间销售环节,相应的成本也有所降低。

此外,尽管上网企业没有专门的商品储备仓库,但却能比以传统经营方式运作的企业提供品种范围更为广泛的商品或服务。在因特网上,大中小企业均站在同一条起跑线上,企业在网上都是以网站、网页的形式呈现在消费者面前,人们难以据此判断一个企业的规模和历史,消费者更多关心商品的本身以及其价格、服务等信息,传统的企业知名度效应被网络的虚拟化特性淡化了。因此,通过因特网可以在一定程度上缓解目前中小企业在发展中所面临的困境。

四、网络营销带来的冲击及影响

客观现实和技术基础是现有市场营销理论赖以形成和发展的基础。计算机网络强大的通信能力和网络营销系统便利的商品交易环境,改变了原有市场营销理论的根基。对传统的经营方式产生了巨大的冲击和影响。在网络环境中,时空的概念、市场的性质、消费者的观念和行为等都在发生深刻的变化。由此引起了市场概念、经营理念、营销策略甚至整个商品流通领域的变化。

1. 网络营销对传统经营方式产生巨大的冲击

(1) **生产厂商和消费者的直接网上交易——中间商的作用弱化**。生产厂商和消费者可以通过网络营销系统直接进行产品交易,这种交易避开了某些传统的商业流通环节,因而更加直接、"面对面"和自由化。它对以传统经销渠道为主的市场运作模式产生了巨大的冲击。其首当其冲的就是中间商。由于原先那种层层批转的中间商业机构的作用将逐渐淡化,他们的作用不再受到以往那样的重视,因此,出现了这样的局面:一是过去由跨国公司所建立的国际分销网络对弱小竞争者造成的进入障碍将明显减弱;二是对目前直接通过因特网进行产品销售的生产厂商来说,其售后服务工作是由各分销商承担的,但随着他们代理销售利润的消失,分销商将很可能不再承担这些工作。因此,如何提供这些服务将是开展网络营销的企业所不得不面临的新问题。

(2) **对营销策略的冲击**。网络营销对传统营销策略产生的冲击是全方位的,以价格策略为例，传统营销方式中许多企业采用的是差别化定价策略，即在不同的地区、场合、时间以及针对不同的客户采用不同的价格。在网络营销中这种策略不再奏效，因为如果某种产品的价格标准不统一，客户将会通过因特网认识到这种价格差异，并可能因此导致客户的不满。所以相对于目前的各种媒体来说，因特网将会使变化不定的且存在差异的价格水平趋于一致。这将对那些在各地采取不同价格的企业产生巨大的冲击。例如，一家公司对某地的客户提供 20%的价格折扣，那么世界各地的因特网用户都会了解到这个价格，从而可能会影响到那些分销商或本来并不需要折扣的业务。

此外，通过因特网搜索特定产品的代理商，也将认识到这种价格差别，从而加剧了价格歧视的不利影响。

上述这些因素都表明：因特网将导致国际间的价格水平标准化或减少地区间的价格差异，这对于那些采用差别化定价策略的公司来说的确是一个需要认真对待的问题。

(3) 市场竞争形式的转变。由于因特网自由开放的特点，网络营销方式下的市场竞争将是透明的，过去的商业机密变成了网上的公开信息，在这里人人都能掌握竞争对手的产品信息和营销举措。因此，营销成败的关键在于如何适时获取、分析、运用那些从网络上获取的信息，并据此来制订正确的经营策略。

2. 营销理念发生变革

(1) 时空观念的重组和电子时空观。当前我们正处于由传统工业化社会向信息化社会过渡的时期。在这个过渡期内，人们将受到两种不同时空观念的影响。我们赖以生活和工作的基础是建立在工业化社会的顺序、精确和物理的时空观。而反映我们生活和工作基础的信息需求又是建立在后信息化(即网络化)社会可变性、没有物理距离的时空观之上，即人们常说的电子时空观。这种阅时发生在我们身上的两种不同时空观，不可避免地会引起我们工作和生活中的不理解、不协调、甚至是冲突和矛盾。但是生活在现代社会的人必须学会了解和适应它，实现时空观念的重组，才能在未来的竞争中立于不败之地。

时空观念的重组对于营销策略的制订和商业竞争是十分重要的。如利用网络开展的营销其范围会大大地突破原商品销售范围和消费者群体，以及由地理位置中半径和文通便利条件划界的营销模式；产品展示会、定货会没有了地点和统一时间的概念，取而代之的是一个网址和客户自己确定的任何时间，群体集会变成了个体根据自己的需要来访问和处理；消费者了解商品信息的途径，由完全以被动式的接收为主，转变成为主动在网络上搜寻信息和被动地从传媒接受信息并举的方式，等等。

(2) 营销策略组合由 4PS 转变为 4CS。在传统市场营销中，由于技术手段和物质基础的限制，产品的价格、宣传和销售渠道、企业所处的地理位置以及所采取的促销策略等成了企业经营、市场分析和营销策略的关键性内容。美国密歇根州立大学的迈卡锡(E. J. McCarthy)将这些内容归纳为市场营销策略中的 4PS 组合，即：产品(Product)、地点(Place)、销售与宣传渠道(Promotion)和价格(Price)。

而在网络环境下，产品、地点、销售与宣传渠道和价格都发生了很大的变化。首先是地点的概念没有了，一个上网的企业无论大小，面对的都将是同一个覆盖全球的大市场；

其次是产品将日趋个人化的、有特色的甚至是特别定制的；第三是宣传和销售渠道统一到了网上，销售与宣传渠道往往是一对一的，非常具体和实际的；第四是在剔除了商业成本后，产品的价格将大幅度的降低。因此，传统的营销策略会发生很大的改变，而另外一些新的问题被纳入了营销策略需要考虑的范畴。例如，如何做好网址的主页，建立网络营销系统以方便消费者表达购买欲望和需求；如何使消费者能够方便地购买商品以及送货和售后服务；如何满足消费者购买欲望和所需的成本；如何使生产者和消费者之间实现方便、快捷和友好的沟通等。由于这几个问题的英文首字母都是 C(Consumer's wants and needs、Cost to satisfy wants and needs、Convenience to buy、Communication)，所以被形象地称为基于 4CS 的网络营销模式，它的主要观念如下。

- 对企业来说，不要先急于制订自己的产品(Product)策略，而是以研究消费者的需求和欲望(Consumer's wants and needs)为中心来制订销售策略，不要再卖你所生产、制造的产品，而是卖消费者想购买的产品。
- 暂时不考虑定价(Price)策略，而去研究消费者为满足其需求所愿意付出的成本(Cost)。
- 忘掉渠道(Place)策略，着重考虑怎样为消费者购买商品提供方便(Convenience to buy)。
- 抛开促销(Promotion)策略，着重于加强与消费者的沟通和交流(Communication)。

网络环境改变了传统市场营销策略的基础，在网络营销中整合营销已经从传统营销理论中占主导地位的 4PS 理论，逐渐转向以 4CS 理论为基础和前提，因此，以 4PS 为基础的传统营销策略组合也转变到以 4CS 为基础的营销策略组合。它极大地拓展了原有的营销策略。

(3) 信息传播模式的变化。在网络环境下，信息的传播和大众传媒的工作模式都会发生较大的变化。而首当其冲的是商业信息的传播。这些变化将主要表现在如下几个方面。

广告传播的障碍被消除。由于网络空间具有无限的扩展性，因此，在网络上做广告不会像传统媒体的广告那样，受到时间或空间(如版面、篇幅等)的局限，企业可将所希望向客户介绍的信息全部发布，以满足各种不同客户的需求。

在网络上做广告也为企业创造了提高广告效率的便利条件。如企业可根据其注册用户的购买行为迅速制作有针对性的广告上网发布；另外诸如价格的调整、短期优惠措施的实施等信息均可通过修改网页便捷地实现。

传统广告的宣传策略针对的对象是一般大众(包括潜在的消费者)，而就某种具体产品来说，能真正成为其消费者的比例很小。于是，广告宣传就处于一个很尴尬的两难境地。对大众来说，嫌广告太多、太烦人甚至引起一些反感，而对潜在的消费者来说，又嫌广告内容不细，不足以使他们做出购买的决定。因此，出现了这样的局面：企业在策划和发布产品广告上耗费了巨资，这笔钱对于一般大众来说的确是花得有点冤枉，而对真正的消费者又显得投入不足。现实的商业环境迫使企业和消费者不得不处于这样一个左右为难的境地，这是传统商业环境下无法克服的矛盾。

在网络环境中，消费者可以在家通过网络查询和预览所需商品的性能、价格、功能、外型以及自己所关心的各种有关问题。看起来漫无目标发布在一个网站上的广告其实受众的准确度非常高，那些由网民们自愿在网络上提供的个人资料，如你居住在某个地区、你的兴趣爱好、生活习惯等，都有可能变成广告商推出不同广告的依据，他们会为你设计一整套促销活动。因特网上一种名为"饼干"(Cookie)的技术能跟踪你在网上的行踪，记录下你曾点击过哪些广告，或曾经了解过哪些信息，众多的广告商打开"饼干"能根据你的特点为你提供广告。此外，企业还对根据访问者的特性，如硬件平台、域名或访问时的搜索主题等有选择地显示其广告内容，这样可避免由世界各国或地区人们的宗教信仰、生活习惯不同而可能出现的麻烦。可见，传统广告那尴尬的"两难"在网络营销中已不成问题了。

双向的信息传播模式。 过去，市场营销一直在唱独角戏，广告的策划者们精心设计的各种广告通过广播、电视、报刊、杂志等媒体波及到人们的生活，这些广告攻势大多是经过深思熟虑的，但唯独不愿考虑的是人们是否乐意接受他们的广告。事实是，越来越多的消费者不愿成为广告的俘虏，电视广告一开始，有人就换频道了，这样的事想必许多读者都亲历过。

市场营销是一个复杂的双向交流的过程，销售商希望找出潜在的顾客，他想了解消费者的需求和愿望，从而按消费者的要求定制、改进产品或设计新产品，以便更好地满足消费者的意愿。而消费者也想了解自己所感兴趣的产品和服务。传统的电视在这方面是不起作用的，它的简短和高费用除了创造市场形象外，很难有其他作用。杂记虽然可以提供一些细节，但这些细节却往往不是潜在消费者所需要的。

在网络环境中的信息传播不再保持目前传统媒体(电视、广播、报纸、杂志等)采用的单向传播模式，而是逐步演变成一种双向的信息需求和传播模式。即在信息源积极地向用户展示自己产品信息的同时，用户也在积极地向信息源索要自己所需要的信息。目前因特网已经从技术上保证和实现了信息的双向传播，借助于网络，消费者可以和销售商进行对话，传统媒体所提供的那种一对多的单向交流方式，成为网络环境下一对一的双向交流方式。

推拉互动的信息供需模式。 进入信息化社会后，人们接收信息的途径越来越多、范围和选择余地也越来越大。这就导致了人们对信息的需求模式开始发生变化。未来人们对信息的需求模式将出现两个特征：一是个性化的信息需求风潮，即不再满足于统一固定的信息传播模式，越来越多地从个人的需要来接收信息；二是主动地上网搜寻所需要的信息，即所谓"拉"(pull)的过程。

从信息源的角度来看，由于需求模式发生了变化，因而迫使传播模式也要发生变化。这种变化主要体现在，传统的按照自己的愿望组织信息内容的主导型传播模式将被自行组织信息内容的个性化传播模式所取代。信息源实现"推"(push)的过程，推出所有的信息素材上网，由用户自己在网上从这些素材中搜寻所需要的信息。

未来信息的供需模式将演变成为一种推拉互动的方式。信息源推出的是素材，用户拉出的是各自感兴趣的内容，推拉互动，共同促进信息尤其是商业信息传播业的发展。

信息传播模式的多媒体化。 现有的传统信息传播模式是分离的，即电视台主要传播的是视频信息，广播电台主要传播的是音频信息，而报纸、杂志、出版社主要传播的是文字信息。今后这三者将会在网络上实现统一，如目前因特网上出现的各类电子杂志、各种书刊的网络版、虚拟图书馆、音乐网站、网络影院以及计算机制造商和广播电视台网达成的有关通信标准的谅解协议都保证了多媒体信息在网络上的统一。

3．市场性质的变化

通过网络营销这种手段，产品的生产者能更多地直接面对消费者，从而引起市场性质发生变化，主要体现在如下几个方面。

(1) 市场的多样化、个性化和时变化。 即原有以商业作为主要运作模式的市场机制将部分地被基于网络的网络营销所取代。市场将趋于多样化，不同的企业、不同的系统、不同的产品将千方百计地在网上营造自己的营销模式以吸引客户。由于信息网络双向和动态的特点，这时的市场会更显个性化和时变化。

(2) 市场细分的彻底化。 随着市场环境和运作方式的发展，市场也总是处在不断地变化之中。当今市场变化主要体现在市场的划分越来越细和越来越个性化两个方面。在传统社会中，实际上也有这两个方面的变化，但是这两种方式无论怎么发展，其最终结果还是针对某一特定的消费群体。只有在网络环境下，通过网络营销才有可能把这两个方面的趋势推向极致，演变成为一种针对每个消费者的营销，即"微营销"(micro-marketing)。

(3) 商品流通和交易方式的改变。 除中间商的地位被减弱外，在网络营销下，商品流通和交易方式也将发生变化，主要表现在直接交易过程的出现以及营销全球化，实务操作无纸化(即无纸面单证、票据、文件等)和支付过程的无现金化等方面。

4．营销方式发生变化

从营销方式上看，网络营销并非只是交易的电子化或网络化，而是将传统营销方式中的"为大众服务"演变为"为个人服务"。正是这种发展使得传统营销方式发生了根本性的变革，它将导致大众市场的终结，并逐步体现市场的个性化，最终实现以每个用户的需求来组织生产和销售，即"定制营销"。所谓"定制营销"是一种个性化集中营销，即企业按照消费者对产品或服务的特定要求，为之设计、生产并提供产品或服务的营销方式，这是在农业经济时代，小手工业者普遍采用的产品经营方式。那时，顾客在生产者的店铺里直接查看货物并向生产者提出订货要求，生产者按照顾客要求，再经过双方对交易条件进行谈判，达成一致的交换条件后。生产者为顾客定制产品。在这样的营销方式下，每件产品都是专门为一个顾客定做的。从这个意义上说，一对一的"定制营销"是一种古老的营销方式。

进入工业社会以后，由于"定制营销"与机器工业生产体系中通过集中资源、批量生产来追求规模、成本经济效益的要求是冲突的。因此，在工业社会中"定制营销"方式被淘汰是必然的，目前工业社会中普遍奉行的是"目标市场营销"。

与定制营销方式不同，"目标市场营销"是一种大规模无差异营销，它不是专为每个消费者设计和生产(定制)产品，而是按一个消费者群体的要求设计、生产产品的。这个消费者群体的大小，以企业生产批量能否满足平均"盈利"的要求为最低界限。因此，目标市场营销是设法充分满足消费者的特定需要的。就因为目标市场营销在能够比较"粗线条"满足消费者需求的时候，又能兼顾生产经济性的要求，因此，成为工业社会中最佳营销方式。

随着计算机及网络的出现，整个世界开始进入多样化和复杂性日增的新时代。计算机化的生产使产品更具多样化的特点，能够更好地满足不同消费者的特殊需求，使那种机器大工业以最低成本向市场提供产品的营销与能充分满足消费者需求的"定制营销"相互结合，这就是网络时代的"定制营销"的含义。也是网络营销的魅力所在。

5．消费者行为的变化

网络环境和网络营销拉近了人们之间的空间距离，扩大了商业的领域和人们选择商品的范围。它不但带来了商业流通领域和商业运作模式的革命性变化，而且影响了买方市场下消费者购买行为的变化，主要体现在如下几个方面。

(1) 消费者直接参与生产和商业流通循环传统的商业流通循环是由生产者、商业机构和消费者三者组成的。其中商业机构起着非常重要的作用，对于生产者来说，所谓市场导向是通过商业机构的定货趋势来反映的。对于消费者来说，所谓挑选商品也是在商业机构所提供的范围内有限地进行的。生产者不能直接了解市场需求，消费者也不能直接向生产者表达对产品的需求。因此，从理论上来看，这种流通模式无论怎样分析，总会存在一定的盲目性。

在网络环境下，这种情况将会改变。网络营销使生产者和消费者在网络的支持下直接构成商品流通循环。其结果使得商业部分的作用逐步弱化，消费者参与企业营销的过程，市场的不确定因素减少，生产者更容易掌握市场对产品的实际需求。

(2) 满足了消费者的行为、需求和愿望的变化。这一点体现在多方面。首先是传统广告的传播方式和内容发生了改变。传统营销理论中所指的消费者通常是一般大众，即现实生活中的任何一个人都是潜在的消费者，都是营销策略针对的对象。因此，在传统营销方式中，企业的宣传广告和营销策略是针对所有人的，企业投入巨大的广告费用，但往往带有很大的盲目性。网络营销中，这种情况将得到根本的改变，网络营销系统为消费者提供了全方位的商品信息展示和多功能的商品信息检索机制，例如，广告以多媒体方式出现在网上，以联想、智能搜索、组合查询方式传播，以传统广告媒体宣传网址和以详细商品信息方式在网址中分类展示商品等。网络成为消费者了解信息和购买商品的主要途径。一旦有了需求，消费者就会上网主动搜寻有关商品信息，于是他们开始从大众中分离出来，成为真正意义上的消费者。因此，企业的产品宣传、广告和营销策略主要针对这类消费者，为他们提供科学合理的商品分类框架、方便快捷的上网查询方式以及详细的商品或服务的特点、性能、价格等信息，而不再是泛泛地宣传一般性的商品信息。

其次，消费者将不再会在被动的方式下接受商家或企业所提供的消费项目，如果在网上找不到所需的信息，消费者可通过网络向企业或商家主动表达自己的消费需求。其结果使得消费者不自觉地参与和影响了企业的生产和经营过程。因此，目前因特网上的各个商业网站都为此提供了供需双方实现信息交流的手段。

(3) **消费选择范围的扩大化和消费行为的理性化**。在网络环境下，消费者面对的是系统，是计算机屏幕，没有了喧嚣嘈杂的环境和各种非理性因素的影响，商品选择的范围也不限于少数几家商店或几个厂家，在这种情况下，消费者会十分理智地规范自己的消费行为。

选择比较范围的扩大化。对大多数消费者来说，购物往往会"货比三家"，精心挑选。那种因信息来源和地理环境所限，不得以而为之的"屈尊"购物现象将不复存在。对单位采购进货人员来说，其进货渠道和视野也不会再局限于少数几个定时定点的定货会议或几个固定的供应厂家，而是会大范围地选择品质好、价格便宜、各方面都适宜的商品。例如，用户在进行某项贸易活动时，可以在网上查看国际、国内或某些特定地区的价格、期货市场和现货市场的价格、外汇汇率的价格等。在综合考虑各种因素的前提下最终做出合理的决断。

理智型的价格选择。由于网络和网络营销系统巨大的信息处理能力，为消费者挑选商品提供了空前规模的选择余地。在这种情况下，任何宣传、欺骗、诱惑和误导都不会再起作用，消费者将变得非常精明，会理智地考虑各种购买问题。假冒伪劣商品将没有市场，那种"谎言重复一千遍就是真理"的广告宣传战略也将失去作用。对于生产者来说，生产优质并适合于消费者需求的产品才是唯一的正道和出路。

对消费者来说，不再会被那些先是高位定价，然后再优惠多少的价格游戏弄得晕头转向。他们会利用自己的计算机迅速算出该商品的实际价格是多少，然后再进行横向比较，以决定是否购买。对单位采购进货人员来说，各类成本分析方法和信息系统技术有了更充分的用途。他们会利用手头的计算机和预先设计好的计算程序，迅速地比较购货价格、运输费用、折扣比率、时间效率，最终选择最有利的购货途径。也就是说，在网络营销方式中，人们有可能更充分地利用各种定量化的分析模型，更理智地决策。

五、网络营销形成的理论基础

传统营销理论已不能完全适用于网络营销了，需要在传统营销理论的基础上，从网络的特征和消费者需求演化这两个角度出发重新演绎和创新。但不管怎样，网络营销仍然属于市场营销理论的范畴，它不过是市场营销这棵老树上的一朵新花。事实上网络营销在某些方面改写了工业化大规模生产时代营销理论的一些观点，但在另外一些方面却强化了传统市场营销理论的观念。下面就从网络的特点和消费者需求个性化回归的角度来论述网络营销的理论基础。

1. 网络整合营销理论

网络的特征在营销中所起到的作用用一句话来概括就是：使消费者这个角色在整个营销过程中的地位得到提高。网络互动的特性使消费者真正参与到整个营销过程中来成为可能，消费者不仅参与的主动性增强，而且选择的主动性也得到加强，因为网络上信息丰富的特征使消费者的选择余地变得很大，在满足个性化消费需求的驱动之下，企业必须严格地执行以消费者需求为出发点，以满足消费者需求为归宿点的现代市场营销思想，否则顾客就会选择其他企业的产品。这样，网络营销首先需要把消费者整合到整个营销过程中来，从他们的需求出发开始整个营销过程。不仅如此，在整个营销过程中要不断地与消费者交互，每一个营销决策都要从消费者出发而不是像传统营销理论那样主要从企业自身的角度出发。在此情况下，传统的以 4PS 理论为典型代表的营销管理方法就需要作进一步的扩展。4PS 理论的经济学基础是厂商理论，即利润最大化。它的基本出发点是企业的利润，而没有把消费者的需求放到与企业利润同等重要的位置上。而网络营销需要企业同时考虑消费者需求和企业利润。以舒尔兹教授为首的一批营销学者从消费者需求的角度出发研究市场营销理论，提出了 4CS 组合。他们认为："4PS 反映的是销售者能影响购买者的营销工具的观点；从购买者的观点来看，每一种营销工具的目的都是为了传递消费者利益(即所谓的4CS)。"也就是说企业关于 4PS 的每一个决策都应该给消费者带来价值，否则这个决策即使能达到利润最大化的目的也没有任何用处，因为消费者在选择余地很大的情况下，绝不会选择对自己没有价值或价值很小的商品。反言之，企业如果从 4PS 对应的 4CS 出发(而不是从利润最大化出发)，在此前提下寻找能实现企业利益的最大化的营销决策，则可能同时达到利润最大和满足消费者需求两个目标。这应该是网络营销的理论模式，即：营销过程的起点是消费者的需求；营销决策(4PS)是在满足 4CS 要求的前提下的企业利润最大化；最终实现的是消费者满足和企业利润最大化。消费者由于其个性化需求的良好满足，他对企业的产品、服务形成良好的印象在他第二次需求该产品时，会对公司的产品、服务产生偏好，他会首先选择公司的产品和服务；随着第二轮的交互，产品和服务可能更好地满足他的要求。如此重复，一方面，消费者的个性化需求不断地得到越来越好的满足，建立起对公司产品的忠诚意识，另一方面，由于这种满足是针对差异性很强的个性化需求，就使得其他企业的进入壁垒变得很高，也就是说其他生产者即使也生产类似产品，也不能同样程度地满足该消费者的个性消费需求。这样，企业和消费者之间的关系就变得非常紧密，甚至牢不可破，这就形成了"一对一"的营销关系。

这就是网络整合营销理论的基本内容，它始终体现了以消费者为出发点及企业与消费者不断交互的特点。

2. 网络直复营销理论

仅从销售的角度来看，网络营销是一种直复营销。这里的"直"是指不通过中间分销渠道而直接通过网络媒体连接企业和消费者，网络上销售产品时消费者可通过网络直接向企业下订单付款。直复营销中的"复"是指企业与消费者之间的交互，消费者对企业的营销努力有一个明确的回复，买还是不买，企业可通过统计这种明确回复的数据，对以往的营销努力作出评价。网络上的销售最大的特点就是企业和消费者的交互，不仅可以以订单为测试基础，还可通过在线调查等方式获得消费者的其他数据甚至建议。所以，仅从网上销售来看，网络营销是一种典型的直复营销。

网络营销的这个理论基础的关键作用是要说明网络营销是可测试、可度量、可评价的。有了及时的营销效果评价，就可以为及时改进以往的营销而努力，从而获得更满意的结果。所以，在网络营销中，营销测试是应着重强调的一个核心内容。

3．网络"软营销"理论

网络营销是一种"软营销"。导出这个理论基础的原因仍然是网络本身的特点和消费者个性化需求的回归。

与软营销相对的是工业化大生产时代的"强势营销"，在传统营销中，传统广告和人员推销这两种促销手段最能体现强势营销的特征。广告"轰炸"试图以一种信息灌输的方式在消费者心目中留下深刻印象，它根本就不考虑消费者是否需要这类信息；人员推销也是如此，企业推销人员根本就不事先征得被推销对象的允许或请求，而是主动(这就是一种强势)地"敲"开消费者的门。在网络中这种以企业为主动方的强势营销，无论是有直接商业目的的推销行为还是没有直接商业目标的主动服务，都会遭到唾弃并可能遭到报复。这仍然可从网络特点和消费者个性化需求回归两个角度来解释，网络发展的初期是杜绝商业行为，因为网络发展的基本目的和原因之一是实现信息的共享、降低信息交流的成本，这是与商业法规背道而驰的。当今自由开放的网络空间是建立在信息共享、交流成本低廉、传递速度快等特点基础上的，如果没有良好的控制机制，就可能造成信息的泛滥。网络的这个具有双刃性的特点决定了在网上提供信息必须遵循一定的规则，这就是"网络礼仪(Net Etiquettte)"。

网络礼仪是因特网自诞生以来所形成的一套良好的、不成文的行为规范，如不使用电子公告牌 BBS 张贴私人的电子邮件，或进行喧哗的销售活动，不在网络上随意传递带有欺骗性质的邮件，等等。网络礼仪是网上行为都必须遵守的规则，网络营销也不例外，营销人员需要树立网络礼仪意识。例如，必须遵从这样一条规则：广告不能随意闯入人们的生活。要做到这一点，其实并不难，在上网消费者的电脑屏幕上，你的广告应该是一个像邮票大小的图标(称为旗帜或图标广告)，在消费者需要的时候，用鼠标在上面点一下就可看到你的广告内容，这个图标链接着内容翔实的各种信息，但它并不像电视广告那样，不管观众喜欢与否，都直入人们的生活。可见网络上的广告与传统方式下广告的运作方式是完全不同的。"软营销"的特征主要体现在"遵守网络礼仪的同时通过对网络礼仪的巧妙运用来获得一种微妙的营销效果"。

软营销和强势营销的根本区别就在于：软营销的主动方是消费者，而强势营销的主动方是企业。个性化消费需求的回归也使消费者在心理上要求自己成为主动方，而网络的互动特性又使他的这种愿望得以实现。他们一般将拒绝不请自到的广告，但他们会在某种个性化需求的驱动下自己上网寻找相关的信息、广告。这时的企业是在那儿静静地等待消费者的寻觅，一旦有人找到你了，这时你就应该活跃起来，使出浑身解数把他留住。可见传统营销的主、被动方在网络营销中正好颠倒过来了。

网络营销的几乎所有活动都在网络这个媒介上进行，网络既是市场调研的工具，又是销售产品的渠道，同时还是发布广告和实施公关的媒体，另外也可以成为进行电子货币支付的通道，它甚至还是某些产品(如可下载的软件、图像等)的传输路线。这就使网络营销成为一种非常紧凑的全程营销，以至于有时很难分清某个具体的操作方法是属于哪个营销策略。

六、创造网络环境下的竞争优势

营销的目的就是要努力营造出一种适合于本企业开拓市场的商业氛围，创造企业的竞争优势。在未来网络化社会里，市场的运作机制、环境条件和技术基础都发生了深刻的变化。这时的企业应当怎样开展网络营销，怎样开拓市场、创造竞争优势呢?通常，最直接的做法可通过如下几个步骤进行：一是建立企业的信息优势；二是研究充分利用信息优势的方法；三是重组企业的组织机构和商务运作过程；四是将这种信息优势直接转化为竞争优势或利润。

1. 建立企业的信息优势

所谓信息优势并不是指企业拥有多少的信息，而是指企业拥有多大的宣传商品信息和获取关键市场分析、经营状况、决策支持以及新产品开发信息的能力。这些信息优势可以从各种不同的角度得到。因此，企业的信息优势也可以从不同的角度来建立。也就是说，企业可以从某一个(或几个)方面建立相对于竞争对手的信息优势，也可以全面地建立相对于竞争对手的信息优势。这就是企业营销策略要综合考虑的问题。

(1) **建立企业网页，设立一扇了解企业及产品的窗口**。传统企业树立的是品牌，未来企业树立的是域名(Domain)。

域名终将要与品牌合一，成为企业产品、服务和整体形象的象征。其主要原因是：品牌是产品策略下的概念。在产品策略中，品牌是产品质量、信誉和可靠程度的保证。但是在网络环境下，产品策略将会被综合服务的策略所取代。于是，在未来情况下，品牌概念所涵盖的信息内容太少了。而域名则不同，它是一个信息含量极为丰富、而且是一个动态的概念。域名可以引导消费者上网，通过网络(web site)动态、全面地向顾客传达企业营销策略的所有信息。因此，企业必须像注册商标一样，注册自己的域名(网址)。域名最好用企业的品牌、商标、名称代号等社会最熟知的名称。然后建立企业的网络主页。通过主页宣传企业的产品品牌，树立企业形象，沟通与外界的联系。

(2) **建立 Intranet / Extranet**。有条件的单位可在上述基础上更进一步，基于因特网 Web 技术建立企业的 Intranet / Extranet 系统。Intranet 可以实时连通企业内部各组织、各成员之间的联系，提高管理工作的效率和信息反馈的速率。Extranet 则是企业对外设立的一个营销运作的虚拟网络平台。在这个平台上，企业可以宣传产品品牌、企业形象、服务内容、沟通与外界的商贸联系、开展 EC 业务，等等。

(3) **建立企业内部的管理信息系统**。建立全面涉及企业内部产、供、销以及生产、经营、管理等几个主要环节的 MIS，全面提高企业管理工作的质量和效率，这是建立企业内部管理整体信息优势的措施。同时也是系统投入和开发工作量最大的一个环节。

(4) **建立合理的信息管理模式**。合理的信息管理模式分为三部分：一是企业的网址同企业的名称、品牌、商标一样(通常这几者都是合用同一个内容)，对它的宣传和它的知名度是企业信息优势的重要组成部分；二是基础数据管理的水平是决定企业信息优势的基础，这里所说的基础数据包括市场采样调查数据，产、供、销和经营状态统计数据，产品及企业形象数据，等等；三是信息管理和利用的水平是建立企业信息优势的关键。

2．充分利用网络和信息优势

网络营销的最终目的就是要将企业的信息优势转换成商业竞争优势和利润。充分利用信息优势的措施如下。

(1) 充分利用信息来研究市场和策划营销运作过程。研究市场包括利用销售统计和市场抽样分析消费行为、市场发展变化的趋势、竞争对手经营策略、市场占有率，等等。然后有针对性地对企业及产品(品牌)进行包装和形象设计。以吸引更多的顾客，占领更大的市场份额。这里所说的"包装"主要是指对企业、产品及品牌营销或宣传战略上的"包装"、"策划"和"形象设计"，而不是指一个具体的物理过程。同时，对消费趋势的分析有助于企业开发适销对路而且无价格风险的新产品；对竞争对手经营策略的分析有助于企业有的放矢，有针对性地制订对策；对市场状况的分析有助于企业了解和进一步开拓市场(如寻找货源和扩展销售渠道等)。

(2) 充分利用信息展开信息服务。网络环境下的信息服务有多个方面：一是对企业的各级管理人员来说，要利用信息优势开展各种生产、经营、管理分析，以全面提高企业管理的水平和质量；二是对企业各类采购人员来说，要充分利用网络和信息优势，大范围地寻找价廉物美的货源；三是对于营销人员来说，要在充分利用网络技术来策划和实现自己的营销目的；四是企业要利用 EC 这一营销窗口，为消费者提供更多的服务，同时也是为企业赢得更多的客户；五是对于分销商、联营企业和商业合作伙伴来说，既要充分利用网络来了解生产、经营和市场信息，又要充分利用网络来传播管理指令。

(3) 培训。通过培训使企业的高层管理人员了解并使用 EC 技术，最终为企业带来实实在在的效益，这是充分利用网络和信息优势的关键所在。培训是保证管理人员能够充分利用信息优势和创造企业竞争优势的前提。

3．面向业务，重组企业的运作过程

企业的运作过程是由于经营管理业务的需要而设立的。但由于种种原因，会发生企业管理和运作过程的设置不适应业务发展的需要，结果造成效率低下、运营不畅的局面。于是，利用信息技术面向业务过程对企业进行重组(BPR，Business Process Re-engineering)就成为企业发展的重要内容。

(1) Intranet 对组织内部结构和管理模式的影响。经济全球化把传统的社会化大分工大协作的理论推向了极致。于是跨国企业、连锁企业大量涌现，企业的组织机构呈倒树状发展，越来越庞大。Intranet 技术的出现沟通了企业各成员与各部门之间的双向实时联系。企业各成员可以直接从职能管理部门获取管理指令和反馈管理信息。于是，企业的组织机构和内部管理模式开始发生变化。网络化像一股巨大的力量将原本金字塔状的组织结构从上向下给压偏了(即所谓的 downsizing)。在 Intranet 的作用下，企业职能部门的作用加强了，影响企业运作效率的中间环节消失了，信息的反馈及时了，整个企业都围绕市场和 4CS 来

重组所有的经营和管理过程。

(2) Extranet 对企业营销运作模式的影响。Extranet 将是今后企业对外宣传、联系的窗口和营销运作的重要途径。网络营销要围绕 Extranet 来展开。营销策略中的相当一部分内容要通过 Extranet 来实现。例如：在企业／品牌宣传方面，可将原来用于企业形象宣传介绍和产品／品牌广告的纸面印刷材料实时动态地移到网上，这样，不仅节省了大量费用，而且网络主页中全天候、没有地理距离、24 小时服务和动态双向开放企业和品牌最新信息的功能是传统方式无法比拟的；在商品或原材料的供需和信息服务方面，可将原来的各类定货会和商业供销过程移到网上，这样不仅节省了大量费用，而且有利于预展销售的范围和市场以及寻找到更好的供货商；在广告策划方面以传统方式(如：电视、报纸、户外媒体、小礼品等)突出宣传网址，而在网络主页中则以各种技术手段(如多媒体、动画、全方位的产品信息分类、智能化的查寻和促销方式等)宣传产品的详细信息；在研究和分析市场方面，利用网络双向、动态的特点，分析市场消费趋势，竞争对手的营销策略等，并将其反馈到企业的整个管理层，从整体上制订营销对策。

4. 将信息优势转化为竞争优势

营销的目的是要创造竞争优势，要努力将企业的信息优势转化为竞争优势。那么如何才能将企业的信息优势转化为竞争优势呢？

(1) 在传统广告中大力宣传网址，以多"一扇窗口"和多一类商品信息展示方式赢得竞争优势。

(2) 充分利用网络开展 EC 和售后服务，以方便沟通和快捷服务的方式赢得竞争优势。

(3) 经常性地与本行业的一些著名网址建立联系，借用它们的知名度来传播企业的供需信息赢得竞争优势。

(4) 在企业做出任何一项购入或售出决策时，要避免仓促上阵，匆忙决策。应上网大范围地选择，然后通过各种定量分析方法综合比较，科学决策。这样可以避免失误，降低成本(对购入环节来说)和扩大市场、赢得利润(对销售环节来说)，形成竞争优势。

以有奖竞猜、有奖销售、售后服务和访问填表等方式在网络上稳固自己的客户群，同时发展新的市场和客户群。以扩大网址知名度和信息服务的方式吸引消费者赢得竞争优势。利用网络来分析市场和消费者需求，并以此来决定新产品的功能开发(而不是由设计室或设计师的技术来决定)以及相应的产品成本(这种成本是由消费者的需求决定的，而不是由设计人员的主观设计来决定的)，以产品的适销对路性、标准系列性和价格的合理性赢得竞争优势。充分利用 EC 和网络环境的特点来组织整个商品的采购、调运、存储和销售过程(对于商业企业来说)或采购、生产、经营和销售过程(对于生产型企业来说)。从整体的经营和管理水平上赢得对竞争对手的竞争优势。

第二节　关系营销

一、关系营销的含义

现代市场营销已不再是简单地开发、推销和分销产品，而是逐渐地更加关注与顾客建立和维持相互满意的长期关系，这种新的营销观念就是关系营销。关系营销的最先提出者巴利是从服务业的角度下定义的："关系营销就是在各种服务组织中吸引、保持和顾客的关系。"克利斯佩恩把关系营销看作是市场营销、顾客服务和质量管理的综合。摩根和亨特提出了最宽泛的定义："关系营销就是旨在建立、发展和保持成功的关系交换的所有营销活动。"

二、关系营销与交易营销的区别

关系营销与交易营销存在很大区别。交易营销的主要内容是 4ps，而关系营销则把企业的经营活动扩展到一个更广、更深的领域。两者的区别主要表现如表 11-1 所示。

表 11-1　关系营销与交易营销的区别

交　易　营　销	关　系　营　销
4P 理论为基础	4C 理论为基础
市场导向	关系导向
关注吸引顾客	关注提高顾客忠诚度
看中短期利益	看中长期关系利益
双方缺乏沟通	互动式沟通
利润最大化	双方合作实现共赢
有限的顾客服务和承诺	高度的顾客服务和承诺

(1) 交易营销的核心在交易，企业通过诱使对方发生交易活动而从中获利。而关系营销的核心与关系企业通过建立双方良好的合作关系而获利。

(2) 交易营销围绕着如何获得顾客展开，而关系营销更为强调保持顾客。

(3) 交易营销着眼于长期利益，而关系营销则着眼于长远利益。

(4) 交易营销认为价格在竞争中是一种主要的竞争手段，而关系营销则不这样认为。

(5) 交易营销把其视野局限于目标市场上，既各种顾客群。而关系营销所涉及的范围则广得很，包括顾客、供应商、分销商、竞争对手、银行、政府及内部员工。

(6) 交易营销是有限的顾客参与适度的顾客联系，而关系营销却强调高度的顾客参与和紧密的顾客联系。

(7) 交易营销强调市场占有率，即使是"一锤子买卖"也做，而不一定要顾客满意，而关系营销则注重回头客比率以及顾忠诚度，与顾客建立长久的关系，使顾客满意。

(8) 交易营销不太强调顾客服务，而关系营销高度强调顾客服务。

(9) 交易营销追求单项交易的利润最大化，而关系营销则考虑与对方互利关系的最佳化。从市场风险来看，交易营销的风险较大，而关系营销的风险较小。交易营销认为，没有必要了解顾客的文化背景；而关系营销则认为了解对方的文化背景非常重要，并希望与对方建立一种战略伙伴关系，甚至发展成为营销网络。

三、关系营销的流程系统

关系营销把一切内部和外部利益相关者纳入研究范围，用系统的方法考察企业所有活动及其相互关系，表现积极的一方被称为市场营销者，表现不积极的一方被称作目标公众。如图 11-1 所示。

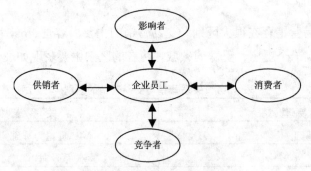

图 11-1　企业营销基本关系

企业与利益相关者结成休戚与共的关系。企业的发展要借助利益相关者的力量，而后者也要通过企业来谋求自身的利益。

1. 企业内部关系

内部营销起源于把员工当作企业的市场。企业要进行有效的营销，首先要有具备营销观念的员工，能够正确理解和实施企业的战略目标和营销组合策略，并能自觉地以顾客导向的方式进行工作。企业要尽力满足员工的合理要求，提高员工的满意度和忠诚度，为关系营销奠定良好基础。

2. 企业与竞争者关系

企业所拥有的资源条件不尽相同，往往是各有所长，各有所短，为有效地通过资源共享实现发展目标，企业要善于与竞争对手和睦共处，并和有实力、有良好营销经验的竞争者进行联合。

3．企业与顾客关系

企业需要通过搜集和积累大量市场信息，预测目标市场购买潜力，采取适当方式与消费者沟通，变潜在顾客为现实顾客。同时，要致力于建立数据库或其他方式，密切与消费者的关系。对老顾客，要更多地提供产品信息，定期举行联谊活动，加深情感信任，争取成为长期顾客，其花费的成本肯定比寻求新顾客更为经济。

4．与供销商关系

因分工而产生的渠道成员之间的关系，是由协作而形成的共同利益关系。合作伙伴虽难免也存在矛盾，但相互依赖性更为明显。企业必须广泛建立与供应商、经销商之间的密切合作的伙伴关系，以便获得来自供销两个方面的有力支持。

5．企业与影响者关系

各种金融机构、新闻媒体、公共事业团体以及政府机构等，对企业营销活动都会产生重要的影响，企业必须以公共关系为主要手段争取他们的理解与支持。

四、关系营销的具体实施

1．组织设计

关系营销的管理，必须设置相应的机构。企业关系管理，对内要协调处理部门之间、员工之间的关系，对外要向公众发布消息、征求意见、搜集信息、处理纠纷，等等。管理机构代表企业有计划、有准备、分步骤地开展各种关系营销活动，把企业领导者从繁琐事物中解脱出来，使各职能部门和机构各司其职，协调合作。

关系管理机构是企业营销部门与其他职能部门之间、企业与外部环境之间联系沟通和协调行动的专门机构。其主要作用是：收集信息资料，充当企业的耳目；综合评价各职能部门的决策活动，充当企业的决策参谋；协调内部关系，增强企业的凝聚力；向公众输送信息，沟通企业与公众之间的理解和信任。

2．资源配置

(1) **人力资源调配**。一方面实行部门间人员轮换，以多种方式促进企业内部关系的建立，另一方面从内部提升经理，可以加强企业观念并使其具有长远眼光。

(2) **信息资源共享**。在采用新技术和新知识的过程中，以多种方式分享信息资源。如利用电脑网络协调企业内部各部门及企业外部拥有多种知识与技能的人才的关系；制订政策或提供帮助以削减信息超载，提高电子邮件和语言信箱系统的工作效率；建立"知识库"或"回复网络"，并入更庞大的信息系统；组成临时"虚拟小组"，以完成自己和客户的交流项目。

(3) **文化整合**。关系各方环境的差异会造成建立关系的困难，使工作关系难以沟通和维持。跨文化之间的人们要相互理解和沟通，必须克服不同文化规范带来的交流障碍。文化的整合,是关系双方能否真正协调运作的关键。合作伙伴的文化敏感性非常敏锐和灵活,能使合作双方共同有效地工作,并相互学习彼此的文化差异。

文化整合是企业市场营销中处理各种关系的高级形式。不同企业有不同的企业文化。推动差别化战略的企业文化可能是鼓励创新、发挥个性及承担风险;而成本领先的企业文化,则可能是节俭、纪律及注重细节。如果关系双方的文化相适应,将能强有力地巩固企业与各子市场系统的关系并建立竞争优势。

五、马狮百货集团的关系营销

马狮百货集团(Marks &Spencer)是英国最大且盈利能力最高的跨国零售集团,以每平方英尺销售额计算,伦敦的马狮公司商店每年都比世界上任何零售商赚取更多的利润。马狮百货在世界各地有 200 多家连锁店,"圣米高"牌子货品在 30 多个国家出售,出口货品数量在英国零售商中居首位。《今日管理》的总编罗伯特曾评论说:"从没有企业能像马狮百货那样,令顾客供应商及竞争对手都心悦诚服。在英国和美国都难找到一种商品牌子像'圣米高'如此家喻户晓,备受推崇。"这正是对马狮在关系营销上取得成功的一个生动写照。

1. 马狮的全面关系营销战略

(1) 围绕"满足顾客真正需要"建立企业与顾客的稳固关系。关系营销倡导建立企业与顾客之间长期的、稳固的相互信任关系,实际上是企业长期不断地满足顾客需要,实现顾客满意的结果。马狮很早就充分认识到这一点。早在 20 世纪 30 年代,马狮的顾客以劳动阶层为主,马狮认为顾客真正需要的并不是"零售服务",而是一些他们有能力购买且品质优越的货品,于是马狮把其宗旨定为"为目标顾客提供他们有能力购买的高品质商品"。马狮认为顾客真正需要的是质量高而价格不贵的日用生活品,而当时这样的货品在市场上并不存在。于是马狮建立起自己的设计队伍,与供应商密切配合,一起设计或重新设计各种产品。为了保证提供给顾客的是高品质货品,马狮实行依规格采购方法,即先把要求的标准详细订下来,然后让制造商一一依循制造。由于马狮能够严格坚持这种依规格采购之法,使得其货品具备优良的品质并能一直保持下去。同时,马狮实行的是以顾客能接受的价格来确定生产成本的方法,让顾客有"物有所值"甚至是"物超所值"的感觉。为此,马狮把大量的资金投入货品的技术设计和开发,通过实现某种形式的规模经济来降低生产成本。此外,马狮采用"不问因由"的退款政策,只要顾客对货品感到不满意,不管什么原因都可以退换或退款。这样做的目的是要让顾客觉得从马狮购买的货品都是可以信赖的,而且对其物有所值不抱丝毫怀疑。

(2) 从"同谋共事"出发建立企业与供应商的合作关系。企业,尤其是零售企业,要想有效实现对顾客需求的满足,自然离不开供应商的协调配合。马狮以本身的利益、供应商的利益及消费者利益为出发点,建立起长期紧密合作的关系。马狮把其与供应商的关系视为"同谋共事"的伙伴关系。马狮为了让供应商有效实现制造和采购标准,尽可能地为供应商提供帮助。如果马狮从某个供应商处采购的货品比批发商处更便宜,其节约的资金部分,马狮将转让给供应商,作为改善货品品质的投入。这样一来,在货品价格不变的情况下,使得零售商提高产品标准的要求与供应商实际提高产品品质取得了一致,最终形成顾客获得"物超所值"的货品,增加了顾客满意度和企业货品对顾客的吸引力。同时,货品品质提高增加销售,马狮与其供应商共同获益,进一步密切了合作关系。与马狮最早建立合作关系的供应商时间超过 100 年,供应马狮货品超过 50 年的供应商也有 60 家以上,超过 30 年的则不少于 100 家。

(3) 以"真心关怀"为内容建立企业与员工的良好关系。马狮向来把员工作为最重要的资产,同时也深信,这些资产是成功压倒竞争对手的关键因素,因此,马狮把建立与员工的相互信赖关系,激发员工的工作热情和潜力作为管理的重要任务。在人事管理上,马狮不仅为不同阶层的员工提供周详和组织严谨的训练,而且为每个员工提供平等优厚的福利待遇,并且做到真心关怀每一个员工。关心员工是目标,福利和其他事都只是其中一些手段,最终的目的是与员工建立良好的人际关系,而不是以物质打动他们。这种关心通过各级经理、人事经理和高级管理人员真心实意的关怀而得到体现。例如,一位员工的父亲突然在美国去世,第二天公司已代他安排好赴美的机票,并送给他足够的费用;一个未婚的营业员生下了一个孩子,她同时要照顾母亲,为此,她两年未能上班,公司却一直发薪给她。这种对员工真实细致的关心必然导致员工对工作的关心和热情,使得马狮得以实现全面而彻底的品质保证制度,而这正是马狮与顾客建立长期稳固关系的基石。

2. 马狮给我们的启示

(1) 实施关系营销是一项系统工程,必须全面、正确理解关系营销所包含的内容,要实现企业与顾客建立长期稳固关系的最终目标,离不开建立与关联企业及员工良好关系的支持。

(2) 企业与顾客的关系是关系营销中的核心,建立这种关系的基础是满足顾客的真正需要,实现顾客满意,离开了这一点,关系营销就成了无源之水,无本之木。

(3) 要与关联企业建立长期合作关系,必须从互惠互利出发,并与关联企业在所追求的目标认识上取得一致。

(4) 高福利并不一定实现企业与员工的良好关系,真心关怀每个员工才能有效激发他们的工作热情和责任心,从而为实现企业的外部目标提供保证。

第三节 服务营销

随着知识经济在全球的兴起,无论是发达国家还是发展中国家都已受到或即将受到深刻的影响。知识经济时代的产业内容是制造业与服务业逐步一体化,提供知识和信息服务将成为社会的主流。美国 1996 年服务部门,从运输到零售、批发贸易、商业、专业服务、教育、医疗、信息和无数其他行业的产值占美国 GDP 的 75%,它所提供的就业岗位占总数的 80%。没有人能否认服务业将成为知识经济时代的第一大产业，"服务营销"时代已经到来。

在服务的作用和地位日益重要的今天，具有与一般产品营销不同特点的服务营销，逐渐产生了一个独立的营销领域，并获得了迅速发展。这也表明市场营销方法按其营销对象的特征差异正在逐步分解和深化。一般来说，服务与有形产品相比具有无形性、差异性、不可分割性、不可储存性和不发生所有权转移等特征。服务产品的无形性是指服务质量不具有形的、可看得见的和可触摸到的外表或形状；差异性是说明服务的组成部分和质量水平很容易随不同的人、时间、地点而变化，不易稳定和统一，标准难以规定等特点；不可分离性则是说明服务消费直接参与服务的生产过程，生产过程与消费过程合二为一；不可储存性则是指服务无法像有形产品那样贮存起来以备将来使用或销售；而且在服务的生产和消费过程中一般还不涉及任何物品的所有权转移。服务产品的这些特征决定了消费者在购买服务时，通常相信从亲戚、朋友、同事和专家那里获得的信息。在评价服务质量时，价格、服务设施和服务态度成为重要的标准，这就决定了企业在进行服务营销时必须结合这些特点进行营销决策与规划。

下面将具体讨论服务产品的特性和服务市场的 7Ps 策略和内容应用。

一、服务的概念

"服务"在古代意为侍奉。随着时代的发展，"服务"不断被赋予新意。在市场营销学上，服务被定义为"可被区分界定，主要为不可感知，却可使欲望得到满足的活动；而这种活动并不需要与其他产品或服务的出售联系在一起。生产服务时不一定需要利用实物，而且即使需要借助某些实物协助，这些实物的所有权将不涉及转移的问题"(美国市场营销学会 AMA 定义)。

菲利普·科特勒在其著作《营销管理——分析、计划和控制》一书中，按照服务在整体产品概念中所占比重的不同，将产品分为如下五类。

(1) **纯粹有形产品**。这类产品不附带任何服务，如肥皂、牙膏、毛巾等。

(2) **附加服务的有形产品**。有形产品外，往往附带一些服务，以增强产品的吸引能力，如计算机、汽车等。

(3) **混合物**。服务和有形产品各占一半，如人们去餐馆就餐，购买食品的同时也购买了服务。

(4) **主体是服务，附带一些少量有形产品或服务**。如美容服务之外，销售一些美容护肤品。航空旅行中赠送的饮料、食品等。

(5) **纯粹的服务**。即不出售任何有形产品，如心理咨询。

根据科特勒的这一划分，可以将服务划分为两大类：服务产品和服务功能。服务产品就是指以服务来满足顾客主要需求的活动，包括上述的第 3、4、5 种类型产品中的服务；而服务功能则是以服务来满足顾客非主要需求的活动，即上述的第 2 种产品中包括的服务。

二、服务的特性

服务就是提供一些综合利益给消费者的行为。服务既可以和有形的商品结合在一起出售给消费者，也可以是一种独立的产品，就像具有实体形状的消费品、工业品一样，满足人们的各种需要。同时服务产品的质量、价格、消费、使用又有其独特的一面，下面通过四个方面的分析、研究来把握其概念。

1. 服务的无形性(intangibility)

服务的无形性是指顾客不能通过感官标准来估价产品的质量，而是依靠他们从产品中的非物理性去评估质量水平，包括服务商行中服务者的外貌、形象、服务场所的环境。滑板、洗衣机、彩电是有形产品，顾客确定产品是否适合是基于对产品物理性质的观察与估计，另一方面，理发、医疗和教学则是无形的产品。

为了克服服务的无形性，服务营销者往往通过其他有形的物质来表现他们服务的质量和好处。如牙医给病人牙刷和丝棉，代表了护牙的质量。在酒店客房的枕头上留一块巧克力，显示了酒店职员对顾客的尽心服务。无形性导致产品质量控制难度加大。服务营销者不能通过产品质量的正常尺度使他们确信其所提供的服务达到了规定的标准、层次，相反营销人员通过对消费者满意度调查来维持和提高产品质量。

2. 服务的不可分割性(inseparability)

服务的不可分割性是指服务产品的生产与消费是同时进行的，两者在时间上和空间上一般是不可以分割开的。因为服务产品不可以贮藏，所以就限制了服务产品的质量。理发不可能通过邮寄方式进行，同样信息咨询如同消费分离，那只能是枯燥、毫无意义的文字、数据。服务不可沿着这样的路子：先是生产，然后销售，再是消费。服务首先得出售，然后生产与消费通常是同时出现的，也就是说，生产过程与消费过程合二为一。

3. 服务的不可储存性(inperishability)

服务的无形性的一个结果就是服务在实际履行之前之后都不能存在。不可储存性也就是服务无法像有形产品那样贮存起来，以备将来使用或销售。面包师可以在同一时间内烤好六块面包并卖掉，但理发师却不能在一天之内给一位顾客理六次发，也不能因此而停止另外五位顾客的理发服务。服务的这一特性决定了服务企业生产规模的有限性，同时，服务产品的滞销只是无形的浪费而非实体的损失(如车、船、飞机的空位等)，不过，这种损失不像有形产品损失那样明显，它仅表现为机会的丧失和折旧的发生。

4. 服务产品的差异性（heterogeneity）

服务的差异性是指不同的服务产品生产者所提供的同类型服务会因生产者的不同而导致服务水平、服务质量的不同。有形的产品如 DVD，国家可以通过制订国家标准来规范不同生产者的产品规格、型号、标准等，另外，行业标准、企业标准也起到了相应的作用。

但是对无形的服务产品因其随服务主体、客体、时间、地点、状态等的不同而产生差异，很难用统一的标准加以衡量和规范。服务商可以利用这个特性、强化自己的优势，形成自己的服务特色、个性，从而使自己的产品真正具有竞争力的差异化，拉开与同行的档次，走特色化道路。

一般来说，顾客的合作、雇员的精神面貌和公司的工作负荷体现服务产品的差异性。

(1) 顾客合作。一个试图改变小孩外貌的时髦发型师就非常需要顾客的配合，如果缺乏配合，那么他的美容工程可能就会付之东流。同样，牙科医生不会许诺那些对个人牙齿卫生不负责的人的牙齿会健康。医生的望、闻、问、切都需要病人的合作。

(2) 雇员的精神面貌。如果雇员缺乏为顾客服务的责任心，那么再先进的硬件设施也留不住客人。顾客与一个态度不佳的服务员发生纠纷，那么饭馆再好的美味佳肴也会变得索然无味了。雇员的精神面貌是构成服务质量的一个重要方面。

(3) 公司的工作负荷。雇员和机器超负荷运转，服务质量就会大打折扣。在非高峰期不使用过多的剩余劳动力，而保持足够的能源应付高峰期的生产负荷。这成为服务供应商追求的目标。在通信服务业，电话线和交换器的价格十分昂贵，在没有通话时，这剩余的生产能力便被闲置。然而电话公司在圣诞节、母亲节和其他节日高峰期间却难以招架人们如潮水的问候。当你心急如焚地往家里拨电话却听到"对不起，您所拨打的电话正忙"时，你会感到因电话线超负荷运转而导致的服务质量的下降。

服务产品的差异性一方面受服务人员主客观因素的影响；另一方面，由于顾客直接参与服务的生产和消费，顾客本身因素(如知识水平、身体状况、兴趣、爱好等)也直接影响着服务的质量和效果。比如同时旅游，有人乐而忘返，喜不自胜，有人则兴致全无，败兴而归。同时上课听讲，有人津津有味，有人昏昏欲睡。服务的差异性就要求企业尽量缩小自身因素的影响而导致服务质量的不稳定性，又要求企业扩大与同类服务之间的差异，形成自我特色。

三、服务的分类

对服务产品进行分类，有利于加深对服务价值的理解。根据不同的分类标准可将服务划分为不同的种类。但是分类标准并不是唯一的、不变的，在一定条件下可能发生交叉。下面从盈利性、服务对象、劳动与装备、顾客接触和技术水平加以细分。

1. 根据盈利的目的性不同，可分为盈利性服务和非盈利性服务

服务商的最大区别在于是否与经济利益挂钩。像那些以盈利为目标的医院，其营销战略决策是以投资的潜在回报为基础的。它的位置选择、服务项目、器材设备和病人群体目标无不为获利而进行精心策划选择。相反，像美国一家最大的天主教医疗系统——Wheaten Franciscan Service，其营销决策是以宗教和人道主义为基础的。例如，该公司可能最大限度地帮助那些无家可归的人住在医院里，其产品组成可能更多地强调穷人的健康和饮食的咨询服务，而不是富人的外科整容或其他服务。这两类服务都以不同形式进行营销，它们

相互竞争，但各自目标是不同的。

2．根据服务对象的不同可分为普通顾客服务和机构顾客服务

这两种服务对象需要使用不同的营销战略。例如个体销售商销售地板清洁器，其服务目标是大型办公楼时，其营销组合可能是高价高促销并配以人员推销，而服务对象为家庭用户时，可能采用低价低促销策略，以便降低销售成本。

3．根据服务的手段不同可分为劳动力型服务和装备型服务

前者基本上是人的行为，而后者的服务功能基本上是由机器设备完成的。例如营销咨询顾问公司完全是依靠知识技能和经验为顾客提供服务，而电话服务则是依赖深层次的通信计算机网络，如为直拨电话，便无须接钱员。这两种类型的服务各有所长，又各有所短，企业在进行服务营销时则应尽量扬其长而避其短。

4．根据与顾客的接触程度不同可分为高接触服务和低接触服务

高接触性服务需要大量的个人接触活动。高接触服务通常指向物体，而且顾客肯定在场。其典型的例子是保健业、娱乐、学校和公共运输业。例如，除非你踏上英国航空公司的飞机，否则它就不会载你到伦敦。而维修业和电信业则是低接触性服务业。

5．最后根据服务商的技术水平，可分为高技术性服务和一般性服务

这种分类方法目前仍有争议，因为服务技术水平的高低难以确定，甚至在提供服务之后。例如，一位金融顾问能使你继承一小笔财产，但另一位可能使你继承一大笔财产。在这种分类条件下，可以肯定的是两者对服务商的素质要求是不一样的，也就是它们的技术含量不一样。

四、服务业的界限

目前，经济学界一般将产业区分为三大部门，即第一产业、第二产业和第三产业。第一产业中的部门包括农业、林业及渔业，第二产业包括制造业及建筑业，第三产业包括服务业及分销性贸易行业。富特和海提(Foote and Hatte)主张将服务业更进一步分类如下。

"三级产业"：包括餐厅、大旅馆、美容理发院、洗衣及干洗业、房屋维修业以及过去的家庭式手工工艺业和其他家庭式经营或半家庭式经营服务业。

"四级产业"：包括交通运输、商务、通信、金融、信息咨询和行政管理，其最显著的特色是"分工的促成与实现"。

"五级产业"：包括保健、教育、娱乐业。这一类服务主要是通过设计来使接受服务的人在某一方面有所改变与"改善"。

可以肯定地说，到目前为止，仍没有人能对服务业作出一个得到绝大多数人赞同的概念和区分服务业严格的界限。为便于说明和理解，表11-2给出目前具有代表性的服务业。

表 11-2　代表性服务业

	公用事业		工商服务、专业性和科学性服务
1	煤气		广告
	电力		顾问咨询
	供水		营销调研
	运输与通信	5	会计
	铁路		法务
	乘客陆运		医药和牙医
2	货品陆运		教育服务
	海运		研究服务
	空运		**娱乐和休闲业**
	邮政		电影院和剧院
	电信		运动和娱乐
	分销业	6	旅馆、餐厅、咖啡馆
3	批发		公用场地和俱乐部
	零售		伙食代办业
	经销商和代理商		**杂项服务**
	保险、银行、代理		修理服务
4	保险业	7	理发
	银行业		家政服务
	金融业		洗烫业
	产权服务业		干洗店

五、服务市场的环境分析

一般来说，经济环境、竞争环境、社会因素和技术因素都对商品市场和服务市场的营销活动产生影响，但这几种要素则更适用于服务市场。

1. 经济因素

正当国内与国际经济形势变得复杂、多变时，对服务的需求也随之持续上升。特别是在目前，经济交往更加密切、交易量大增之时，也促进了服务业的发展，另一方面，服务业的发展也促进了经济、贸易的发展。经济环境从两个方面对服务产生影响。一是经济的迅速发展要求相应的服务业为之提供支持，如国际贸易和国际投资数额的增加，要求保险业、海运和航空运输业的蓬勃发展。另外，对国际金融服务信息咨询业也提出了更高的要求。二是经济发展，消费者可支配收入增加，从而对旅游业、娱乐、家政服务、酒店业等需求增加从而也会推动服务业的发展。经济环境，特别是经济环境的变迁对服务业产生直接而巨大的影响，营销人员要特别注意对这方面的环境研究与监控。

2.竞争因素

服务商面临的竞争因素是非常多的。一是他们发现正在与服务行业以外的公司竞争。一般性竞争来自于商品。例如，电影院在消费者娱乐开支预算上与剧院、电视、家庭影院进行竞争。在美国电影票的总量自 1960 年以来从未上升过。而录像带的出租额已从 1981 年的 1 亿 8000 万美元上升到 1985 年的 12 亿美元，而 1996 年，美国消费者在购买和出租录像带中一年就花掉 150 亿美元。二是政府机构、非盈利组织也与服务商竞争。美国的公立学校、公立医院和邮局都与私人公司发生竞争。美国政府发行的储蓄公债与银行提供的投资机会也会发生竞争。三是竞争来自于消费者本人。如技术水平越低，这种竞争的可能性就越大。举例说明，清洗门窗的服务因技术含量低、专业性差，那么居民可能就会亲自去处理了，而像修理汽车、家电等则需专门的维修人员提供服务。最后，服务竞争也来自隐藏的服务因素中。例如像 IBM 和苹果这样的生产性公司，他们不但出售计算机，还出售培训、咨询和维修服务。因此，他们也就同计算机维修行业发生了竞争。竞争因素是多方面的，服务商则需在实践中认清和认准所面临的现实的和潜在的竞争者。

3.法规条例因素

由于各地方存在不同的法律法规，这就要求国际贸易人员必须研究目标市场所在国的法律环境。一些制度法规则会对服务商的服务活动产生重大影响，例如，对产品销后保持连续性和现实性服务的硬性规定。一般来说，法规在两个方面影响服务商的服务能力。第一是服务营销的范围经常受到限制。第二是竞争的范围受到限制，例如在美国，若没有联邦通讯委员会的许可便不能进行电台和电视广播服务。同时，该委员会又严格控制了电视台的数量。另外，像律师、医生、会计师的人数都受到了限制。所以服务商在营销时要注意相关法律、法规的发布和变化趋势，尽可能地趋利避害。

4.社会因素

在社会营销中，社会公众的力量能对服务业产生巨大的作用。公众对服务业的态度影响服务的需求。例如，人们对心理医生及心理咨询的变化从而导致了心理健康业的发展，且需求不断增加。营销人员还应关注顾客态度、观念的变化。当更多的人表达了向往和感受美好事物的兴趣时，实际上便促进了游泳、饮食服务业的发展。人们对安全的关注和对犯罪的担忧就刺激了个人和家庭服务的增长。所有这些现象的存在，是因为这些生活方式或消费习惯变化都是以服务为基础的。

5.技术因素

技术因素对服务业的影响非常大，无论是服务对象、服务媒介还是服务商，都会随着技术因素的变化而发生变化。例如，过去在外地读书的大学生通过电话和信件要求父母寄来更多的钱，而现在，则可以通过邻居的传真机发出信息或通过宿舍的电脑网络发送电子邮件甚至通过视频电话来发送信息，这一切的实现是依赖于高科技的发展和应用。可以想象，若没有科技的发展，信息服务业就没有今天这样的成就。

科学和技术的进步为提高服务质量、增加服务产品提子酱供了保证。计算机系统可以帮助宾馆、航空、铁路部门以及图书馆、银行系统更快地、更准确地处理各种事务，从而提高了这些行业的服务质量，同时也降低了服务成本。技术和生产性能应用于服务业，被称为服务业的工业化。

总之，服务市场是一个潜力巨大的市场，服务营销是一个很有发展前途的营销，营销人员应站在时代发展的高度去迎接服务营销的挑战。

六、服务营销的一般特点

由于服务产品本身具有独特的属性，这就决定了服务产品要采用与其他产品不同的营销战略与策略。

1. 服务产品推销难度大

一般的工业品和消费品可被陈列、展示以便于消费者进行比较、挑选，但绝大多数服务产品由于具有无形性的特点，因此就难以展示标准的服务样品进行常规的促销法。此外消费者在购买服务产品之前一般不能进行检查比较和评价，只能凭借经验、品牌和推销宣传信息来选购。例如，消费者可以在购买前试驾一辆摩托车或检验音响的音质，却没有开腔检验休蔓诺医院的外科手术情况。因此要想吸引消费者，只能靠富有想象力和创造性的推销方法和行之有效的广告宣传，充分调动消费者对服务产品功能、效用的想象、共鸣和需求。以良好的商业信誉和较高的企业知名度推销商品、招徕顾客。另外，形成良好的口碑广告也非常有益。

2. 服务产品销售渠道狭窄

有形商品可以经过多种渠道、利用各类中间商进行销售产品，如通过代理商、批发商零售商进行销售。而服务产品由于具有不可分割性和不可储存性，决定了它们通常只能采取直接销售方式。顾客不与理发师接触就不能理发。顾客不去旅店住宿，不去饭店吃饭，就享受不到服务员的服务。服务产品的这一特点限制了服务市场的规模和范围，并且会造成机会成本增加，经营风险扩大。

3. 商品需求弹性较大

一般来说，消费者对为了满足衣、食、住、行等基本生活需要而对相关产品的需求较大，需求的价格弹性系数大多小于 1，而服务产品如旅游、娱乐、文化消费等则是随着经济的发展，消费者收入的提高以及生产的专业化、高效化加强而增加的，这是一种较高层次的继发性需求，需求的弹性系数大多大于 1。另外服务产品的需求还受到其他因素的影响，如社会风俗习惯、自然地理条件、时间气候因素等。另外由于服务产品具有不可贮存性，从而导致了调节服务产品的供给与需求之间矛盾的难度加大。

4．对生产者个人的技能、技术要求较高

由于服务产品具有差异性特点，因而服务质量水平与提供服务者有着最直接的关系，服务产品会随着生产者个人的技能、技术、态度等不同而产生差异。例如不同的歌星、影星会给观众、听众带来不同的感受，即使他们唱同一首歌、演同一个角色。因此，对生产者的个人技能、技术提出了较高要求，比如医生、律师、教师等都需要丰富的专业知识技能。

七、服务营销组合

鉴于服务产品与工业品有着显著的不同，传统的市场营销组合内容已不足以满足服务业的需要。美国学者布姆斯(Booms)和毕纳(Bitner)将服务营销组合扩充成为 7 个要素，即7Ps：(1)产品(product)；(2)定价(price)；(3) 地点或渠道(place)；(4)促销(promotion)；(5)人(people)；(6)有形展示(physical evidence)；(7)过程(process)。服务营销组合各个要素之间，不可避免地会有所重复且相互关联。因为在做营销决策时，考虑组合中的一项内容，不可能不考虑到它对其他组合项目的牵制和影响。下面对各要素加以分析。

1．产品

服务产品必须考虑的是提供服务的范围、服务质量和服务水准。同时还应注意的事项有品牌、保证以及售后服务等。顾客在购买和消费服务时，顾客所追求的并非服务本身，而是这种服务给自己带来的利益和好处。因此，在服务市场营销中，产品的概念在某种意义上可以做出如下区分：一是服务企业所提供的出售物，包括有形的和无形的；二是顾客感知到的产品。对顾客而言，只有能给他们带来利益的产品才是真正意义上的服务产品。服务产品包括三个基本要素：核心服务(Core Service)、便利服务(Facilitate)和辅助服务(Supporting Service)。

核心服务揭示出产品可以进入市场的原因，它体现了服务产品最基本的功能。比如，饭店提供食宿，航空公司提供运输。服务企业可以同时提供多项核心服务，如一家航空公司既可以提供短距离旅游服务，也可提供长距离货物运输。便利服务是为了让顾客能够更好地获得核心服务，比如饭店要有专门的接送服务；航空公司要有便捷的定票服务等。这些服务将方便核心服务的使用；离开了这些服务，顾客就无法使用核心服务。辅助服务是为增强服务价值或者使企业的服务同其他竞争者的服务区分开来。所以辅助服务是被企业当作差异化战略而使用的。例如，饭店客房内提供给顾客洗澡用的肥皂、牙膏，供住宿顾客旅游用的地图、旅游手册等。有时要区分便利服务和辅助服务是十分困难的，但对两者加以区分还是十分重要的，因为便利服务往往是义务性的，不可缺少的，没有这些服务，企业的基本服务组合就会破裂，而如果缺少了辅助服务，最多会使企业的服务产品缺乏吸引力和竞争力。

2．定价

价格方面主要考虑的包括：价格水平、折扣、折让和佣金、付款方式和信用。在区别

一项服务和另一项服务时，价格是一种识别方式，因此，顾客会从一项服务中获得价值观。按照价格理论，影响企业定价的因素主要有三个方面，即成本、需求和竞争。成本是服务产品价值的基本组成部分，它反映一个企业服务产品组成状况，决定着产品价格的最低界限，如果价格低于成本，企业便无利可图；市场需求影响顾客对产品价值的认识，进而决定着产品价格的上限；而市场竞争状况则调节着价格的上限和下限之间不断波动并最终确定产品的市场价格。此外，定价作为营销组合之一，受企业营销战略目标的影响。

3. 渠道

提供服务企业的所在地以及其地缘的可达性在服务营销上都是重要因素，地缘的可达性不仅是实物上的，还包括传导和接触的其他方式。所以产品销售渠道的形式以及其涵盖的地区范围都与服务可达性的问题有密切关联。服务产品的独特性决定了分销渠道的独特性，服务销售一般以直销为主且多为短渠道。

4. 促销

随着航空公司、银行、保险、宾馆和旅游公司等服务行业内部竞争加剧，使得服务营销的促销活动显得越来越重要。促销包括广告、人员推销、营业推广或宣传形式的各种市场沟通方式以及一些间接的沟通方式如公关活动。服务促销有这样的一些特点：一是"存货"的缺乏，即无法批量生产"服务"，以备消费需求的激增。这就要求在促销时必须考虑到企业的服务能力。为消除此矛盾，一般可通过采用预约服务和奖励忠诚消费者以稳定需求。二是中间商的作用减弱。这有利于更有效地对促销费用的分配和使用进行控制。三是服务人员的重要性十分明显。所有这些都要求服务企业在制订促销策略时必须考虑这些不同点。

5. 人

对服务性企业来说，人的要素包括两个方面的内容，即本企业的服务人员和顾客。这两者对于企业来说都具有十分重要的意义，对企业产品的性质、产品质量均具有决定性作用，且顾客之间也可能影响到服务产品的质量。

企业服务人员在没有事物产品为证物，顾客仅能从员工的举动和态度中获得公司的印象状况下，服务人员的重要性就可想而知了。服务公司的每一位员工都要成为服务产品的推销员，如果服务人员态度冷淡或粗鲁，他们就等于破坏了为吸引顾客而做的一切营销工作。对企业营销活动产生影响的另一种因素就是顾客之间的关系。一方面，某位顾客对某项服务的感受很可能会受其他顾客意见影响而形成，并借助口传的形式作链式传播；另一方面，顾客之间的联系会影响彼此所感受到的服务质量。例如，在旅行团中，团员的关系融洽程度会给旅游形成不同的印象和感受，从而影响到服务质量的高低。在高接触性行业中，人的因素就变得更加重要。企业在营销过程中需要区分不同的对象采取相应的营销措施。对内部员工应进行内部营销，对于顾客则进行关系营销，从而使企业所提供的服务产品能更好地满足顾客的需求。

6．有形展示

在市场交易中没有有形展示的"纯服务业"是很少的。因为顾客必须在无法真正见到服务的条件下理解它，而且要在做出购买决定前，知道自己应买什么、为什么购买，所以顾客一般会对有关服务的线索格外注意，如服务工具设施、员工面貌、信息资料、价目表以及其他顾客情况等。有形展示的要素包括：实体环境(装潢、颜色、陈设、声音、气氛)以及服务时所需要的装备事物(如租赁公司的汽车)，还有其他实体性线索，如航空公司的标识或干洗店将洗好衣物加上的"包装"。

有形展示主要具有以下几个方面的功绩：(1)通过感官刺激，化无形为有形，让顾客感受到服务给自己带来的好处；(2)引导顾客对服务产品产生合理的期望；(3)影响顾客对服务产品的第一印象；(4)促使顾客对服务质量产生"优质"的感觉；(5)帮助顾客识别和改变对服务企业及其产品的形象。

7．过程

人的行为在服务公司中很重要，而服务的递送过程也同样重要。表情愉悦、专注和关切的工作人员，可以减轻顾客必须排队等待服务的不耐烦感觉，或可以平息因技术上出现问题时的怨言与不满。整个服务体系的运作政策和程序方法的采用、服务供应中器械化程度、员工裁量权用在什么情况、顾客参与服务操作过程的程度、咨询与服务的流动、订约与待候制度等，这些服务过程中的事务都是经营管理者要特别关注的。

八、服务市场营销策略

1．合理调节供求

如前文所述，服务产品具有不可分割性和不可储存性的特点，所以服务产品的供给缺乏弹性，如宾馆的客房数决定了其供给量。服务的供给曲线是一条直线(注：在特定的时间内)，但是顾客对服务的需求却会因时间不同而产生差异，例如：公共交通运输在上、下班时间是高峰期，餐厅在早、中、晚进餐时则十分拥挤，旅游也有很强的季节性特点，因此对服务产品的需求，在坐标图上通常是一条波动的曲线，如图 11-2 所示。

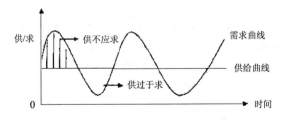

图 11-2　服务业供需曲线

由上图可以得出，服务业经营困难的关键在于供求时间上的不协调性。因此对于服务业主来说，如何有效地调节产品的供求是取得经营最佳经济效益的关键。根据已经取得了研究成果,可以从两个方面来解决或缓解这对矛盾。

(1) 调节需求。对一个服务企业而言,调节需求主要指在保持供给稳定的前提下,通过适当的营销手段,降低需求波动幅度,缩小供求之间的差异。

一般情况下,一个服务企业的供求状况大体上有四种可能:

需求超过了企业的最大供给能力,此时部分顾客的需求得不到满足,从而使企业丧失了部分市场机会;需求超过了企业的正常供给能力。此时所有顾客的需求基本上都可以得到满足,但企业服务设备紧张、服务质量下降、顾客满意度下降;需求低于企业的正常供给能力、造成服务企业的设施和人员闲置,服务能力过剩、企业效益不高;供给与需求大体上平衡,服务企业的设备和人员处于最佳的工作状态,服务质量有保障,一般来讲此时企业也是企业效益最好的状态。

上述的(1)、(2)、(3)种情况都是服务要极力避免的。企业的管理者应采用不同的策略、方法,尽量改变顾客的需求时间,使企业的服务质量和企业效益都处于最佳状态。下面介绍四种具体措施供管理人员参考、借鉴。

实行差别定价策略。一般来说,因服务产品是需求富有弹性,所以此策略比较容易见效。在服务需求高峰期时,价格定的高一些,而在非高峰期价格定得低一些。这样就可以吸引潜在的顾客进行非高峰期消费,使服务企业的设施和人员得到均衡的使用,并保证了服务质量的稳定性。例如电话费的差别定价,住宿费因不同季节而不同,卡拉 OK 包厢则分上午、下午和晚上三个时段分别定价。这些措施的效果一般都较明显。但有一点要注意,就是高、低价之间界限要明显,要能对消费者产生一定的刺激作用。另外最高价的制订要视自身的服务水平、企业品牌和竞争状况而定,不可因高价而赶走消费者。

发展非高峰期的服务,刺激需求。可以在非高峰期内加设一些特别的或新的服务项目,比如有些旅游点在淡季开展一些促销活动,如展览、艺术表演,使淡季不淡。在实施这一策略时也要注意,要能保持将不同需要的消费者进行区分,使刺激效果最大,而成本降至最低。

提供辅助性服务。在需求的高峰期,为了暂时缓和供不应求的状况,延长高峰期,企业可在此时提供一些临时性的服务,让等候中的顾客享用,以便留住顾客,例如理发店里摆放些当期的文艺性杂志和报刊或在候车厅里播放电视、录像等节目,以减轻顾客等待时的不满。

采用预售服务。通过预售,服务商可以及时了解需求状况,并利用现在资源对高峰期的需求与低峰期需求进行综合平衡调节,还可采用其他紧急补救措施。如火车站在预售车票时,就可以把顾客在不同车次之间进行调节或考虑加开专列,使企业不丧失盈利机会。联系我们在本章的开篇案件,休蔓诺医院就可通过预约门诊和值班热线服务来平衡服务的供求。

(2) 调节供给。就是要求服务商掌握需求变化的规律,并据此积极主动地调整其服务供给量,从而使服务产品的供求基本平衡。如前所述,由于服务产品自身的特性决定了其供给缺乏弹性,这就给调节供给活动带来了一定的难度,但服务商仍可以在一定限度内进行微调。具体有以下几种方法。

适时调整服务供给时间和地点。如节假日延长营业时间，增设临时性服务网点。火车一般在春运期间增开，加开客车，在售票方面则增加流动售票车来减轻需求压力，扩大供给。

在需求高峰期。在保证服务质量的前提下，只提供主要的服务项目，把次要的、辅助性的服务内容略去，以提高服务的供给速度。例如列车可在春运高峰期，减少卧铺车厢、增加普通车厢以增加载客量。

增加顾客的参与度。即鼓励顾客做一些本来由服务人员完成的，而顾客有能力、有兴趣完成的服务项目。这种做法目前正在餐饮业较为流行。其好处是一来可以提高顾客的满意度，毕竟只有消费者本人才最清楚自己想得到什么；二来可以降低服务成本，提高服务企业的生产效率，三是这种做法具有新鲜感，在服务商指导下参与又能增加服务消费的娱乐性。

雇用临时工。不同的服务业有不同的服务高峰期，因此服务商可以根据自身的特点，在平时维持一定数目的职工以外，在需求高峰期时雇用一些临时工，让他们从事些非技术性服务活动，以增加需求高峰期的服务供给量，并减轻基本职工的工作压力，使服务质量得到保证，同时又相对降低了营运成本。

加强对企业职工交叉培训。服务企业一般由多个部门组成，且每一个部分在不同时期里他们的工作量具有差异性，因此就有可能把职工培训成"多面手"，一是哪一个部门需求量增加时，其他的部门人员就可抽调一部分进行对口支援，提高服务的供给量。这样做的好处是服务质量可保持稳定性，另外还可降低营业费用。

2. 服务产品的定价策略

像其他经营商品的中间商一样，服务商也要赚取利润以维持雇员工资、培训、教育、管理等各项费用开销，同时还要应付竞争及各方面的压力。而服务产品的定价则是其增加收入的唯一来源，所以合理的定价策略对服务企业来说非常重要。一般服务企业的定价目标有：以刺激服务需求为主要定价目标；以调节短期服务需求为定价目标；以协调连带消费为目标。另外这些个体定价目标又服从于实现一定的营业额并获得一定的市场占有率这一整体定价目标。

服务企业在明确的定价目标指导下，就可结合本企业、本部门的特点而采取相应的定价策略。

(1) **利润最大化定价策略**。利润最大化对服务企业至关重要，它意味着服务的定价必须高于其各项成本的总和，以便使出售的服务能提供足够的收益来补偿成本并为企业发展提供必要的资本。服务价格不宜定得过低，以免顾客依据价格来推算服务质量，认为"一分钱，一分货"，从而低估了提供给他们的服务质量。另外，在消费者眼里，价格是产品质量的标志，由于服务产品质量很难形成一种客观的、统一的判别标准，因而只有通过价格对服务质量进行一种主观的判断，然后决定是否购买。事实上，有些顾客也愿意用购买高价格的服务方式来提高或显示自己的声望或地位。不过采用此策略时，一要结合企业自身的实力与声誉，使价格与企业的市场定位相吻合；二要结合目标顾客的实际支付能力，过高、过低都不能达到利润最大化的定价目标。

(2) 客观定价法。就是指不论顾客的种类，预先设定服务的单价，再乘以实际服务的单位数，即得到该项服务的售价。例如每小时授课酬金 50 元，实际授课 8 小时，则该项授课服务的价格为 400 元。另外可以根据服务的项目、内容、条件不同，实行等级差别定价，如宾馆客房、按标准间、套房等分级明码标价，让消费者有选择的余地。

客观定价法一般常见于律师、管理咨询公司、心理医生、家庭教师、钟点工等。其优点是可以把无形的服务产品量化，易于计费，但不足之处是不能反映顾客对服务价格的感受，缺乏灵活性。采用这种定价的关键是要确定好服务产品的单位价格，即要能反映需求，又要能反映企业的服务水平。

(3) 主观定价法。主观定价法就是根据顾客对服务的感觉价值和主观接受程度来调整服务的标准价格。采用此定价策略一般是服务产品无法分割、服务时间无法精确计算的情况，服务商只好凭主观大致估计价格的行为。例如对音乐家的演唱，对画家的艺术作品等我们无法用什么客观尺度去衡量，所以只有依靠主观判断和经验加以确定。采用主观定价策略时要考虑如下因素。

- 服务效率的估计；
- 服务企业的知名度、经验和能力；
- 服务工作的类型、性质和难度；
- 服务的便利性及额外的特殊开销；
- 相关服务的市场价格水平；
- 顾客对服务的感觉价值和接受程度。

企业在采用主观定价时，不可太主观、太随意，而要充分运用各种方法，使消费者对价格产生认可，认为物有所值，以此留住回头客。

(4) 需求导向定价法。需求导向定价法就是不考虑提供服务的成本，而是根据市场的需求来确定产品的价格。这也是平常所讲的随行就市价。采用此定价方法，价格的弹性较大，企业灵活度高，能充分地根据市场行情、灵活应变，使企业处于最佳的获利状态。采用此法要求服务商能非常熟练、准确地把握市场需求，且要有一定的市场预测能力，使企业的销售额处于最适度状态。

(5) 竞争导向定价法。竞争导向定价就是根据同一市场或类似市场上竞争对方的服务价格以及自身的竞争策略来制订产品的价格。服务行业同其他行业一样都存在着激烈的竞争。而如何在竞争中脱颖而出就成了服务商应该着重考虑的问题。竞争的手段有许多种，但巧妙地运用价格竞争手段来获胜就比较重要。且这种方法简便易行、见效快、易于掌握和调整。不足之处是可能引起残酷的恶性竞争，几败俱伤。这就要求企业在采用此法时要充分考虑自身实力和竞争对手可能的反映。

在以上诸多的定价方法中，如何来评价服务商的定价策略是否合理呢?可通过回答以下问题来找出答案。

- 所订价格是否很容易被顾客理解?
- 服务商的定价是否能激励顾客进行更多的交易以及对该服务形成品牌忠诚?
- 在公司里,服务商的定价能否加强顾客信任?
- 服务商的定价能否减轻顾客有关购买决策的不确定性?
- 服务商的定价能否反映出企业的各种优势,把企业、顾客与竞争对手的关系摆正,找到发展的突破口?

3. 服务产品的促销策略

服务产品具有无形性特点,使得服务企业的促销活动要比工业企业困难得多。但是随着知识经济时代的到来,服务业迅猛发展,新的服务产品不断被开发出来,促销已成为服务企业营销活动的一个重要组成部分。

适合服务业的促销媒介有四种(1)利用人进行直接传播,即利用本企业服务人员的形象、服务态度和宣传性语言,一对一地影响消费者,促进销售。(2)个别媒介传播,即利用人以外的,具有独特限定对象的方式进行传播,如利用电话、幻灯片、录像或电影将服务信息传播给特定的消费对象。(3)利用大众传播媒介,如报纸、杂志等媒介,以报道的形式进行传播,尽量能形成新闻轰动效应。(4)利用消费者之间的"口碑"方式进行传播。由于许多中、小型服务企业一般都是地域性的,市场的地区限制性较强,不适合进行大规模、大面积的广告宣传活动,所以"口碑"对企业来说就显得非常重要,如果能形成良好的口碑,一则可给企业带来较大收益,二则又可为企业降低了广告宣传费用。服务促销的手段主要是:广告、人员推销和公共关系。

针对服务业的特点,服务企业在进行促销时,可有选择地采取如下策略。

(1) 企业形象化宣传。 为了克服服务产品无形化的特点,降低顾客对无形服务的知觉风险,则在"无形服务"之外,再加上"有形物品"来陪衬,使无形有形化,以增加顾客对企业服务的信心。如要求服务人员穿着整齐、鲜明的制服,注重服务人员的仪表等措施。在服务中,企业还应尽可能多地使用有形设备,加强形象化宣传,如医院可宣传自己所拥有的先进技术装备、各种精确的仪等。使顾客"眼见为实"。另外企业还可把服务同其他有形物联系起来,如装潢别致的门厅,具有特色的代表企业的吉祥物或企业标志等,还可在服务完之后赠送精美的纪念品,便于顾客理解、记忆、并留下良好的印象。

(2) 注重对服务者的宣传。 如前所述,由于服务业一般由服务人员亲手来提供服务产品,服务人员的技术水平、工作态度直接影响到服务质量的高低,所以许多顾客在选择消费时,更多地注重具体的服务执行者,所以企业应投其所好,进行"名牌"宣传,以便扩大企业的影响。例如某医院可以在广告中着重突出其拥有的几位著名医生,宣传这几位医生的医德、医术以及他们的专长和权威之处,这样可以以点带面地提高医院的整体印象。

第四节　循环经济、绿色营销与国际营销发展策略

一、循环经济的本质及趋势

1. 循环经济的趋势

循环经济的思想萌芽可以追溯到美国经济学家鲍尔丁提出的"宇宙飞船理论"。20 世纪 90 年代，源头预防和全过程污染控制逐步成为发达国家环境与发展政策的主流，人们在不断探索和总结的基础上，以资源利用最大化和污染排放最小化为主线，逐渐将清洁生产、资源综合利用、生态设计和可持续消费融为一套系统的循环经济战略，并使它逐渐上升到政府层面上的处理环境与发展关系的经济模式，分别从理论平台与实践平台两方面拓展，由政府向企业和民众延伸，涵盖工业、农业和消费等各类社会活动，链接企业小循环、企业间中循环和社会大循环，并逐渐形成一种新的社会经济形态，预示着本世纪生态文明的到来。仅就经济规模而言，20 世纪末，发达国家的再生资源产业规模为 2500 亿美元，而本世纪初已增至 6000 亿美元，预计 2010 年可达 18 000 亿美元。

美国是循环经济的先行者，循环经济现已成为美国经济中的重要组成部分，涉及传统的造纸等行业，也包括新兴的家电等行业，废弃物的回收起着十分重要的作用。现在全美共有 5.6 万家企业涉及该行业，就业人员 110 万个，每年毛销售额达 2360 亿美元，已跟汽车业相当。欧洲以德国最为著名，循环经济在德国民众中被广为接纳，垃圾处理和资源再利用是循环经济的核心，玻璃、塑料、纸箱等包装物回收利用率已达到 86%(1997)，95% 的矿渣，70% 以上的粉尘和矿泥已得到重新利用，废钢利用率也十分高。日本的循环经济发展也十分迅速，2002 年家电回收 850 多万台，资源循环利用率空调为 78%、电视为 73%、冰箱为 59%、洗衣机为 56%，下一个目标争取达到 100%。到 2010 年将创造 37 万亿日元的产值，提供 1400 万个就业岗位。

2. 发展循环经济是一项系统工程

发展循环经济需要各种新技术作为支持，更需要法律规章的保障。发达国家大都重视出台循环经济法律，用法律形式约束政府、企业和国民必须履行循环型社会的义务。如美国的《固体废弃物处置法》等，德国的《循环经济与垃圾处理法》等，日本的《家电循环法》、《汽车循环法》、《建设循环法》等实施，将企业引上零排放、清洁生产和节约资源的循环经济的轨道。许多发达国家的企业现已成为推行循环经济的排头兵，对促进废弃物的循环利用起到了积极作用，政府明确了企业在维持循环经济发展中的责任和义务，使得发达国家的企业把循环经济的理念作为自身发展中不可分割的一部分。例如美国杜邦公司建立企业内部的循环经济模式，创造性归纳为循环经济"3R"原则，以达到少排放甚至零排放的目标。发达国家非常重视运用各种手段与传媒对循环经济的宣传教育，以提高民

众的循环经济意识。例如美国每年 11 月 15 日定为"回收利用日",日本每年 9 月发动市民开展公共垃圾收集活动,奥地利定期地聘请环保专家给青少年讲授环保和垃圾回收知识、还让青少年在家中承担垃圾分类回收工作等,使每个家庭和个人均成为循环型社会的不可缺少的组成部分。

我国是国际上公认的清洁生产搞得最好的国家,近年来我国先后颁布了《清洁生产促进法》与新的《环境影响评价法》。我国在三个层次上逐渐展开循环经济的实践探索,并取得显著成效。一是在企业层面积极推广清洁生产。陕西、辽宁、江苏等省,沈阳、太原等市制订了地方清洁生产政策法规并得到很有效的贯彻。二是在工业集中区建立由共生企业群组成的生态工业园区。全国共有包括贵港贵糖集团和南海环保科技园等 10 个生态工业园区,使上游企业的废料成为下游企业的原材料,尽可能减少污染排放,争取做到零排放。如广西贵港生态工业园区由蔗田、制糖、酒精、造纸和热电等企业与环境综合处置配套系统组成的工业循环经济示范区,通过副产品、能源和废弃物的相互交换,形成比较完整的闭合工业生态系统,达到园区资源的最佳配置和利用,并将污染减少到最低水平,同时大大提高制糖业的经济效益,为制糖业的结构调整和结构性的污染治理开辟了一条新路。国家环保总局正在开展鲁北化工、贵阳、天津开发区和苏州高新区的生态工业示范区建设试点工作。三是在城市和省区开展了循环经济的试点工作。目前已有辽宁(2002 年 5 月)、贵阳(2003 年 9 月)等一批省市开始在区域层次探索循环经济发展模式。辽宁在老工业基地的结构调整中,建设一批循环型企业、生态工业园区和循环型城市,构建城市再生资源回收及再生产体系,充分发挥当地的资源优势和技术优势,优化产业结构和产业布局,推动区域经济发展,创造更多的就业机会;振兴老工业基地。而贵阳、南京、天津等城市提出建设循环经济型生态城市试点。2003 年 9 月,贵阳市循环经济生态城市建设总体规划通过了国家环保总局和贵阳市联合主持的评审,这是我国第一个以循环经济构建生态城市的规划。辽宁也于 2002 年 5 月 30 日开展全省范围的循环经济建设试点工作,近期目标是:用 5 年左右时间,创建一批循环经济型企业、生态工业园和几个资源循环型城市,大幅度提高资源利用效率;建设区域性资源再生产基地,培养新的经济增长点;积极倡导循环经济理念,营造公众参与循环经济的社会氛围,初步建立起发展循环经济的机制框架。同时,由国家环保总局和辽宁省政府联合主办"辽宁省循环经济试点建设规划论证会",对抚顺矿业集团、沈阳铁西新区、鞍钢和大连开发区的循环经济建设规划进行论证。

二、国际营销发展的环境约束

1. 国际环境公约

涉及环境与环保问题的国际公约目前已增长到 180 多项。如《保护臭氧层维也纳公约》(1985),《关于破坏臭氧层物质的蒙特利尔议定书》(1987)及其《伦敦修正案》(1990),《保护生物多样性公约》(1992),等等。这些国际环境公约对世界经济的可持续发展具有重要作用。在哥本哈根召开的《伦敦修正案》缔约国第四次会议上,规定了逐步淘汰破坏臭氧层物质的时间表，印发达缔约国 1996 年停止使用氟氯化类物质、四氯化碳、甲基氯仿和氟溴烃类物质，氟氯烃类物质到 2006 年减少 35%，到 2010 年减少 66%，到 2030 年禁止使用；发展中缔约国在达到一定的消费水平后逐年减少其消费量。这些规定使得发展中国家对发达国家的受控物质及含受控物质的产品的出口贸易受到限制，如《保护生物多样性公约》就有效地限制了一些发展中国家的野生动植物及其制品的出口贸易。

2. WTO 协议中的环境条款

WTO 的协议中的环境条款无疑会促进国际贸易与环境保护的协调，但同时也为缔约国的贸易保护提供了借口。《关税与贸易总协定 1994》第二十条规定：不得阻止缔约国采用或实施为保护人类、动植物的生命或健康所需的措施和为有效保护可能用竭的自然资源的有关措施，但对情况相同的各国，实施的措施不致成为任意的或无理的歧视，或构成对国际贸易的变相限制。《建立世界贸易组织协议》指出：在符合可承受的发展速度的前提下允许缔约国合理地利用世界资源，以符合各国经济发展水平所决定的各自需求与利害关系的方式寻求环境得到保护，并提高这种保护的手段。《技术性贸易屏障协定》指出：不应妨碍任何国家采取必要措施保护人类、动植物的生命和健康以及环境。《关于实施卫生与植物检疫措施的协定》和《服务贸易总协定》中也有类似的条款。可以看出，缔约国有权采取必要的措施以保护人类、动植物的生命和健康以及环境，WTO 对此项权力的限制还只是一般原则。

3. 国际环境管理体系系列标准

国际标准化组织(ISO)在 1993 年 6 月组建了环境管理技术委员会(TC207)，负责制订环境管理体系系列标准，目前已起草的标准有 24 个。1996 年 9 月 TC207 颁布了该系列标准中的 5 个，即 IS014001、ISO14004、ISO14010、ISO14011 和 IS3O14012。ISO14000 系列标准是在欧盟生态管理和审核法规(EMAS)英国环境管理体系标准(BS7750)的基础上并吸收各国环境管理的经验制订的，包括环境方针、计划、实施与运行、检查与纠正、管理审评等内容。IS014000 系列标准是减少和消除环境污染的管理办法，也是解决经济与环境协调发展的有效途径。

4. 生态标志(或称环境标志)制度

"生态标志"(Eco-1ebel)是由政府部门或其授权的部门按照一定的环境标准颁发的特定的图形，用以表示某种商品符合环境要求，促进环境保护，如美国规定，从 1995 年 6 月 1 日起，出口到美国的鱼类及其制品，必须贴上有美方注明的来自未污染水域的标签。德国 1996 年宣布，进口的计算机、电视机必须贴有表示全部可以回收的"蓝色天使"标志。欧共体委员会规定，从 1996 年 1 月 1 日起，在欧共体市场上销售的电子、电动产品必须贴上其电磁污染符合环境标准的 CE 标签。

5. 进口国的关环境与贸易法规

进口国每一种环境与贸易法规的实施都可能会改变市场上的商品构成和消费者的消

费行为，从而对外国商品的进口形成贸易屏障。德国《消费者保护法》(1994)禁止使用和进口能分解成致癌芳香胺的 118 种偶氮染料及其染色的纺织品，欧盟也最终同意执行这一禁令。一些包装法规，如日本颁布并强制推行《回收条例》(1991)、《废弃物清除条例》(1992)、德国公布《德国包装废弃物处理的法令》(1992)等也都客观上促进了绿色贸易与生态环境保护。丹麦要求所有进口的啤酒、矿泉水、软性饮料一律使用可再装容器，否则禁止进口，这也有助于节约资源。

6．进口国国内环境与技术标准

许多国家，特别是发达国家制订了严格的环境与技术标准。由于各国环境与技术标准的指标水平和检测方法不同，以及对检验指标设计的任意性，使环境与技术标准可能成为绿色贸易屏障。1991 年有 32 个国家和地区规定了 427 种农药在食品中的残留量标准，其中要检验残留量的，澳大利亚有 339 种，美国有 300 种；美、英、德、日等 20 个国家在进口产品时提出了 93 种兽药残留量检验要求，并要求在合同中做出最大允许限量或禁止使用的明确规定；美、日、德、英、法等 15 个国家对乳制品、蛋制品、罐头、肉类、蔬菜、水产品等食品规定了微生物限量标准，需要检验的微生物有 20 种。 1997 年 9 月 9 日欧盟宣布禁止从伊朗进口开心果，原因是从伊朗进口的开心果受到剧毒的黄曲霉毒素的污染。

三、中国发展循环经济的企业营销策略

1．确立国际可持续贸易的战略观念

面对全球生态环境的恶化、自然资源的短缺等生态危机，国际环境公约纷纷出台，旨在保护环境；GATT 乌拉圭回合的"绿色印记"和北美自由贸易协定(NAFTA)环境条款的谈判反映了"环境与贸易"已成为多边谈判的焦点；法国、德国、荷兰、美国的欧美政党的"绿化"与绿色和平组织的活动经常唤醒人们的环保意识；各国环境与技术标准对产品及其生产过程的要求越来越高，环保法规越来越复杂和严格；许多消费者，特别是发达国家的消费者的绿色消费观念已经形成。这表明国际市场上的绿色消费的现实需求和潜在需求有很大的开拓空间，符合环保要求的产品的现实市场和潜在市场对企业充满着诱惑力，不符合环保要求的产品将会失去国际市场，生产过程不符合环保标准和法规的企业将会破产。为此，青岛海尔股份有限公司、广东料龙集团、河南新飞电器有限公司等企业早在 80 年代就树立了国际绿色营销观念，着手开发绿色电器，开展申请 ISO14001 认证工作。而在可持续发展与全球化的运行体系中，中国大企业必须具备推进国际可持续贸易发展的战略观念。

2．开发国际生态产品

在国际可持续贸易中，生态产品是关键性的环节。国际生态产品的基本要求是符合进口国和消费者的环保需求。全球开发的生态产品仅占新产品总数到 90 年代上升到 20%左右。发达国家的生态产品更多，主要集中于食品、汽车、电器等领域，生态食品、生态汽

车、生态冰箱等国际生态产品十分流行。

(1) **选择国际目标市场**。在全球市场细分的基础上，选择企业所要进入的国际目标市场，调查目标市场的供求及竞争者的策略，特别是环境标准、环保法规、ISO 14000 推行情况、生态标志制度、消费者的生态消费意识等情况。

(2) **推行"生态设计"**。在产品设计中优先考虑环境保护准则，即减少自然资源损耗、减少污染物产生、保护自然资源以及生态降解等，同时综合考虑费用准则、性能准则和美学准则。

(3) **推行清洁生产**。通过资源的综合利用、短缺资源的代用、二次资源的利用，以及节能、省料、节水，使产品的生产过程与环境保护相协调。

(4) **实行生态包装**。产品包装要符合国际目标市场的环境标准和包装法规；尽可能地选用可再循环和再利用的包装材料；在产品包装上要设计出浓厚生态气息、美化环境之类的题材，突出生态因素；密切关注生态包装的信息，及时改进生态包装。

3. 实施国际绿色营销组合

国际绿色营销因素有"6 P"(即产品、价格、渠道、促销、权力和公共关系)，如何组合运用"6 P"是国际绿色营销成功与否的关键。

(1) **实行大市场营销策略**。大市场营销是针对企业进入具有贸易障碍的市场而设计的，企业实行大市场营销时，在策略上要协调地运用经济、心理、社会、政治等手段，特别是权力和公共关系，以取得国际目标市场的各有关方面(如政府部门、国会、立法机构、政党、工会、宗教机构、民间社团、宣传媒介等)的合作与支持。

(2) **绿色价格策略**。将生态价值观贯穿于绿色产品定价体系，加强生态环境成本核算，把绿色产品的生态环境成本计入总成本，在同类产品价格的基础上确定一定的加价率，树立绿色产品优质高价的形象。

(3) **绿色渠道和促销策略**。采用无污染的运输工兵，合理设置供应配送中心和配送环节，选择绿色信誉好的中间商，以维护产品的绿色形象；在人员推销、广告、公共关系等促销中，强调绿色特征，把产品、企业与环境保护有机联系起来。

(4) **实行企业绿色贸易稽查**。企业 SWOT 分析是绿色稽查的有效工具，即通过收集的有关信总，特别是国际目标市场对企业绿色营销策略的要求，分析出公司内部的优势(Strength)与缺陷(Weakness)及所面对的外在机会(Opportllnity)和威胁（Threat),改善企业的绿色贸易策略。

4. 适时申请 ISO14000 和生态标志认证

ISO 14000 认证和生态标志认证是企业进入国际市场和冲破绿色贸易壁垒的"绿色通行证"。同时，申请认证还能够推动企业的内部环境管理体系的建立，引导企业按照绿色要求改进产品种类、生态设计、生产工艺和生产过程，推动企业的管理走向标准化、规范化和国际化，促进企业经营有粗放经营向可持续经营的转变。申请认证对不同类型企业的影响是不同的，一般认为，对出口型企业、污染企业、股票上市企业和大企业的影响要大于非出口型企业、非污染企业、非上市公司和中小型企业。企业申请生态标志认证的产品要符合生态标志产品标准或技术条件，产品质量和产品生产过程符合环保要求；企业向中国环境标志产品认证委员会(CCEL)秘书处提交申请书，缴纳申请费、检查费和检验费；秘书处组织检查组对企业进行现场检查，产品进行检验，拟写评价意见；CCEL 审查认证材料，对合格的产品和企业名单颁发认证证书。

四、发展循环经济的政府行为转变与营销策略创新

1．发挥"环境外交"作用

对于发展中国家来讲，政府充当本国商品的"首席推销员"，以促进本国生态产业的发展必须研究"环境外文"的营销途径。

(1) 积极参与国际环境公约和国际多边协定中环境条款的谈判。由于经济发展水平的差异，发达国家和发展中国家对环境保护的态度也有差异，在国际环境公约和国际多边协定中环境条款的谈判中，发达国家往往提出某些过高的或超越发展中国家的发展水平的环境标准和环保措施，为了维护本国的经济利益，发展中国家要团结起来，积极参与谈判。

(2) 坚持国家环境主权的原则。"各国事有按自己的环境政策开发自己的自然资源的主权，同时也有责任保证在他们管辖或控制下的活动，不致损害他国的环境或属于国家管辖以外的地区的环境。"这一条反映了国家主权原则，即各国既拥有处理本国环境问题的权力，又必须承担不损害他国环境的义务。

(3) 以国际规范为依据反对进口团的绿色贸易壁垒。对于进口自以环保为借口单方面设置的贸易壁垒，或进口国将其国内环保法规实施到境外，出口国要通过外交途径与进口谈判，或向 WTO 的 DSB 提出起诉。

(4) 注重"环境外交"策略的运用。外交策略得当能起到事半功倍的效果，这一点中国在开展加入 WTO 的多边谈判进程中已有许多超常的发挥，但必须看到开展"环境外交"是一个动态而多变的过程。

2．推进生态产业的发展

生态产业具有潜在的动态比较优势，在政府扶持下可以成长为具有竞争优势的支柱产业。同时，生态产业还具有正的外部经济效应，它通过与其他产业的投入产出关系，可以用自己的发展带动相关产业，美、日、德等发达国家十分重视生态产业。发展中国家的生态产业仅处于开创阶段，国际竞争力不强，需要政府扶持。

(1) 制订生态产业发展规划。根据生态产业市场前景和我国国情，确定生态产业的发展目标和发展重点，培植生态产业的国际竞争力。

(2) 制订扶持生态产业发展的产业倾斜政策。包括政府投资、信贷优惠、税收优惠、出口退税、加大研究与发展(R ＆ D)的投入、鼓励环保技术创新等。

(3) 引进环保技术。发达国家在环保技术方面具有优势，如美国的脱硫脱氯技术、日

本的除尘和垃圾处理技术、德国的水污染处理技术等，通过引进高水平的环保技术，同时加强对引进技术的消化吸收和提高，然后出口环保技术。

(4) **利用国际金融组织的优惠贷款。**世界银行和亚洲开发银行等国际金融组织把环境保护作为优先援助或贷款的项目，中国应尽可能地扩大这类贷款的使用。

(5) **培育生态产业的企业集团。**针对中国生态产业发展严重滞后问题，政府通过市场引导促进生态产业的大型企业集团的形成，同时以公司制改组现有的环保企业，鼓励环保企业以资产为纽带进行跨地区、跨行业和跨所有制的联合与兼并。

3. 有效组合对污染排放物的治理措施

企业在追求利润最大化的同时给其他企业或整个社会造成损害行为是外部不经济行为，污染排放物就是外部不经济行为的产物。政府对污染排放物的治理措施大致有三种。

(1) **政府制订环境标准并设计保证标准得以实现的措施。**企业如果违反环境标准，政府将是企业违规的程度和性质给予相应的处罚。然而，处罚是事后性的，即在违反环境标准的污染排放已经发生并被环境管理部门查到，处罚才发生。同时由于环境管理部门与企业之间的信息不对称，引起环境标准的成本较高。

(2) **政府对污染物的排放征收税费，使企业将外部成本内部化。**排污费征收标准在污染排放量达到最优化污染水平时等于企业的私人边际纯收益或外部边际成本。相对于环境标准而言，排污费成本较低，并能够刺激企业不断寻求低成本的污染治理技术以减少排污费的积极性，但是排污费的科学定量也有难度。

(3) **政府向企业发放排污许可证，企业根据许可证向特定地点排放特定数量的污染物。**这种许可证是可交易的许可证，企业可根据需要在市场上买卖排污许可证。"企公之间重新配置许可证的结果可以使达标的费用最小化。"美国经验显示，"许可证具有巨大的成本节约作用"，排污权交易是一种事前控制污染的方法。而在中国，排污权交易的具体操作有一定的难度，这就需要根据国情开展进一步的调查研究与可行性论证。

4. 为企业申请与环境有关的认证创造条件

与环境有关的认证工作有 ISO14000 认证、生态标志认证等。一般认为，这类认证对企业是非强制性的，具有公证性质，企业申请认证与否取决于认证能否给企业带来利总和效率，政府的任务是引导和帮助企业申请认证。让企业了解认证的益处，为企业认证创造便利的条件。

(1) **重视与环境有关的认证工作。**中国对 ISO 14000 持积极态度，1996 年成立了"全国环境管理标准化委员会"，1996 年成立了"国家环保局环境管理体系审核中心(CCBMS)"开展认证工作。生态标志制度同样受到青睐，从 1978 年原西德推行"蓝色天使"制度(Blue Angel Scheme)开始，至 1993 年已有 30 多个国家和地区推行生态标志制度。

(2) **积极采用国际环境标准。**只有符合国际标准的产品在国际市场上才是合格产品，才可能具有国际竞争力。在绿色标志标准方面尚无统一的国际标准，但在选择生态标志的产品名目、制订技术要求时要以 ISO 14000 系列标准为基础，同时关注国际标准化组织(ISO)

和国际电工委员会(IEC)于 1992 年成立的环境战略咨询组织(SAGE)每年就统一环境标志方面的建议公告。

(3) 加强与国际组织及其他国家认证机构的合作。要及时与 ISO、IEC、WTO 秘书处、主要国家的与环境有关的认证机构等进行交流，通报中国的环境标准、认证机构、认证程序等文件，同时收集主要目标市场的与环境有关的认证资料。(4)积极宣传和加强对企业的咨询服务。中国环保局环境管理体系审核中心信息部调查发现，88.61%的大型企业(调查问卷来自中国 500 家最大工业企业中的 79 家)表示需要获得 ISO 14000 的相关信息以及建立相应的获取信息的渠道。反映了中国企业对与环境有关的认证工作的熟悉程度是不够的。因此，需要加强宣传 ISO 14000 认证和生态标志认证，向企业发布与环境有关的认证信息，提供认证程序上指导和帮助。

五、实施绿色营销战略

循环经济理念与绿色营销理念异曲同工。绿色营销是近 30 年来营销领域中提出的一个新概念，它的提出及逐步实行，是整个人类社会绿色革命的一个重要组成部分。绿色营销是现代市场经济条件下的企业顺应经济发展和社会发展潮流需要的结果。营销的宗旨是一切从消费者的需求出发，通过不断满足消费者的需求来实现企业的目标。而如今以绿色理念为指导的消费者在评价一个企业或一个商品，将更多地关注绿色因素。在市场上，哪种商品的功能根环保，哪个企业更具有绿色意识，这些都是消费者关注的企业绿色行为和理念。消费者更关注企业的这些绿色理念。

如今，许多发达国家，为了保护本国国内市场，限制外国商品进入，借助绿色革命全球化的大趋势，构筑了新型的非关税壁垒——绿色壁垒。其主要内容包括环境关税和市场准入、环境标志制度、环保包装制度、环保卫生检疫制度等。世界贸易组织对环境保护问题也相当重视，该组织明文规定："成员国应按照可持续增长的目标，考虑优化使用自然资源，努力保护环境，并通过与各国在不同经济发展水平上的需求和关注相结合的方式来加强环境保护的手段。"因此，实施绿色营销战略是企业适应外界环境变化的重要措施之一。

所谓绿色营销，是指以促进可持续发展为目标，为实现经济利益、消费者需求和环境利益的统一，市场营销主体根据科学性和规范性的原则，通过有目的、有计划地开发及同其他主体交换产品价值来满足市场需求的一种社会过程。英国威尔斯大学教授肯·毕台(Ken Peattie)在其所著的《绿色营销——化危机为商机的经营趋势》一书中指出："绿色营销是一种能辨识、预期及符合消费者与社会需求，并且可带来利润及永续经营的管理过程。"在这种营销观念下，企业所服务的对象不仅是顾客，还包括整个社会；营销过程的永续性一方面需要依赖环境不断地提供营销所需要的资源，另一方面还需要环境能持续吸收营销所带来的产物。绿色营销的目的是为了"求取企业、环境与社会的和谐均衡共生"，绿色营销要求企业在开展市场营销活动的同时，努力消除和减少生产经营对生态环境的破坏和影响，其最突出的特点是充分估计到环境保护问题，体现了强烈的社会责任感。绿色营销观念是以人类社会的可持续发展为导向的营销观。绿色营销观念认为，企业在营销活动中，要适应可持续发展战略的要求，注重地球生态环境保护，特别是要注重可再生资源的开发利用，减少资源浪费，防止环境污染，以促进经济与生态协调发展，最终实现企业利益、社会利益、消费者利益和生态环境利益的统一。绿色营销观念比传统的营销观念更强调生态环境利益，认为只有保护生态环境利益才能持久地保证企业、顾客、竞争者的利益。绿色营销观念更注重社会效益。绿色营销观认为，企业在营销活动中，不仅要注重满足消费者的欲望和需求，而且要以全社会的长远利益为重心，将"以消费者为中心"变为"以社会效益为中心"。在进行市场调研时，不仅要了解市场的现实需求与潜在需求，而且要了解市场需求的满足情况，避免重复引进、重复生产造成的社会资源的浪费；同时，还要注意企业和竞争对手的优劣势分析，以扬长避短，发挥企业优势，取得最好的营销效果，增加全社会的积累。在选择产品项目时，企业应注重选择和发展有益于社会和人们身心健康的业务，放弃那些高能耗、高污染或不利于人们身心健康的业务。绿色营销观念更注重企业的社会责任和社会道德。绿色营销观念认为，企业的经济责任是通过合理安排企业资源，有效利用社会资源和能源，争取以低能耗、低污染、低投入取得符合社会需要的高产出、高效益，在提高企业利润的同时，提高全社会的总体经济效益。企业的社会责任是实施绿色营销，保护地球生态环境，以保证人类社会的可持续发展，并通过宣传、销售绿色产品，在满足消费者绿色需求的同时，促进全社会绿色文明的发展。可见，循环经济的"3R"(Reduce, Reuse, Recycle)原则在绿色营销中得到了充分的体现。

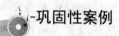 **巩固性案例**

4天赚了800万

在激烈地市场竞争大潮中，商业企业洞察市场风云变化，及时、准确地掌握全球范围的市场需求的第一手信息，并在此基础上对有价值的信息迅速做出反映，采取有成效地操作取得经营成果，这是把握商机战胜竞争对手，取得经营成果的一个制胜法宝。企业运用电子商务进入因特网后，在及时获取商情，迅速处理商务的速度方面有了飞跃的进步，相比之下传统商业在这方面就显得力不从心了。1997年10月的某一天，一家美国商社的老板Neal Bob先生在因特网看到以色列一家当地报纸(网络版)报道伊拉克可能会对以色列使用化学武器，以色列的老百姓因此而惶惶不可终日的消息。Bob先生敏锐的商业头脑捕捉到一个强烈的信息：以色列需要大量的防毒面具，这可是一个极好的商业机会。于是他立即通过美国的一个商业网站发布了紧急求购防毒面具的消息，同时打电话通知他在以色列的分店经理，马上与当地最有声望的传媒联系，发布该店将供应防毒面具的消息。第二天以色列电视台和颇有影响的工党报公布了有关供应防毒面具的消息，随即，求购者蜂拥而至，把该分店挤得水泄不通，登记的队伍排成条长龙。而在美国的Bob当天就在网上收到了来自美国五家厂商的供货信息，接着Bob通过网上视频会议系统看到各个厂商展示的样品。由于每个供货商彼此在网上都能看到对方的产品和标价，为了得到这份订单，他们之间竞相降价，防毒面具最终从原来的 145.25 美元／件，降低到 86.6 美元／件成交，供货商还答应了 Bob 的订货条件，三天之内将货物全部运抵旧金山的空军基地。就在第三天晚上 Bob 包租的两架美国空军运输机直飞以色列，而后在以色列入那里以每件 330 美元的高价销售厂将近 5 万多个防毒面具，短短的四天时间 Bob 净赚了 842 万美元，创造了现代商业赚钱的一个奇迹。由此可见，假如当初 Bob 没有上网或者当时没有网上商业供求信息的发布站点和广播视频视讯系统，那么对 Bob 先生来说事情就会像没有发生一样。尽管有人说 Neal Bob 有着过人的商机把握能力，但是如果没有现代信息技术促成的电子商务的应用和发展，Neal Bob 是无法获得如此巨大的成功的。

(案例来源：仇向阳，朱志坚.营销管理.北京：北京师范大学出版社，2008)

思考题

1. 根据本章所讲述的内容，你会怎样给下列服务进行分类？

    A. 教堂赞助的学年前儿童学校？

    B. 美术公司

    C. 自行车导游服务

    D. 私人心理疗法服务

2. 请你设计一次市场营销活动，把下面的信息准确、迅速地传播到高中生当中："远离毒品，过有意义的"生活。

3. 网络营销具有哪些功能？

4. Neal Bob 是怎样发挥网络营销的作用的？

第 12 章

国际市场营销战略

 开篇案例

奥地利奢侈品传奇中的奥秘

奥地利是一个书写众多全球奢侈品品牌传奇的国度。其中包括 Wolford(世界顶级内衣品牌)、Swarovski(施华洛世奇水晶)、Sacher(顶级豪华酒店)、Kracher(克罗采酒，世界公认的高贵甜酒)和 Hillinger(顶极葡萄酒)等。这些品牌无不让人产生一系列美好的遐想，诸如尊贵的文化感、富有生命力的艺术、对美好时代的敬意等。奥地利奢侈品品牌的营销模式是国际化背景下的营销模式。

品牌内涵中的共性因素

以施华洛世奇为例，创始至今已逾100年，一直是世界上首屈一指的水晶品牌，营业额居全球同业之冠。有趣的是，在这样的商业传奇背后，我们好像看不到那些热门的营销词汇。比如，在当今诸多跨国公司倡导"全球本地化"(Glocalization)的趋势潮流中，施华洛世奇似乎反其道而行之，从未与"本地化"沾边，也从未打算利用低廉的劳动力在其他地方兴建制造基地，甚至迄今为止这家古老而神秘的公司依然保持着家族经营方式。

另一个很好的例子是 Hillinger，这个顶尖葡萄酒品牌目前 50% 的产品(这个数据还在迅速增加)出口到全球 12 个国家，包括瑞士、美国、远东地区，还有印度、波兰、俄罗斯以及其他东欧国家。但是到目前为止，该公司所有的核心业务依然归一个由 Leo Hillinger 家族完全拥有的企业基金会统管。

从来自奥地利的全球知名奢侈品品牌中，我们能看到的是其品牌内涵中的诸多共性因素：悠久的历史；普遍延续家族企业管理模式；股权高度集中；通常采用出奇简单的品牌管理法则；在市场洞察力的基础上，秉承非常清晰明朗的企业使命和哲学；运用深厚的文化底蕴(很多时候带有强烈的神秘文化色彩)确保其品牌内涵的难以复制性。

Sacher 酒店被公认为全世界最好的豪华酒店，而它自创立以来时时刻刻都在突显其鲜明的"维也纳烙印"。Sacher 酒店以卓尔不群的服务闻名于世，它输出的体验是带有萨尔茨堡、因斯布鲁克和格拉茨等地神秘、古老和尊贵的文化气质，在排他、私密的氛围中与维也纳的魅力亲密接触。虽然 Sacher 除了酒店品牌之外也经营咖啡馆、制作全世界闻名的 Sacher-Torte 蛋糕，但这些副产品都很好地体现了 Sacher 品牌内涵的同一性。

奥地利一线经典品牌国际营销三大模式

奥地利一线经典品牌在国际化背景下的独特品牌营销模式，大致可以分为三类，分别是同一性品牌营销、加注式营销和低调型营销。

同一性品牌营销是奢侈品营销方法中最常见的，典型的案例包括 Swarovski(施华洛世奇)、LV(路易威登)、Gucci(古奇)、Prada(普拉达)、Fauchon(馥颂)、Marc Jacobs(马克•雅可布)和 Stella McCartney(斯特拉•麦卡托尼)等。在世界各地，它们在营销推广中突出的是同一的品牌内涵、同一的定位设计，甚至是同一的价格体系……这些品牌对世界各地的消费者均采用 "One Face"(同一个面孔)，使得品牌识别和认知度容易提高，但这样的策略同时也存在一定的风险——如果不对当地市场的独特性予以足够的注意，在某些市场上消费者的认同感和销售业绩有可能会打折扣。

加注式营销，也就是在某些特定的市场推出一些副品牌，在延续原品牌内涵的同时，"加注" 一些新的元素，这个策略特别适合迎合年轻、时尚的消费者。现实的例子包括 Adidas Originals、Nike Golf，以及 Hillinger 品牌推出的 Sparkling rosé wine "Secco" 和 "Small Hill" 系列(干红、干白、rosé 和甜酒系列)，它们使得 Hillinger 在吸引新的年轻消费者方面获得了成功。这种营销策略更容易迎合当地的市场发展需要、融合区域文化，因而更容易被消费者接受。其应该规避的风险是要 "小心行事"，任何一种颜色或图片的添加可能使其在一些地区获得极大的成功，但也可能在其他某个市场上造成灾难。这也从另一个方面解释了为什么很多奥地利的品牌海外营销的第一步都是在欧洲市场内部迈出，而不是在其他市场上，因为文化差异克服不当会让品牌的国际化进程大大减速。

低调型营销指的是避免采用铺张式的推广方式，而是采用内敛(Understatement)、克制而有选择地露面(Selectively invisible)等策略进行营销。经典案例包括 Maybach(迈巴赫豪华轿车)、Cartier(卡地亚)和 Bang & Olufsen(又被称 B&O)等品牌。在这些品牌的推广中，"谨慎的宣扬" 是其常用的方式，因为这些品牌认为采用 "Less is more"(少即是多)策略最能够打动它们的顾客。这些品牌推广的平台一般都是小众化的(Special-interest)载体,只出现在精心选择的媒体上，比如针对高端精品店、豪华酒店、VIP 候机室等发行的高档杂志上;只针对使用高端产品或服务的消费者的活动场合，并提供具有私密性的个性化服务方式等。

当然，也有一些品牌成功地走了 "中间线路"(即同一性品牌营销和其他方式的混合模式)，例如 Kotanyi、Lily Plain 和 Fossen Salmon 等。

与国际营销策略相配套的组织体系

值得一提的是，很多经典品牌的成功，不仅仅是某些定义化策略层面上的成功，也不是品牌营销单个职能的成功，它们需要的是整个系统的成功。

比方说，一旦企业或品牌决定采用某种品牌营销策略(无论单一或混合)，就应该建立与之相对应、相匹配的企业组织结构; 同理，企业整个业务系统的销售流程、IT 布局、人力资源(包括员工招聘、员工激励政策和人才晋升通道)、传播机制(直接与最高管理层相衔接的沟通体系，以及消费者快速反馈渠道和对外畅通透明的公共关系)等也都要与之相适应。

我们看到越来越多的中国企业正在实施国际化战略,而且,很多企业家、创新者都在不遗余力地改善"中国制造"的品牌形象,力争在全球消费者心目中建立起高端、优质的"中国创造"品牌内涵。我个人的建议是,中国品牌确实需要"刻不容缓"地全球化,但这并不意味着要"匆忙"行事,而应该在"缜密而慎重的策划、不断积累实践经验"的前提下进行国际化。全球品牌营销最直接的风险在于克服文化差异和语言障碍,但更重要的本质是,在价值与增长的天平上更重视前者。

（案例来源：奥地利奢侈品传奇中的奥秘．玛丽姆·黛拉．中国营销传播网．http://www.emkt.com.cn/article/378/37882.html 2008.8）

市场的全球化对商业活动的影响深远而广泛。许多产业竞争正在全球范围内进行,而不是在一国或一个地区范围内进行。为了进行有效地竞争,公司必须将市场营销策略国际化,把国内市场营销与国际市场营销结合起来,才能在全球化的竞争中立于不败之地。

第一节 国际市场营销的概念与特点

一、国际市场营销的概念

国际市场营销是通过国际贸易活动来实现的,而国际贸易是指世界各国之间货物和服务交换的活动,是各国之间劳动分工的表现形式,反映世界各国在经济上的相互依存、相互依赖关系。国际贸易是各国生产的拓展和生产在流通领域向疆土以外的延伸,它是超越本国疆土的市场营销活动。国际营销与国内营销并无本质的区别,只是国际营销的决策与行为技巧更具有复杂性。从事国际市场营销是很困难的,但是广阔的国际市场又给营销者提供了无尽的商机,使得营销者对从事国际市场营销表现出极大的兴趣。

二、国际市场营销与国内市场营销的异同点

一般说来,"市场营销到处都一样",国际市场营销和国内市场营销相比,从营销原理和营销方法上看大体相同,企业在国内营销中所开展的那些工作,如营销调研、环境分析、营销战略的制订、目标市场选择,以及产品、定价、销售渠道、促销等方面的营销决策和实施,也适用于国际市场营销。实际上,对一个多国公司来说,其最主要的有利条件之一就是,可以运用国内营销的一整套基本经验和专长,在国际上取得竞争的优势,实现其国内营销向国际营销的延伸。但是,由于国际营销所面对的是本国以外的其他国家的市场,而各个国家在政治制度、法律法规、经济体制、经济发展水平、货币体系、社会文化、消费习惯、自然条件、地理环境、资源构成、人口状况、技术水准、销售渠道、竞争环境等方面均有较大差异,使得国际营销比国内营销不仅难度大、风险多,而且更为复杂。

与国内市场营销相比,国际市场营销的难度主要表现在如下方面。

1．**市场空间距离，语言不通，风俗习惯不同。**

各国法律、政策、制度不同给国际市场营销带来很大困难。首先，市场调查困难：国际市场情报资料的收集、整理分析和对营销对手资信调查很难进行。其次，交易困难：国际营销业务活动往往以电报信函接洽交易，一旦出现货物品质、规格、数量、交货日期、包装等与原合约不符，虽有国际贸易上通用的惯例，由于其在法律上无强制力和约束力，很难得到解决。第三，货物运输困难：运输距离较远，国际营销的货物运输，绝大多数采用海运方式，也有采用陆运、空运或邮寄的方式，在处理运输合同的条款、运费、承运人与托运人责任、装运提货手续、仲裁与索赔等问题也十分复杂；对运输货物加以保险，但洽谈保险、确定保险条件、签订保险合同、划分保险责任、计算保险费与货物受损时的索赔等也比国内复杂。第四，各国对外贸易的政策、法规、制度不同。各国政府为了争夺市场，保护本国工业和市场，常采用关税壁垒与非关税壁垒来限制外国商品的进口，致使国际市场营销企业既要关心价格，以便竞争，又要研究如何打破关税与非关税上的限制。除此之外，各国都设有海关，对货物进出口都有准许、管制或禁止的规定。货物的进出口都要有报关手续，而且出口货物的种类、品质、规格、包装和商标也要符合输入国海关的规定。而且各国商业习惯也不同。第五，国际汇兑复杂。国际营销货款的结算多以外汇支付，而汇价依据各国所采取的汇率制度、外汇管理制度而定。而且外汇汇率分类很多，因此计算国际汇兑方法相当复杂。第六，货币和度量衡制度不同。国家不同，所使用的货币的度量衡制度也不一样，在国际营销过程中，采用哪国货币，采用什么度量单位，并如何进行兑换和换算，都较复杂。

2．**国际营销要承担更多可能发生的风险。主要风险有如下几种。**

(1) **政治风险**。世界各国大都实行贸易管制。管制政策与措施受制于各国政治经济状况，经常予以修改，尤其是经济不发达的国家变化更大，因此使国际市场营销难度增大。

(2) **信用风险**。在国际市场营销业务活动中，自买卖双方洽谈、订货成交，到卖方交货、买方付款，需要时间较长，买卖双方的财务营业状况都可能发生变化，有时影响履约。

(3) **运输风险**。国际市场营销货物运输的里程一般较远，使运输风险增大，由买方、卖方和保险公司三方承担风险。如果安全抵达目的地，都可取得经济效益，如因天灾人祸，货物抵达后，市场发生变化或误期使用，必然要承受损失。

(4) **商业风险**。在国际市场营销中，进口商常以货样不符、交货期晚、单据不符等理由拒收出口商的货物，这些理由在货物拒收前是无法确定的，因此构成商业风险。拒收后，虽可交涉弥补，但损失已发生。

(5) **汇兑风险**。在国际市场营销中，贸易双方至少有一方要以外币计价。汇率不断变化，如果时机把握不好，还要负担汇兑亏损，承担汇兑风险。

(6) **价格风险**。贸易双方签好合同以后，在卖方出货前，货物价格上涨，则卖方要承担其风险。买方收到货后，该价格下跌，则买方要承担其风险。国际营销的业务多为大宗买卖，买卖双方面临的价格风险更大。

总之，国际营销的不可控因素很多，营销难度较大，必须认真研究国际营销特点，才能使企业在国际营销中把握时机制订对策。

3. 国际市场营销与国际贸易相比

人们常把国际市场营销与国际贸易混淆起来，实际上，无论是理论上还是实践上，它们既有联系，又有很大差别。国际市场营销与国际贸易之间的联系，主要表现在：

- 它们都是在国际市场上从事经济活动；
- 它们都是在商品和劳务方面互通有无；
- 国际贸易的有关理论，在国际营销中也有一定参考价值。

国际市场营销与国际贸易的差异可归纳如下。

(1) 经营主体不同。 国际营销的经营主体是企业，主要是生产企业，这里有国际性生产企业和国内生产企业。国际贸易的经营主体一般是一个国家的政府或对外贸易部门，或对外贸易公司。

(2) 经营动力不同。 国际营销的经营主体是企业，企业作为自主经营、自负盈亏的经济实体，它从事国际营销活动的动力是获取利润，最大限度地获得利润，是企业经营活动追求的目标。国际贸易的动力是能获得比较利益。由于各国资源条件不同，使生产同一种商品的费用存在很大差异。因此，使一国比较少的资源从他国换取一定商品，或以一定的资源从他国换取更多的商品成为可能。这种贸易比较利益的存在，是国际贸易得以进行的原动力。

(3) 信息来源不同。 市场信息是商品经济的产物。在现代经营活动中，掌握一定的市场信息是开展经营活动的前提。对于信息来源，不同的经济活动，有不同的来源渠道。国际营销的信息来源主要是公司账户以及公司的有关记录；国际贸易的信息来源主要是国际收支表。

(4) 经营内容不同。 国际营销既可以是本国生产、外国销售；外国生产、另一国销售；又可以是外国生产、当地销售。所以国际营销不一定在国与国之间进行商品运输，即可开展业务活动。而在国际贸易中，商品在国与国之间的运输是不可避免的。另外，国际营销包括：市场环境分析、市场细分、目标市场选择、营销组合策略等，一套比较具体的营销内容。而国际贸易主要是商品的买卖过程。

(5) 业务范围不同。 国际营销主要是开拓国外市场，开发市场需要的产品，销售企业的产品或服务。它的业务范围十分广泛，可以是在独立的企业之间进行交易，也可以是在跨国公司与其所属公司之间、母公司与子公司之间以及在子公司之间进行交易。因此，公司的国际性交易即使跨越国界，仍可能还是在一个公司的范围内进行。而国际贸易则是在国与国之间，至少是独立的个体之间进行的交易。

国际营销与国际贸易详细比较见表 12-1 所列。

表 12-1　国际营销与国际贸易比较

从事领域	国际营销	国际贸易
1. 经营主体	企业	国家
2. 跨国界经营	不一定	一定
3. 原动力	公司利润	比较利益
4. 信息来源	公司记录	国际收支表
5. 市场活动		
①买卖行为	有	有
②仓储运输	有	有
③定价策略	有	有
④营销研究	有	一般没有
⑤产品开发	有	一般没有
⑥促销活动	有	一般没有
⑦渠道管理	有	没有

第二节　国际市场营销环境中的策略评估

发展国际市场营销策略首先必须对"业务"进行定义，也就是说，公司将要在什么市场领域竞争。见图 12-1。

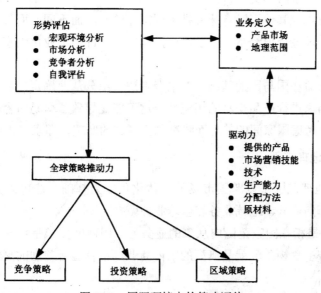

图 12-1　国际环境中的策略评估

一、确定业务

1. 确定产品市场或服务

第一步是确定公司特殊产品市场或正在竞争的市场，以便于决定公司活动的重点和范围。这经常包括几个市场。例如，A 公司确定了三个主要经营业务：电缆、轮船和多样化产品。如光纤、工业自动化等。

定义业务可以从四个基本方面来看：消费者功能、技术、消费者细分和附加价值系统中的层级。消费者功能指的是可以提供的利益，如快餐销售不仅提供食物，而且有交付速度和可靠的质量标准。采用的技术决定了功能提供的方式。因此，如 X 射线机器可以采用激光技术也可采用传统技术。细分决定了要瞄准特殊消费者。如 B 公司和 C 公司将小型手动工具对准"自己动手"的业务区域和专业人员，如修理工、管子工和木匠。增值系统中的阶段指出商业内纵向一体化程度，例如，D 公司销售高价家用器具，但生产却在高度详细的设计技术要求下包给其他公司。

将这些方面运用到国际市场时，很重要的一点就是它们可能会因国而异。首先，在不同的国家或地区产品或服务可能未必用作相同的目的，如在美国，自行车主要用于娱乐，而在中国却是基本的运输工具。这意味着相关产品利益因国而异。在美国式样的设计可能是关键的，但在中国经济耐用可能更重要。

不同产品变型的可利用性也可能因国家的不同而变化相当大。在美国可以买到品种繁多的家用洗涤剂，包括多泡沫和低泡沫洗涤剂、含上蓝剂或无上蓝剂的纤维软化剂、普通漂白剂或彩色快速漂白剂。在发展中国家，洗涤剂也要与在带纹路的木制搓板上擦洗或在河里的岩石上洗涤进行竞争。因此，特殊的产品利益从强调多泡沫与低泡沫洗涤剂到用软化剂去掉衣服上的脏东西而变化。

劳力、能源资本或其他资源意味着技术因国家的不同而不同，而且影响了业务定义。如在发展中国家，现金登记经常是用手进行操作的，而许多工业化国家普遍采用电子登记或计算机系统。

这些差异意味着在国与国的基础上对消费者进行细分从而确定产品交易是适当的。由此便能识别跨越国家进行产品交易的相似性。这可能又导致了交易内容的重新确定。所有这些依赖于公司不考虑国家间的差异而瞄准同样区域的愿望，即求"大同存小异"。

2. 确定市场地理范围

确定业务的地理范围是以跨国市场的一体化程度为基础。这可以分出四类主要的业务：国内业务、跨国业务、地域业务和全球业务。

(1) **国内业务是指在国家范围内从事的业务**。一国内的需求是单一的，并且国家之间有巨大的障碍。许多食物条款就是典型的国内商业，带有显著差别的烹饪上的偏爱趋向于地方化。

(2) **跨国业务是指通过少量修改，产品便能在其他国家销售**。许多家用设备如烘炉、熨斗、食物搅拌机就是跨国商业产品，因为他们仅仅需要根据电压和孔塞的形状作少量的修改。

(3) 地域业务横跨一地域如欧洲、拉丁美洲和北美洲。汽车市场在范围上就是典型的地域性的，因为模型主要是根据地域市场建起来的。例如，福特专门对欧洲市场建立的车型有：Fiesta、Granada 和 Sierra。而对美国市场则有不同的车型。同时，经济因素正加快向更全球方位的演化。通过发展 Mondeo，福特正在尝试制造一种全世界通用的汽车。

(4) 全球业务是指市场同样是全世界范围的，如轮胎、光纤、计算机、药品。在全世界范围内，这样的市场是高度一体化的。由此可在全球规模上开展业务。

二、识别公司的核心能力

公司的核心能力即公司的核心驱动力，主要体现在所提供的产品、市场营销技能、技术、生产能力、销售方式和原材料控制方面。

1．提供的产品

如果公司有独一无二的或优势的产品或与产品联系在一起的利益，公司就能寻求在全球规模上开发这些产品并且进入其他国家的新市场。安迪罗帝克化妆品公司发展了环保化妆品系列。不在动物上进行试验。随着他们在英国的成功，在有很高环保意识的其他国家创办了销售此系列产品的特许商店。

2．市场营销技能

公司的驱动力是其市场营销专门技术和知识。宝洁公司在国际市场上的成功主要来源于公司对大量交易技术的精通，采用了大量的媒体宣传和集中销售。

(3) 技术

在这点上，优势技术为目标市场的产品发展和识别提供了基本原则。如西门子公司一直站在电信 PBXs、数字交换等新技术发展的前沿。

(4) 生产能力

生产驱动性商业注重生产和生产过程的效率。如日本在小汽车市场的竞争主要是以生产效率上的优势为基础。

(5) 销售方式

在这点上，公司独有的特征就是其销售方式。如雅芳(Avon)化妆品在世界许多不同的国家成功地雇佣家庭妇女为推销人员。

(6) 原材料控制

这是石油公司如英国石油公司、埃克森公司和壳牌石油公司的典型驱动力。国际市场上的业务经常由关键性资源的保留控制和与东道国政府的冲突管理所左右。

因此，大体上，公司核心能力的识别决定了集中注意力的策略的特殊方面。然而，这未必意味着忽视其他方面。例如，注重提供的技术或产品未必意味着能忽视满足市场需求和识别关键区域的能力。相反它反映了主管人员的努力，资源的分配和新项目评估的优先性。

第三节　国际市场营销环境分析

对国际市场营销环境的分析，总的来说，首先是在国与国的基础上，重点研究关键国家和市场，并采用一体化的、综合的方法对它们进行分析。

一、宏观环境分析

宏观环境分析，包括可能影响产品市场健康发展的所有方面，如经济、政治、制度、技术、社会和文化等方面的环境因素；还要研究那些可能在全球的、地域的和国内市场水平下冲击市场的因素。例如，就汽车工业来说，可能要考查关于关税壁垒和加在特殊原产地的汽车上的限额双边协商。相关的技术动力可能包括在汽车制造中采用机器人的趋势或用聚合物代替钢材的趋势。在地域的或洲际水平上，也可能要考虑影响汽车购买的经济趋势和向更小、更省油汽车的转换。

在国家水平上，特殊的相关因素包括与地方背景有关的安全规则、控制和要求。在这个水平上。评估不仅覆盖影响产品市场的因素，而且覆盖在特定国家投资的决策。在这个方面，关键的因素是国家风险，包括政治的、金融的和经济的。政治风险包括国有化或政治不稳定带来的风险；金融风险包括通货膨胀、资本流动限制和外汇波动；经济风险包括经济不稳定或下滑。

二、市场分析

市场或工业分析也可以在三种水平下进行。在这点上，先在国与国的基础上进行分析，然后在地域和全球的水平上进行跨国综合，从而指出主要的消费者特征行为方式以及主要的增长领域。

分析包括市场的定量和定性方面。因此，这包括按照销售单元对产业的规模和潜力的考察，或每个主要产品线和类别的销售量。例如，在计算机工业中应通过笔记本电脑、个人电脑、微型电脑、大型机和分时服务器来分析。所有这些种类的销售趋势可能被设计一年、五年或多年。有关替代产品和竞争产品的趋势也要考虑，以及它们对未来市场发展的冲击。

消费者需求、兴趣、购买行为和特点也应当考察。消费者寻求的利益、介绍灵敏度和购买行为，包括产品的识别、寻求的信息、所需的服务也应当被考虑。而且还要考察这些在消费者中变动的程度。明显可识别的市场区域可能要考察。如同要考察跨国的区域的相似程度一样。这可能意味着采用跨国细分策略的可行性。

关于资源市场的趋势也需要考察。这些资源包括原材料、技术、主要元件、资金和其他应投入生产和市场营销过程的资源。在这点上，可替代的供应资源需要被监控。除了他们的质量、可靠性和相关价格之外，供应商之间的一体化和协作程度也应当被评估。这为全球资源策略和生产后勤提供了一个重要的动力。

三、竞争者分析

形势分析的最后一个因素是竞争者分析。如同地域的、全球的水平一样。在当地水平上评估竞争是很重要的。当地的公司在他们的国内市场上有一个优先地位。这可能来源于政府或其他官方机构以关税壁垒、配额来限制国外商品进入的条例或以直接补贴形式存在的保证和支持。另一方面。这可能来源于一个强大的消费者特许权和与消费者、经销商网的传统联系。

有关每个竞争者所有功能领域，包括设计、生产、市场营销、理财和管理的主要优劣势也需要识别。在这点上，不仅为了现在的形势，而且也为了将来的竞争形势。主要竞争者的特殊技能和资源也要评估。例如，大跨国公司经常拥有广泛的资源，这使得它们能进行市场分享，承受得住价格战，利用资源建立广泛的经销商网或从事研究与技术发展。相反，小的竞争者可能有相当大的灵活性，能更快地适应市场形势的变化。

四、自我评估

一旦已经考察了这些方面中的每一个，公司必须评估自己的资源和竞争力以及与主要竞争者相比自己的优劣势。进行这些考察时，不仅要依据共同资源和策略进行考察，而且尤其要以每个国家、地区和全球市场为基础进行考察。以这种分析为基础，公司就能找出公司的主要优势在哪些方面以及在世界的哪个地区似乎面临着强大的竞争。

客观环境分析和行业分析揭示了从现在和长远的观点来看相对于特殊地区和市场最好的机遇可能在哪里。而竞争者分析则指出了竞争者开发这些机遇的程度和在哪个市场潜力是饱和的，或在哪里竞争可能尤其激烈。这些各种各样的阶段分析为决定公司的全球战略推动力提供了基本动力。

第四节　确定国际营销战略

一旦已经作了形势评估，公司就应准备去确定其营销战略，并且针对全球市场把战略公式化。这应当首先确定公司的竞争战略，接着针对竞争建立公司差异利益的基础；第二，确定为了达到目的怎样分配资源的投资策略；第三，市场范围和目标区域的轮廓。

一、竞争战略

在国际市场确立竞争战略需要决定的是：第一，公司将要竞争的地带或地域；第二，在这个地带竞争将采用的战略或战术。这些决策形成了公司所努力方向的界线或限制，并且为这些努力方向提供指南。

1. 地带选择

进入国际市场，一个重要的考虑是选择公司计划去竞争的地域。除了经营的地理范围之外，还需要决定竞争的国家数量和种类。影响后一个决策的一个重要因素是竞争的范围——即是否主要表现为全球的、地域的、国内的、家庭的规模上竞争。然而，必须指出的是：即使竞争主要是全球的或地域的，公司未必选择在那个规模上进行竞争。例如，它可能选择在全球产品市场上的、国家的或地域的水平上竞争，汉高(Henkel)和花王(Kao)在地域规模上与全球巨人如宝洁公司(B&G)、高露洁公司(Colgate)和联合利华(Unilever)在洗涤剂市场上竞争。

在决定在哪个国家和在哪种规模上竞争时，一个关键的因素是与竞争者相比公司的资源和技能。在全球市场上以多种产品竞争可能需要广泛的资源和在全世界规模上经营的能力，进入或在这样一个市场经营的小公司可能因此更愿意集中资源和在更有限的规模上经营，更愿集中在国家的或地域的市场上。例如，在汽车市场，巨人如通用汽车公司，福特公司和丰田公司在全世界内进行全线竞争。其他的如标致集团公司和菲亚特公司(Fiat)则主要在地域规模上竞争，其他的如赛特公司(Seat)则在国家水平上竞争。

一个公司必须与在产品市场进行有效竞争的公司比较各自的技能和资源。在生产和市场营销上的，潜在规模经济可以从全球或地区规模的经营来实现，但它必须与从中心位置提供服务市场的运输成本相比较。近来在生产技术上的进展，使以降低的成本进行小型产品设计上的改变更容易，以至于产品能适宜于不同的市场要求和在一个更宽广的规模上销售。因此，在没有显著增加成本的情况下产品能在跨国经营规模上销售而不在国内规模上。

选择在哪个地带竞争需要考虑的另外一些方面是：此国家是否是竞争者的国内市场或中立领土以及在市场选择中集中或多样化的程度。在国内市场，由于消费者特许权和忠诚强大的销售网，或来自本国政府的保护，竞争者可能以其坚固的壕沟式防护位置而获利。另外，袭击本国市场可能更灵敏。例如在韩国，现代公司从强大的消费者特许权中获利，并且成了美国公司渗透该市场的一个主要障碍。在中立领土，即没有主要国内竞争者的地方，竞争可能以更平等的方式发生。

另一方面，假如这些进入的障碍不存在并且有强大的竞争进入的威胁，它可能值得迅速进入许多市场就像取得优先权的竞争一样。假如公司的产品或产品线是高度创新型的或对于竞争有一些独一无二的优势，这可能尤为合意。

2. 竞争策略选择

地带选择决定了公司选择经营的地理限制。接下来，公司必须挑选在哪个地带竞争所要采取的策略，在这点上，有两个具有代表性的策略方案：成本领先策略和产品差异策略。

(1) 成本领先策略主要以经营效率为基础。公司以低于竞争者的成本提供相同的产品质量。这种策略经常被日本公司采用，如计算机行业的卡西欧(Casio)、手表行业的精工(Seiko)，近来彩电、录像机、卡式录音带盒、收录机行业的韩国公司也采用此策略。在采用这种策略时确保长期维持成本领先是很重要的，并且要以真正的经营效率为基础，否则，可能刺激价格战，极大地削弱利润。

(2) 产品差异策略注重产品和创造一独一无二的感觉，并且提供竞争者没有提供的特定利益。例如，公司可能提供一个被认为有优越质量的产品，如测量仪器行业的惠普公司(Hewlett—Packard)。另一方面，根据产品可靠性，服务或交付公司可能被认为是优胜者。例如，IBM 在全世界范围内享有产品可靠和服务的盛誉。

创新型特征提供了另一种使产品呈现差异性的方法。例如，苹果电脑在个人电脑和笔记本电脑上不停地引入带有新特征如利特笔和彩色屏幕的新款式以便于保持在竞争者的前列。公司也可能为其产品发展一个强大的或独一无二的商标形象。例如，可口可乐的最佳商标形象有特定的秘诀，这在很大程度上解释了它在全世界范围内的成功。类似地，梅赛德斯—奔驰公司和罗尔斯—罗伊斯公司都转化成有威望的豪华的形象，但每一个又稍有不同的特征。香味也经常以它们的特殊形象为基础而销售。例如易文斯·圣劳伦斯的"欧比优的迷人的印象"或拉菲尔·劳伦斯的保罗和赛福瑞的华美的印象。

(3) 混合策略能被采用。此策略综合了成本领先策略和产品差异策略，有效地实施此策略将使公司在全球市场建立一个稳固的地位，例如，亨氏(Heinz)为了在许多国家市场上发展强大的商标品牌，已经在广告上花费了大量的资金，同时通过使购买和技术适应当地市场条件来管理成本。

因此。本质上，竞争管理应当以相对于竞争者的核心利益为基础确定公司在全球市场的战略推动力。同时，它还相对于不同的商业功能和地理位置为投资策略提供基本参数。

二、投资战略

全球市场营销战略的第二部分与投入世界上不同国家的各种各样的商业功能如研究与发展、生产或市场营销的资源有关。怎样和在哪里获得资源，如原材料、技术、部件和资金，也必须考虑。这些决策部分依赖于与从可替代的地点生产和供应市场以及运输成本相联系的相关费用，也依赖于与某地区联系在一起的、可觉察到的风险，如政治的、经济的不稳定、外汇波动。

1. 国家投资战略

选择要进入的国家意味着将资源投入这些国家。然而，投入的水平依赖于经营方式。例如，公司能发展特许权协议，通过代理商或公司自己的销售组织出口，参与合同生产或战略同盟或成立合资附属公司在投资海外市场资源的投入条款上。这种投入的灵活性以及对经营的控制程度上，这些选择方案各不相同。

特许权协议只需要向海外市场投入最少的财力资源。既然是这样，在国外市场一家公司提供给另一家公司(主要是当地公司)生产销售一项专利产品或使用商标或商标名的特许权，回报以一定的费用或使用费用。最初投入的财力很少，资源必须被用来控制特许权持有者的执行，以便于确保产品满足质量标准和使用费反映实际销售量。另外，当给予特许权者以使用费形式存在的有限回报时，它就不能保证市场潜力被充分开发。而且，一旦答应了特许权协议，在协议特殊时期它不能被随意取消。

出口提供了一个限制国际投入水平的选择方案，因为国际市场是从国内供应的，所以不需要在其他国家的生产设施上投资。相反，除了关税和壁垒，还存在附加的运输、保险和操作成本。这些附加成本必须与通过生产的集中和国外投资风险而得到的规模经常相比较。

另外一个在国际市场上限制风险和财力的替代方案是与另一公司或政府机构成立合资企业或战略同盟。资本、管理和在国际市场上经营所需的其他资源，部分由合作者提供。然而，这总是有可能存在潜在的冲突和通信问题，尤其是，在利益的分析、未来的扩展和投资计划方面的决策经常出现问题。

成立合资附属公司需要大量的投资和对国际市场的长远投入。另一方面，它对这些经营的执行和潜力的发展有最大的控制权。对于不投资和资源的重新分配，它比特许权经营或合资企业有更大的灵活性。

除了投资水平外，也必须考虑其时机选择，尤其是在生产设施上需要巨大投资的地方，因此，需要考虑在不同国家市场进入和扩展的顺序，需要发展在全球进行市场扩展的长期战略而不是基于国与国市场上作决策。

2. 业务功能投资

地带选择规定了要重点投资的国家。竞争策略通过业务功能指出了投资重点。例如，重点是在提高生产效率还是在发展商标形象上。

成本领先策略要求主要的注意力放在发展和维持比竞争者更有效的成本结构上，这能通过各种各样的方式达到，一个替换方案是比竞争者更有效地集中生产过程。例如，日本和韩国钢铁工业的厂房和设备在技术上比美国或欧洲的先进，因此，它们能更有效地进行生产。类似地，生产效率使日本制造者能以大大低于美国制造商的成本生产小型汽车。

成本效率也可通过在低劳力成本的国家如马来西亚、印度尼西亚或中国进行生产而达到。其他措施包括分解模型的市场营销和减少所有的附加费，尤其是"无边界"方针。在有很高价格灵敏度的发展中国家这可能是一个有效的策略。

与成本领先策略相反，产品差异策略需要在生产发展、形象建立、媒体分配和服务上进行投资。主要强调把公司从价格竞争中脱离出来，重点使消费者满意，并与消费者建立起稳固的联系。

强调产品质量则需要在产品设计和质量控制上投资。此策略在国际市场上被许多美国和欧洲公司广泛采用，并且此策略限制了低成本竞争的破坏性。例如，柯达(Kodak)在世界市场上以质量和可靠性的良好形象竞争。

另一方面，产品创新和创新特征的引入需要在产品研究与发展上加以注意。在这点上，国际市场的一个主要危险品是低成本劳力国家的竞争者将很快引入创新产品的减价模仿。例如，在个人电脑市场。IBM 和康柏遇到来自中国台湾和香港地区以及新加坡竞争者生产的仿制品的竞争。

因此产品差异策略需要确定将重点对待的特殊产品或市场营销特征和相应的资源分配。成本领先策略是典型的在世界范围内发挥重要作用的战略而差异策略未必在不同国家或世界的某部分是相同的，这依赖于市场分割策略。下面将详细地讨论这些问题。

三、市场范围和划分

公司全球策略推动力的第三部分是地理市场范围和目标区域的轮廓。在这点上，需要考虑两个问题：地理市场的一体化程度和目标的宽度(见图 12-2)。这两个问题与关于竞争策略和投资重点的决策联系密切。

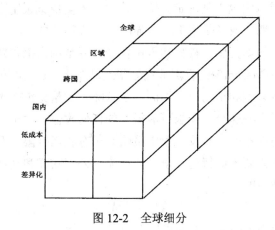

图 12-2　全球细分

1．一体化程度

在考察跨越地理市场的一体化程度时，或者在全世界范围内同样的消费者和区域是否作为目标，主管人员除了考察市场国际联系的程度或市场之间的联系外，还需要跨越地理考察消费者行为和反应方式的相似性。一些类型的消费者如公司高级行政人员、年轻的成年人和小孩，不管是什么国籍，都有相似的兴趣和行为方式。因此，在全世界范围内瞄准这些消费者时，一些产品和市场营销策略是有效的。

类似地，在某些工业市场如光纤、聚合物、主机和 CAT 扫描机，在全世界范围内消费者的需求基本上是相同的。在一些情况下，分离的产品线是为特殊的市场区域发展的。例如，化妆品制造商为最富有的消费者提供高级化妆品，为青少年提供治疗粉刺的化妆品，为中年人提供抗皱化妆品，为有环保意识的人提供好的环境。基本的假定是不同国家的这些区域的相似性超过了任何国家的不同。

相反，假如合意的消费者利益或产品市场属性因国家的不同而变化很大，产品线和市场营销策略将需要去适合特殊的地域或市场，国家之间的不同因此被看成是比国内的不同要大。这可能对食品加工公司来说是合适的策略。

Findus、雀巢冷冻食品部就在不同的国家有适应于当地食物风味的合适产品线。在英国出售产品如炸鱼条和炸馅饼，在法国出售 Coqauvin 和牛排 bourguinon，在意大利出售 lasagna cannelloni 和馅饼，在新加坡出售 diimlan。

一些公司采用混合策略，即在全球出售一些产品和商标，同时出售一些适合特殊地区或地方市场的产品。香烟制造厂如菲利普·莫里斯公司或英美烟草公司销售全球商标如万宝路。同时发展地方商标，即适合对香烟的不同种类、香烟的长度和焦油含量的尼古丁的特殊偏爱。

类似地，可口可乐公司在全世界范围销售它的最佳商标，同时也有软饮料的地方和地域商标：如一种菠萝葡萄柚汽水、罐装乔治咖啡和满足特殊地方口味的帝王姜汁酒。

2. 目标市场的宽度

目标市场的宽度或范围也必须确定。例如，主管人员决策采用宽型策略，瞄准某市场的所有区域或潜在消费者，或者是集中精力瞄准某一特殊区域。

例如，汽车工业公司如奔驰、福特和丰田在全世界范围内销售宽型的产品线，而其他的如法拉利和马塞拉帝(Maserafi)则重点放在豪华运动车上。宽广的策略意味着努力瞄准整个市场，而不管消费者兴趣和市场反应不同。这意味着大量分销式生产和效率的规模经济收益显著超过使策略适合特殊个体需求可能得到的任何收益。对于瞄准多个市场的产品来说，这可能是一个合适的策略。相反，集中策略对于有相当有限资源的公司，在整个产品线上面临全球竞争，或需要采取特色竞争，如在流行外观式样和其他方面去满足特殊市场区域的公司可能是最适用的。

除了全球一体化工业，如航空航天或化工制品这些情况外，宽型策略特别需要对特殊地理市场的适应，而集中策略毫无疑问可以在全世界通行。

因此，竞争策略决定在全球市场公司的经营和它的主动力的参数。投资策略为资源怎样有效地跨越国家和功能进行分配以便达到竞争目的确定了重点，而区域确定了活动的主体轮廓，这又为针对市场营销组合的每个要素在国际市场中采用的策略的发展提供了指南。这些方面接下来将更详细地讨论。

第五节　国际市场营销组合

在国际市场上决定市场营销组合策略的一个中心观点是这些跨越国家标准化的程度依赖于市场的范围：全球的、地域的或国内的；公司竞争的基础，成本领先或差异化；以及公司采用的区域战略，甚至如产品在特征上呈现全球化的地方，这一策略的实施也可能

有障碍，如市场营销的自然特性或政府的规定。这受进行竞争的地带选择的影响。图 12-3
显示了这些联系。

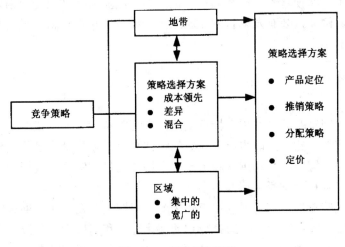

图 12-3　全球竞争策略

　　然而，即使整体定位是全球的或地域的，组合或实施方式的特殊要素也可能需要适应。
例如，产品或服务可能是相同的，但它的定位可能因国家的不同而稍有不同，或者是有特
殊的促销主题或分配策略。类似地，即使基本的激励主题是相同的，复制操作也可能需要
适应特殊的国家或文化背景。

一、产品定位

　　产品定位是市场营销组合的基石，因为它是运转竞争策略的关键因素，即在某产品市
场使公司提供的产品与其他公司有差异。定位确定了产品市场分界线和相关竞争产品设置
强调的特殊利益或属性和公司要满足的需求和兴趣的区域。

　　确定定位策略，关键问题是否采取全球定位。全球定位策略有许多优点，首先，它在
全世界范围内描绘了一个相同的形象；第二，因为产品不必适应特殊市场也不必为特殊市
场发展分离的广告复制，因此可能会节约成本。例如，贝纳通(Bennetton)在全世界范围内
采用同一商品，这不仅节约了产品成本而且加强了全球形象。无论是关于产品、广告或分
配的好观点和知识都能从一国传递到另一国，并且在全世界基础上开发。

　　另一方面，甚至市场在其特征上基本上是全球的以及顾客要求和兴趣在全世界范围内
都是相同的，采用全球定位也经常存在大量的障碍。第一，政府条例可能要求增加汽车的
催化转换器，或限制使用比较性广告。第二，市场营销基础上的不同，如没有电视广告，
印刷媒体的有限性，没有超级市场或折扣销售可能限制了使用相同定位策略的能力或在相
同方式下执行的能力。最后，在当地的竞争中因市场的不同而引起的不同之处可能限制特
殊定位策略的效果。例如，假如定位强调优质定价。当地的竞争者可能以更低的价格提供
相同质量的产品。

　　这些因素中的任何一个都可能使定位策略的修改或适应成为必要，无论是针对世界上

的大多数国家或仅某几个国家或市场。假如，雷诺 5 型轿车的定位策略在德国市场被改为调强发动机和安全特性以便与大众公司进行竞争，在意大利则强调好的马路操作以便于竞争。在一些情况下，即使基本生产相同，定位策略可能显著地被改变为强调不同的利益和瞄准不同的区域。例如，装有发动机的花园工具，如小拖拉机和耕耘机在发展中国家被定位为轻型农业机器。

二、促销策略

类似地，就促销策略而论，来自标准化的巨大利益可能以节约成本、相同的形象和好观点的开发形式获得。然而，取得巨大利益的障碍来自于以推销商品的宣传品成本，预算开支，库存的增加，媒体的可利用性和可及性，以及信息的解释和翻译的方式。例如，所有形式的比较性广告和竞争商标都被禁止。

由于存在着这些障碍，有时要利用媒体来解决问题。开发一个能够说明关键主题和关键信息的原型广告，随后根据每个国家特定的文化环境和基础设施情况，采用和修改这一原型广告。例如，格妮丝(Guinness)开发了一种原型广告以在欧洲推销黑啤酒。原型广告的场景由一张两人桌和两杯黑啤酒构成。在意大利，这一场景被换成了在一个可俯视索朗特(Serrento)湾的大阳台上的酒店。在法国，这一广告的环境是配有红格桌布的小酒店。而在德国，这一广告的环境则是提供红肠和酸泡菜的小酒馆。

三、分销策略

就分销策略而言，标准化策略的好处可能最不明显。在这点上，分销渠道的特征和关键分销通道的可利用性有很大的不同。这经常妨碍了集中策略的发展。在这个背景上的一个关键因素是小独立体和其他形式零售方式，诸如凉亭、开放市场、巡回市场的相对重要性。这与大规模的、有条理的分销相反。在许多国家，尤其是发展中国家和新成立的国家，前者仍然在分销中占了相当大的比例。

分销商有批发销售结构的含义，因为它主要意味着批发商是分配系统中的一个关键环节。例如，在日本，批发商不仅有分发和存贮功能，而且零售商为财务提供记入贷方一组的或在代销的基础上销售货物。

分配结构上的这些不同意味着分配策略经常需要去适应分配系统的特殊特征，以便于提供令人满意的市场覆盖和控制以及消费者服务。

四、定价

营销组合的最后一个要素是定价，而且尤其在消费者市场，许多因素妨碍或阻碍次优的相同定价策略的建立。例如，这些包括因国家的不同而导致成本结构上的不同；在需求反应功能上的不同；在竞争价格上的不同和政府或贸易条例价格上的不同。

就成本而言，如同运输、壁垒、关税和其他费用一样，各国在劳力、原材料、管理或其他经营成本上的不同可能导致已交付市场成本的不同。由于运输成本、关税、加工费用和代理商保证金，出口时价格升级经常是敏锐的。如同地方税一样，零售、批发和商人保证金也发生变化，因此导致了成本上的很大不同。因国家不同而在需求反应功能和竞争者价格上的不同，也暗示了价格差异可能更富有竞争性。例如，在汽车市场，价格经常因国家的不同而不同，这不仅仅是由于关税和保证金还由于竞争产品价格上的不同。

价格控制或价格贸易管理、批发保证金、销售税和增值税构成了阻碍相同定价的最后一个因素。这些经常被设计成限制使用价格作为竞争手段，并为定价策略提供基本参数。然而其他因素如成本能被熟练操纵，这些被赋予的重要组成部分给定了公司的经营范围。

因此。相对于适应性、标准化或同一化的优点，需要就营销组合的每一个要素进行估量。甚至整体定位是全球的，也未必意味着每个组合要素将是或可能是相同的，或在每一种情况下都完全相同地执行。然而，每个领域的策略应当与整体定位策略一致。这点很重要，例如，以产品可靠性和服务为基础的定位策略应当有可靠的服务作后盾，无论这种服务是由经销商、制造商还是其他中介机构提供的。类似地，以产品质量为基础的定位应当采用优质定价，以确保一致形象。

总之，随着全世界范围内的市场变得更富有竞争性和更加相互联系，希望竞争成功的公司必须采取全球观点并且以国际市场为基础计划市场营销策略。

巩固性案例

日本电视机是如何畅销中国市场的

1979 年 1 月 1 日，中国放宽对家用电器和手表等耐用消费品进口以来，各国商人各出奇谋，全力打进中国市场以树立其商品形象。

日本电视机厂商研究了中国市场。他们认为中国有十几亿人口，有储蓄的习惯，形成一定的购买力，中国群众对电视机有需求，是一个很有潜力的电视机市场。于是，他们在市场调研的基础上，制订了有针对性的营销组合策略，使日本电视机成功地进入中国市场，并畅销中国市场。长期以来，日本商人同中国的贸易往来比较密切，智囊团中熟悉中国情况的人不少。这一点欧洲对手则不如日本，他们不大注意中国市场。结果，当中国允许旅客携带电视机进口时，日本电视机的代理商打了一场很有计划的商战："日立牌"在很短时间内组织了一批中国线路的电视机应市。其他"乐声"、"东芝"等牌子也很快适应了市场趋势。设立中国线路电视机生产线，打开销路。日本电视机厂商根据"市场 = 人口 + 购买动机"的原理进行分析，认为中国有十几亿人口，可任意支配的收入虽然很低，但有储蓄的好习惯，已形成一定的购买力；中国群众有着对电视机的需求，所以中国是一个很有潜力的电视机市场。

为了使日本电视机适合中国市场的需要，日本电视机厂商决定对产品因素作如下调整：中国电压系统与日本不同，须将 110 伏电压改为 220 伏；中国若干地区电力不足，电压不稳定，在电视机上需安装稳压装置；要适应中国电视频道制式和情况；为适合中国人的消费习惯，电视机耗电量要低，音量却较大；根据中国居民住房情况，应以 12 英寸电视机为主；要提供质量保证和维修服务。

当时没有中国国营企业作为正式渠道，故要通过以下渠道：由港澳国货公司和代理经销商推销；通过中国同胞携带进内地；由日本厂商用货柜车直接运到广州流花宾馆发货。

由日本代理商利用以下形式进行广告宣传促销：在香港电视台展开广告攻势，使香港居民家喻户晓，再借香港居民之口向内地宣传；在中国内地人能够看到的中国香港的《大公报》、《文汇报》等报刊上大量刊登广告；提供日本电视机有关选购、使用和维修知识的资料特稿，使人看后感到日本电视机最好使用，又便于维修。

考虑当时中国尚无外国电视机的竞争，且日本电视机当时比中国国产电视机质量好，估计把价格订得比中国国产电视机价格稍高，人们也会乐意购买。于是把价格订得高于中国国产电视机几十元(人民币)。

日本电视机为什么能够畅销中国市场？日本电视机厂商是怎样协调运用营销组合策略的？为什么欧洲的电视机厂商没有能够像日本电视机厂商那样，在中国改革开放初期就占领中国电视机市场呢？

1979年，中国开始实行对内搞活、对外开放的基本经济政策后，日本的家电企业和美国、西欧同行一样，也对中国市场进行了市场调研分析，由于日本的调查分析工作更加深入细致，预测也较接近中国的现实，因而得出了与同行大相径庭的战略结论。结果，日本的市场开发战略获得了成功。根据分析预测，日本家电生产企业分阶段、有针对性地制订了开发中国市场的经营战略。

首先，作为打开中国家电市场的第一步就是使中国顾客建立起对日本家电产品和企业的强烈印象，唤起并刺激中国城乡居民对家电产品的消费需求，即采取了市场培养战略。市场培养战略的主要战术即是广泛持久的广告宣传。日本各大厂商利用中国引进国外电视剧之机，不惜工本每周数天在中央电视台和地方电视台大做广告。随着《铁臂阿童木》、《尼尔斯骑鹅旅行记》、《排球女将》等电视连续剧在中国的播印，日立、松下、东芝、索尼等厂家及产品牌号几乎达到家喻户晓、妇孺皆知的程度，此外他们还利用中国的报纸、杂志等其他传播媒介不遗余力地进行广告宣传。

同时，日本家电工业还利用港澳同胞回内地探亲捎带家电产品作为馈赠礼品的机会，向广东及华南其他地区渗透——市场渗透战略。为刺激港澳同胞携带，日本在中国香港利用多种广告形式，同时通过百货公司，专业零售商店等渠道多方促销。另外，争取我国政府机关、高等院校、科研机构及其他社会团体的订货，推销高档大规模消费类电子产品。

日本企业的促销策略从1983年开始见效，比他们预期的提早了1~2年。一时间，大批家电产品订单从中国飞向日本，日本的原装产品和进口散件组装充斥中国市场，这种情况于1985年达到高峰，以至外国通讯社称，日本家电厂家正夜以继日，马不停蹄地加班加点为中国市场赶制产品。

不过，日本人也知道，家电产品消费需求的急剧增长，必然也会刺激中国国内家电工业的发展，中国不会长期依赖进口来满足国内市场，更不会容忍日本长期占领中国市场。为此，日本企业界又确定了把开发中国市场的重点由产品市场转向生产设备和技术市场，由输出产品转向输出生产线和制造技术。于是，日本各大企业或派人来中国，或邀请中方人员到日本访问、考察，频繁与中国企业接触，洽谈成套生产线和技术方面的交易。

后来，日本家电企业又开始认识到，设备和技术输出也有饱和之日。他们把市场开发的进一步方向放在关键元件、原材料和技术专利的出口上，利用日元不断升值的契机，采用高价供应策略，从中国厂家和消费者身上赚得更多的利润。

(案例来源：唐德才，钱敏.营销创新：知识经济条件下的市场营销.南京：东南大学出版社，2002.4)

 思考题

1. 日本开发中国市场成功的战略较之欧美企业高明之处是什么？

2. 日本企业在中国市场上的成功，迫使中国的一些家电厂家亦步亦趋，被动地跟着日本企业转：一哄而上、重复引进、库存积压、市场状态低迷……中国企业该从他们的成功中吸取些什么？

3. 根据你所学到的知识，你认为企业把产品打进国际市场需要注意哪些方面的策略？

参考文献

1. Miller，d Layton. Fundamentals of Marketing. Fourth Edition. New York：McGraw-Hill，1993.

2. Courtland LBovée, John VThill. Marketing. New York：Mcgraw-Hill ，1994.

3. McCarthy，Perreault. Basic Marketing.Thirteen Edition. New York：Mcgraw-Hill，1999.

4. David J. Schwartz. The Magic Thinking Big. Simon & Schuster，1987.

5. [美]科特勒，阿姆斯特朗. 市场营销原理. 郭国庆.北京：清华大学出版社，2003.

6. 苗新月. 市场营销原理. 北京：清华大学出版社，2008.

7. 李怀斌，周学仁. 市场营销学. 大连：东北财经大学出版社，2007.

8. 侯丽敏. 中国市场营销经理助理. 北京：电子工业出版社，2006.

9. [美]菲利普·科特勒. 营销管理：分析、计划、执行和控制. 上海：上海人民出版社，1990、1999.

10. 顾松林，[美]菲利斯. 消费品营销反思：市场管理实战误区探索. 上海：上海远东出版社，1999.

11. [美]杰姆斯·L.巴隆. 市场营销. 刘安国.北京：人民邮电出版社，2002.

12. 仇向洋，朱志坚. 营销管理. 北京. 北京师范大学出版社，2008.

13. 于颖，巩少伟，马林. 市场营销学. 北京：科学出版社，2008.

14. 杨保军，一新. 影响世界的 100 个营销寓言. 广州：广东经济出版社，2003.

15. 纪宝成. 市场营销学教程. 北京：中国人民大学出版社，2007.

16. [美]斯蒂芬·P.罗宾斯. 管理学. 孙健敏.北京：中国人民大学出版社，Prentice Hall 出版，1998.

17. 李弘，董大海. 市场营销学. 大连：大连理工大学出版社，2000.

18. 李飞. 分销通路设计. 北京：中国时代经济出版社，2001.

19. 吕一林. 营销渠道决策与管理. 北京：首都经济贸易大学出版社，2002.

20. 周文、包焱. 营销渠道. 北京：世界知识出版社，2002.

21. 孙冰，唐德才，孙燕. 房地产营销理论与问题分析. 现代管理科学，2003(11).

22. 王方华. 市场营销学. 上海：复旦大学出版社，2002.

23. 吴健安. 市场营销学. 北京：高等教育出版社，2003.

24. 唐德才，钱敏等. 营销创新. 南京：东南大学出版社，2002.

25. 李廉水，唐德才，施卫东. 知识经济需要我们做什么. 南京：江苏人民出版社，

2000.

26．高振生．市场营销学．北京：中国劳动社会保障出版社，2002.

27．曹礼和．服务营销．武汉：湖北人民出版社，2000.

28．徐沛林．市场营销新潮流．北京：中国经济出版社，2000.

29．陈放．营销策划学．北京：时事出版社，2000.

30．马绝尘．实例化市场营销学．北京：企业管理出版社，2001.

31．黄恒学．市场创新．北京：清华大学出版社，1998.

33．徐蔚琴等．营销渠道管理．北京：电子工业出版社，2001.

34．董卫民．现代市场营销理论与实践．上海：立信会计出版社，2003.

35．[英]迈克尔·J.贝克．市场营销百科．李桓.沈阳：辽宁教育出版社，1998.

36．郭成，约翰·布朗．市场营销管理．郑州：郑州大学出版社，2004.